천사의 속삭임

천사의 속삭임

기시 유스케 지음 · 권남희 옮김

창해

차례

저주받은 골짜기

송신인 : 다카나시 미쓰히로高梨光宏 <pear@ff.jips.or.jp>

수신인 : 기타지마 사나에北島早苗 <sanae@keres.iex.ne.jp>

제목 : first mail

송신일시 : 1997. 1. 24 22:14

잘 지냈습니까?

벌써 여러 통의 메일을 받았는데도 이렇게 답장이 늦어지게 되어 정말 미안합니다. 하지만 안심하세요. 재규어의 먹이가 된 것도 아니고, 스스로 나무늘보라 생각하고 여생을 가지 끝에 거꾸로 매달려 보내기로 작정한 것도 아닙니다.

그저 무엇을 써야 할지 몰랐을 뿐이에요.

말도 안 되는 핑계로 들리겠지요. 그래도 명색이 작가 나부랭이에다 지금까지 쓴 글들만 해도 원고지로 치면 무려 수만 장이나 될 테니 말입니다. 그 대부분은 스터전의 법칙(SF 작가인 시어도어 스터전Theodore Sturgeon이 '그 어떠한 것도 90퍼센트는 허풍이다'라고 남긴 말에서 유래된 법칙)을 훌륭히 실증하는 종이 쓰레기에 지나지 않습니다만. 생각해보면 참 엄청난 양입니다. 한 번이라도 서점에서 아르바이트를 해본 사람이라면 알겠지만, 종이라는 게 상당히 무거워요. 만약 수만 장의 원고지가 뭉텅이로 머리 위에 떨어진다면 목숨이 위험할 겁니다.

그러고 보니 도쿄의 작업실에서 꾸벅꾸벅 졸다가 이런 꿈을 꾼 적이 있답니다. 출발 직전의 일이에요. 나는 텅 빈 방 한가운데에 있는 컴퓨터 앞에 앉아 있었어요. 그런데 천장이 삐걱거리더군요. 그래도 나는 자판 치는 손을 멈추지 않았습니다. 글쎄 내가 믿을 수 없을 정도로 창작욕이 불타고 있었던 거예요(꿈속이라고는 해도 근래 들어 좀처럼 없는 일이었습니다).

그러다 천장에 찌익 하고 일직선으로 균열이 생겼지만, 그것도 무시하고 자판을 치는 데에만 몰두하고 있었습니다. 급기야 천장이 무너지면서 지금까지 출판되어 나온 내 책들이 모두 한꺼번에 와르르 쏟아졌어요. 나는 수십 톤이나 되는 책 더미에 깔리면서 그제야 깨달았습니다. 이 종이로 만들어진 수많은 비석들은 나라는 인간의 묘비가 되기 위해 만들어졌다는 것을(어쨌거나 한 권 한 권에 내 이름이 들어가 있으니까요).

잠시 이야기가 빗나갔지만 어쨌든 꿈속과는 달리 현실 속의 내 손가락은 자판 위에서 꼼짝도 하지 않았어요.

방금 전에 울음원숭이의 울음소리가 멈추는가 싶더니 스콜이 지천을 울리는 소리와 함께 찾아왔습니다. 지금은 텐트에 구멍이라도 뚫을 듯한 기세로 쏟아 붓고 있군요.

이 물도 땅속으로 스며들어 거대한 아마존 강에 합류하겠죠. 그리고 유유히 흐르면서 산 자를 풍요롭게 하고 죽은 자를 위로하겠지요.

오늘은 이 정도로 쓸까 합니다.

또 메일을 보내겠습니다.

제목 : first impression

송신일시 : 1997. 1. 31 20:31

날마다 따뜻한 격려의 말씀 고맙습니다. 읽을 때마다 당신의 따뜻한 살결이 무척이나 그리워지는군요.

하지만 여전히 글을 쓰려고 하면 손길이 멈춰버립니다.

전문 지식이라곤 전혀 없는 내가 이 탐험대에 참가하게 된 것은 기행문 때문임이 분명하지만, 아직 메모를 하는 정도 외에는 한 줄도 제대로 못 썼어요. 이대로 간다면 스폰서인 신문사와 『버즈 아이』 지로부터 계약 불이행으로 고소당할지도 모르겠습니다. 그런 이유로 당신에게 보내는 메일은 워밍업을 겸하고 있다고 할 수 있겠네요.

오늘은 내가 처음 아마존 숲을 보았을 때의 인상을 쓸까 합니다.

난 이곳을 처음 보고 거대한 '죽음의 숲'이라는 느낌을 받았어요. 언뜻 보면 이곳은 생명이 흘러 넘치는 곳 같습니다. 나무 한 그루를 보아도 알 수 있지만, 50미터 사방을 둘러보아도 같은 종류의 나무는 없습니다. 그리고 각각의 나무에는 무수한 곤충, 거미, 화려한 색의 개구리, 연체동물들이 살아가고 있습니다. 실로 다양하고 건전한 세계가 여기에 있습니다.

하지만 이토록 많은 생명이 존재한다는 것은 과거에 그보다 훨씬 많은 생명이 소멸되었다는 것을 의미할 것입니다. 아니 과거가 아니라 지금 이 순간에도 수많은 죽음이 찾아오고 있죠. 언뜻 생명으로 흘러 넘치는 것처럼 보이는 이곳은 그들의 희생 위에 존재하는 것입니다.

내 눈에는 숲이 뿌옇게 이중으로 보였어요. 살아 있는 숲과 그리고 과거에 그곳에 존재했을 죽은 숲으로 말입니다. 앞에서는 혜성처럼 빛나는 생명의 숲이 뒤에서는 캄캄한 죽음의 궤적을 그려나가고 있었던 것입니다.

탐험대 외의 멤버에게 넌지시 이런 감상을 말해보았지만 아무도 이해하지 못하더군요.

아무래도 기행문에는 다른 첫인상을 날조해 넣을 수밖에 없을 듯합니다.

그럼 다음에 또…….

제목 : mortality

송신일시 : 1997. 2. 6 23:05

당신이 그렇게 걱정하는 게 다 나를 생각하는 마음 때문이라는 것을 잘 알고 있어요. 하지만 당신이 완곡하게 지적했듯이 난 타나토포비어Thanatophobia는 아닙니다.

타나토포비어가 일본어로 뭐였더라? 시차 탓인지 요즘엔 머리가 잘 돌아가지 않아 잊어버리는 것들이 많네요. 내가 가지고 온 사전에도 없고. ……죽음 공포증이던가? 좀더 적당한 말이 있을지는 모르겠지만, 대충 그런 의미였던 것 같군요. 어쨌든 나는 언젠가 반드시 찾아올 죽음에 전전긍긍하며 살아가고 있는 것은 아닙니다.

당신이 매일 청춘을 소모하며 일하고 있는 호스피스(죽음이 가까운 환자를 입원시켜 위안과 안락을 얻을 수 있도록 하는 특수 병원)에서는(미안해요. 다른 뜻은 없습니다) 환자가 죽음을 받아들이는 것이 아주 큰 문제이겠지만 말입니다.

하지만 인간은 만물의 영장이 아니라 영장목靈長目 인간과人間科의 일종으로 단순히 머리가 진화한 원숭이에 지나지 않아요. 인간의 죽음은 해변에서 말미잘이 개체의 종언終焉을 맞이하는 것과 다를 바 없다는 뜻입니다.

우리는 그저 한정된 삶을 살고, 그리고 소멸해갈 뿐이에요.

그것을 아마존에 와서 새삼 뼈저리게 느꼈습니다.

그럼.

제목 : diligent forest

송신일시 : 1997. 2. 13 13:16

지금까지 보낸 메일에서는 근황도 제대로 적지 않았다는 사실을 깨닫고 어이가 없더군요. 이번에는 제대로 쓰겠습니다. 안심하시길.

먼저 지금 내가 있는 곳은 브라질 령 아마존 강 유역에서도 가장 오지로 소문난 술리몽스 강과 자푸라 강의 거의 중간 지점입니다. 적도보다는 조금 남쪽이지요. 일본을 떠나 중간에 비행기를 한 번 갈아타고 중류 지역의 대도시 마나우스까지 왔고, 마나우스부터는 배를 타고 강을 거슬러 올라왔습니다. 아마존 강은 높낮이의 차가 별로 없어서 말로는 거슬러 올라간다고 했지만, 실은 큰 호수를 가로지르는 듯한 느낌이더군요.

이번 탐험의 목적은 급속히 감소한 열대우림을 조사하여 지구 차원에서 환경문제를 생각하자는 것이었는데, 삼림 파괴가 상상 이상으로 급격하게 진행되고 있어서 심히 놀랐습니다.

1970년대에 건설되기 시작한 아마존 횡단 도로를 따라서 그물처럼 가지를 뻗어나가며 가난한 농민들이 화전 농업을 하는 바람에 삼림이 엉망이 되어가고 있더군요.

의외라고 생각될지 모르겠지만 아마존의 토양은 참으로 황폐합니다. 식물이 자라는 데 필요한 영양 염류를 포함한 흙층은 수 센티미터에서 기껏해야 30센티미터 정도밖에 되지 않아요. 게다가 타이가(Taiga 북반구의 냉대기후 지역에 나타나는 침엽수림)와 같은 북방의 숲이나 온대 조엽수림에는 낙엽이 두꺼운 카펫처럼 쌓여 있는 데 비해 이곳엔 아주 얇은 낙엽층밖에 없어요.

낮에도 어두운 아마존의 정글에 처음 들어갔을 때 난 거대한 버트레스(Buttress 산꼭대기나 능선을 향해 산을 받치듯이 솟아 있는 암벽)를 둘러싸고 있는 거목을 보고 압도당하는 듯한 느낌을 받았습니다. 그런데 그렇게 큰 나무도 땅속으로 뿌리를 깊이 내리지 못해서 나무꾼이 쓰는 큰 도끼로 밑동을 잘라내면 간단히 넘어간다고 하는군요.

이렇게 메마른 토지에 세계 최대의 열대우림이 존재한다는 것 자체가 그저 흥미로울 뿐입니다. 한 가지 더 설명하고 싶은 것은 이곳에선 온대와 냉대의 몇 배나 되는 속도로 영양 염류를 순환시키고 있다는 것입니다. 그래서 낙엽은 눈 깜짝할 사이에 분해되어 양분으로 나무들에 재흡수됩니다. 경제학을 예로 들자면, 화폐의 총량이 적어도 유통 속도가 빠르면 필요할 때 필요한 만큼 조달할 수 있는 것과 같은 원리지요.

요컨대 열대우림은 풍요의 땅이 아니라 부족한 자원을 최대한의 속도로 순환시키는 자전거 조업으로 겨우 유지되고 있는 불안정한 곳입니다. 그런 곳에서 화전을 일궈봐야 금세 지력地力이 다하니 기껏 개척한 토지는 불과 2, 3년 만에 버려지게 되고, 농민들은 다시 더 깊은 오지로 들어가 또다시 화전을 일구지요. 결국 그렇게 열대우림은 만신창이가 되어 급속도로 지구상에서 사라져가고 있는 것입니다.

이것은 브라질 정부의 무모한 개발 계획이 실패했기 때문인데, 그 여파는 이산화탄소의 증가로 인한 온난화 등 전 지구적 규모로 엄습해오고 있어요. 물론 일본도 예외일 수는 없지요.

……지금 카미나와 족 청년이 모니터를 들여다보며 이게 뭐냐고 묻네요. 반짝거리는 판 위에 개미 같은 글자가 점점이 널려 있는 것이 여간 신기하지 않은가 봅니다. 자꾸만 손을 대려고 하는데, 아무리 그래도 그들의 손에 컴퓨터를 맡길 만한 용기는 생기지 않는군요. 통역에게 부탁해서 자격이 있는 주술사가 아닌 사람이 손을 대면 재앙을 가져온다는 식으로 말해주었습니다. 그래도 아직 호기심 어린 표정으로 고개를 갸웃거리며 한쪽 눈을 가리고 액정 화면을 보고 있네요. 새삼 인간만큼 호기심이 강한 동물은 없을 거란 생각이 듭니다.

아아, 설명해야 할 게 아직 많습니다. 카미나와란 우리를 자기네 땅에 머물게 해준 인디오 부족의 이름입니다.

니나가와蜷川 교수가 나를 부르고 있군요. 뭔가 발견한 것 같으니 가보아야겠습니다.

제목 : rainy days

송신일시 : 1997. 2. 18 18:45

이쪽은 지긋지긋한 우기가 계속되고 있어요. 갑자기 덮쳐오는 스콜은 종종 텐트를 침수시키기도 하고, 일본의 장마처럼 하루종일 가랑비를 추적추적 뿌릴 때도 있습니다. 음울하다는 말밖에 할말이 없군요.

〈두 계절의 노래〉를 만들어보았어요.

> 우기雨期를 사랑하는 사람은 마음이 따뜻한 사람
> 진흙탕에 잠긴 악어 같은 나의 친구

그 다음은 언젠가 다시 건기가 되면 쓰도록 하지요.

우리는 지금 카미나와 족 촌락의 서쪽 끝에 텐트를 치고 생활하고 있습니다.

며칠 전 니나가와 교수가 촌락 북쪽 끝에서 다 탄 오두막집의 잔해 같은 것을 발견했어요. 지금까지 몇 번이나 그 옆을 지나면서도, 그 위를 덮고 있는 담쟁이 넝쿨 같은 식물 때문에 발견하지 못했던 것입니다.

카미나와 족은 지금까지 문명사회와는 거의 접촉이 없었다고 들었던 터라 우리는 상당히 의외라고 생각했는데, 3년쯤 전에 약 일 년간 꼬리감는원숭이를 연구하기 위해 미국인 부부가 이곳에 살았다고 하는군요.

아무래도 두 사람 다 죽은 것 같습니다. 그런데 이 건에 대해서는 그렇지 않아도 말이 없는 카미나와 족의 입이 더욱 무거워져서 자세한 사정은 알 수 없습니다. 니나가와 교수가 오두막의 잔해에서 가방에 든 유품 같은 것을 찾아내어 일단 내용물을 조사한 뒤 유족에게 돌려줄 생각이에요.

죽음이라는 것은 우리의 앞길에 어떤 식으로 다가오게 될지 전혀 알 수 없는 것입니다.

그럼 또.

제목 : who's who

송신일시 : 1997. 2. 22 21:52

오늘은 우리 아마존 탐험대의 멤버에 대해서 간단히 소개해보도록 하지요.

가끔 나가고 들어오는 사람이 있긴 하지만, 총 인원수는 대개 열다섯 명 정도입니다. 그중에 거의 늘 행동을 같이하는 사람들은 나를 포함한 다섯 명이에요.

먼저 캐릭터가 가장 강렬한 사람은 문화인류학의 니나가와 다케시蜷川武史 교수일 것입니다.

나이가 쉰다섯 살이나 되지만, 학창 시절부터 줄곧 현장 조사를 해온 탓인지, 그 왜소한 몸에선 젊은 사람을 능가하는 힘이 넘쳐나고 있습니다. 그래서 그런지 이 사람과 같이 움직이다 보면 난 과로사할 것 같은 생각이 들곤 하더군요.

햇볕에 새까맣게 그을린 데다 살이라는 살은 다 도려낸 듯 볼은 쏙 들어가고, 미간에는 웃고 있을 때조차 조각도로 파낸 듯한 깊은 주름이 파여 있어요. 항상 자신을 엄하게 다스리며 세상 그 무엇도 두려워하지 않는 신념을 가진 사람이죠.

대학교 동기였던 아내와 시집갈 때가 된 두 딸이 있는데, 10년쯤 전부터 별거중이랍니다. 그 부인의 심정을 어딘지 모르게 조금은 알 것 같기도 해요.

스스로 구세주 콤플렉스가 있다고 말하는 니나가와 교수는 항상 일본 사회에 대해 걱정합니다. 겉모습은 단순한 강경파라고 할 수 있지만 실제로는 심각한 강경파랍니다.

교수가 주장하는 골자는 이를테면 다음과 같은 것이에요.

> 모 신흥 종교에 대해 강제 해산법을 사용하지 않은 것은 겁쟁이의 진수를 보여주는 좋은 예다. 이번 기회에 최후의 무기이니 하며 아끼지 말고 폭력단과 신좌익, 후생성 등에도 널리

그 적용을 검토해보면 어떨까?

요즘 청소년들의 마약 중독은 심각하다. 현재 세계에서 가장 합당한 마약대책을 세우고 있는 나라는 인도네시아로, 일정량 이상 소지한 자는 국적을 불문하고 사형에 처하고 있다. 구 종주국인 네덜란드가 마약 중독자들을 보고도 못 본 척하는 것은 물론, 주사기를 나눠주기까지 하는 한심한 체제인 것과는 대조적이다. 일본은 인도네시아를 배워라.

소년 범죄가 날로 흉악해지는 가운데 비행 소년을 소년원에 잡아넣어도 교정 효과가 전혀 오르지 않는 것에 대해서, 법무성은 업무 태만에 대한 비난을 면할 수 없을 것이다. 범람하는 신흥 종교들로부터 세뇌법의 노하우를 흡수해서 실시하면 단 한 달 만에 그들의 근성을 뜯어고칠 수 있을 텐데…….

정말 하고 싶은 말은 아마 과격한 언사 뒷면에 있겠지요. 그래도 국립대학 교수로서 이만큼이라도 당당하게 자기 주장을 펴는 사람은 드물기에 상당한 가치가 있지 않을까요?

신세계 원숭이 전문가인 모리 유타카森豊 씨는 서른여섯 살입니다. 나와 나이가 비슷해서 비교적 자주 이야기를 하는데, 생각해보면 그도 꽤 특이한 남자예요.

니나가와 교수와는 대조적으로 모리 씨는 아주 수줍음을 잘 타는 내향적인 성격입니다. 자신의 용모에 대해 열등감이 있는 탓인지(그의 연구 대상인 꼬리감는원숭이와 아주 닮았습니다), 아니면 치아가 부정교합이라 발음이 조금 불명확한 것을 신경 쓰는 탓인지, 사람들 앞에서는 그다지 이야기를 하려 하지 않아요. 특히 여자를 대할 때는 고통으로 일그러진 표정을 지어서 옆에서 보고 있으면 가엾을 정도입니다.

카미나와 족 여성을 대할 때는 어떨까 하고 몰래 관찰해보았더니, 일본 여성을 대할 때와 마찬가지로 고통스러워하더군요. 그 모습을 보고 난 약간의 놀라움과 동시에 깊이 감탄했습니다. 일본인과 카미나와 족을 똑같이 대한다는 것이 쉬운 것 같지만 좀처럼 불가능한 일이니까요.

모리 씨는 일본에서는 원숭이학의 권위자라고 불리는 교수의 연구실에 소속되어 있어요. 이유는 모르겠지만 꽤 찬밥 대우를 받는 모양입니다. 아직 싱글이긴 하지만 만년 조수 월급으로는 생활이 어렵다고 종종 투덜거리지요(가슴에 상처를 안은 사람들끼리여서 그런지, 나한테만은 비교적 말을 잘하는 편입니다).

하지만 이런 모리 씨도 앞에서 말한 니나가와 교수에게는 푹 빠져 있답니다. 모를 일이지요? 최근에는 어딜 가든 바짝 붙어 다녀요(그렇다고 동성애적인 감정은 별로 없는 것 같습니다).

모리 씨는 상당히 경력이 오래된 '매킨토시 사용자'로 틈만

나면 혼자 텐트에 틀어박혀 노트북을 들여다보고 있습니다. 표정이 묘하게 이완되어 있는 것으로 보아 필시 일하고 있는 것일 텐데, 절대로 화면을 보여주지 않아서 무엇을 하는지는 몰라요.

아카마쓰 야스시赤松靖 선생은 이 다섯 명 가운데 비교적 정상적인 부류인 것 같아요. 마흔다섯 살의 사립대학 조교수로 전공은 이끼와 지의류地衣類입니다. 비인기 분야일 것 같지만, 제약회사와 계약을 맺어 암이나 에이즈 특효약이 될 만한 성분을 함유한 신종 식물을 찾고 있다는군요. 그래서인지 학자치고는 경제적으로 윤택한 것 같습니다.

비만에다가 전형적인 조울증(이런 통속적인 분류는 당신의 빈축을 살지도 모르겠지만)인 선생은 누구에게나 허물없이 대하는 사교적인 인물입니다.

아카마쓰 선생의 약점은 의외로 함께 정글 속을 걷다가 알게 되었어요.

당신은 재규어(이곳에서는 온서라고 부른답니다)가 인간의 뒤를 따르는 습성이 있다는 것을 아나요?

가이드 겸 통역에게 들었는데 어지간한 일이 아니면 덮치는 경우는 없는 것 같지만, 해가 진 후 캠프로 돌아올 때면 종종 우리를 배웅해주는 재규어를 만나는 일이 있어요. 모습을 직접 본 것은 아니지만, 주변의 기미와 이따금 들려오는 우웅거리는 소리로 알 수 있지요.

그럴 때 아카마쓰 선생은 캄캄한 밤에도 뚜렷이 보일 정도로 창백해져서 옆에 있는 사람이라면 누구를 막론하고 매달린답니다. 씨름 선수 같은 체격의 아카마쓰 선생이 그의 반 정도밖에 되지 않는 모리 씨에게 매달려 있는 모습을 보면 긴박한 분위기 속에서도 나도 모르게 웃음이 터져나오곤 해요.

재규어라면 그럴 수도 있다지만 아카마쓰 선생은 카미나와 족이 애완동물로 기르는 오셀롯(Ocelot 아름다운 무늬를 가진 산고양이의 일종입니다)을 보면서도 종종 겁먹은 표정을 짓더군요. 언젠가 한번 그 일로 놀렸더니 불끈해서 반론을 펴더군요.

"그들의 눈을 보면 알 겁니다. 처음에는 화내는 건가 생각했죠. 그런데 그게 아니었어요. 놈들은 화 같은 건 내지 않아요. 욕망으로 흥분해 있는 거였어요. 나를 먹고 싶다는 욕망 말입니다. 그걸 느꼈을 때 나는 오줌을 쌀 뻔했죠."

이 정도로 동물을 싫어하는 아카마쓰 선생이 탐험대에 참가한다는 것은 도저히 제정신으로 하는 짓이라고는 볼 수 없지만, 아마도 지구상에서 마지막으로 남겨진 유전자 자원의 보고이며, 더욱이 마구잡이 개발로 인해 매일 수천 종이 멸종해가고 있는 현상황에서는 어쩔 수 없었는지도 모릅니다.

아카마쓰 선생은 열렬한 연애로 맺어진 부인과 세 아들에게 거의 매일 밤 전화를 겁니다. 즐겁게 대화하는 걸 보면 가정은 아주 원만한 것 같아요.

마지막으로 유일한 여성대원인 카메라맨 시라이 마키白井眞紀 씨. 그녀를 맨 마지막에 소개하는 이유는 특별히 없습니다. 그다지 미인은 아니지만 기혼자로 딸이 하나 있다고 하더군요.

나이를 물어봐도 웃음으로 얼버무리며 가르쳐주지 않았지만, 몰래 건강진단 서류를 보니 서른두 살이라고 되어 있더군요.

조용하고 지적인 느낌의 사람입니다. 항상 사람들 속에 끼긴 해도 별로 말이 없으며, 한가할 때는 언제나 딸의 사진만 물끄러미 바라보고 있어요. 한없이 말이죠.

2, 30분이 지나도 지치는 기색 없이 흐트러지지 않은 모습으로 바라보고 있답니다. 그 모습은 어딘가 무섭기조차 합니다. 그녀도 역시 다른 사람은 알 수 없는 문제를 안고 있는지도 모릅니다.

일본에 돌아가면 당신이 내가 사랑하는 대원들의 성격을 어떻게 분석할지 기대되는군요.

제목 : monkey business

송신일시 : 1997. 2. 26 13:08

아마존 탐험대가 이쪽에서 무슨 일을 하고 있는지 전혀 모르겠다는 당신의 지적은 아주 지당합니다. 그래서 이번에는 우리 반 선생님들의 연구에 대해 잠깐 설명할 생각입니다(지금까지의 메일만 읽으면 우리 반은 기인들의 모임이라 생각할지 모르니 이번에는 그 명예회복을 위해서라도).

먼저 모리 씨의 연구. 실은 이 메일을 쓰려고 조금 전에 인터뷰를 해왔어요.

그의 주장에 따르면 지금까지 일본의 원숭이학은 줄곧 한 사람의 위대한 학자에게 주술이 걸린 듯 속박되어 있었기 때문에 전 세계의 원숭이를 연구 대상으로 해왔다는 호언장담과는 달리 실제로는 일본원숭이와 고릴라, 침팬지 등의 유인원에 치우쳐 있었다는군요. 그래서 영장목靈長目에 필적한다는 높은 지능이 있고, 또 인류와 침팬지 등과는 다른 계통으로 진화해온 꼬리감는원숭이에 대한 연구는 큰 의의를 갖는다고 합니다(어쩐지 그의 동기 바탕에는 원숭이학의 태두인 스승에 대한 깊은 원망이 있는 것 같다는 생각을 떨칠 수가 없습니다).

모리 씨는 원숭이의 지능을 재기 위해 새롭게 고안된 지능

테스트를 하기도 하고, 하이테크 기기를 사용해서 꼬리감는 원숭이들의 뇌 중량을 측정하고, 뇌화지수(뇌 중량을 감각 기관이 분포하고 있는 체표면적으로 나누는 것 같습니다만, 원숭이를 갈기갈기 찢지 않고 어떻게 그런 것을 계산할 수 있는지 나는 이해가 안 갑니다)를 계산하기도 합니다.

그 결과 꼬리감는원숭이 중에서도 테스트 결과가 가장 우수했던 검은머리 꼬리감는원숭이의 지능은 중앙아프리카의 보노보(피그미 침팬지)를 능가한다는 사실을 알게 되었습니다(모리 씨는, 이 결과는 분명 스승이 받아들여주지 않을 거라고 의기소침한 표정으로 이야기했습니다).

당신한테는 생소할 테니 꼬리감는원숭이에 대해서도 잠깐 설명하죠. 이 원숭이는 유인원 아목 꼬리감는원숭이과로 중앙아메리카에서 브라질, 파라과이, 아르헨티나 북부까지 광대한 지역에 분포되어 있습니다.

11속 30종이 알려져 있고, 크기나 형태는 물론 식성 등의 생태와 사회성의 다양한 진화는 다른 종류의 원숭이에게서는 좀처럼 찾아보기 힘들 정도입니다. 음식 하나를 보아도 종류에 따라 나뭇잎부터 과일, 곤충, 심지어는 소형 포유류까지 먹는다고 합니다.

거미원숭이는 영장류 중에서는 유일하게 물건을 잡을 수 있는 꼬리(꼬리감는원숭이라는 이름의 유래이기도 합니다)

가 있어서 마치 다섯 번째 팔처럼 자유자재로 사용하여 재주좋게 나무를 타며, 울음원숭이는 그 이름대로 수 킬로미터 밖에서도 들리는 큰 소리로 울 수가 있습니다(이른 아침 우리들의 단잠을 방해하는 것 말고, 무슨 득이 있는지는 모르겠습니다).

또 올빼미원숭이는 세계에서 유일한 야행성 원숭이입니다. 게다가 앞에서 말했듯이 유인원을 제외하면 가장 지능이 높은 원숭이도 이 종에 포함되어 있습니다.

각각의 종이 이렇듯 독특한 진화를 하고 있지만, 아직 연구가 충분하지 않은 것과 꼬리감는원숭이과의 분류에 논쟁이 많은 탓에 자주 카테고리가 변경되곤 합니다.

이들 꼬리감는원숭이과의 원숭이들에게 최대의 라이벌은 식성이 비슷한 같은 과의 다른 종 원숭이입니다. 그래서 원래는 심한 생존경쟁을 벌여야 하지만, 그들은 실로 교묘하게 충돌을 피해 따로 살고 있습니다.

예를 들면 소형 티티몽키는 대형 종이 먹지 않는 독이 있는 파란 열매를 먹으며, 올빼미원숭이는 다른 종이 활동하지 않는 야간에 먹이를 먹습니다. 또 머리가 벗겨진 선홍색의 기괴한 모습 때문에 현지에서는 '악마 원숭이'라고 불리는 우아카리원숭이는 다른 꼬리감는원숭이가 생식하지 않는 습지림(바르제아라고 불리며 우기가 되면 수몰되는 정글입니다)

에 살고 있습니다.

꼬리감는원숭이들에게도 당연히 천적은 존재합니다. 재규어는 제쳐놓더라도 고양이과의 오셀롯이나 마게이Margay, 족제비과의 타이라Tayra 등은 대형 원숭이도 잡아먹습니다.

또 이것은 모리 씨가 실제로 목격한 일입니다만, 세크로피아 나뭇가지 끝에 있던 울음원숭이가 완전히 방심한 상태에서 나뭇잎을 먹고 있는데, 느닷없이 상공에서 '무지막지하게 큰 새'가 내려와 공포에 경직된 울음원숭이를 낚아채 나무 사이를 가볍게 날아갔다고 합니다.

모리 씨는 간이 떨어질 만큼 놀라서 새의 모습은 잊었지만, 울음원숭이가 꼬리감는원숭이 중에서는 가장 큰 급이라는 것을 생각하면 그렇게 할 만한 것은 부채머리독수리뿐이라고 하더군요.

부채머리독수리는 뿔매, 원숭이잡이독수리와 나란히 세계 3대 맹금의 하나로(3대 테너와 마찬가지로 누가 정했는지는 모릅니다), 영어명은 하피 이글Harpy eagle이라고 합니다. 하피라는 것은 그리스 신화의 하르퓌아이를 말하는 것으로 얼굴은 여자이고 날개에는 발톱이 달린, 아이를 덮치는 무서운 괴물입니다. 부채머리독수리는 그 이름에 부끄럽지 않게 강력한 발톱으로 원숭이나 게으름뱅이들을 낚아챕니다.

그런 엄청난 새가 머리 위에서 급강하한다면 아마 옴짝달

싹도 못하겠지요. 느닷없이 바람을 가르는 맹렬한 날갯소리가 고막을 칠 때 꼬리감는원숭이들의 뇌리에도 짧은 생애의 일기가 주마등처럼 스쳐갈까요……?

참, 꼬리감는원숭이류에서 한 종만 더 소개하도록 할게요. 아까 말한 우아카리원숭이와 비교적 근접한 종인 몽크사키원숭이랍니다.

재색의 푸석푸석한 털에 몹시 우울한 얼굴을 한 볼품없는 원숭이입니다만, 이게 혀를 찰 정도로 모리 씨를 닮았습니다. 만약 동물 도감을 볼 기회가 있다면 꼭 한번 확인해보길 바랍니다.

다음은 니나가와 교수에 대해서.

하여간 잠시도 가만히 있지 못하는 사람이어서 아직 차분히 이야기 나눌 기회도 없었습니다. 때문에 경솔하게 이야기할 수는 없지만, 내가 보기에 교수님의 머릿속에는 독특한 문명사관이 있는 것 같습니다. 카미나와 족처럼 선사先史 문명을 이어받았을 가능성이 있는 부족을 찾아 현장조사를 하는 것도 그것을 실증하기 위해서인 것 같습니다.

교수님의 문명사관이 어떤 것인지 정확하게 요약할 자신은 없지만, 간단히 말하면 '생존'과 '행복'이라는 두 가지 욕구의 상극에 의해 인류 문명이 발달해왔다는 것입니다.

뇌는 항상 지나칠 정도로 '쾌감'과 '만족'과 '행복'을 추구하고 싶어하는데, 너무 그쪽으로 치우쳐버리면 '생존'을 위해서는 부적합한 행동을 취하게 될지도 모르고, 또 도태되어버리기도 합니다.

인류는 이 두 가지 목표 사이에서 균형을 잡으려고 양쪽 다 같은 노력을 기울여왔습니다. 한편으로는 '생존'을 추구하기 위해 외적과 재해, 기아, 전염병 등에 대비하고, 또 한편으로는 마음의 평온을 얻기 위해 '문화'를 만들어내면서 말이지요.

대부분의 사람들이 어렴풋이 느끼고 있듯이 가장 손쉬운 전략은 먼저 '생존'을 위해 필요 충분한 자원을 확보해두고, '행복' 쪽은 가능한 한 돈과 에너지를 들이지 않고 처리하는 것일 겁니다. 하지만 뇌는 그 정도로는 좀처럼 만족하질 않습니다.

세계 대부분의 문명은(편집적으로 물질을 숭배하는 서구 문명 이외에) 이 딜레마를 해결하기 위해 요가나 명상 같은 손쉬운 방법으로 내적 세계의 탐구를 추구했습니다. 또한 그 일조로서 약품을 사용하는, 이른바 드러그 컬처라는 것도 수없이 존재했습니다.

니나가와 교수는 고대 아마존에는 뱀을 신앙으로 하는 특이한 밀림 문명이 존재했다고 믿고 있습니다. 그곳에서는 뭔가 특별한 종류의 마약을 사용하여 '행복'에 대한 욕구를 조절했던 게 아닐까 하고 말이지요. 이것은 교수가 오랜 기간에 걸쳐, 아득한 옛날에 존재했다는 '이상향'에 관한 인디오들의 구전을 모아 분석, 추리한 결과라고 합니다(유감스럽게도 물질 순환이 유난히 빠른 아마존에서는 목제 유물류가 눈 깜짝할 사이에 썩어 흙으로 돌아가버린 탓에 물적 증거는 거의 남아 있지 않습니다).

카미나와 족뿐만 아니라 아마존의 인디오들은 세계에서 가장 오래전부터 마약을 사용해온 민족으로 알려져 있습니다(그 때문인지 현재는 기업과 계약하여 코카인을 밀재배하는 부족도 있습니다). 그러나 태고에 이곳 브라질 령 아마존의 가장 오지에 존재했던 드러그 컬처는 인디오와는 전혀 다른 인종에 의한, 훨씬 세련된 것이었다고 합니다.

고대 아마존에 밀림 문명이 존재했다는 증거는 몇 가지인가 존재합니다.

예를 들면 여기에서 훨씬 하류의 밀림 속에 있는 몬테알레그레 동굴에서는 기하학 모양과 인간의 손 모양, 키메라(한 개체 내에 서로 다른 유전적 성질을 가지는 동종의 조직이 함께 존재하는 현상), 영능자靈能者 등의 인물상이 빨강과 노랑의 밝은 색으로 그려진 아름다운 벽화가 발견되었습니다. 같은 장소에서 발견된 화살촉과 물고기 뼈 등에 대해서 미국 일리노이 대학의 안나 루스벨트 교수 등이 동위원소에 의한 연대 측정을 실시한 바, 약 1만 1천 년 전의 것이라는 게 확인되었습니다. 이것은 중미의 아스테카 문명과 마야 문명, 남 잉카 문명, 나스카 문명은 말할 것도 없고 현재까지 알려져 있는 그 어떤 문명보다도 더 오래된 것입니다.

또 미국의 인류학자 래슬랩은 아마존의 여러 부족을 언어학적으로 조사한 결과, 아마존 강 본류의 중류 지역에는 기원전 5천 년경에 농업을 기반으로 하는 열대 문명이 존재했다는 가설을 세웠습니다. 이 문명은 고구마와 벼 같은 영양가 높은 작물 재배가 시작됨과 동시에, 서서히 아마존의 각 지류와 상류 지역으로도 퍼져갔다고 여겨지고 있습니다.

아마존 강을 점점 거슬러 페루 령으로 들어가면 원류의 하나인 우루밤바 강의 상류에 안데스 문명의 유적으로서 세계적으로 유명한 마추픽추가 있습니다. 잉카 제국의 수도 쿠스코를 지키는 요새였던 것 같습니다만, 마추픽추의 탑은 한결같이 안데스 고원이 아니라 아마존의 밀림 쪽을 향해 세워져 있습니다. 이것은 잉카 문명을 위협할 정도로 강대한 문명이 고대 아마존에 존재했음을 가리키는 명백한 증거입니다.

그러면 그들이 사용한 마약이란 어떤 것이었을까요? 그리고 왜 그들은 멸망해버린 것일까요?

유감스럽게 그 대답은 아직 찾지 못했습니다. 그런데 니나가와 교수는 그것을 푸는 열쇠는 앞에 거론한 장소의 딱 중간 지점인 이곳 브라질 령 아마존의 오지에 있다고 생각하고 있습니다.

어떻습니까? 조금 설레지 않나요?

우리는 절대 무의미하게 정글을 어슬렁거리고 있는 것이 아니랍니다.

아카마쓰 선생의 연구에 대해서는 나중에 또 쓰겠습니다.

제목 : lunatic night

송신일시 : 1997. 3. 8 23:39

무엇부터 써야 할까요.

정말 혼이 난 경험을 했거든요. 지금도 강렬한 인상으로 남아 있을 정도로 충격이었습니다.

지금으로부터 꼭 일주일 전의 일입니다. 우리 다섯 명은 사흘간의 예정으로 카미나와 족의 촌락에서 북동으로 2, 30킬로미터 떨어진 지점까지 현장조사를 나갔습니다. 다섯 명이란 니나가와 교수, 아카마쓰 조교수, 모리 조수, 카메라맨인 시라이 씨 그리고 나입니다.

전공과 취미가 각각 다른 다섯 사람이 어떻게 같은 곳에 가는지 궁금해할지 모르겠습니다만, 정글 안에서의 단독 행동은 죽음이나 다름없기 때문에 서로 가고 싶은 곳에 대해 토론을 하여 절충점을 찾아서 가는 식이랍니다(최종적으로 누구의 의견이 많이 통과되는지는 말하지 않아도 알 겁니다).

우리는 두 대의 선외기船外機가 붙은 고무보트에 나누어 타고 술리몽스 강의 원류의 하나인 미라글 강을 거슬러 올라갔습니다. 니나가와 교수가 카미나와 족으로부터 미라글 강 상류에 고대 문명의 흔적 같은 것이 있다는 말을 들었기 때문입니다. 또 이 주변은 멸종 위기에 있는 붉은 우아카리원숭이와 흰 우아카리원숭이의 생식 지역이기도 하기 때문에 모리 씨도 싫다고는 할 수 없었습니다.

그런데 10년쯤 전에 미라글 강 탐사를 할 때와는 강의 흐름이 완전히 달라져 있었습니다. 나중에 안 것입니다만, 누군가가 구불구불 사행蛇行하던 미라글 강의 일부를 잘라내 작은 호수를 만들고, 본래의 강은 다른 곳에 지름길을 만들었던 것입니다.

이 때문에 상륙했어야 할 지점을 지나쳐버려 길을 잘못 들어섰다는 것을 알게 된 것은 그곳을 한참이나 지나온 후였습니다.

바로 되돌아가면 좋았을 텐데 니나가와 교수가 강력히 상륙할 것을 주장했습니다. 그곳에 보이는 나지막한 언덕의 지형이 카미나와 족의 이야기에 나온 고대 유적과 아주 흡사하다는 것이었습니다. 그리고 주위의 지형을 조사하니 5미터 정도 떨어진 곳에 다른 강이 흐르고 있었습니다. 언덕 쪽으로 이어지는 강줄기였습니다. 우리는 니나가와 교수의 의견대로 그곳까지 고무 보트로 이동하여 더 거슬러 올라가보기로 했습니다.

아마존에는 본류 외에도 작은 강(작다고는 하지만 일본에서는 크다고 하는 도네 강이나 시나노 강 급은 여기서는 흔하답니다)이 무수히 모여 있습니다. 그것들에게 그물망처럼 둘러싸인 원류, 지류는 물색에 따라 '하얀 강' '검은 강' '녹색 강'의 세 종류로 나누어집니다.

미라글 강과 하류의 술리몽스 강 등은 전형적인 '하얀 강'으로 실제로는 황하 같은 황갈색의 탁류입니다. '하얀 강'은 '비옥한 강(리오스 파르투스)'이라고도 부르는데 중성 내지는 약 알칼리성으로 영양 염류를 풍부하게 함유하고 있습니다. 이 때문에 물고기도 많고 다양한 생물들이 살고 있습니다.

이에 비해 '검은 강'은 마치 엷게 탄 커피색 같습니다.

'검은 강'의 상류에는 반드시 침수림(습지림과 달리 일 년 내내 수몰되어 있는 숲입니다)이 있어 많은 낙엽이 강으로 떨어집니다. 그런데 영양 염류가 결핍된 토지에서 자라는 식물은 초식 동물에 의한 해를 막기 위해 잎에 자기 방어를 위한 물질을 축적하고 있습니다. 요컨대 검은색은 낙엽에서 녹아나온 탄닌과 페놀 같은 유독 물질의 색입니다. 게다가 강한 산성이어서 영양 염류가 부족해 '검은 강'에서는 거의 생물이 살 수 없습니다. 이 때문에 '검은 강'은 '기아飢餓의 강(리오스 데 포메)'이라고도 불립니다('녹색 강'은 투명도가 높은 중성의 강 같습니다만, 유감스럽게 실물을 본 적이 없어서 잘 모르겠습니다).

우리가 발견한 새로운 강은 '검은 강' 같았습니다.

그것을 실감한 것은 몇 시간 더 보트를 타고 내려가 야영을 하기 위해 텐트를 친 뒤의 일이었습니다.

아마존 탐험은 기동성을 확보하기 위해 최소한의 인원, 최소한의 장비가 상식입니다. 그 때문에 식료품도 최소한으로 가져와서 나중에는 '현지 조달' 하는 것이 일반적이지요. 그래서 늘 그렇듯 아카마쓰 선생과 모리 씨가 강에 낚싯줄을 드리우고 있었습니다만, 전혀 잡히지 않았습니다.

할 수 없이 그날 밤은 가지고 온 적은 양의 레토르트 식품으로 허기진 배를 채우고 잤습니다.

다음 날 우리는 '검은 강'을 내려가 처음에 왔던 지점으로 돌아가려고 했는데 아무리 가도 표시를 해둔 장소가 나타나지 않았습니다. 물살이 생각보다 빨라 또 지나쳐온 것이죠. 다시 강을 거슬러 올라가 겨우 표시를 해둔 깃발을 찾아냈지만, 그때는 이미 날이 저문 상태였습니다.

게다가 운 나쁘게 고무 보트로 갑자기 방향 전환을 하려다가 하마터면 전복할 뻔하여 귀중한 총알까지 모두 강에 빠뜨렸지 뭡니까.

돌아오는 길은 알고 있었지만, 총을 사용할 수 없는 상태에서 재규어라도 만나면 너무나 위험하기 때문에 결국 하루 더 야영하기로 했습니다.

적당한 장소를 찾아 그곳에서 조금 더 강을 내려오자 작은 골짜기가 나왔습니다. 강에서 조금 떨어진 곳에 얕은 여울이 있고 텐트를 치기에 충분한 공간도 있었습니다.

그 주변은 우기가 되면 수몰되는 습지림(바르제아) 같았습니다. 바르제아는 보통 아마존에서는 예외로 비옥한 토지이지만, 여기서는 강 자체에 영양 염류가 적기 때문에 식물의 성육成育 상황은 오히려 빈약하여 어딘지 모르게 버려진 땅 같은 느낌이 들었습니다.

이제 먹을 것은 하나도 없습니다. 우리는 재규어를 피하려고 지펴놓은 모닥불 앞에 굶주린 배를 안고 둘러앉았습니다. 모두 기분 나쁜 모습으로 입을 다물고 있었고, 내 생각 때문인지는 모르지만 나를 보는 눈이 차갑게 느껴졌습니다(깜빡 잊었는데 고무 보트를 전복시킬 뻔한 사람은 나였습니다).

해가 지고 얼마 안 있어 숲 속은 보금자리로 돌아온 무수한 새들의 지저귐으로 가득 찼습니다. 히치콕의 영화가 생각나는 소란스러움입니다. 이윽고 그 소리가 진정되자 고요함이 찾아왔습니다. 귀에 들려오는 것은 간헐적으로 멀리서 들려오는 짐승의 포효와 벌레소리뿐…….

바로 그때 하늘이 베풀어준 은혜처럼 우리 앞에 원숭이 한 마리가 나타났습니다.

하늘에는 보름달이 떠서 환하게 강물을 비추고 있었습니다. 잔물결이 반사하는 반짝거리는 빛의 입자를 받으며 원숭이는 천천히 우리 쪽으로 다가왔습니다.

뭔가 무서운 느낌에 털끝이 서는 듯했습니다. 다른 대원들도 같은 생각이었겠지요. 한참 동안 누구 하나 입을 열지 않았습니다.

원숭이는 머리부터 꼬리까지 50센티미터 정도 되고 몸은 푸석푸석한 갈색 털로 덮여 있었는데, 머리가 좀 이상했습니다. 털 한 가닥 없는 머리가 도기처럼 창백했던 것입니다.

그 모습은 마치 해골 머리의 사신死神이 우리 쪽으로 천천히 걸어오는 것 같았습니다.

"우아카리원숭이인가?"

모리 씨가 숨을 삼키듯이 중얼거렸습니다.

"하지만 저 얼굴은……?"

나중에 들은 것입니다만 그 주변에 분포하고 있는 우아카리원숭이는 붉은 우아카리원숭이와 아종으로 흰 우아카리원숭이가 있는데, 흰머리 우아카리원숭이는 아직 알려지지 않은 것이라고 합니다. 우리 앞에 나타난 원숭이는 만약 신종이 아니라면 돌연변이이거나 혹은 상처나 병 때문에 심한 빈혈 상태였는지도 모릅니다.

우아카리원숭이는 겁도 없이 우리들에게 다가오더니 땅바닥에 주저앉았습니다. 우리하고의 거리는 불과 4, 5미터 정도였습니다.

새삼 총알을 잃어버린 것이 분했습니다. 원숭이는 정글에서는 진수성찬에 속합니다. 우아카리원숭이를 한 마리 잡으면 모두의 허기를 채우기에는 충분할 정도이지요.

이때는 활활 타오르는 모닥불에 비추어 우아카리원숭이의 얼굴을 세세한 부분까지 또렷이 볼 수 있었습니다. 친구들과 싸움이라도 했는지 털이 없는 머리에는 손톱 자국 같은 지렁이 모양의 긁힌 자국이 몇 군데나 나 있었습니다.

"이 녀석, 좀 돈 거 아냐?"

누군가가 중얼거렸습니다.

그렇게 말하는 것도 무리가 아닐 정도로 우아카리원숭이의 태도는 기묘했습니다. 가만히 땅바닥에 주저앉더니 일부러 그러는 것처럼 커다란 갈색 눈을 동그랗게 뜨고 말끄러미 우리를 쳐다보고 있는 것이었습니다.

니나가와 교수가 일어섰습니다. 손에는 총이 들려 있었습니다. 발소리를 죽이고 우아카리원숭이를 우회하듯이 큰 원을 그리며 살그머니 등뒤로 돌아갔죠. 우리는 침을 삼키며 지켜보았습니다.

우아카리원숭이도 분명히 교수의 움직임을 알아챘을 텐데 미동조차 없습니다.

니나가와 교수는 우아카리원숭이의 뒤쪽으로 가더니 재빨리 등뒤로 숨어들었습니다.

그때 우아카리원숭이가 윗입술을 뒤집으며 이빨을 드러냈습니다. 그러나 그것은 위협이라기보다는 마치 웃고 있는 것처럼 보였습니다.

다음 순간 니나가와 교수가 총대를 휘둘러 우아카리원숭이의 벗겨진 두부를 후려쳤습니다. 둔탁한 소리와 함께 우아카리원숭이가 고꾸라졌습니다.

니나가와 교수는 사체를 아무렇게나 들고 모닥불 옆으로 오더니 벨트에 끼고 있던 큰 칼을 뺐습니다. 익숙한 손놀림으로 폭이 넓은 칼을 몸에 찔러 넣더니 재주 좋게 가죽과 살 사이를 벌려갑니다. 그리고 그곳에 다시 세게 입김을 불어넣으니 가죽은 풍선처럼 부풀려지며 분리되더군요. 다음에는 가로세로로 크게 잘라서 벗겨내기만 하면 됐습니다.

그리고 팔다리에도 얇게 칼집을 넣어 마치 파티용 긴 장갑과 부츠를 벗기듯이 간단히 손발의 가죽을 벗겨냈습니다.

망토 같은 가죽이 없어져버리자 우아카리원숭이의 사체는

무참할 정도로 어린아이와 닮았더군요.

교수는 칼 끝을 능숙하게 사용하여 팔다리가 달린 곳과 목덜미에 있는 냄새샘을 제거한 뒤 머리와 팔다리를 절단하고(생각만큼 피가 나오지는 않았습니다), 몸통을 뭉텅뭉텅 잘랐습니다.

그러고는 각자 뼈에 붙은 고기와 내장 등을 나뭇가지에 꽂고 소금을 뿌려서 모닥불에 구워 먹었습니다.

우리는 동그랗게 둘러앉아 우아카리원숭이 고기를 먹으면서, 허기를 채우는 강렬하면서도 어딘지 관능적인 기쁨과 함께 까닭 모를 죄책감에 휩싸였습니다. 그렇게 느끼고 있는 것이 나뿐만은 아닌 듯 고기를 물어뜯으면서 서로 눈이 마주치면 모두 꺼림칙한 듯 시선을 피해버렸습니다.

손발은 구워질수록 점점 더 인간과 똑같아져 모두 눈을 돌린 채 고기 맛만 음미하며 먹고 있는 것 같았습니다. 그러나 머리만은 역시 아무도 먹지 않아 마지막까지 남았습니다.

별이 뜬 하늘 아래, 압도적인 어둠 속으로 빨려 들어갈 것 같은 모닥불의 흔들림. 타닥타닥 장작이 타는 소리. 멀리서 가끔씩 들려오는 짐승의 비명. 그리고 피냄새와 복잡하게 뒤섞인 고기 타는 냄새…….

그날 밤의 일을 지금 생각해보면 감각으로서의 인상은 선명히 남아 있지만, 반대로 어딘지 꿈속에서 있었던 일처럼 신기하고 모호한 느낌이 듭니다.

그 이후 내 의식 속에서는 확실히 뭔가가 바뀌어가고 있었습니다.

그날 밤, 아마존에 와서 처음으로 내가 커다란 자연의 일부라는 것을 실감한 듯합니다. 커다란 자연의 순환 속에서 인간의 생과 사는 극히 일부에 지나지 않습니다. 그렇게 생각하자 왠지 마음이 가벼워진 듯한 느낌이 드는군요.

지금은 그저 한시라도 빨리 당신에게 돌아가고 싶은 마음뿐.

제목 : euphoric season

송신일시 : 1997. 3. 23 12:52

우기를 사랑하는 사람은 마음이 들떠 있는 사람
핑크빛 아마존 강의 돌고래 같은 나의 친구
건기를 사랑하는 사람은 환희에 넘치는 사람
새빨간 헬리코니아Heliconia 같은 나의 연인

뭘 그리 들떠 있느냐고 분명 어이없어하겠지요. 그러나 길었던 우기가 드디어 종말을 고하고 있습니다. 아마존의 꽃들은 건기에 개화하는 것이 많아서, 마침내 지금부터 일년 중 가장 아름다운 시기로 들어간답니다.

아마존에 머물 수 있는 시간도 앞으로 얼마 남지 않았습니다. 두 번 다시 올 기회가 없을지도 모릅니다(신혼여행으로 아마존에 가자고 하면 과연 당신이 찬성해줄까요?). 그렇게 생각하니 요즘은 촌음을 아까워하며 자연을 관찰하게 되는군요.

이제야 비로소 보는 것 듣는 것 모두가 신선하게 느껴지는 것은 대체 어찌 된 일일까요?

예전의 나에겐 설령 망막에 비치고 있어도 보이지 않았고, 고막을 떨게 해도 들리지 않았는지도 모릅니다.

세상이 이렇게 아름답다는 것을.

마이크로 코스모스의 집합체.

그것이 아마존입니다.

마이크로 코스모스.

그것도 무수히 작은 세계가 모여서 하나의 세계를 구성하여 조화를 이루고 있습니다.

러시아의 마트로시카 인형(Matryoshka 정교한 그림이 그려진 통통한 인형을 돌려서 열면 그 안에서 또 다른 인형이 나오고 그것을 열면 더 작은 인형이 나오는 것으로, 손톱만 한 크기의 가장 작은 것까지 열 개가 넘는 인형이 들어 있는 경우도 있다) 같은 구조입니다.

브로멜리아Bromelia라는 식물이 있답니다.

잎이 서로 포개져 깊은 로제트(Rosette 방사상으로 늘어선 잎군)를 만들고 있는데, 그 속에 빗물이 고여 있습니다. 그곳이 생물들에게는 마이크로 코스모스인 것입니다. 일본에서도 들판에 버려진 빈 깡통이나 낡은 타이어 속에서 장구벌레가 자라지만, 그것과는 다릅니다.

숲 속에 무수히 존재하는 하나하나의 로제트가 생명을 만들어내는 자궁입니다. 완벽하게 독립된 작은 우주를 만들고 있는 것입니다. 다음에는 소량의 물만 있으면 그곳은 생물에게 큰 바다와 다름없습니다.

물만 있으면.

브로멜리아 속에서는 장구벌레며 괄태충 같은 것뿐만 아니라 청개구리며 도롱뇽, 게까지 발견될 때가 있습니다. 머잖아 물고기나 악어, 돌고래가 발견되지 않을까 기대됩니다. 하하하하.

나는 지금 처음으로 자신의 로제트에서 얼굴을 내밀고 빨간 근시안으로 열심히 광대한 세상을 내다보려는 개구리와 같습니다.

브로멜리아도 아름다운 꽃을 피웁니다.

빨간 꽃입니다.

당신에게 보내고 싶습니다.

제목 : nightmare

송신일시 : 1997. 3. 28 23:12

어젯밤에 무서운 꿈을 꾸었습니다.

전부터 이상하게 생각하고는 있었지만, 실생활에서 괴로움이 많을 때는 희한하게 즐거운 꿈을 꾸더군요. 반대로 만사 순조로울 때는 악몽을 꾸는 일이 많습니다.

꿈속에서 나는 밀림을 지나 아마존 횡단도로 위를 걸어가고 있었습니다. 붉은 흙이 드러난 2차선 비포장 도로가 정글 속으로 몇 백 킬로미터나 구불구불 나 있어 아무리 가도 끝이 없을 것 같았습니다.

그런데 갑자기 머리 위에서 날갯소리 같은 것이 들려왔습니다.

나는 왠지 위기감을 느끼며 발걸음을 재촉했습니다. 그러나 몸은 느리디느려서 앞으로 나아가질 않았습니다.

또 날갯소리.

거기에 이어 묘한 저주 같은 소리가 들려왔습니다.

무슨 말을 하는지는 잘 모르겠습니다. 몇 사람인가 모여 재잘재잘 떠들고 있는 것 같았습니다.

또 날갯소리가 들렸습니다.

이번에는 전보다 세졌습니다.

나는 죽을힘을 다해 아마존 횡단도로 위를 달렸습니다.

감색이던 하늘이 갑자기 새카맣게 바뀌었습니다. 뭔가가 쏟아져 내립니다.

숨을 장소는 없습니다.

그 자리에 우뚝 멈춰 서서 위를 올려다보려 하는 찰나에 잠이 깼습니다…….

꿈 자체도 기이했습니다만, 더욱 이상했던 것은 눈을 뜬 후에도 한참 동안 그 속삭이는 소리가 이명처럼 계속 들려왔다는 것입니다.

하지만 특별히 신경 쓸 정도는 아닙니다.

지금은 기분이 아주 상쾌합니다.

식욕도 왕성해서 아침, 점심, 저녁을 전보다 배는 더 먹고 있습니다. 이것은 우리 반 탐험대원들의 공통된 현상으로 점심식사 때는 보고 있던 카미나와 족들이 눈을 동그랗게 뜰 정도입니다.

밤에도 잘 잡니다. 어제는 공교롭게 악몽을 꾸었지만, 그 외에는 아기처럼 푹 잘 잡니다.

한 가지 난처한 것은 또 다른 근본적인 욕구가 전에 없이 강해지고 있다는 것입니다.

거의 하루 종일 당신을 안고 싶다는 생각만 하고 있습니다. 예전에는 발상이 빈곤해서 너무 담박했던 것 같습니다. 다음에 만날 때는 꼭 이것저것 시도해보고 싶습니다.

이번 크리스마스에 당신에게 케이크가 되어달라고 하는 것은 어떨까요? 그러나 유감스럽지만 인터넷의 안전 문제를 생각하면 더 이상 쓸 수가 없군요.

그 다음은 우리가 다시 만났을 때의 즐거움으로 간직해두죠. 당신도 뭔가 참신한 아이디어를 생각해두기를 기대하고 있겠습니다.

사랑을 담아.

제목 : removal

송신일시 : 1997. 4. 2 11:19

문제가 있어서 이곳을 철수하게 되었습니다.

우호적이던 카미나와 족의 태도가 변한 겁니다.

이유는 잘 모르겠습니다. 통역도 곤혹스러워할 뿐입니다. 우리가 길을 잃었을 때 야영했던 장소가 '저주받은 곳'이니 뭐니 하는 것 같습니다만…….

어쨌든 우리가 부정탔다고 빨리 철수하라고 하는군요. 그들의 모습으로 보아 말을 듣지 않으면 몹시 위험한 사태를 부를 것 같습니다.

얼마 안 있으면 일정이 마무리될 텐데 이런 일이 생겨 몹시 유감스럽습니다.

현재 이 마을에 있는 사람은 우리 다섯 명뿐이어서 강을 내려가 마나우스에서 다른 팀과 합류할 예정입니다.

또 연락하겠습니다.

죽음 공포증

기타지마 사나에는 병실 입구에 멈춰 섰다.

오른쪽 구석 창가에 있는 침대에 파란 파자마를 입은 소년이 걸터앉아 있다. 바깥을 내다보고 있는 걸까. 미동 하나 없는 뒷모습은 평소보다 더 작아 보였다.

병실에는 소년 혼자뿐이었다. 다른 사람들은 검사를 받으러 갔거나 어디선가 한숨 돌리고 있을 것이다. 보통 병동이라면 6인실로 쓸 면적이지만 침대는 네 모퉁이에 한 개씩밖에 없다. 환자가 다 나아서 퇴원하는 일이 없는 호스피스만의 작은 사치라고나 할까.

"야스유키康之."

사나에는 밝은 목소리로 불렀다. 소년은 눈가를 손으로 비빈 후 얼른 돌아보았다. 동그랗고 볼이 통통한 얼굴에는 평소와 다름없는 살가운 미소가 떠올라 있다. 하지만 아래쪽 속눈썹만이 묘하게 까맣다.

"뭐하니?"

"그냥요…… 바깥을 보고 있었어요."

"뭐 재미있는 거라도 있니?"

"벚나무 가로수요."

실제로는 가로수라고 할 정도의 것은 아니고, 병원에서 조금 떨어진 주차장 옆에 빈약한 왕벚나무 네다섯 그루가 있을 뿐이었다. 이미 만개할 때를 지나 하얀 꽃잎이 날리는 틈으로 녹색의 잎들이 두드러져 보인다.

"꽃놀이 철은 지났지만, 저런 것도 괜찮네."

사나에는 소년의 옆에 서서 창 밖을 바라보았다.

"네."

생각보다 햇빛이 강해서 눈 뜨기가 힘들어진다. 소년은 눈부시지 않은 걸까? 드디어 눈에도 증세가 나타나고 있는 게 아닐까 걱정되었다.

"배기가스도 심한데 참 열심히 피는구나."

"네. ……벚꽃을 볼 수 있어서 다행이에요."

소년은 작은 목소리로 말했다.

사나에는 순간 아무 말도 할 수가 없었다. 소년에게는 이제

내년에 필 벚꽃을 볼 가능성이 없다. 본인에게 그 사실을 알리지는 않았지만, 영리한 아이라 이미 눈치채고 있을 것이다. 그는 분명히 마지막이라는 의미로 벚꽃을 보고 있었다.

벚꽃은 일본인에게는 지는 것, 덧없는 것의 상징으로 아무래도 죽음을 연상하게 된다. 사나에는 순간 주차장 주인에게 쫓아가 다른 나무로 바꿔 심어달라고 해야겠다는 생각까지 들었다.

하지만 호스피스와 일반 병동 입원 환자들 중에는 창으로 보이는 저 벚꽃이 유일한 즐거움인 사람들도 많다. 그들의 즐거움을 빼앗는 것이 과연 옳은 일일까? 게다가 그나마도 없어지면 이 주변의 경치가 더욱 살벌해질 게 틀림없다.

"야스유키. 밤에 잠은 잘 자니?"

"네."

"두통은? 만약 심해지면 말해주렴. 약을 처방해줄 테니까."

"네. 괜찮아요."

소년의 얼굴에는 더 이상 약은 먹고 싶지 않다는 마음이 나타나 있다. 그도 그럴 것이다. 매일 지도부딘Zidovudine을 네 번 정맥주사하는 데다, dd1과 ddC를 각각 두 번씩 복용해야 하며, 펩타이드 T 등의 신경 기능 개선을 위한 보조약과 리탈린Ritalin 등의 항우울제, 각종 비타민제 등까지 포함하면 소년의 몸은 약에 절여진 상태라고 해도 좋을 정도다.

"그 외에는 어디 안 좋은 데 없니? 손발이 저린다든지."

"네, 아직은 없어요."

이따금 생기는 심한 두통 외에 특별한 증세가 나타나지 않는다는 것은, 소년의 병세를 생각하면 요행이라고 할 수 있다. 지금쯤이면 하반신 마비가 오거나 언어 장애 혹은 기억 장애, 의식혼미 등의 증세가 나타나도 이상할 게 없기 때문이다.

실제로 지난주까지 옆 병실에 있던 20대 남자는 똑같은 병으로 인격 파괴에 가까운 변화를 일으켰고, 마지막 한 달 정도는 정신질환 상태나 마찬가지였다. 사나에가 아무리 말을 걸어도 반응이 없었으며, 이 세상 모든 것에 흥미를 잃은 듯했다.

그렇다고 지금의 상태가 소년에게 과연 행운이라고 할 수 있을까. 청명한 의식 상태에서 맞이해야 할 죽음이. 그것도 아직 열한 살이라는 나이에…….

"전에 살던 집 근처에도 벚나무 가로수가 있었어요."

소년이 불쑥 말했다.

"그래? 예뻤니?"

"네. 강이 있고, 그 둑 위에 있었어요. 저녁 무렵이면 지로를 데리고 산책을 다녀오기도 했어요."

"지로?"

"시바 견柴犬이에요. 선생님한테 말하지 않았나요?"

"응, 처음 듣는 걸."

"멍청해서 같은 손님이 몇 번씩 집에 와도 절대로 기억하질 못해요. 왔을 때는 사납게 짖다가 돌아갈 때는 꼬리를 흔들어요. 아까는 짖어서 미안해요, 하는 것처럼. 그런데 그 다음에 또 짖는 거예요. 하지만 귀여운 데도 있었어요. 저나 누나가 학교에서 돌아오면 좋아서 주위를 팔짝팔짝 뛰어다녔죠. 제가 집 안을 지나 뒤뜰로 가면, 지로가 어느새 달려와 앞질러 가요. 또 현관 쪽으로 가도 역시 지로가 먼저 와 있어요. 심장사상충(혈액에 기생하는 실 모양의 벌레에 의해 생기는 병)으로 죽었지만."

"그렇구나……."

"훈련을 시켜서 조금이라도 영리하게 만들려고 뒷산에도 자주 데려갔었어요. 나뭇가지 같은 걸 던지면 지로는 무서운 기세로 뛰어가요. 그런데 돌아올 때는 거의 빈손이랄까, 손이 아니구나, 뭐라고 하죠? 빈 입? 아무것도 물지 않고 와요. 못 찾은 건지 잊어버린 건지 모르겠지만. 그래도 뭔지 모르게 자신이 실수했다는 것만은 아는지 안절부절못하며 나와 눈을 마주치려고 하지 않아요."

사나에는 소년의 이야기를 가슴 아픈 마음으로 듣고 있었다. 노인의 옛날이야기와는 달리 그가 열심히 회고하려는 생애는 너무나도 짧았다. 그는 갑자기 입을 다물었다. 눈을 감고 기억을 더듬는 것 같다.

"최근에는 여러 가지 일들이 잘 생각나지 않아요……. 아빠와 엄마에 대해서나 누나와 지로와 놀던 때의 일 같은 것들이요."

"분명 약 때문일 거야. 약을 많이 먹어서 일시적으로 머리가 멍해진 것뿐이란다."

사나에는 이 말이 일시적인 위안에 지나지 않는다는 것을 잘 알고 있었다. 좀더 시간이 지나면 그가 이 세상에 살아온 흔적인 추억에 잠기는 것조차 마음대로 되지 않을 것이다.

"하지만 내게는 가장 소중한 추억인데……."

소년은 뭔가를 말하려 했지만 그 이상은 말이 되어 나오지 않았다. 입술이 떨리고 있었다.

"선생님. 저, 무서워요……."

사나에는 침대에 걸터앉아 소년을 꼭 껴안아주었다. 궁지에 몰린 작은 동물 같은 떨림이 가슴에 전해져왔다.

소년은 병만 아니었더라면 인생을 시작했을 나이에 모든 것의 종말을 받아들이려 하고 있었다. 그것에 대해 사나에가 해줄 수 있는 일은 그저 이렇게 안아주는 것뿐이었다.

사나에가 방에 돌아오자마자 노크소리가 났다.

문을 열자 도이 미치코土肥美智子가 양손에 김이 모락모락 나는 커피가 든 종이컵을 들고 서 있었다.

"커피 타임이야. 기타지마 선생 것도 가져왔어."

"고맙습니다."

"250엔."

사나에는 웃으며 흰 가운 주머니에서 지갑을 꺼냈다.

미치코는 소파의 팔걸이에 걸터앉았다. 삐거덕 소리가 났다. 몸집이 작지만 약간 뚱뚱한 미치코의 체중을 팔걸이가 제대로 견뎌낼지 약간 걱정되었다.

시선을 들자 미치코가 커피를 마시면서 사나에를 말끄러미 바라보고 있다.

"제 얼굴에 뭐라도 묻었나요?"

"표정이 왜 그렇게 험악해?"

"어머, 무슨 말씀을."

"농담이 아냐. 환자를 동정하는 것도 좋지만 같이 괴로워하다간 얼마 못 가 힘이 다 빠져버려."

"괜찮아요. 제대로 기분전환도 하고 있고요."

미치코는 묵묵히 커피를 마시면서 사나에의 책상 위에 있는 진료기록 카드를 보았다.

"우에하라 야스유키上原康之 군이구나?"

"……네."

굳이 감출 필요도 없어서 사나에는 끄덕였다.

"누구나 마찬가지지만, 아이들은 특히 가엾지. 게다가 저 아이는 약해藥害 에이즈(에이즈 바이러스가 혼합된 비가열 수입 농축혈액제제를 혈우병 환자들에게 수혈하여 에이즈에 감염시킨 사건) 피해자지?"

"네."

미치코는 진료기록 카드를 훑어보았다.

"여기엔 모자감염이라고 되어 있네."

"야스유키의 아버지가 혈우병 환자였어요. 1948년에 오염된 비가열 수입 혈액제제를 투여받고 HIV 양성이 되었는데, 대학병원에서 본인에게 알려주지 않았는지……."

"그래서 어머니에게도 감염되었다?"

"네. 그래서 아무것도 모르고 임신을 해서 누나와 야스유키도……."

"정말 황당한 이야기네. 그래서 그의 가족들은 어떻게 되었어?"

"부모님과 누나는 3년 전에 죽었어요."

"그럼 이 아이는 지금 외톨이라는 말이야?"

미치코는 한숨을 쉬었다.

"아이가 발병한 것이…… 꼭 2년 전이군. 조금만 더 늦게 발병했더라면 어떻게든 조치를 취할 수 있었을 텐데. 운이 정말 없구나."

에이즈 바이러스의 증식을 막는 데 다제병용多劑併用의 칵테일 요법이 유효하다고 확인된 것은 최근 1, 2년 사이의 일이다. 지금은 AZT 외에 네 종류의 프로테아제 저해제沮害劑와 다섯 종류의 역전사효소逆轉寫酵素 저해제 등을 병용함으로써 HIV 양성이라 해도 장기간 에이즈가 발병하지 않도록 조절하는 것이 가능해졌다.

하지만 일단 에이즈가 발병되고, 게다가 기회 감염(평소에는 병원성이 없지만, 독성이 약한 미생물이 숙주의 면역 능력이 저하했을 때 일으키는 감염)이 심해지고 나면 사실상 효과적인 치료법은 없다.

"그것도 하필이면 원발성 뇌 NHL이니 손을 쓸 수가 없지……."

사나에는 맞장구칠 기분이 아니라 계속 입을 다물고 있었다.

고도 악성군인 비호지킨림프 종NHL은 에이즈의 기회 감염으로 일어나는 세 종류의 림프 종 가운데에서도 예후豫後가 최악이어서, 특히 중추신경계가 침범당하면 진단 후의 평균 수명은 2, 3개월에 지나지 않는다.

"뇌의 NHL은 아마 방사선 치료밖에 방법이 없지?"

"네. 하지만 실제로 거의 효과는 기대할 수 없어서, 이곳에 옮겨온 뒤로는 방사선을 쐬지 않아요."

"그래? 그럼 남은 일은 그 아이의 마음을 치료해주는 것뿐이겠구나."

"그런데 어떻게 해야 좋을지 모르겠어요."

사나에가 손에 들고 있는 종이컵 속에서는 커피가 복잡한 파문을 만들고 있었다.

"야스유키는 확실하게 죽음이 눈앞에 와 있다는 것을 알고 있어요. 필사적으로 운명을 받아들이려 하고 있지만, 어리기 때문에 아직 살아야겠다는 마음의 에너지도 강해서 몹시 힘들어하고 있어요. 그러면서 저한테는 우는소리 한번 안 해요. 그걸 보고 있으면 너무 괴로워서……."

사나에는 말문이 막혔다.

"역시 기타지마 선생도 마음을 치료할 필요가 있겠어."

미치코는 미소지었다.

"죄송합니다."

"죄송할 건 없어. 단지 여기서는 많은 사람들을 가능한 한 편안하게 하늘로 보내는 게 일이잖아? 누구나 언젠가는 죽어. 나도, 기타지마 선생도. 그때마다 만신창이가 되도록 신경을 쓰면 터미널 케어(Terminal care 현대 의학으로는 어쩔 수 없어서 죽음만을 기다리는 환자를 대상으로 하는 간호)는 못해."

"네."

미치코는 일어섰다. 소파의 팔걸이에 걸터앉아 있을 때와 머리 높이는 그다지 달라지지 않는다.

"수면부족인 것 같으니까 조금 쉬어. 약 처방은 문제 없지?"

"네, 걱정 끼쳐드려서 죄송해요."

"그럼 가볼게."

미치코는 방을 나가려고 했다.

"저, 선배님."

"뭔데?"

"일부러 제 넋두리를 들어주려고 오신 거예요?"

"그래."

"고맙습니다. 항상 신경 써주셔서. 죽음을 앞둔 사람들의 마음을 구원해주고 싶다고 큰소리 땅땅 치며 호스피스를 지원했으면서, 저도 참……."

미치코는 고개를 저었다.

"기타지마 선생, 인간은 무엇 때문에 네트워크를 만들며 산다고 생각해?"

갑작스런 질문에 사나에는 당황했다.

"그건 그 편이 정보를 효율적으로 전할 수 있으며……."

미치코는 코웃음을 쳤다.

"기타지마 선생도 역시 인터넷이니 하는 것에 물들었구나. 정보 따위는 어차피 9할이 쓰레기고 나머지도 독이 든 거야.

인간과 인간의 네트워크라는 것은 말이야, 정보망 같은 게 아니라 트램펄린(Trampoline 금속 사각형 틀에 그물처럼 짜인 스프링으로 캔버스 천을 연결하여 만든 기구) 네트야."

"……."

"무슨 일이 있어도 혼자 감당해야 한다고 생각하면 안 돼. 무너질 테니까. 그럴 때는 주위 사람들에게 조금씩 충격을 분담시켜서 네트 전체가 흡수하게 만들면 되는 거야. 알겠어?"

"네."

"그리고 선배니 하는 호칭은 쓰지 말아줘. 전에도 말했지? 난 여학교 때 안 좋은 기억이 있어서 그 말을 들으면 지금도 소름이 끼친다구."

어떤 기억인지 묻고 싶기도 하고 묻고 싶지 않기도 했지만, 사나에는 "알겠습니다" 하고 대답한 뒤 문이 닫히자 "선배님" 하고 혼자 중얼거렸다.

가슴에 맺혀 있던 것을 털어놓은 것만으로도 훨씬 마음이 가벼워졌다. 미치코 선배에게 감사해야 한다.

사나에는 크게 기지개를 켰다.

도이 미치코는 사나에의 대학 선배다. 과목도 같은 정신과 이긴 하지만, 스물아홉 살인 사나에보다 열두 살이나 많기 때문에 이곳에 온 뒤에야 정식으로 알게 되었다. 전공인 사춘기의 심리적 위기에 대해서는 책도 몇 권이나 펴냈고(매스컴에 아부를 하는 거라는 시샘 반의 비판을 받으면서), 신문에 칼럼을 집필하는 일도 많았다. 또 일찍부터 터미널 케어에도 관심을 가져(보수적인 계층의 반발을 받으면서도) 다양한 제언을 해왔다. 그 때문에 이곳 성 아스클레피오스회 병원의 완화緩和 케어 병동이 일본에서 처음으로 에이즈 말기 환자 전용의 호스피스로서 개설되었을 때, 원장이 삼고초려를 했다는 소문이 있다.

잠깐 눈이라도 붙이라고 하지만 실제로 그럴 틈은 없었다. 지금부터 내과의, 신경과의들과 호스피스에서의 앞으로의 생활방침에 대해 협의해야 한다.

사나에는 에이즈 뇌증腦症의 치료뿐만 아니라 환자의 정신적 고통을 없애주기 위해서도 항정신제를 적극적으로 사용해야 한다고 생각하기 때문에 의사들을 납득시킬 만큼의 이론을 무장할 필요가 있었다.

그녀는 책상 위의 노트북 뚜껑을 열었다. 문득 언제부터 전원을 켜놓은 채 두었는지 걱정이 되었다. 노트북도 인간과 마찬가지여서 너무 장시간 가동시키면 지쳐서 상태가 나빠진다. 꼭 중요할 때에 중증의 혼수상태에 빠지곤 하는 것이다. 그것을 막기 위해서는 이따금 전원을 꺼서 쉬게 하는 것이 좋다고 한다. 하지만 인간을 상대로 하는 거라면 몰라도 무엇이 불쌍해서 기계의 정신건강까지 신경을 써야 한단 말인가.

우선 메일을 체크해보았다. 아침에 한 번 열어보았는데 그 사이 벌써 여덟 통이나 와 있었다. 의무실에서의 연락사항, 제약회사의 뉴스레터, 약사의 문의. 어디서 조사했는지, 당신에게 어울리는 수입과 사회적 지위의 남성을 소개하겠습니다, 하는 결혼정보업체의 메일…….

하지만 다카나시에게서는 메일이 오지 않았다. 일주일 정도 연락이 끊긴 것에 불과하지만, 마지막 메일의 내용이 현지인과의 사이에 문제가 생겼다는 좋지 않은 것이어서 몹시 걱정이 되었다.

문서 파일을 열어 간호 계획에 대한 메모를 작성하고 있는 동안에도 사나에의 뇌리에는 계속 다카나시에 대한 생각이 떨어져 나가질 않았다.

조금 기분을 바꿔보려고 노트북은 그대로 두고 방을 나왔다. 세면실 거울 앞에 서서 얼굴을 찬찬히 보았다. 이마가 넓고 눈이 큰 데 비해 코와 입이 작아서 나이보다 어리게 보이는 일이 많다. 빙그레 웃어보았다. 도이 미치코에게 험악한 얼굴이라는 말을 들은 것이 마음에 걸렸지만, 이 정도면 그리 나쁘지 않다.

립스틱을 고쳐 바른 뒤 얼굴 화장도 손봤다. 다카나시와 만나기 전에는 항상 이렇게 했던 것이 생각났다.

어느 틈엔가 마음은 그에 대한 생각으로 가득 찼다.

다카나시가 문단에 데뷔한 것은 대학에 재학중이던 약관 스무 살 때다.

처녀작의 제목은 『Implosion』이다. 사전을 찾아보면, 'Explosion'의 반대말로 '내파內破'나 '폭발'이라고 나와 있다.

모든 인간관계에 등을 돌리고 혼자 틀어박혀 있는 젊은이의 마음속 그늘을 그린 작품으로, 너무 자폐적인 세계여서 대중들에게 받아들여지진 않았지만, 순수문학의 최고 권위라 일컬어지는 상의 후보작으로도 올랐고 문예작품의 만성적 부진 속에서는 그럭저럭 괜찮은 반응을 보였다.

사나에는 그 당시에 초등학생이었다. 특별히 조숙한 문학소녀는 아니었지만 여름방학 숙제인 독후감을 쓰기 위해 서점에서 책을 고르다가, 수험과 청춘이라는 당시의 최대 관심이 테마의 일부를 이루고 있다는 사실에 이끌려 우연히 손에 들게 되었다.

책을 읽고 난 후 머릿속에는 혼란만 남았다. 이렇다 할 줄거리가 있는 것도 아니고, 실제 모델이 있는 듯한 리얼한 인물과 희화적인 캐릭터가 혼재하고 있어서 너무나도 미완성 작품처럼 느껴졌다. 그런데 책을 읽은 후 시간이 지남에 따라 왠지 그녀의 머릿속에서는 작품의 이미지가 부풀어갔다. 표면적인 부정합不整合과 하자瑕疵의 그늘에 숨어 있던 어두운 번쩍임 같은 것이 언제까지고 사라지지 않는 잔상이 되어 마음속에 남아 있었던 것이다.

가장 감수성이 풍부한 시기에 읽었던 책의 영향력은 커서, 사나에는 그후에도 다카나시의 작품을 계속 읽어왔다.

다카나시는 데뷔해서 얼마 동안은 순수문학지에 실험적인 작품을 발표했다. 단행본으로 나온 후의 판매 실적도 그다지 나쁘지는 않았지만, 작품 분위기를 바꾸어서 『은색의 밤』이라는 도회적인 취향의 연애소설 시리즈를 쓰기 시작한 뒤로는 젊은 여성들을 중심으로 많은 독자를 갖게 되었다. 신작이 나오면 단기간에 베스트셀러 리스트에 올라갔고, 몇몇 작품은 드라마나 영화로 각색되기도 했다.

사나에는 조금 복잡한 기분이었다. 자신이 일찍이 인정했던 작가가 유명 작가가 된 것은 기쁜 일이 틀림없지만, 반면 손안의 진주를 남에게 빼앗긴 듯한 기분도 들었다. 그리고 『은색의 밤』 시리즈도 결코 싫지는 않았지만, 독자와의 묘한 영합迎合이 눈에 거슬려 『Implosion』에서 느낀 번뜩이는 재능은 사라져버린 듯한 느낌이었다.

사나에가 다카나시를 처음 만난 것은 의예과 1학년 때였다. 공교롭게도 사나에가 아르바이트를 하고 있던 학원 원장이 다카나시와 고등학교 동창이었기 때문에 만나게 해달라고 졸랐던 것이다.

『Implosion』을 읽은 후부터 사나에의 마음속에는 저자가 어떤 사람일까 하는 호기심이 부풀어갔다. 그런데 막상 당시 유행하던 귀뚜라미색 정장 차림으로 나타난 다카나시는 신경질적이고 섬세한 문학청년일 거라는 상상과는 거리가 멀었다. 사교적이고 세련되었으며, 지루하지 않도록 여자를 대할 줄 아는 그런 남자였다. 단, 내면을 비추는 생기 있는 갈색 눈과 기사棋士처럼 희고 긴 손가락만은 상상대로였다.

고층 빌딩의 호텔 바에서 다카나시는 사나에를 야경이 가장 잘 보이는 자리에 앉히고, 다양한 화제로 즐겁게 해주려고 했다. 하지만 그 대부분은 사나에가 듣고 싶었던 소설 이야기가 아니라, 그야말로 젊은 여자들이 좋아할 만한 패션이나 식도락 이야기였다. 아마 사나에를 『은색의 밤』 시리즈의 팬이라고 생각했던 것 같다.

화제가 잠깐 끊겼을 때 사나에는 큰마음 먹고 『Implosion』 이야기를 꺼내보았다. 초등학생 때 읽어서 그때는 잘 이해할 수 없었지만, 읽은 후 시간이 지날수록 마음속에서 이미지가 점점 팽창해가는 것에 놀랐다고.

그때 다카나시의 표정 변화는 인상적이었다. 옅은 갈색 눈에는 소박한 놀라움과 수줍음, 긍지와 부끄러움이 뒤섞인 듯한 빛이 잇달아 교차했다. 세상의 때가 묻은 어른의 가면이 벗겨지고, 실제로는 세상을 모르는 작가가 되어 당혹스러워하는 소년의 맨 얼굴이 드러난 것이다.

사나에의 눈에는 아홉 살이나 연상인 남자가 보호를 필요로 하는 어린아이처럼 보였다. 그리고 자신의 생각이 틀리지 않았다는 것을 확신했다. 『은색의 밤』 시리즈는 말하자면 생활 방편일 뿐이고, 다카나시는 언젠가는 좀더 근사한 작품을 쓸 생각이었던 게 틀림없다. 그를 격려하고 그를 도울 수 있다면 얼마나 기쁠까.

하지만 결국 그때는 말하고 싶었던 것의 십분의 일도 말하지 못하고, 시리즈 최신간인 『천사는 춤추듯 내려왔다』에 사인을 받는 것을 끝으로 헤어졌다. 사나에는 나중에 감사의 그림엽서를 보내 답장을 받았지만 두 사람의 관계는 그 이상 진전되지 않았다.

그후 다카나시의 소설은 서서히 서점의 진열대에서 보기 힘들어져갔다. 걱정은 되었지만 사나에도 장래의 꿈을 위해 공부하느라 바빠 어느새 소설로부터 멀어져가고 있었다.

사나에가 다카나시와 다시 만나게 된 것은 처음 만난 후 6년이 지난 뒤의 일이다. 사나에는 스물다섯 살이 되어 모교의 대학병원 정신과에서 인턴으로 근무하고 있었다.

휴일 어느 날 간다(神田 헌책방이 많기로 유명한 곳)의 한 서점에서 정신의학 관련 책들을 보고 있을 때였다. 사나에는 옆에 서 있는 남자가 어딘지 낯이 익다는 생각을 했다. 푸석푸석한 머리에 팔꿈치를 덧댄 코듀로이 재킷을 입은 장신의 남자는, 진지한 표정으로 책에 몰입한 채 뺨에서 턱까지 덮고 있는 짧은 수염을 쓰다듬고 있었다.

처음에는 단순히 기시감인가 생각했지만, 어디선가 만난 적이 있는 남자라는 느낌은 점점 더해만 갔다. 너무 말똥말똥 얼굴을 쳐다보는 것도 실례여서, 힐끔힐끔 모습을 엿보았다. 그 순간 책꽂이에 책을 되돌려놓는 남자의 손이 눈에 들어왔다. 남자치고는 희고 긴 손가락. 앗, 하고 놀라는 사나에를 남자는 의아한 듯이 돌아보았다. 옅은 갈색의 눈을 보았을 때 사나에는 확신이 생겼다.

"다카나시 씨."

사나에가 이름을 부르자 남자는 깜짝 놀랐다.

"전에 한번 뵌 적 있죠? 마쓰미야松宮 씨의 소개로. 기타지마 사나에입니다."

놀란 표정이 풀어졌다.

"아아, 그렇군요. 기억력이 좋으시네요. 정말…… 오랜만입니다."

표정뿐만 아니라 나지막한 음성도 전과는 다른 사람 같았다.

잠깐 잡담을 나눈 뒤 다카나시는 머뭇거리면서 차라도 한 잔 하자고 했다. 사나에는 스스로도 놀랄 정도로 순순히 그 청을 받아들였다.

두 사람은 근처에 있는 홍차 전문점으로 들어갔다. 자리에 앉았을 때, 사나에는 다카나시의 옷이 처음에 생각했던 것보다 고급품이라는 것을 알아차렸다.

캐시미어 셔츠부터 코듀로이 바지와 재킷, 양가죽 구두에 이르기까지 완벽하게 코디되어 있는 것을 보면 이름 있는 가게에서 맞춘 것 같았다. 게다가 시계는 순금의 파텍필립Patek philippe이었다. 다카나시는 무엇 때문에 이렇게 주머니 사정이 좋은 걸까. 최근에는 신간이나 문예지의 라인업에도 그의 이름은 거의 보이지 않았는데.

사나에가 2, 30종류나 되는 홍차 메뉴에서 얼굴을 들자 다카나시는 휴대 전화로 무슨 정보인가를 열심히 보고 있었다.

"실례. 잠깐 전장前場 시세를 확인하느라."

다카나시는 쓴웃음을 지으며 곧 휴대 전화를 껐다.

"외환 같은 거예요?"

"아뇨, 주식이요."

그 말은 사나에의 귀에는 의외로 들려왔다. 다카나시와 주식이라는 배합이 뭔가 어울리지 않는다.

"증권 하세요?"

"예. 최근에는 계속 포지션이 스퀘어네요."

"스퀘어가 뭐죠?"

"사자도 팔자도 없다는 겁니다. 현재 시세는 도저히 살 만한 상황도 아니고, 팔자부터 들어가기에도 용기가 필요해서요."

주식 시장이 혼미를 거듭하고 있다는 것 정도는 사나에도 뉴스를 통해 알고 있었다.

"그럼 전에는 매매를 많이 하셨어요?"

"네. 사실대로 말하자면 본격적으로 한 것은 버블 경제가 무너지기 전뿐입니다. 그 이후에는 주가가 폭락해서 적당한 값에 나온 은행 주식이나 조금씩 사고파는 정도죠. 이제 와서 적극적으로 할 생각도 없습니다만, 나도 모르게 습관이 되어 주가가 신경 쓰이는군요. 고무나 팥 같은 상품 선물先物에도 조금 손을 대보았습니다만, 그쪽은 수업료를 톡톡히 치른 뒤 아마추어에게는 버거운 세계란 걸 알고 손 털었죠."

다카나시는 마침 점원이 가져온 키먼 티(Keemun Tea 검은색이고 난초향 같은 특이한 향기가 일품인 중국의 대표적인 홍차)를 입으로 가져갔다.

"하지만 주식도 어렵잖아요?"

"아뇨. 별것 아닙니다. 기타지마 씨도 상황이 이렇지만 않으면 상당히 벌었을 겁니다."

"설마요. 저는 옛날부터 경제와는 거리가 멀어서 지금의 공정이율(중앙은행이 시중 금융 기관에 대하여 어음 할인이나 대부를 해줄 경우에 적용하는 기준 금리)이 몇 퍼센트인지도 모르는 걸요."

다카나시는 웃으면서 고개를 저었다.

"그런 건 몰라도 아무 상관없어요. 필요한 것은 사람의 마음을 읽는 통찰력뿐입니다. 당신이라면 그야말로 안성맞춤일지도 몰라요."

사나에는 반신반의했다.

"증권 회사에서 오는 뉴스레터를 보신 적 있으세요? 주식 시장의 움직임을 기술하는 데 어떤 말들이 사용되는지를 보면 잘 알 수 있어요. 대체로 이런 식이죠. 시장의 '정서'는 약기弱氣와 강기强氣가 교차. '선행先行'에 대한 불안감으로 신경질적인 시세 변동. 대량의 불량 채권의 존재에 싫증나서 투매投賣. 수출 신장을 호조로 보고 싼값에 사자가 들어오다. 경기회복이 더딘 것을 '비관해서' 급락. 이런 말에서 당신은 어떤 사람들이 연상됩니까?"

"음…… 물론 비유이시겠지만 감정적인 표현이 많군요."

"그런데 단순히 비유라고만 할 수는 없습니다. 실제로 주식 시장에서의 시세 변동을 보고 있으면 극히 정서에 휩쓸리기 쉬워서, 충동적으로 행동하는 여성들만 매매하고 있는 것처럼 보이니 참 신기해요. ……아니, 여성들을 멸시할 생각은 없습니다만."

사나에는 가볍게 다카나시를 째려보았다.

"여성 이콜 감정적이라는 것은 편견이에요."

"그렇습니다. 실제로 주식 투자도 대부분 남자들이 하니까요. 그것도 상당한 지식과 경험을 쌓은 사람들이 많죠. 그런데도 그들의 행동은 아주 히스테릭하고 변덕스럽습니다. 마치 어둠 속에서 우왕좌왕하는 군중 같은 느낌이 들어요. 별것 아닌 헛소문이 떠돌기만 해도 금세 혼란상태에 빠져버리니까요."

인간이라는 것은 한 사람 한 사람은 현명해도 군중이 되는 순간 어리석은 행동을 취하는 경향이 있다. 주식 시장의 열기는 사람의 이성을 마비시키는 효과가 있을지도 모른다고 사나에는 생각했다.

"이런 사람들을 움직이는 것은 경제이론도 장기적 비전도 아니랍니다. 아주 알기 쉬운 이야기죠."

"이야기?"

"각각의 주가를 좌우하는 그럴 듯한 스토리 말입니다. 획기적인 신제품을 개발했다, 그 제품에 치명적인 결함이 발견됐다, 거액의 채무가 발각됐다, 사장이 경찰에 불려가 조사를 받았다, 외자로부터 M&A 신청을 받고 있는 것 같다 등등입니다. 그들은 그런 이야기가 진실인지 어떤지조차 관심이 없습니다. 단지 그것이 일시적으로 주가를 끌어올리고 빠지는 동안만 파산하지 않고 시장에서 통용되어주면 그걸로 되는 거죠. 혹은 반대로 주가를 끌어 내려주면……."

다카나시는 찻잔을 든 채 희미하게 웃었다.

"내가 처음 주식에 손을 대게 된 것은 증권회사 영업 사원의 끈질긴 권유에 져서 NTT 주식을 인수한 후부터인데, 그게 계기가 되어 흥미를 갖고 시장의 움직임을 보게 되었지요. 난 이내 이것이 경제학이 다루는 세계가 아니라는 것을 직감했어요. 시장은 고전 경제학 이론대로가 아니라, 최신 경제학 이론인 게임 이론과 심리학에 의해 움직이고 있더군요. 인간의 심리를 읽을 줄 아는 사람이라면 도박을 해보는 것도 괜찮지 않을까 해요. 참가자 중 다수가 어느 쪽을 선택할지, 사자나 팔자를 순간적으로 빨리 예측할 수 있다면 승리하는 것이죠."

"심리학이라고요……."

사나에는 잔을 코밑에 가져와 랩상 소우총(Lapsang Souchong 소나무 향이 나는 중국산 차) 향기를 맡으면서 그렇게 간단한 걸까 하고 생각했다.

"그것도 여차하면 심리학은커녕 동물행동학 쪽이 도움이 될 정도입니다."

"동물?"

다카나시는 빈정거리는 듯한 미소를 지었다.

"이미 꺼져가는 운명에 있긴 합니다만, 버블 전성기에는 '시장 대리인'이라는 사람들이 활약했습니다. 증권 거래소의 입회장에서 손짓발짓으로 매매를 중개하는 것을 텔레비전에서 본 적 있죠?"

사나에는 끄덕였다. 체육관 같은 플로어에서 서류가 눈처럼 날리고 살기등등한 사람들이 고함을 치면서 희한한 제스처를 되풀이하는…… 그런 방법으로 용케 실수도 없이 한다고 생각한 기억이 났다.

"시장 대리인은 각 증권회사마다 있습니다만, 대기업과 비교해 정보력이 열등한 약소 증권의 대리인들은 할 일이 없을 때 뭘 하는지 아세요?"

"글쎄요."

"노무라野村 같은 유력 증권의 대리인을 확실하게 마크하는 겁니다. 그리고 그들의 매매에 끼어들거나 영문도 모르는 채 그들을 따라 같은 걸 사기도 하죠. 플로어에서 그들의 행동을 내려다보고 있으면 먹이를 낚아채려는 사자를 끈질기게 따라다니는 하이에나 그 자체랍니다. 사자는 모르는 척 추격자를 따돌리려고 하고, 하이에나들은 그렇게는 못하지 하면서 눈을 번뜩이며 찰싹 붙어서 떨어지지 않죠."

상상해보니 꽤 웃기는 광경이다. 다카나시는 아직 소설가의 눈으로 주식 시장을 보고 있는지도 모른다.

하지만 사나에는 다카나시의 다변이 마음에 걸렸다. 아직 초보라고는 하지만 카운슬러로서의 경험으로 비추어볼 때 지나치게 말이 많은 사람은 뭔가를 전하기보다 뭔가를 감추려고 하는 경우가 많다. 그는 그후에도 주식에 대해 담담하게 이야기를 계속했다. 다른 것에 대해 질문받는 걸 두려워하는 것 같았다.

"……뭐, 여러 가지 잘난 척하면서 말했지만 단순히 버블 전성기 때 분위기를 타서 조금 벌었을 뿐이죠. 게다가 굳이 비결을 말하라고 한다면 욕심 부리지 않고 8할 정도에서 멈춘 겁니다. 요컨대 절대 정상에서 팔려고 하지 않은 것과 신용거래를 할 경우에는 미수금 상환까지 염두에 두고 여력을 남겨두는 것 정도이죠."

"그래서 꽤 성공하셨나 봐요?"

얼마나 벌었는지 묻는 것은 왠지 유치한 것 같아서 사나에는 모호하게 말을 돌렸다.

"그렇죠. 내가 본업으로 지금까지 번 인세 전부와 비교해도 몇 배는 남긴 것 같아요."

다카나시는 천연덕스럽게 말했다. 『은색의 밤』 시리즈가 히트했을 때도 그에게 상당한 수입이 들어왔을 텐데, 그 몇 배라면 장난이 아닐 것이다.

"어쩌다 블랙먼데이(Black Monday 1987년 10월 19일 월요일, 뉴욕 시장의 주가가 대폭락한 것을 말한다) 전에 거래를 끝낸 게 천만다행이었습니다. 그후 부동산값이 폭락해서 그 돈으로 요쓰야四谷에다 작은 빌딩을 샀죠. 1층에서 3층까지는 임대하고, 난 평소에는 4층에서 생활하고 5층은 작업실로 쓰고 있어요. 한번 놀러 와요."

"고맙습니다."

설마 이런 얘기를 듣게 될 줄은 생각도 못한 사나에는 그 기세에 눌려 입도 벙긋하지 못했다.

"그럼, 다음 작품은 언제쯤 나오나요?"

무심코 묻고 나서 아차 했다. 그때까지 신나서 떠들던 다카나시가 갑자기 입을 다물었기 때문이다. 가장 아픈 곳을 찌른 게 틀림없다.

"으음…… 글쎄요. 가능한 한 빨리 내려고는 생각하고 있습니다만."

"저어, 기다리고 있어요. 줄곧 다카나시 씨의 팬이었거든요."

"그런가요. 고맙습니다. 그런데……."

다카나시는 쓸쓸한 표정을 지었다.

"당신도 알겠지만 최근엔 책을 내지 않고 있어요."

역시 그랬구나. 상당한 나르시시스트인지 외모에 자신이 있는 건지, 다카나시의 단행본에는 반드시 저자의 사진이 있었다. 만약 신간을 찾아냈더라면 서점에서 만났을 때 그의 얼굴을 바로 알아보았을 것이다.

"슬럼프인가요?"

"으음, 그럴 수도 있죠. 단지 쓰는 쪽이 아니라, 읽는 쪽의 이야기입니다만."

"하지만 그렇게 많은 베스트셀러가 나왔잖아요."

"요는 독자들이 질린 것 같아요. 일전에 당신과 만난 뒤 일 년 정도 지나자 판매가 뚝 끊겼어요. 옛날 작품들은 거의 절판이 됐죠. 문고판도 서른 권 이상 있었지만……."

사나에는 다카나시의 자학적이기까지한 솔직함에 당혹했다.

"냉혹한 세계군요."

다카나시는 잠시 말없이 식은 키먼 차를 마시더니, 갑자기 가죽 가방에서 프린트한 원고 다발을 꺼내 내밀었다.

"이건 가장 최근에 쓴 작품입니다. 혹시 괜찮다면 읽고 감상을 들려주지 않겠어요?"

"……하지만 제가 읽어도 괜찮을까요?"

"물론이죠. 매서운 비평을 부탁합니다. 사정없이."

"알겠습니다."

사나에는 다카나시를 동정하는 한편으로, 괴로워하는 지금의 그를 보며 오히려 기뻐하는 자신을 느꼈다.

그것은 말하자면 친구에게 빌려준 뒤 행방이 묘연해진 책이 오랜만에 자기 손에 돌아왔을 때와 같은 느낌이었다.

지금 그를 도울 수 있는 것은 자신밖에 없다. 그렇게 생각하는 기분은 절대 나쁘지 않았다. 자신은 옛날부터 줄곧 그의 재능을 인정해왔다. 자신의 도움으로 그가 스타 작가에 복귀할 수 있다면 얼마나 뿌듯할 것인가. 그것도 이번에야말로 진짜 소설을 쓰게 함으로써.

다카나시에게 받은 원고는 '잔영'이라는 제목이었다. 언뜻 보기엔 역사소설 풍의 제목인데, 첫머리 부분을 보니 무대는 현대 같았다. 사나에는 다카나시와 헤어져 맨션으로 돌아온 후 단숨에 원고를 독파했다. 2백 자 원고지로 환산해서 6백 매 정도이니, 긴 중편이라고 해야 할까.

한 시대를 풍미한 뒤 오랫동안 세상 사람들에게 잊혀져 있던 미남 배우가 노개런티나 마찬가지로 출연한 영화에서 악역으로 분해 연기의 절정을 보여주고 다시 각광을 받기 시작한다. 하지만 그것도 잠깐, 있지도 않은 스캔들에 휘말려 매스컴으로부터 집요한 비난을 받게 된다. 배우는 아무도 믿어주지 않는 항변을 포기하고, 스스로 '악역'을 연기하며 파멸의 길을 간다는 줄거리였다.

절제된 필치였지만, 주인공의 고뇌는 작가 자신의 경험과도 겹쳐지는 부분이 있는지 오싹할 정도로 잘 전달되었다. 걸작인지 어떤지는 판단이 서지 않았지만 역작인 것만큼은 틀림없었다.

단지 등장인물이 너무나도 강렬하게 '죽음'을 의식하고 있다는 점만이 묘하게 마음에 걸렸다. 특히 스캔들 때문에 한창 괴로워하다가 주인공이 발코니에서 석양을 보며 중얼거리는, "이것은 산고産苦일까. 그렇지 않으면 사고死苦일까?" 하는 대사에서는 소름이 쫙 끼쳤다.

사나에의 감상을 들은 뒤 다카나시는 작품을 손질하여 옛날에 알고 지내던 작은 출판사에 가져갔다. 편집자는 상당히 난색을 표했지만, 어떻게 적은 부수나마 출판하게 되었다.

그후 조금이지만 더 찍어냈다는 이야기를 듣고 사나에는 의외라고 생각하면서도 기뻤다.

그런데 그로부터 일주일도 지나지 않은 어느 날, 우연히 다카나시의 서고에 간 사나에는 그곳에서 수십 권의 『잔영』을 발견했다. 그때는 그다지 신경 쓰지 않았지만, 책의 권수는 하루가 다르게 늘어갔다. 사나에는 몇 번인가 아르바이트 같은 젊은이가 시내 큰 서점의 쇼핑백에 든 책을 들고 오는 것을 보았지만, 다카나시는 아무런 설명도 하지 않았다. 이윽고 『잔영』은 서고를 가득 채웠고 그의 작업실 바닥에까지 작은 산처럼 쌓여가게 되었다. 그것은 보기만 해도 우울해지는 광경이었다.

사나에는 핑크 플로이드가 부른 노래 한 구절이 생각났다.

배달되어온 신문은 바닥에 방치되어 있고, 매일 배달 소년이 새 신문을 가져온다……. 닥쳐오는 파국과 광기를 예감케 하는 노래였다. 만약 그대로 작업실에 책이 계속 늘어난다면, 다카나시의 신경이나 작업장 바닥 둘 중 하나가 무너질 것 같아 은근히 걱정되었다.

그러던 어느 날 사나에가 그의 작업장에 가보니 산더미 같던 책이 온데간데없었다. 다카나시가 자신의 책을 보관하기 위해 근처 창고를 빌렸던 것이다.

당면한 문제는 일단 정리된 듯 보였다. 하지만 진짜 위기가 찾아온 것은 그후 얼마 지나지 않아서였다.

"어째서 이런 이상한 꿈만 꾸는 걸까?"

사나에와 다카나시가 연인 사이가 된 지 한 달쯤 지난 어느 날 아침, 침대 속에서 몸을 뒤척이며 다카나시가 중얼거렸다.

"어떤 꿈이요?"

사나에는 잠이 덜 깬 눈으로 물었다.

"요즘 매일 밤마다 같은 꿈을 꾸고 있어. 세세한 부분은 달라지기도 하지만 대체로 말이야. 나는 큰 저택 같은 곳에 있어. 길고 어두컴컴한 복도가 있고 양쪽에는 문이 여러 개 있지. 나는 맨 앞에 있는 문을 열려고 해."

"안에는 뭐가 있는데요?"

갑자기 흥미를 느끼며 사나에가 물었다.

"아무것도."

다카나시는 고개를 저었다.

"첫 번째 방은 텅 비어 있고, 안에는 아무것도 없었어. 다음 방도 그랬어. 그 다음은 문을 열면 바로 벽이야. 그 다음 방은 잠겨 있어서 아무리 잡아당겨도 열리지 않았어."

"시시한 꿈이네. 결국 아무것도 발견하지 못한 거예요?"

"아니. 마지막 문을 열자 방구석에 테이블이 한 개 있고 그 위에 선물처럼 리본이 달린 상자가 있었어. 나는 두근거리는 마음으로 상자를 열었지."

"보나마나 그것도 빈 상자였겠죠?"

사나에는 장난스럽게 웃으면서 말했다.

"아냐. 안에는 뱀이 들어 있었어."

다카나시는 불쾌한 듯이 얼굴을 찌푸렸다.

"뱀?"

"응. 상자 속은 어두워서 색과 모양까지는 보이지 않았지만, 독사라는 것만은 알 수 있었어. 그걸 보고 나는 상자를 내던져. 그러자 어디선가 소리가 들려와. '너는 어디를 가든 그걸 버릴 수 없다' 하는 소리가."

"흐음……."

"난 겁에 질려 떨면서 방을 뛰쳐나오지. 다른 방을 또 하나

하나 열어보지만, 이번에는 방마다 그 상자가 놓인 테이블이 있는 거야. 대개 그쯤에서 잠이 깨."

사나에는 듣고 있는 동안 걱정이 깊어졌다. 처음에 『잔영』을 읽었을 때부터 의심은 하고 있었지만, 다카나시의 정신은 분명히 바뀌어가고 있었다.

전문가의 눈으로 보아 그것이 죽음 공포증에 침식되어가고 있는 징조란 것은 분명했다.

정신과 의사는 심리학과는 좀 거리가 먼 것이 통례지만, 사나에는 친한 친구가 신화에 대해 연구하고 있는 영향도 있어서 해몽에는 일가견이 있었다. '뱀'은 인간이 꾸는 꿈 중에서도 가장 근원적인 상징의 하나다. 그것은 뱀이 전혀 생식하지 않는 극지방에 사는 이누이트인의 신화에까지 등장하는 것을 봐도 명확하다.

그리고 '뱀'이 상징하는 가장 중요한 것은 '죽음'밖에 없었다.

간호사 두 명이 수다를 떨면서 세면실로 들어왔다. 사나에는 잡념을 떨치고 방으로 돌아왔다. 노트북 화면에는 날개가 달린 토스터가 밤하늘을 비행하는 환상적인 스크린 세이버가 작동하고 있다.

의자에 앉아 마우스를 클릭해 다시 문서 작성으로 돌아갔지만, 사나에는 더 이상 일에 집중할 수가 없었다.

생각해보면 다카나시에게는 죽음 공포증에 빠질 조건이 너무 충분할 정도로 갖춰져 있었다.

먼저 경제적으로 넉넉하여 날마다 생계를 위해 버둥거릴 필요가 없다는 것을 들 수 있다. 죽음 공포증은 옛날부터 왕후귀족들의 마음의 병으로 알려져 왔다. 매일 생활을 위해 수많은 문제와 격투해야만 하는 사람들의 마음속에는 불확실하고 먼 장래에 일어날 죽음에의 공포 따위를 느낄 여유가 없다. 원하는 것을 모두 손에 넣고 난 인간의 허탈감, 마음의 공허야말로 위험한 것이다.

다음에 생각을 너무 많이 하는 것, '응시凝視'하는 것이다. 작가나 철학자 같은 사람들도 역시 죽음 공포증과 관계가 깊다. 그들은 무슨 일에나 '응시'를 한다는 가장 나쁜 버릇을 가지고 있다. 우주 삼라만상에 '의미' 따위가 존재할 리도 없고, 바로 정면에서 '응시'하면 어떤 것이라도 의미를 잃은 것으로 보이는 것은 당연하다.

세 번째는 과학에 대해 너무 순진할 정도로 신뢰한다는 것이다. 원래 세계를 정확히 기술하는 것과 인간이 행복하게 살아갈 수 있는 비전을 제시하는 것은 무관하다. 리처드 도킨스Richard Dawkins의 『이기적 유전자』가 그 차이에 대해 가장 잘 설명하고 있다. 하지만 모든 생명이 유전자의 운반체에 지나지 않는다고 하는 생각은, 비록 그것이 사실이라고 하더라도 우리를 혹한의 우주에 발가벗긴 채 내보내는 것이나 마찬가지다.

어쩌면 인간이 가진 공포의 양이라는 것은 늘 일정할지도 모른다.

불과 몇 세대 전까지만 해도 아무리 큰 도시라도 밤만 되면 칠흑 같은 어둠에 휩싸였다. 그런 시대의 사람들은 정말로 유령을 믿고 두려워했을 것이다. 하지만 사후 세계가 부정되자 공포의 대상은 현실에 존재하는 위험 그리고 죽음 그 자체로 옮겨왔다.

인간의 상상력이 만들어낸 어둠의 영역은 어둡기는 해도 절대 진공 같은 '허무'가 아니다. 그것은 인간이 진짜 암흑에 직면할 때까지의 완충지대 역할을 하고 있었다. 그런데 우리는 스스로를 지켜주고 있는 부드러운 어둠을 몰아내버린 것이다.

미국 정신의학회가 펴낸 『정신질환의 분류와 진단 입문 DSM-IV』을 봐도 죽음 공포증에 관한 기술은 전혀 없다. 요컨대 아직 독립된 정신 장애의 범주에 넣지 않고, 단순한 우울증으로 다뤄지고 있는 것이다. 공포의 대상이 불합리한 것이 아니라 누구나 두려워하는 게 당연한 '죽음'이라는 것과, 그 때문에 노골적으로 사회적 부적합이 일어나는 경우가 드물기 때문일 것이다. 하지만 죽음 공포증은 다른 어떤 공포증보다 더 깊고 조용히 마음을 갉아먹는다. 머잖아 그것은 인류 사회를 근본부터 무너뜨릴 가능성조차 있는 게 아닐까.

사나에는 앞으로, 특히 일본에서 죽음 공포증이 급증할 것이라 예상하고 있었다. 요즘 장기불황으로 앞날이 어두워졌다고는 하지만, 세계 유수의 경제적 번영을 이룬 이 나라에서는 생활 걱정이 없을 정도로 유복한 계층이 병아리 떼처럼 바글바글하다. 더욱이 무종교에다 내적인 규범마저 붕괴되어버린 일본인은 일단 죽음에 대한 공포에 휩싸이게 되면, 그곳에서 벗어날 방법은 거의 없을 것이다.

올해 1월경에 다카나시는 뜬금없이 신문사가 주최하는 아마존 조사 프로젝트에 참여하기로 결정해버렸다. 사나에는 그의 마음을 이해할 수 있었다. 대자연을 접해보는 것도 정신건강에 좋은 영향을 줄 거라 생각해서 굳이 반대하지 않았다.

사나에는 한숨을 쉬었다.

눈앞에 닥쳐온 죽음과 싸우고 있는 우에하라 야스유키 소년과 안개가 낀 듯 먼 장래에 다가올 죽음에의 공포에 휩싸인 다카나시…….

결국 자신은 누구 한 사람도 구할 수 없는 것일까?

귀환

점심 메뉴는 찬푸루(두부와 채소를 지져 만든 일본 오키나와의 대표 음식)였다. 숟가락으로 떠서 입가까지 가져가기 전에 계란과 잘게 썬 돼지고기 등의 내용물이 모두 테이블에 후두둑 떨어져버린다. 한참 덧없는 노력을 계속하던 아오야나기 겐키치青柳謙吉는 지겹다는 듯이 접시를 앞으로 밀어냈다.

"벌써 다 먹었어요?"

우연히 옆을 지나가다 그를 지켜보게 된 사나에가 물었다.

"의사 선생님이시군. 난 이제 식욕이 없어요. 됐으니까 이거 치워줘요."

아오야나기는 돌아보았지만 그의 시선은 사나에에게까지

미치지 않았다. 엉거주춤 엉덩이를 들더니 뒷주머니에서 위스키가 든 것 같은 금속제 플라스크를 꺼낸다.

"술만 마시면 몸에 해로워요. 알코올이라는 것은 껍데기 에너지뿐이니까 다른 것도 좀 드셔야 돼요."

사나에는 타일렀다. 호스피스에서는 음주를 허용하고 있었지만, 아무리 그래도 점심식사 대용으로는 곤란하다.

"이제 와서 몸에 좋고 나쁘고 할 게 뭐가 있겠소."

아오야나기는 한쪽 뺨을 일그러뜨리며 웃었다. 쉰세 살의 덩치가 큰 남자로 머리를 짧게 깎고 한쪽 눈에 안대를 하고 있어서 사나운 것을 넘어 무섭기조차 하다.

"찬푸루가 싫으세요?"

"싫은 건 아니지만, 이제 와서 이런 것 먹는다고 에이즈가 낫는 것도 아니고……."

찬푸루의 재료인 여주(박과의 한해살이 풀, 어린 열매는 식용하고 관상용으로 재배한다)에 포함되어 있는 3종의 단백질은 HIV의 증식을 억제하는 작용이 있다고 한다.

"뭐 드시고 싶은 거 있으세요? 갖다드릴까요?"

"됐어요."

"아오야나기 씨, 참치회 덮밥 좋아하셨죠? 그럼……."

"됐다니까요."

아오야나기는 초조한 듯이 거절했다. 그 표정을 보다가 사나에는 생각했다.

“그럼 먹여드릴까요?”

“뭐? 바보 같은 소리.”

아오야나기는 얼굴이 빨개졌다.

“가끔은 젊은 여자가 먹여주는 것도 괜찮지 않아요?”

“누가 젊은 여자야? 벌써 서른 줄에 들어섰으면서.”

“그런 실례의 말씀을 하시다니. 아직 스물아홉 살이에요.”

사나에는 아오야나기의 옆 의자에 앉아 찬푸루를 숟가락으로 떴다.

“자, 아~ 해보세요.”

“그만두라니까. 남들 보는데.”

“아무도 없어요.”

식당 겸 휴게실에 남아 있는 사람은 아오야나기와 사나에뿐이었다.

사나에가 계속 숟가락을 들고 있자 아오야나기는 할 수 없다는 듯이 입을 벌렸다. 사나에는 그의 큰 입 속에 찬푸루와 밥을 번갈아 넣었다. 아오야나기는 두세 번 씹더니 눈 깜짝할 사이에 삼켜버려서 왠지 큰 동물에게 먹이를 주는 것 같은 신기한 기분에 사로잡혔다.

“잘 드시네. 배고프셨던 거 아니에요?”

“칫. 이런 모습을 남들한테 보이기 싫어서 얼른 먹어치우려고 하는 것뿐인데 선생님도 참 가엾지. 남편이 있었으면 매일 이렇게 먹여줄 텐데 말이오."

여전히 빈정거리는 아오야나기의 걸은 입에 사나에는 조금 많은 밥을 떠 넣어서 입을 다물게 했다.

자연스럽게 그의 눈 움직임을 관찰한다. 사이토메갈로 바이러스 감염 때문에 왼쪽 눈도 시력이 꽤 떨어진 것 같다. 안대를 하고 있는 오른쪽 눈은 이미 완전히 시력을 잃었다.

사나에는 아까 왜 아오야나기가 찬푸루를 입에 넣으려 하지 않았는지 알 것 같았다. 그는 불합리한 운명에 맞서 숟가락 하나로 싸우고 있었던 것이다.

"자, 이것으로 끝. 차 한 잔 가져올까요?"

아오야나기는 우물우물 씹으면서 고개를 끄덕였다.

아오야나기는 사나에가 차를 준비하는 동안 낮은 목소리로 말했다.

"나, 이제 얼마 안 남았지?"

"무슨 말씀이세요? 아직 멀었어요."

"아까 간호사들이 수군대는 소리를 들었는데, 제일 빨리 가는 것이 저 소년이고 그 다음이 나라고……."

"모두 엉터리로 떠드는 거예요. 신경 쓰지 마세요. 그런 건 저희들도 예측할 수 없는 거니까요."

사나에는 무책임하게 떠들고 다니는 간호사들에게 분노를

느꼈다. 나쁜 뜻은 없었겠지만 뻔히 아는 처지에 어찌 그리 타인의 아픔에 둔감한 것일까? 그녀는 김이 나는 찻잔을 아오야나기의 손에 쥐어주었다.

"나 말이오, 만약 움직이지도 못하고 별로 살 가망도 없어 보이면 억지로 연장시키려 하지 말고, 단번에 가게 해줘요."

"단번에요? 그건 어려워요. 하지만 호스피스에서는 기본적으로 연명을 목적으로 하는 치료는 하지 않으니까……."

아오야나기는 조금 안심한 듯이 차를 마셨다.

원래는 장거리 트럭 운전사였던 아오야나기가 에이즈에 감염된 것은 이성 간의 접촉에 의해서다.

그것도 그 자신의 여자 관계 때문이 아니라 아내가 바람피우는 상대에게 옮아온 바이러스에 감염되어버린 것이다. 그 심정은 충분히 이해하고도 남았다.

단번에라. 사나에는 아오야나기의 말을 가슴속으로 반추하고 있었다. 물론 일본에서는 안락사가 인정되지 않는다. 그저 본인이나 가족의 의사가 명확한 경우에만 무의미한 연명치료를 하지 않는 것이 고작이다.

하지만 아오야나기가 말하는 것처럼 더 이상 회복될 기미가 보이지 않을 때, 환자를 참기 어려운 고통 속에 방치하는 것이 과연 인도적이라고 할 수 있을까?

안락사 문제가 새삼 논의의 대상조차 되지 않는 것은, 법질

서에 약간이라도 파란이 생기는 것을 꺼리는 관료들의 획책에 의한 것이 아닐까 하고 사나에는 은근히 의심하고 있었다. 확실히 가족과 의사가 멋대로 의식이 없는 환자의 기분을 헤아려 생명을 끊는 행위는 위험하다. 하지만 설령 한마디라도 본인이 의사를 전할 수 있는 경우에는 괴로움을 끝낼 수 있게 해주는 것도 훌륭한 터미널 케어의 한 방법이 아닐까?

호스피스에서도 안락사 문제를 거론하는 것은 금기에 가까웠다. 그러나 사나에는 언젠가 기회가 된다면 도이 미치코에게 의견을 물어보리라 마음먹었다.

휴게실을 나와 간호사실 앞을 지나려 할 때 어린 간호사가 사나에를 불렀다.

"기타지마 선생님, 전화예요."

아직 10대의 천진한 얼굴을 한 아가씨인데 묘하게 표정이 밝다.

"누구죠?"

"남자 분인데 다카나시 씨라고 하시네요."

깜짝 놀랐지만 사나에는 태연한 척했다.

"그럼 방에서 받을 테니까 보류를 눌러줘요."

호기심 많은 간호사의 시선이 등으로 느껴진다. 얼른 뛰어가고 싶은 마음을 억누르며, 느릿한 걸음으로 방에 돌아와 심호흡을 크게 하고 나서 수화기를 들었다.

"여보세요."

"나야, 오랜만이야."

다카나시의 목소리는 경박할 정도로 건강하게 들렸다.

"어떻게 된 거예요? 소식이 없어서 걱정했잖아요."

참을 수 없는 기쁨을 감추려니 그만 가시 돋친 말투가 되어 버린다.

"미안, 미안. 갑자기 마을에서 철수하게 되어 바빴어. 도중에 노트북을 강에 빠뜨려서 메일도 보낼 수 없었고 말이야."

어쩐지 다카나시는 중요한 것을 강의 신에게 바치는 습관이 있는 것 같다.

"마지막 메일 때문에 인디오들에게 먹히기라도 한 게 아닌가 했다고요."

"실제로 상당히 위험한 공기가 깔렸었지. 그대로 머뭇거리고 있었다면 목숨이 위태로웠을지도 몰랑."

……몰랑?

"그래서 지금 어디예요?"

"나리타."

"네에?"

사나에는 어이가 없었다. 그러고 보니 아까부터 이상하긴 했다. 브라질에서 거는 것치고는 목소리가 너무 깨끗했고,

무엇보다 전파가 지구 반대편까지 왕복하는 데 필요한 시간 차이가 전혀 없었으니까. 심장이 마구 고동쳤다. 그것이 놀라움 때문인지 재회에 대한 흥분 때문인지는 알 수 없었다.

"하지만…… 돌아오기로 한 날짜는 아직 2주일이나 남았잖아요?"

"일정을 앞당기게 되었어. 문제도 있었고. 그래서 지금 그 쪽으로 갈까 하는데 괜찮아?"

사나에는 당황했다.

"지금 당장은 좀…… 아직 일이 있어서요."

"괜찮아. 시간 뺏지 않을 거야. 얼굴만 볼게."

"으음…… 기쁘긴 하지만 역시 여기서는."

"그럼 바로 갈게. 사랑해."

전화가 일방적으로 끊겨버렸다. 사랑한다는 말만을 몇 번이나 반추한다. 편지나 이메일이라면 몰라도 그가 이렇게 말로 표현하는 것은 거의 들어본 적이 없었다. 덕분에 그후 한참 동안 일이 손에 잡히지 않았다. 다카나시는 약 두 시간 후에 나타났다.

호출을 받고 사나에가 병원 본관 쪽으로 달려가자 다카나시는 기둥에 기대어 담배를 피우고 있었다. 검은 모자에 티셔츠, 선글라스, 카메라맨 같은 조끼와 청바지 차림이다.

사나에의 기척을 느낀 다카나시가 얼굴을 들었다. 햇볕에 새까맣게 그을린 얼굴에서 하얀 미소가 쏟아진다. 사나에는 순간 다른 사람인 줄 알고 멈춰 섰다.

"이야."

다카나시는 몸을 일으키더니 담배를 문 채 성큼성큼 걸어왔다. 그대로 그녀를 포옹하려고 해서 황급히 손으로 저지했다.

"잠깐만, 담배. 담배!"

다카나시는 빙그레 웃으며 조끼에 달린 주머니에서 휴대용 재떨이를 꺼내 담배를 껐다.

"여기가 금연은 아니지만 내 개인적인 바람으로는 가능하면 병원에서는 담배를 피우지 않았으면 좋겠어요."

"아, 미안, 미안."

말과는 달리 다카나시는 미안한 모습도 없다.

그는 대체 언제부터 담배를 피우게 된 것일까? 적어도 아마존으로 출발하기 전에는 한 번도 피우는 모습을 본 적이 없다.

다카나시는 종종 담배라는 것은 백인에게 학살당한 아메리카 원주민들의 저주라고 했다. 끽연은 스트레스를 완화하고 집중력을 높이는 작용을 한다지만, 결국 완만한 자살행위일 뿐이다, 자신의 여생이 타 들어가는 것을 보면서 좋아하는 걸 보면 바보이거나 마조히스트 둘 중 하나다……. 그때의 그의 표정을 보는 한, 담배를 몹시도 혐오한다고밖에 생각할 수 없었다.

"줄곧 당신 생각만 했어."

사람들 눈 때문에 주차장으로 데려가자 다카나시는 갑자기 진지한 표정으로 사나에를 바라보았다.

사나에는 자신의 눈을 의심했다. 이 사람이 정말 다카나시인가?

단순히 햇볕에 그을린 것 외에도 뺨도 탱탱해지고 아주 늠름해진 느낌이 들었다. 무엇보다 표정이 못 알아볼 정도로 밝아졌다.

"나도 보고 싶었어요. 그런데……."

"그런데?"

"다카나시 씨, 많이 달라진 것 같아요."

"그런가?"

"예, 전하고는 완전히 딴 사람 같아요."

"전이 더 나았어?"

"지금이 좋아요."

사나에가 고개를 젓자 다카나시는 미소지었다.

"아마존에 간 것은 결과적으로 잘한 것 같아."

"무슨 말이에요?"

"뭐, 그건 나중에 이야기하고."

"그럼 당신 안에서 가장 많이 달라진 건요?"

"글쎄…… 한 가지 알게 된 것은 있어."

"뭔데요?"

다카나시는 사나에를 끌어당겨 꼭 껴안았다. 전과 다름없는, 깨지는 물건을 다루는 듯한 부드러운 포옹이었지만, 확실히 달라진 것은 쫓기는 듯한 초조감 같은 것이 전혀 느껴지지 않는다는 것이었다.

다카나시는 사나에의 귓가에서 속삭였다. 순간 사나에가 느낀 전율은 귀에 와 닿는 입김 탓인지, 그 말 때문인지 잘 알 수 없었다.

"죽는다는 게 절대 무서운 것이 아니란 걸 이제야 깨달았어."

다카나시 앞에는 불과 조금 전까지 그레이비 소스를 뿌린 두터운 로스트 비프가 작은 산처럼 쌓여 있었다. 사나에는 깜짝 놀라 다카나시의 접시를 보았다. 눈을 뗀 것은 극히 짧은 순간이었다. 어쩌면 먹은 것이 아니라 마술로 감춘 게 아닐까 하는 생각이 들 정도다. 두 접시째인데 벌써 아무것도 없다.

"더 있어?"

와인을 마시면서 다카나시가 물었다.

"너무 과식하는 거 아니에요?"

사나에는 어이없는 얼굴로 말했다.

"괜찮잖아? 오늘은 오랜만에 당신이 만든 요리를 먹는 거니까. 어쨌든 아마존에서는……."

"원숭이나 쥐만 먹었다고요? 몇 번이나 들었어요."

"쥐가 아냐. 같은 설치류齧齒類이긴 하지만. 그렇지, 파커는 부드러워서 꽤 먹을 만했어. 아구티도 그리 나쁘지 않았고. 카피바라와 뉴트리아는 냄새가 지독해서 추천하고 싶지 않지만."

"유감스럽게도 로스트 비프는 이제 없어요. 설마 이렇게 먹을 줄은 몰랐거든요. 1.5킬로그램이나 됐는데……."

"다른 건 없어?"

"공교롭게 로스트 파커와 로스트 아구티는 준비하지 못했어요."

"아까 그 스파게티는? 아직 더 있지?"

"네, 있어요."

사나에는 한숨 섞인 목소리로 말하며 주방에서 캐비어 스파게티가 든 그릇을 들고 왔다.

"자, 실컷 드세요."

다카나시는 스파게티를 직접 덜더니 맹렬한 기세로 먹기 시작했다. 이따금 와인으로 수분을 공급하면서 무리하게 입 속으로 밀어 넣는다.

당혹스러운 사나에는 그런 모습을 멍하니 바라보고 있었다. 시종 기분 좋은 모습인 것을 보면 스트레스 때문에 과식하는 것 같지는 않다.

귀국한 지 2주일도 되지 않았는데 다카나시의 체형은 벌써 옷 위로도 알 수 있을 정도로 망가지기 시작했다. 말라 보일 정도로 야무지게 느껴지던 뺨도 그렇게 생각해서인지 통통해진 것 같다.

"기껏 이상적인 다이어트를 하고 와서는……."

"응? 뭐라 그랬어?"

"아무것도 아니에요. 요리를 맛있게 먹어주는 것은 기쁘지만, 우리 얘기라도 좀 나눠가며 먹으면 안 될까요?"

"응, 그렇구나. 그럼 아까는 내가 아마존 이야기를 했으니까 이번에는 당신 이야기를 들려줘."

"내 이야기?"

"그래, 최근에 병원에서 생긴 일이라든가."

사나에는 놀랐다. 지금까지 다카나시는 의식적으로 호스피스에 대한 화제는 피하고 있었기 때문이다.

"……별로 재미없어요."

"별로 재미없어도 돼. 게다가 당신은 터미널 케어라는 일을 하고 있으니, 재미있는 게 이상하지. 업무상 특별히 힘들거나 고통스러운 건 없어?"

다카나시는 또 그릇에서 스파게티를 듬뿍 덜어서 접시에 옮겼다. 위가 너무 심하게 확장된 게 아닌가 사나에는 걱정되었다.

"그건, 그렇지만. 그래도 너무 심각한 이야기들뿐이에요."

"괜찮아. 듣고 싶어."

할 수 없이 사나에는 이름은 말하지 않고 우에하라 야스유키와 아오야나기의 이야기를 했다. 이야기를 하는 동안 점점 위화감이 느껴졌다. 지금까지 기피했던 화제를 오늘따라 이렇게 듣고 싶어하는 것은 왜일까?

"그 소년은 곧 죽겠네?"

다카나시의 무신경한 질문에 사나에는 아연했다.

"길게 간다 해도 아마 앞으로 두세 달이겠죠."

"그렇구나. 그거 안됐군. 그래, 트럭 운전사 아저씨는?"

"몰라요."

"죽을 때는 역시 몹시 괴롭겠지?"

"모르핀을 충분히 사용해서 통증 조절을 하니까 그렇게 고통스럽진 않을 거예요."

다카나시는 이야기하면서 왼손으로 넥타이를 풀고 와이셔츠 단추를 열어 젖혔다. 그러는 동안에도 오른손은 끊임없이 포크를 사용하고 있었다. 설치류처럼 뺨이 불룩해질 정도로 입 안 가득히 넣고 별로 씹지도 않고 삼켜버린다.

"그래서 구체적으로는 어떻게 죽는 거야?"

이 질문에 사나에는 화도 나지 않을 정도로 어이가 없었다.

"이를테면 말이야, 전신의 신경이 마비되어 호흡 곤란에 빠져 질식하거나, 점점 심장이 약해지다 정지하거나, 그렇지 않으면 먼저 뇌의 일부가 고장나서 뇌사 상태에 빠진 후……."

"그런 건 알아서 뭐하게요?"

사나에의 목소리가 화가 나서 낮아진 것도 다카나시는 전혀 눈치채지 못하는 것 같았다.

"뭘 하겠다는 건 아니고, 그저 호기심이 생겨서."

"호기심?"

"응. 야마다 후타로山田風太郎의 『인간 임종 도감』이란 책 알아? 역사상 유명한 인물들의 마지막 모습을 모은 책인데 아주 재미있어. 얼마 전에 서점에서 사왔는데 요즘 그 책에 푹 빠져 있지. 사람이 어떤 식으로 일생을 마치는가 하는 것에……."

"내 직장은 재미있어할 만한 곳이 아니에요."

"응. 재미있다고 한 것은 실언이었어. 단지 '죽음'이라는 것은 아무리 생각해도 인생 최대의 이벤트인 것 같아. 그렇다면 눈을 돌리기보다는 똑바로 직시해야 하지 않을까? 그때 대체 어떤 일이 일어날까, 우리는 그것에 대해 어떤 행동을 취할 수 있을까, 하고 말이야."

사나에는 화낼 타이밍을 놓쳐버렸다. 타오르는 분노는 마치 찬물을 끼얹은 것처럼 식어버렸다.

그녀는 빈 접시와 스파게티가 든 주발을 주방으로 가지고 가면서 다카나시가 도대체 어떻게 된 걸까 하고 생각했다.

아마존으로 출발하기 전날 그는 분명히 죽음 공포증 증세를 나타내며 죽음을 연상시키는 것들에 대해 과민하게 반응했다. 그런데 오늘 밤의 이 무신경함은 뭔가. 사람의 죽음을 완전히 흥미 본위로 생각하는 것이 사나에는 이해가 되지 않았다.

거실에 커피와 밀푀유(Mille-Feuille 맛있는 파이의 켜가 여러 겹을 이루는 패스트리로, 달콤하고 바삭바삭한 프랑스 식 고급 디저트)를 가지고 가자, 다카나시는 의자 등에 기대어 멍하니 천장 쪽을 올려다보고 있었다.

"왜 그래요?"

"들려."

"뭐가요?"

사나에는 귀를 기울여보았지만 벽에 걸린 시계의 초침소리 외에는 아무 소리도 들리지 않았다.

"천사의 속삭임."

"무슨 말이에요?"

사나에는 테이블에 커피와 디저트 접시를 내려놓으면서 물었다.

"지금이 8시 반인가? 평소엔 좀더 빠를 때가 많더니."

다카나시는 시계를 보며 중얼거렸다.

사나에는 당혹스러웠다. 그가 무슨 말을 하는지 전혀 이해할 수 없었다.

"대체 무슨 소리예요?"

"응. 처음에는 먼저 날갯짓하는 소리가 들려. 점점 주위로 몰려 들어오는 것처럼 말이야. 그리고 다음에는 속삭이는 소리가 들리기 시작해. 이것 봐…… 지금!"

농담은 아닌 것 같다. 환청이 들리는 것일까?

"난 아무것도 들리지 않아요."

"응. 그럴지도 모르지. 나한테만 들리는 것일지도 몰라."

사나에는 혀로 입술을 적셨다. 부드러운 소리로 묻는다.

"그건 어떤 소리예요? 작은 새가 지저귀는 것 같은 소리?"

"그렇구나. 곧잘 해질녘에 가로수에 앉은 참새 떼들이 한꺼번에 시끄럽게 짹짹거리지? 그 소리와 좀 비슷해. 해질 무렵에 특히 많이 들리는 것도 비슷하군."

"짹짹짹짹, 울어대는 소리?"

"응. 하지만 그것만이 아냐. 좀더 신기한 느낌이야. 이 주변에서 불꽃놀이라도 하는 것처럼 지지직 소리도 나."

다카나시는 지긋이 눈을 감았다.

"테이프를 역회전해서 만든 음악 들어본 적 있어? 아무것도 없는 곳에서 소리가 스윽 시작되어 갑자기 커지거나 뚝 끊기지. 독특한 비현실감이 있어서 바이올린과 클라리넷의 음색조차 마치 처음 들어보는 소리처럼 들려. 지금 들리는 것도 그런 거야. 흡사 공간의 뒤쪽에서 지저귀는 것처럼. 그것도 새가 아니라 많은 천사들이……."

환청에는 여러 가지 원인이 있다. 뇌에 종양 같은 이상이 있는 경우, 신비적 · 종교적인 체험에 따른 이상한 감정고조에 의한 것, 추적 망상 등의 의식 장애, LSD · 메스카린 · PCP 등의 약물 작용 그리고 정신분열증이다.

다카나시에게선 이상한 식욕과 죽음에 대한 흥미를 제외하면 정신분열증 증세는 보이지 않았다.

"언제부터 그 소리가 들리게 되었죠?"

"글쎄. '천사의 속삭임'이 들리기 시작한 것은 최근 몇 주일 동안일 거야. 날갯짓소리는 좀더 오래되었지만."

"아까 인디오 마을에서 환각제를 시험해봤다고 했죠?"

"에페나?"

다카나시는 커피에 설탕을 듬뿍 넣어서 한 모금 마셨다. 그리고 밀푀유를 발견하더니 눈을 반짝거렸다.

"응, 그거요."

"카미나와 족 마을에 가서 바로니까 한 두 달 정도 전일까."

"몇 번 정도 시험해봤어요?"

"한 번뿐이야. 그것도 아주 소량."

"그때 어떤 느낌이었죠?"

"뭐랄까. 속이 울렁거리고 별로 기분 좋은 환각은 없었어. 아마 인디오들이 춤추는 장면이 보였던 것 같아. 나중에 맥(흑갈색의 포유동물로 모양은 물소를 닮음) 같은 동물도 보였고."

"환청은 있었어요?"

"아니. 아무 소리도 들리지 않았어."

다카나시는 카멜레온 같은 민첩함으로 밀푀유를 집더니 한 입에 먹어버렸다.

사나에는 환각제의 재연 현상을 의심했다. 하지만 지금 이야기를 들어보니 가능성은 희박한 것 같다.

문제는 다카나시가 환청을 전혀 부자연스럽게 느끼지 않는다는 것이었다.

"그 소리, 불쾌하지 않아요?"

"별로 그렇지도 않아."

다카나시의 눈은 사나에의 밀푀유에 고정되어 있었다. 사나에는 할 수 없이 접시를 다카나시 쪽으로 밀어주었다. 다카나시는 당연하다는 듯 날름 먹어치웠다.

"그렇지만 많은 새들이 지저귀는 소리라면 시끄럽잖아요."

"새가 아니라 천사니까."

다카나시는 너무나 당연하다는 얼굴로 커피를 마시고 있다.

소리가 불쾌한지 어떤지는 몇 데시벨이니 하는 물리적인 크기보다도 듣는 쪽의 받아들이는 느낌에 따라 정해진다. 사나에는 옛날에 읽은 기타 모리오北杜夫의 에세이를 떠올렸다. 자세한 것은 잊어버렸지만, 바퀴벌레 같은 해충은 살충제에 내성을 가진 종류가 계속해서 나타나는데, 아름다운 소리를 들려주는 가을 벌레들은 왜 쉽게 죽어버리는 걸까, 하는 내용이었다.

하지만 만약 바퀴벌레가 밤중에 주방에서 운다면 그것이 아무리 아름답고 절묘한 소리라도 죽도록 소름끼칠 게 틀림없다.

설령 그것이 현실의 소리가 아니어도 원리는 마찬가지다. 다카나시는 지금 들리는 환청을 긍정적으로 생각하고 있다. 그것을 '천사의 속삭임'이라고 부르는 것만 봐도 분명하다. 하지만 그 이유를 모르겠다. 만약 느닷없이 설명할 수 없는 소리가 공중에서 들려온다면, 먼저 당혹스러움과 공포를 느끼는 것이 보통 아닌가.

다카나시는 여전히 천장 한 구석을 응시하고 있다. 방을 밝히고 있는 조명은 대각선 모서리에 놓인 플로어 램프 두 개

뿐이다. 양쪽 빛의 원에서 벗어나 희미하게 그림자가 생긴 부분.

같은 쪽을 바라보는 동안 사나에는 속이 울렁거렸다. 다카나시에게 암시가 걸린 것처럼 무수한 천사들이 그 주변에 밀집해 있는 듯한 느낌이 들었던 것이다. 상상력이 만들어낸 기묘한 환영幻影. 참새 정도의 크기로 새와 똑같이 생긴 두 장의 날개가 달렸다. 멀리서 보기에는 사람처럼 보이지만 자세히 보니 눈도 코도 입도 없다. 등에 있는 입 같은 발성 기관에서는 끊임없이 새가 지저귀는 듯한 희한한 소리가 나오고 있다. 우리와는 전혀 다른 존재…….

한참 뒤에야 다카나시는 시선을 사나에에게로 돌렸다.

"이제 들리지 않아."

"정말?"

"응, 가버렸나 봐."

그 말을 듣자 사나에도 쇠사슬에서 풀린 듯이 어깨의 힘이 빠진다.

다카나시는 갑자기 의자에서 일어서더니 사나에 옆으로 다가왔다.

"왜 그래요?"

다카나시는 사나에의 질문에는 대답하지 않고 갑자기 그녀의 등과 무릎 아래로 손을 둘렀다.

"잠깐만…… 기다려요!"

사나에는 다리를 버둥거렸지만 다카나시는 싱글싱글 웃으면서 그녀를 높이 안아 올렸다. 침실에 들어가자 불도 켜지 않은 채 그녀를 침대로 데리고 간다. 반쯤 열린 문으로 빛이 들어왔지만, 등뒤여서 다카나시의 표정은 보이지 않는다.

"잠깐만 기다리라니까요. 아직 뒷정리도 해야 되고, 게다가……."

다카나시는 침대커버도 걷지 않고 사나에를 눕히더니 위에서 바로 덮쳐왔다. 그의 체중이 점점 늘고 있다는 것이 금방 느껴졌다. 사나에의 힘으로는 도저히 밀칠 수 없다.

포기하고 저항을 멈추자 다카나시는 천천히 그녀의 옷을 벗겼다. 가타부타 말할 틈도 없이 안고 들어와서 거칠게 대하지 않을까 두려웠지만, 다카나시는 그럴 생각은 없는 것 같았다.

하지만 그가 갑자기 상체를 일으켜 바지 허리띠를 뺐을 때 그녀는 섬뜩했다. 오늘 밤 다카나시가 보인 모습은 상식을 벗어났기 때문이다.

그후 그가 취한 행동은 전혀 예상 밖의 것이었다. 다카나시는 허리띠를 자신의 목에 감더니 버클 쪽을 그녀에게 쥐어주었다. 사나에는 다카나시의 의도를 알 수 없어 그의 얼굴을 올려다보고만 있었다.

"잡아당겨."

사나에는 자신의 귀를 의심했다.

"그렇지만 그러면……."

"괜찮아. 사람은 그렇게 쉽게 죽지 않아."

다카나시는 작게 웃었다. 어두컴컴한 방에서 흰자위 부분과 치아만이 반짝거렸다.

지금까지 몰랐을 뿐 원래 그에게는 SM(Sadomasochistic 가학 피학성 변태 성욕) 취미가 있었던 것일까? 사나에는 그의 뜻에 따라야 할지 말아야 할지 망설여졌다. 오늘 밤의 그는 처음부터 끝까지 자기가 알고 있는 다카나시와는 동떨어져 있었다.

"꽉 잡아당겨줘. 당신의 손으로. 나를 사랑한다면 그 정도는 할 수 있겠지?"

"하지만, 그렇다고 해서……."

다카나시는 사나에의 몸을 덮고 입술을 포갰다. 긴 키스를 끝내자 다카나시는 사나에의 귓가에 입을 가져왔다. 거친 숨소리를 내며 속삭이듯 말한다.

"나는 그저 내가 살아 있다는 것을 실감하고 싶을 뿐이야. 그 때문에 요즘 들어 '죽음'을 느끼고 싶은 거지."

전화는 또다시 보류음으로 바뀌었다. 사나에는 수화기를

어깨에 낀 채 초조해하며 손가락 끝으로 볼펜을 돌렸다.

책상 위에는 다카나시가 그린 그림이 있었다. 그가 상상한 '천사'의 모습이 색연필의 섬세한 터치로 그려져 있다.

천사는 원래 중성일 텐데 중세의 그림에서는 소년의 모습으로 묘사한 것이 많다. 하지만 다카나시의 천사는 오히려 여성에 가까운 것 같았다. 그림에서는 많은 천사들이 윤무輪舞를 추고 있는데, 하나같이 긴 머리를 바람에 나부끼고 있다.

천사들이 입고 있는 것은 날개옷인지 로브(Robe 아래위가 붙어 하나로 된 길고 헐렁한 겉옷)인지 기이한 이국의 의상이었다. 그리스 풍인지도 모르겠지만, 사나에의 지식으로는 뭐라 표현할 수 없는 것이었다. 그중 한 천사는 커다란 뿔피리를 불고 있다. 마치 이 세상의 종말을 알리는 것처럼.

그림 아래쪽에는 다카나시로 보이는 인물이 침대에 누워 천사들을 올려다보고 있다. 표정은 한없이 편안하며 양손은 가슴 위에 깍지를 끼고 있다. 어쩌면 천사들이 피리를 불면서 알리러 온 것은 그의 죽음인지도 모른다…….

겨우 전화가 연결되었다.

"교무과입니다."

"기타지마라고 합니다만, 아카마쓰 선생님과 급한 용무로 통화를 좀 하고 싶습니다."

"지금 아카마쓰 조교수님은 휴가중입니다."

"그럼 자택 전화번호를 가르쳐줄 수 없나요?"

"죄송합니다만, 규정상 가르쳐드릴 수 없습니다."

"그런가요."

사나에는 실망했다. 할 수 없다.

"그럼 다시 전화 드리겠습니다. 휴가는 언제까지인가요?"

금방 대답을 들을 줄 알았는데 상대는 뭔가 망설이고 있는 것 같았다.

"저희는 잘 모릅니다."

"휴가 신청서를 내지 않으셨나요?"

"죄송합니다만, 그런 질문에는 대답할 수 없습니다."

"네?"

아무리 물어도 상대는 같은 대답만 반복할 뿐이었다. 사나에는 여우에 홀린 듯한 기분으로 전화를 끊었다.

그녀가 아카마쓰 조교수에게 연락하려고 한 것은 아마존에서의 다카나시의 상태에 대해 묻고 싶었고, 탐험대가 어째서 카미나와 족에게 쫓겨났는지 진짜 이유를 알고 싶었기 때문이다. 그때까지 우호적이던 카미나와 족의 태도가 어떻게 그렇게 돌변했는지 다카나시에게 물어봤지만, 시원한 대답은 들을 수 없었다. 사나에의 느낌으로는 그 이유가 현재 다카나시의 정신상태에 대한 수수께끼를 푸는 열쇠가 될 것 같았다.

할 수 없이 이번에는 아마존 조사 프로젝트를 주최한 신문사에 전화를 걸어보았다.

이번에는 금방 담당자로 보이는 인물과 연결되었다.

"예, 사회부입니다."

젊은 남자가 퉁명스럽게 받았다.

"저는 기타지마라라고 합니다. 귀사에서 주최한 아마존 조사 프로젝트 담당자를 부탁합니다."

"제가 담당자인 후쿠야福家입니다."

상대의 목소리가 갑자기 신중해졌다. 사나에는 직업상 그 소리에서 긴장을 눈치챘다.

"실은 아까 아카마쓰 선생님께 전화를 했습니다만, 휴가중이어서 통화를 할 수 없었습니다."

"그러십니까?"

묘하게 말이 적은 데다 억양에 부자연스러운 강세가 있다. 후쿠야라는 기자는 이미 알고 있는 사실이었는지도 모른다.

"그런데 무슨 일이시죠?"

"그쪽에서 무슨 일이 일어났는지 알고 싶어서요."

"무슨 일이라니요?"

이래서는 결말이 나지 않는다.

"실은 저 정신과 의사입니다."

상대의 목소리에 다시 변화가 나타났다.

"정신과 선생님이십니까. 실례지만, 어디?"

"성 아스클레피오스회 병원의 완화 케어 병동에 소속되어 있습니다."

"그러면…… 에이즈 호스피스입니까?"

"네."

후쿠야는 침묵했다.

"저는 다카나시 씨의 카운슬링을 맡고 있습니다만, 아마존에서 뭔가 정신적으로 충격을 받은 것 같습니다. 그것이 뭔지는 모르겠지만, 인디오 마을에서 갑자기 쫓겨난 사건이 있었다고 들었습니다. 그래서 만약 그동안의 경위를 아신다면 가르쳐주셨으면 하고."

"저…… 다카나시 씨가 아마존에서 에이즈에 감염되었다, 그런 말씀이신가요?"

상대가 잠시 말이 없었던 이유를 알고 사나에는 쓴웃음을 지었다.

"아뇨. 그렇지 않습니다. 다카나시 씨와 친분이 있어서 상담을 하게 되었을 뿐입니다. 다카나시 씨가 에이즈 양성인지 어떤지는 검사를 해보지 않아서 모르겠습니다. 아마 아닐 거라고 생각합니다만."

"그렇군요."

후쿠야는 안심한 듯이 갑자기 주절주절 떠들기 시작했다.

"그거 다행입니다. 아니, 실례했습니다. 가까운 시일 내에 에이즈 관계의 기사를 다룰 예정입니다만, 그때는 부디 취재에 협조해주시기 바랍니다."

"네……."

그리고 한동안 사나에는 질문을 계속했지만 후쿠야는 구렁이 담 넘어가는 식의 대답으로 일관하여 별다른 수확은 없었다. 오히려 다카나시의 상태에 대한 질문을 받는 꼴이 되고 말았다. 물론 이쪽에서도 대부분의 사실을 감출 수밖에 없었지만.

수화기를 내려놓은 뒤 사나에는 처음에 후쿠야의 목소리에 서렸던 긴장에 대해 생각해보았다.

그리고 퍼뜩 알아차린 사실, 분명히 후쿠야는 "사회부"라고 했다. 신문사의 조직에 대해서는 잘 모르지만, 아마존 조사 프로젝트 같은 이벤트가 있으면 보통은 문화부 같은 곳에서 담당하는 게 아닐까?

뭔가가 일어나고 있다는 느낌이 한층 더 강해졌다.

컴퓨터 하단에 표시되어 있는 시계를 보니 막 날짜가 바뀌고 있었다.

사나에는 크게 기지개를 켰다. 오랫동안 집중해서 작업을 한 탓에 어깨가 빠질 듯이 아픈 데다 모니터를 보던 눈은 침침했다.

사나에는 방에서 나와 어둡고 고요한 복도를 지나 커피 자동판매기 쪽으로 갔다.

20대 초반까지는 철야를 해도 괜찮았는데 이제는 무리가 온다. 나이를 먹긴 먹었나 보다. 이런 소리를 도이 미치코 앞에서 무심히 했다가는 젊은 나이에 무슨 소릴 하느냐고 야단맞을 게 뻔하지만.

피곤한 탓인지 단것이 마시고 싶어져 커피 자동판매기 앞으로 갔다. 설탕 버튼을 누르려던 찰나 손을 얼른 뒤로 뺐다. 블랙커피를 들고 방으로 돌아와 책상 서랍에 넣어두었던 인공 감미료인 아스파탐 정제를 넣는다. 최근 일로 밤을 새울 때마다 먹는 야식 탓인지 체중이 늘어버린 것이다.

눈의 피곤을 풀고 싶어서 방의 불을 끄고 창을 열었다.

바깥 어디에도 진짜 어둠은 없었다. 도쿄의 하늘 전체가 꺼지지 않는 조명을 반사하며 은은한 미광微光을 뿌리고 있다. 별은 거의 보이지 않았다.

커피를 마시면서 야경을 보고 있으니 많은 생각들이 스쳐간다.

벌써 자신도 어리다는 소리를 들을 나이는 지났다. 일본인들의 결혼 연령이 점점 높아진다고는 하지만, 스물아홉 살은 하나의 터닝 포인트이다. 조금이라도 빨리 결혼하는 게 시골에 계신 나이든 부모님께 효도하는 길일 텐데…….

지금까지 기회가 없었던 것은 아니다. 다카나시와 사귀기 시작할 무렵에도 몇몇 남자들로부터 프로포즈를 받았다. 한 사람은 대학 동기로 지금은 아버지의 종합병원을 물려받아 운영하고 있다. 가장 열렬한 구애를 한 것은 미팅에서 만난 공인 회계사였다. 둘 다 외모, 성격, 경제력, 장래성 모두 더할 나위 없는 남자들이었다. 그런데도 그들과 진지하게 사귈 마음이 들지 않았던 것은 왜일까?

그것은 아마 그들이 어엿하게 자립한 어른으로 자기가 없어도 잘 살아가리라는 생각이 들었기 때문일 것이다.

사나에는 옛날부터 다른 사람에게 필요한 사람이 되고 싶다는 욕구가 강했다. 원인은 잘 모른다. 나이 차가 많이 나는 언니들과 부모님으로부터 귀여움을 받으며 자랐지만, 그 반면 아무도 자신의 힘을 필요로 하지 않는 현실에 줄곧 욕구불만을 느끼고 있었기 때문일지도 모른다. 언제나 누군가에게 보호받기보다는 보호하는 입장이 되고 싶었다. 그것이 의학부로 진학하여 터미널 케어에 참여하게 된 진짜 이유였다.

그늘이 있는 남자에게 끌리는 것도 그 때문일지 모른다. 사나에는 지금까지 달콤한 연애 감정을 느꼈던 사람들을 떠올려보았다. 모두 어딘가 불안을 내포한 남자들뿐이었다.

다카나시처럼…….

바람이 그녀의 머리칼을 흔들었다. 미풍이라고 하기에는

너무 센바람이 밖에서 불어 들어온다. 황급히 창을 닫으려다 건물 맨 끝에 있는 방 안까지 바람이 불어올 리 없다는 단순한 사실이 생각났다.

뒤를 돌아본 사나에는 커피가 든 종이컵을 떨어뜨릴 뻔했다.

열린 문 앞에 남자가 서 있다. 엉겁결에 소리를 지르려다 그것이 다카나시라는 것을 깨달았다.

"거기서 뭐하는 거예요?"

자신의 목소리가 떨리고 있는 데 충격을 받았다.

다카나시는 뒤로 손을 뻗어 살짝 문을 닫았다. 찰칵 하는 금속음.

"당신을 보고 있었지."

장신의 그림자가 천천히 다가온다.

"어디로 들어왔어요?"

"응급 환자용 입구로. 그곳은 밤새 열려 있는 것 같더군."

다카나시는 사나에의 머리칼 쪽으로 손을 뻗었다. 사나에는 그의 손을 피하며 책상 앞으로 돌아왔다. 종이컵을 내려놓고 팔짱을 낀다.

"당신이 너무 보고 싶었어."

다카나시는 다시 사나에 앞에 섰다.

"오늘은 정말 바빴어요. 서류 정리할 게 쌓여 있어서."

"데이트 신청을 거절당해서 삐친 건 아니야. 그냥 어떡하든 당신 얼굴을 한 번 보지 않으면 잠이 올 것 같지 않았을 뿐이야."

"불면증이에요?"

다카나시는 끄덕였다.

"그 소리 때문에?"

"아냐. 그렇지 않아. '천사의 속삭임'은 밤중에는 들리지 않아. 아직 시차가 계속되는 탓일지도 몰라. 이 시간이 되면 정신이 말짱해져."

사나에는 책상 서랍에서 알약이 든 종이 봉지를 꺼냈다.

"이걸 먹으면 오늘 밤은 잠이 잘 올 거예요. 단지 약이 좀 세니까 용량을 잘 지켜야 해요."

다카나시는 약을 받아들면서 히죽거렸다.

"많이 먹으면 위험한 건가?"

"네."

"죽을 수도 있어?"

"자살에 쓸 생각이라면 소용없어요. 이걸 다 먹어도 죽지는 않으니까요."

"그건 유감인걸."

다카나시는 약을 바지 뒷주머니에 아무렇게나 구겨넣고는 사나에의 목덜미로 손을 가져다 댔다. 잠깐 동안은 경동맥 부근을 어루만지는가 싶더니, 이윽고 가슴팍에 손을 집어넣으려고 했다.

"잠깐만, 안 돼요."

사나에는 웃음으로 얼버무리려 했지만, 다카나시는 전혀 멈추려고 하지 않았다. 그녀를 끌어안고 집요하게 몸을 비빈다.

"안 된다니까, 아직 일이 있어요."

"사랑해."

"그만 하라니까!"

사나에는 다카나시를 힘껏 밀어냈다.

"여기는…… 내 직장이에요. 그만 돌아가요."

하지만 다카나시는 다시 사나에를 끌어당겼다. 목덜미에 키스를 한다.

"사나에……."

"그만 좀 해요. 계속 이러면 소리 지를 거예요."

"상관없어."

다카나시는 마치 열에 들뜬 것 같았다. 사나에를 껴안더니 마구 키스를 퍼붓는다.

사나에는 정말 소리를 질러 도움을 청할까 생각했다. 하지만 다카나시에게 망신을 주고 싶지는 않았다.

"사나에!"

다카나시는 격정을 참지 못하겠다는 듯이 그녀의 양팔을

잡고 책상 위에 쓰러뜨렸다.

연필통이 머리에 부딪혀 요란한 소리를 내며 떨어진다. 그는 사나에의 몸을 안고 완전히 책상 위로 들어올렸다. 그리고 그녀의 두 다리를 강제로 벌리려고 한다.

사나에는 다카나시에게 처음으로 공포를 느꼈다. 강간당한다고 생각하자 몸이 움츠러들었다. 아무리 상대가 애인이라 해도……. 머리 위를 더듬는 손에 종이컵이 닿았다.

안에 남은 액체를 힘껏 다카나시의 얼굴에 부었다.

다카나시는 움직임을 멈췄다.

"나는 당신의 소유물이 아냐! 내 의사를 무시하고 이런 짓을 한다면 앞으로 두 번 다시 만나지 않을 거야! 나가!"

다카나시는 한동안 망연한 표정으로 우두커니 있었지만, 이윽고 말없이 그녀의 앞에서 물러났다. 올 때와 똑같이 조용히 문을 닫고 나간다.

문이 닫힌 후에도 사나에는 오랫동안 긴장을 풀지 못했다.

빙의

역사 안에 있는 서점에 들른 사나에는 『버즈 아이』 최신호를 찾았다.

제2회 아마존 기행 특집은 맨 앞에 있었다. 주최한 신문사의 전국지에는 이미 동시 진행으로 몇 차례에 걸쳐 관련 기사가 게재되었지만, 그래도 계열사에서 나오는 그래픽 지인 『버즈 아이』 특집 쪽이 호평을 받고 있는 것 같다.

최근에는 아마존 하면 무질서한 삼림 벌채 등 환경 파손에 경종을 울리는 기사가 주를 이루어 독자들도 식상해하고 있는데, 『버즈 아이』는 시점을 달리하여 독특한 맛을 내고 있었다. 잡지를 펼치니 급속히 잃어가고 있는 대자연의 경이로움을 조금이라도 기록해두고자 하는 뜨거운 사명감 같은 것이 전해졌다. 다카나시의 메일에서는 제멋대로 하고 싶은 것만 하는 이상한 사람들의 집단이라는 인상밖에 없었지만, 실제로는 각각의 별동대가 자신의 임무를 제대로 완수해낸 것 같다. 별로 본 적 없는 멸종 직전의 희귀 동물 모습과 순간적인 야성의 번뜩임을 포착한 사진 등도 옛날의 『라이프』 지를 방불케 하는 박력이 있었다.

다카나시가 쓴 기행문은 그의 메일을 줄곧 읽어온 사나에에게는 그럭저럭 괜찮은 수작이었다.

일반인에게는 그다지 알려지지 않은 곤충 등의 생태를 인간 사회에 비유하는 냉소적인 유머를 적절히 섞어가며 소개하고 있었다. 그러면서도 문학 작가들에게 있기 쉬운 과도한 의인화에 빠지지 않고 과학적 정확성에 주의하고 있는 점은, 특별히 체계적인 자연과학의 소양이 있는 것도 아닌데 대단하다는 감탄을 자아내게 했다.

다카나시는 대체 언제 이걸 썼을까?

글 자체는 지극히 정상적이며 죽음 공포증은 말할 것도 없고 망상, 환청 등의 이상 체험을 풍기는 부분도 전혀 없었다. 프로 작가니까 그런 것을 능숙하게 가리고 쓰는 것도 가능하겠지만, 사나에는 다카나시의 문장이라면 꿰뚫어볼 자신이 있었다.

다카나시는 집중하면 글을 빨리 쓰는 편이어서 귀국하자

마자 비교적 정신이 안정되어 있던 시기에 써두었는지도 모른다.

그렇게 생각하자 최근의 다카나시는 어떤지 걱정이 되었다.

얼마 전 심야의 그 일 이후로 아직 한 번도 만나지 않았다. 다카나시에게서는 몇 번인가 전화가 왔었지만, 한동안 머리를 식히자고 제안을 했고 그렇게 2주일이 지났다. 요즘엔 전혀 연락이 없다.

사나에는 『버즈 아이』 지를 사서 돌아오는 지하철 안에서 숙독했다.

니나가와 교수가 채집해왔다는 카미나와 족의 민화民話에 시선이 끌린다. 그들의 구전을 녹음기에 녹음해서 카미나와 족 언어와 포르투갈어 두 사람의 통역을 통해 문장으로 옮긴 것이다. 원음의 리듬을 존중하기 위해서인지 반복되는 문장이 많고, 번역을 못한 부분들도 그대로 기재해놓았다. 곳곳에 숨김표가 되어 있는 것은 테이프의 음성이 불명확하여 알아들을 수 없는 부분이었을 것이다.

아무 생각 없이 읽어내려가다 사나에는 등골이 오싹해지는 것을 느꼈다. 그것은 아홉 번째에 실린 이야기로 정체불명의 존재에 의한 '빙의'가 테마였다.

카미나와 족의 민화 · 채집 번호⑨ 빙의 (*1)

형제가 있었다. 사냥을 하고 있었다. 마을에서 떨어져 사냥을 하며 살고 있었다. 습한 숲 속으로 가서 사냥을 하고 있었다. 흐으으으음. 사냥을 하러 갔다. 형제는 사냥을 하러 간 것이다. 습한 숲 속으로 사냥을 하러 갔다.

사냥은 하지 못했다. 원숭이 새끼 한 마리 잡지 못했다. 잡지 못한 것이다. 빌어먹을. 원숭이 새끼 한 마리도. 형제는 숲 속으로 들어갔다. 나무가. 습한 숲 속으로 들어갔다. 계속 들어갔다. 계속 계속 안쪽으로 들어갔다.

사람이 있었다. 많은 사람들이 있었다. 모닥불을 피워놓고 있었다. 모닥불 주변에 많은 사람들이 있었다. ■■■■였다. 먹고 마시고 노래하고 춤추고 있었다. 아아아아. 모닥불 주변에서 많은 사람들이 축제를 하고 있었다. 먹고 마시고 노래하고 춤추고 있었다.

형은 보러 가자고 했다. "사람들이 많이 모여 축제를 하고 있어." 동생은 관두자고 했다. "이런 곳에 사람들이 있는 게 이상하잖아." 하지만 형은 어떡하든 보러 가자고 우겼다. 보러 가자는 말을 듣지 않았다. 쳇쳇. 형제는 보러 갔다. 모닥불 주변에서 많은 사람들이 먹고 마시고 노래하고 춤추고 있었다. 아아아아. 모닥불에 고기를 굽고 있었다. 뒤에. ■■■■.

"먹어." 그들은 형제에게 말했다. "먹어." 그들은 형제에게 고기를 주었다. "이걸 먹어." 동생은 형에게 말했다. "속으면 안 돼." 동생은 형에게 말했다. "이런 곳에 사람이 있는 게 이상해." ■■■■다.

그들은 말했다. "먹어. 고기를 먹어." 그들은 형제에게 생고기 구이를 주었다. "먹어." 동생은 "속으면 안 돼"라고 했다. 하지만 형은 고기를 먹었다. 쳇쳇. 형은 고기를 먹어버린 것이다. 큰. 하늘에서의. ■■■■처럼. "술을 마셔." 형은 생고기 구이를 먹으며 술을 마셨다. 쳇쳇. 형은 고기를 먹고, 그리고 술을 마셨다.

동생은 그들이 모닥불에 굽고 있는 고기를 보았다. 원숭이 고기였다. 그들이 굽고 있는 것은 원숭이였다. 하지만 원숭이에게는 머리가 없었다. 쳇쳇. 그들은 머리가 없는 원숭이를 구워서 먹고 있었다. 쳇쳇. 그들은 머리가 잘려나간 원숭이를 구워서 먹고 있었던 것이다.

동생은 안절부절못했다. 동생은 숲의 정기가 사람으로 변해 앉아 있는 사이에 낀 것 같아 안절부절못했다. 동생은 ■■■■. 동생은 먹지 않았다. 먹는 척하고 토해냈다. 술도 마시지 않았다. 마시는 척하며 버렸다. 조용히. 동생은 현명했다. 동생은 아무것도 입에 대지 않았다. 형은 배터지게 고기를 먹고 술을 마셨다. 쳇쳇. 형은 주는 대로 다 먹었다.

밤이 샜다. 어둠이 가셨다. 밝아졌다. 그들은 일어서서 사라져갔다. 숲 속으로 사라져갔다. 흐으으으음. 한마디도 하지 않았다. 쳇쳇. 지금까지 먹고 마시고 노래하고 춤추고 있었는데, 한마디도 하지 않고 숲 속으로 사라져간 것이다. 없어져버렸다. 나무들이. ■■■■까지.

형은 잠들었다. 동생은 형을 깨워 돌아가기로 했다. 돌아오는 길에는 원숭이의 사체들이 떨어져 있었다. 형이 먹은 원숭이의 사체들이 떨어져 있는 것이다. 쳇쳇. 머리가 없는 원숭이의 사체다. 머리가 잘려나간 원숭이의 사체다. 동생에게는 그것이 '악마 원숭이'(*2)로 보여 미칠 것 같았다. '악마 원숭이'로 보여서 어쩔 줄 몰랐다. 하지만 형은 전혀 개의치 않았다. 쳇쳇. 형제는 돌아가기로 했다. 흐으으으음.

돌아오는 길에는 사냥물을 많이 잡았다. 흘흘. 검은 거미원숭이와 빨간 울음원숭이를 많이 잡았다. 형제는 사냥물을 등에 짊어지고 마을 사람들을 위해 갖고 가기로 했다. 많은 사냥물이었다. 흘흘. 형제는 돌아가기로 했다. 형제는 걸어서 돌아갔다.

형은 도중에 배가 고프다고 했다. 사냥물은 마을 사람들을 위해 가지고 가야 하는데 도중에 먹고 싶다고 했다. 쳇쳇.

동생이 말렸지만 형은 사냥물을 먹었다. 마을 사람들을 위해 가지고 돌아가야 하는 것인데 말이다. 쳇쳇. 동생은 그것은 나쁜 징조라고 생각했다. 형은 사냥물을 먹었다. 형은 사냥물을 굽지도 않고 날것으로 먹었다. 췟췟. 사냥물은 잡아서 보통 구워 먹는데 날것으로 해치웠다. 재규어처럼 잡은 사냥물을 그대로 먹은 것이다. 동생은 그것은 아주 나쁜 징조라고 생각했다.

형은 사람이 달라진 듯 탐식하게 되었다. 췟췟. 형은 사냥물을 먹었다. 마을 사람들을 위해 가지고 가야 하는 사냥물을 혼자 다 해치워버렸다. 사냥물을 완전히 다 먹어버린 것이다. 위가 터질 것 같아도 계속 먹고 싶다고 했다. 췟췟. 동생이 짊어진 사냥물을 먹고 싶다고 요구했다. 동생은 그것은 아주 나쁜 징조라고 생각했다. 형은 동생이 짊어지고 있는 사냥물도 먹었다. 전부 먹어치웠다. 이제 아무것도 남지 않았다. ■ ■ ■ ■ 까지도.

형은 숲 속을 걸으면서 여전히 술에 취한 듯이 웃고 노래하고 춤추었다. 숲 속에서 큰 소리를 내는 것은 좋지 않다. 나쁜 것과 위험한 것을 불러들이게 된다. 췟췟. 형은 웃고 노래하고 춤추었다. 계속 그렇게 하고 있다. 춤추면서 걷고 웃고 노래했다. 동생이 돌아보니 형의 손발에는 상처가 많았다. 나무에 부딪혀서 많은 상처가 생긴 것이다. 상처에서는 곳곳에 하얀 뼈가 보였다. 줄줄 피가 흐르고 있었다. 나무에 부딪힌 많은 상처에서는 하얀 뼈가 보였다. 형의 안색은 풍뎅이의 유충처럼 창백해졌다. 췟췟. 풍뎅이의 유충처럼 새하얗다. ■ ■ ■ ■인데 형은 전혀 아픔을 느끼지 못하는 것 같았다. 췟췟. 형은 하얀 뼈가 보이는데 아프지 않은 것이다. 줄줄 피가 흐르는데 아프지 않았던 것이다. 그것은 최악의 징조였다.

형제는 오두막으로 돌아왔다. 겨우 오두막에 도착했다. 동생은 "아, 피곤해" 하고 말했다. 형은 "전혀 피곤하지 않아. 나는 페커리(아메리카에 서식하며 겉모습은 멧돼지와 비슷하지만, 그보다는 반추동물에 가깝다)처럼 건강하니까" 하고 말했다. 형은 오두막에 도착해서도 계속 돌아다니며 잠시도 쉬지 않았다. 습한 숲 속에서 여태 걸어왔는데 형은 지치지도 않은 것이다. 계속 돌아다닌다. 웃고 노래하고 춤추면서.

■ ■ ■ ■ 때에 동생이 형의 얼굴을 보자 눈이 번들번들 빛나고 있었다. 무서운 형상이었다. 쉿, 쉿. 뱀처럼 재규어처럼 눈이 번들번들 빛나고 있었다. 그것은 형이 이제 인간이 아니라는 표시였다. 쉿, 쉿. 뱀 같은 눈이었다. 무서운 얼굴로 동생을 본다. 동생은 무서워서 형의 얼굴을 볼 수 없었다. 얼굴을 보지 않으려고 했다. 번들번들 빛나는 눈을 보지 않으려고 했다. 눈을 마주치지 않으려고 했다.

형제는 오두막에서 쉬었지만 동생은 해먹(그물이나 천으로 된 매다는 침대)에 누운 채 밤새도록 깨어 있었다. 동생은 자지 않고 오두막 안에서 형을 보고 있었다. 동생은 형을 감시하고 있었다.

형은 밤중에 눈을 번들거리며 벌떡 일어나더니 밖으로 나갔다. 쉿, 쉿. 형은 밤중에 일어나 밖으로 나갔다. 눈을 번들거리며 나갔다. 동생은 뒤를 따라갔다. 쉿, 쉿. 동생이 뒤를 따라가자 형은 습한 숲으로 들어갔다. 습한 숲 입구에서 만난 것은 '악마 원숭이'였다. 세상에 '악마 원숭이'다. 쉿, 쉿. 형은 '악마 원숭이'에게 뭔가를 받아들었다. 쉿, 쉿. 형은 '악마 원숭이'에게 뭔가 이상한 것을 받아들었다. 뭔가 이상한 것을 받아들고 있었다.

형은 오두막으로 돌아왔다. 쉿, 쉿. 형은 오두막으로 돌아오자 산에서 가지고 온 고기에 뭔가를 뿌렸다. ■■■■다. 내일 마을 사람들에게 나눠줄 고기에 이상한 것을 뿌렸다. ■■■■다.

동생은 그 모습을 보고는 마을 사람들을 깨우러 갔다. 마을 사람들을 깨웠다. 동생은 형에게 일어난 일을 보고했다. 이제 형이 아니니까 죽이지 않으면 안 된다는 사실을 알렸다. 뭔가 이상한 것이 형에게 씌워져 있다. 습한 숲 속에서 이상한 것에 홀린 것이다. 이제 형이 아니다. 죽이지 않으면 안 된다. 마을 사람들은 동생의 이야기를 듣고 이제 형이 아니라는 것을, 죽이지 않으면 안 된다는 것을 알았다.

밤이 샜다. 어둠이 가셨다. 밝아졌다. 마을 사람들은 형제의 오두막으로 갔다. 흐으으으음. 나무들 사이. 오두막으로 갔다. 오두막으로 가서 불을 붙였다. 형이 나왔다. 불이 붙은 오두막에서 형이 나왔다. 마을 사람들은 형을 둘러싸고 죽였다. 죽인 것이다. 끝났다. 끝이다. 이것으로 전부 끝난 것이다.

민화에 이어서 각 분야의 전문가들이 간단한 주석을 달았다.

주 1에는 아마존의 인디오들은 부족을 넘어 헤크라라는 동물의 정령精靈을 신앙으로 삼고 있는데, 종종 헤크라는 인간에게 '빙의'할 때가 있다고 적혀 있었다. 가장 강력한 것은 재규어 헤크라이며, 원숭이류의 헤크라는 그 다음이다. 그 가운데에서도 '악마 원숭이' 헤크라를 특히 두려워한다는 것이다.

주 2에서는 그 '악마 원숭이'라는 것이 꼬리감는원숭이의 일종인 우아카리원숭이 같다고 해설되어 있다. 정식 명칭은 대머리우아카리Cacajao calvus라고 하며, 더욱 세밀한 분류로는 붉은 우아카리C.c.rudicundus, 흰 우아카리C.c.calvus, 노바에시우아카리C.c.novaesi, 우카얄리우아카리C.c.ucayalii 등 네 아종亞種이 존재한다. 워싱턴 조약 및 『적색자료목록Red Data Book』에서는 네 종 모두 독립종으로 분류하고 있지만, 하나같이 멸종 직전의 위기 상황에 처한 것 같다. 꼬리감는원숭이류 가운데 유일하게 우기가 되면 침수하는 수몰림에 살며, 짧은 꼬리를 가지고 있는 등 독특한 특징이 있다고 한다. 원숭이류 중에서도 조사와 연구가 가장 늦게 이뤄진 종

류로, 아직 자세한 생태는 알려져 있지 않다.

우아카리원숭이라는 이름은 사나에도 다카나시의 메일에서 읽은 기억이 있다. 페이지를 넘기자 시라이 카메라맨이 촬영한 사진이 실려 있다. 몸은 푸석푸석하고 긴 다갈색 털로 덮여 있는 데 반해, 빨간 맨살이 노출된 머리는 솜털처럼 하얀 털이 나 있었다. 허옇게 이빨을 드러내고 커다란 갈색 눈을 둥그렇게 뜨고 있는 것은 카메라맨을 위협하기 위해서일까?

이렇게 생겼으니 인디오들이 '악마 원숭이'라고 부르는 것도 당연하겠다고 사나에는 생각했다.

그녀는 전에 『내셔널 지오그래픽』에 실렸던 마다가스카르(아프리카 대륙의 동남쪽에 있는 섬나라)의 아이아이(마다가스카르손가락원숭이)라는 원숭이 사진을 본 기억을 떠올렸다. "아이아이, 아이아이, 원숭이 씨라네" 하는 동요의 이미지 때문에 아주 귀여운 원숭이를 상상하고 있었는데, 실제로는 이상한 느낌이 드는 커다란 눈과 검고 성긴 털, 맹금猛禽처럼 가늘고 긴 손가락이 너무 끔찍하게 생겨, 현지에서 '악마'라고 불리며 박해를 받는 것도 당연하다는 생각이 들었다. 마다가스카르에서는 이 아이아이원숭이와 함께 '악마의 화신'이라고 불리는 인드리라는 원숭이가 급속히 멸종되어가고 있다고 한다. 만약 그들이 코알라나 판다처럼 인기 있는 외모라면, 그렇게 우울한 일은 겪지 않았을 것이다.

근래 들어 우아카리원숭이의 생식수가 격감하고 있는 원인은 명확하지 않지만, 『버즈 아이』에서는 마구잡이 개발에 의한 생식지의 파괴를 이유로 들고 있었다. 하지만 실제로는 현지인들이 그들을 마구잡이로 사냥하는 탓이 아닐까 하고 사나에는 생각했다.

그러고 보니 생각난다. 다카나시 일행이 길을 잃었을 때 먹은 것도 분명 이 우아카리원숭이였다. 다카나시 팀의 여성 카메라맨도 그때 동행했을 것이다. 사나에는 그녀를 생각하니 가슴이 아팠다. 자기 같으면 아무리 허기가 져도 이렇게 징그러운 동물의 고기는 도저히 먹을 수 없었을 것 같다.

그건 그렇다 치고 이 이야기는 왜 이렇게 등골을 오싹하게 만드는 것일까?

카미나와 족의 민화는 전부 열한 편이 소개되어 있는데, 아홉 번째의 '빙의'는 가장 평범한 부류이다. 다른 이야기는 한결같이 열대 특유의 과장과 전대미문의 이야기들로 가득 차 있었다. 동물과 사자死者가 이야기를 하는 건 물론이고, 길에서 만난 해골이 뒤를 쫓아오기도 하고, 얼굴은 여자에 독수리 날개와 뱀의 몸을 가진 이상한 괴물이 갑자기 땅으로 내려와 인디오 아이들을 낚아채가기도 한다.

그런 가운데 '빙의'는 예외라고 해도 좋을 만큼 초자연적인 요소들이 배제되어 있었다. 형제가 습한 숲 속에서 만난 사람들도 확실히 '숲의 정기'라고 가리키는 것도 아니고, 형이 '악마 원숭이'를 만나는 장면도 동생이 밤에 멀리서 보고 그렇게 해석했을 뿐이다. 결국 마을 사람들은 동생에게 들은 이야기를 그대로 믿고 형을 죽인다…….

이 이야기는 어쩌면 옛날에 실제로 일어난 사건의 기록일지도 모른다. 기분 나쁜 상상이 사나에의 머리를 스쳤다. 만약 형이나 동생 둘 중 하나가 어떤 망상성 정신질환에 걸려 있었다면, 형이 뭔가에 '홀렸다'고 마을 사람들에게 오해받아도 이상하지 않으며, 그것 때문에 린치를 당할 가능성 역시 있을 것이다.

그렇게 생각하자 처음에는 그저 민화로서 읽은 텍스트가 상당히 비참한 양상을 드러냈다. 하지만 이 이야기를 읽고 충격을 받은 것은 그것과는 전혀 다른 이유 때문이었다. '빙의'에 대해서는 동화나 소설 등의 분석으로 유명한 심리학자의 해설이 곁들여져 있었다. 심리학자도 역시 이 이야기에 가장 흥미를 보였지만, 그의 견해는 사나에와는 상당히 차이가 났다.

심리학자는 미개 사회에 전형적으로 존재하는, '악의 빙의'의 의미에 대해 이야기하고 있었다. 융 심리학에서는 '빙의'를 인격이 접신接神적인 이미지에 홀린 상태로 보고 있다.

심리학자는 형제가 마을에서 떨어져 살고 있는 것에 주목하고 있었다. 대부분의 미개 사회에서 고독이 금기되어 있는 것은 사람을 악에 홀리게 하기 때문이라고 한다. 다른 사람들과의 생생한 교류가 차단될 때, 사람은 느릿하게 비인간화의 과정을 더듬는다.

그런 사람은 먼저 일상생활 속에서 여러 가지 금기를 범하는 데 둔해지는 것 같다. '쳇쳇' 하는 혀 차는 소리 같은 것은 화자가 금기된 것을 하고 있다고 느꼈을 때 반드시 나왔다. 그리고 금기를 가볍게 여기는 것은 동포에게 정말 위험한 행위, 정말 무서운 죄로 이어지는 것이다. '쉿, 쉿' 하는 경계음이 나오지 않을 수 없는…….

사나에는 고개를 들었다. 아까부터 발차 벨이 울리고 있었다. 황급히 잡지와 가방을 들고 일어나 전철에서 내렸다. 잡지에 몰두하고 있다가 하마터면 내릴 역을 지나칠 뻔했다.

집으로 돌아와 샤워를 하는 동안에도 카미나와 족의 민화가 머리에서 떠나지 않았다.

머리카락을 드라이어로 말리고 얼굴에 팩을 하면서 처음부터 다시 읽었다. 자신의 마음에 싹튼 의심은 분명하게 의식위로 올라와 있었다. 이성으로는 도저히 받아들일 수 없지만, 감각적으로 부정할 수 없는 게 있는 것이다.

의사로서 어떤 일에든 합리적인 해석을 내리는 수련을 쌓아왔다고 생각했지만, 의식의 표층을 한 껍질 벗기면 누구에게서나 볼 수 있는 어둠을 두려워하는 어린아이 같은 심성이 잠들어 있다. 사춘기 때는 사나에도 하루종일 턱을 괴고 앉아 공상에 잠기던 소녀였다. 지금도 잡지를 펼치면 저절로 점술란을 보게 된다. 미신을 믿을 생각은 없지만 과학과 윤리만이 항상 옳다고는 할 수 없다. 직감과 피부감각을 무시하는 쪽이 오히려 비합리적이라고 할 수 있다.

그녀는 결국 벌떡 일어나 서재로 갔다. 안쪽 벽면에는 원목 판자를 여러 장 걸쳐놓은 특별 주문 책장이 있고, 그곳에는 정신의학과 터미널 케어, 암, 에이즈 등에 관한 전문서뿐만이 아니라 SF며 미스터리 등의 소설이 빼곡히 꽂혀 있다. 찾으려는 책은 어느 틈엔가 끝 쪽으로 밀려나 있었다. 미국 정신의학회가 펴낸『정신질환의 분류와 진단 색인DSM-IV』이다.

어렴풋한 기억을 더듬어 '특정불능의 해리성解離性 장애'라는 카테고리를 찾았다. 거기에는 이렇게 나와 있었다.

해리성 장애 상태 : 특정 지역 및 문화에 고유한 단일의 또는 에피소드성의 의식 상태, 동일성 또는 기억 장애. 해리성 장애는 직접 접하고 있는 환경에 대한 인식의 교착화, 항상 동일한 행동 또는 동작으로 자기 의지가 미치는 범위를 넘고 있

다고 체험하는 것에 관한 것이다. 빙의는 개인으로서의 동일성 감각이 새로운 동일성으로 바뀌어지는 것으로 혼 · 힘 · 신 또는 다른 사람의 영향을 받아 상동常同적인 '불수의不隨意' 운동 또는 건망을 동반하는 것을 말한다. 그 예로서 아모크(인도네시아), 비하이난(인도네시아), 라타(말레이시아), 피블로크토크(북극), 아타크 드 나비오스(라틴 아메리카) 및 빙의(인도) 등이 있다…….

영문을 직역한 것이어서 머리에 쏙 들어오지는 않지만, 그래도 대충의 의미는 알 수 있었다. 문제는 이것이 다카나시의 경우에는 맞지 않다는 것이다.

다카나시의 설명이 불가능한 인격의 변용. '천사의 속삭임'이라는 환청과 망상. 전형적인 죽음 공포증 증세를 나타내던 사람이 갑자기 일변해서 죽음에 병적으로까지 흥미를 갖게 되었다는 사실. 게다가 이상한 식욕 증진과 성적 기호의 변화…….

인디오 민화는 길을 잃은 다카나시가 우아카리원숭이를 잡아먹었다는 에피소드와 기묘할 정도로 일치점이 많다. 사나에는 다카나시가 아마존에서 뭔가에 빙의되었다는 강박관념과도 같은 생각을 버릴 수가 없었다. 심증적으로는 오히려 그쪽이 납득하기가 쉽다.

하지만 정신의학을 배운 사람으로서 그런 괴담 같은 이야기를 쉽게 믿을 수는 없었다. 합리적인 해석을 찾다가 '빙의'라는 현상을 떠올렸지만, 『DSM-IV』에 기술된 내용과 다카나시의 상황에는 유감스럽게 결정적인 차이가 있었다.

'빙의'는 다중인격의 일종이라고도 할 수 있다. 제삼자가 보아서 확실한 인격교대가 일어나거나 본인이 뭔가에 '빙의'되었다는 감각이 없으면 안 된다. 그런데 다카나시에게는 그런 의식이 희박하다. 그 자신은 죽음을 두려워하지 않게 된 것을 제외하고 자신이 전과 그다지 달라진 게 없다고 생각한다. 그런데도 객관적인 제삼자의 눈으로 보면 그야말로 그가 '빙의'된 것처럼 보이는 부분이 꺼림칙한 것이다.

사나에는 한 번 더 『버즈 아이』를 펼쳐서 세세한 부분까지 다시 읽어보았다. 카미나와 족의 민화에는 덤으로 나온 게 하나 있었다. 니나가와 교수가 채집한 이야기 외에 같은 '빙의'를 다룬 '저주받은 골짜기'라는 구전이 있다고 한다. 그런데 이 이야기에 한해서만은, 단 한 사람의 전승자에게만 대대로 이야기가 전해질 뿐 일체 다른 사람들에게 이야기하는 것이 금해져 있다는 것이다.

이런저런 생각을 하는 동안에 머리가 혼란스러워졌다. 사나에는 냉장고에서 모젤 와인 병을 꺼내 잔에 따랐다.

그러나 잔을 입가에 가져가고 나니 별로 마시고 싶지 않아졌다. 이마에 잔을 대자 차가워서 기분이 좋다. 여분의 열을 빼앗는 것으로 명석한 사고가 가능할 것 같은 생각이 든다.

그러면 하나의 작업 가설로서, 아니 SF적 황당무계한 사고 실험으로서 빙의가 현실로 일어난 거라고 생각해보자. 그렇다면 다카나시에게 씐 것은 대체 무엇일까? 카미나와 족의 민화에 있던 '악마 원숭이'의 헤크라인가, 아니면 아마존에 산다는 숲의 성모(마드레 데 몬테)나 쿨피라라는 괴물인가.

사나에는 무의식중에 몸서리를 쳤다.

너무나도 한심한 상상이었다. 그럼에도 그녀의 직감은 그것이야말로 진실이라고 말하고 있었다.

남자는 사흘 만나지 않으면 눈을 비비고 다시 보라고 했던가. 사나에는 중국의 옛 속담을 떠올리고 있었다. 다카나시의 두 번째 변모를 보면 아무리 주의가 산만한 사람이어도 눈을 비비지 않을 수 없었을 것이다.

사나에 앞에서 만사가 귀찮은 듯이 소파에서 일어서는 다카나시는 120킬로그램은 족히 나갈 것 같았다. 씨름 선수처럼 탄탄한 살이 아니라 더욱 뚱뚱해 보이겠지만, 겨우 한 달 남짓한 기간에 이렇게까지 살이 찐다는 것은 그가 과식증이라 가정한다 하더라도 신기할 따름이었다. 거대한 허리둘레에 맞춰 기구처럼 부풀어오른 바지는 어디서 사온 것일까?

그녀라면 한쪽 다리에 온몸이 쏙 들어갈 것만 같았다.

"여어, 일하고 있었을 텐데 미안해. 꼭 부탁할 일이 있어서 말이야."

그의 왼손에는 뜯어진 포테이토칩 과자 봉지가 있었다. 사나에와 이야기하는 동안에도 끊임없이 오른손으로 과자를 먹고 있다. 그 때문에 오른손 손가락과 입가는 기름으로 번들거렸다.

"그럼…… 여기서는 좀 그러니까 올라갈까요?"

다카나시의 모습은 벌써 병원 내의 호기심 어린 시선을 모으고 있었다. 사나에는 빠른 걸음으로 앞장섰다. 그가 사람들의 구경거리가 되는 것이 참을 수 없어서 저절로 발걸음이 빨라졌다. 다카나시는 뒤뚱뒤뚱 따라온다. 여기까지 오는 것 자체가 상당히 힘이 들었을 것이다.

사나에는 주위의 시선을 신경 쓰면서 다카나시를 엘리베이터 안으로 밀어넣었다. 이동 침대를 실을 수 있는 대형 승강기이지만 다카나시가 들어서자 몹시 좁게 느껴졌다. 병실을 지나 무사히 다카나시를 자신의 방으로 데려올 때까지 사나에는 줄곧 숨을 죽이고 있었다.

"거기 앉으세요."

다카나시가 쓰러지듯 주저앉자 소파 가운데가 푹 꺼졌다.

사나에는 애써 웃는 얼굴에 경련이 느껴졌다.

과식증 치료라면 도이 미치코에게 조언을 구하는 게 좋을지 모른다. 되도록 지금의 다카나시를 남에게 보여주고 싶지 않았지만, 더 이상 그런 걸 따지고 있을 상황이 아니었다. 이대로 계속 살이 찐다면 생명이 위험해진다는 것은 불을 보듯 뻔하다.

그렇게 생각하는 동안에도 다카나시는 가방을 열어서 먹을 것을 꺼내고 있었다. 그는 요즘엔 봉지에 든 과자류를 즐겨 먹는 것 같았다. 하나같이 고 칼로리로 동맥경화의 원인이 되기 쉬운 것들뿐이었다.

"다카나시 씨. 이런 것들은 정말 몸에 안 좋아요."

사나에는 부드럽게 지적했다.

"뒤에 성분표 나와 있죠? 이 마가린이라든가 쇼트닝 같은 식물성 지방이 요주의예요. 이런 기름은 상온에서는 액체인데 억지로 고형화시켰기 때문에 트랜스 지방이란 것으로 변질된 거예요. 자연에는 존재하지 않는 인공적인 기름으로 인체에 나쁜 영향을 줄 가능성이 커요."

"그런 이야기는 처음 듣는 걸."

"다른 나라에서는 이미 상식이 되어 있는 이야기예요. 네덜란드 같은 곳에서는 트랜스 지방이 포함된 제품은 판매를 금지하고 있어요. 독일에서도 마가린 발매와 크론씨 병의 빈발 시기가 일치했던 일 때문에, 의심스러운 것은 사용하지 말자고 해서 일체 사용이 금지되었고요."

"어째서 일본에서는 금지되지 않은 거지?"

다카나시는 여전히 과자를 게걸스럽게 먹으며 말했다.

"글쎄요. 그건 후생성에 물어봐야 하겠죠."

"그렇다면 버터 쪽이 훨씬 몸에 좋은 거네. 난 간장 버터 맛을 제일 좋아해."

"……그렇군요."

지금처럼 너무 과도하게 섭취하면 뭐든 몸에 나쁘기는 마찬가지라고 사나에는 마음속으로 중얼거린다.

"그래, 아까 뭔가 부탁할 게 있다고 했죠?"

다카나시는 또 봉지를 거꾸로 해서 입 속에 털어넣더니 기름투성이 손가락을 가슴팍에 닦았다. 어지간히 머리가 가려운지 그 손으로 자주 머리를 긁는다. 허연 비듬이 펄펄 떨어진다.

"요즘 들어서 잠이 잘 안 와."

"그래요?"

"그래서 약을 좀 얻을 수 있을까 해서."

사나에는 새삼 다카나시의 모습을 훑어보았다. 피하지방이 많이 붙은 탓인지 안색이 종이처럼 하얗다. 특별히 뭔가 고민하는 듯한 기색은 없지만 과식증은 스트레스에서 비롯된다. 어쩌면 불면에 의한 스트레스가 이상한 식욕으로 박차를 가하고 있는지도 모른다.

"전에 준 약은? 꽤 많이 주었던 것 같은데요?"

"응, 잘 안 들어. 체중이 는 탓도 있겠지만, 너무 약한 약을 준 거 아냐?"

"그럴 리 없는데."

사나에는 잠시 생각했다.

"알겠어요. 그럼 한 번에 한 알씩 말고 두 알씩 먹어봐요. 하지만 만약 잠이 오지 않더라도 절대로 그 이상 먹어선 안 돼요, 알겠죠?"

다카나시는 끄덕였다. 눈은 어린아이처럼 반짝반짝 빛났지만 시선은 초점이 없는 것처럼 허둥대고 있었다. 지시가 잘 전해졌는지 걱정된다.

"그리고 앞으로 카운슬링을 좀 다니면 어떨까요?"

"카운슬링? 약 먹으면 잠이 잘 올 텐데 뭘."

"네. 그건 그렇지만 역시 좀 과식하는 것 같아요. 이대로 가면 건강에도 나쁘고……. 시간이 나면 내가 카운슬링을 해줄 수도 있고, 바쁠 때는 다른 선생님께 부탁해놓도록 할게요."

"응, 알겠어."

다카나시는 의외로 선선히 동의했다.

"그럼 약을 받아올 테니까 좀 기다려요."

사나에는 방을 나가 약국으로 갔다. 처방전을 써서 약을 받고 방으로 돌아와보니 다카나시가 없었다. 시간으로 치면 불과 4, 5분 정도였을 것이다.

황급히 방을 나가 주위를 찾아보았지만 역시 그는 없었다. 가까이 있던 호스피스 입원 환자에게 물어보니, 방금 전에 아주 뚱뚱한 남자가 엘리베이터로 내려갔다고 한다.

불길한 예감에 가슴이 떨려왔다. 다카나시는 왜 달아나다시피 모습을 감춘 것일까?

하지만 사나에는 언제까지 그에게만 매달려 있을 여유가 없었다. 오늘은 호스피스 입원을 희망하는 몇 팀의 환자 및 그 가족과 면담을 하기로 한 날이다.

일을 전부 마치고 그녀가 다시 자기 방으로 돌아온 것은 밤 9시가 지나서였다.

일상 업무에 빠져 있는 동안 오늘 다카나시가 찾아온 것이 꿈같이 느껴졌다. 옛날과 다름없는 날씬하고 내성적인 다카나시는 오늘도 어딘가에 있는 게 아닐까? 몇 시간 전에 자신이 본 것은 다카나시가 아니라 어딘가 내분비 이상이 있는 환자가 아닐까?

책상 앞에 앉는 순간, 뭔가 느낌이 이상했다.

순간적으로는 무엇이 달라졌는지 알 수 없었지만, 이내 맨 위쪽 서랍이 아주 조금 열려 있는 것을 발견했다. 평소에는 잠금장치가 되어 있는 서랍이다. 그런데 그 열쇠는 책상 위의 소품 통에 아무렇게나 던져져 있다. 열려고 하면 누구나 쉽게 열 수 있을 것이다.

사나에는 조심스레 서랍을 열었다. 하지만 안을 보기 전부터 각오는 되어 있었다.

서랍 깊숙이 넣어두었던 수면제 병이 세 병 다 어디론가 사라지고 없다. 하나같이 다카나시에게 주었던 안전성 높은 벤조디아제핀 계의 약이 아니라 효과가 강한 브롬발레릴 요소 제제였다. 적어도 이것으로 다카나시가 도망치듯 돌아간 이유는 명확해졌다.

그런데 그는 무엇 때문에 이렇게 대량의 수면제가 필요했던 걸까?

그때 갑자기 전화벨이 울려 깜짝 놀랐다. 책상 위에 있는 전화가 아니다. 얼른 가방을 열어 휴대 전화를 꺼냈다.

"여보세요?"

수화기 너머로 인기척은 느낄 수 있었지만 대답은 없었다. 그러나 그녀는 장난 전화가 아니라는 걸 직감했다.

"여보세요? 다카나시 씨? 맞죠?"

낮은 웃음소리가 들려왔다. 웃음은 낮게 계속 이어지다가 어느 순간부터 큰 소리로 바뀌었다.

"다카나시 씨? 들려요? 네, 대답하세요."

"아, 미안."

다카나시의 목소리는 아직 웃음의 여운이 가시지 않았다.

"왠지 오늘 밤은 기분이 좋아."

"다카나시 씨. 당신 수면제 가져갔죠? 왜죠?"

"왜죠?"

또 톤 높은 웃음소리가 울렸다. 큰 소리로 웃는 가운데 가끔 비명 같은 신음소리가 섞인다. 거의 병적인 조울증 상태인 것 같다. 사나에의 등에 식은땀이 흘렀다. 설마.

"약이란 건 먹기 위해서 있는 거 아냐?"

마치 자신이 재치 있는 조크를 던지기라도 한 것처럼 다카나시는 폭소를 터뜨렸다.

"다카나시 씨. 지금 약 먹었죠?"

다카나시의 웃음 발작이 진정되기를 기다렸다가 사나에가 물었다.

"약 말인가? 먹었지. 물론."

"가르쳐줘요, 어느 정도 먹었어요?"

"어느 정도라. 어느 정도일까?"

다카나시는 기분이 좋은 고양이 같은 소리를 냈다.

"몰라…… 몰리…… 몰르. 응? 어느 게 맞는 말이지?"

"이봐요, 이건 중요한 일이에요. 잘 들어요. 당신이 가지고 있는 것은 아주 센 약이에요. 많이 먹으면 생명에 지장이 있어요."

"그래? 생명이라. 그거 큰일이군."

"농담이 아네요. 이봐요, 지금 어디 있어요? 당장 먹은 약을 토해내지 않으면……."

"시끄러워. 난 옛날부터 아르데코(Art Deco 장식미술)는 싫다고 했지? 흐물흐물해서 기분 나빠."

다카나시는 내뱉듯이 말했다.

"다카나시 씨……."

"아, 미안. 당신한테 한 말이 아냐. 아까부터 시끄럽게 굴잖아."

"시끄럽다니요?"

"천사. 아까부터 계속 주변을 맴돌며 속삭이고 있어. 속닥속닥, 나한테 여러 가지 이야기들을 하는 거야. 알아듣지도 못하는 말투성이야, 옹알이같이……."

한시라도 빨리 다카나시를 찾아내서 위를 세척하고 수면제에 버틸 약을 주사해야 한다. 하지만 그는 대체 어디 있단 말인가.

"다카나시 씨. 거기가 어딘지만 가르쳐줘요, 네?"

"그게 아니라니까. 『수호지』에는 그런 놈이 안 나와."

다카나시가 말을 끊자 희미하게 귀에 익은 소리가 들렸다. 딱딱한 것끼리 천천히 부딪치는 듯한 소리. ……잔 속에서 얼음이 부딪히는 듯한.

"당신, 술 마시고 있어요?"

사나에는 숨을 삼켰다.

"안 돼요. 얼른 관둬요. 수면제와 알코올을 함께 먹다니, 자살 행위예요!"

"어째서 그런 소리만 하는 거야? 의미가 없잖아? 뭐? 어째서 찜으로 해야만 되는 거지?"

"다카나시 씨!"

사나에는 소리쳤다.

"시끄러워. 그렇게 돌아다니지 마. 어떻게 하길 원하는 거야? 난 쇼토쿠 태자(聖德太子 호류 사를 건립한 사람으로 불교를 숭상함. 훗날 그 자체가 신앙의 대상이 된다)가 아니라구. 제발 질문을 하든가 속삭이든가 둘 중 하나만 해줘."

다카나시는 잔 속의 액체를 다 마신 것 같다. 딸그락거리는 마른 소리가 들렸다.

"시작해. 움직이지 마. 대답해. 살려줘……."

"다카나시 씨! 대답해요!"

"줄일 것, 말할 것, 눈을 가질 것, 생략할 것……."

다카나시는 헛소리처럼 계속 지껄였다. 나중에는 무슨 말을 하는지 거의 알아들을 수 없었다.

"정신 차려요!"

"아아. 가까이 왔다. 이제 얼마 안 남았나 봐."

다카나시는 갑자기 침착한 말투로 돌아왔다. 일시적으로 착란 상태를 벗어난 것 같다.

"……이제 얼마 안 남았다니, 무슨 말이에요?"

"그렇게 무서워했던 것이 정말 거짓말 같아. 이제 무섭지 않아. 가슴이 설레. 그저 잠을 자고 싶었을 뿐이야. 이대로……."

"다카나시 씨! 안 돼요! 정신 차려요!"

"이렇게 주변에서 시끄러우니 작별인사도 못하겠네. 계속 속삭이고 있어. 저기서, 천사가."

다카나시는 길게 하품을 했다.

"아아, 어두워졌다."

"다카나시 씨! 잘 들어요. 지금부터 내가……."

사나에는 열심히 말을 걸려고 했다.

"졸려서 못 참겠어. 잘 자, 사나에."

느닷없이 전화가 끊겼다.

사나에의 귓속에서는 통신이 끊겼음을 알리는 신호음만 계속 울리고 있다.

왠지 두 번 다시 다카나시의 목소리를 들을 수 없는 게 아닐까 하는 무서운 예감이 들었다.

연애 시뮬레이션 게임

아침 공기는 기분이 좋지 않을 정도로 차갑게 뺨에 다가왔고, 바로 정면에서 쏟아지는 햇빛은 지친 망막에 너무 눈부셨다.

오기노 신이치荻野信一는 혼자서 터벅터벅 걷고 있었다. 집으로 돌아오며 아침에 출근하는 사람들과 스쳐 지나갔지만, 신이치는 그들과 시선을 마주치지 않았고 그들도 그에게는 눈길조차 주지 않았다.

몸과 마음은 이미 파김치나 다름없었다. 지금 그를 지탱해 주고 있는 것은 집으로 돌아가면 '사오리紗織里'가 기다리고 있다는 일념뿐이었다.

겨우 '코포 마쓰자키松崎'에 도착해보니 1층 공동 복도 앞에 빗자루를 든 몸집 작은 노인이 있었다. 신이치는 무심결에 혀를 차고는 그 소리가 들리지 않았을까 또 조마조마했다.

주인인 마쓰자키 노인이다. 중학교 교사를 하다 정년 퇴직한 뒤부터는 어지간히 한가한 모양이다. 보기에 쓰레기 같은 건 아무 데도 떨어져 있지 않았지만 몸을 움직이지 않으면 마음이 놓이지 않는 성격인 듯, 매일 이른 아침부터 집 주변을 청소하느라 애쓰고 있다.

말을 걸어오면 성가셔서 신이치는 되도록 얼굴을 마주치지 않으려고 귀가 시간을 늦추곤 했는데 오늘은 깜빡했다.

눈이 밝은 노인은 벌써 그를 발견했을 것이다. 이제 와서 되돌아갈 수도 없다.

신이치가 문을 열고 들어가자 마쓰자키 노인이 터벅터벅 다가왔다. 신이치는 어정쩡하게 인사를 하고 지나치려 했지만, 우려했던 대로 노인은 그를 불러 세웠다.

"어이, 오기노 군. 지금 오는 거야?"

"예, 뭐……."

"야근?"

"예."

"편의점?"

어째서 이렇게 뻔한 것만 묻고 있는지 신이치는 넌덜머리가 났다.

"네……."

"그렇군. 그 편의점 이름이 뭐였더라?"

"……라이트 하우스."

"그래, 그랬지. 그런 이름이었지. 라이트 하우스. 큰 곳이지. 아마 위에서 몇 번째일 걸? 요즘 세상 참 편리해졌어. 하루 24시간 장사하다니. 그렇지? 밤중이든 언제든 뭐든 살 수 있잖아. 하지만 말이야, 그만큼 일하는 사람들은 힘들겠지?"

그만 해줘, 하고 생각한다. 살려줘. 어째서 이렇게 항상 무의미한 말들만 하는가. 아침부터 그렇게 뻔한 이야기를 떠들어대는 게 대체 뭐가 재미있는가. 하지만 면전에 대고 그렇게 말할 수는 없다. 신이치는 경련 같은 웃음을 지으며 오로지 노인이 그를 해방시켜주기만을 기다렸다.

"그래, 오늘은 일 다 끝난 거야?"

쓸데없는 관심이라고 생각했지만, 괜히 한가하게 보였다가는 또 자기 집에 부를 가능성이 있다.

노인도 신이치처럼 혼자 살지만, 하필이면 식사는 여럿이 먹는 편이 맛있다고 굳게 믿는 사람이었다.

전에 백숙을 했다고 불렀을 때는 차마 거절하지 못해 노인의 방에 갔다가, 두 시간 이상이나 고문을 당해야만 했다. 노인은 끊임없이 말을 걸어왔지만, 애초에 공통된 화제가 있을 리도 없으니 이내 어색한 침묵이 찾아왔다. 무료함을 달래려면 열심히 먹을 수밖에 없었지만, 신이치는 그때 노인과 같은 냄비에서 떠먹는다는 것이 예상 밖으로 생리적인 혐오감을 가져온다는 것을 알았다. 노인은 젓가락을 빠는 게 버릇인 듯, 실컷 핥은 젓가락으로 아무렇지도 않게 냄비 속을 휘저었다. 국물이 뜨거워서 자연스럽게 소독이 된다고 생각하는 것이 이 세대의 사고방식일까?

신이치는 몸서리를 치면서 이를 악물고 배추 조각을 삼켰지만, 노인은 선의로 똘똘 뭉친 미소로 고기를 더 먹어, 사양하지 말고, 하며 그를 재촉했다.

냄비 속에서 익고 있는 숙주보다 더 시들한 신이치의 반응을 보면 두 번 다시 부르고 싶지 않다고 생각하기 마련일 텐데, 공교롭게도 마쓰자키 노인에게는 통용되지 않는 것 같다. 신이치가 경악한 것은 며칠 후 노인이 그때의 일을 '즐거웠던 밤'이라 언급했다는 것이다. 신이치의 침묵도 일방적으로 선의로 해석되어 초대받은 것 자체가 고통이었다고는 꿈에도 생각하지 않는 것 같았다.

"잠깐 들른 겁니다, 다시 일하러 나가야 해요."

신이치는 거짓말을 했다. 하지만 그것으로 해방되리라 생각한 것은 오산이었다. 노인은 여전히 무의미한 말을 주절거리다가 어느 틈에 옛날이야기로 넘어가고 있었다.

"저, 그럼, 볼일이 좀 있어서……."

신이치는 잠깐의 틈을 놓치지 않고 재빨리 말했다.

"엉?"

노인은 멍한 얼굴로 신이치를 보았다. 주책 맞게 그의 눈을 응시한다. 핑크색 선글라스 속에서 신이치는 눈을 깜박였다.

"저, 위에서…… 저."

신이치가 우물거리자 노인은 끄덕였다.

"아, 그래. 좋아, 좋아. 어서 다녀와."

안심하고 발길을 돌리려는 신이치에게 노인은 뒤에서 한마디 던진다.

"오기노 군, 좀더 활기차게 다니게. 요즘 젊은 사람들은 모두 똑똑하게 자기 의견을 말하잖아? 게다가 아침부터 그렇게 어두운 얼굴을 하고 있으면 복이 달아나버려."

시끄러워, 이 영감탱이.

신이치는 철제 계단을 시끄러운 소리를 내며 뛰어올라가 2층으로 도망쳤다. 다섯 개가 나란히 있는 방 중에서 가장 안쪽이 그의 집이다. 자물쇠를 열고 안으로 들어가자마자 다시 얼른 방문을 잠갔다.

집으로 돌아오고 나서야 마음이 푸근해졌다. 지은 지 20년이 지난 날림공사 건물로 하루의 대부분은 남쪽에 있는 맨션의 그늘에 가려져 있다. 집 안에 빛이 들어오는 것은 저녁 무렵의 한때뿐이었다.

신이치는 커튼을 걷었지만 방 안은 여전히 아직 날이 새지 않은 것처럼 어둡다. 하지만 이 창고 같은 공간이 그에게는 유일한 쉴 곳이자 안식처이다.

원룸에 월 3만 6천 엔이라는 싼 월세. 게다가 마쓰자키 노인의 엄격한 체크 덕분인지 그다지 이상한 사람들이 없는 것이 이 집의 큰 장점이다. 전에 살던 목조 아파트에서는 살인 사건이라도 벌일 듯이 큰 소리로 부부싸움을 하는 일가와, 주위 사람들은 전혀 배려하지 않고 한밤중에 락 음악을 크게 틀어놓는 학생이 있어서 거의 노이로제에 걸릴 지경이었다.

그러나 신이치가 그 아파트에서 그 이상으로 참을 수 없었던 것은 주위에 잡초가 무성한 공터가 있어서, 그곳에 수많은 거미들이 둥지를 틀고 산다는 것이었다. 사람의 손이 가지 않는 환경이 거미의 먹잇감인 벌레의 생식에 적합했던 것 같다. 거미는 끊임없이 생식권을 아파트 쪽으로 넓혀왔기 때문에 하루에도 몇 번이나 놀라서 펄쩍 뛰곤 했다.

신이치는 어렸을 때부터 거미 공포증에 시달리고 있었다. 그것은 해마다 심해져 최근에는 거미를 만지기는커녕 가까이 가지도 못한다. 큰 거미가 진을 치고 있는 길은 당연히 돌아서 간다. 그런데 '코포 마쓰자키' 주변에는 공터도 없고, 노인의 바지런한 청소 덕분에 작은 거미조차 건물에 줄을 칠 틈이 없었다. 그래서 신이치는 지나치게 간섭하고 싶어하는 주인의 존재도 견뎌가며 여기서 사는 것이다.

노인에게 잡혀 있었던 탓에 귀중한 시간을 몇 분이나 허비하고 말았다. 우선 컴퓨터부터 켠다. 익숙한 테마 음악과 함께 윈도우가 떠올랐다.

사실은 당장이라도 게임이나 인터넷을 시작하고 싶었지만, 허기가 심하게 느껴졌다. 일단 검은 물때가 낀 전기 포트로 물을 끓이고 눅눅해진 티백의 홍차를 넣었다. 5년째 쓰고 있는 너덜너덜한 가방에서 샌드위치를 꺼낸다. 편의점에서 폐기 처분하는 것을 몰래 가져온 것이다.

수면 부족과 피로 그리고 정신적인 스트레스로 머릿속은 혼란의 극에 달했다. 그렇지만 위에 음식물을 넣자 혈당치가 올라가서 그럭저럭 머릿속이 돌아가는 것 같다.

신이치가 야근 시간에 지각한 것이 발단이었다. 이마가 벗겨지고 콧수염을 기른 점장은 노발대발했다. 공교롭게 어젯밤엔 손님이 많아서, 신이치가 올 때까지 혼자 계산대를 포함해서 모든 잡일을 하느라 이리 뛰고 저리 뛰며 다닌 것이 분노의 불길에 기름을 퍼부었던 것이다.

"어쩔 셈이야. 엉? 왜 이렇게 늦었어?"

점장은 평소와 달리 감정적이었다.

"잠자코 있지만 말고 뭔가 말 좀 해."

"죄송합니다."

신이치는 그저 사과하는 수밖에 없었다.

"나이도 먹을 만큼 먹은 게 말이야……."

점장이 마지막으로 불쑥 내뱉은 한마디는 그의 마음을 아프게 찔렀다.

상품을 진열하고 가게 안을 청소하는 동안 마음속 깊이 자리잡고 있던 오래된 상처의 아픔들이 천천히 그에게 덮쳐왔다. 평소에는 의식하지 않으려고 했던 것들이 마음의 뚜껑을 열고 한꺼번에 튀어나온다. 회사에 취직했더라면 책임 있는 일을 맡고 있어도 충분할 나이에 아직까지 부모에게 생활비를 받고 있고, 애인은커녕 아는 여자라고는 하나도 없는 현재 자신의 생활은 비참함 그 자체였다. 그렇다고 장래에 희망이 있는 것도 아니다.

지금까지 남들로부터 받은 상처와 느꼈던 분노의 기억들이 무수한 단편이 되어 밀려 들어왔다. 평소 좀처럼 뭔가에 대해 깊이 생각하지 않는 만큼, 둑이 일단 터지자 더 걷잡을 수 없었다. 그날 밤 내내 신이치의 머릿속에서는 구원할 길 없는 자기 부정이 소용돌이치고 있었다.

더 이상 점장의 비위를 거슬려봐야 손해라고 생각한 신이치는 진열대의 잡지를 정돈하는 척했지만 그의 마음은 이미 딴 곳에 가 있었다. 정신을 차리고 보니 아까부터 계속 같은 잡지를 오른쪽에 놓았다가 왼쪽에 놓았다 하고 있다.

"이봐, 뭐하는 거야. 계산대나 봐!"

초조한 점장의 목소리가 울려퍼졌다.

곁눈으로 보니 어느 틈에 계산대 앞에는 대여섯 명의 손님이 줄을 이루며 서 있었다. 알록달록 물들인 머리와 거친 피부의 야행성 젊은이들이다.

신이치는 살짝 핑크색 선글라스를 올려 눈가를 소매로 닦은 후 달려갔다.

"이쪽으로 오세요."

모기만 한 소리로 뒷줄에 서 있는 손님들에게 말하며 다른 계산대를 열었다. 점장은 노골적으로 모멸에 찬 눈으로 신이치를 노려보았다.

"1,675엔입니다……. 2천 엔 받았습니다."

손님들은 대부분 편의점 점원을 인간으로 생각하지 않는 듯, 신이치와 눈도 마주치려고 하지 않는다. 그것이 지금의 신이치에게는 유일한 구원이었다.

"2,970엔입니다."

다음에 눈앞에 나타난 아가씨는 어딘지 모르게 외모가 '사오리'와 비슷해서 순간 가슴이 덜컹했다. 지갑에서 끝자리 숫자까지 동전을 골라 꺼낸다. '사오리'도 물병자리의 A형으로 꼼꼼한 성격이라는 사실을 떠올린다.

하지만 이내 아가씨는 착한 '사오리'와는 전혀 다르다는 것을 드러냈다. 신이치가 손을 내밀자 아가씨는 손가락이 닿지도 않을 훨씬 높은 곳에서 동전을 떨어뜨렸다. 마치 더러운 것에 손이 닿을까 봐 피하려는 듯이.

동전은 카운터 위에 흩어지며 떨어졌지만, 신이치가 주워 모으는 동안 아가씨는 물건이 담긴 봉지를 들고 나가버렸다.

"감사합니다."

그렇게 말한 후 동전을 세어보았더니 백 엔이 모자란다.

철렁했다. 맙소사. 어떡하면 좋지?

동전을 들고 곤란해하는 그의 앞에 다음 손님이 바구니를 털썩 올려놓았다. 빨리 하라는 듯이 그를 노려본다.

"저, 점장님……."

하지만 점장은 그를 무시하고 맹렬한 기세로 금전등록기를 두드리고 있었다.

할 수 없이 신이치는 그대로 다음 손님의 계산을 했다. 저 바보 같은 년, 일부러 모자라게 내다니. 외모만 보고 잠시나마 '사오리'를 닮았다고 생각한 것이 잘못이었다.

그 여자는 거미처럼 사악하다. 거미 여자다. 거미여자거미여자거미여자거미여자……!

손님이 다 나간 후 신이치는 자기 지갑을 꺼내 금전등록기에 백 엔짜리 동전을 넣기로 했다. 돈을 가져가는 것이라면 범죄지만 넣는 것은 괜찮겠지 하고 생각했다. 설마 그렇게 심하게 질책을 받게 되리라고는 꿈에도 생각하지 못했다…….

신이치는 식어버린 홍차를 벌컥벌컥 마셨다. 수면 시간을 깎아먹으며 그런 불쾌한 일만 생각하고 있어봐야 소용이 없다.

컴퓨터의 아이콘을 클릭해서 인터넷에 접속한다.

'즐겨찾기'에 등록된 성인 사이트를 몇 곳 돌아보았지만, 완전히 드러낸 화상은 식상하여 보고 싶지도 않다. 그래도 습관이 되어 롤리타(주로 여학생의 나체와 포르노를 다루는 것)나 SM 등의 동영상을 몇 개 다운받았다. 동성애나 배설, 윤간을 다룬 동영상도 있었지만, 취향에 맞지 않아 거들떠보지도 않았다.

한 바퀴 순회가 끝나자 신이치는 인터넷 접속을 끊었다.

불과 반 년쯤 전만 해도 신이치는 중증의 인터넷 중독자였다. 하루에 열 몇 시간을 넷서핑하는 데 보내며 식사와 수면조차 거르는 날들이 많았다. 문자 그대로 침식을 잊고 국내외 성인 사이트를 찾아다녔다. 한 사이트에는 또 다른 사이트가 링크되어 있기 때문에 끝이 없었다. 인터넷 중독이란 일종의 정보 중독으로 중간에 그만두기가 힘들다. 그런데 설령 성인물만 본다 하더라도 모든 사이트를 다 보는 것은 백년이 걸려도 불가능하다. 게다가 날마다 새로운 사이트가 생겨나고 갱신된다.

인터넷 시스템인 World Wide Web이라는 말을 생각한다. 그것은 전 세계에 뻗쳐진 거미줄을 의미하고 있다. 자신은 이 거미줄에 위험하게 포박된 것이라고 생각한다. 이것은 우연의 일치일까? 도대체 자신은 왜 언제부터 이렇게 거미를 두려워하게 된 것일까?

신이치는 피해망상 같은 사고의 단편을 떨쳐내고 컴퓨터에 있는 'FL 마스크'라는 소프트웨어를 작동시켰다. 이 소프트웨어는 인터넷 상에서 자유롭게 손에 넣을 수 있는 이른바 셰어웨어(제조사들이 정품 구매를 확대하기 위해 공급하는 일종의 샘플로, 자유롭게 사용하거나 복사할 수 있지만 판권은 공개한 쪽에 남아 있으며, 일정기간 사용한 뒤에는 대금을 지불하고 정식 사용자로 등록해야 한다)였다. 원래 화상에서 모자이크를 처리하기 위한 소프트웨어로, 아마 대부분의 유저는 모자이크를 벗기는 데 이 소프트웨어를 사용할 것이다.

그는 'FL 마스크' 위에 아까 다운받은 롤리타 화상을 불러냈다. 앞으로 인터넷상의 '유해정보'를 규제하려는 움직임은 점점 활발해져갈 것이다.

잠깐 그런 생각을 했지만 이내 잊어버렸다. 처음부터 그다지 관심이 있었던 것도 아니다. 자신과 관계없는 문제에 대해 생각하는 것은 시간 낭비에 지나지 않는다.

그는 숙련된 손놀림으로 마우스로 드래그한 테두리를 화면

상의 모자이크 틀에 맞추었다. 약간 불거져 나온다. 모자이크 사이즈가 불규칙하기 때문이다. 그래서 '마스크 틀 컨트롤'을 불러내어 세밀하게 조정했다.

순조롭다. 이번에는 모자이크 종류를 판정해야 하는데, 아마 'QO 마스크'일 것이다. 대개는 그렇다. 마우스 포인터로 버튼을 클릭하자 모자이크는 깨끗이 지워졌다.

신이치는 빙그레 웃었다. 이것이 'CP 마스크'라면 암호를 넣어야 모자이크를 벗길 수 있어서 성가셨을 것이다. 누드 사진에 아이돌의 얼굴을 바꿔넣은 아이돌 콜라주, 통칭 '아이콜라' 페이지에서는 고소당하는 것을 겁내서인지 대부분 모자이크가 'CP 마스크'로 되어 있다. 물론 'CP 팝업'이나 'G 마스크'를 사용하면 암호는 간단히 알아낼 수 있다.

화면에 겨우 열한두 살로 보이는 백인 소녀가 실오라기 한 올 걸치지 않은 모습으로 나왔다. 하지만 아직 어딘지 모르게 모자이크가 있었던 부분이 부자연스러운 느낌을 준다. '좌우반전'을 해보았다. 역시 그랬다. 이번에야말로 완전한 무조정 화상이 모니터에 떴다. 소녀는 털북숭이 남자의 손으로 외설스런 포즈를 강요당하면서 하얗게 질려 굳은 미소를 짓고 있다.

인터넷상에서 이런 화상이 공개된다는 것은 전 세계의 무수한 변태 남자들에게 눈요깃감이 된다는 뜻이다. 이 아이의 인권은 대체 어떻게 되는 것일까? 이번에는 문득 그런 의문이 머리에 떠올랐다. 그 사진 자체를 엄연한 범죄의 증거로 보아도 무방한 것이었기 때문이다.

하지만 늘 그렇듯 그쯤에서 사고는 정지한다. 자신은 범죄 실행에 참여한 것도 아니고, 유료 화상을 보기 위해 범죄자에게 송금하여 간접적으로 그들에게 가담한 것도 아니다. 단지, 자기 방에서 몰래 무료 화상을 들여다보며 흥분하고 있을 뿐이다. 누구에게도 폐를 끼친 것이 아니니까 괜찮다.

그 다음 그림은 좀 벅찼다. 'QO 마스크'를 벗겨도 모자이크가 있던 부분은 몇 개의 블록으로 분할되어 바뀌고 있었다. 이것을 생 화면으로 돌리려면 좀더 정밀한 작업을 가능하게 하는 다른 화상 소프트웨어로 바꾸어야 한다. 거기까지 하는 것도 귀찮아서 그대로 저장해버린다.

모자이크를 벗기고 깨끗해진 화상은 MO라는 광자기光磁氣 디스크에 보관하고 있다. 근래 들어 컴퓨터 관련 기술의 혁신은 눈부셔서 플로피와 거의 같은 크기의 디스크에 수천 장의 화상을 저장할 수 있다. 그 대부분은 이런 용도로 활약하고 있다. 하긴 신이치는 일단 저장한 화상은 대부분 두 번 다시 보는 일은 없었지만…….

그후에도 작업은 순조롭게 진행되었지만, 쉰 번째 정도에 나온 화상은 구토가 날 것 같은 것이어서 바로 삭제했다. 신이치는 몸서리를 쳤다. 이런 것을 보고 기뻐하는 인간이 있다니 도저히 믿어지지 않는다. 화면 중앙에 큰 모자이크가 걸려 있어서 다운받았을 때는 뭐가 뭔지 몰랐던 것이다.

완전히 기분이 상해버렸다. 'FL 마스크'를 종료시키고 마음을 가다듬은 뒤 책상 서랍에서 수십 장의 CD-ROM을 넣어둔 파일을 꺼냈다. 알맹이는 모두 컴퓨터 게임 소프트웨어였다.

그가 인터넷 중독에서 벗어날 수 있었던 것은 게임에 열중하게 된 후부터였다. 프로이트는 모르핀 중독 환자를 코카인으로 치료했다고 하지만, 신이치에게 코카인에 해당하는 것이 이들 소프트웨어인 셈이다.

음악 CD와 똑같은 원반을 컴퓨터에 세팅한다. CD-ROM 플레이어는 오토런으로 설정되어 있어서 자동으로 읽기가 시작되었다.

모니터 중앙에 게임 화면이 나타났다. 이마고Imago라는 회사명에 이어서, '덴시가오카天使が丘 고등학교'라는 제목. 그 아래 세일러복과 수영복 그리고 천사 코스튬의 미소녀들이 신이치를 향해 미소짓고 있다. 최근 그가 완전히 빠져 있는 '연애 시뮬레이션 게임'이다.

신이치의 등뒤에 있는 대형 슬라이드 식 책장에는 문학 서적이 한 권도 없다. 빽빽하게 꽂혀 있는 것은 온통 순정만화에다 게임팩의 빈 상자뿐이다.

특별히 마음에 드는 게임은 윈도우에서 세가 새턴과 플레이스테이션 등으로 이식될 때마다 사 모으기 때문에 같은 제목의 상자가 몇 개나 꽂혀 있다. 내용은 거의 비슷하지만 극히 미묘한 차이가 있다는 말만 들으면 모든 것을 손에 넣지 않고는 견딜 수 없었다.

소프트웨어의 종류가 많기 때문에(주로 텔레비전용 게임기로 플레이했던 시기도 있었지만), 최근에는 완전히 컴퓨터 게임의 노예가 되었다. 뭐니뭐니 해도 기계가 고가인 만큼 정보량과 화면 색깔이 다르다. 신이치의 컴퓨터는 CPU도 2세대 정도 전의 것으로 고급과는 거리가 멀었지만, 비디오 보드와 사운드 카드만은 고가의 제품을 쓰고 있었다.

게다가 그가 텔레비전 게임보다 컴퓨터 게임을 선호하는 데는 더 명백한 이유가 있었다.

대부분의 게임팩 상자에는 은색의 동그란 씰이 반짝거리고 있다. 그리고 그 위에는 파란 글씨로 '컴퓨터 소프트웨어 윤리기구, 19세 미만 금지'라고 씌어 있다. 이것은 아무리 상자 표면의 그림이 애니메이션 터치의 귀여운 것이라 해도 게임이 진행될수록 본격적으로 외설적이고 변태적인 그래픽이 나타납니다, 하는 묵시인 것이다.

이것이 이른바 '19금禁' 게임이지만 텔레비전 게임에서는 저연령층 유저까지 상정하고 있기 때문에 기껏해야 '19세 이상용으로 추장推奬'하는 게임밖에 없다. 요컨대 그만큼 성 묘사가 제약을 받는 것이다. 컴퓨터에서 '연애 시뮬레이션'이라고 불리는 것은 소수의 예외를 제외하고 거의가 이런 '19금' 지정을 받는다. '변태 게임' 줄여서 'H 게임'은 이제 일본 고유의 하위문화로서 해외에서도 많은 팬들을 확보하고 있다.

신이치는 헤드폰을 끼고 게임의 플레이 화면을 클릭했다. 친숙한 테마송이 흐른다. 의자에 깊숙이 등을 묻고 휴우 하고 한숨을 내쉬었다. 현실 세계에서는 아무리 싫어도 타인과 교섭하지 않고는 살아갈 수 없기 때문에 항상 깊이 상처받지 않도록 방어 자세를 취해야만 한다. 그러나 이렇게 컴퓨터 앞에 앉으면 긴장되어 있던 마음의 방어막이 마치 따뜻한 물속에 몸을 담근 것처럼 녹녹해지는 것이다.

지난번에 저장한 게임 데이터를 찾아서 막 그 다음 플레이를 하려는 찰나에 전화벨이 울렸다.

빌어먹을. 누구야, 이렇게 이른 아침부터.

무시할까 했지만 전화벨은 집요하게 울렸다. 하필 자동응답을 켜놓지 않았다. 업자들이 어디에서 그의 번호를 알아냈는지 모르겠지만, 녹음 테이프가 금방 영문도 모르는 메시지로 가득 차버렸기 때문이다.

"……예."

신이치는 언짢은 목소리로 전화를 받았다. 광고 전화라면 당장 수화기를 던져버리겠다고 생각하면서.

"너, 남자가 무슨 통화를 그렇게 오래 하니?"

누나의 목소리였다.

"아까부터 몇 번이나 전화를 했는데 계속 통화중이데."

인터넷에 접속하고 있었다고 말하려다 귀찮아서 관두었다. 모뎀을 끊고 ISDN으로 하면 접속중에도 전화를 받을 수 있지만, 그렇게까지 해서 받고 싶은 전화가 그에게는 없었다.

"뭐야?"

"뭐야가 인사냐? 너, 설에도 안 왔잖아. 어떻게 지내는지 궁금해서 전화한 거야."

"잘 있어."

"잘 있으면 연락 같은 건 먼저 좀 해봐. 부모님께서 걱정하시잖아."

누나는 신이치와는 두 살 차이이지만 벌써 풍채 좋은 아주머니가 되어 있었다. 신이치와 부모님은 말만 했다 하면 싸움으로 이어져서 최근에는 누나가 대신 전화를 건다. 누나에게만은 사랑받았던 기억도 있고, 초등학교 때 친구들로부터 따돌림을 당할 때마다 위로받은 빚도 있어서 여전히 기를 펴지 못한다.

"뭐, 그건 됐어. 그보다 이번 휴일에 잠깐 다녀가지 않을래?"

"왜?"

"너한테 소개해주고 싶은 사람이 있어."

"소개해주고 싶은 사람이 누군데?"

신이치는 고향 사람들 중에는 소개받고 싶은 사람이 한 명도 없었다.

"우리 회사에서 사무 보는 아가씨인데, 행실도 바르고 아주 야무져."

누나의 칭찬으로 보아 미인이 아니라는 것은 쉽게 추측할 수 있었다. 신이치는 게임의 플레이 화면에 나와 있는 여자아이를 보았다. 애니메이터가 에어 브러시로 그린 피부는 얼룩 하나 없고, 핑크색의 크고 동그란 눈동자는 반짝반짝 빛나고 있다.

"……전에 말했지, 맞선 같은 건 체질에 맞지 않아서 안 본다고."

"아직도 그런 소리냐?"

누나의 목소리는 노기를 띠었다.

"너, 네 나이가 몇인지 알아? 언제까지 그렇게 빈둥거리기만 할 거야, 벌써 스물여덟이잖아?"

"굳이 그렇게 강조하지 않아도 내 나이 정도는 알아."

신이치는 머쓱해졌다.

"알긴 뭘 알아? 언제까지 백수로 지낼 거야? 엄마와 아버지가 영원히 건강하게 계실 줄 알아? 철 좀 들어라 제발."

"난 백수가 아냐. 자유기고가야. 지금도 컴퓨터로 원고를 쓰던 중이라구……."

게임과 애니메이션 잡지에 투고한 글이 몇 번 뽑힌 적이 있어서 신이치는 자유기고가라는 직업을 새긴 명함을 들고 다녔다. 언젠가는 게임 평론을 본격적으로 쓸 생각도 하고 있지만, 누나는 코웃음만 친다.

"이제 적당히 하고 정신 좀 차려! 매형이 너한테 일거리도 찾아주겠대. 알았어? 이런 불경기에 해고나 안 당하면 용할 텐데, 특별히 너를 위해……."

분노로 손이 약간 떨렸다. 하지만 반론할 말은 나오지 않는다. 지금까지 늘 그랬다. 속으로는 많은 생각들이 소용돌이치고 있지만 그 생각을 표현할 수가 없는 것이다.

신이치는 길게 숨을 내뱉고는 수화기를 내려놓았다. 잠시 누나에게 다시 전화가 걸려오지 않을까 기다려봤지만, 더 이상 전화벨은 울리지 않았다.

완전히 기분을 망쳐버렸다. 한시라도 빨리 신성한 게임의 세계에 들어가 모든 것을 잊고 싶었다. 이 세상에서 그가 유일하게 사랑하는 것은 게임 속 주인공인 '가와무라 사오리川

村紗織里' 뿐이었다.

CD-ROM을 넣고 헤드폰을 쓴다. 게임의 플레이 아이콘을 클릭하자 테마송인 〈School Days〉가 시작되었다. 그것만으로도 눈물이 날 정도로 안도의 한숨이 나왔다.

School Days. 한 번 더 너와 보내고 싶어. 가슴 설레던 그 시절을. 싸움도, 질투도, 괴로움도 없는 세계에서.

School Days. 한 번 더 네가 온다면 좋겠어. 꿈이 이루어지는 그 교실로. 중요한 것은 순수한 마음, 단지 그것뿐.

School Days. 아아, 지상에 찾아온 이 기적의 시간. 너를 기다리고 있는 제복의 천사들. 방과 후의 도서실. 매미가 우는 수영장. 축제를 하던 교정. 그리고 석양의 교문에서.

분명 어딘가에 있을 거야. Another time, another place. 천사들이 내려온 장소가. 그것이 덴시가오카 고등학교.

클릭해서 바로 게임으로 들어갈 수도 있었지만 신이치는 테마송을 마지막까지 다 들었다. 몇 번을 들어도 감동적이다. 어째서 이렇게 멋진 노래가 인기곡 순위에 올라가지 않는지 이상해서 견딜 수가 없었다. 한참 여운에 잠긴 후 마우스로 화면의 일부분을 클릭했다. 한 번 더 테마송이 시작된다. 이번에도 마지막까지 듣고 난 후, 그제야 게임을 시작한다.

게임이라고는 하지만 이미 정해진 대사가 문장으로 나와서 대부분은 그 위를 기계적으로 클릭할 뿐이다. 때때로 세 개 정도 선택의 여지가 표시되지만, 이것도 맘대로 고를 수 있는 것은 아니다. 게임을 마지막까지 클리어하기 위해서는 항상 바른 선택을 해야만 한다.

신이치는 이미 인터넷에서 '덴시가오카 고등학교 완전공략'이라는 사이트를 찾아냈다. 벌써 게임을 완전히 클리어한 사람이 어디서 어떤 선택을 해야 하는지 일람표를 만들어둔 것이다.

신이치는 그 일람표를 프린트해서 컴퓨터 옆의 문서 홀더에 꽂아두었다. 요전에는 잘되지 않았지만, 이번에야말로 만반의 준비를 갖추었으니 '사오리'를 쟁취할 수 있을 것이다.

지난번 저장한 데이터를 불러낸다. 이것으로 요전 게임에 이어서 계속 플레이를 할 수가 있다. 인터넷에서 'H 게임'과 관계된 홈페이지를 섭렵할 때, 그는 게임의 세이브 데이터 자체를 다운받을 수 있는 사이트를 찾아냈다. 요컨대 그곳에서 다운받은 데이터를 입력하면 임의의 장소에서 게임을 시작할 수 있는 것이다. 고생하지 않고 마지막 포상인 야한 그래픽만을 즐길 수 있지만, 그것으로는 게임을 하는 의미가 없다.

화면에서는 주인공 남자아이가 누군가를 만나기 위해 학교

안을 배회한다. 주인공의 이름은 처음에 게임을 설정할 때 '오기노 신이치'로 바꾸어놓았다.

"신이치, 안녕!"

현악기로 연주하는 경쾌하고 발랄한 느낌의 배경음악. 아침 등굣길에서 단발머리의 여고생이 '신이치'에게 말을 걸어온다. 시이나 유미椎名由美. 오로지 주인공에게만 마음을 주는 아주 사랑스러운 아이이지만, 유감스럽게 이번 회에는 이 아이가 진짜 애인이 아니다. 화면에 ▼ 마크가 나오면 마우스를 클릭하여 다음 대사를 뜨게 한다.

"안녕하지 못해. 너 때문에 어제는 수면부족이었단 말이야!▼"

신이치는 실제로 여자에게 이런 말을 한 적은 한번도 없었지만 전혀 위화감은 없었다. 지금의 그는 극히 평범한 남자 고등학생으로 모든 여학생들에게 관심을 끌고 있는 존재인 것이다.

"어째서 그게 내 탓이야?▼"

"어째서라니? 어제 밤중에 전화한 게 어디 사는 누구였지?▼"

"하지만. 누군가에게 꼭 이야기를 하고 싶었단 말이야.▼"

"왜 하필 그 누구가 나여야 하냐구?▼"

"미안, 미안. 가까이 있으면서 한가할 것 같은 사람은 너밖에 없을 것 같았단 말이야.▼"

"뭐라구! 그런 말이 어디 있어?▼"

……클릭. 클릭.

대화는 길게 이어진다. 신이치는 눈 깜짝할 사이에 현실 세계의 일을 잊고 게임 속으로 몰입해갔다.

"오기노랑 유미, 왜 그래?▼"

'가와무라 사오리'가 교문에서 그를 기다리고 있었다. 몸의 앞부분을 가리듯이 두 손으로 가방을 든 자세다.

"아냐, 아무것도. 신이치가 아침부터 시시한 소리만 하기에…….▼"

하지만 신이치는 이미 유미의 대사엔 관심도 없었다. 그의 눈은 어느새 '사오리'에게 빨려들고 있었다.

거치적거리는 대화창을 일단 전부 지우고 '사오리'의 가련한 모습을 감상한다.

스물여덟 살의 오기노 신이치는 이차원 세계에 사는 미소녀를 사랑하고 있었다. 그에게 이만큼 진지한 사랑은 태어나서 처음이라 해도 과언이 아니다.

"사오리."

……신이치는 작은 소리로 불러보았지만 헤드폰을 쓰고 있었기 때문에 자신의 목소리는 들리지 않았다. 이렇게 곁에 있는데 어째서 손이 닿지 않는 것일까?

휴우, 한숨을 쉰 후 대화창으로 돌아온다. 현실 세계와는 달리 수업은 눈 깜짝할 사이에 끝나고 방과 후가 되어 다음 선택 사항이 나왔다.

1. 일요일에 사오리와 만날 약속을 한다.
2. 사오리를 단독으로 만난다.
3. 귀가한다.

1번과 2번 중에서 망설였지만 예의 일람표를 보자 어쩐지 1번이 정답 같았다. 1번을 클릭하자 뜻밖에도 '사오리' 그림이 움직이는 그림이 되어 빙그레 미소짓는다. 게다가 대답은 음성으로 나왔다.

"좋아. 그럼 데이트할까?"

문자로 하는 대답 대신에 그녀의 육성(?)이 헤드폰 속에 울렸다. 고조되는 배경음악. 신이치는 마치 정말로 여자에게 데이트 승낙을 받은 것처럼, 아니 그 이상의 행복을 느끼고 있었다. 주인공인 만큼 '사오리'를 공략하는 것은 가장 난이도가 높아서 첫 데이트 약속을 잡기까지 이미 상당한 시간을 소비해버렸다.

약속을 해버리면 이날은 더 이상 '사오리'와 보낼 수 없다. 그대로 귀가해도 상관없지만 신이치에게는 다른 전략이 있어서 한동안 학교에 남아 있었다. 그러자 세일러 복에 금발을 조랑말 꼬리처럼 하나로 묶은 쌍둥이가 나타났다. 미카와 엘이다.

실은 이 쌍둥이가 난이도 높은 캐릭터를 공략하는 열쇠다. 여느 학생처럼 교복을 입고 함께 수업을 받지만, 미카와 엘은 천사이다.

"어머나. 신이치. 뭐하고 있는 거야?▼"

"널 기다리고 있었어.▼"

"어? 사오리는?▼"

"왜 그렇게 묻는 거야?▼"

"그냥.▼"

두 사람은 항상 제창으로 이야기하기 때문에 사실상 한 사람의 캐릭터나 마찬가지였다.

미카&엘이 천사라는 것은 이름을 보면 알 수 있다. 대천사 미카엘의 이름을 그대로 쓴 것이다. 게다가 미카&엘이 등장하는 장면에서는 배경음악이 파이프 오르간 같은 사운드로 바뀐다.

1. 두 사람을 단독으로 만난다.

2. 두 사람에게서 정보를 듣는다.

3. 귀가한다.

신이치는 망설임 없이 1을 선택했다.

평소부터 미카&엘과 둘이서(셋이라고 해야 할지도 모르겠지만) 자주 만나 호감도를 높여두면 중요한 순간에 원하는 캐릭터와 맺어주는 천사가 되어준다. 처음에는 '공략 사이트'를 보지 않고 플레이한 탓에 이런 사실을 몰랐다. 그러나 천사의 도움 없이는 이 게임의 완전 공략은 불가능했던 것이다.

신이치는 미카&엘에게 푸아그라 버거(정말 이렇게 무서운 패스트푸드가 있을까?)를 사주고, 쇼핑할 때는 짐을 들어주고, 게다가 노래방에 가서는 마음껏 노래를 부를 수 있게 해주었다(미카&엘이 부르는 것은 찬송가뿐이었다).

"오늘 고마웠어. 신이치에게 많은 신세를 졌구나.▼"

"이 정도쯤이야.▼"

"하지만 짐 같은 거 들어주고 하느라고 피곤했잖아?▼"

미카&엘이 평소와는 달리 얌전하게 인사를 했지만, 게임 속에서의 지갑이어서 신이치의 실제 지갑은 당연히 축나지 않았다.

하지만 피곤이라는 점에서는 어쩌면 미카&엘의 말대로일지도 모른다. 게임에 몰입하는 동안 현실 세계의 시간은 눈 깜짝할 사이에 흘러가서 어느새 낮이 되어버렸다. 모니터를 보는 눈의 초점이 흐려져 있다. 오늘은 편의점에서 야근하는 날이 아니지만, 그래도 이제 그만 끝내는 게 좋을 것 같다. 지금까지 해온 데이터를 저장하고 신이치는 게임을 종료했다.

최악이었던 기분은 한결 나아졌다. 난이도가 낮은 캐릭터부터 차례로 공략해가서 지금까지 이 게임에 약 50시간 이상이나 투자한 덕분에, 드디어 진짜 애인인 '사오리'를 얻을 수 있는 날도 얼마 남지 않게 되었다. 이미 안구 피로와 어깨 결림은 만성화되어 있었지만, 오늘은 푹 잠들 수 있을 것 같았다.

그런데 게임을 마치고 나니 갑자기 씁쓸해졌다. 왠지 모르게 컴퓨터 전원을 끄는 것이 아쉬웠다.

몸은 빨리 잠들 것을 요구하고 있었지만 한 번 더 인터넷에 접속해보았다. 메일함을 열어보았으나 예상대로 메일은 한 통도 오지 않았다. 그 다음에는 안 맞기로 유명한 마이크로소프트의 별자리 점을 보았다. '쾌조의 하루. 은근히 당신을 생각하는 여성이 있습니다'라는 코멘트가 나왔다.

'즐겨찾기' 해둔 성인 사이트는 한 바퀴 순례가 끝난 참이다. 그래서 검색 엔진으로 홈페이지를 검색해보았다.

처음에는 '가와무라 사오리'로 검색해보았다. 등록되어 있는 홈페이지 중에 한마디라도 이 단어가 포함된 것은 자동으로 검색되어 리스트에 올라온다. 해당 사항은 수십 건 있었다. 모두 게임 관련 사이트다. 대충 훑어보았지만 지금까지 체크한 것 외에 특별히 새로운 것은 없었다.

이번에는 '미카&엘'이라고 입력해보았다.

건수는 아까보다 약간 적지만 검색 결과에는 거의 같은 페이지가 나왔다. 그런데 처음 열 건 가운데 단 한 곳 낯선 타이틀의 홈페이지가 눈에 띄었다.

'가이아의 자식.'

혹시 새로운 게임 이름인가 하고 설명을 읽어봤지만 아니었다.

"당신은 자신이 상처입고 있다는 것을 자각하고 있나요? 현대사회를 살아가는 우리는 매일 마음을 스트레스라는 줄로 깎이고 있습니다. 상처투성이가 된 당신의 마음이 더 이상 견디지 못하고 비명을 지른다면, 한번 생각해보십시오. 우리는 모두 가이아의 자식이라는 것을. 수호천사는……."

신이치는 콧방귀를 뀌었다. 사이비 종교이거나 엉터리 자기계발 세미나류일 것이다. 이런 문구에 끌려서 걸려드는 바보도 있을까?

아무리 그래도 요즘 세상에 '가이아'니 하는 이름을 붙이는 것은 너무 심하다. 그는 옛날부터 초자연 현상과 오컬트(과학적으로 해명할 수 없는 신비한 초자연적 현상), '뉴 사이언스' 등에는 흥미가 있었지만 컬트 종교류에 대해서는 강한 생리적 혐오를 갖고 있었다.

그대로 인터넷 접속을 끊으려다, 문득 이 사이트와 '미카&

엘'이 관계가 있지 않을까 하는 의문이 생겼다.

잠깐 들여다보고 비웃어주는 것도 좋을지 모르겠다. 신이치는 '가이아의 자식'을 클릭해보았다.

옅은 벽돌색 홈페이지로 배경이 바뀌었다. 조용한 리코더 소리 같은 음색의 배경음악이 시작된다. 오르간이나 아코디언일지도 모른다. 이어서 손톱으로 퉁기는 듯한 두 대의 기타소리. 빠른 템포의 '덴시가오카 고등학교' 테마송과는 분위기가 다르지만, 묘하게 마음에 스며드는 듯한 멜로디였다.

화면에 소개 글이 떴다. 첫 부분은 검색 엔진에서 본 설명문과 같았다. 다음에 '가이아의 자식'이라는 제목.

그래픽 부분은 언제나 조금 늦게 표시된다. 초조해하면서 기다리고 있는데 천사의 옷을 입은 미카&엘이 나타나서 기분이 좋아졌다. 두 사람 다 양손을 뒤로 돌리고 작은 목을 갸웃거리면서 미소짓고 있다. 이것은 게임 속에서 미카&엘이 게임자에게 구원의 손길을 내밀 때의 그래픽이었다.

이야, 미카&엘을 알고 있잖아? 신이치는 이 홈페이지 제작자를 다시 보게 되었다.

홈페이지의 내용에는 그다지 감명을 받지 못했다. 지구환경과 현대인의 스트레스에 대해 지루한 글이 이어질 뿐, '미카&엘'이라는 글자는 한 군데밖에 나오지 않았다. 역시 일종의 자기계발 세미나이거나 '치유'를 목적으로 한 동호회 같다. 잘못 걸려들었다가 돈만 뜯기는 거 아냐?

긴 글을 읽어가다 보니 또 몇 개인가 미카&엘의 그래픽이 나왔다. 글자는 거의 무시하고 그것만 기대하며 훑어간다. 겨우 끝 부분까지 왔다. 그곳에서는 주 3회, 정해진 시간에 홈페이지 주인을 중심으로 채팅을 할 수 있다고 씌어 있었다. 채팅이란 컴퓨터 모니터상에서 문자로 이야기를 하는 것이다. 많은 사람들이 동시에 이야기에 참가하는 것도 가능하다. 혹시 몸이 뒤틀릴 정도로 심심해진다면 오늘 밤에 채팅이나 구경하러 와볼까?

신이치는 하품을 하더니 인터넷 접속을 끊고 윈도우를 종료시킨 뒤 컴퓨터 전원을 껐다.

이내 알지 못할 불안과 압박감에 휩싸인다. 가상 세계에서 현실로 돌아왔을 때는 항상 이렇다. 한시라도 빨리 의식을 지워버리고 싶다. 이 세계는 종일 의식을 지키고 있을 만한 가치가 없다…….

알코올이 받지 않는 체질인 신이치는 작은 연보라색 알약을 콜라와 함께 마시고 종일 깔려 있는 눅눅한 이부자리 속으로 파고 들어갔다.

어둡고 혼돈스러운, 하지만 편안한 잠이 여느 때와 마찬가지로 그를 맞아주었다.

에우메니데스

전화벨이 울리고 있었다.

사나에는 멍하니 깜박거리는 불빛을 보았다. 외선에서 직통 번호로 걸려온 전화다. 누구일까. 친한 친구라면 휴대 전화나 이메일을 사용할 것이고, 그렇지 않은 사람이라면 병원의 대표 번호로 걸 것이다. 직접 이 번호로 걸 만한 사람은 다카나시 정도였다……. 어쩌면 또 주간지 취재 전화일지도 모른다. 이런 생각을 하자 수화기를 들려는 손에서 힘이 빠져나간다.

귀에 거슬리는 호출음은 계속되었다.

일본에서 쓰는 전화기는 왜 모두 이런 소리를 내는 것일까? 예전 다이얼 식 검은색 전화기였을 때에도 전부 같은 소리였다. 법으로 정하기라도 한 걸까?

멍하니 그런 생각을 하면서 열 번쯤 호출음이 울리는 것을 듣고 있었다. 상대는 그래도 포기하려고 하지 않았다. 사나에는 결국 수화기를 들었다.

"여보세요……."

"기타지마 사나에 선생님이십니까? 후쿠야입니다."

잠시 누군지 생각했다. 문득 한 사람이 생각났다. 아마존 조사 프로젝트의 주최지 기자. 다카나시가 죽은 뒤에 한 번 인터뷰를 하러 오기도 했다. 하지만 그뿐이었다. 이제 와서 또 무슨 용무일까?

"여보세요?"

"아, 네."

"후쿠야입니다."

"네."

"저…… 괜찮으십니까?"

후쿠야의 목소리에는 걱정스런 빛이 있었다.

"네."

"마음은 잘 압니다만, 다카나시 씨의 일에 대해서는 책임을 느끼지 않으셔도 될 거라 생각합니다. 불가항력이기도 했고요."

"감사합니다."

불가항력. 책임을 느끼지 않아도 된다. 경찰에서 받은 취조가 뇌리에 되살아났다.

……그 점이 아무래도 이해가 안 간단 말이야. 어째서 수면제를 책상 서랍 같은 데 넣어두었죠? 자신이 쓰기에는 좀 많지 않아요? 양 말이오. 게다가 관리상 나쁜 거 아닙니까? 병원 규칙에 명백히 위배되는 일이지요? 선생. 그거, 전부터 조금씩 누군가에게 건네줬던 거 아닌가요? 수면제. 몰래 말이오. 그래서 다카나시 씨도 그걸 알고 있었던 거죠? 그렇지 않다면 잠금장치를 해놓은 책상 서랍에 약이 있다는 걸 알리가 없잖아요. 안 그래요, 선생? 이제 그만 사실을 말해주지 않겠습니까?

……도대체 사람의 생명을 다루는 의사가 말이야, 얼렁뚱땅 넘어가선 안 되는 것이 있다고요. 네? 알겠어요? 사람 하나가 죽었어요. 당신이야 늘 봐오던 일이라 사람들이 죽는 데에 익숙하겠지만, 당신 때문에 사람이 죽었다면 더 이상 그런 말은 못한단 말입니다. 당신 말이지, 죽은 사람에 대해서 조금이라도 생각해보는 게 어떻겠습니까?

"……에서 선생님이 벌써 읽으셨다면, 감상이라는 말은 좀 그렇지만, 어떻게 생각하시는지 말씀 좀 듣고 싶어서요."

후쿠야는 뭔가 한참을 계속 떠들고 있었다.

"저."

"네?"

"읽다니 뭘 말씀하시는 거죠?"

"그러니까 다카나시 씨의 작품 말입니다."

"어떤?"

"듣고 계시지 않으셨어요?"

"네."

후쿠야는 어이없어하는 것 같았다.

"그러니까 『등대』에 실린 단편 말입니다. 어제 발매된."

"다카나시 씨의 단편이 『등대』에 게재되었다고요?"

"……그렇다고 말씀드리지 않았습니까?"

후쿠야는 애가 탄다는 듯이 말했다.

최근 2, 3년 동안 다카나시의 작품은 일반 문예지에선 거의 볼 수가 없었다. 그럼에도 주간지나 텔레비전에선 다카나시의 죽음을 옛날 인기 작가의 이상한 자살로 앞다투어 보도하고 있었다. 그러나 문학잡지가 다카나시의 작품을 게재한 것은 사건 후 처음이다.

『등대』는 전통 순수문학 전문 월간지이다. '등대 신인상'의 역대 수상자들 중에는 현재 활약중인 인기 작가들도 있다. 그러나 순수문학의 인기가 하락함에 따라 최근 실판매부수는 동인지 정도로 떨어졌다는 이야기를 전에 다카나시에게 들은 적이 있었다.

다카나시는 새로운 작품을 쓸 때마다 전에 알던 편집자에게는 보냈을 것이다. 창고로 들어갈 뻔한 원고가 이번 사건으로 급히 게재된 게 아닐까?

"그거, 제목이 뭐지요?"

이제는 다카나시의 마지막 작품, 마지막 글이다. 어떤 이유이든 활자화가 된 것만은 기쁘다. 하지만 후쿠야가 말해준 제목에 사나에는 섬뜩했다.

"저, 읽는 법이 좀 틀린 것 같군요. 그러니까……."

"아, 됐습니다. 찾아서 읽어보겠습니다."

"괜찮으시다면 팩스로 보내드릴까요?"

"아뇨. 직접 사보겠습니다."

사나에는 수화기를 내려놓았다. 후쿠야에게는 그렇게 말했지만 갑자기 다카나시의 유작을 읽는 것이 무서워졌다. 그러나 일단 들은 이상 무시할 수는 없었다. 게다가 다카나시는 분명 자신이 읽기를 바랐을 것이다.

"반드시 읽어야 해. 다카나시 씨의 마지막 작품이야."

사나에는 소리내어 말했다.

결정했다. 점심 시간에 서점에 가서 『등대』를 사자.

작은 일이지만 하루의 목표가 생긴 것만으로 생기가 돌면서 새로 태어난 듯한 기분마저 들었다. 이제 그만 낙담하고 힘을 내야 한다. 호스피스에 입원한 환자들을 위해서도. 모두 가혹한 처지에 있으면서도 오히려 생기를 잃은 나를 걱정해주고 있다.

사나에는 최근 그들과 이야기를 나누면서 오히려 자기가 위안을 받고 있다는 착각이 들었다.

조용했다. 시계를 보니 새벽 1시를 지나고 있다. 사나에는 기지개를 켜며 침침한 눈을 비볐다. 천장으로 시선을 던진다. 예전에 다카나시가 천사의 환영을 보고 있던 부근이다.

책상 위에는 월간지가 펼쳐져 있다. 점심 시간에 근처 서점에 갔더니 『등대』는 딱 한 부가 남아 있었다. 어릴 적에 갖고 싶던 책을 샀을 때처럼 가슴에 꼭 껴안고 돌아왔다.

그녀는 보르도 와인이 든 잔을 들었다. 다카나시가 자살한 뒤로는 한동안 알코올의 기운을 빌리지 않으면 잠을 이룰 수 없었다. 그러다가 몸 상태가 나빠진 것 같아 직접 촉진해보고 간장이 부었다는 것을 확인한 뒤로 최근 2, 3일은 애써 술을 피해왔다. 하지만 오늘 밤만은 도저히 마시지 않고는 견딜 수 없을 것 같았다.

한 번 더 다카나시의 소설을 본다. 제목은 「Sine Die」. 영어 사전을 찾아보니 라틴어로 '무기한으로, 최종적으로'라고 나와 있었다.

내용은 사나에의 상상을 크게 배신하는 것이었다. 굳이 말하자면 죽음을 테마로 한 환상소설이라고나 할까? 줄거리다운 줄거리도 없이 일인칭으로 오로지 죽음으로의 색다른 정경을 이야기할 뿐이다. 다카나시의 모든 작품을 숙독하고, 그의 작가로서의 사고 방법을 꿰뚫고 있다고 자부하는 사나에도 놀람을 금치 못했다.

무엇보다 이질적으로 느낀 것은 그 문장이었다. 예전 작품들처럼 퇴고를 거듭한 단정한 문장과는 전혀 다르다. 취기를 유도하는 듯한 독특한 리듬은 있지만, 지리멸렬한 느낌은 도저히 감출 수 없었다.

서두는 이렇게 시작되었다.

역시 죽음밖에 없구나. 죽음에 대한 공포를 지우는 것은.

죽음이 아무것도 해결하지 못한다느니 하는 허무하고 공허한 제목. 죽음만이 모든 문제에 대한 최종적이며 결정적인 해결이 아닐까?

이것이 주제이며 제목이 의미하는 바이기도 할 것이다. 하지만 이것이 다카나시가 고뇌 끝에 도달한 사생관死生觀이라고 한다면 너무나도 슬픈 말이다.

사나에는 페이지를 넘기며 마지막 화자의 독백을 보았다. 다음은 문제의 부분이다.

니르바나는 열반이라는 의미라지. 생일 축하해! 불쌍한 케이크의 전신에 꽂혀 고슴도치의 가시처럼 우뚝 솟아 있는 촛대의 불꽃이 작은 기류에 흔들리다 꺼진다. 상징적으로 자기 생명의 불꽃을 불어서 끄는 이 기쁨. 사정 직전처럼 척추를 기어가는 전율. 드디어 여기까지 왔구나. 생각해보면 긴 여정이었어. 이렇게 한 걸음 한 걸음 확실하게 죽음에 다가가고 있는 거야. 말로 표현할 수 없는 안도를 느끼겠지? 생일 축하해! 사람이 생일을 축하하는 것은 바로 그런 이유에서일 거야. 앞뒤 생각할 여지도 없이 이 세상에 떨어뜨려진 순간부터 우리는 모두 일각이 여삼추로 죽음을 기다리고 있거든. 전쟁의 끝을. 마라톤의 골인 지점을. 해방의 순간을. 영겁 회귀를. 은근히 가슴 설레면서, 그러나 그렇지 않은 척 시침 뗀 얼굴로 기다리고 있지. 님포마니아(성적충동이 비정상적으로 강해 다수의 남성과 성관계를 원하는 여성)인 비구니처럼 말이야.

이제 모두들 까맣게 잊었겠지. 그 옛날, 아주 먼 옛날에 어떤 태평스런 학생이 한가하게 유서를 써놓고, 게곤 폭포(華嚴瀧 도치기 현에 있는 유명한 폭포)에서 뛰어내렸던 일. 그러나 그는 뭔지 모르지만 무언가를 분명 이해한 게 아닐까? 큰 비관은 큰 낙관과 통한다지 아마. 그 말이 의미하는 바는 마조히스트가 아니라도 지금의 우리에게는 정답일 거야.

아무리 생각해도 유감스러운 것은 살아 있는 동안에만 죽는 기쁨을 느낄 수 있다는, 패럴랙스한 패러독스야. 살아 있는 기쁨이란 죽음을 가깝게 느끼는 것. 살아 있는 것만으로 즐겁다고? 생각해봐, 적어도 아직 살아 있는 동안에. 하하하. 만약에 말이야. 만약에 영원히 죽지 않는다면 어떻게 할 거야? 어둡고 춥고 공기도 희박한 우주 속에서 영원토록 의식을 지키고 있어야 한다면?

그것 말고 또 다른 시나리오도 있어. 만약 끊임없이 영문도 모르는 생물로 환생한다면?

천국은 명왕성과 해왕성 사이, 혜성의 핵에 있어. 그곳에는 많은 문들이 죽 늘어서 있지. 본 적은 없지만 틀림없이 그럴 거야. 죽어서 비로소 자유로워진 우리들의 불멸의 혼은 다시 태어나기 위해 그중 하나의 문 속으로 강제로 떠밀리겠지. 전세前世는 대형동물袋型動物의 문을 빠져나가고, 현세는 모악동물毛顎動物의 문으로 빨려 들어가고. 내세來世는 절지동물. 그 다음? 성구동물聖口動物의 문이거나 그런 거겠지. 어떤 생물인지 짐작도 안 간다고? 뭐, 열어보고 놀랄 수밖에. 하하하. 새가 되어 자유롭게 넓은 하늘을 날고 싶어? 꿈이 있어 좋구나. 그러나 생물의 수를 생각해봤니? 척추동물이 될 수 있을까? 복권에 당첨될 확률은 아무것도 아냐. 거의 발광할 것 같은 확률이라구.

그렇다면 이건 어떨까? 뭐든 물어보는 게 좋은 법, 척색동물脊索動物 정도로 괜찮다면 제1지망은 멍게, 제2지망은 무악류, 제3지망은 창고기라고 하는 것은? 하하하.

그렇게 해서 사고능력은 없이 그저 느끼기만 하는 의식, 맹목적인 욕구, 기계적인 반사, 거기에다 고통만이 끝없이 계속되는 거야. 어둠 속에서 오로지 꿈틀거리며, 꿈틀거리며, 꿈틀거리다 죽는 거야. 버둥대고, 버둥대고, 버둥대다 먹히는 거야. 그리고 또 기어오르고, 기어오르고, 기어오르고…… 이제 명백해졌지. 영원히 사는 것과 영원히 죽는 것, 어느 쪽이 좋은 것인지.

하지만 걱정할 필요 없어. 내세도 영혼도 그저 죽음을 두려워하는 자들의 푸념일 뿐. 우리는 결국 유전자가 만든 기계에 지나지 않아. 고작해야 전지가 다 닳을 때까지의 수명. 자, 이제 이걸로 됐어. 악몽은 끝났어. 축하해. 사람으로 태어난 행복을. 즐거움은 이제부터야.

죽음을 생각하자. 죽음이 약속되어 있다는 것을 생각하자. 죽음이 아득히 먼 저쪽에서 거북이같이 느릿한 걸음으로 다가오고 있다는 것을 생각하자(단, 조심해야 할 거야. 이 거북이는 잠깐 곁눈질하는 사이에 등껍질에서 불을 뿜으며 빙빙 돌면서 날아오르는 일도 있으니까 말이야. 하하하).

보라구. 생일은 정할 수 없었지만, 적어도 자신의 제삿날쯤은 자기가 정하는 거야. 늦어지기 전에. 거북이가 날아오르기 전에 말이야. 목을 매는 것은 안 돼. 죽음의 순간을 잠깐 동안만 느끼는 것은 아까우니까. 처음이자 마지막 그리고 인생 최대의 이벤트인 걸. 그렇다고 해서 너무 아파도 집중이 안 되지. 차라리 위스키 원액을 한 손에 들고 수면제를 한 알씩 천천히 삼켜. 이것이 세련된 방법이야. 자기 자신을 충분히 애태우는 거야. 잠들기 직전에 몽롱해지는 의식 상태를 즐길 수 있도록. 타나토스(자기를 파괴하고 생명이 없는 무기물로 환원시키려는 죽음의 본능)의 욕구가 고조되고, 입 안에는 침이 흐르고, 눈에 핏줄이 서고, 죽음에의 갈망으로 머리가 어지러워 파멸 직전에 이를 때까지. 그래서 흐릿해져가는 의식 속에서 확인해보자구. 생과 사의 진정한 경계를.

이것이 최후의 순간인가? 그렇지 않으면 지금인가? 지금 의식이 소멸하는 건가? 이것인가? 지금인가? 이번에야말로 그런가? 이때? 지금? 그렇지 않으면……?

이렇게 상상하는 것만으로도 쾌감이 느껴져. 그야말로 전율이 일 정도라니까. 죽음은 끝까지 음미하면서 물고 늘어져야 해. 이거야말로 사고능력을 가지고 태어난 자의 특권이며 지금까지 참고 살아온 것에 대한 보상이겠지.

뭐니뭐니 해도 인생 최고의 사치지. 자신의 생명을 다 소비하지 않으면 얻을 수 없는 이것이 최고의 쾌락인 거야. 하하하.

사나에는 더 읽기가 괴로워서 눈을 감았다.

인간은 누구나 죽음 공포증 아니면 죽음 애호증愛好症과 비슷한 요소를 갖고 있다. '무서운 것을 보고 싶어하는 마음'은 영장류의 본능에서 기인한다. 단순히 위험에서 멀어지기만 하는 게 아니라 정체를 찾으려고 하는 행위가 결과적으로 생존율을 높일 수도 있다. 엉거주춤한 자세로 장난감 뱀에 다가가는 원숭이의 모습은 우리들의 눈에는 우습게 비치지만, 그 역시 합리적인 전략을 실천하는 데 지나지 않는다.

이 때문에 우리는 무서운 것으로부터 멀어지려 하면서도 강하게 끌리기도 한다. 공포 영화가 인기 있는 것도 이 때문일 것이며 확실한 효과는 확인되지 않았지만, 광고 세계에서는 옛날부터 사람들의 시선을 잡기 위해 무언가 죽음을 암시하는 요소를 넣어두는 것이 효과적이라는 말도 있다. 낙원의 그림 속에 숨은 그림처럼 해골을 섞어 넣어두는 것 같은 수법이다. 에로틱한 자극 따위는 노골적인 편이 효과적이지만, 사람은 특히 공포에 대해서는 잠재적인 메시지 쪽에 더 반응하는 것 같다.

하지만 '무서운 것을 보고 싶어하는 마음'은 어차피 공포의 이면에 지나지 않는다.

사나에는 지금까지 다카나시의 죽음 애호증적인 행동에 대해서도 형태를 바꾼 죽음 공포증이 아닐까 의심한 적이 있었다. 죽음에 대한 공포가 너무 깊어서, 도리어 매혹당한 것처럼 보이는 게 아닐까 하고 말이다.

하지만 그 생각은 「Sine Die」를 읽고 완전히 뒤집어졌다. 다카나시는 역시 순수한 기쁨을 느끼고 '죽음'을 지향했던 것이다. 터미널 케어 현장에서 일하는 그녀로서는 도저히 이해할 수 없는 심리 상태였다. 죽음 공포증을 죽음 애호증으로 180도 바꾸려면 대체 어떤 마술을 부려야 할까?

죽음 공포증의 가장 성가신 점은 에이즈 바이러스처럼 한 번 홀리면 평생 벗어날 수 없는 경우가 많다는 점에 있다. 물론 일시적으로 상태가 좋아지는 경우는 있다. 깨달음을 얻은 듯한 심경이 되거나, 생은 유한한 것이니 의미 있게 살아야 한다는 진취적인 결의를 하거나, 시원스런 얼굴로 이제 개운해졌다고 말하는 일도 있다. 하지만 그럴 때도 죽음 공포증은 절대 소멸한 것이 아니라, 의식의 저 밑바닥에 얌전히 도사리고 있을 뿐이다. 그리고 마음이 몹시 피곤하거나 상처받았을 때, 혹은 아무 계기가 없을 때도 뜬금없이 그 목을 쳐든다. 그런 모습들은 단순한 비유를 넘어 섬뜩할 정도로 에이즈와 닮았다. 다른 모든 공포와는 근본적으로 달라 인간은 죽음 그 자체에 대한 공포에는 절대 익숙해질 수 없으며, 근본적으로 극복하는 것도 불가능하다.

그럼에도 다카나시는 실제로 「Sine Die」에 쓴 것과 똑같은 방법으로 자살해버렸다. 마치 죽음을 즐기듯이. 죽음 공포증 인간이라면 절대로 이런 흉내는 낼 수 없으리라. 대체 이것을 어떻게 해석해야 할까?

사나에는 꾹 참고 기묘한 단편을 처음부터 다시 한 번 읽어보았다. 어쩌면 그의 죽음 공포증 그 자체는 건재했을지도 모른다는 의문이 들었기 때문이다. 이렇게까지 죽음에 대해 이상한 관심을 보이며 연연하는 것은 그 바탕에 공포가 존재하고 있기 때문이 아닐까? 그렇다면 죽음에 대한 공포는 느끼면서도 뭔가 다른 방법으로 그것을 억지로 비틀고 있던 것인지도 모른다. 공포를 쾌감으로 가리는 방법으로.

사나에의 머리에 가장 먼저 떠오른 것은 마약이었다. 호스피스에서도 터미널 케어의 불안을 덜어줄 목적으로 메이저 트랭퀼라이저(강력한 정신안정제)나 항불안제 등을 처방하는 일이 있다. 그러나 죽음에 대한 공포를 완전히 지워버릴 수 있는 약물은 존재하지 않는다. 설령 코카인이나 헤로인, 필로폰, PCP 등을 대량으로 쓴다 해도 그렇게까지 효과를 올릴 수 있을지 어떨지는 의문이다.

하지만 그가 아마존에서 믿을 수 없을 만큼 강력한 효과가 있는, 미지의 마약을 가지고 돌아왔다면 어떨까? 죽음에 대한 공포를 견디기 어려울 때마다 마약에 의한 황홀경으로 마음을 다스렸다면. 그리고 언제부턴가 그것이 단순한 습관을 넘어 죽음에의 공포 그 자체에 탐닉하는 도착된 조건부를 만들어냈다면…….

사나에는 쓴웃음을 지었다. 때때로 스스로도 억측과 망상이 구별되지 않을 때가 있다. 머리를 흔들고 월간지를 다시 든다.

『등대』에서도 다카나시의 작품을 다루는 데 고충을 느낀 흔적이 역력하다. 해설을 맡은 문예 평론가도 '죽음에 탐닉해서'라고 표현하고 있다. 그 말이 옳을지도 모른다.

그런데 떠나기 전에 그는 이 작품에서 무엇을 말하고 싶었던 것일까?

사나에의 귓가에 후쿠야 기자의 전화 목소리가 되살아났다. 그는 처음에 「Sine Die」라는 제목을 보고 일본어의 영문 표기와 영어를 병행한 거라고 속단해버린 것 같다.

마치 그것이 독자 모두에게 보내는 메시지, '시네(일본어로 '죽어라'라는 뜻). Die'라는 명령문처럼.

다카나시의 빌딩은 요쓰야 역에서 동쪽으로 10분 정도 걸어간 곳에 있다.

사나에는 외벽에 하얀 타일을 붙인 좁고 긴 5층 건물을 올려다보았다. 이곳에는 너무나도 많은 추억이 있다. 게다가 옥상은 다카나시가 자살한 곳이기도 하다. 가능하면 두 번 다시 오지 않을 생각이었는데…….

사나에는 작은 엘리베이터를 타고 5층에서 내렸다. 전화로는 작업장에서 기다리고 있겠다고 했지만.

사나에가 노크하기 전에 문이 열렸다. 그곳에 서 있는 것은 머리칼을 모자 속에 밀어 넣고 아래위 하얀 운동복을 입고 있는 젊은 여자였다. 그녀가 사나에를 보고 인사한다.

"기타지마 씨죠? 제가 전화드렸던 나베시마 게이코鍋島圭子입니다."

사나에는 말없이 고개를 숙였다.

장례식 전날 밤샘할 때와 장례식 때 상복을 입고 앉아 있던 그녀의 모습을 떠올린다. 울부짖으며 쓰러지는 어머니를 달래면서 꿋꿋하게 문상객에게 인사를 하고 있었다. 나베시마 게이코를 만난 것은 그때가 처음이었지만, 심지가 강한 여자라는 인상을 받았다.

"어서 오세요. 지금 막 오빠의 유품을 정리하기 시작했어요."

나베시마 게이코는 옆으로 물러서며 사나에를 맞이했다

그렇게 다투고 헤어진 뒤 이 방에 오는 것은 처음이었다. 사나에는 익숙한 방을 묘한 기분으로 둘러보았다. 이 방의 주인이 이제는 이 세상에 없다는 사실이 믿어지지 않는다.

"처음에는 부모님도 함께 오시겠다고 했는데, 어머니가 자리에 누워버리셨어요. 그래서 유품 처분은 모두 제가 맡게 되었답니다."

게이코는 스물일곱 살이라고 했지만 사나에보다 어리다고는 생각되지 않을 만큼 야무져 보였다.

"부모님은 가능한 한 이 빌딩도 팔아버리라고 하셨어요. 그런 일이 있었으니까요. 갑작스럽지만 가구나 비품 같은 것도 다음 주에 한꺼번에 업자에게 넘겨주기로 해서, 오늘내일 중에라도 남겨두고 싶은 유품들을 정리해야 되어서 말이죠. 기타지마 씨, 일요일인데 오시게 해서 죄송해요."

"아뇨. 그저 제가 유품을 나눠 받아도 되나 하는 생각이 들어요."

"오빠가 기타지마 씨 이야기를 많이 했어요."

게이코는 미소지었다. 피부가 희고 갸름한 것이 동양적인 미인이지만, 다카나시와는 그다지 닮지 않았다.

"나이 차이가 많이 나는 남매지만 비교적 사이는 좋았어요. 서로 무엇이든 이야기했죠. 제가 결혼한 뒤로는 좀처럼 만날 기회가 없었지만, 가끔 전화를 할 때라든가……."

다카나시가 자신에 대해서 어떤 식으로 말했을까, 막 궁금해지던 차에 게이코가 먼저 가르쳐주었다.

"항상 자랑을 늘어놓았어요. 기타지마 사나에 씨는 아주 멋진 여자라고요. 그리고 귀엽고 머리도 좋을 뿐만 아니라 남의 불행을 그냥 보고 넘어가지 못하는 착한 사람이라고 그랬어요."

사나에는 눈을 내리깔았다.

"과찬이에요."

"그건 아닌 것 같은데요. 오빠는 상당히 신랄해서 좀처럼 남을 칭찬하지 않는 사람이니까요. 제 친구들한테도 마구 퍼붓는 걸요."

다카나시의 추억 이야기에 빠져 있으면 점점 괴로워질 것 같았다. 사나에는 겉옷을 벗었다. 몸을 움직이는 편이 차라리 마음이 편할 것 같다.

"그럼 시작할까요? 다카나시 씨의 소지품이 꽤 많을 거예요. 특히 책 같은 것은."

"아, 그래도 기타지마 씨에게 도와달라고 할 순 없죠. 뭔가 갖고 싶은 것이 있으면 말씀만 해주세요."

"도와드리고 싶어요. 괜찮으시다면."

게이코는 미소지었다.

"고맙습니다. 살았네요. 솔직히 남편도 접대 골프를 치러 가서 오지 않았고, 저 혼자 어떻게 해야 할지 난감하던 참이었거든요."

사나에는 방을 둘러보았다. 게이코는 책상 서랍을 열고 산더미같이 쌓인 플로피 디스크를 보았을 때부터 벌써 질린 것 같다. 하나씩 내용을 확인할 수도 없다. 사나에는 그녀와 함께 우선 전부 박스에 넣기로 했다.

"서고書庫는 보셨어요?"

"아뇨. 저 여기에 오는 게 처음이에요. 그건 어디에 있죠?"

사나에는 작업장 안쪽에 있는 문을 열고 스위치를 켰다.

"여기예요. 통로가 좁으니까 한 사람씩 들어가야 해요."

다카나시의 서고는 1미터 남짓한 폭으로 작업장을 L자 형으로 둘러싸고 있었다. 바닥과 벽은 콘크리트가 그대로 드러나 있었고, 알전등에 비춰진 내부는 천장까지 서적이 빽빽이 쌓여 있다. 웬만한 서점 정도의 분량은 되지 않을까?

"이거 어떻게 해야 될까요?"

그곳을 들여다본 게이코는 어쩔 줄 몰라했다.

"혹시 처분하실 거라면 어디에다 기증하시는 게 좋지 않을까요? 희귀본도 몇 권 있을 테고요."

"하지만 이제 그럴 틈이 없어요."

게이코는 자신의 성급한 판단을 후회하는 듯한 표정으로 서고에 들어섰다. 좁은 통로를 게걸음으로 걸어가며 책표지들을 읽는다.

"소설 외에도 어려운 책들이 꽤 있네요. 철학이며 심리학이며. 역시 도서관 같은 데 기증해야 할까 봐요. 그리고 자연과학 책들도 좀 되고. 도감 같은. 어? 이건……."

게이코의 목소리가 잠시 끊겼다.

"왜 그러세요?"

서고에서 나온 게이코의 얼굴은 조금 굳어 있었다.

"뭔가 있었어요?"

"네. 그런 건 별로 보고 싶지 않았어요……."

그 이상은 아무 말도 하지 않는다. 사나에는 걱정이 되어 서고에 들어갔다.

게이코가 발견한 것이 무엇인지 이내 알 수 있었다. L자 형으로 굽은 곳의 제일 안쪽에 있는 책장이다. 대량의 비디오테이프와 판형이 큰 책들이 나란히 꽂혀 있었는데, 한결같이 새것인 것을 보면 비교적 최근에 구입한 것 같다.

위쪽 칸에는 사진과 그림 등이 풍부한 법의학서가 나란히 있었다. 그리고 중간쯤으로 시선을 옮기던 사나에는 눈살을 찌푸렸다. '죽음'을 테마로 한 책이 잔뜩 꽂혀 있었다. 게다가 그 아래 칸에는 줄줄이 공포 비디오로 가득하다. 제목만 보면 대부분 과격한 스플레터 물(피가 흥건히 흐르는 장면이 많은 호러 영화) 같다. 다카나시의 생전의 이미지와는 어울리지 않았다.

사나에가 서고에서 나오자 게이코가 중얼거렸다.

"믿을 수 없어요. 오빠가 저런 걸 보다니. 제가 아는 오빠는 잔인한 것이나 흉측한 것들을 아주 싫어했어요."

"예. 내가 알기로도 그랬어요."

사나에는 신중하게 말을 골랐다.

"그런데 다카나시 씨는 아마존에서 돌아온 뒤부터 좀 바뀐 것 같았어요."

"예? 대체 무슨 일이 있었던 거죠?"

"그건 저도 잘……."

게이코는 그제야 처음으로 알게 된 오빠의 일면에 충격을 받았는지 말수가 줄어들었다.

결국 책 대부분은 헌책방에 매각하고, 맨 안쪽 선반에 있던 책은 사람들의 눈에 띄지 않도록 처분하기로 했다. 두 사람은 한참 동안 예의 그 비디오와 사진집 등을 끄집어내서 묵묵히 박스에 담았다. 그것들로만 중간 크기의 박스가 여섯 개나 찼다.

"이거 어떡할 거예요?"

"일단 시골에 보내고, 나중에 태우든지 쓰레기로 처분할 곳을 찾아야겠죠."

게이코는 보기도 싫다는 듯 박스에서 얼굴을 돌렸다.

"그런데 여기에는 오빠의 책들이 별로 없는 것 같네요."

멍하니 방을 둘러보면서 말한다.

"몇 권쯤 가지고 갈까 했더니."

사나에는 아차 싶었다.

"……근처에 창고를 빌린 게 있어요. 그곳에 모아두었을 거예요."

"어머, 그래요? 몰랐어요. 그럼 일단 그곳도 가봐야겠군요."

일어서려는 게이코를 사나에가 말렸다.

"괜찮다면 제가 먼저 가서 책이 얼마나 있는지 확인하고 와도 될까요?"

"하지만 그러면……."

"장소가 좀 찾기 어려워요. 둘이 가는 것보다 나눠서 일하는 편이 빨리 정리가 될 것도 같고요."

창고 열쇠는 금세 찾을 수 있었다. 사나에는 게이코의 마음이 변하기 전에 열쇠를 들고 다카나시의 작업장을 나갔다. 창고까지는 빠른 걸음으로 15분 정도 거리에 있다. 초여름의 바람은 상쾌했지만 땀방울이 송글송글 맺혔다.

창고에 들어서자 공기 청정기를 틀어놓았는데도 여전히 곰팡내가 퀴퀴했다.

다카나시의 책은 방충제와 함께 창고 회사의 이름이 새겨진 박스에 든 채 철제 선반에 가지런히 정돈되어 있었다. 헌책방에서 이렇게 많은 양을 인수해줄 리도 없다. 여기 있는 책들은 결국 이대로 썩어가야 하는 건가.

사나에는 박스 수와 내용을 체크하면서 자신의 걱정이 기우가 아니었나 하는 생각이 들었다. 더 이상 게이코에게 충격을 주어서는 안 될 것 같아 혼자 오겠다고 했지만, 여기에 있는 것은 틀림없이 다카나시의 저서들뿐인 것 같다.

그러나 마지막 칸 선반에 있는 세 개의 박스가 의심스러웠다. 겉에 책제목 등이 일체 씌어 있지 않은 것이다.

첫 박스를 열어보니 간이 제본기로 철한 듯한 조잡한 표지의 책이 빽빽이 꽂혀 있었다. 등 표지의 글자로 보니 외국 책 같았다. 한 권 뽑아보았다. 작업장에 있던 책과 같은 사진집이다. 사진에 나와 있는 것은 대부분이 동남아시아 계로 보여지며 어린이들도 적잖이 섞여 있었다.

사나에는 속이 울렁거려서 책을 덮었다. 아무리 규제가 완화된 나라라 해도 도저히 합법적으로 팔리고 있는 것이라고는 할 수 없었다. 다시 다른 책을 보았지만 대동소이했다.

두 번째 박스에는 VHS 비디오 테이프가 가득 들어 있었다. 케이스에는 'Real Murder 1, 2, 3, 4' 'True Infanticide 1, 2' 'Super Snuff Series 1, 2, 3' 등의 손으로 쓴 글씨가 보인다.

세 번째 제목을 보자 내용은 거의 상상이 갔다. 언젠가 스냅 비디오라고 불리는 살인 장면을 찍은 영상이 뒷거래되고 있다는 이야기를 들은 적이 있다. 그것도 우연히 촬영된 것이 아니라 처음부터 비디오를 만들 목적으로 살인을 범한 것이다.

아마 다카나시는 이런 비디오테이프들을 인터넷 같은 데서 통신 판매로 입수한 것일 게다. 이런 것을 사는 것은 간접적으로 살인에 가담하는 게 된다. 그 정도의 이치를 그가 몰랐을 리 없다. 배신당한 것에 대한 슬픔보다는 자신의 눈앞에 펼쳐진 현실을 도저히 믿을 수 없었다.

마지막 박스를 열었다. 몇 개의 비디오테이프와 함께 투명한 비닐 봉지에 루스 리프(종이를 마음대로 끼웠다 뺐다 할 수 있는 노트나 장부)가 한 권 들어 있었다.

뭘까? 사나에는 비닐 봉지에서 루스 리프를 꺼냈다. 일본에서 흔히 쓰는 스무 개 구멍짜리와 달리 링이 다섯 개밖에 없다. 영문을 타이핑한 종이가 철해져 있다. 오른쪽 위에 날짜가 적혀 있는 일지 같은 형식이었다. 종이는 변색되어 한 번 젖은 뒤에 말린 것처럼 파삭파삭했다. 여기저기에 눌은 자국이 남아 있다.

그때 루스 리프에 꽂혀 있던 종이들이 떨어졌다. 주워 들어 보니 한 장의 종이와 한 장의 사진이었다. 골짜기 같은 곳에 일그러진 버섯처럼 생긴 물체가 흩어져 있는 것 같은 사진이었지만, 역광에다 초점이 흐려 그 정체는 불명확했다.

종이는 일지에 비하면 훨씬 새것이었다. 영자 신문의 기사를 복사한 것 같다.

사나에는 루스 리프를 다시 비닐 봉지에 넣어두었다. 이들 세 박스는 내용물을 보지 말고 처분하라고 일러주면 게이코도 알아차릴 것이다.

원래는 루스 리프도 게이코에게 건네주는 게 맞다. 하지만 그 전에 무엇이 씌어 있는지는 확인해두고 싶었다. 하지만 그녀와 양친에게 괴로움을 주는 내용이라면 보이지 않는 편이 좋을지도 모른다.

그러나 그 생각은 핑계일지도 모른다. 사나에는 왠지 지금 손에 들고 있는 것이 다카나시의 죽음의 수수께끼를 풀어주는 단서일 것 같은 강한 확신이 들었다.

사나에는 다카나시의 유물이 된 굵은 만년필을 손바닥에 놓고 굴려보았다. 게이코가 꼭 받아주었으면 좋겠다고 해서 받은 것이었다. 플로어 스탠드의 불빛을 받아 에보나이트 펜대와 펜 끝이 반짝반짝 빛났다. 다카나시는 손으로 집필하는 일이 거의 없었기 때문에 새것이나 다름없었다.

그래도 다카나시가 이 만년필을 사용하는 것은 몇 번인가 본 적이 있었다. 이렇게 있으니 그의 생전의 모습, 그것도 아마존으로 떠나기 전의 건강한 모습이 뇌리에 되살아났다.

사나에는 그의 문장 속에서 보였다 안 보였다 하는 그의 인격을 보고 그에게 끌렸었다. 본인을 만나도 그 인상은 달라지지 않았다. 섬세하고 외로움을 잘 타지만 어딘가 그런 자신의 모습을 내동댕이친 듯한 유머를 가지고 있었다. 때로는 너무 짓궂어서 사람들이 눈살을 찌푸리는 블랙 조크를 연발하기도 하지만, 그 바탕에는 항상 확실한 윤리관이 있었다. 삐딱한 구석이 있어서 세상의 관습과 법률에는 그다지 경의를 표하지 않았지만, 사람으로서 무엇이 옳고 그른지는 분명하게 구분하고 있었다.

그 때문인지 이번에 그가 취한 행동은 사나에에게 적잖은 충격을 안겨주었다.

사나에는 책상에 있는 루스 리프를 보았다. 이것은 다카나시의 메일 속에 있는 미국인 부부의 유품임이 틀림없다. 그는 이 일지를 유족들을 찾아 돌려줄 거라고 쓰지 않았던가. 그런데도 멋대로 일본에 가지고 돌아왔다.

창고 속에서 발견된 책이며 비디오들을 보면 그 이유는 저절로 명확해진다. 다카나시의 죽음 애호증이 이렇게 '죽음'에 관한 수집을 시작하게 했던 것이다. 그리고 이 일지도 그 수집에 추가하고 싶었던 거다. 도저히 믿고 싶지 않고 믿기도 어려울 정도로 윤리적인 마비다. 적어도 이전의 다카나시에게서는 도저히 생각할 수 없는 행동이었다.

루스 리프에 끼어 있던 종이는 상파울로에서 발행되고 있는 영자 신문의 복사물이었다. 다카나시가 일부러 찾아내어 복사를 해놓은 것 같다. 그의 인격 자체에 의심을 갖지 않을 수 없게 된 지금, 그 열의에도 어딘가 섬뜩함이 느껴져 견딜 수 없었다.

기사는 충격적인 내용에 비해서 간단하게 다루고 있었다. 아마 쓸 자료가 그다지 없었기 때문일 것이다.

미국의 영장류 학자 로버트 카플란과 존 카플란 부부는 몇 년간 아마존에 살며 꼬리감는원숭이의 생태를 조사하고 있었는데, 로버트가 정신 이상을 일으켜 돌발적으로 아내인 존을 살해하고 자살한 것이라고 한다.

독실한 기독교 신자로 자살을 금기시 했을 그가 사랑하는 아내를 참살한 후, 머리에 10리터의 등유를 뒤집어쓰고 스스로 불을 붙인 이유는 수수께끼로 남았다. 브라질 경찰이 발견했을 때 사체는 둘 다 거의 새까맣게 탄 상태였다고 한다.

'새까맣게 탄'이라는 말에 다카나시는 조심스럽게 밑줄을 그었다.

사나에는 루스 리프 쪽으로 눈을 돌렸다. 꼬리감는원숭이의 연구 일지라는 것은 알고 있었지만, 영어 사전을 한쪽 손에 들고 한 번 더 꼼꼼히 번역을 해보았다.

일지는 로버트의 아내 존이 타이핑한 것이었다. 전반 부분은 붉은 우아카리라는 원숭이의 생태와 그들이 이따금 보이는 이상 행동에 대해 상세히 기록하고 있었다. 우아카리원숭이는 통상 수십 마리에서 백 마리 이상 무리를 지어 다니는데, 그 무리에서 단 한 마리만 쫓아내는 일이 있다고 한다. 희생자인 한 마리가 멀리 떠날 때까지 무리 전체가 이빨을 드러내고 무섭게 위협하며 나무 열매를 던지기도 하는 것 같다.

왜 그런 현상이 일어나는지는 명확하지 않지만 쫓겨난 원숭이는 쫓겨나기 직전에 이상할 정도로 탐욕스러워지거나, 무리 속에서 무차별적인 구애 행동을 하는 일이 많다고 한다. 존은 이것을 무리의 질서를 파괴하는 원숭이에 대한 일종의 벌칙으로 보고 있었다.

그런데 이상하게도 추방된 원숭이는 하나같이 야생동물이라고는 생각할 수 없을 정도로 초연하고 온화한 모습을 보인다고 한다. 인간을 보고도 전혀 두려워하지 않고 오히려 가까이 다가와 물끄러미 바라보곤 한다는 것이다. 존은 그들을 '은자隱者들'이라고 불렀다.

동물에 대해 항상 자상한 마음으로 대하는 존에게는 사나에도 공감할 수 있는 면이 많았다. 그녀는 무리들에서 추방된 '은자들'을 보호하고 다정하게 돌봐주었던 것 같다. 특히 자력으로 살아갈 수 없다고 생각되는 개체에게는 먹이를 직접 자신의 입으로 먹여주기까지 하며 귀여워했던 것 같다.

극단적으로 활동성이 저하되고 경계심을 보이지 않는 '은자들'은 그냥 방치해두면 재규어나 부채머리독수리 같은 천적에게 쉽게 잡아먹히기 때문에, 일부러 백 제곱미터 정도의 공간에 그물을 치고 그 안에서 사육했다고 한다.

일지는 중간 정도를 지날 때부터 읽는 사람이 곤혹스러울 정도로 180도 톤이 달라졌다. 전반의 관찰일지와는 다른 분위기로 찬미하는 에세이로 바뀐 것이다.

사나에는 기시감 같은 것을 느꼈다. 어디선가 이렇게 바뀌는 문장을 본 기억이 떠올랐다. 한참 생각하다 그것이 다카나시의 이메일이라는 것을 깨닫게 되었다.

끝이 가까워지면서 일지에는 다시 이변이 생겼다. 갑자기 '수호천사'에 대한 언급이 시작되었다.

"새야, 아니면 수호천사야?" "졸음 속에서 나는 그들이 날개 치는 소리를 들어" "그들은 내 머릿속에서 속삭여" "무의미한 말의 나열. 홍수" "내 이야기를 하고 있어" "끊임없이 수호천사들이 내게 던지는 질문. 말. 말. 말"

사나에는 등줄기가 오싹해졌다. 다카나시의 '천사가 속삭이고 있다'는 환청과 너무나도 흡사한 이 말이 과연 단순한 우연이라고 할 수 있을까?

일지는 갑작스럽게 끝나버렸다.

그리고 남편인 로버트 카플란의 글이 그 다음을 이었다.

이것은 역시 유서라고 생각해야 할 것이다. 읽으면서 사나에는 그렇게 생각했다. 새삼 다카나시의 무분별한 행동에 슬픔을 느낀다.

로버트의 크고 삐뚤삐뚤한 글씨에는 심한 감정적인 동요가 보였다. 아내 존에 대한 마음. 향수를 불러일으키는 회상. 오랜 연애 끝에 결혼하였지만, 서로의 생활방식을 존중하여 당분간 아이는 갖지 않기로 결정한 것. 그러다 그녀의 자궁암이 판명되고 적출 수술을 받게 된 것. 존은 그 이후로 일에서 돌파구를 찾아 야생 원숭이에게 애정을 쏟게 되었다고 한다.

감상적인 글에 갑자기 미친 듯한 저주와 매도의 글귀가 섞인다. 빈번하게 나오던 '에우메니데스Eumenides' 라는 말이 그 대상 같다.

"그들은 모습이 보이지 않는다" "환각을 준다" "친절을 가장하면서 실은 제물을 원하고 있다" 등의 문장이 이어진다. 행간에서는 쓰는 사람의 적나라한 공포가 전해졌다.

'Eumenides'라는 말을 영어 사전에서 찾아보니 "그리스 신화 에우메니데스. 복수의 여신. 그리스어로 '친절한 자'라는 뜻의 역설적 표현"이라고 설명되어 있었다.

사나에는 시계를 보았다. 새벽 1시를 지나고 있다. 일반적으로 남에게 전화를 걸기에는 비상식적인 시간이지만, 옛날부터 야행성이던 구로키 마사코黑木晶子라면 아직 깨어 있을게 분명하다.

아니나다를까 신호음이 울리자마자 바로 받는다.

"여보세요. 구로키입니다."

"아, 사나에야. 밤늦게 미안해. 좀 묻고 싶은 것이 있어서."

"응. 뭐야?"

"에우메니데스가 무슨 뜻인지 알고 싶어."

구로키 마사코는 사나에의 고등학교 친구로 같은 대학의 문학부에 들어가 현재는 모교에서 강사를 하고 있다. 세계 각국 신화의 비교연구가 전공이다.

"아, 그래. 그런데 무슨 일이야?"

그럴듯한 설명은 미리 준비해두었다.

"자세한 이야기는 할 수 없지만 어떤 환자가 망상에 시달리고 있는데, 그것과 관계 있는 것 같아. 그림을 그리고 그것이 에우메니데스라고 하는 거야."

"흠. 그 사람, 꽤 박식한 걸."

마사코는 의심하지 않았다. 사나에는 친구에게 거짓말하는 것에 죄책감을 느꼈다.

"에우메니데스는 말이야, 그리스 신화에 나오는 퓨리즈…… 라고 할까, 복수의 여신들, 에리뉘에스의 다른 이름이야."

"퓨리즈…… 에리뉘에스?"

"뭐, 부르는 법이 여러 가지 있긴 하지만."

"복수의 여신들이란 게 여러 명 있는 거야?"

"……아마 알렉토, 티쉬포네, 메가이라 셋일 거야. 날개가 있는 데다 머리카락이 모두 뱀이라고 하니까 상당히 무섭겠지."

"머리카락이 뱀이라니 고르곤 같겠구나."

"아마 그리스인의 공포를 구체화하면 그렇게 될 거야. 게다가 양손에는 빛나는 횃불과 채찍을 들고 있어. 거의 SM의 여왕들 분위기지? 그것으로 죄인을 끝까지 쫓아가 괴롭혀서 미치게 해."

"그런데 어째서 '친절한 신'이라고 불리는 거지?"

"반 빈정거림, 반 두려움에서 그러는 거야. 퓨리즈(악마)라고 불러 화를 돋우고 싶지 않은 거지. 선량한 그리스 사람도 그렇지만 특히 죄의식을 갖고 있는 사람은 이 여신을 아주 무서워했던 것 같아. 현대인들은 도저히 상상하기 힘들 정도로."

마사코의 목소리는 진지해졌다.

"그러니까 어쩌면 그 환자라는 사람도 어떤 이유로 죄의식에 시달리고 있는지도 몰라. 뭐 그런 건 네가 더 전문가지만."

대충 만들어낸 이야기로 죄의식을 느끼고 있는 것은 사나에 쪽이었다. 마사코에게 고맙다는 인사를 하고 전화를 끊은 뒤 그녀는 생각에 잠겼다.

카플란이 이 말에서 하고자 했던 말은 대체 무엇이었을까? 머리가 뱀이라는 이미지는 의학적으로 어떻게 해석해야 될까?

무의식의 죄책감에서 복수를 두려워하는 마음이 움직인다.

분노, 공포 등이 방아쇠가 되어 교감 신경의 긴장으로 입모근이 수축하고 체모가 곤두선다.

한편 그리스 조각인 메두사 등의 모습을 보면서 사나에가 연상하는 것은 인간의 머릿속에서 똬리를 틀고 있는 위험한 뱀, 즉 망상, 격노, 증오, 공격에 대한 욕구 등이 당장이라도 밖으로 튀어나올 것 같은 무서운 순간이었다.

사나에는 새삼 미신 같은 공포에 휩싸였다. 다카나시는 천사의 날갯소리와 속삭임을 듣고 있었다. 아득히 먼 아마존에서 그를 따라온 것은 복수의 여신이 아니었을까?

다시 한 번 카플란의 수기로 돌아간다. 그러자 "드디어 'Eumenides'의 정체를 발견했다. 'Pseudopacificus cacajaoi'라고 명명한다"라는 의미의 문장이 눈에 들어왔다.

'Pseudopacificus cacajaoi'라는 것도 그리스어이거나 라틴어 같다. 영어 사전을 폈지만 비슷한 말조차 실려 있지 않았다. 그렇다고 또 마사코에게 전화를 걸자니 아무래도 미안했다.

문득 영감이 스쳤다. 이건 어떤 생물에 붙여진 학명이' 아닐까?

사나에의 생물학 지식은 다카나시보다 부족했지만, 그래도 이명법의 학명 앞부분은 속명이며 뒷부분은 종명이라는 것 정도는 알고 있었다.

컴퓨터를 켜서 인터넷으로 생물학 데이터를 검색해보았다. 사용한 키워드는 'scientific name'과 'biology' 'zoology' 등이다. 익숙하지 않은 분야여서 좀처럼 찾을 수 없었지만, 이윽고 Biosis사의 학명 전용 검색 엔진을 찾을 수 있었다.

철자가 틀리지 않도록 신중하게 'Pseudopacificus cacajaoi'라고 입력하고 검색해보았지만, 그런 생물은 존재하지 않는다는 대답이었다. 혹시나 하고 유일하게 외우고 있는 학명인 'Lynx lynx'로 검색해보았더니 시라소니라고 정확하게 설명이 나왔다. 그렇다면 'Pseudopacificus cacajaoi'라는 것이 카플란의 망상이 아니라면, 그가 발견한 신종 생물로 아직 그 이름이 학회에 등록되지 않은 것인지도 모른다. 생물종의 보고寶庫인 아마존에서는 많은 생물들이 멸종하는 한편, 오늘도 새로운 생물들이 자꾸자꾸 발견되고 있다고 한다.

이번에는 인터넷으로 라틴어 사전을 찾아보았다. 운 좋게 금방 찾았다. 'cacajaoi'라는 종명은 우아카리일 거란 추측이 갔다. 존이 쓴 관찰 일지에 붉은 우아카리의 학명이 'Cacajao calvus rubicundus'였기 때문이다. 문제는 속명이었다.

인터넷상의 사전에는 'Pseudopacificus'라는 말은 없었지만, 'Pseudo-christus'가 '가짜 예수'이고, 'Pseudo-episcopus'가 '가짜 주교', 'Pseudo-propheta'가 '가짜 예언자'라는 것에서 'Pseudo'는 '가짜'라는 의미의 접두사라고 추측할 수 있었다.

남은 'pacificus'는 'Pax+facio'로 '평화를 주는 것'이라는 뜻이었다. 그렇다면 속명인 'Pseudopacificus'는 '거짓 평화를 주는 것'쯤 될까?

지금 알 수 있는 것은 여기까지이다. 사나에는 인터넷 접속을 끊었다.

그런데 '우아카리원숭이에게 거짓 평화를 주는 것'이란 대체 무엇일까?

사나에는 카플란의 수기 마지막 부분에서 문득 시선을 멈췄다. 'Typhon!'이라는 수수께끼 같은 말을 던져놓은 채 글을 마쳤다. 그 앞의 문장은 '우리 속의 원숭이를 보러 갔다'였다.

'Typhon'이라는 것은 아마 'Typhoon'을 잘못 쓴 걸 것이다. 하지만 아마존 정글에서 '태풍'이라는 게 대체 무엇을 의미하는 것일까?

성찬

버스는 숲 속 좁은 길을 누비며 달려가고 있었다. 단조로운 경치는 아무리 가도 달라지지 않았다. 신이치는 멍하니 창 밖을 내다보면서 힘없이 뻗어 있는 나무들은 자작나무일 거라고 생각했다. 하지만 수목에 관한 그의 지식을 총동원해봐야 자신 있게 말할 수 있는 것은 고작 그것이 야자수가 아니라는 정도뿐이었다.

울창한 나무들 사이로 이따금 부잣집 별장이나 기업의 요양 시설 같은 세련된 건물이 보인다. 자기와는 평생 인연이 없는 곳이라 생각하며 신이치는 차갑게 시선을 돌렸다. 대체로 개인이 이런 물건을 소유했다는 것은 나쁜 짓을 한 놈들일 게 뻔하다. 기업들은 틀림없이 악덕 기업일 것이다. 대규

모 산불이라도 나서 통째로 타버리면 좋겠다고 생각한다.

그러나 이렇게 버스에 흔들리며 가고 있는 기분은 절대 나쁘지 않았다. 평소의 낯익은 경치에서 한 걸음 밖으로 걸어 나오는 것만으로도 제법 기분전환이 된다. 마지막으로 여행이란 것을 간 게 언제였는지.

신이치가 무엇보다 즐거워하고 있는 것은 목적지를 향해 전진하고 있다는 느낌이었다. 다행히 도쿄를 떠난 뒤로 한 번도 차가 막히지 않았다. 이 주변에도 여름이 되면 관광객들이 몰려들 텐데 아직은 도로가 한산한 것 같다. 조금 억울하지만 자신이 소풍가는 초등학생처럼 설레고 있는 것은 인정하지 않을 수 없다. 그 설렘에는 또 다른 이유도 있었다.

신이치는 기지개를 켜는 척하며 슬며시 몸을 일으켜 버스 앞쪽에 앉아 있는 소녀를 훔쳐보았다.

소녀라고는 하지만 어쩌면 벌써 스무 살이 넘었는지도 모른다. 옆에 앉아 있는 아주머니와 무슨 이야기인가 하면서 자주 손으로 입을 가리고 웃는다. 그 몸짓이 평소 여자들을 대하는 일이 적은 신이치에게는 신선하게 보였다. 지적이고 청초한 느낌이, 어딘지 모르게 '덴시가오카 고등학교'에 나오는 '와카스기 미도리若杉美登里'라는 캐릭터를 떠올리게 한다. 신이치는 오프 모임에서 그녀를 본 후 마음속으로 그녀를 미도리라고 부르기로 했다. 앞으로 일주일을 그녀의 곁에서 보낼 수 있다는 것만으로도 가슴이 뛴다. 역시 오늘 큰마음 먹고 참가하길 잘했다.

"저 아이, 귀엽죠?"

신이치 옆에 앉아 있던 청년이 불쑥 말을 건넸다. 신이치는 마음속을 들켰나 하는 생각으로 그의 얼굴을 보았다. 오프 모임에서 딱 한 번 그와 이야기를 나눈 적이 있다. 그때는 아직 회원끼리는 대화명을 사용한다는 규칙을 잘 몰라서 본명을 댔다. 기억으로는 아제가미 도모키畦上友樹라는 이름으로 신이치보다 조금 어렸던 것 같다. 대화명은 아마 팬텀이었을 거다.

팬텀은 신이치와 시선이 마주치자 쑥스러운 듯 고개를 돌렸다. 갸름하고 흰 얼굴이 금세 빨개진다. 얼굴을 손바닥으로 가리고 그 틈으로 몰래 사람을 보는 데는 신이치도 어이가 없었다. 생긴 건 꽤 멀쩡한데 남이 자기를 본다고 의식하는 순간, 그는 언제나 이런 과민 반응을 나타내는 것 같다. 물론 신이치는 그 이유를 모른다.

"저애 이름 아냐?"

신이치가 되도록 시선을 다른 쪽으로 돌리면서 말하자 팬텀은 안심한 듯 손을 내리고 대답했다.

"본명은 모르고요, 대화명은 '트라이스타'였던 것 같아요."

"저애가 '트라이스타'라구?"

게시판에 그 이름으로 올려진 글들이 그리 많지는 않았지만, 신이치의 기억에는 깊이 새겨져 있었다. 직선적이고 건설적인 의견을 내면서도, 다른 사람들은 쉽게 눈치채지 못하는 날카로운 일면이 있었다. 신이치도 두세 번, 의견을 내세우며 반박한 적이 있지만 도저히 이기지 못할 것 같아 이내 꼬리를 내렸었다.

그런데 '트라이스타'는 무슨 말일까? 세 개의 별…… 오리온 자리를 말하는 건가? 옛날에 그런 이름의 여객기도 있었긴 하지만, 설마 스튜어디스였던 건 아니겠지. ……그러고 보니 우연이겠지만 '팬텀'이라는 것도 전투기 이름이다.

"그리고 옆에서 같이 이야기하는 사람이 '우울한 장미' 아주머니죠."

"뭐, 저 사람이? 거짓말. 말도 안 돼."

신이치는 저도 모르게 흥분했다. 단추구멍만 한 눈에 두터운 입술을 가진 중년 여성이다.

그는 적잖이 실망했다. '우울한 장미'라는 인물이 여자라는 것은 짐작했었다. 그가 인생에 대해 비관적인 의견들을 아무 생각 없이 게시판에 올릴 때 부드럽게, 그리고 알아듣기 쉽게 타일러주었기 때문이다. 그래서 신이치는 우울한 장미라는 인물은 틀림없이 젊고 매력적인 여자일 거라고 혼자 멋대로 생각하며 좋아하고 있었다.

신이치는 그때까지 느꼈던 설렘을 돌려달라고 소리치고 싶었다. 하지만 이내, 뭐 어때 하고 생각을 바꾼다. 미도리가 같이 합숙에 참가하고 있고 대화명까지 알았으니까.

신이치는 그녀의 뒷모습을 보면서 문득 자신이 이렇게 버스에 흔들리고 있는 것 자체가 몹시 이상하다는 느낌이 들었다. 얼마 전까지의 자신이라면 도저히 생각할 수 없는 일이었으니까.

처음에는 빈정거림 반이었다. 우연히 눈에 띈 '가이아의 자식'이라는 홈페이지에 흥미가 끌렸던 것도 아니다. 현대인의 스트레스, 지구 환경의 악화 등 그에게는 전혀 관심 없는 이야기들만 길게 늘어놓고 있어서 이내 지루해져버렸다. 단지 '미카&엘'의 그래픽이 그를 유혹하는 것으로 보여 접속을 끊은 후에도 계속 마음에 걸렸다. 바보 같다고는 생각했지만 뭔지 모르게 그녀들을 버려둔 듯한 죄책감이 들었던 것이다. '덴시가오카 고등학교'라는 게임이 지금은 그의 감정 생활에 있어서 전부라고 해도 과언이 아니다. 등장하는 캐릭터들이 그의 갈 데 없는 애정의 감상적인 돌파구가 되어 있기 때문이다.

신이치는 '가이아의 자식' 정팅 날에 한 번 더 접속해보기로 했다. 물론 자기가 정팅에 참여할 생각은 털끝만치도 없었다. 그저 어떤 이야기들이 오가는지 궁금했을 뿐이다.

어디까지나 자신은 안전권에 두고 이상한 이야기들을 하면 접속을 끊어버리면 된다. 홈페이지에 접속하는 동안 접속한 사람의 정보를 파악할 수 있는 '쿠키Cookie'라는 프로그램이 하드디스크에 보내질 가능성은 있지만, 그런 건 나중에 버릴 수 있고 같은 사이트에 두 번 다시 접속하지 않으면 이쪽에 대해서는 알아낼 수 없다.

그렇게 생각하고 조심조심 들여다보았던 정팅이었는데, 의외로 그는 여기에 완전히 빠져들게 되었다.

보통 채팅이라는 것은 문자 그대로 참가자들이 시종 제멋대로 수다를 떨게 마련인데, '가이아의 자식'에서는 뚜렷한 목적을 가진 일종의 공개 인생 상담 같은 것이었다.

먼저 한 사람이 개인적인 고민을 털어놓으면, 거기에 대해 다른 참가자들이 의견을 이야기하는 식의 진행이었다. 신이치는 처음에는 삐딱하고 냉소적인 태도로 참가자들의 발언을 읽어나갔지만, 어느새 그곳에서 나누는 진지한 토론에 빨려들고 말았다.

참가자들 대부분은 상담자의 고민에 진지하게 귀를 기울여 주며 함께 해결책을 찾으려고 했다. 물론 신이치처럼 삐딱하게 채팅을 구경하러 온 사람들 중에는 장난으로밖에 생각되지 않는 의견을 말하는 사람도 있었다. 하지만 그런 발언들은 대부분 간단히 무시되었다. 종종 다른 채팅 방에서 볼 수 있는 매도罵倒의 폭풍을 기대했던 그들은 지루한지 한 사람, 두 사람 나가버렸다.

신이치는 그때까지 이런 모임을 끼리끼리 모여 멍청히 시간을 보내고 있는 거라고 우습게 생각했다. 그런데 한 사람을 위해 많은 사람들이 열심히 지혜를 짜내며 격론하는 것을 보고 있는 동안 자연스럽게 감동을 느끼게 되었다. 애초에 이런 사이트에 흥미를 갖는다는 것은 참가자 대부분이 대인관계에 어떤 고민이 있기 때문일 것이다. 그런데도 많은 사람들이(아마 평소와는 다른 사람처럼) 적극적으로 의견을 내며 손발이 척척 맞는 토론을 진행한다. 이것은 우선 동료 구제라는 뚜렷한 목적이 있기 때문일지도 모른다.

또 토론이 이상하게 흐르거나 분위기가 너무 긴박할 때는 반드시 누군가가 농담을 던지며 재치 있게 그 자리의 긴장을 풀었다. 특히 진행자 역할을 맡다시피 한 '메멘토'라는 인물의 발언은 신이치가 감탄할 정도로 타이밍이 절묘했다.

참가자들도 모두 겉으로는 당당히 의견을 말하면서도 실은 그런 작은 엇갈림이 언쟁으로까지 발전하는 것을 두려워하고 있었는지도 모른다. 반대로 말하면 그런 사람들만 모여 있기 때문에 결정적인 대립을 피하고 토론이 지속되는 것이었는지도 모른다.

토론이 길어지면서 참가자들 사이에는 일종의 일체감이

조성되었다. 신이치는 점점 자리를 떠나기가 힘들어지자 아예 과감하게 자신도 발언을 해보았다. 어차피 자신의 의견 따위는 무시당하거나 차갑게 일축될 거라 생각했지만, 예상과 달리 돌아온 것은 진지하고 호의적인 반응뿐이었다. 신이치는 타인에게 인정받는다는 것이 이렇게 기분 좋은 것인지 몰랐다. 그것은 거의 잊혀져가던 감각이었다. 그는 거기에 맛을 들여 몇 번이나 의견을 내놓으며 점점 채팅에 빠져 들어갔다.

언뜻 융통성이 없어 보이는 진지함은 종종 성실함으로 오해받는다. 또 소극적인 유머는 그 자리의 긴장을 풀어줄 뿐만 아니라, 객관성을 잃지 않고 있다는 환상을 공유하게 하여 연대감을 더욱 증폭시키는 효용이 있다. 이 두 가지의 조화가 가장 효과적으로 인간의 경계심을 풀어준다는 것은 몇몇 신흥 종교들이 이미 실증을 마쳤다.

신이치는 극히 짧은 순간 자신이 낚싯줄에 걸린 물고기 같다는 느낌이 들었지만, 그렇게 생각하는 게 왠지 불쾌해서 이내 잊어버렸다.

그리고 의견들이 나올 만큼 나왔을 때 나타난 것이 '니와나가庭永 선생님'이라는 인물이었다(대화명은 그냥 '니와나가'로 되어 있었지만, 고참 회원들이 '선생님'을 붙여서 부르자 다른 회원들도 저절로 그렇게 부르게 되었다).

'니와나가 선생님'의 충고에는 어떠한 고민도 일도양단一刀兩斷이 되는 느낌이었다. 토론에 지친 참가자들에게 그것은 마치 신탁神託처럼 느껴졌다. 누구나 그의 명쾌한 말에 감격했고, 자신의 고민에도 해결책을 주지 않을까 기대했다.

신이치도 그 예에서 벗어나지 않았다. 그는 언제부턴가 정팅이 있는 날을 손꼽아 기다리게 되었고, 얼마 전에는 처음으로 '오프 모임'에도 참가했다.

'니와나가 선생님'은 생각대로 멋있는 인물이었다. 선생님이 이야기하는 내용에 그다지 새로운 맛이 있는 것은 아니었지만, 그 목소리에는 진정한 기쁨과 확신이 담겨 있었다. '니와나가 선생님'을 근처에서 볼 수 있었던 참가자들은 금세 그의 카리스마에 사로잡혀버렸다.

이번에 둘러보아도 그때의 '오프 모임'에 출석한 참가자 대부분이 일주일 동안의 세미나 합숙에 참가하기 위해 버스 안에 모여 있는 것 같았다.

도쿄에서 한 시간 사십 분 남짓 버스에 흔들리고 나서 겨우 목적지에 도착했다. 세미나 하우스는 생각보다 커서 많은 사람들이 장기간 머물며 생활할 수 있게 되어 있었다. 일층에는 식당과 주방, 텔레비전과 소파가 있는 휴게실 외에 아담한 공중 목욕탕 정도의 욕탕이 있었다. 이층은 모두 다다미방으로 연수와 숙박에 이용될 것이다. 사이사이의 칸막이 문을 다 치우면 60평 정도는 될 것 같다.

일단 남녀로 나뉘어 짐을 둘 장소를 결정했다. 수학여행(신이치는 한 번도 경험이 없었지만)을 온 것처럼 두근거렸다. 신이치는 팬텀 옆에 짐을 놓았다.

"사오리스트 님, 잘 부탁합니다."

팬텀은 기쁜 듯 말했다. '사오리스트'는 신이치의 대화명이다. 팬텀은 나이가 비슷한 신이치에게 친근감을 느끼는 것 같았다. 신이치는 당혹스러워하며 인사를 건넸다.

'메멘토'가 다가왔다. 오프 모임에서도 사회를 보는 걸로 보아, 단순한 고참 회원이 아니라 어쩌면 '니와나가 선생님'의 비서 같은 존재인지도 모른다. 30대 중반 정도의 몸집이 작은 남자로 앞니가 심하게 튀어나와 있다. 그러나 본인에게는 외모에 대한 콤플렉스가 전혀 없어 보인다. 빈상貧相이기는 하지만 환하게 웃는 얼굴로 사람들에게 연수 일정표를 나눠 준다. 그것에 따르면 매일 7시 기상, 체조와 산책 후 아침 식사, 설거지와 방 청소, 오전 연수, 정오에 점심 식사, 휴식 시간 한 시간, 오후 연수, 목욕, 저녁 식사, 뒷정리 그리고 밤 연수, 11시 취침 순이었다.

수면 시간도 8시간으로 넉넉하고 그다지 빡빡한 일정은 아니었다. 이런 종류의 세미나에서는 종종 참가자를 수면 부족에 빠뜨려 정상적인 판단력을 잃게 하는 경우가 있는데, '가이아의 자식'에서는 그런 일시적인 테크닉은 사용할 생각이 없는 것 같았다.

오늘은 이미 저녁 시간이 되어 식사를 준비하기 전까지 방 청소를 하기로 되어 있었다. 신이치는 양동이를 들고 세면장에 물을 뜨러 갔다. 옆에 누군가 온 것 같아 고개를 들었더니 '미도리'였다. 가슴이 덜컥했지만, 눈이 마주쳐서 일단 인사부터 했다. 그녀는 무엇 때문인지 빨간 테두리가 있는 손수건을 양동이 손잡이에 감아서 들고 있었다. 그리고 청바지 뒷주머니에서 물휴지 같은 것을 꺼내 정성스럽게 수도꼭지를 닦는다. 알코올 냄새가 풍겼다.

"연수 때 뭘 하는지 모르죠?"

미도리가 갑자기 말을 걸어오는 바람에 신이치는 당황했다. 이차원의 미소녀를 상대로 하는 거라면 얼마든지 대담해질 수 있을 텐데 3D, 즉 삼차원 세계에 사는 진짜 여자와 이야기를 하는 것은 몹시 서툴렀다.

"그, 글쎄. 나도 처음이라서……."

"모두 모여서 한 사람을 집중 공격한다는 말을 들은 적이 있는데……."

"앗, '가이아의 자식'에서 그런다는 말인가요?"

깜짝 놀라 그녀의 얼굴을 똑바로 쳐다보았다.

"아뇨. 일반 회사 신입 연수 때요."

신이치는 안심했다.

"……글쎄. 여기서는 분명 그런 짓은 하지 않을 거라 생각하는데."

"그렇겠죠, 아마도."

그녀의 옆얼굴에는 어딘지 우수가 깃들어 있었다.

"미도리 씨는……."

그렇게 말하다 황급히 입을 다물었다. 아차 하고 생각했을 때는 이미 늦었다. 미도리는 한동안 멍하니 있다가 왼손으로 입을 막으면서 뒤로 넘어갈 듯이 크게 웃었다.

"뭐예요, 그건? ……너무 웃겨요. 내 이름은 미도리가 아니에요."

"아니, 저어, 다른 사람과 착각해서."

"그래요? 우리 모임에 그런 대화명이 있었나?"

"아니, 저기, 자꾸 따지지 말아줘요."

신이치는 귓불까지 빨개진 것 같았다.

"난 '트라이스타'예요. 잘 기억해두세요."

"아. ……네. 나 트라이스타랑 채팅한 적 있죠?"

"그래요. 사오리스트 님."

"앗!"

'미도리'는 수도꼭지를 잠그더니 양동이를 들고 생글생글 웃으면서 일어섰다.

"미도리라는 사람을 생각하고 있으면 사오리에게 미안하지 않아요?"

방 청소를 하는 동안 팬텀은 몇 번이나 이상하다는 얼굴로 신이치를 보았다. 자신은 몰랐지만 어지간히 들뜬 표정이었던 모양이다.

청소가 끝나자 저녁 식사 시간이었다. 화이트 스튜와 밥 그리고 샐러드라는 극히 평범한 메뉴다. 맛은 그럭저럭 괜찮았다. 요리를 하는 것도 옆에서 도와주는 것도 모두 고참 회원으로 보이는 사람들이었다. 아까 지나가다 신이치가 슬쩍 들여다보니 일층 주방에는 영업용으로 보이는 대형 냉장고가 있었다. 어쩌면 스튜 같은 것은 미리 인원수대로 만들어서 냉동해둔 것인지도 모른다.

식후의 휴식이 끝나자 넓은 연회장에서 밤 연수가 시작되었다. 말은 그렇지만 사실상 이것이 첫 연수여서 모두 뭐가 뭔지 몰라 그저 술렁거리기만 할 뿐이었다. 대충 훑어보니, 세미나 참가자는 모두 4, 50명 정도. 신이치가 참가한 제1회 오프 모임 뒤에 제2회도 열렸을 테니 절반 정도는 그때의 참가자들일 것이다.

메멘토가 남녀 혼합으로 네댓 명씩 그룹을 만들라고 지시하자 혼란은 더욱 심해졌다. 아직 자기 소개를 하지 않아 낯선 이에게 말을 거는 것도 조금 주저되었다.

"저기 우리하고 그룹 만들래요?"

신이치가 돌아보자 '우울한 장미' 아주머니가 서 있었다. 옆에는 '트라이스타'(본명들은 아니지만)가 있다. 신이치와 옆에 있는 팬텀을 향해 하는 말이었다.

"이야. 고맙습니다."

팬텀은 순순히 감사를 표시했다. 신이치도 묵묵히 고개를 숙였지만 자꾸만 벌어지는 입을 다무느라 애를 먹었다.

연수의 첫 프로그램은 자신의 고민에 대해 솔직하게 털어놓는 것이었다. 물론 정팅할 때 모두 이야기한 회원도 있지만, 참가자 대부분은 아직 그런 기회가 없었다.

이번에는 서로 얼굴을 마주보고 이야기하는 데다 규칙까지 있었다. 이야기를 듣는 세 사람은 절대 이야기하는 사람을 비판하거나 해결책을 강요해서는 안 된다. 오로지 이야기를 이끌어내어서 고민의 원인이라 생각되는 것까지 거슬러 올라가는 것이 목표였다. 이것은 이런 종류의 인격 개조 세미나에서 흔히 있는, 한 사람을 한꺼번에 많은 사람들이 윽박지르듯 몰아세운 뒤 마지막에 가서야 긍정해주는 식의 방법과는 대조적이어서 신이치는 호감이 갔다.

"누구부터 할까요?"

우울한 장미 아주머니는 이들 가운데 비교적 리더십이 있는 사람이어서 어느새 그룹을 이끌어가고 있었다.

아주머니의 시선을 받은 미도리가 신이치를 가리켰다.

"옳지 않아. 사람을 손가락으로 가리키는 건……."

아주머니는 몹시 허둥대며 미도리의 손가락을 내렸다.

"하지만 사오리스트 님. 지명을 받았으니 먼저 해주겠어요?"

"예에."

신이치는 내키지 않았지만 그가 선두 타자가 되는 것은 은연중에 정해져 있었다. 마지못해 입을 연다.

"저어. 무슨 이야기부터 해야 할지……."

"질문."

미도리가 손을 들었다.

"사오리가 누구예요?"

"아니, 저 그건……."

아무리 그래도 컴퓨터 연애 게임(그것도 야한 게임)의 주인공이라고는 말할 수 없었다.

"뭐, 그건 됐다고 치고."

우울한 장미 아주머니가 일단 살려주었지만, 이렇게 계속 묻는다면 언젠가는 말하게 될지도 모른다.

"여러분, 정팅을 한 덕분에 서로에 대해 어느 정도 예비 지식은 있으시죠? 거기에서부터 질문하는 편이 이야기가 빠르지 않을까요?"

팬텀이 제안했다. 아주머니가 끄덕인다.

"그렇군요. 그럼 나부터 할까요? 내가 아는 바로는 사오리스트 님의 현재 가장 큰 고민이 아직 정식으로 취직을 못했다는 것인 것 같던데."

"예에."

"지금 몇 살이죠?"

"스물여덟……입니다."

미도리의 질문에 신이치는 목소리가 작아졌다.

"취직? 별로 그렇게 신경 쓸 일은 아니지 않나요?"

팬텀이 자기 자신을 반성하는 것인지 어두운 목소리로 말했다.

"하지만 사오리스트 님의 경우는 그렇지 않겠죠?"

미도리가 말을 거들었다.

"그보다는 인간관계에 문제가 있는 거 아니에요?"

"그건 아마 여기 있는 사람 모두가 그럴 겁니다."

팬텀이 말했다.

"하지만 내가 보기에 사오리스트 님은 그 문제가 가장 심각한 것 같아요."

"이런이런. 그렇게 단정하면 안 돼요. 우선 사오리스트 님의 이야기부터 들어볼까요?"

우울한 장미 아주머니가 끼어들었다.

"어때요? 당신 자신은 무엇이 가장 심각한 문제라고 생각하죠?"

신이치는 생각에 잠겼다.

"그건…… 역시 나 자신이."

"당신 자신이?"

"역시 성격에 문제가 있어서……."

"별로 그렇지 않다고 생각하는데요."

팬텀이 말했다.

"나도 그렇지 않다고 생각하는데."

미도리가 덧붙였다.

"자기 탓으로 돌리는 것은 어떤 의미에서 가장 간단하지만, 거기서 사고가 정지되어버리면 안 된다고 생각해요."

"당신은 자신을 너무 책망하는 것 같아요. 나도 옛날에는 그랬지만 자기부정이라는 것은 최악의 결론이에요."

우울한 장미 아주머니도 거들었다.

"하지만……."

우물거리면서도 신이치의 마음속에는 따뜻한 것이 흐르고 있었다. 이렇게 주위 사람들이 자신을 긍정적으로 받아들여 준 것은 태어나서 처음 있는 일이었다.

"하지만 역시 내가 나빠요……. 무엇을 해도 이내 게으름 때문에 실패만 하고."

"누가 그렇게 말했어요?"

미도리가 물었다.

"네?"

"누군가에게 그런 말을 들었으니 당신도 그렇게 생각하게 된 거 아닌가요?"

신이치는 말문이 막혔다.

그 순간 어린 시절의 정경이 뇌리에 되살아났다.

테이블 한쪽에 가득 쌓인 두꺼운 종이들. 어찌 할 바를 모르고 당황하던 느낌. 손발이 젖도록 땀을 흘리는 바람에 비닐로 싸인 주방 의자가 미끌미끌해져서 몹시 불편했던 일.

"옛날에 어릴 때, 그런 말을 들었던 것 같아요……."

"누구한테?"

"엄마…… 어머니에게."

"어째서 그런 말을 듣게 되었을까요?"

"외우지 못해서요. 구구단을."

자기도 모르게 신이치는 어린아이 같은 말투로 대답했다.

"그건 당신이 몇 살 때 일이었죠?"

아주머니가 물었다.

"네다섯 살…… 정도."

사람들은 서로 얼굴을 마주 보았다.

가득 쌓인 두꺼운 종이의 이미지는 초점이 맞춰진 듯이 선명해졌다. 매직 잉크로 1에서 144까지의 숫자가 적혀 있다. 상당히 독특한 어머니의 필체였다.

신이치 앞에는 어머니가 초조한 표정으로 앉아 있었다. 손에는 구구단을 쓴 도화지를 들고. 신이치는 지금까지의 경험으로 어머니가 폭발 직전이라는 것을 잘 알고 있었다. 마음속에서 조심하라고 경고하는 소리가 들려온다. 하지만 신이치는 이미 의자에 앉아 있는 것 자체가 고통스러워 견딜 수 없었다. 그는 몸을 이리저리 뒤틀며 자꾸 한숨을 쉬었다.

"팔구는? 신이치. 팔구는? 아까 가르쳐줬잖아!"

신이치는 배가 고파서 머릿속이 혼란스러운 데다 완전히 질려버렸다. 이런 일은 더 이상 계속하고 싶지 않았다. 그래도 애써 어머니의 손가락이 가리키는 종이에 주의를 기울이려고 했지만, 너무 지친 탓에 딴 데를 보고 말았다. 순간 사정없이 어머니의 손이 날아왔다.

"신이치!"

신이치는 와앙 하고 울음을 터뜨렸다. 그러자 어머니는 더 화를 냈다.

"왜 우는 거야? 전부 너를 위해 하는 거잖아!"

어머니는 도화지로 테이블 위를 두들겼다. 어린아이에게 그 살벌한 모습은 어른들이 상상할 수 없을 정도로 심각한 공포였다.

"도대체 왜 모르는 거야? 엉? 어째서 좀더 집중하지 않느냐고! 어? 말해봐! 엄마가 이렇게 열심히 하고 있는데, 어째서 너는 항상, 항상 그 모양이냐고!"

머리카락을 붙잡힌 채 신경질적인 구타를 당하면서 신이치는 또 몹시 울었다. 어린 마음에 모두 자신이 나쁘다고 생각했다. 자신이 나쁜 아이여서 엄마를 이렇게 화나게 했다고…….

그후의 기억은 공백이었다. 하지만 더 심한 일을 당했던 느낌만은 남아 있었다.

신이치는 이야기를 하면서 자신도 모르게 눈물을 흘리고 있었다.

우울한 장미 아주머니와 팬텀은 고개를 끄덕이거나 맞장구를 치며 신이치에게 공감을 표시해주었다. 미도리는 묵묵히 커다란 눈을 깜박이고 있었다. 마치 그의 슬픔을 완전히 공유하고 있는 것 같았다.

사람들의 질문에 대답하면서 신이치는 기억을 좀더 더듬어 갔다. 그에 대한 혁신적인 '조기 교육'은 어머니의 헌신적인 노력도 빛을 보지 못한 채 결국 실패로 끝났다. 유치원에 다니는 동안 신이치는 구구단뿐만 아니라 국어와 알파벳, 초등학교 4학년까지 배울 한자, 간단한 영어 단어, 게다가 「오구라 백인일수」(小倉百人一首 옛날 백 명의 가인의 노래를 한 수씩 골라 모은 것)까지 암기했지만, 그래도 어머니의 원대한 계획과 포부에는 한참 미치지 못했다.

초등학교에 입학해서 지금까지의 '실패'를 한꺼번에 만회해야 하는 신이치는 일주일 내내 이 학원, 저 학원으로 정신없이 돌아다녔다.

월요일은 영어 회화, 화요일은 진학 학원과 붓글씨, 수요일은 수학 교실, 목요일은 피아노, 금요일은 다시 진학 학원, 토요일은 바이올린, 일요일은 수영과 가정 교사의 철저 지도…… 그리고 또 새로운 일주일이 시작된다. 그것은 절대 끝나지 않을 영원한 사이클처럼 생각됐다.

신이치의 일상은 '효율'이 지배하고 있었다. 멍하니 공상에 잠기거나 터덜터덜 들판을 거닌다든지, 강물을 향해 의미없이 돌 던지기를 하는 따위의 행동은 있을 수 없었다. '낭비'를 초래하는 그런 모든 시간은 철저히 배제되었다.

그런 억척스러움에 대한 보상인지 초등학교 저학년 때는 성적이 좋았다. 선생님이 가르치는 내용을 이미 모두 알고 있으니 당연한 이야기다. 하지만 그것은 뜻밖의 부작용을 초래했다. 선생님이 가르쳐주는 내용은 하나같이 다 아는 것들이고, 그것도 반에서 진도가 가장 느린 아이에게 수업이 맞춰져 있어서 신이치에게는 지루함만을 주었다. 이것이

원인이 되어 그는 수업을 전혀 듣지 않는 버릇이 생겨버린 것이다.

교사의 입장에서 보면 '신이치' 같은 학생은 수업에는 전혀 관심이 없는 것 같은데, 질문을 하면 제대로 정답을 말하니 정말 골치 아픈 존재였다. 게다가 보호자 면담 때 어머니에게 그 일을 말하자 도리어 수업 수준이 낮다고 호통을 치는 판국이니, 선생님이 화를 내지 않는다면 그게 더 이상할 것이다.

소네曾根라는 베테랑 여선생은 신이치를 미워하게 되었다. 수업 시간에는 일체 신이치를 지명하지 않았고, 다른 일에서도 완전히 그를 무시했다. 신이치는 그런 상태를 있는 그대로 받아들일 수밖에 없었다.

그동안에도 신이치의 일상은 여전히 완벽한 일주일의 사이클을 되풀이했다. 가끔 학원 하나가 갑자기 끝나는 해프닝은 있었다. 대부분은 어머니가 교사에게 뭔가 트집을 잡아 적의를 나타냈기 때문이다(불과 어제까지 우수하다고 칭찬받던 교사는 하룻밤 사이에 최악의 쓰레기라는 소리를 들어야 했다).

하지만 그것으로 빈 시간이 생기는 것은 한 번뿐이었다. 다음 주가 되면 또 그것을 대신할 다른 레슨이(미술학원이나 주산 등, 그때 그때마다 어머니 마음이 내키는 대로) 기다리고 있었던 것이다.

신이치는 지칠 대로 지쳤다. 학교도, 학원도, 가정도, 그에게 즐거운 공간은 한 군데도 없었다. 매주, 여름 방학도 연말연시도 없이 똑같은 일주일이, 학원과 무의미한 레슨으로 채워진 불모의 시간이 지나갔다. 예닐곱 살 어린아이에게 일 년이란 거의 끝이 보이지 않는 시간이다. 그것이 중학교, 고등학교로 계속 이어진다고 생각하니 절망이 몰려왔다.

그렇게 초등학교 4학년이 된 어느 날 신이치는 마침내 뚝 끊어져버렸다.

그날 일은 지금도 생생히 기억하고 있다. 가끔은 꿈도 꾼다.

학교에서 돌아와 간식을 먹고 바로 학원 가방을 들고 어린이 영어 회화 학원으로 가는 도중에 신이치는 심한 복통을 일으켰다.

버스 안에서 웅크리고 앉아 식은땀을 흘리는 초등학생을 본 승객들이 놀라서 구급차를 불러주었다. 신이치는 병원으로 실려가 자세한 검사를 받았지만 아무 이상이 없었다.

연락을 받은 어머니는 놀라서 달려왔다. 내심 맹장염이거나 더 나쁜 병이 아닐까 걱정했던 것 같다. 하지만 의사의 설명은 그녀에게 도저히 납득이 가지 않는 것이었다. '심인성心因性'이니 하는 말은 아마 그녀에게는 '꾀병'과 동의어로밖에 생각되지 않았던 게 틀림없다.

실제로 신이치의 복통은 병원에 오자마자 곧 나아버렸다. 게다가 운 나쁘게도 어머니가 하얗게 질린 얼굴로 병실 문을 열었을 때, 신이치는 너무나 태평스럽게(친절한 간호사가 빌려준) 만화책을 보고 있었다.

신이치는 그때 자신을 보던 어머니의 눈을 지금도 또렷이 기억하고 있다.

그후로 같은 현상이 종종 일어났다. 영어 회화 학원에만 가려고 하면 신이치는 꼭 심한 복통을 일으켰다. 그것은 다시 수학 학원에 갈 때, 그리고 피아노 학원, 바이올린 학원으로 점점 번져갔다.

어머니는 몹시 화를 냈다. 그녀에게는 신이치가 '게을러서' 꾀병을 부리고, 게다가 거기에 '맛을 들였다'고밖에 생각할 수 없었던 것이다.

그녀는 포기가 빨랐다. 그렇게 집착하던 신이치를 너무 쉽게 내팽개쳐버렸다. 그녀의 머릿속에서는 모든 것이 완벽하게 이행되어야만 했다. 그리고 겨우 초등학교 4학년에 '인생의 낙오자가 된' 신이치는 더 이상 그녀의 자존심을 세워줄 만한 존재가 아니었다.

그녀는 방향 전환을 하여 신이치의 누나를 교육시키는 데 전력을 기울이려고 했다. 처음에는 여자니까 하는 이유만으로 전혀 관심 밖이었지만, 신이치의 탈락으로 인해 갑자기 어머니의 자존심을 세워줄 주인공으로 부상한 것이다.

하지만 어머니와 마찬가지로 기가 센 데다, 놀 시간도 없이 쫓겨다니던 동생을 바로 옆에서 지켜본 누나는 고집스럽게 어머니의 명령에 따르지 않았다. 그후 집 안에는 날마다 날카로운 소리가 오가는 말싸움과 울음소리가 끊이지 않게 되었지만, 다행인지 불행인지 신이치는 그런 분쟁의 밖에 있었다.

그는 갑자기 모든 중압과 의무에서 해방되었다. 그와 동시에 그를 지탱하던 모든 관계에서도.

신이치는 무엇을 해야 좋을지 모를 방대한 시간 앞에서 그저 멍하니 서 있을 뿐이었다.

수업에 집중하지 않는 나쁜 습관은 전과 다름없는 데다, 소네 선생에게도 의도적으로 소외당하고 있었기 때문에 신이치는 모아둔 지식을 빠른 속도로 다 소비해버려 결국 백지 상태가 되었다. 그 이후 그가 열등생이 되는 데는 조금의 시간밖에 걸리지 않았다.

"그래서 학교에는 가지 않게 되었고……."

신이치는 주머니에서 휴지를 꺼내 큰 소리로 코를 풀었다.

"학교에 가지 않는다고 해서 열등생이라고는 할 수 없어요."

우울한 장미 아주머니가 말했다.

"그런 건 전혀 부끄러운 게 아니라고 생각해요."

미도리가 강한 어조로 말했다.

"도리어 당연한 게 아닐까요? 봐요. 차를 운전하고 가다 앞에 벼랑이 나오면 누구라도 차를 세우잖아요?"

"그래서 그후 어떻게 됐어요?"

팬텀이 물었다.

신이치는 당혹스러웠다. 더 이상 이야기할 게 없었다. 그 후 그는 아무것도 하지 않았다. 스물여덟 살인 오늘에 이르기까지 그는 인생에 다시 참가할 기회를 찾지 못하고 있었다.

하지만 그것에 대해서도 비판적인 말들을 하지 않자 신이치는 안심했다.

생판 모르는 타인들 앞에서 이렇게까지 솔직하게 자신을 드러낼 수 있다는 것을 스스로도 믿을 수 없었다. 자신이 완전히 알몸이 되어버린 듯한 느낌이 들었지만, 이상하게 절대 나쁜 기분은 아니었다.

신이치는 박수를 받으며 이야기를 마쳤고, 이어서 우울한 장미 아주머니의 고백이 시작되었다.

아주머니는 가족들과 불화인 데다 이웃사람들과의 교제도 원만하지 못해서 신흥종교를 여기저기 기웃거리는 것이 취미인 것 같았다. 하지만 공허한 마음을 채울 수 있는 곳은 아무 데도 없었다.

게다가 아주머니는 뾰족한 것에 심한 공포증이 있었다. 사람들이 손가락질하는 것만 봐도 공포에 질려 전신에서 힘이 빠질 정도라고 한다.

모두의 질문에 대답하는 동안, 아주머니는 드문드문 고등학교 때 등교 거부한 이야기를 했다. 아버지의 일 관계로 전학을 간 곳에서 따돌림을 당했기 때문이라고 한다.

우울한 장미 아주머니는 반에서 인민재판 식의 비난을 받던 때의 기억을 이야기하기 시작했다. 담임 선생님도 같이 있었지만 그녀를 감싸는 말은 한마디도 해주지 않았다고 한다. 반 친구들에게 무슨 말을 들었는지 지금은 뿌연 안개가 낀 듯 흐릿해져 말하지 못했지만, 모두가 그녀를 향해 일제히 찔러대던 손가락질만은 또렷이 떠올렸다…….

신이치는 아주머니의 이야기를 들으면서 지루해지기 시작했다. 조금 전까지의 고조된 기분은 거짓말처럼 식어가고 있었다.

자신이 이야기를 하고 있을 때는 주위 사람들로부터 주목과 동정을 모아 무척 기분이 좋았다. 하지만 타인의 괴로움은 아무리 심각한 것이어도 어차피 내 일이 아니다. 그것이 정보라면 세상엔 더 비참한 이야기들이 지천으로 널려 있다.

아주머니가 쥐어짜는 듯한 목소리로 하는 말들은 신이치의 귀를 그대로 지나갔다. 그는 힐끔힐끔 미도리 쪽만 신경 쓰고 있었다.

미도리는 진지한 표정으로 아주머니의 이야기에 푹 빠져서 연방 고개를 끄덕이거나 화를 낸다.

하지만 신이치는 그녀의 화난 얼굴과 우울한 얼굴보다는 역시 웃는 얼굴 쪽이 귀엽다고 생각했다. 좀더 웃는 모습을 보고 싶다. 웃지 않을까? 이봐, 웃어. ……웃으라니까.

아주머니가 더 재미있는 이야기를 하면 좋을 텐데 하고 은근히 화가 나기까지 했다.

아, 웃었다. 드디어 우울한 장미 아주머니의 이야기는 심각한 부분을 지나간 것 같았다. 신이치는 미도리가 손으로 입가를 가리면서 웃는 모습을 보고 기뻐했다. 역시 아무리 보아도 '덴시가오카 고등학교'의 와카스기 미도리와 똑같다.

신이치는 문득 미도리가 절대 이를 보이지 않는다는 사실을 깨달았다. 그러고 보니 세면장에서 만났을 때도 그랬다. 치열이 고르지 않아서 그러는 걸까?

그런 생각을 하는 동안 어느새 팬텀이 이야기할 차례가 되었다.

그의 태도는 처음부터 기이했다. 방금 전까지만 해도 활발하게 이야기하던 그가, 막상 자기 차례가 되자 기어 들어가는 목소리로 모든 사람이 자기를 주시하는 것이 견디기 힘들다고 했다. 할 수 없이 세 사람은 각자 다른 방향으로 돌아앉아 팬텀의 이야기를 듣기로 했다. 둥글게 앉은 네 사람이 각자 등을 돌리고 다른 곳을 보고 있는 모습은 그 넓은 연회장에서도 상당히 기이한 광경이었을 것이다.

팬텀은 어릴 때 받은 '상처'에 대해 이야기했다. 그의 집은 에도가와 구에서 도금 공장을 하고 있다고 한다. 지금부터 20년쯤 전 팬텀이 아직 대여섯 살 때 그곳에서 사고가 났던 모양이다.

그는 자세한 사고 내막은 이야기하지 않았다. 하지만 그 후 유증으로 자신의 얼굴이 이렇게 되어버렸다고 말했다.

신이치는 팬텀이 말하는 상처라는 것이 처음에는 정신적인 외상(트라우마)이라고만 생각했는데, 어쩐지 물리적인 상처를 말하는 것 같았다. 그러나 세 사람은 그의 말을 잘 이해할 수 없어서 멍하니 있었다. 아무리 봐도 팬텀의 얼굴에는 이렇다 할 상처가 보이지 않았기 때문이다.

우울한 장미 아주머니가 그 사실을 지적하자 그는 그런 위로는 관두라고 했다. 이렇게 심한 상처가 남아 있잖아요, 하면서. 그가 가리키는 부분을 자세히 보니 확실히 뺨 언저리의 피부색이 조금 다른 것 같기도 했다. 하지만 말하지 않으면 의식하지 못할 정도로 희미했다.

신이치는 처음에는 조금 흥미를 가지고 들었지만 점점 지겨워졌다. 역시 신경 쓰이는 것은 미도리뿐이었다. 몰래 관찰하자니 형광등 불빛을 받은 오른쪽 손가락에서 검지 손톱만이 유난히 반짝거리는 것이 눈에 띄었다. 처음에는 빛이 비치는 각도 탓이라고 생각했지만, 그렇지 않은 것 같다. 검지 손톱에만 매니큐어를 바른 것일까? 아니, 그렇지 않다. 그것은 가짜 손톱 같았다. 그녀에 대한 관심이 점점 흥미진진해졌다.

게다가 자세히 보니 그녀의 손은 몹시 거칠었다. 물일을 어지간히 많이 하는 것 같다.

신이치가 다시 팬텀의 이야기에 귀를 기울이자 그는 자신의 대화명의 유래에 대해 말하고 있었다. 〈오페라의 유령The Phantom of the Opera〉에서 따온 것이라고 한다. 너무나도 추하게 생겨서 생모에게조차 외면당하고, 가면을 쓴 채 파리 오페라 하우스의 지하에 몰래 살고 있는 괴물……. 원래는 가스통 르루Gaston Leroux의 소설이지만 지금은 오히려 앤드류 L. 웨버Andrew L. Webber나 켄 힐Ken Hill의 뮤지컬로 유명하다.

실제로 앤드류 웨버의 뮤지컬 CD는 팬텀의 애장판이라고 했다. 특히 〈뮤직 오브 더 나이트〉와 〈묘지에서〉 등의 명곡을 들으면 걷잡을 수 없을 정도로 눈물이 난다는 것이다.

"앤드류 웨버의 곡은 감정적으로 승화되어 있어서 울 수밖에 없긴 해요."

미도리가 중얼거렸다.

그후 우울한 장미 아주머니와 미도리가 팬텀의 얼굴은 이상하지 않다고 열심히 설득했지만, 그의 고집을 꺾을 수는 없었다. 최근에는 얼굴이 비치는 게 싫어서 유리가 있는 건물 근처를 지날 때는 눈을 감을 정도라고 했으니까.

신이치는 다시 팬텀의 이야기를 한 귀로 듣고 한 귀로 흘리면서 다른 생각을 했다. 어쩌면 미도리의 손이 심하게 튼 것과 그녀가 손으로 만지는 모든 것을 알코올에 소독하는 것이 어떤 관계가 있는 게 아닐까 하는 생각이 들었다.

갑자기 미도리가 신이치를 노려보았다. 그가 훔쳐보고 있다는 것을 아까부터 눈치채고 있었던 것 같다. 그녀의 시선에는 무언의 비난이 담겨 있었다. 신이치는 얼굴이 화끈거렸다. 다른 사람들이 이야기하는 동안 멋대로 남의 모습을 훔쳐보는 것을 질타하고 있었던 것이다.

팬텀의 이야기가 끝나자 마지막으로 미도리 차례였다.

신이치는 그녀의 이야기만큼은 몹시 기다려졌지만, 그녀에게 비난받고 있다고 생각하니 그 자리에 있을 수가 없었다. 잠깐 화장실에 다녀오겠다고 하고 자리를 떴다.

우울한 장미 아주머니는 놀라는 표정을 지었지만 미도리는 모른 척했다. 신이치가 거실을 나갈 때 돌아보니 그녀는 이미 이야기를 시작하고 있었다. 내용까지는 들리지 않았지만, 우울한 장미 아주머니와 팬텀은 계속 끄덕거리며 감탄하고 있는 모습이다. 그는 계속 지켜보고 싶었지만, 거기서 머뭇거리고 있으면 이상하게 보일 것 같아 그냥 화장실에 가기로 했다.

천천히 볼일을 보고 느릿느릿 손을 씻었다. 거울을 보면서 한숨도 한 번 내쉬었다.

자신은 정말 운이 나쁘다고 생각했다. 그 두 사람의 이야기를 듣지 않은 것은 이야기가 지루했기 때문이다. 자기 탓이 아니다. 그리고 미도리에게 호감을 갖고 있기 때문에 그녀 쪽을 보고 있었던 건데, 어째서 그렇게 화난 얼굴을 하는지……. 불합리하다고 생각했다. 그러나 어쨌든 이대로는 도저히 거실로 돌아갈 수 없었다. 미도리가 자신을 부르러 와 준다면, 그래서 화난 게 아니니까 같이 가자고 말해준다면 좋을 텐데. 하지만 역시 그런 일이 현실로 일어나지 않으리란 것은 알고 있었다.

그래도 자리를 뜰 때 적어도 한 번 돌아봐주기라도 하지…….

어쩌면 처음부터 전부 자신의 오해였을지도 모른다는 생각이 든다. 미도리는 화낸 것이 아니라 그저 부끄러워서 그랬던 것일지도 모른다. 그렇다면 지금쯤 자신이 없어서 쓸쓸해 하지 않을까?

생각하면 생각할수록 그것이 진짜 이유인 것처럼 느껴졌다. 분명 그렇다. 하기는 그녀가 화낼 이유가 없지 않은가.

신이치는 황급히 거울을 보고 머리를 만진 뒤 화장실을 나와 총총걸음으로 대연회장으로 돌아갔다.

하지만 미도리가 여전히 쌀쌀맞은 태도로 대하자 그의 달콤한 환상 따위는 순식간에 날아가버렸다.

"……그래서 세 개의 별이라는 뜻으로 '트라이스타'라고 대화명을 지었습니다."

그 말을 끝으로 그녀는 입을 꽉 다물었다. 마치 신이치에게는 아무것도 들려주고 싶지 않다는 듯이.

다른 두 사람이 어색한 분위기를 살리려는 듯 이런저런 이야기를 했지만, 정작 중요한 미도리의 이야기를 듣지 않아서 무슨 소린지 알 수 없었다. 오히려 고독감만 더해질 뿐이었다.

그는 그렇게 되자 토론 따위에는 참가하지 않겠다는 삐딱한 기분이 되어 그 다음부터는 일부러 입을 꾹 다물고 있었다.

첫날 연수는 이렇게 끝났다. 신이치는 미도리에게 말을 걸어 '오해'를 풀려고 했지만 그녀는 그의 마음을 아는지 모르는지 금세 사라져버렸다.

다음 날부터 연수에 다양한 프로그램들이 더해졌다. 기업 연수에서나 사용할 법한 게임 형식의 프로그램. 첫날의 고백을 발전시킨 발표회와 전원 집중 토의. 그리고 그 내용을 바탕으로 그룹마다 대본을 써서 사이코 드라마 같은 촌극을 하기도 했다.

그렇지만 신이치는 그 어떤 것에도 흥이 나지 않았다. 물론 서로에게 고민을 털어놓음으로써 각자 자신이 안고 있는 문제를 되돌아볼 수 있고, 공동 작업을 통해 회원들 간의 연대는 깊어졌을지 모른다. 하지만 그것만으로 과연 정말 새로운 자신을 찾을 수 있을까?

여기서 실시하는 연수는 하나같이 진지해서 염력이니 텔레파시니 운운하는 의심스러운 부분은 찾을 수 없었다. 그러나 반대로 말하면 그것이 '가이아의 자식'의 한계인지도 모른다. 인간이란 약한 존재여서 지금까지의 자신을 바꿔야 할 지경까지 몰리게 되면, 뭔가 절대적인 존재에 매달리고 싶어진다. 접신적接神的인 연출도 때로는 필요하다. 그러나 이렇게 모든 사람들에게 골고루 혜택이 가도록 한 연수에서는 아무리 시간이 지나더라도 마지막 마음의 껍데기까지 깰 수는 없지 않을까?

신이치의 의문에 대답하듯 사흘 후부터 연수의 양상이 조금씩 달라지기 시작했다.

먼저 오전 연수에 요가나 초월 명상 같은 수행이 더해졌다. 모두가 지도하는 대로 가부좌를 틀고 앉아 천천히 복식호흡을 했다. 신이치는 전에 선禪 교실에 다닌 적이 있어서 대강은 알고 있었다.

신경이 전달하는 정보를 가능한 한 차단하고 호흡 횟수를 줄여 뇌를 저산소 상태에 둠으로써, 의식을 일종의 망아忘我 상태로 가져갈 수 있다. 이것은 깨달음 운운하는 것과는 관계없는 순수한 테크닉 문제로 대부분의 종교에선 이 상태에서의 황홀감을 포교에 이용하고 있다. 누구나 완전한 망아 상태의 일보 앞까지는 간단히 도달할 수 있지만, 그 다음 단계로 전진하는 것은 어느 정도의 수행이 필요하다.

이날도 운 좋은 몇 사람만이 깊은 명상을 할 수 있게 되었을 뿐, 그 외 대다수는 감을 잡는 정도에서 끝났다.

그날 밤 연수에서는 더 특별한 상황이 전개되었다. 회원들은 정체 모를 알약을 하나씩 받았다.

그때까지 편안한 모습으로 연수에 임하던 회원들은 동요하는 빛이 역력했다. 모두 불안한 빛을 감추지 못하고 있었다. 설마 마약은 아니겠지 하고 생각하지만, 정체 모를 약을 복용한다는 것에는 저항감이 있을 것이다.

요즘의 고등학생들이라면 주저 없이 약을 먹었을지도 모른다. 그들은 거리에서 수상한 사람이 파는 정체 불명의 '알약'도 예사로 복용하니까.

신이치는 나눠준 녹색과 흰색의 알약을 보았다. 술을 마시지 못하는 신이치는 마약이나 각성제에는 손을 대지 않았지만, 약물 애호가여서 기타 약품이나 항정신제에 관한 지식은 풍부했다.

그의 손바닥 위에 있는 것은 프로작Prozac이라는 이름으로 알려진 뇌내腦內 약품, SSRI였다. SSRI는 세로토닌Serotonin이라는 뇌내 물질을 조절함으로써 불안과 강박 장애, 패닉 장애 등을 억제하는 작용을 한다. 개발국인 미국에서는 무엇이든 인스턴트로 해결하고 싶어하는 태평스런 기질에 맞춘 듯 '행복 약'이라 해서 이미 폭발적인 보급률을 보이고 있었다.

일본에서는 아직 후생성의 허가가 떨어지지 않은 것인데 이만큼의 양을 조달했다면 불법으로 수입했을지도 모른다.

뭐야. 프로작이었어……? 신이치는 '가이아의 자식'의 본성을 본 것 같아 기운이 빠졌다.

분명 모임에 참가해서 얻은 것은 있었지만, 만약 이게 다라면 아이들 눈속임이나 다름없다. 보통 한 달 정도 계속 먹지 않으면 효과도 나타나지 않는다.

하지만 실제로 약을 복용한 후 잠시 지나자 마음이 차분해지는 것을 느꼈다. 위약 효과가 있을지도 모르지만, 적극적인 마음가짐을 얻기 위한 방법으로는 괜찮지 않을까 하는 생각도 들었다.

그 뒤로 밤 연수에서는 반드시 약을 먹었다. 전과 같은 프로그램의 반복이어도 프로작의 작용 탓인지 서서히 인격이 달라져가는 듯한 느낌이 들었다.

하지만 연수가 끝나면 다시 약을 먹을 수 없다. 그러면 모든 것은 도로아미타불이 되는 게 아닐까?

그 답은 마지막 날 밤에 나왔다.

회원들이 대연회장에 모이자 백단향 같은 것이 코를 찔렀다. 식사 때와 마찬가지로 테이블이 배치되고 방 맨 안쪽에는 불상이 놓인 제단이 설치되어 있었다.

니와나가 선생님이 나타났다. 평소의 그 확신으로 가득 찬 미소를 띄우고 있다.

회원들은 잔뜩 호기심 어린 표정으로 침을 삼키고 있었다. 니와나가 선생님은 만면에 웃음을 지으며, 지금부터 회원들은 '수호천사'를 맞아들이기 위해 '성찬'을 받게 된다고 설명했다.

"처음에 당신들이 듣게 되는 것은 수호천사의 날갯소리입니다. 귀를 기울여보세요. 천사들이 날아다니는 소리가 들릴테니까요. 가슴속으로 그들을 맞이하려고 마음만 먹는다면, 천사들은 언제나 당신들과 함께하며 지켜줄 것입니다. 그리고 아름다운 소리로 속삭이거나 당신들에게 말을 걸기도 할 것입니다."

신이치는 쓴웃음을 지었다. 말이 너무 현실감이 없어서 마치 컴퓨터 게임에서 사이버 애완동물을 키우는 방법에 대한 설명처럼 들릴 뿐이었다. 회원들을 둘러보아도 모두 반신반의하며 모호한 웃음만 짓고 있다.

신이치는 제단 위를 보았다. 머리는 코끼리이고 몸은 인간인 남녀 이체二體의 신이 서로 껴안고 있는 이상한 자세의 상像이 모셔져 있다. 전부터 종교에 흥미를 갖고 있던 그는 그것이 무엇인지 금방 알았다. 힌두교의 신에서 불교의 수호신이 된 '가네샤'로 일본의 사원에서는 일반인에게 공개하지 않고 있다. 이 불상은 부부화합이라는 상징성을 나타내고 있다. 가네샤가 깔고 앉아 있는 천에는 머리가 일곱 개인 코브라의 무늬가 그려져 있었다. 이것은 힌두교의 뱀신 '나가'일 것이다. 인도에서는 뱀은 불사不死와 번식의 상징이다. 코끼리의 그림자가 마치 뱀처럼 보였다.

이 두 가지의 조합에서 왠지 모르게 성적인 냄새가 풍겼다. 이곳은 어쩌면 그런 종류의 섹스 교단일까? 신이치의 마음속에서는 망상 같은 은근한 기대가 고개를 쳐들었다. 물론 우울한 장미 아주머니는 곤란하지만 미도리라면…….

고참 회원들이 테이블로 은접시를 나르기 시작했다. 접시 위에는 직사각형으로 자른 정체 모를 물건이 담겨 있었다. 표면은 불에 구웠는지 파삭파삭한 갈색이었지만, 단면은 끈적끈적한 암적暗赤색 그대로였다. 이어서 역시 은색 주발이 테이블에 놓였다. 사람수보다는 적었는데, 하얀 모래 같은 것이 담겨 있었다.

"자아. 이것이 이번 연수의 하이라이트가 될 '성찬' 의식입니다. 조금 냄새가 날지도 모르겠습니다만, 굵은 소금을 뿌려서 드십시오."

모두 손 대기를 주저하며 주위 사람들의 눈치를 본다. 니와나가 선생님은 더 이상 그 고기에 대한 설명은 하지 않았다. 회원들은 모두 이 고기를 먹는 것이 어떻게 수호천사를 맞이하는 일이 되는지 잘 모르겠다는 얼굴을 하고 있었다. 하지만 한 사람이 고기 조각을 들고 소금을 뿌리자 다른 사람들도 잇달아 그것을 따라 했다.

신이치는 순간 망설였다. 제단 위의 가네샤 상이 눈에 들어온다. 신이치를 보며 웃고 있는 것 같다.

등줄기가 오싹해진다. 마음속에서 먹지 말라는 소리가 들려왔다.

하지만 주위를 둘러보니 회원들은 대부분 이미 고기를 입에 넣고 있었다. 우울한 장미 아주머니는 고기를 자르느라 고생하고 있는 것 같았고, 팬텀은 생각에 잠긴 듯한 표정으로 씹고 있었다.

미도리는 고기 조각을 입까지 가져간 후 주저하고 있었다. 신이치와 눈이 마주치자 그녀는 얼굴을 홱 돌리더니 젓가락 끝을 입에 넣었다. 눈을 감고 천천히 씹는다. 목이 희미하게 아래위로 움직인다. 그것은 참으로 에로틱한 광경이었다.

이렇게 둘러보니 아직 먹지 않은 것은 자신뿐인 것 같았다. 문득 니와나가 선생님이 자신을 주시하고 있는 것이 느껴졌다. 그렇게 생각해서인지 눈빛이 매서워진 것 같다.

신이치는 황급히 젓가락을 입으로 가져갔다. 그러나 도저히 입에 넣을 수가 없었다.

빨리 먹어야 해……. 주변에서 비난의 시선이 쏟아지는 것만 같다. 프로작을 먹었음에도 혼란에 빠질 것 같은 기분이 들었다.

수호천사를 생각하며 애써 마음을 진정시켰다.

이대로는 안 된다, 새로운 나로 다시 태어나기 위해서라고 스스로를 설득했다. 이것만 먹으면 수호천사가 와서 자신을 축복해줄 것이다. 머릿속에 미카&엘의 이미지를 떠올렸다. 그녀들은 자신이 용기를 갖게 되기를 기다리고 있다.

신이치는 고기에 굵은 소금을 뿌려서 입 속에 얼른 넣었다. 두세 번 씹었지만 생각보다 딱딱하고 질긴 고기였다. 게다가 독특한 냄새가 났다.

그대로 계속 입 속에 넣고 있으면 토해버릴 것 같아 단숨에 삼켰다.

고기 조각은 마치 가시라도 난 것처럼 식도를 통과하지 못했다. 하지만 억지로 씹은 끝에 겨우 위 속에 잠재운다. 신이치는 심하게 기침을 했다. 눈물이 날 것 같았다.

"축하합니다, 여러분. 이제 여러분은 여러분의 마음속에 수호천사를 맞이했습니다."

니와나가 선생님이 엄숙하게 선언했다.

회원들은 한참 동안 어떻게 반응해야 좋을지 모르는 것 같았다. 조금 지나서야 자발적인 박수가 터져나오기 시작했다. 박수는 파돗소리처럼 그칠 줄을 몰랐다.

신이치도 어느새 손바닥이 새빨개질 정도로 힘껏 박수를 치고 있었다. 그의 마음속은 성취감과 긍지로 가득 찼다. 도저히 받아들일 수 없을 것 같은 생리적인 거부 반응을 의지력으로 극복한 것이다. 자신이 그런 것을 할 수 있으리라고는 꿈에도 생각하지 못했다.

분명히 나는 달라져가고 있다, 앞으로 나에게는 진정한 의미의 인생이 시작된다. 그렇게 스스로를 타이르는 동안 위속의 불쾌감은 완전히 사라져버렸다.

독수리의 날개

텔레비전에서 나오는 뉴스를 하마터면 그냥 흘려들을 뻔했다. 사나에는 깜짝 놀라 고개를 들고 텔레비전을 보았다.

로비에 있는 텔레비전에선 1시 정각 NHK 뉴스가 방송되고 있었다. 점심 식사를 마친 환자들이 멍하니 화면을 바라보고 있다.

판에 박은 듯이 고지식하게 생긴 남자 아나운서가 사고의 개요를 설명하고 있었다.

'이름을, 피해자의 이름을, 한 번 더 말해줘.'

마치 사나에의 텔레파시가 전해진 듯 아나운서는 사고를 당한 사람의 이름을 되풀이했다.

"……오이시가와 약학대학 조교수로 식물학이 전문인 아

카마쓰 야스시 씨, 마흔다섯 살로 밝혀졌습니다. 아카마쓰 씨는 아침 일찍 혼자 나하 고원 사파리 파크에 왔다고 합니다만, 온몸을 호랑이에게 물려 중태에 빠져 있습니다. 경찰에서는 아카마쓰 씨가 출입금지 구역에 들어가 차에서 내린 이유에 대해 사파리 파크 측으로부터 자세한 사정을 듣기로 했습니다. 다음은 중동을 방문중인…….”

사나에는 휠체어 손잡이를 잡은 채 그대로 얼어붙었다. 심장이 아프리칸 드럼처럼 격렬하게 고동친다. 침착해, 하고 스스로에게 말한다. 상황은 확실하지 않다. 사고일지도 모른다. 아직 자살로 확정된 게 아니다.

하지만 만약 자살이라면……. 아마존 조사 프로젝트에 참가한 멤버들 가운데 단기간에 두 사람이나 자살을 시도한 것이 된다.

어쩌면 우연일지도 모르지만.

정신을 차리고 보니 우에하라 야스유키가 사나에를 물끄러미 올려다보고 있었다. 그녀의 핏기 가신 얼굴이 예사롭지 않아 놀란 것 같다.

“아, ……아니. 사람을 잘못 본 거였어. 신경 쓰지 마.”

사나에는 애써 웃음을 지어 보이며 소년이 탄 휠체어를 밀고 병실로 돌아왔다. 우에하라 야스유키는 요즘 병세가 악화되어 마음대로 걸을 수 없게 되었다. 어떤 일이 있어도 더 이상 그에게 정신적인 동요를 주는 일만은 피해야 한다.

머릿속에서는 온갖 생각들이 돌아다녔다. 천사의 속삭임. 아마존. 악의 빙의. 그리고 복수의 여신들.

낮 시간의 와이드쇼에서는 사건을 좀더 상세하게 다룰지도 모른다. 하지만 환자들을 앞에 두고 텔레비전에 매달려 있을 수도 없는 노릇이다.

자기 방으로 돌아온 사나에는 신문사에 전화를 걸어 후쿠야를 찾았다. 공교롭게 부재중이었지만 사회부 기자라면 이 시간에 밖에 있는 것은 당연할 것이다.

사나에는 전화를 받은 여직원에게 후쿠야의 휴대 전화 번호를 가르쳐달라고 부탁하려고 했지만, 정보를 얻으려는 입장에서 그렇게까지 하는 건 뻔뻔스럽다는 생각이 들어 망설여졌다. 할 수 없이 전화가 왔었다는 말만 전해달라고 부탁하고 수화기를 내려놓았다.

타이밍이 좋았던 것 같다. 전화를 끊자마자 바로 후쿠야에게 전화가 왔다.

현시점에서는 후쿠야도 아카마쓰의 사건에 대해 뉴스로 보도된 것 이상의 정보는 갖고 있지 않았다. 근처에 와 있는데 만날 수 없겠느냐고 물어왔다. 곧 오후 회진 시간이라고 하자 의외의 제안을 해왔다. 내일 일요일에 아카마쓰 건으로 나하에 취재하러 가는데 동행하지 않겠느냐는 것이다.

후쿠야의 진의를 알 수 없었다. 하지만 사나에의 마음은 쉽게 결정되었다. 아카마쓰 건은 다카나시의 자살과 뭔가 관련이 있을 것이다. 그것을 확인하지 않고는 머릿속이 정리될 것 같지 않았다. 다행히 일요일이라면 시간을 낼 수 있다. 그녀에게는 마침 좋은 기회였다.

도후쿠 신칸센新幹線 '나스노'는 이른 시간이어서 그런지 거의 반 이상이 빈자리였다. 그런데도 승객들이 열차 앞부분에 빽빽하게 앉아 있는 것은 지정석권의 판매 방법에 문제가 있다고밖에 볼 수 없었다.

사나에는 커피를 마시면서 옆에서 맛있게 도시락을 먹고 있는 남자를 보았다. 아까 받은 명함에는 편집국 사회부 기자 후쿠야 미치루福家滿로 되어 있었다.

다카나시가 죽고 나서 취재를 한 번 받긴 했지만, 정신이 없어서 남아 있는 인상이라곤 거의 없었다. 오늘 다시 만나 보니 생각보다 몸집이 작아 플랫폼에서는 낮은 굽을 신은 159센티미터의 사나에와 눈높이가 대충 맞았다. 게다가 대학생들 속에 섞여 있어도 그다지 위화감이 느껴지지 않을 동안이다. 자기가 말하지 않았다면 서른세 살로는 도저히 보이지 않았을 것이다. 몹시 자신만만한 태도와 큰 목소리, 시원스런 동작도 어쩌면 상대에게 얕보이지 않으려고 그러는 것인지도 모른다.

"후쿠야 씨. 괜찮으시면 제게 동행하자고 한 이유를 말씀해주실 수 있을까요?"

"귀찮게 한 건가요?"

후쿠야는 입 안 가득 물고 있던 밥을 물로 넘기며 대답했다.

"아뇨. 저도 아카마쓰 씨가 어째서 그런 짓을 했는지 꼭 알고 싶었던 참이었어요."

후쿠야는 도시락을 다 먹더니 이번에는 비닐 봉지에서 샌드위치를 꺼냈다. 몸집이 작은 데 비해 식사량은 꽤 많은 것 같다.

"기타지마 선생님도 좀 드시겠어요?"

사나에는 고개를 저었다. 원래 아침 식사는 하지 않았지만 지금은 커피 이외에는 목으로 넘어갈 것 같지도 않다.

"기타지마 선생님께 동행해달라고 한 것은 그 편이 취재하기 쉬울 거라 생각했기 때문입니다. 신문 기자라고 무조건 협력적인 건 아니니까요. 상대에 따라서는 의사 선생님이고, 더구나 아카마쓰 선생님의 지인이라고 하면 이야기를 듣기가 훨씬 쉽죠."

"그것뿐이에요?"

"네. 그리고 가는 길에 선생님께도 뭔가 들을 수 있을 것 같았고……."

"난 별로 할 이야기가 없는데요."

"그러세요?"

후쿠야는 의미 있는 웃음을 지어 보였다.

"선생님께 아마존 조사 프로젝트에 관해 문의 전화를 받은 것도 꽤 오래되었군요. 그때는 아카마쓰 선생님과 다카나시 씨도 살아 있었고."

사나에는 울컥했다.

"그래서 뭐가 어떻게 되었다는 거죠?"

"아뇨, 어떻게 된 일인지 지금 상황에선 아무것도 모릅니다. 제가 오히려 묻고 싶은 심정이죠. 단지 두 사람 다 이렇게 되어버린 이상, 선생님이 혹시 뭔가 아시는 게 있으면 말씀해주셨으면 하고 생각했을 뿐입니다."

한참 동안 정적이 흘렀다. 후쿠야의 빈정거리는 듯한 말투는 기분 나빴지만, 객관적으로는 뭔가 알고 있는 듯이 보여도 할 수 없는 상황일지도 모른다.

어쨌든 지금은 이 남자에게 붙어서 조금이라도 정보를 얻어내는 것이 최선이라고 생각하고 참기로 했다. 그 다음부터는 뭔지 모르게 서로 견제하는 모습으로 쓸데없는 대화만 나누었다.

나하 시오바라 역에 도착해 신칸센에서 도후쿠 혼센으로 갈아타고 구로이소 역에서 내렸다. 아카마쓰가 입원해 있는 병원은 그곳에서 택시로 몇 분 거리였다.

중태에 빠져 있는 아카마쓰는 면회가 금지되어 있었다. 어제부터 온갖 매스컴의 방문을 받은 듯 중년의 간호사는 몹시 수상하다는 듯이 후쿠야를 보았다. 하지만 후쿠야가 예상한 대로 사나에가 명함을 내밀면서 정신과 의사이며 아카마쓰의 지인이라고 하자 간호사의 태도가 눈에 띄게 부드러워졌다.

일요일인데도 아카마쓰의 담당 의사는 근무중이라고 한다. 간호사가 명함을 가지고 간 사이 두 사람은 잠시 텅 빈 병원 로비에서 기다렸다.

한참 지나자 검은 테 안경을 끼고 단정치 못하게 가운을 걸친 장신의 남자가 성큼성큼 다가왔다.

"바쁘신 데 죄송합니다. 저는 도쿄에서 호스피스 의사를 하고 있는 기타지마 사나에라고 합니다."

사나에가 정중히 머리를 숙이자 남자는 뭔가에 놀란 듯이 눈을 동그랗게 뜨고, 사나에와 손에 든 명함을 몇 번이나 번갈아보았다.

"아, 예. 와키脇입니다. 아카마쓰 씨의 지인이시라고요? 자, 그쪽으로 앉으시죠."

로비의 긴 의자를 가리키면서 힐끔 후쿠야에게도 시선을 보낸다.

"후쿠야라고 합니다. 기타지마 선생님의 일행입니다."

사나에의 눈에는 후쿠야가 신문 기자로밖에 보이지 않았지만, 다행히 와키 의사는 그다지 관심을 보이지 않았다.

"아카마쓰 씨는 말이죠, 사고 이후 줄곧 의식 불명 상태에 빠져 있어서 ICU(집중치료실)에 들어가 있습니다."

와키 의사는 긴 의자에 앉자 다리를 꼬았다.

"가족 분들은 와 계신가요?"

아카마쓰의 지인이라는 거짓말이 들통날 일은 없겠지만, 가능하면 직접 가족들과 마주치는 것은 피하고 싶었다.

"부인과 자녀 분들이 어제 달려오셨습니다만, 유감스럽게 면회는 못했습니다. 일단 가와사키의 본가로 돌아갔다가 오늘 오후에 다시 오기로 했습니다."

"그렇군요. 상처는 많이 심각한가요?"

"그렇습니다. 발톱에 긁힌 상처도 있지만, 역시 물린 상처가 심각해서요. 특히 얼굴과 양팔, 허벅지의 교상이 심합니다."

"얼굴이라니요?"

후쿠야가 물었다. 양손을 가슴 앞에 모으고 열심히 손가락을 움직이고 있다. 메모를 하고 싶은 것을 애써 참고 있는 모습이다.

"아카마쓰 씨는 두 마리의 호랑이에게 습격을 받고 하늘을 향해 누워서 저항하다 물렸다고 합니다."

"하지만 뭔가 이상하군요. 보통 그런 경우에는 오히려 반사적으로 엎드려서 머리와 얼굴을 지키려고 하지 않나요?"

와키 의사는 얼굴을 찌푸렸다.

"잘 모르겠군요. 전 호랑이에게 물려본 적이 없으니까요. 게다가 구급 대원에게 들은 이야기이기도 하고."

"저는 아직 보지는 못했지만, 호랑이 이빨에 물린 교상은 어떻던가요?"

사나에가 얼른 다른 질문을 하며 분위기를 수습했다.

"저도 처음입니다. 개에 물린 환자는 지금까지 몇 명인가 치료한 적이 있습니다만, 호랑이 이빨이라는 것은 역시 엄청나더군요."

와키 의사는 오히려 감탄했다는 말투다.

"물렸다기보다는 예리한 원추형의 칼 네 자루가 아래위로 찌른 것 같았습니다. 오른쪽 상완골上腕骨은 거의 절단되어 간신히 근육만 달랑거리는 상태이고, 대퇴부에도 연필이 들어갈 정도의 구멍이 나 있었습니다. 그래도 호랑이가 반 장난으로 물었던 것 같습니다. 불행 중 다행이죠. 만약 진짜로 목을 물었더라면 틀림없이 즉사했을 겁니다."

"그럼, 살 수 있을까요?"

와키 의사는 난처한 표정을 지었다.

"글쎄요. 현재로서는 뭐라고 말씀드릴 수가 없습니다. 상처도 상처지만, 상처 구멍으로 세균이 들어가 감염을 일으키고 있는 것 같아 더 걱정입니다. 혈액 검사 결과로는 호산구好酸球가 급증하고 있었습니다."

"호산구란 건 뭐죠?"

후쿠야의 질문에 와키 의사가 또 얼굴을 찌푸리자 사나에가 끼어들었다.

"백혈구의 일종입니다. ……저, 보통 급성 감염증에서 호산구의 증가가 보이는 것은 오히려 회복하는 단계가 아닌가요?"

"예, 그건 그렇죠. 그런데 케이스 바이 케이스라고 할까요? 호중구와 임파구 등도 늘어나고 있으니……."

와키 의사도 그 점은 그다지 자신이 없는 것 같았다. 사나에는 아카마쓰의 혈구 검사 결과에 대해 조금 더 깊이 물어보았지만, 알코올 외에는 정신에 영향을 주는 약물이 검출되지 않았다고 했다.

더 이상 물을 게 없어서 인사를 하고 나오자 와키 의사가 아쉬운 듯한 눈길로 사나에를 배웅했다.

병원을 나오자 갑자기 뜨거운 여름 햇살이 쏟아졌다. 병원 안은 쌀쌀한 편이었는데 고원답게 양지와 음지의 온도차가 큰 것 같다.

앞장서서 걸어가던 후쿠야가 재킷 주머니에서 소형 녹음기를 꺼내 스위치를 껐다.

"아까 대화, 녹음했어요?"

사나에가 다그치듯 물었다. 상대의 허락도 없이 녹음하는 것은 규칙 위반이 아닌가.

"기자 신분도 밝히지 않고 여봐란듯이 메모를 할 수는 없잖아요."

후쿠야는 미안해하는 기색도 없다.

"역시 기타지마 선생님과 오길 잘했어요. 그래도 이야기는 들을 수 있었으니까 말이죠."

후쿠야가 휴대 전화를 걸자 2, 3분 만에 택시가 왔다.

다음 취재 장소인 나하 고원 사파리 파크에 도착해보니 문 앞에 '오늘은 휴원합니다' 라는 안내문이 붙어 있고 문이 닫혀 있었다.

원래 일요일이 대목이지만, 아무리 사파리 파크 측에 잘못이 없었다 해도 어제 그런 사고가 있었으니 자숙하는 의미에서 영업은 어려웠을 것이다.

매표소의 작은 창에도 커튼이 내려져 있었지만 후쿠야가 창을 두드리자 중년 여직원이 얼굴을 내밀었다.

"저, 죄송합니다만, 오늘은 휴원입니다."

"알고 있습니다."

후쿠야는 명함을 내밀었다.

"어제 사건으로 이야기를 좀 듣고 싶어서요. 가능하면 직접 목격하신 분께……."

"네에."

여직원은 명함을 보며 의아하다는 표정을 지었다.

"이 신문사에서는 어제도 취재를 하러 왔던 것 같은데요."

"예, 보충 취재입니다. 죄송하지만 한 번만 더 부탁드리겠습니다."

여직원은 수긍이 가지 않는다는 얼굴로 안으로 들어갔다. 사나에는 후쿠야의 얼굴을 보았지만, 시침 뚝 떼고 있다. 뭔가를 묻기도 망설여져서 그냥 기다리는데, 문이 열리더니 작업복을 입은 젊은 남자가 나왔다.

"아, 안녕하세요? 바쁘신 데 죄송합니다."

"아뇨. 어차피 오늘은 한가합니다."

남자는 가벼운 사투리 억양으로 센바仙波라고 자신을 소개했다. 주로 호랑이와 사자를 돌보며 맹수 존Zone에서 감시 담당을 맡고 있다고 한다.

"몇 번이나 같은 질문을 받아서 지겨우시겠지만, 어제 본 것을 한 번 더 말씀해주시겠습니까?"

"예. 어제 그 손님은 자가용으로 왔습니다. 게이트를 빠져나가서 입구가 있는 곳이 맹수 존으로 저희 파크에서 인기가 많은 백호가 있는 곳이지요. 그런데 그곳에 차가 우뚝 멈춰 서더니 움직이질 않는 겁니다."

"고장난 건 아니었고요?"

"아뇨, 그렇지는 않았습니다."

"그래서 어떻게 하셨어요?"

"뭐, 뒤에 차가 오지 않을 때는 실컷 구경해도 상관없지만, 파크 버스가 나갈 시간이라서 무선으로 전진하시라고 부탁드렸습니다. 그랬더니……."

센바는 마치 쓴 약을 마신 듯이 얼굴을 찡그렸다.

"그 손님이 갑자기 문을 열고 밖으로 나가더군요. 저는 무선으로 '멈춰요!' 하고 소리쳤지만 그대로 백호 쪽으로 걸어가서……."

"호랑이는 아카마쓰 씨 쪽에서도 똑똑히 보였나요?"

"물론이죠. 바로 눈앞에 있었으니까요."

신문에선 자살인지 사고인지 불명확하게 기사를 썼지만, 지금 이 말에 따르면 이것은 분명 자살이다.

하지만 지금까지 사나에가 보고 들어온 자살과는 상당히 다르다. 육식동물에게 자신을 먹게 하는 자살법이 전례가 없는 건 아니지만, 역시 극히 드물다. 아카마쓰 조교수는 호랑이를 눈앞에 두고도 공포를 느끼지 않았을까?

그때 문득 사나에의 머릿속에 떠오르는 것이 있었다. 다카나시가 보낸 메일에서 아카마쓰 조교수는 동물 공포증이라고 했다. 재규어뿐만 아니라 오셀롯 같은 비교적 몸집이 작은 산고양이조차 무서워한다고 했다. 사나에는 다카나시가 메일에 쓴 아카마쓰 조교수의 말을 또렷이 떠올렸다. 다카나시가 죽은 뒤, 몇 번이나 다시 읽었기 때문에 기억 속에 새겨져 있는 것이다.

"그들의 눈을 보면 알 겁니다. 처음에는 화내는 건가 생각했죠. 그런데 그게 아니었어요. 놈들은 화 같은 건 내지 않아요. 욕망으로 흥분해 있는 거였어요. 나를 먹고 싶다는 욕망이요. 그걸 느꼈을 때 나는……."

아카마쓰 조교수는 보통 사람들보다 더 심한 공포를 느꼈을 것이다. 게다가 호랑이는 재규어와 비교해도 배 이상이나 크지 않은가. 원래 아카마쓰라면 사파리 파크 같은 곳에 가는 것조차 싫어해야 한다. 사나에는 아카마쓰 조교수가 무슨 생각을 하고 있었는지 점점 이해하기가 어려워졌다.

"한 가지만 더 여쭙고 싶은데, 아카마쓰 씨는 호랑이에게 습격당했을 때 어떤 자세로 있었나요?"

"그게……."

센바는 우물거렸다. 흥분하자 점점 사투리 억양이 심해진다.

"경찰에도 말했지만 전혀 움직이지 않았어요."

"움직이지 않아요?"

"이렇게 바로 누운 채 꼼짝도 하지 않았어요."

와키 의사에게 들은 말이 사실인 것 같다. 아카마쓰 조교수는 호랑이에게 전혀 저항하지 않고 벌렁 드러누워 있었던 것이다. 그런데 오히려 덤비지 않았기 때문에 치명상을 입지 않고 끝났는지도 모른다.

하지만 보통 신경으로 과연 그런 게 가능할까?

두 사람은 기다리게 한 택시로 나하 가도街道를 타고 남쪽으로 되돌아왔다. 구로이소 시내에 도착했을 때는 이미 오후 1시가 다 되어 있었다. 사나에도 그제야 배가 고파져 커피숍에서 간단한 점심을 먹었다.

그리고 이번에는 곧장 경찰서로 향했다. 일요일이지만 미리 지국의 기자에게 취재 약속을 해놓으라고 한 덕에 경찰을 만날 수 있었다. 하지만 여기서는 아무런 수확도 거둘 수 없었다. 자살일 가능성이 크긴 하지만 부주의에 의한 사고일 가능성도 아직 배제하지 않았다고 한다.

마지막으로 후쿠야는 아카마쓰의 소지품들을 보여달라고 경찰에게 부탁했다. 경찰은 무슨 관계가 있느냐는 듯한 표정을 지었지만, 친절하게 비닐 주머니에 든 잡동사니들을 가져와서 보여주었다.

지갑. 동전지갑. 큰 손수건. 대출 광고지가 들어 있는 휴지. 플라스틱 빗. 금연 파이프. 입냄새 제거제. B5판 크기의 종이 한 장.

후쿠야는 하나하나 천천히 바라보다 마지막으로 종이를 보더니 눈을 조금 가늘게 떴다. 말없이 사나에에게 건넨다. 거기에는 이런 내용이 인쇄되어 있었다.

* 가능한 한 작품에서 떨어져 파인더를 이용하거나 한쪽 눈을 감고 보시면 효과적입니다.
* 사진을 찍을 때는 플래시가 반사되지 않도록 비스듬한 각도에서 촬영해주십시오.
* 같은 작품이라도 보는 위치에 따라 다르게 보일 경우가 있으니 주의하십시오.
* 다음은 번호가 붙은 작품을 감상할 때의 안내입니다.

① 작품의 좌우에 서서 비교해보십시오. 비너스의 표정이 바뀝니다. (〈비너스의 탄생〉 알렉상드르 카바넬)

② 먼저 작품 왼쪽에 서서 보고, 그리고 천천히 오른쪽으로 이동해보십시오. 요한이 읽고 있는 책의 페이지가 움직입니다. (〈명상하는 신학자 요한〉 넥타리 크류크신)

③ 그림 속에 들어가보시겠습니까? 정면의 단상에 앉아 한숨 돌려보십시오. (〈성모의 대관식〉 조반니 벨리니)

④ 쫓기고 있는 남자 옆에 서면 천사의 표정이 바뀝니다. 한편 천사 옆에 서면 남자는 다리의 방향을 바꿉니다.

(〈복수와 정의의 추적을 받는 죄악〉 피에르 폴 프뤼동)

⑤ 가능한 한 낮은 자세로 작품을 올려다보며 천천히 일어서보세요. 빛의 터널 속에 축복받은 혼이 빨려 들어갑니다. (〈천상계로의 상승〉 히에로니무스 보스)

박물관을 찾아주셔서 감사합니다.

"이 종이는, 뭘까요?"

"글쎄요. 모르겠는데요."

경찰은 거의 흥미가 없는 모습이었다.

후쿠야가 복사해줄 수 없느냐고 묻자 경찰은 처음에는 증거품이어서 곤란하다고 난색을 표했지만, 결국 뭔가 발견하게 되면 알려주겠다는 조건으로 경찰서의 복사기를 사용하게 해주었다.

경찰서를 나와서 또 택시를 탔다. 후쿠야는 운전사에게 아까 복사한 종이를 보여주었다.

"이거, 혹시 뭔지 아시겠습니까?"

초로의 순박해 보이는 운전사는 종이를 힐끔 보더니 "이건 미술관 안내문 같은 거 아닌가요?" 하고 말한다.

"미술관이라고요? 혹시 어디인지 아시겠습니까?"

"음. 이 근처에는 워낙 미술관이 많아서……."

자주 관광객들을 태워다주는 모양이다. 운전사는 몇 군데의 미술관 이름을 줄줄 말했다. 그중 한 이름을 듣고 사나에는 깜짝 놀랐다.

"방금 말씀하신 거, 한 번 더 말씀해주시겠어요?"

"천사의 형관荊冠 미술관이요?"

"그거야."

사나에는 중얼거렸다.

"거기 가볼까요, 그럼?"

"부탁합니다."

멍하니 있는 후쿠야를 무시하고 사나에는 행선지를 정해버렸다.

"어떻게 그곳이란 걸 아시죠?"

후쿠야는 여우에 홀린 듯한 표정이었다.

"그냥 감이에요. 그리고 이 안내서에 나와 있는 그림도 하나같이 천사가 그려져 있고요."

"아!"

사실 그 그림들을 한 번도 본 적은 없었지만 후쿠야는 상당히 감탄했다.

택시는 전철 선로를 넘어 다시 사파리 파크로 가는 길인 나하 가도로 되돌아와 조금 더 가다가 우회전했다.

도로를 따라서 마치 패밀리 레스토랑을 크게 만든 듯한 건물들이 여러 채 서 있는 것이 보이기 시작했다. 한결같이 넓은 주차장이 딸려 있다. 아마 이것이 전부 미술관일 것이다.

"저, 여깁니다만……."

택시가 멈춰 섰다. 운전사가 가리키는 곳에는 '천사의 형관 미술관'이라는 입간판이 서 있었다.

사나에와 후쿠야는 택시에서 내렸다. 단순히 '천사'라는 말에 느낌을 받은 것 때문에 거짓말까지 하며 여기에 왔지만, 정말 이곳이 아카마쓰가 방문한 곳일지 사나에는 불안했다.

주변을 둘러보며 곳곳에 서 있는 입간판들을 보니 같은 택지 안에는 미술관에 들어가는 사람들이 트릭 사진을 찍을 수 있는 포토 스튜디오가 있었고 또 공룡을 테마로 한 미술관 등이 있었다. 그곳엔 '트릭 아트'를 테마로 한 미술관만 몇 동 모여 있는 것 같았다.

'천사의 형관 미술관' 입구에서 입장권을 사자 팸플릿과 함께 작은 종이가 나왔다.

한 눈에 복사해온 아카마쓰의 유품과 같은 것임을 알 수 있었다. 사나에는 주먹을 꼭 쥐었다. 후쿠야 쪽을 보자 그는 말없이 고개를 끄덕인다.

건물의 내부 구조는 여느 미술관과 별로 다르지 않았다. 통로 벽을 따라 액자에 든 그림이 전시되어 있고, 눈에 띄지 않게 배치된 스튜디오 라이트가 위쪽에서 비치고 있다. 유일한 차이는 조명일 것이다. 빛이 간신히 보일 정도로 비치고 있기 때문에 건물 안은 영화관처럼 어두컴컴했다. 아마 트롱프뢰유(속임수 그림 등으로 번역하고, 실물로 착각할 정도로 정밀하고 생생하게 묘사한 그림을 말한다)를 보려면 이 정도가 딱 적합한 모양이라고 사나에는 생각했다.

휴일인 탓에 어중간한 시간인데도 관람객이 몇 커플 있었다. 대부분이 젊은 남녀 커플이다. 사나에 앞에 걸어가던 스무 살 정도의 아가씨가 그림 앞에 쭈그리고 앉아 포즈를 취하자 같이 있던 남자가 플래시를 터뜨렸다.

조금 떨어진 곳에서 보니 아가씨의 오른손은 그림 속에서 튀어나온 인물의 다리를 잡고 있는 것처럼 보였다. 하지만 가까이 다가가 자세히 보니 액자처럼 보이는 것도 그곳에서 튀어나온 다리도, 실은 직접 페인트로 벽에 그린 그림의 일부였다. 세심하게 벽에 비친 다리의 그림자까지 그려져 있다. 마치 그것을 잡고 있는 듯한 포즈로 손을 내밀면 트릭 사진이 찍히는 것이다. 육안이라면 몰라도 사진으로 보면 입체인지 평면인지 분간할 수 없을 것이다.

더 앞쪽에는 미동도 하지 않고 그림에 빠져 있는 남녀가 있었다. 그런데 가까이 가서 보니 그것도 역시 벽에 그려진 그림의 일부였다. 땅바닥에 서 있는 것처럼 보이는 남녀의 다리 아래 부분도 벽에 그려져 있는 것이다. 첨단기술의 힘을 전혀 빌리지 않고, 그림만으로 바닥과 벽의 경계를 교묘하게 꾸며놓은 것을 보고 사나에는 감탄했다.

후쿠야는 아까부터 한마디도 하지 않고 진지한 표정으로 그림만 보고 있다. 어째서 아카마쓰가 여기에 왔는지 그 생각만 하고 있는 것 같기도 했다.

전시된 것은 종교화 풍의 천사 그림뿐이었다. '천사의 형관 미술관'이라는 것은 천사를 모티프로 한 그림을 모아두었기 때문에 붙여진 이름인 모양이다. 머리 위를 올려다보자 무수한 천사들이 난무하는 천장화天障畵가 있었다. 주위 벽면이 거울로 되어 있어서 어둡고 거대한 예배당 속에 있는 듯한 착각이 든다.

어쩌면 아카마쓰도 이것을 보면서 천사의 속삭임을 듣고 있었던 게 아닐까 하는 생각이 문득 들었다.

그림 옆에는 간단한 설명이 적힌 팻말이 있었다. 사나에는 별 생각 없이 그중 하나를 보았다. 거기에는 천사의 '날개'에 대한 설명이 있었다.

앞서 걸어가던 후쿠야가 되돌아왔다. 아마 사나에가 그 팻말을 진지하게 보고 있었기 때문일 것이다.

"왜 그래요?"

"아뇨, 별일 아니에요. 좀 의외여서."

사나에는 팻말을 가리켰다. 거기에는 종교화 등에 그려져 있는 천사의 날개가 주로 독수리나 매 같은 맹금猛禽류의 것을 모방한 것이라고 적혀 있었다.

“아아…… 그랬군요. 모르셨어요?”

“후쿠야 씨는 알고 계셨어요?”

후쿠야는 그다지 의외가 아니라는 표정이었다. 사나에는 이상하다는 눈으로 그를 보았다. 아무리 보아도 종교화에 관심이 있을 타입은 아니다.

“아뇨, 안다고 할 정도는 아닙니다만. 그냥 제가 모형 비행기 만드는 게 취미여서 비행 역학이라든가 날개의 구조 같은 것은 좀 압니다. 그림을 보면 어떤 새의 날개를 모델로 했는가 정도는 대강 알죠.”

“새의 날개란 게 종류에 따라 그렇게 다른가요?”

자신 있는 분야인 듯 후쿠야는 그림을 가리키면서 득의양양하게 설명하기 시작했다.

“새의 날개란 건 말입니다, 크게 둥근 날개, 가는 날개, 긴 날개, 넓은 날개 등 네 종류로 나눌 수 있습니다. 이런 것은 전형적인 넓은 날개죠.”

“넓은 날개요?”

“네, 넓은 날개. 둥근 날개나 가는 날개는 기본적으로 작은 새들의 날개랍니다. 인간의 등에 붙어서 어느 정도 물리적인 리얼리티를 느끼게 할 그림으로 하자면, 아무래도 대형 새의 날개가 필요하겠죠. 그렇다면 화가에게 선택의 여지는 신천옹(신천옹과의 새. 몸길이 90센티미터가량임. 몸빛은 희고, 첫째 날개 깃은 검으며 부리는 분홍색임. 몸은 크고 살이 쪘으며 편 날개의 길이가 2, 3미터에 이름) 같은 긴 날개이거나 독수리 같은 넓은 날개밖에 없겠죠. 기타지마 선생님은 하이 소러와 로 글라이더의 차이를 아십니까?"

"아뇨, 전혀."

"하이 소러란 솔개처럼 나는 새를 말합니다. 육지에서 따뜻해진 상승기류를 타고 나선을 그리면서 고도를 높였다 낮췄다 하며 나는 거죠. 소러라는 차 이름도 여기서 따온 거랍니다. 한편 로 글라이더는 동적 활공滑空을 하죠. 요컨대 신천옹과 슴새처럼 해면에 닿을 듯이 급강하하면서 속도를 올리고 그 반동으로 단숨에 상승해요. 나는 법을 보고 있으면 원을 그리는 것이 수평인지 수직인지 분간할 수 있답니다."

"우와……."

"요컨대 긴 날개는 갈매기나 군함조처럼 해상생활을 하는 로 글라이더에게, 넓은 날개는 육상에서 날아 올라가는 독수리나 매 등의 하이 소러에게 적합한 형태랍니다."

"천사는 그럼 하이 소러인가요?"

사나에의 목소리는 스스로 생각해도 의심이 잔뜩 묻은 어투였다.

"아뇨, 그렇지 않습니다."

후쿠야는 쓴웃음을 지었다.

"요컨대 그림이 되느냐 마느냐의 문제입니다. 독수리나 매는 단순히 하늘을 날기만 하면 되는 게 아니라, 급강하하여 사냥물을 덮쳐야 하기 때문에 속도를 내기 위한 첫 번째 줄 칼깃(새의 날갯죽지를 이루는 빳빳하고 긴 깃. 날개를 들 때는 모로 서서 공기가 빠지게 하고 내릴 때에는 가로로 서서 빽빽하게 막아 공기가 빠지지 못하게 한다)은 생명입니다. 보세요, 이 부분 말입니다. 상당히 길게 발달되어 있다는 것을 알 수 있죠? 게다가 평소에는 비교적 저속으로 날아서 속도를 잃고 추락하는 것을 막기 위해 끝이 손가락처럼 펼쳐지는 구조로 되어 있습니다. 그래서 이 그림처럼 마치 커다란 손바닥 같은 모양이 되죠. 이를테면 천사가 날개로 상대를 포옹할 때의 그림으로도 그럴듯하지 않습니까? 게다가 아무리 무거운 사냥물이어도 낚아챈 뒤에는 둥지까지 운반해야 되니까 부양력을 얻기 위한 두 번째 줄 칼깃도 특별히 폭이 넓어진 겁니다. 그림으로 말하자면 딱 이 부분이죠."

사나에의 머릿속에는 아마존 정글에서 원숭이를 낚아채는 거대한 독수리가 떠올랐다.

"긴 날개는 구조가 아주 간단하고, 이것처럼 두껍지 않습니다. 그래서 이 그림처럼 활짝 편 것을 그려도 멋이 나지 않죠."

즉석에서 설명한 것치고는 후쿠야의 이야기는 나름대로 설득력이 있었다. 그러나 사나에의 마음에는 표현하기 힘든 불안 같은 것이 고개를 들고 있었다. 천진한 어린아이의 얼굴에 사나운 육식 새의 날개를 가진 천사라는 존재가 은근히 기분 나쁘게 느껴졌기 때문이다. 물론 천사가 실제로 있는 게 아니라는 것은 알고 있고, 평상시 같으면 우연히 읽게 된 단 한 줄의 설명에 이렇게까지 불길함을 느끼지도 않았을 것이다.

어쩌면 자신은 다카나시가 죽은 지금에 와서 그의 망상에 사로잡히기 시작한 게 아닐까 하는 생각이 들었다.

사나에의 눈앞에는 〈에제키엘의 환상〉이라는 제목이 붙은 그림이 있었다. 천사와 맹금, 날개가 있는 괴물 등이 하나의 화면에 그려져 있다. 후쿠야에게서 얻은 예비 지식으로 보니 확실히 삼자가 모두 같은 모양의 날개를 달고 있었다.

그 다음 그림은 〈양치기들의 예배〉라는 제목이었다. 이 그림에 있는 천사는 어딘지 모르게 사악하고 이해할 수 없는 악의를 띤 눈을 갖고 있었다. 해설을 읽으니 작자인 귀도 레니Guido Reni는 천사를 변덕쟁이이고 잔혹한 하늘의 사자死者로 그렸다고 한다. 사나에는 팻말에 적힌 지시대로 그림 앞에서 위치를 바꾸어 서보았지만 어디서나 천사의 눈은 생글생글 웃으면서 그녀를 쫓아오는 것처럼 보였다.

관내에 흐르는 테이프의 설명이 그녀의 귀에 들어왔다.

"……천사는 완벽하게 착한 심성의 체현자體現者입니다. 그렇기 때문에 늘 인간의 편이라고는 할 수 없습니다. 『구약성서』에 따르면 천사는 신의 명령에 따라 몇 번이나 인류에 가혹하기 그지없는 징벌을 주었습니다. 이를테면 신의 뜻을 거슬렀다고 해서 아시리아 병사 18만 5천 명이 하룻밤에 천사에게 살해당했다는 기술이 있습니다. 또 인간과 가축을 불문하고 이집트 전 지역의 부자들이 천사에 의해 말살되었다는 예 등도……."

다카나시도 역시 잔혹한 천사의 희생물이 된 것일까? 그런 불길하고 두서 없는 생각만이 머릿속을 빙빙 돌아다니고 있었다.

관내의 그림을 한 바퀴 둘러보는 데 20분 정도 걸렸다. 바깥으로 나오자 햇살이 몹시 눈부시게 느껴졌다.

"아카마쓰 씨가 왜 이 미술관에 들렀는지 아시겠어요?"

후쿠야가 사나에 쪽을 돌아보면서 말했다.

"글쎄요. 저는, 잘……."

사나에는 시침을 떼었다. 후쿠야에게는 아직 다카나시의 이야기를 털어놓아서는 안 된다. 하지만 아카마쓰가 여기에 온 이유는 막연하게나마 알 것 같았다.

후쿠야는 걸음을 멈추고 휴대 전화를 꺼냈다. 아까 그 경찰관에게 약속대로 종이의 정체를 가르쳐주기 위해서일 것이다.

역시 아카마쓰도 다카나시처럼 천사의 속삭임을 듣게 된 것이 아닐까? 근거 없는 억측에 지나지 않지만, 이 경우 그렇게 생각하는 것이 그다지 억지라고는 생각되지 않았다.

차를 타고 우연히 미술관 앞을 지나다 천사라는 이름에 이끌려 한 번 들어가보고 싶어졌다…….

하지만 뭔가 부자연스러운 느낌이 든다. 도후쿠 자동차 도로의 나하 인터체인지를 나오면 나하 고원 사파리 파크는 나하 가도를 따라 북서 방향으로 있지만, '천사의 형관 미술관'으로 가려면 그 한참 앞에서 우회전을 해야 한다. 나하 가도를 따라가더라도 미술관의 간판 정도는 걸려 있을지 모르겠지만, 그 정도의 이유로 굳이 샛길로 들어간다는 것도 뭔지 모르게 납득이 가지 않는다.

휴일을 반나절 소비하고 나하로 돌아오긴 했지만 돌아오는 신칸센 '야마비코'를 탔을 때 남은 것은 피로뿐이었다. 전혀 수확이 없었던 것은 아니다. 조사를 하면 할수록 아카마쓰의 이해할 수 없는 행동은 명확해져갔다. 하지만 그것을 합리적으로 설명할 만한 가설은 전혀 떠오르지 않는다.

옆을 보니 조금 전까지만 해도 그렇게 말이 많던 후쿠야도 지금은 딴 사람처럼 묵묵히 뭔가를 생각하고 있다. 지친 표정을 보니 사나에는 문득 그가 가엾게 느껴졌다. 그때 후쿠야가 입을 열었다.

"……아까 사파리 파크에서 이상하다고 생각하지 않았어요? 어제도 우리 신문사에서 취재를 다녀갔다고 했잖아요."

"네."

"어제 다녀간 것은 지국 사람입니다. 저는 특명을 받고 이번 사건을 비공식적으로 조사하고 있고요."

"비공식적이라니요, 무슨 말씀이세요?"

"우리 회사에서 주최한 아마존 조사 프로젝트 말입니다만, 참가한 사람들의 자살이 잇따르고 있거든요."

뭔가를 살피는 듯한 시선으로 사나에의 얼굴을 본다.

"네. 두 명째군요. 다카나시 씨에 이어서."

"아뇨. 이것으로 세 명째입니다."

사나에는 깜짝 놀라 후쿠야를 보았다. 그는 눈을 감고 미간을 문지르고 있다.

"단기간에 세 사람이나 자살해서 사내에서는 큰 문제가 되어버렸죠. 게다가 어찌 된 일인지 상식적으로는 이해하기 힘든 묘한 상황뿐입니다. 다른 신문들은 아직 이 사실을 눈치채지 못한 것 같지만, 냄새라도 맡는다면 큰일이지요. 그래서 눈에 띄지 않도록 몰래 제가 조사하고 있는 겁니다."

"또 한 명은 누구죠?"

"아마 선생님은 잘 모르실 겁니다. 시라이 마키라는 서른

두 살의 여자 카메라맨입니다."

가슴이 철렁했다. 그 이름도 다카나시의 메일에서 본 기억이 있다.

"그분은 어떻게 돌아가셨어요?"

"스이도바시 역 선로에 뛰어들었습니다. 불과 일주일쯤 전에. 가명으로 신문에도 보도되었습니다. 여섯 살 난 딸을 데리고 동반자살을 했죠."

듣고 보니 그런 기사를 읽은 것 같았다.

"그런데, 왜?"

"동기는 아직 알 수 없습니다. 다만 그런 징조는 얼마 전부터 있었다고 합니다. 남편의 이야기로는 아마존에서 돌아온 직후에는 정신적으로도 안정된 것 같았는데, 자살하기 얼마 전부터는 뭔지 모르게 행동이 이상했다고 하더군요."

시라이 마키도 다카나시와 같은 경과를 거친 것일까?

"게다가 말이죠, 그녀의 태도가 이상해진 것은 딸도 느끼고 있었던 모양입니다."

"어떤 식으로요?"

"엄마가 '뱀이 되는 악몽'에 시달렸다고 하더군요."

무서운 이야기였다. 여섯 살 난 딸은 자신의 운명을 예지했는지도 모른다. 어린아이는 남들이 눈치채지 못하는 어머니의 사소한 변화도 민감하게 느낄 수 있다. 어린 소녀는 어머니에게서 무엇을 보았을까?

"어떤 꿈이었는지 들으셨어요?"

"아뇨. 아빠도 단순히 애가 꾼 꿈이라고 진지하게 받아들이지 않았다고 합니다. 하지만 딸은 깨어 있을 때도 이상한 말을 하기 시작했다고 합니다. 아버지는 그때 아이를 야단친 것에 대해 지금도 몹시 후회하고 있어요."

"이상한 말이라면?"

"목욕탕에 들어갔을 때 엄마의 머리카락이 뱀이 되어 있는 것을 보았다고도 하고……."

사나에의 전신에 소름이 쫘악 끼쳤다.

뱀의 머리카락을 가진 귀신. 그렇다면 카플란의 수기에 나오는 복수의 여신이 아닌가. 이것을 우연이라 하고 지나칠 수 있을까? 여섯 살짜리 아이에게 그리스 신화에 대한 지식이 있다고 보기도 어렵고, 사람의 머리카락이 뱀이 된다는 이상한 이미지를 스스로 그려냈으리라고는 더욱 믿기 어렵다.

"시라이 마키는 전부터 정신과며 카운슬러의 심리요법을 받으러 다닌 전력이 있어서, 결국 노이로제로 인한 발작적인 동반자살이란 걸로 매듭이 지어졌습니다. 보도를 익명으로 한 것도 그 때문이죠."

적당한 꼬리표를 붙인 안이한 결론이었다. 하지만 달리 설명을 덧붙이지 않으면 그렇게 해결 지을 수밖에 없을지도 모른다.

"단지 현장을 목격한 사람들의 이야기를 들어보면 뭔가 이상하긴 해요."

"이상하다니요?"

"시라이 마키가 플랫폼에 선 채 멍하니 허공만 보고 있어서 목격자가 이상하게 생각했다고 하더군요. 그런데 특급 열차가 들어오기 직전에 마키가 갑자기 발작을 일으키듯이 딸을 안아 올려 선로에 던졌다는 겁니다."

메데이아(자신을 배신한 남편에게 복수하기 위해 자신의 두 아들을 죽인 그리스 신화에 나오는 왕녀) 콤플렉스. 사나에의 뇌리에는 처참한 광경이 떠올랐다. 그리고 그 이상으로 황량했을 어머니의 심상心象도.

"이상한 것은 그 다음입니다. 순간 그녀는 선로에 던져져 울부짖고 있는 아이의 얼굴을 보면서 멍하니 있더니, 갑자기 제정신으로 돌아왔는지 자신도 선로에 뛰어들었다는 겁니다. 딸의 뒤를 좇아서 따라 죽으려고 했다기보다는, 오히려 필사적으로 딸을 구하려고 하는 것처럼 보였다고 그 목격자는 말했습니다."

시라이 마키의 마음의 진폭振幅은 사나에의 이해를 넘고 있었다. 왜 처음엔 아이를 죽이려 했다가, 그 다음에 바로 아이를 살리려고 했을까? 일시적인 착란이었으나, 곧 제정신으로 돌아와 모성 본능을 되찾았다? 그런 게 아니다. 또 다른 이유가 있을 것이다.

"어쨌든 특급 열차의 바퀴에 깔린 탓에 시체는 둘 다 사방으로 뿔뿔이 흩어져 검시檢屍도 힘들었던 것 같아요. 마키가 딸을 구하려고 했다고 증언한 사람은 그 목격자뿐이었어요. 그런데 조사해보니 좀더 다른 사실이 있더군요."

후쿠야는 양복 안주머니에서 담배를 꺼내다 금연석이라는 사실을 떠올렸는지 다시 원래대로 집어넣었다.

"시라이 마키는 영아급사증후군SIDS으로 큰아이를 잃은 적이 있습니다. SIDS라는 것은…… 아아, 선생님은 의사니까 당연히 잘 아시겠군요."

사나에는 끄덕였다. 아무런 징조도 없이 아기가 돌연사하는 현상을 말한다. 통계상 생후 6개월 이내의 남자아이에게 많고, 또 추운 날 밤에 사망하는 예가 많다고 한다. 급성 심부전과 질식 등을 원인으로 생각할 수 있지만, 그 전까지는 아주 건강한 경우가 많아 발생 원인은 현재까지 명확히 밝혀지지 않고 있다.

"나는 정신과 의사여서 SIDS의 메커니즘에 대해서는 잘 모르지만, 지금 가장 문제가 되고 있는 것은 부모, 특히 어머니가 심각한 정신적 외상을 입게 된다는 것이죠. 자식을 잃은 충격에다, 어머니는 자신이 제대로 돌보지 않아서 그렇게 되었다는 죄책감을 느끼는 일이 많거든요."

"시라이 마키가 바로 그랬습니다."

후쿠야는 갑자기 뭔가에 화가 난 듯한 표정을 지었다.

"그녀에게는 가장 사랑하는 아들을 잃은 것 자체가 가혹한 체험이었을 겁니다. 세상이 무너지는 것 같았겠죠. 그런데 그 직후에 더욱 충격적인 일이 있었습니다. SIDS에 대해서는 문외한이며 몰지각한 경찰관이 마치 그녀가 죽인 것처럼 심한 취조를 했다고 하는군요. 그후 시라이 마키는 오랫동안 심각한 우울증에 빠져 자기가 아들을 죽였다는 죄의식에 시달렸던 것 같습니다. 그러나 착하고 인내심 강한 남편의 격려로 겨우 안정을 되찾고, 6년 전에 딸을 출산했다고 합니다."

그렇다면…… 후쿠야는 사나에의 표정을 읽었다는 듯이 끄덕였다.

"그렇습니다. 그것이 이 사건에서 납득이 가지 않는 점입니다. 시라이 마키가 가장 두려워한 것은 자식을 잃는 일입니다. 그런데 어째서 스스로 아이의 생명을 끊는 짓을 한 걸까요?"

그때 뭔가가 번쩍였다. 보는 위치를 조금만 바꿔도 트롱프뢰유는 전혀 다른 주제로 보인다. 사나에의 내부에서 일견 전혀 다른 양상으로 떠오르던 두 가지 사건의 공통점이 갑자기 선명하게 떠올랐다.

사나에가 입에 손을 대는 것을 보고 후쿠야는 몸을 내밀었다.

"뭔가 집히는 게 있습니까?"

"네. ……어떻게 말해야 좋을지. 아카마쓰 씨와 시라이 씨는 어쩌면 평소 자신이 가장 두려워하던 것을 현재화顯在化랄까, 실현해버린 게 아닐까요?"

"가장 두려워하던 것? 시라이 마키에게 가장 두려운 것은 확실히 아이를 잃는 것이었습니다."

"아마 아카마쓰 조교수의 경우도 두려워한 것은 육식동물의 습격을 받는 일이었을 거예요."

사나에는 다카나시의 메일에서 읽은 에피소드에 대해 생각나는 대로 설명했다.

후쿠야의 눈이 반짝거리기 시작했다. 주머니에서 수첩을 꺼내 대단한 기세로 휘갈겨 쓴다.

"그 이야기는 금시초문입니다. 고양이과의 동물을 두려워했단 말이죠? 그러면 혹시 다카나시 씨에게도 그런 게 있었나요?"

다카나시는 생전에 무엇을 가장 두려워했을까? 생각할 것도 없는 일이었다. 사나에는 목이 메었다.

"그는…… 자신이 언젠가 죽게 된다는 사실을 무엇보다도 두려워했어요."

후쿠야는 잠시 어안이 벙벙한 표정을 짓고 있더니 자신의 머리를 주먹으로 때렸다.

"그렇군요. 그렇다면 말이 되는군요. 죽는 것을 두려워하는 것은 너무 당연해서 말하지 않으면 몰랐을 겁니다. 확실히 그런 사람이 스스로 죽음을 선택한다는 것은 상식으로는 이해할 수 없죠. 기타지마 선생님, 그런 식으로 자신이 가장 두려워하는 것을 불러들이는 게 대체 무엇인가요? 정신병이나 신경병의 일종인가요?"

"모르겠어요."

사나에는 고개를 저었다.

"일종의 강박 관념 때문에 자신이 의식적으로는 바라지 않던 것을 무의식중에 해버리는 경우는 있어요. 하지만 그것이 죽음에 이를 만큼 확대되는 경우는 저로서는 처음 겪어보는 사례입니다. 게다가 마음의 병은 전염되지 않아요. 이번처럼 다수의 사람들에게 잇달아 같은 증세가 나타난다는 것은 정신의학과 심리학으로는 도저히 설명할 수 없고요."

"그런가요."

몸을 앞으로 내밀고 있던 후쿠야는 실망한 듯 뒤로 물러났다. 사나에도 역시 힌트를 얻었다고 생각했지만, 결국은 아무것도 모르는 거나 마찬가지였다.

"후쿠야 씨. 그런데 어째서 그런 이야기를 제게 해주신 거죠?"

"그런 이야기라니요?"

"비밀리에 조사하고 있다는 것 말이에요. 만일 다른 데로 말이 새면 큰 문제가 될 텐데."

"기타지마 선생님이라면 괜찮을 거라고 생각했습니다. 사람을 보면 신뢰할 수 있을지 어떨지 정도는 알죠."

후쿠야는 어디까지 진심인지 모를 말을 한다.

"게다가 도박의 의미도 있었죠. 선생님이 분명 뭔가 알고 있을 거란 생각을 지울 수가 없었어요. 그래서 굳이 제가 가진 비밀을 털어놓은 것입니다."

무의식적인 듯 후쿠야의 손은 또 담배를 꺼내고 있었다. 한 개비 빼내다가 도중에 그것을 깨닫고, 징그럽다는 듯 주머니에 넣는다.

"솔직히 말해서 벽에 부딪혔습니다. 포기에 가깝죠. 이런 일에는 저 같은 신출내기가 아니라 전문가의 지식이 필요하다고 생각합니다. 그런데 어떤 전문가가 적역인지조차 모르겠어요. 게다가 사정이 사정인 만큼 함부로 묻고 다닐 수도 없고."

과장되게 한숨을 내쉰다. 하지만 연극 같은 태도와는 반대로 곤혹스러운 것은 사실 같았다.

"어떠세요, 선생님. 뭐든 좋습니다. 알고 있는 것이 있으면 말씀해주실 수 없을까요? 나중에 폐를 끼치게 되는 일은 절대 없을 거라고 약속하겠습니다."

"아는 걸 말해달라고 하셔도……."

후쿠야에게 천사와 복수의 여신에 관한 망상과 괴담 같은 이야기를 해봐야 별 수 없을 것이다. 제정신이냐고 의심받지 않으면 다행이니까. 하지만 상대가 손안에 있는 것을 내놓은 이상 이쪽도 그에 응하는 게 예의이다.

사나에는 후쿠야에게 다카나시는 아마존에 가기 이전부터 죽음 공포증이 심했다는 것을 이야기했다. 다카나시와 아카마쓰, 시라이를 포함한 다섯 명이 같은 반에서 행동했던 것, 그리고 '저주받은 골짜기'에 간 멤버라는 것도.

"저주받은 골짜기라고요……?"

후쿠야는 수첩에 적으면서 미간을 잔뜩 찌푸렸다.

"역시 이 다섯 명이라는 말이군요. 그렇다면 이것도 뭔가 단서가 될지 모르겠네요."

"역시라는 것은, 무슨 뜻이죠?"

"나머지 두 사람, 문화 인류학자인 니나가와 교수와 영장류학자인 모리 조수 말입니다만, 두 사람은 모두 연락이 두절된 상태입니다. 즉 행방불명된 거죠."

수호천사

자명종 시계의 알람이 울리기 전에 손을 뻗어 해제 단추를 눌렀다. 시계를 보니 정말 울리기 직전이었다. 요즘 매일 아침이 이렇다. 자신에게 초능력이 있는지도 모르겠다는 생각을 한다.

오기노 신이치는 이부자리에서 기어나와 크게 기지개를 켰다. 창턱에 이불을 널어서 말린다. 남쪽에 있는 맨션 건물 때문에 그늘이 져서 거의 해가 들어오지 않지만 정성 문제다. 그리고 양치질을 하고 세수를 했다.

아침에 눈을 떴을 때의 기분은 상쾌함 그 자체였다. 더욱이 이것은 프로작 같은 뇌내腦內약품 탓이 아닌 것만은 확실했다. 연수를 마친 뒤로 약은 한 번도 복용하지 않았다. 그런데도 행복한 기분은 지속될 뿐만 아니라, 날마다 더해져가는 것 같았다. 단지 카페인에 대한 의존도만큼은 약간 높아진 것 같기도 하다.

요즘 들어 아침에 일어나면 만사를 제쳐두고 커피부터 끓인다. 전에는 일일이 그런 귀찮은 짓을 왜 하냐고 생각했지만, 요즘은 하루라도 커피가 없으면 견딜 수 없을 지경이다. 신이치는 수동 커피 분쇄기로 덜덜덜 커피 콩을 갈았다. 근처 슈퍼에서 사온 싸구려 콩이지만, 방 전체가 그윽한 향으로 가득 찬다. 굵게 간 가루를 기름종이에 올리고 위에서 조금씩 뜨거운 물을 붓는다.

그리고 오븐 토스터로 토스트를 굽고 민첩하게 토마토 샐러드와 스크램블 에그를 만들었다. 토마토는 자를 때 뭉개져서 대부분 씨가 쏟아져 나왔고, 스크램블 에그는 커피에 신경 쓰는 동안 타버렸다. 하지만 둘 다 먹을 수 없을 정도는 아니다. 아침을 제대로 챙겨서 먹고 나니 '기氣'라고 할까, 하루를 보내기 위한 에너지가 저절로 몸 안에 가득 차는 게 느껴진다. 이렇게 잘 챙겨먹어도 돈은 얼마 들지 않는다. 요는 아주 조금의 노동력만 투자하면 되는 것이다.

신이치는 왕성한 식욕으로 아침을 말끔히 해치우면서 어제 편의점에서의 일을 떠올렸다.

"저, 오기노 씨."

계산대에 줄을 선 손님들이 뜸해졌을 때 새로 아르바이트생으로 들어온 사이토 미나요齊藤美奈代가 신이치에게 말을 걸어왔다.

"시간 나실 때, 맛있는 것 먹으러 가지 않을래요?"

"응? 내게 데이트 신청하는 거야?"

"예, 맞아요."

신이치는 당황했다. 사이토 미나요는 스무 살짜리 아르바이트생이라는 사실 말고는, 그때까지 특별히 의식한 적이 없었다. 푸석푸석한 갈색 머리는 그의 취향이 아니었으며 귀엽지도 않다. 눈은 너무 작고 다리는 또 너무 굵으며, 얼굴에는 여드름 자국까지 있다. 컴퓨터 게임에서 나오는 미소녀들과는 비교도 되지 않았다.

그러나 적어도 지금까지의 인생에서 현실 속의 여자에게 데이트 신청을 받은 것은 처음 있는 사건이라 해도 과언이 아니었다.

"근데…… 왜?"

"네? 이유 같은 건 없어요—. 이유가 없으면 안 되나요—?"

"그렇진 않지만."

"그럼 받아주시는 건가요—?"

질질 늘이는 말투 좀 제발 고치라고 말하고 싶었지만, 신이치는 그냥 "좋아"라고만 대답했다.

미나요가 자신에게 데이트를 신청한 이유가 짐작이 가지 않는 건 아니다. 아마 그녀가 계산을 하다 실수해서 곤란해하고 있을 때 도와주었기 때문일 것이다. 아니면 자유기고가라고 자신을 소개해서 흥미를 가졌을지도 모른다. 뭔지 모르게 그런 얼굴을 하고 있었다.

그런데 그녀의 웃는 얼굴을 보니 정말 자신과 데이트를 하고 싶어하는 표정이다. 신이치는 여우에 홀린 듯한 기분이었다.

그러고 보니 어제는 그것 말고도 기쁜 일이 있었다. 교대시간이 다 되어 점장이 출근했을 때였다. "오기노 군, 수고했어"라며 점장이 그의 어깨를 툭 쳐주는 게 아닌가.

설마 자신이 그런 일로 기뻐할 줄은 생각도 못했다. 신이치는 남에게 인정받고 싶다거나 동료 대접을 받고 싶다는 욕망만큼은 자신과 무관한 줄 알았다. 선술집 같은 곳에서 젊은 샐러리맨이 상사들에게 하찮은 칭찬을 받고 좋아 어쩔 줄 몰라하는 것을 볼 때면 은근히 경멸하기도 했다. 예쁜 아가씨라면 몰라도 저런 중년배에게 사랑받는 건 속만 울렁거릴 뿐이다. 하지만 실제로 콧수염을 희한하게 기르고 머리가 벗겨진 남자가 격려의 말 한마디 건네는 것을 듣자, 신이치는 피로가 싹 달아나는 듯한 행복을 느꼈다.

뿌듯한 기분은 돌아오는 길에도 줄곧 지속되고 있었다. 그리고 날갯짓하는 소리가 들려왔다.

처음에는 새소리인가 싶었다. 하지만 완전히 어둠이 내린 시간에 새들이 날아다닐 리는 없었다.

날갯짓하는 소리는 두세 번 그의 뒤통수를 스치듯이 들려왔다. 주위를 두리번거리고 있는 동안 날갯짓소리는 바깥쪽에서가 아니라 그의 머릿속에서 들려오는 것 같은 느낌이 들었다. 현기증이 났다.

한참이 지나서야 날갯짓하는 소리가 멈췄다.

그리고 막 걸음을 옮기려는 순간 신이치는 그제야 아까의 날갯짓소리가 세미나에서 말했던 수호천사의 날갯짓소리가 아닐까 하는 생각이 들었다.

다시 걸음을 옮기기 시작했을 때, 그는 자기도 모르게 휘파람을 불고 있었다. 10년 만에 부는 서툰 솜씨로 〈School days〉의 멜로디를 열심히 불고 있었다.

아침을 먹고 나서 신이치는 재빨리 설거지를 하고 행주를 깨끗이 빨아 널었다. 그리고 석 잔째의 커피를 한 손에 들고 컴퓨터를 켜서 메일을 확인한다.

세 통이 와 있었다. 전부 '가이아의 자식'과 관련된 메일이다. 그후의 심신 상태를 묻는 세미나 사무국에서 온 메일. 최근의 몸 컨디션과 마음 상태 등에 대한 설문에 대답해야 하는 메일이다. 그리고 세미나 회원 중 뜻이 있는 사람들끼리

회지를 만들기로 했으니 기고를 부탁한다는 의뢰. 입회할 때 자유기고가라고 자기 소개를 했기 때문일까? 착각인 것은 알지만 뭔가 새로운 자신이 세상으로부터 인정받고 있는 것 같아 기분이 좋았다.

나머지 한 통은 낯선 메일 주소였다. 두세 줄 읽다가 신이치는 깜짝 놀랐다. '트라이스타' 즉, 미도리에게서 온 것이다.

신이치는 요즘 들어 지난번 연수 때 자신이 불성실한 태도로 임했던 것을 반성하고 있었다. 전 같으면 도저히 생각할 수 없는 심경의 변화다. 하지만 그녀의 본명은 물론 주소도 모르기 때문에 사과할 기회가 없었다. 몇 번인가 세미나 채팅방이나 게시판에 메시지를 올려볼까 생각했지만, 다른 회원의 이야기를 전혀 듣고 있지 않았다고 공개적으로 고백할 용기가 나지 않아 그만두었다. 미도리는 아마 신이치의 메일 주소를 세미나 사무국에 문의했을 것이다. 자신에게도 그 정도의 적극성과 용기가 있었으면 하고 생각했다.

다행히 메일을 읽어보니 미도리는 그다지 화가 난 것 같진 않아 안심했다.

내용은 특별히 이렇다 할 것은 없었다. 합숙 후에 그녀도 모든 것이 잘되어가는 것 같다.

"그후 모든 일이 무척이나 순조롭습니다. 그렇게 많은 고민을 했던 것이 거짓말 같아요. 당신은 어떤가요? 난 기회가 있으면 또 합숙에 참가하고 싶답니다. 메멘토 씨의 이야기로는 같은 사람이 몇 번씩 참가해도 상관없다고 하더군요. 그리고 다음부터는 단골 회원들을 위해 좀더 발전된 반을 만드는 것을 검토중이라고 했어요. 참가할 때마다 새롭게 얻는 것이 있을 것 같아서 벌써부터 가슴이 두근거리네요."

메일은 이어서 그녀의 근황과 함께 오랫동안 목표로 삼아왔던 것을 이제 곧 실현할 수 있을 것 같다는 이야기도 있었다. 세미나가 끝난 후 팬텀과 우울한 장미 아주머니와도 메일을 주고받고 있다고 한다. 두 사람 다 아주 건강하다고 하는 걸 보니, 어쩐지 상승 기운은 세미나에 참가한 사람들 모두에게 똑같이 찾아온 것 같았다.

"모두 자신의 목표를 향해 착착 나아가고 계신가 봐요. 사오리스트 씨는 어떠세요? 사오리의 마음을 사로잡았나요?"

미도리가 갑자기 메일을 준 이유는 막연하나마 그도 이해할 수 있었다. 오랫동안 괴로움을 견디어온 인간은 일단 그 괴로움이 해소되어 모든 것이 좋은 방향으로 돌아서면, 누구를 막론하고 그 기쁨을 나눠 갖고 싶어한다. 박애주의적이고 선심을 잘 쓰게 되며, 그리고 남들의 실수에도 관대해진다. 신이치의 현재 심경 또한 그러했다.

신이치는 바로 답장을 쓰기로 했다. 먼저 세미나 설문부터 해결하고, 회지에 기고할 원고는 요즘 좀 바쁘니 생각할 시간을 얼마간 달라고 답을 보냈다. 그리고 드디어 미도리에게 답장을 쓸 차례.

하지만 문득 거기서 자판을 두들기던 손이 멈춰버렸다.

자신은 목표를 위해 대체 무엇을 하고 있는 것일까? 확실히 전보다 생활에 생기가 돌기 시작한 것은 사실이다. 하지만 미도리와 비교하면 자신이 너무 칠칠치 못하다는 생각이 들어 견딜 수가 없었다.

그렇다. 자신은 자유기고가가 되고자 하지 않았는가. 그러기 위해서는 글을 써야 한다. 자신이 정말 쓰고 싶은 것, 호소하고 싶은 것을 글자로 만드는 것이다.

그렇게 결심하자 무사처럼 비장한 각오가 생겼다.

신이치는 솔직히 자신은 아직 장래의 목표에 대한 실마리조차 잡지 못했다고 썼다. 하지만 자신도 역시 합숙 이후 모든 것이 순조로운 감이 든다, 글을 쓰고 싶다는 것이 목표여서 그것을 위해 앞으로 열심히 노력할 생각이다, 아직 장래에 대한 확신은 서지 않았지만 비관도 낙관도 하지 않는다는 내용의 이야기들을 썼다.

'비관도 낙관도 하지 않는다'는 것은 신이치의 단골 대사였다. 직설적으로 '아무 생각도 없다'라고 쓰는 것이 부끄러울 때는 아주 편리한 말이다.

마지막으로 '사오리'를 공략하는 것은 끝났다고 쓸까 생각했지만, 그쪽에서는 그녀를 실재 인간이라 생각하고 있으니 오해의 여지가 생길 것 같아 관두기로 했다.

세 통의 메일에 답장을 보내고 나서 신이치는 워드 프로세서를 켰다. 더 이상 구상을 해야 한다고 미룰 때가 아니다. 그러면 아무리 시간이 지나도 단 한 줄의 글도 쓰지 못할 것이다. 지금 당장 써야 한다. 생각이 솟구치는 대로. 자신이 진심으로 표현하고 싶어하던 것을.

지금까지는, 생각은 그렇게 해도 하얀 화면만 보면 두려워졌었다. 막상 쓰려고 했을 때 자신은 아무것도 쓰지 못하는 인간이란 것을 깨우치게 될까 봐 두려웠으니까. 하지만 이상하게도 한번 심호흡을 하고 나자 답답한 마음이 저절로 사라졌다. 괜찮다. 쓸 수 있다. 어쨌든 자판을 두들겨보자.

신이치에게 지금 당장 쓰고 싶은 대로 쓸 수 있는 것은 단 한 가지뿐이었다. 게임에 대해서다.

먼저 제목을 정하기로 했다. '버추얼 세계가 인류에게 주는 위안' 아주 좋다. 이어서 서두에 쓸 말도 떠올랐다.

> 게임을 백해무익하다고 공격하는 것은 예외 없이 한 번도 게임을 해본 적이 없는 어른들이다.

여기서 신이치는 조금 위화감을 느끼며 손을 멈추었다. 나이로 보면 자신도 이미 어른이라는 사실을 문득 깨달은 것이다. 하지만 부당하게 학대받는 어린이들을 대변하는 것이라고 스스로를 합리화했다.

하지만 자신이 한 번도 경험해보지 못한 것을 어떻게 그렇게 단호히 잘라버릴 수 있는가? 당신들은 그렇게 신과 같은 판단력을 가지고 있는가? 절대로 틀리지 않다고 자신할 수 있는가? 특히 심한 것은 공리주의功利主義의 화신 같은 '수험생 엄마'들이다. 그녀들에게는 게임이 눈을 나쁘게 하고 시간을 낭비하는 것으로밖에 보이지 않는 것 같다. 그녀들이 자주 입에 담는 대사는, "그럴 시간 있으면 차라리 운동이나 하는 게 낫겠다!"이다.

웃기지 마시라. 인간은 로봇이 아니다. 아무도 그렇게 '효율적'인 것만 하며 살아갈 수 없다. 인생에는 여유라든가 놀이라든가 쓸모 없는 시간이라는 것이 반드시 필요하다.

좀 물어보겠는데 말이다. 당신들은 어렸을 때 정말 그렇게 매일 공부만 했는가? 공부만 해서 겨우 그 정도의 어른밖에 되지 못했는가?

더욱 화가 나는 것은 아이들에게 공부만 시키려 하는 주제에, 요즘 아이들은 자연과 접하지 않아서 못쓴다느니, 허약하다느니 말들이 많다. 아이들에게서 자연을 빼앗은 것은 어른들이 아닌가. 자연을 빼앗았기 때문에 요즘 아이들에게는 사이버 공간이 마음의 오아시스가 되지 않았는가.

최근 청소년들의 흉악 범죄가 많다. 그러면 '높은 사람들'이 반드시 물고 늘어지는 것이 게임과의 관련성이다. 게임에 열중하는 자는 그만큼 인간성을 상실한 것으로 간주된다. 그것이 암묵적인 사실이 되어 있다. 하지만 인간을 사물 취급하는 것은 어느 쪽인가? '수험생 엄마'들이야말로 자신의 아이를 이용해 오로지 수치를 올리는 게임에 핏대를 올리고 있지 않은가. 게임을 하는 사람들은 오히려 사물을 사람 취급한다.

진실을 가르쳐주겠다. 게임이라는 것은 아이들의 마음을 '위로하기' 위해 아주 중요한 작용을 하고 있다. 이것은 적어도 게임을 해본 적이 있는 사람이라면 누구나 알 것이다.

슬롯머신, 담배, 노래방에도 얼마 전까지는 힐링 효과가 있었다. 그런데 슬롯머신은 금권 주의로 도박성이 너무 높아져서 본래의 목적을 상실했다. 담배는 건강에 해롭다. 노래방도 곡이 너무 어려워져서 힐링과는 전혀 무관해졌다.

어른도 한번 게임을 해보라. 괜히 폼 잡고 있거나 수치스럽게 생각하면 손해다. 롤플레잉, 격투 게임, 시뮬레이션, 야한 게임 등 다양한 장르가 있다. 심한 스트레스는 버추얼한 전투 게임으로 발산되며 외로움을 달래주는 게임도 있다. 요즘 세상에 우수한 인재는 글을 쓰지 않고 모두 게임 작가가 되어 있다.

게임만 하고 있어서 교우 관계가 희박해지는 것이 문제라고 지껄이는 평론가들. 현실의 인간관계라는 것이 그렇게 중요한가? 살벌하고, 용서할 줄 모르고, 연애를 해도 인스턴트식이어서 정서 따위는 전혀 없지 않은가?

현실 속에서 대상을 찾지 못해 사이버 속 이성을 향해 진실한 사랑을 쏟아 붓는 것이 그렇게 이상한가? 그녀들은 현실의 여성들이 잃어버린 아름다운 요소를 모두 갖추고 있다. 그런데 아무에게도 폐를 끼치지 않았는데, 어째서 마니아니 변태니 하고 부른단 말인가? 진짜 인간과 게임을 하듯 연애하고 함부로 버리거나 배신하여 상대에게 상처를 입히고도 대수롭잖게 생각하는 놈들에게, 어째서 남에게 상처를 주는 것이 무서운 일이란 것을 아는 우리가 멸시당해야 하는가?

지금이야말로 우리는 게임에서 배워야 한다. 집단 따돌림 등으로 마음에 상처를 입은 아이들은 게임으로 치유받아야 한다. 학교 교사며 카운슬러며 의사들은 모두 인식 부족이다. 게임이 갖고 있는 잠재적인 가능성을 제대로 공부해야 한다. 그리고 더욱 본격적인 '치유 게임'을 개발해야 할 것이다.

'수험생 엄마'들도 자신의 허영심을 만족시키기 위해 다른 사람의 인생을 지배하는 것을 그만두어라! 그들에게는 전용 '육아 게임'을 만들어주면 된다. 새로운 감각의 육성 시뮬레이션 어드벤처 게임 '디 얼티미트 수험'이다. 버추얼 차일드들의 학력 패러미터를 올리고 입시와 면접을 거쳐 훌륭하게 일류 초등학교에 합격시킨다. 그 다음은 일류 중학교 편, 일류 고등학교 편, 일류 대학교 편, 대기업 취직 편, 일류 배우자 편으로 이어지는 게임인 것이다. 만약 게임이 서툴면 삐뚤어지기도 하고, 이상해지기도 하고 죽기도 한다. 그래도 진짜 자식이 그렇게 되는 것보다는 낫지 않은가?

고심하며 문장을 쥐어 짜내는 동안 지금까지는 막연했던 사물의 본질과 순서가 보였다. 신이치는 자신이 평론가가 되기 위해 태어난 인간이었다는 사실에 확신이 생겼다.

여기까지 치는 데 넉넉히 두 시간 이상 걸렸다. 하지만 다시 읽어보아도 아주 잘 쓴 것 같다. 신이치는 지금까지의 인생에서 이렇게까지 자신이 생각한 것을 제대로 표현한 적이 없었다.

아직 쓰고 싶은 것은 산더미처럼 있다. 언젠가 다 완성되면 어딘가에 투고하려고 한다. 하지만 그가 첫 평론을 올리는 매체로서 어떤 잡지가 적당할지는 머릿속에 전혀 떠오르지 않았다. 신이치가 평소 읽는 잡지는 주로 컴퓨터 미소녀 게임 전문지인 『전자뇌 천사』『두근두근 윈도우』『PC 걸스』『아이 러브 SLG』 같은 것뿐이기 때문이다. 모두 독자 투고란은 있지만 장문의 평론을 게재할 만한 잡지들은 아니다.

어쨌거나 아침부터 일을 하고 난 상쾌함은 각별했다. 투고할 만한 곳은 없었지만 이제야 자유기고가 겸 게임 평론가로서의 첫 걸음을 내디딘 실감이 났다.

일도 끝냈고, 이번에는 자신에게 스스로 포상을 줄 차례다. 그가 좋아하는 것은 여전히 '덴시가오카 고등학교'이다. 때때로 다른 야한 게임으로 외도를 하는 일은 있지만, 결국 이 게임으로 돌아온다.

게임의 테마송을 들으며 '사오리'의 얼굴을 보는 것만으로 마음이 편안해지는 것도 전과 다름없었다.

"신이치, 잠깐만.▼"

"늦었어. 뭐하는 거야? 지각하겠네.▼"

"신이치. 걸음이 너무 빨라. 따라가질 못하겠어. 흑흑.▼"

"좋아, 내가 가방 들어줄게.▼"

"와, 신난다. 신이치 생각보다 자상한 걸.▼"

"시끄러워. 어서 걷기나 해.▼"

신이치는 정말로 편안한 마음으로 마우스를 클릭한다. 이미 '사오리'를 포함한 열 명의 여자아이들의 공략을 완료하여, 게임을 완전히 제패할 날도 멀지 않았다. 이제는 공략 매뉴얼을 보지 않아도 대화의 리듬만으로 정답을 고를 수 있게 되었다. '덴시가오카 고등학교'의 세계는 그에게는 자신의 방과 마찬가지일 정도로 친숙한 곳이었다.

하지만 그 반면 전처럼 게임에 빠져들지 못하는 자신을 발견했다. 따돌림도 대립도 갈등도 없는 세계. 얼마 전까지만 해도 그저 편하기만 한 곳이었는데, 지금은 왠지 뭔가 부족하다는 느낌이 든다.

불현듯 미도리가 떠올랐다. 그 아이라면 게임 속의 미소녀에게 밀리지 않을 것이다. 지적이고 청초하고 상냥하고 게다가 미인이다. 역시 3D에도 그런 착한 아이가 있었다. 자신은 도저히 쳐다보지 못할 사람이라고 믿고 있었는데, 오늘은 어쩐 일로 그녀가 메일을 보내주었다. 부정적 이미지만 안겨준 것 같다고 생각한 것은 어쩌면 착각이었는지도 모른다. 뭐, 그러나 현실적으로는 역시 그림의 떡일지도……. 생각해보니 아직 본명조차 모르는군.

그리고 사이토 미나요 역시 절대 나쁜 아이가 아니라고 생각한다. 적어도 자신에게 호의를 표시해주었다. 그것만으로도 점수를 듬뿍 줄 수 있다. 자기가 이것저것 고를 처지가 아니란 걸 생각하면 이쪽이 어쩌면 진짜이지 않을까 싶기도 하다.

어쨌든 스물여덟 살에 비로소 사이버 세계의 주인공을 졸업하고 진짜 인간을 상대로 연애를 할 시기가 온 것인지도 모른다.

하지만 설령 그렇게 되었다 해도 '사오리'는 영원히 잊지 않으리라 다짐하는 신이치였다. 지금까지 자신을 지탱해준 것에 대해서는 아무리 감사를 해도 부족하다. 몇 십 년 후 드디어 이 세상의 마지막 순간을 맞이했을 때, '사오리'와의 추억은 인생에서 가장 즐거웠던 사건으로 선명하게 가슴속에 되살아날 것이다.

모니터에서 여자아이와의 이벤트가 일단락되자 신이치는 데이터를 저장하고, 게임을 종료했다. 좀더 컴퓨터를 붙들고 있고 싶었지만, 단호히 유혹을 뿌리치고 전원을 껐다. 오늘은 편의점에 가기 전까지 시간이 있다. 모처럼 바깥에 한번 나가볼까 한다.

거울을 보면서 머리를 단정하게 빗었다. 규칙적인 생활을 하는 탓인지 안색도 좋고 이마와 미간 주변에는 광택이 났다. 뭔가 기를 발산하고 있는 듯한 느낌마저 든다. 생김새는 변한 게 없어도 얼마 전까지와는 인상이 완전히 달라진 것이다. 스스로도 그렇게 생각할 정도니 남들에게는 오죽할까?

장래가 갑자기 환하게 밝아진 것 같은 기분이 든다. 그 세미나에 참가한 것이 자기 인생의 전기轉機가 되었다는 생각이 절실히 든다. 역시 큰마음 먹고 참가하길 잘한 것 같다.

이제 어디로 갈까? 신이치는 동년배의 젊은이들이 놀러 가는 곳엔 가고 싶지 않았다. 그렇다고 그렇게 멀리 갈 필요도 없다. 근처를 산책하는 것만으로도 충분히 즐거울 것이다.

큰 거미가 줄을 치고 있는 길이어도 굳이 피해서 갈 필요는 없다.

그렇다. 그렇게 심하던 거미에 대한 공포심도 거의 사라졌다. 거미를 보자 마음속으로는 아직 희미하게나마 혐오감과 불안을 느끼지만, 동시에 곧 극복할 수 있다는 자신감도 생긴다.

문득 오늘이야말로 완전히 거미 공포증을 퇴치해버려야겠다는 생각이 들었다. 그렇다. 지금이 기회일지도 모른다. 생각해보니 이것은 인생에서 가장 중대한 도전의 하나인 것 같다.

그렇게 생각하자 갑자기 마음이 다급해졌다. 지금까지 경험이 없었지만, 피가 끓는다는 게 이런 걸 말하는가 보다. 신이치는 흥분해서 방 안을 빙글빙글 돌아다녔다. 그리고 결심을 굳히고 밖으로 나갔다.

이웃의 후미진 길목이나 공원 등 거미가 있을 만한 곳을 찾아다녔다. 그런데 오늘따라 거미는 한 마리도 보이지 않았다. 신이치는 적잖이 실망했다.

포기하려고도 생각했지만 한번 불이 붙은 그의 투지는 쉽게 꺼질 것 같지 않았다. 시계를 보니 아직 시간은 충분했다.

신이치는 일단 집으로 돌아와 옷을 갈아입은 뒤 역으로 향했다. 도중에 있는 애완동물 가게에서 플라스틱 곤충용 바구니 다섯 개와 포충망을 샀다. 이런 것을 사는 것이 몇 년 만인가. 무척이나 정겨웠다. 초등학교 때는 곤충 채집을 갈 만한 여유가 거의 없었다. 단지, 여름방학 숙제로 곤충채집을 할 때만큼은 마음껏 들판으로 나갈 수 있어서 기뻤다. 파란 하늘 아래 믿을 수 없는 속도로 날아가는 청띠제비나비를 쫓아갔었다. 그때의 기분과 흥분이 되살아난다. 잡으려 하는 것은 그때와 조금 다르지만.

신이치가 방으로 돌아온 것은 그로부터 약 세 시간 후였다.

곤충 바구니 속에는 대형 거미가 서로 엉켜 있었다. 몸이 조금 가늘고 길며 수면에 몇 종류의 그림 물감을 떨어뜨려 종이로 퍼올린 듯한 복잡하고 황홀한 무늬가 있는 쪽이 무당거미, 땅딸막하고 노란 바탕에 검은 줄무늬가 있는 것이 색동호랑거미다. 일부러 무사시노에 있는 절의 경내까지 들어가서 잡아온 것이다. 전철 속에서는 승객 몇 명이 그의 곤충 바구니 속을 보고는 깜짝 놀란 표정을 지었다. 하지만 그것조차도 왠지 신이치를 의기양양하게 만들었다.

방 안에서 곤충 바구니 속 전쟁의 결과를 확인해보았더니 이미 거미줄 전쟁에 진 몇 마리가 흰 수의에 싸인 시체가 되어 있었지만, 그래도 아직 다섯 개의 곤충 바구니 안에는 모두 스무 마리에 가까운 거미가 살아 있었다.

그 모습을 보고 있으려니 목덜미 털이 찌릿찌릿 타는 듯한 스릴과 함께 가슴 밑바닥에서 오싹오싹한 승리의 쾌감이 끓어올랐다. 자신은 지금 사악한 거미들을 지배하고 있다. 그렇게 싫어하고 두려워했던 거미를 말이다……. 그리고 이것으로 확실해졌다. 이 녀석들은 아무리 무섭게 보이려고 해도 어차피 한낱 버러지에 지나지 않는다. 죽이고 살리는 권리는 전부 내가 갖고 있는 것이다.

이제 자신에게는 두려운 것이 하나도 없다.

신이치는 한참 동안 넋을 잃고 거미를 바라보고 있었다.

퍼뜩 정신을 차리고 보니 어느새 저녁 무렵이었다. 슬슬 편의점에 갈 준비를 해야 한다.

다섯 개의 곤충 바구니는 창가에 나란히 매달았다. 빨갛게 물들어가는 석양이 창으로 들어와 곤충 바구니의 실루엣을 방바닥 위에 던졌다. 마치 그림자 그림을 보고 있는 것처럼 바구니뿐만 아니라 거미 모양까지 판별할 수 있었다. 느릿한 동작으로 바구니 속에 거미줄을 치며 둥지를 만들고 있다.

그때 무슨 소리인가가 들려왔다.

신이치는 순간 거미가 울고 있는 게 아닌가 하는 착각이 들었다. 물론 거미는 울지 않는다.

또 들려왔다.

새가 우는 소리와 비슷하다. 신이치는 귀를 기울였다.

이번에는 또렷이 알 수 있었다. 피콜로 같은 음색이지만, 음정이 미묘하게 흔들렸다. 반 음씩 올라갔다가 반 음씩 내려갔다가. 아무리 주위를 둘러보아도 아무것도 보이지 않는다.

이윽고 지저귐은 천장의 한 모서리에 고정되었다. 어두컴컴하지만 아무리 보아도 아무것도 없는 곳이다. 하지만 새의 지저귐 같은 소리는 확실히 그곳에서 들려오고 있었다. 가늘게 떨리고는 있지만 그래도 끊이지 않고 들려온다.

드디어 왔다.

신이치의 가슴은 지금까지 한 번도 느낀 적이 없는 감격으로 가득 찼다.

틀림없다. 수호천사가 찾아온 것이다.

지금까지 줄곧 믿고 있었다. 줄곧 기다려왔다. 역시 보람이 있었다. 이제 자신도 드디어 수호천사와 하나가 된 것이다.

수호천사의 속삭임은 도중에 몇 번이나 약해지다 꺼질 것 같으면서도 끈질기게 이어졌다. 그는 마음속으로 열심히 신호를 보냈다. 듣고 있어요, 안심해요. 잘 듣고 있으니까요. 힘내요. 더 힘을 내서 지저귀세요. 지면 안 돼요.

뭔가가 뺨을 따뜻하게 적시고 있었다. 신이치는 한숨을 쉬었다.

이제 됐다. 이제부터는 수호천사가 나와 함께 있어줄 거니까. 분명 잘될 것이다. 아무 걱정하지 않아도 된다.

가이아의 자식

사나에는 손목시계를 보았다. 막 오전 11시 반을 지나는 참이었다. 약속 시간은 이미 30분이나 지났다. 지금쯤 호스피스에서는 사나에가 담당해야 할 회진을 누군가가 대신 하고 있을 것이다. 그 생각을 하자 이렇게 가만히 앉아 시간을 죽이고 있는 것에 죄책감이 든다. 도이 미치코는 아무것도 묻지 않고 다녀오라고 말해주었지만, 자신을 필요로 하는 많은 환자들을 생각하면 업무태만 죄는 결코 가볍지 않다.

아마 지금부터 와타나베渡邊 교수를 만난다 해도 뭔가 획기적인 사실이 새롭게 판명되지는 않을 것이다. 실제 인생에서는 추리소설처럼 모든 수수께끼가 명쾌히 밝혀지는 일이 드물다. 언젠가 우연히 진실이 드러나기를 기대할 수밖에 없지 않을까? 게다가 설령 진실을 모두 알게 된다 해도, 그것으로 다카나시에 대한 마음을 완전히 정리할 수 있을 것 같지도 않다.

사나에는 오늘도 수확이 없다면 그만 끝낼 생각이었다. 자신에게는 해야 할 일이 있고 인생은 항상 진행형이다. 아무리 다카나시를 잊지 못한다고 해도 언제까지나 이 문제에만 매달려 있을 수는 없다.

마음속으로는 평생 그를 떠올릴 것이다. 추억으로서. 그리고 고통스런 부채負債로서.

와타나베 교수의 방은 대학 캠퍼스의 중앙 정원에 접해 있는 난 까닭인지 햇빛이 들어오지 않아 어두컴컴하고 음습한 분위기였다. 소파는 너무 낮고 등받이의 각도는 너무 커서 뒤로 기대면 안락 의자에 누운 듯한 자세가 되어버린다. 등을 쭉 펴고 있는 것만도 고역이라 앉아 있는 게 편치 않았다. 달리 구경할 것도 없어서 사나에는 책장에 꽂힌 책들을 훑어보았다.

『에센셜 법의학』(제2판), 『현대 법의학』(개정 제3판), 『표준 법의학 · 의사법』(제4판)…….

같은 의사이지만 낯선 제목들뿐이다. 인턴을 마치고 호스피스에서 근무하겠다고 결심했을 때 주위 사람들은 그녀를 사이코 취급했다. 사람의 생명을 구하는 것을 본분으로 하며 긍지로 생각하는 의사들 사이에선, 환자가 그저 편안하게 죽을 수 있게 도와주는 일만 하는 호스피스 의사는 적어도 젊고 희망에 불타는 인간이 지망할 일이 아니라고 여겨지고 있었다. 그런데 그것이 법의학 관계가 되면 더욱 기인奇人이란 이미지가 강하여, 호스피스 의사는 의사가 아니라고 공공연히 말하는 교수까지 있었다.

문이 열리고 몸집이 작은 백발의 노인이 들어왔다. 사나에는 일어섰다.

"많이 기다렸지요? 갑자기 해부해야 할 일이 생겨서."

와타나베 교수는 선 채 담배에 불을 붙이더니 코와 입으로 한꺼번에 연기를 토해냈다. 그야말로 큰일을 끝내고 난 후의 만족스런 끽연 같지만, 보기에 따라서는 코에 찌든 사체 냄새를 지우려고 하는 것 같기도 하다.

"바쁘신 데 성가시게 해드려서 죄송합니다."

"아뇨, 아뇨."

와타나베 교수는 의자에 앉으면서 호탕하게 말했다.

"기타지마 씨는 다지리田尻 교수의 제자였다고요? 난 말이죠, 다지리 군과는 옛날에 한 책상에서 공부하던 사이랍니다."

"예, 들었습니다. 선생님은 대단한 애주가라고 하시더군요."

와타나베 교수가 마침 사나에의 모교와 같은 재단의 의대

출신인 것은 큰 행운이었다. 그렇지 않으면 이렇게 쉽게 만날 수 없었을 것이다.

잠깐 동안 공통된 지인인 의사들의 이야기를 주고받은 후 사나에는 본론으로 들어갔다.

"실은 오늘 선생님을 찾아뵌 건 선생님이 집도하신 사체에 대한 일로 ……."

"음, 그랬죠. 아카마쓰 씨라고 했던가요?"

그렇게 생각해서 그런지 표정이 어두워진 것 같다.

"기타지마 씨는 아카마쓰 씨와는 어떤 관계죠?"

"원래 알던 사이는 아니었습니다. 그저 아마존 탐험대에 참가했을 때, 아카마쓰 씨와 동행했을 뿐이지요."

와타나베 교수는 재떨이에 담배를 비벼 끄며 폐에 쌓인 마지막 보랏빛 연기를 토해냈다. 그것과 함께 웃는 얼굴도 완전히 사라졌다.

"……그래서 묻고자 하는 게 뭡니까?"

"아카마쓰 씨의 사체를 해부하실 때 뭐 이상한 걸 발견하시지 않았나요?"

사나에는 어렴풋이 흥분을 느꼈다. 와타나베 교수의 태도에서 확실한 반응이 느껴졌다. 뭔가를 알고 있다는 뜻이다. 아마 사체를 해부할 때 뭔가 이상한 것을 발견한 게 틀림없다.

"그런 것은 아무리 지인의 소개라고 해도 쉽게 말할 수 없습니다."

와타나베 교수는 두 개비째의 담배에 탁상 라이터로 불을 붙였다. 말과는 달리 그 불안한 손놀림은 심중에 갈등이 있음을 나타내고 있다.

"물론 지장 없는 범위 내에서만 부탁드립니다. 프라이버시 문제는 잘 알고 있습니다."

"글쎄요……."

와타나베 교수는 담배에 의식을 집중하고 있는 것처럼 눈을 가늘게 떴다. 사나에는 교수가 말을 꺼내기를 기다렸다.

"으음, 그건 이상하다면 이상한 사체였지요. 호랑이에게 물렸으니까요. 온몸 여기저기에 심한 교상이 있었습니다. 그래서 사인은 외상에 의한 2차성 쇼크로 심부전을 일으킨 것으로 판단했습니다. 그렇다고 구급병원의 관리를 나무라는 것은 아닙니다. 오히려 그만큼 중상을 입었는데 이틀을 버틸 수 있게 해준 게 기적에 가깝죠."

아냐, 라고 사나에는 생각했다. 와타나베 교수가 갑자기 말이 많아진 것은 고의로 이야기를 돌리려 한다는 증거다. 교수는 뭔가 좀더 다른 것을 발견한 게 틀림없다.

하지만 대체 무엇을 발견한 것일까?

"아까 말씀드린 대로 아카마쓰 씨는 아마존 탐험대에 참가했었습니다."

사나에는 신중하게 단어를 고르면서 이야기를 꺼냈다. 와타나베 교수의 표정에서 약간 동요가 이는 것 같았다. 아까 아마존이라는 말을 들었을 때와 같다. 역시 뭔가 짚이는 데가 있는 것이다.

"실은 같은 시기에 아마존에 다녀와서 죽은 사람은 아카마쓰 씨만이 아닙니다."

와타나베 교수는 하마터면 담배를 떨어뜨릴 뻔했다.

"뭐라고요?"

"두 명이나 더 죽었습니다."

"하지만 그런……."

와타나베 교수의 안색이 창백해졌다.

사나에는 침을 삼켰다. 어쩐지 제대로 짚은 것 같다. 와타나베 교수는 사법해부 때 뭔가를 본 게 틀림없다.

"와타나베 선생님. 뭔가 짚이는 게 있으세요?"

와타나베 교수는 말이 없었다. 담배를 든 손이 떨리고 있다. 한 번 더 떠본다.

"선생님이 보신 것은 아카마쓰 씨의 직접 사인이 아닐지도 모릅니다. 하지만 그 원인을 제공했을 가능성은 높을 겁니다."

"그렇게 말하는 근거는?"

와타나베 교수는 날카로운 눈으로 사나에를 보았다.

"아카마쓰 씨를 포함해서 세 사람 다 자살했습니다. 그것도 상식적으로는 이해할 수 없는 방법으로 말입니다."

"그렇다고 해서……."

"그중 한 사람은 제가 직접 진찰했습니다. 기괴한 환청과 환각, 망상 등의 정신병 증세를 보였습니다. 그것도 정신분열증과는 확연히 달랐습니다. 지금까지 알려지지 않은 종류의 정신병이었습니다. 게다가 전염성이 의심되기도 합니다."

이것이 결정타가 되었다. 사나에는 설레는 마음을 억누르면서 침묵을 지켰다. 와타나베 교수가 스스로 말을 꺼내기를 참을성 있게 기다렸다.

"보건소에는 일단 보고했습니다."

와타나베 교수는 허공을 보면서 마치 딴 사람처럼 쉰 목소리로 말했다.

"하지만 내가 할 수 있는 일은 그게 다였습니다. 난 법의학자고 내가 집도한 것은 사법해부죠. 사체의 사인을 확인하는 것이 일이지, 그 이외의 것은 각각의 전문가에게 맡길 수밖에요. 하지만 일단 주의는 환기시켜두었습니다."

일본에서 행해지는 사체 해부는 사법해부, 행정해부, 병리해부 세 종류가 있으며, 각각의 목적이 미묘하게 다르다. 범죄나 사건에 관련됐는지를 조사하는 사법해부에서는 보통 사인에 관계없는 신체질환에 대해서까지 자세하게 조사하는 일은 없다.

"보건소에서 후생성에 보고가 올라가고, 나는 곧 샘플을 보냈지요. 하지만 후생성에서 위탁받은 그 방면의 일인자라는 사람이 문제없다는 보고를 올렸습니다. 문외한인 나는 그 이상 참견할 권한이 없어요. 게다가 이번에는 유족들도 이의를 제기했습니다. 프라이버시뿐만이 아니라 차별 문제까지 얽혀 버렸어요. 그래서 이 일에 대해서는 입을 다물기로 했죠."

"선생님, 선생님은 대체 무엇을 보신 거죠?"

사나에는 참다못해 단도직입적으로 물어보았다.

"트랙이었습니다."

"트랙이요?"

"홈을 말하는 거죠. 사체의 뇌를 조사했더니 표면에 언뜻 봐서는 눈에 띄지 않을 정도로 작은 홈이 있었습니다. 내 시력은 지금도 2.0이지요. 그래서 뇌를 둥글게 잘라보았습니다. 그랬더니 뇌간부腦幹部에 미세한 선충이 백 마리 이상이나 들어가 있더군요. 표면에 있는 것은 벌레가 기어간 흔적이었죠."

사나에는 수화기를 든 채 생각에 잠겼다.

무슨 일이나 전문가가 능숙한 법. 본격적인 조사를 할 생각이라면 후쿠야에게 부탁해야 할 것이다. 사나에가 죽었다 깨어나도 알아낼 수 없는 것도 신문사 네트워크를 통하면 금세 알게 될지도 모른다.

하지만 여기에는 와타나베 교수도 말했듯이 미묘한 문제가 얽혀 있었다.

아카마쓰 조교수의 뇌에서 발견된 선충을 조사한 것은 기생충학 전문가가 아닌 일본 의학계의 힘있는 사람들이었다.

'회충은 종종 뇌와 안구에 들어간다. 인체 내에 쉬파리의 유충과 줄지렁이가 기생한 예도 있으므로, 해당 선충이 어쩌다 뇌에서 발견되었다 해서 즉시 위험한 것으로 판정할 수는 없다.'

사나에는 와타나베 교수가 보여준 후생성에서 온 문서의 한 구절을 떠올렸다. 힘있는 사람들의 판단이 그대로 반영된 것 같다. 현재 일본의 시스템에선 일개 의사가 여기에 덤벼드는 것은 쉬운 일이 아니다. 만약 사나에가 실직을 각오하고 이의를 신청한다 해도 관공서의 방침이 바뀌지는 않을 것이다. 게다가 이 방침이 백 퍼센트 잘못되었다고 단언할 수도 없다. 문서 마지막에는 아마 이렇게 되어 있었을 것이다.

'사망과 직접적인 인과 관계가 있다는 것은 확인하지 못했으며 프라이버시 문제도 있다. 해외에서 우연히 옮은 풍토병으로 판단되며 현재 유행 가능성이 인정되지 않는 이상 쓸데없이 불안을 부채질하는 것은 바람직하지 않다.'

그야말로 관공서다운 핑계다. 하지만 진실의 한쪽을 가리고 있는 것만은 부정할 수 없다. 그리고 사나에가 후쿠야에게 전화하기를 망설이고 있는 것도 이 때문이다.

만약 후쿠야에게 알리면 언제든 분명히 기사화될 것이다. 그리고 일단 공표된 정보는 자연 속에 방출된 바이러스와 같아서 저절로 소멸되는 것은 불가능에 가깝다.

더욱이 정보는 반복되고 과장되고 윤색되고 왜곡되면서, 보도되는 동안 점점 형태를 바꾸어간다. 그 속도는 에이즈 바이러스 이상이다. 그리고 최종적으로 살아남은 것은 바이러스와 똑같이 살아남기 쉬운 형질을 갖춘 것이다. 요컨대 좀더 사람들의 의식에 새겨지기 쉬운, 선정적이고 공포라는 근원적인 감정에 직결하기 쉬운 '이야기'이다.

에이즈 때도 그랬지만 뇌에 사는 기생충이라는 이미지에는 사람의 생리적인 혐오감을 좀더 생생하게 자극하는 것이 있다. 변형된 정보가 퍼져가는 과정에서 무의미한 혼란과 비난, 집단 괴롭힘, 차별 문제 등이 야기될 가능성은 높다. 지금 시점에서는 그런 희생을 감수하면서까지 경계를 호소해야 할지 어떨지 도저히 판단이 서지 않는다.

게다가 아카마쓰 조교수의 유족들이 공표를 두려워하는 것도 일리가 있다.

아카마쓰 조교수의 고향에는 고대부터 내려오는 어떤 '악귀'에 관한 미신이 있다고 한다.

사나에는 방금 전에 구로키 마사코에게 전화를 걸어 '악귀'에 관한 강의를 들은 참이었다. 그녀의 강의에 따르면 마을에서 특히 출세가 빠르거나 다른 논밭과 달리 농사가 잘되는 경우에는 "저 집에 귀신이 씌었다"고 소문이 난다고 한다. 귀신이 다른 집에서 몰래 금은보화를 훔쳐내서 그 집이 흥하도록 돕는다는 '이야기'이다. 일본인 특유의 음습한 질투로 생긴 것이겠지만, 소문이 나면 혼사에도 지장이 생기는 등 많은 피해를 입으며, 극단적인 경우엔 마을에서 집단 따돌림을 당하게 되는 일조차 있다고 한다.

이것도 역시 병원성 바이러스와 마찬가지로 유해한 정보의 일종이다. 그런 바보 같은 미신은 옛날에 사라진 줄 알았는데, 지역에 따라서는 아직도 끈질기게 살아남았나 보다. 뿐만 아니라 신흥 종교의 유행과 비합리적인 것을 무책임하게 긍정해버리는 텔레비전 프로그램의 영향으로 부활하는 경향조차 있다고 한다.

그런 와중에 안 그래도 기괴한 자살을 해서 소문이 날 판국에, 아카마쓰 조교수의 머릿속에서 영문 모를 '벌레가 나왔다'고 하면 시골에 사는 친척들은 낯을 들고 다니지 못하게 될지도 모른다. 그런 분위기는 도쿄에 사는 사나에로서는 상상조차 하기 어려웠다.

사나에는 일단 내려놓은 수화기를 다시 들었다. 후쿠야의 협력을 바랄 수 없다면……. 사나에는 수첩을 펴고 와타나베 교수에게 알아낸 번호를 눌렀다. 그 상대가 협력자가 되어주기를 간절히 바라면서.

와타나베 교수의 친구라고 해서 교수 연배의 인물을 상상하고 있었는데, 요다 겐지依田健二는 아무리 보아도 아직 40대 초반 같았다. 절대 큰 몸집은 아니지만 다부져 보이는 풍모에 시선은 면도날처럼 날카롭다.

"바쁘신 데 실례가 많습니다."

사나에의 인사에 요다는 코로 흥하고 숨을 내뱉으며 대답했다.

"바쁜 것 같아 보여요? 일본의 대학 교수란 것은 기업과 제휴하여 연구라도 하지 않으면 일 년 내내 한가하지요."

사나에는 당황했다.

"하지만 와타나베 선생님께 이 분야의 일인자라고 들었습니다."

"그, 이 분야라는 것이 별것 아니라오. 아무도 안 하는 것, 예를 들면 금붕어 똥이 어떻게 쌓이는가 하는 연구만 하면 일인자가 되는 건 간단합니다."

"겸손의 말씀을……."

요다는 주머니에서 휴지를 꺼내더니 큰 소리로 코를 풀었다.

"실례. 꽃가루병이 있어서요."

"벌써 여름인데요?"

"꽃가루란 것은 삼나무에서만 날리는 게 아니지요. 일 년 내내 날아다녀요. 나의 IgE 항체는 모든 꽃가루를 적으로 인식하고 있어요. 방치해두면 머잖아 싹을 틔워 몸이라도 갈취할 거란 망상을 안고 있는 것 같아요."

요다는 갑자기 등을 돌리더니 뚜벅뚜벅 걸어간다. 사나에는 순간 망설였지만 잠자코 따라가기로 했다.

요다는 나무 문을 열고 연구실에 들어갔다. 사나에도 뒤를 따른다.

"어떻게 생각합니까?"

요다는 갑자기 돌아보며 사나에에게 물었다.

"뭐가 말인가요?"

"이 방."

사나에는 잡다하게 실험 기구가 놓여 있는 방을 둘러보았다. 우선은 칭찬을 해야겠다고 생각했지만, 무엇 하나 칭찬할 만한 것을 찾을 수가 없었다. 할 수 없이 "좋은 방이군요" 하고 대충 얼버무렸다.

"좋다고요? 당신, 시력은 괜찮습니까?"

요다는 코를 풀면서 말했다.

사나에는 호스피스에 있는 동안 공격적인 말투를 쓰는 사람들에게 익숙해졌다. 말과 마음은 반대인 경우가 많다는 것도 안다. 가능한 한 상냥하게 대답한다.

"크지는 않지만, 아담해서 사용하기 좋을 것 같아요."

"흐음, 말하기 나름이군요."

요다는 처음으로 빙그레 미소를 지어 보였다.

"그러나 실제로는 사용하기에 아주 나쁩니다. 기계랑 설비들이 노화되었는데 새것을 살 돈이 없어요. 아직 DNA 서열 분석기도 단백질 서열 분석기도 없고, 탄산가스 인큐베이터는 10년째 새로 바꾸고 싶다고 신청서만 내고 있죠. 차폐遮蔽 냉장고는 차라리 학생들 자취방에 있는 냉장고가 성능이 좋을 정도고요. 올해 내가 여기서 사용하는 과연비科研費가 얼만지 아세요?"

"과연비가 뭐죠?"

"과학연구보조비. 문부성에서 주는 예산을 말하는 겁니다."

"글쎄요……."

요다가 말한 금액은 믿을 수 없을 정도로 적었다. 대졸 신입 사원의 연봉도 되지 않을 것이다.

"뭐, 구미 대학들처럼 제대로 된 시스템에서 사정査定된 결과라면 할 수 없다고 하겠지만, 일본에서는 과연비 책정을 밀실에서 영문 모를 자의적恣意的인 이유에 따라 결정하지요. 학술 심의회라는 곳인데, 그곳도 아마 모르긴 해도 소수의 수

뇌들이 모든 걸 결정할 겁니다. 결국은 그들이 퍼주는 대로 받는 거죠."

"어머나."

비슷한 체질의 대학 의국醫局을 알고 있는 사나에로서는 이해가 가지 않는 이야기였다.

"그것도 4월 이후의 과연비를 결정하는 게 5월 이후이니, 그 공백기엔 본인이 부담할 각오라도 하지 않으면 아무것도 못하죠. 게다가 실제로 돈이 은행에 들어오는 것은 7월이 되어야 하니까요. 그 때문에 할 수 없이 전년도 분의 과연비 일부를 표면상으론 사용한 것처럼 하고 출입하는 업자들에게 맡겨둔답니다. 일종의 뒷돈이라고나 할까? 필요할 때마다 그것을 조금씩 꺼내서 써요. 아마 국공립 연구 기관이라면 어디나 다 마찬가지일 걸요, 다."

"정말 너무하는군요."

"그런데 최근 들어 그런 식으로 돈을 쓰고 있는 것을 조사해서 적발해내려는 움직임이 있습니다. 시청 같은 데서 하는 일련의 검은 돈 만들기와 똑같이 보고 있는 거죠. 요전에도 어디선가 공무원이 하나 나와서는 한참 빈정대다 돌아갔어요. 하지만 우리라고 좋아서 이런 방법을 쓰는 건 아니죠. 운영경비를 보태기 위한 교비校費란 것이 있긴 하지만, 참새 눈물만큼이죠. 돈이 들어올 때까지 기다린다면 4월부터 7월까지는 정말 뭐하나 할 수가 없어요. 문부성은 3개월이나 우리한테 놀고 있으란 말인지……. 게다가 진짜 밝혀내야 할 부정은 그런 게 아니라도 얼마든지 있잖아요?"

"그렇겠죠."

요다의 날카로운 눈빛과 기세에 눌린 듯이 사나에는 대답했다. 요다는 갑자기 정신이 든 듯 쓴웃음을 지었다.

"아, 실례했습니다. 당신한테 불평해봐야 소용없는 일인데."

"마음껏 말씀하세요. 제 일은 사람들의 고민을 들어주는 일이니까요."

요다는 잠시 멍한 얼굴을 하고 있더니 이내 웃음을 터뜨렸다.

"당신 참 재미있는 사람이군요."

"칭찬해주시는 걸로 해석하겠습니다."

사나에는 삼안三眼 현미경과 작은 플라스틱 샬레 등이 놓여 있는 책상 위로 시선을 보냈다.

"와타나베 선생님께 들었습니다만, 요다 선생님은……."

요다는 얼굴을 찡그렸다.

"선생이라는 말, 쓰지 맙시다. 나도 당신을 선생이라고 불러야 되잖아요. 초등학교 교무실도 아니고, '선생', '선생' 하고 서로 불러주는 거 웃기지 않아요?"

"그럼, 요다 씨는 '선충'의 전문가라고 들었습니다만."

"어떤 의미에서는 그렇지만……. 당신은 선충에 대해 얼마나 아십니까?"

"거의 모릅니다. 대학 다닐 때 기생충 병에 대한 강의를 들은 정도입니다."

요다는 또 코를 풀었다.

"의대엔 아직도 강좌만 있는가 보군. 그럼 먼저 내가 평소 연구에 사용하는 선충을 보여드리죠."

요다는 책상 위에서 샬레를 한 개 들어 사나에에게 건넸다. 요다는 강경해 보이는 외모와 달리 의외로 손가락이 희고 고왔다. 사나에는 샬레를 손에 들고 자세히 보았지만 아무것도 보이지 않았다.

"어디 있는 거죠?"

"중앙에 작은 실밥 같은 것이 보이죠?"

샬레에 눈을 좀더 바짝 가져가자, 길이 1밀리미터 정도의 머리카락보다 훨씬 가는 물체가 보였다. 그것도 희미하게 움직이고 있었다. 뚜껑이 닫힌 용기 속이니 공기가 흔들고 있는 것은 아니었다.

"선충이 이렇게 작은 건가요?"

"종류에 따라 다르죠."

요다는 피펫으로 샬레의 내용물을 슬라이드 글라스에 옮기더니 현미경의 재물대에 올려놓았다.

"이렇게 하면 더 잘 보일 겁니다."

사나에는 접안 렌즈에 눈을 갖다대고 현미경을 들여다보았다. 가늘고 긴 반투명의 생물이 끊임없이 몸을 비틀고 있다.

"정말이네. 움직여요."

"이것이 C.엘레간스입니다."

"엘레간스? 귀여운 이름이네요."

"정확하게는 카이노르하브디티스 엘레간스Caenorhabditis elegans라고 하죠. 자웅雌雄 동체와 웅체 두 종류의 개체가 있어요. 지금 보고 있는 것은 자웅 동체 쪽. 토양 속에서 주로 대장균을 먹고 사는 자활성 선충입니다만, 유전자가 다세포 생물 중에서는 가장 작은 부류인 데다 실험용으로 사용하기 쉬운 이점이 몇 가지 있어서, 현재 전 세계적으로 연구에 가장 널리 사용되고 있죠."

사나에는 현미경을 보면서 몸의 움직임을 바꾸려다 발밑에 있는 커다란 물건에 걸려 하마터면 넘어질 뻔했다.

"어, 조심해요!"

사나에는 당황하며 발밑을 보았다. 높이 80센티미터 정도 되는 금속제의 병 같은 물체다. 보온을 위한 것인 듯 비닐이 씌워져 있었고, 그 아래로 가는 주둥이 부분과 그 양옆에 있는 두 개의 손잡이가 보였다. 사나에는 옛날에 목장에서 보았던 금방 짠 우유를 담는 용기를 떠올렸다.

"도대체, 어떤 바보 같은 놈이 이런 걸 여기에 내놓은 거야?"

요다는 낮은 소리로 신음했다. 어쩐지 분노의 화살 끝은 사나에에게 향해진 게 아닌 것 같다.

"이게 뭐예요?"

"액체 질소窒素."

요다는 언짢은 듯이 대답했다.

"어디에 쓰는 거예요?"

"아까 말한 C.엘레간스가 실험에 적합한 가장 큰 이유는 냉동 보존이 용이하다는 점입니다. 종농도終濃度 15퍼센트의 글리세린하에서 천천히 동결시키면, 그 다음은 액체 질소가 되어 마이너스 70도만 유지시켜주면 반영구적으로 보존할 수 있죠."

용기의 주둥이 부분을 자세히 보니 희미하게 연기가 새어 나오고 있었다. 금속제 뚜껑은 위에 그저 올려져 있기만 한 것 같다.

"뚜껑이 제대로 닫히지 않은 것 같은데요."

요다는 흥 하고 코웃음쳤다.

"액체 질소는 상온에서는 계속 기화를 하죠. 주둥이를 밀폐해놓으면 몇 분 만에 폭발할 걸요."

그런 것도 모르냐는 말투에 사나에는 얼굴이 빨개졌다.

"그래서 지금도 위험한 참이었어요. 뚜껑이 느슨해서 이게 뒤집어졌더라면 그 틈으로 액체 질소가 흘러나왔을 겁니다. 만약 직접 다리에라도 닿았더라면 심한 화상을 입었을지도 몰라요."

사나에는 그제야 큰일날 뻔했다는 걸 알았다. 요다의 얼굴을 보니 고개를 돌린다. 태도는 무뚝뚝하지만 의외로 섬세하고 자상한 사람이 아닌가 하는 생각이 들었다.

그때 액체 질소를 그대로 방치한 장본인인 듯한 학생이 잔뜩 구겨진 손수건으로 손을 닦으면서 연구실로 들어왔다. 사나에를 보고 놀란 표정으로 멈춰 선다. 요다는 나지막하지만 가시 돋친 목소리로 액체 질소는 사용하면 바로 보냉고에 돌려놓으라고 말했다. 사나에가 없었더라면 아마 벼락이 떨어졌을 것이다. 학생은 미안해서 어쩔 줄 몰라했다. 몇 번이나 90도로 머리를 조아리더니 용기를 가져간다. 손잡이를 잡고 들어올릴 때 휘청하는 걸 보니 꽤 무거운 것 같다.

"요다 씨는 지금 C.엘레간스로 어떤 연구를 하고 계시죠?"

사나에가 묻자 요다는 무뚝뚝한 표정을 펴며 말했다.

"여러 가지지만, 지금은 페로몬의 감각정보처리를 테마로 하고 있어요. C.엘레간스는 평생 일종의 페로몬 같은 것을 내뿜고 있는데, 이 페로몬은 쌍기Amphid라는 감각 기관에 있는 네 종류의 감각 신경으로 수용됩니다. 그리고 페로몬에 의해 개체밀도가 어느 일정한 선을 넘는 것을 감지하면 내성

유충耐性幼蟲으로 불리는 삼령(三齡 누에가 두 잠에서 깬 뒤부터 세 잠을 잘 때까지의 사이)의 유충으로 변합니다. 요컨대 기아에 대비해서 살아남으려고 하는 거죠. 그 때문에 각피층이 두터워져 먹이를 섭취할 필요가 없어진 입까지 덮어버려요. 대사代謝의 수준이 떨어지고 움직임은 둔해지지만, 기묘하게 닉테이팅Nictating이라고 불리는 꼬리 부분으로 지탱해서 일어나 격렬하게 몸을 흔드는 활동만큼은 오히려 활발해진답니다."

사나에가 문외한이란 것을 잊어버린 듯 요다의 설명은 점점 열을 띠며 전문적인 영역으로 파고 들어갔다.

"……이 때문에 C.엘레간스를 변이유기제變異誘起劑인 메탄 술폰산 에틸EMS 용액에 담가서, 규정치보다 길이가 짧거나 표피가 뒤틀린 이상개체와 운동 · 주화성走化性 등에 이상이 있는 변이체를 만들어내는 것으로, 그것도……."

"저, 요다 씨."

"예?"

"이야기가 너무 어려워요."

사나에가 말하자 요다는 그제야 깨닫고 쓴웃음을 지었다.

"그랬나요? 실례. 어쩐지 당신이 대학원생처럼 느껴져서 말입니다."

"그렇게 젊게 봐주시는 건 고맙습니다."

"그리고 당신이 알고 싶은 것은 C.엘레간스에 대한 게 아니었습니까? 예의 와타나베 선생님의 건이죠?"

"네."

요다는 잠시 생각에 잠기는 눈빛이었다.

"원래 선충이라는 것이 동물 분류학상 어디에 속하는지 아세요?"

"아뇨."

사나에는 미리 공부를 해놓지 않은 것이 새삼 후회되었다.

"뭐 됐어요. 어차피 지금 한가하니 내가 강의를 해드리죠."

그렇게 말하더니 또 느닷없이 터벅터벅 문을 열고 나갔다. 방을 나가자 사나에가 뛰다시피 쫓아가야 할 정도로 빠르게 복도를 걸어간다.

"선충을 정의하면 대형동물문袋型動物門 선충강Nematoda에 속하는 생물의 총칭이죠. 모양은 글자 그대로 가늘고 긴 선형입니다. 유명한 선충들을 들자면 소나무를 시들게 하는 원인인 소나무선충이라든가, 개의 사인 중에 1위를 차지하는 심장사상충이 있죠. 그리고 당신이 뱃속에 키우고 있는 회충도 선충의 일종입니다."

사나에는 좀 부루퉁해졌다.

"전 그런 건 키우지 않아요."

요다는 '유전자 보존실', '소동물 사육실', '미생물 배양실

I, II'라는 방 앞을 빠른 걸음으로 지나 '세미나실'이라는 팻말이 붙은 문을 열면서 돌아보았다.

"당신은 선충이라는 게 전혀 도움이 안 되는 생물이라고 생각할 겁니다. 그렇죠?"

"아뇨, 그렇지 않아요. 도움이 안 되는 생물이란 건 지구상에 없다고 생각합니다. 모든 생물이 어떤 역할이든 맡아서 균형 잡힌 생태계를 만들고 있는 거니까요."

"흐음, 우등생의 답이군요."

요다는 사나에를 세미나실 안으로 불렀다. 그곳은 계단 모양의 교실 같은 방이었다.

"하지만 아직 인식이 부족해요. 지구상에서 가장 번성하고 있는 다세포 생물은 인간도 곤충도 아닙니다. 선충이에요. 선충이야말로 지구의 진정한 지배자라고 해도 과언이 아니죠."

"정말인가요?"

사나에는 요다의 얼굴을 보았지만 도저히 농담하는 것처럼 보이지는 않았다.

그녀가 방 한가운데까지 갔을 때 찰칵하는 소리가 나며 방의 불이 꺼졌다. 사나에는 깜짝 놀라 돌아보았다.

"걱정하지 않아도 됩니다. 당신을 덮칠 생각은 없으니까."

요다는 그녀의 심중을 꿰뚫은 듯이 말했다.

"전에 문부성의 조건부가 아닌 연구비를 타내기 위해 신출

내기들을 상대로 프레젠테이션을 한 적이 있어요. 두 번 다시 안 할 거지만, 이건 그때 만든 슬라이드예요."

요다가 아주 낡은 프로젝터 소리를 내며 스위치를 켜자 정면의 화이트보드에 걸린 스크린에 빛이 닿았다. 요다는 첫 번째 슬라이드를 넣었다. 썩어가는 사과였다. 자른 사과 조직을 확대한 사진도 있었다. 거기에는 선충으로 보이는 길고 가는 윤곽을 가진 것들이 빽빽했다.

"현재 선충이 얼마나 번성하고 있는가는 그 수를 보면 일목요연할 겁니다. 선충의 개체수는 다세포 동물 중에서는 타의 추종을 불허하죠. 중세 신학자는 바늘 머리 위에서 몇 명의 천사가 춤을 출 수 있을지 진지하게 토론한 것 같습니다만, 썩은 사과 한 개 속에 몇 마리의 선충이 있는지 실제로 세어본 학자가 있습니다. 결과는 약 9만 마리였다는군요. 이것이 현재까지의 세계 기록이지요. 아니면 또 그렇게 세어볼 한가한 사람이 없어서 그렇지 더 많은 사례가 있을지도 모르죠."

다음 슬라이드는 밭 같은 곳이었다.

"이쪽은 이 잡듯이 세어본 것은 아니지만, 1제곱미터 당 대략 12억 마리의 선충이 존재한다는 통계가 있어요."

지구 사진과 원 그래프.

"아무리 선충의 개체수가 많아도 한 마리의 크기는 극히 작아서 육안으론 거의 볼 수가 없답니다. 그래서 다른 생물과 비교해 번성 정도의 지표로서 생물량(바이오매스)을 계산하죠. 이것은 통상 건조중량으로 비교하는데, 어떤 계산에 따르면 선충의 생물량은 지구상에 퍼져 있는 모든 동물의 15퍼센트를 차지한다고 하더군요."

이번에는 바다와 사막, 남극 등의 사진이 차례대로 나왔다.

"선충의 종류는 이미 알려진 것만도 수만 종 정도, 지구상에는 백만 종 이상이 존재한다고 추정되고 있습니다. 그 생활권은 담수, 해수, 동식물 내부에서 남극의 빙하 밑과 53도의 유황천, 건조한 사막과 식초 속에까지 퍼져 있지요. 아마 생물이 존재하는 한 선충은 반드시 존재한다고 해도 과언이 아닐 겁니다. 따라서 선충을 안다는 말은 지구를 안다는 말이나 다름없죠."

그 다음 슬라이드부터는 다양한 형태의 선충 사진이 나왔다.

"선충의 크기는 자활성 선충이 통상 0.5에서 4밀리미터 정도지만 해산종海産種은 5센티미터에 달하는 것도 있습니다. 또 동물 기생성 선충으로는 신장 1밀리미터도 되지 않는 것부터 신충腎蟲이나 메디나 선충의 암컷처럼 신장 1미터가 넘는 것, 향유고래의 태반에 기생하는 파라센토네마 속屬처럼 수컷이 2미터에서 4미터, 암컷은 6미터에서 9미터에 이르는 것까지 있습니다."

사나에는 네 번째 나온 사진에 압도되었다. 길이를 비교하기 위해서인지 방긋방긋 웃고 있는 여자의 등뒤에 선충의 표본이 있었다. 기생충 중에서 촌충의 길이가 그 정도 된다는 건 알고 있었지만, 이렇게 거대한 생물이 조금 전에 본 실밥 같은 C.엘레간스와 같은 종류라는 데 새삼 놀랐다. 9미터면 뱀의 최대종인 아나콘다와 길이가 거의 같다.

그 다음은 C.엘레간스와 비슷한 선충의 사진이었다.

"이것이 가장 보편적인 선충의 모습이죠. 지금까지 보면서 대충 이미지가 잡혔습니까?"

"선충의 수가 아주 많다는 것과 여러 가지 크기가 있다는 것은 알겠는데, 아직 어떤 생물인지는 잘 모르겠습니다."

"무리가 아니죠. 일반인들에게는 낯선 생물이니까요."

선충의 해부도가 나왔다.

"선충이라는 것은 가장 원시적이고, 그러면서 가장 고급스러운 동물이라고 합니다. 바꿔 말하면 동물의 기본형이죠. 예를 들면 지렁이는 두 개로 나뉘어도 재생이 가능하지만, 선충 같으면 죽어버려요. 신장이 1밀리미터도 채 되지 않는 선충도 척추 외에는 우리 인간과 거의 같은 기관을 갖추고 있습니다. 실제로 우리 선조를 더듬어가면 선충과 아주 가까운 구조의 생물에까지 도달하죠."

어두운 방 안에서 선충의 사진을 보는 동안 사나에의 뇌리에 기묘한 영상이 떠올랐다.

기본적으로 인간과 그리 다르지 않은 구조의 생명체가 암흑 속에서 수없이 떠오르고 있다……. 그것은 다카나시의 유작인 「Sine Die」의 이미지와 겹쳐졌다. 만약 윤회가 존재한다면 대부분의 혼魂은 선충으로 다시 태어날 게 틀림없다. 그리고 빛이 없는 지하 세계에서 끝도 없이 꿈틀거린다…….

사나에는 몸서리를 치며 머리를 흔들어 망상 같은 생각을 떨쳐버렸다.

다음 사진은 다시 C.엘레간스였다.

"선충은 필요 최소한의 간단한 구조로 되어 있습니다. 투명하고 강인한 박피로 덮인 몸은 아까 말했듯이 모든 환경에 적응할 수 있습니다. 이건 여담이지만 C.엘레간스의 체내에 DNA를 주입하기 위해 유리 바늘을 찔렀더니 각도에 따라 바늘이 부러지는 경우도 있더군요."

"천적은 없나요?"

사나에가 물었다.

"없을 리가 없죠. 이렇게 수가 많은 생물인 걸요. 주변이 온통 천적투성이라 해도 과언이 아니죠. 다음 슬라이드를 보면 알게 될 겁니다."

선충의 사진을 중심으로 해서 많은 생물들의 사진을 방사상으로 배치한 그림이 나타났다. 대부분은 포식 관계를 나타내는 듯한 화살표가 쌍방향으로 있다.

"토양 중의 선충은 셀 수도 없는 라이벌과 치열한 생존 경쟁을 하고 있죠. 톡토기, 완보동물, 진드기, 프로토조아 등은 모든 선충을 포식합니다."

다음은 가늘고 긴 원 같은 것이 선충의 몸통을 조이고 있는 사진이 나왔다.

"곰팡이 같은 균류도 선충에게는 무서운 적입니다. 날카로운 창 모양의 분생포자分生胞子로 선충의 몸을 뚫고 체내에 영역을 넓히는 곰팡이와 다양한 모양의 함정을 파놓는 식육 곰팡이 등이 있습니다. 살아 있는 선충을 덮치는 세균도 있고, 포자충류胞子蟲類는 선충에 기생하며 내부부터 먹어치워 버리기도 하죠. 여기에 맞서 선충 쪽도 다양한 대항 진화를 해오고 있죠. 현재 선충과 그 이외의 미소微小 동물 그리고 곰팡이는 서로 포식 관계에 있다고 할 수 있습니다."

스크린에는 몇 가지 선충의 두부頭部를 확대한 것이 나타났다.

"언뜻 보기에는 선충의 구두부口頭部 모양이 비슷하지만, 식성에 따라 각기 다릅니다. 이것이 분류의 한 포인트가 됩니다. 맨 왼쪽에 있는 게 강대한 구침口針을 가진 식물 기생성 선충. 그 다음이 대조적으로 짧은 구침의 곰팡이 포식성 선충. 마지막이 두부에 빨대 같은 구조가 보이는 세균 포식성 선충이죠."

무뚝뚝한 인상의 요다였지만, 강의에는 능숙해서 전혀 피로를 느끼지 않는 것 같다.

"여기서 퀴즈 하나. 뭐, 그래봐야 선충에 대해서는 잘 모를 테니 그보다는 좀더 친숙한 걸로 해볼까요? 뱀에 대해서 물어봅시다. 당신은 뱀이 가장 잘 먹는 게 뭐라고 생각합니까?"

사나에는 당황했다.

"쥐인가요?"

요다가 기대하고 있던 답이었는지 그는 낮은 소리로 웃었다.

"그렇게 생각할지 모르겠지만, 어떤 동물학자가 뱀이 가장 잘 먹는 먹이를 조사해보고 다른 종류의 뱀이라는 결론을 내놓았습니다. 바꿔 말하면 뱀의 최대 천적은 다른 종류의 뱀이라는 겁니다. 성공한 생물의 최대의 적은 종종 포식자로 전환한 동족 타종인데, 이건 선충에게도 해당되는 이야기지요."

스크린에는 아까와는 다른 선충의 두부가 나왔다. 이어서 작은 선충을 통째로 삼키고 있는 대형 선충의 모습도.

"예를 들면 이것은 선충 중에서도 호랑이 같은 존재로, 포식성 선충인 모농쿠스입니다. 사진으로 보는 바와 같이 술잔 모양의 구강과 안쪽으로 휜 이빨을 가지고 있지요. 샬레 속에 뿌리혹 선충 등 다른 종류의 선충과 함께 넣어두면 한 마리도 남지 않고 걸신들린 듯 먹어치우고 나서 마지막에는 서로 먹어버린답니다. '흡혈귀' 디프로거스타는 다른 선충을 구침으로 찔러서 양분을 한 방울도 남기지 않고 다 빨아먹습니다. 세이누라 속도 소형이지만 대형 선충을 구침으로 찔러 죽일 수가 있지요."

스크린을 보면서 사나에는 마치 SF 공포 영화를 보고 있는 것 같은 기분이 들었다. 인간이 미처 알지 못하는 곳에서는 늘 살아남기 위한 처절한 전투가 벌어지고 있었다. 그리고 선충류는 새로운 환경에 적응하여 다양한 진화를 한 덕분에 경쟁에서 살아남아 번성하고 있는 것이다.

"여기서 조금 딱딱한 이야기를 해보지요. 선충학의 현황에 대해서 말입니다. 흥미가 없으면 흘려들어도 상관없어요."

요다는 헛기침을 했다.

"일찍이 콥이라는 학자에 의해 동물 기생성 선충에 관한 연구는 흡충류, 조충류와 함께 연충학Helminthology에 들어간 적이 있습니다. 한편 자활성 선충은 토양 생태계 중에서 가장 중요한 요소의 하나지만, 그 방면의 연구는 전혀 진전되지 않고 있어요. 명백히 농학부의 영역인데, 최근에는 돈이 되는 연구에만 과연비가 나오는 경향이 뚜렷해서, 분자생물학, 동물학, 농학 등은 거의 같은 DNA 실험만 하고 있지요. 내가 C.엘레간스를 사용한 페로몬의 감각정보처리라는 연구 테마를 고른 것도 굳이 말하자면 과연비 때문이죠. 옛날 그대로 박물학博物學과 분류학적인 수법에 의한 연구는 현재 일본에서는 아무도 하지 않고 있습니다."

요다는 재채기를 하고 나서 큰 소리로 코를 풀었다.

"요컨대 선충을 종합적으로 연구하는 선충학Nematology이라는 학문은 사실상 존재하지 않습니다. 하지만 장래 지구상에서 인류가 일소一掃되는 일이 있어도 선충이 멸종하는 일만은 없을 겁니다. 우리는 앞으로도 줄곧 그들과 공존하지 않으면 안 되죠. 그런데도 선충에 관해 우리가 알고 있는 것은 너무나도 적어요."

다시 프로젝터를 조작하는 소리. 스크린에는 선충의 진화를 나타내는 복잡한 계통도가 떴다.

"선충이 지구상에 나타난 것은 약 5억 년 전 캄브리아 기(고생대의 가장 오랜 지질 시대. 약 5억 7천만 년 전부터 5억 5백만 년 전까지)부터입니다. 현재 지구의 토양이 만들어지는 데 선충의 작용이 컸다고 할 수 있죠."

그렇다면 선충이야말로 가이아의 자식이라고 불릴 만하지 않은가. 사나에는 문득 그런 생각이 들었다.

"선충의 기본형은 해양형이지만, 해양에서 담수, 육상으로, 그리고 다시 해양으로 돌아가는, 상당히 복잡한 진화를 거쳐왔습니다. 그후 지구상에 있는 동식물의 체내라는 새로운 환경을 발견함으로써 해양형, 담수형, 육상형의 선충에서 몇 번이고 기생의 적응이 되풀이되었지요. 그 때문에 현재 선충의 계통이 마구 얽혀 있어 분류가 아주 어렵습니다."

이번에는 멍청한 얼굴을 한 소의 만화가 나왔다. 체내의 각 장기에는 각각 특화特化한 선충이 살고 있다.

"토양에서 생존경쟁이 얼마나 치열한가는 이미 본 대로입니다. 거기에 비하면 인간을 포함한 동물의 체내는 외적外敵이 전무한 거나 다름없는 이상에 가까운 곳이죠. 그들에게 얼마나 매력적인 곳인지 알 수 있을 것입니다. 그래서 선충류는 셀 수 없을 정도로 빈번하게 기생하기 위한 적응을 되풀이하는 겁니다."

번성하고 있는 생물은 당연히 포식자와 기생자의 표적이 되기 쉽다. 사나에의 머릿속엔 항상 따뜻하고 풍부한 물과 영양으로 가득 찬 50억 개의 주머니 모양이 떠올랐다. 선충 쪽에서 본 우리 인간의 모습이다.

"동물 기생성 선충의 형태는 가지각색이지만, 말에는 69종, 양에 63종 등, 동물마다 수십 종 정도로 고유의 기생성 선충이 있습니다. 큰 동물뿐만 아니라 모기, 괄태충 같은 작은 동물에도 마찬가지로 고유의 기생성 선충이 있습니다. 인체에 기생하는 선충은 50종이 있는데, 회충을 비롯해 요충,

구충, 편충, 선모충, 반크로프트사상충, 아니사키스 등이 유명하죠."

계속해서 인체에 기생하는 선충의 사진이 몇 가지 나왔다. 사나에는 눈을 돌렸다. 의사이긴 해도 이런 종류의 생물은 옛날부터 적응이 되지 않았다.

"선충에 관한 기초 지식으로는 대충 이 정도로 해둘까요?"

요다는 방의 불을 켰다. 사나에는 눈이 부셔서 깜박거렸다.

"뭔가 질문 있습니까?"

"네. 덕분에 선충이 어떤 생물인지는 대강 알 것 같습니다. 그럼 와타나베 선생님이 인간의 뇌 속에서 발견하신 선충에 대해서 말인데요."

"유감스럽지만 그것에 대해서는 아직 아무것도 몰라요. 확실한 것은 신종이라는 것뿐입니다."

"실제로 보셨습니까?"

"지금 '미생물 배양실'에서 키우고 있습니다."

사나에는 놀랐다.

"정말인가요?"

"뇌에서 발견된 것은 성충뿐이지만, 와타나베 선생이 보내준 사체의 각 부분, 근육 조직과 혈액 등의 샘플에서는 상당수의 충란이 발견되었습니다. 거기서 선충을 부화시켜 샬레 속에서 계대繼代 사육을 시도하고 있죠."

와타나베 교수는 요다를 선충 연구에서는 일본 최고이며, 사육에도 둘째가라면 서러울 장인적인 기량을 가지고 있는 사람이라고 했다. 그래서 은밀히 시료試料를 그에게 보냈을 것이다.

"와타나베 선생님은 그 벌레에 대해 위기 의식이 대단하더군요."

요다는 사나에를 힐끗 흘겨보았다.

"당신은 의사니까 잘 알 겁니다. 전후戰後 일본의 위생 상태가 개선되면서 많은 대학에서 기생충학 강좌가 잇달아 폐쇄되었습니다. 덕분에 요즘 의사들은 기생충에 대해서는 거의 아무것도 모르죠. 하지만 최근에 다시 기생충 병이 증가하고 있어요. 그것도 이미 알려진 것뿐만이 아니라, 급속한 국제화에 따라 지금까지 본 적도 없는 외국 기생충이 어느 날 갑자기 일본에 상륙한 경우도 드물지 않습니다."

"맞아요."

"그래서 이번에는 내가 묻고 싶군요. 정신과 의사인 당신이 왜 이 선충에 흥미를 갖고 있는지. 그리고 또 하나, 사망한 사람은 어디서 어떻게 그 선충에 감염되었는지."

사나에는 깊이 숨을 들이마신 후 "알겠습니다" 하고 말했다.

티폰

동창회 모임 장소인 니시신주쿠의 초밥집은 쉽게 찾을 수 있었다. 안내하는 사람을 따라 방으로 들어가자 열댓 명은 되는 사람들의 눈이 일제히 사나에를 주시했다. 누구일까 하고 의아해하는 듯한 시선들, 아주 잠깐 침묵을 두고 곧 환성이 그녀를 감쌌다. 저마다 "기타지마 아냐, 잘 지냈어?" 하고 한 마디씩 던진다.

이 자리에 모인 사람들은 대부분 고등학교 졸업 후 처음 만난다. 학교 다닐 때부터 반에서 힘 좀 있던 무리들은 오늘도 확실하게 테이블의 상석을 차지하고 있었다. 그들은 사나에를 자신들의 무리 속에 불러들이려고 저마다 손짓을 한다. 자리를 둘러보다 구석 쪽에 있는 구로키 마사코가 눈으로 신호를 보내고 있는 것을 보고 사나에는 얼른 그녀 옆에 가서 앉았다.

"잘 왔어. 바쁘지 않니?"

"응, 좀. 게으름을 부렸더니 서류가 잔뜩 쌓여버렸어. 그래도 어차피 밥은 먹어야 하니까 기분 전환 삼아 잠깐 얼굴이나 비치려고."

"그럼 또 병원에 가봐야 해?"

마사코가 어이없다는 듯이 말했다.

"기타지마, 오랜만이구나. 한 잔 받아."

와이셔츠를 팔뚝까지 걷어올린, 뚱뚱하고 혈색 좋은 남자가 맥주병을 들고 사나에 옆으로 왔다.

"어? 후지사와偶澤"

"그래. 그런데 뭐야, 그 '어'는?"

"네가 너무 뚱뚱해져서 놀랐다는 뜻이 아닐까?"

마사코가 신랄한 말투로 끼어들었다.

"나 별로 안 변했어. 야구를 그만둔 뒤로 살이 좀 찌긴 했지만."

후지사와는 사나에의 잔에 맥주를 따랐다. 거품이 넘치지 않도록 정확하게 따르는 솜씨가 영락없는 샐러리맨이다.

"고마워."

"사나에, 오랜만이네."

다바타 미즈에田端瑞惠가 다가왔다. 목소리는 고등학교 때와 비슷한데 얼굴은 완전히 아줌마가 되어 있었다. 사나에는 놀란 표정을 감추느라 애를 먹었다. 아까 이곳에 들어섰을 때 한순간 침묵이 흐른 것도 자신의 모습이 몰라볼 정도로 변했기 때문이었을까? 세월의 흔적은 생각보다 선명하게 얼굴에 새겨지는 것인지도 모른다.

"사나에, 넌 하나도 변하지 않았구나. 잘 지냈어? 의사 선생님이 됐다며?"

"응. 너도 별로 안 변했네."

"아냐. 난 벌써 아줌마가 다 된걸."

그 말이 조금도 농담 같지 않아서 사나에는 대충 웃음으로 얼버무렸다.

"벌써 애가 둘이야. 큰애는 올해 초등학교에 들어갔어. 넌 결혼했니?"

"아직."

"뭐, 아직?"

이런 질문을 받을 거라고 각오는 했지만 종이 울리자마자 느닷없이 한 방 맞은 기분이었다.

"뭐야. 기타지마, 아직 싱글이야?"

"와, 그렇구나. 내게도 아직 기회가 있는 거네?"

"너 같은 인간은 안 돼. 사나에랑 어울리는 사람은 훨씬 더 머리가 좋아야 해."

"기타지마가 좋아하는 타입은 말이야, 다자이 오사무太宰治 같은 어두운 분위기의 남자일 거야."

"역시 평범한 남자는 안 되는 건가. 그래도 그런 소리만 하고 있다가는 금방 노처녀 된다."

이번에는 너도나도 빗발치듯 한마디씩 던진다. 그곳에는 사나에 말고도 두세 명의 미혼자가 더 있었지만, 그들은 사나에 편을 들어주기는커녕 그녀만 주목받는 것이 불쾌하다는 표정으로 돌아앉아 있었다.

사나에는 직업적으로 단련된 웃는 얼굴과 "난 일과 결혼했어"라는 틀에 박힌 대사를 방패막이 삼아 그저 집단 공격이 멈추기만을 기다렸다.

"저 인간들은 모두 멍청한 것들이니까 신경 쓰지 않아도 돼."

겨우 사람들의 관심이 사나에에게서 멀어졌을 때 마사코가 말했다. 이들 가운데 다카나시를 알고 있는 것은 그녀뿐이다. 신경을 써주는 게 고마워서 사나에는 살짝 미소지었다.

"신경 쓸 일도 아니야."

"그래도 네가 동창회에 나오고 싶어하지 않는 이유, 이제야 알 것 같다."

마사코는 생선회를 간장에 찍으면서 진지하게 말했다.

"특별히 나오고 싶지 않았던 건 아냐. 하지만 좀처럼 시간을 낼 수 없어서."

"그렇겠지. 아, 참. 에우메니데스에게 쫓기던 아저씨는 잘 있어?"

"응?"

"왜, 지난번에 전화로 물었잖아. 그런 망상에 시달리는 아저씨가 있다고. 아저씨라고는 하지 않았던가. 잊었니?"

"아아."

사나에는 당황하는 기색을 감추기 위해 맥주 잔을 들었다. 친구에게 거짓말했던 것을 까맣게 잊고 있었다.

"병세는…… 지금은 좀 안정되었어."

"다행이구나."

문득 마사코에게 천사의 이야기를 물어봐야겠다는 생각이 들었다.

"천사는 말이야, 등에 날개가 있잖아."

"엉?"

마사코는 어안이 벙벙한 표정이었다.

"그게 독수리의 날개라면서?"

"독수리? 응, 뭐 그럴지도 모르지. 대체로 종교화에 나오는 천사의 모습이란 주로 그리스 신화의 에로스에서 따온 거니까."

"무슨 말이야?"

사나에는 귀가 솔깃해졌다.

"천사도 그렇고 복수의 여신도 그렇고, 날개가 있는 신들은 새로운 종교로서 스네이크 컬트를 전 세계에 구축해간 흔적들이야."

"뭘 그렇게 어려운 이야기들을 하고 있는 거야?"

벌써 술에 취한 남자가 양손에 맥주병과 잔을 들고 사나에와 마사코 사이를 비집고 들어왔다. 아까 사나에를 부르려고 했던 오무라小村라는 남자였다.

"시끄러워. 저리 가."

마사코가 오무라를 거칠게 밀어냈다.

"야, 너희들 고등학교 때부터 그렇게 붙어 다녔지? 혹시 레즈비언 아냐?"

테이블 반대쪽에서 사나에와는 사이가 좋지 않았던 에바라 교코荏原京子가 한마디 던졌다. 옛날과 조금도 달라지지 않은 심술궂은 목소리에 사나에는 짜증이 났다. 술이 조금 들어간 것뿐인데도 이 정도다. 모두 나이만 먹었지 정신 연령은 고등학교 시절에서 한 발짝도 성숙하지 않은 것 같다.

"스네이크 컬트란 게 뭐야?"

한참을 참고 있다가 겨우 훼방꾼들이 사라지고 나서 사나에가 물었다.

"유사 이전에 전 세계에 널리 분포해 있던 뱀을 숭배하는 종교야."

"전 세계라면, 일본에도?"

"물론."

사나에가 맥주를 따르자 마사코는 맛있다는 듯이 마셨다.

"일본의 전통 문화는 자연과 공생하는 애니미즘 문화였기 때문이야. 스네이크 컬트의 본고장 중 하나였을지도 몰라. 이를테면 금줄 같은 것만 봐도 그래. 이미 익숙해져서 아무도 신경 쓰지 않지만 자세히 보면 모양이 좀 이상할 거야. 그건 원래 교미를 하느라 얽혀 있는 두 마리의 뱀을 상징한 거지. 조몬繩文 시대라는 말의 어원이 된 조몬 토기의 무늬도 뱀을 도안한 거고."

"아하."

가장 자신 있는 분야의 이야기가 시작되자 마사코는 점점 달변이 되어갔다.

"대체로 서양보다는 동양이 스네이크 컬트에 관대했는지도 몰라. 새로운 종교가 들어온 후에도 뱀에 대한 신앙은 용으로 모양을 바꾸어 살아남았으니까."

"그 스네이크 컬트가 쫓겨난 것은 뭣 때문이지?"

"그야, 그게 자연의 흐름이란 거지."

마사코는 사나에가 따라준 맥주를 마시면서 담담히 설명했다.

원래 스네이크 컬트란 대지의 풍요를 인격화한 가이아 신앙과 일치하는 것으로, 그 기원은 구석기 시대 말기인 오리냐크 기(기원전 3만~2만 년)까지 거슬러 올라간다. 크레타 섬의 크노소스 등에서는 큰 뱀을 몸에 칭칭 감고 있거나 양손에 뱀을 들고 있는 가이아 상이 출토되기도 했다.

그후 각지에서 새 민족의 유입과 정복에 따라 새로운 신들이 오래된 신들을 쫓아내는 현상이 일어났다. 뱀을 추앙하며 자연과 공생하던 고대 종교가, 천공의 신을 숭배하며 철기 문명을 만들어낸 새로운 종교의 등장에 의해 쇠퇴해간 것이다.

"요컨대 부성 원리를 대표하는 천공의 신이 모성 원리인 대지의 여신 가이아를 대신하게 된 거지. 그 이후로 썩어빠진 남성 중심의 사회가 시작된 거야."

마사코는 미간을 찌푸리며 시끌벅적하게 떠들고 있는 가운데 자리 쪽을 노려보았다.

"신화를 자세히 분석해보면 그 과정은 더 명확해지지. 봐, 대부분의 신화에서 새로운 신들이 옛 신들을 물리친다는 에피소드가 나오지? 그것은 종교 간의 전쟁을 신들의 전쟁으로 표현한 거야."

"흐음. 그러니까 신과 천사가 날개를 갖고 있는 것은 대지에 대한 천공의 우월함을 나타내는 거라는 얘기지?"

"역시 이해가 빠르구나. 그런데 거기에 더해 날개를 가졌다는 것은 '뱀을 죽인 자'라는 의미도 있어. 조류는 일반적으로 뱀의 천적이니까. 아까 천사는 독수리의 날개를 가지고 있다고 했는데, 그런 이유가 있을지 몰라. 그리스 신화는 이집트 신화에서 큰 영향을 받았는데, 이집트에는 뱀만 먹는 독수리가 있어서 고대부터 신성시되어왔거든."

"그러면 스네이크 컬트라는 것은 완전히 소멸되어버린 거야?"

"그런데 이게 또 그렇질 않아. 그것이 재미있는 점이기도 하지만 말야."

마사코는 시원스럽게 잔을 비웠다. 사나에는 다시 맥주를 따르려다 병이 비어 있는 것을 보고, 모임의 총무 격인 후지사와에게 조심스럽게 추가 주문을 부탁했다.

"……종교가 종교를 밀어낼 때는 종종 지는 쪽의 신화 요소가 흡수되는 현상이 일어나. 불교가 그 전형적인 예지. 불교가 퍼져가는 과정에서 여러 다른 종교의 신들을 구워삶아 불법을 수호하는 역할을 맡겼어. 스네이크 컬트도 완전히 소멸된 게 아니라 새로운 종교 속에 융합된 거야. 예를 들면, 그것."

마사코는 사나에의 가방을 가리켰다. 순간 무슨 말인지 의아했지만 이내 헤르메스(의류, 가방 등을 만드는 회사의 브랜드)

의 마크를 가리키고 있다는 것을 알았다.

"그리스 신화의 헤르메스, 로마 신화의 메르쿠리우스는 하늘과 땅의 중간 역할을 하는 신이야. 즉, 천공의 신과 대지의 신 사이를 중개하고 있는 거지. 헤르메스는 어디선가 본 적이 있을 걸? 날개가 달린 샌들을 신고 두 마리의 뱀이 감긴 지팡이를 들고 있어. 날개가 있고 머리카락이 뱀 모양인 복수의 여신 네메시스도 그렇지. 어느 쪽이나 원래는 대립해야 할 하늘의 새와 지상의 뱀을 동시에 갖고 있어. 이게 바로 스네이크 컬트라는 새로운 종교의 기묘한 혼성을 나타내는 거야. 반대로 용은 뱀이 출세해서 넓은 하늘을 나는 능력을 익힌 거지."

사나에는 그때 스네이크 컬트에 대해 최근 읽은 적이 있다는 것을 기억해냈다.

"아마존의 고대 문명이 뱀을 숭배했다는 설이 있던데."

"아, 맞아. 『버즈 아이』에 나왔던 거지? 고대 마야 문명에 대한 기사, 나도 읽었어."

마사코는 아주 시원스레 대답했다.

"아마존 정도라면 아직 유사 이전의 스네이크 컬트가 남아 있다 해도 이상하지 않지. 아마존에는 부시마스터 같은 어마어마한 독사가 있어서 분명 원주민의 정신 문화에도 큰 영향을 미치고 있을 거야. 난 언젠가 오스트레일리아의 원주민 신화를 조사해보고 싶어. 그쪽에는 타이거스네이크나 타이판스네이크 같은, 세계에서 가장 무서운 뱀이 있으니까. 이건 단순한 상상이지만 위험한 독사가 분포한다는 것은 분명 스네이크 컬트의 발상에도 큰 영향을 미쳤다는 게 아닐까?"

사나에의 머릿속에 뱀을 닮은 모양의 다른 생물이 떠올랐다.

"어쩌면 선충류도 작은 뱀으로 보이지 않을까?"

무심결에 중얼거린 말에 마사코가 의아한 표정을 지었다.

"선충이 뭐야?"

걸어다니는 백과사전으로 불리는 마사코도 모르는 게 있는 모양이다. 사나에는 대충 요다에게 들은 대로 설명을 했다.

도중에 다른 쪽에서 나는 이야기 소리가 사나에의 귀에 들어왔다. 아까부터 넥타이를 우스꽝스럽게 머리에 두르고 있던 남자들이 큰 소리로 웃고 소리 지르더니, 이번에는 이야기가 바뀌어서 해고니 불황이니 도산이니 하는 말이 자주 들린다. 모두 꽤 흥분해 있다. "이제 와서 월급을 감봉하다니 말도 안 돼" 하고 울분을 토하는 소리도 들렸다.

테이블 반대쪽에는 여자들이 굳은 표정으로 남성우월주의의 부조리에 대해 이야기를 나누고 있었다. 같은 방에서 사나에와 마사코만이 현실과 동떨어진, 그야말로 이질적인 대화를 나누고 있었다.

"선충이라, 확실히 대부분의 민족이 뱀처럼 가늘고 긴 모양을 한 생물은 같은 부류로 간주하고 있을 거야. 일본어에도 '장충長蟲'이란 표현이 있잖아? 『고지키』(古事記 일본에서 가장 오래된 역사책)에는 '이자나기가 황천에서 본 이자나미의 사체에는 무수한 구더기와 함께 이카치가 얽혀서 꿈틀거리고 있었다'고 나와 있는데, 여기서 말하는 이카치가 바로 뱀이라고 해석되고 있어. 즉, 뱀이 구더기들의 우두머리란 말이지."

고대인이 만약 향유고래의 태반에 기생하는 길이 9미터의 선충을 보았더라면, 장충의 왕으로 뽑아주었을지도 모른다.

마사코는 초밥을 입 안 가득 씹으면서 젓가락을 휘두르며 다시 말을 이었다.

"아까 헤르메스 이야기를 했는데 잘 생각해보니 '성 아스클레피오스'란 너희 병원 이름도 그런 것 같아."

정말 그런 것 같다고 사나에는 생각했다. 그리스 신화에서 의학의 신인 아스클레피오스를 상징하는 것도 뱀이다. 아스클레피오스가 들고 있는 뱀이 말려 있는 지팡이는 세계보건기구WHO나 의사회의 마크로도 사용되고 있다. 의학 공부에 입문하고 나서부터 지금까지 한 번도 의문을 가져보지 않았던 것들이다.

"그런데 어쩌다가 뱀이 의학의 상징이 된 걸까?"

"여러 가지 이유가 있어. 폴 데이에르는 생명의 나무를 상징하는 지팡이에 감긴 뱀이 정복당하고 지배당하는 나쁜 마음을 의미한다고 하지만, 그것은 스네이크 컬트를 부정한 유럽인의 억지야. 원래 뱀은 탈피를 반복하는 속성 때문에 사물을 새롭게 바꾸는 것을 상징하기도 하지만, 일부 지역에서는 뱀의 독을 치료에 썼기 때문에 의학의 상징이 된 것이라는 설이 있어. 하지만 가장 중요한 이유는 꿈이겠지."

"꿈?"

"고대 그리스인들은 꿈이 가진 예지력을 무엇보다 중시했어. 실제로 꿈으로 병을 진단하기도 했고, 꿈이 인간의 마음을 치유하는 작용에 대해서도 알고 있었지. 그들은 꿈이 밤마다 지하 세계에서 오는 거라고 믿고 있었어. 네가 잘 아는 심리학에서는 아마 지표地表가 의식이고, 지중地中은 광대한 무의식의 세계라고 되어 있을 걸? 그리고 뱀은 옛날부터 가이아의 자식으로 땅 속에 사는 생물의 대표 격이었지. 그 결과 자연스럽게 뱀이 꿈을 통해 인간을 치유하는 신의 상징이 된 거야."

뱀이 꿈을 만들어 사람을 치료한다. 고대 그리스인이 만들어낸 이미지는 기묘하면서도 사람의 상상력을 강하게 환기시키는 데가 있었다.

그러나 정말 가이아의 자식이라면 뱀이 아니라 지렁이 쪽이, 그리고 지렁이보다 땅 속 여기저기에서 꿈틀거리는 선충이 더 어울리지 않을까 하는 생각이 든다. 그렇게 생각한 것은 요다에게 들은 강의의 영향 때문인지도 모른다.

마사코의 강의는 계속되었다. 아스클레피오스는 여신 아테나에게서 사자를 소생시키는 힘을 얻은 메두사의 피를 받아 많은 영웅을 되살렸다고 한다.

"메두사의 머리카락도 뱀이지? 뱀은 가이아의 자식이니까 생명력과 풍요의 상징이기도 한 거야."

아스클레피오스는 결국 그의 힘을 두려워한 제우스에게 번개에 맞아 죽은 뒤 하늘로 올라가 '뱀주인자리'가 되었다. 이 역시 고대 그리스에서 스네이크 컬트가 새로운 종교에 흡수되어간 과정을 의미하는 것인지도 모른다.

"자, 연회도 절정에 이르렀습니다만."

후지사와가 시끄러운 소리에 지지 않겠다는 듯이 큰 소리로 말했다.

"다음 예약이 있어서 앞으로 10분 정도 후에 이 자리는 마치기로 하겠습니다. 오늘 참석해주셔서 감사합니다. 아직 회비를 내지 않으신 분은 저 후지사와에게 내주십시오. 계속해서 뜻 있는 사람들끼리 2차를 가려고 하는데, 특히 여성분들은 빠짐없이 참석해주시기 바랍니다."

군데군데에서 박수소리가 났다. 벌써 몇 사람은 집에 갈 채비를 시작해, 자리는 갑자기 우왕좌왕 소란스런 분위기가 되었다.

“어떻게 할 거야? 다시 일하러 갈 거야?”

마사코의 질문에 사나에는 끄덕였다.

“그럼 좀 먹어둬. 거의 손도 안 댔네.”

그랬다. 마사코의 이야기에 빠져 있다 보니 먹는 데 소홀했다. 사나에는 다시 앉아서 그새 말라버린 초밥을 먹고 초밥집 특유의 진한 녹차를 마셨다.

테이블을 보니, 특히 가운데 자리 쪽은 어찌나 지저분하게 먹었는지 엉망이었다. 흡사 태풍이 지나간 자리 같다.

“아참, 있잖아. ‘태풍Typhoon’은 그리스 신화에서 어떤 의미가 있니?”

사나에는 입 안 가득 초밥을 문 채 불명확한 발음으로 물었다.

“태풍? 태풍이라는 말의 어원은 아랍어의 ‘투판Tufan’으로 빙글빙글 도는 바람이라는 뜻인데, 그리스 신화와는 특별히 관계가 없지 않을까?”

“그렇구나.”

사나에는 잔기침을 하며 차를 마셨다. 카플란의 수기에 있던 마지막 말에도 어쩌면 신화적인 의미가 있는 게 아닐까 하는 생각이 들었지만, 빗나간 모양이다.

“하지만 태풍이 아니라 ‘티폰Typhon’이라면 그리스 신화에 나와."

"정말?"

마사코는 가방에서 수첩을 꺼내더니 만년필로 뭔가를 썼다.

Typhoon ⟷ Typhon

"이게 뭐야?"

사나에는 물으면서 카플란의 수기에 'Typhoon'이 아니라 'Typhon'이라고 적혀 있었던 사실을 떠올렸다. 자신이 멋대로 철자를 다르게 생각했던 것뿐이다.

"티폰은 그리스 신화에 등장하는 괴물 이름이야. 이집트 신화의 고대신 '세트Seth'와 동일하다고 보지만."

"괴물? 어떤?"

"티폰 역시 가이아의 자식으로 무서운 괴물신 중 하나였어. 말하자면 완패한 가이아의 저주를 한 몸에 받은 복수의 화신이었지. 티폰 하면 뭔가 이상한 이름 같지만 태양신 아폴론과 싸울 때 무슨 이유에선지 이름의 철자가 잘못 전해진 데서 유래한 거래. 일설에는 너무나 무서운 괴물이어서 그 이름을 발음하길 꺼렸기 때문이라고도 해."

마사코는 수첩에 'Python'이라고 썼다.

"이게 원래 이름이야."

"파이슨?"

"그래. 그리스어로는 퓌톤이지만. 몬티 파이슨의 파이슨. 현대 영어로는 왕뱀 혹은 악마라는 뜻이지."

"그럼 몬티 파이슨은?"

"'오카마(남색을 뜻하는 일본의 속어) 왕뱀'쯤 될까?"

"뭐라구? 오카마 바에 간다구? 나도 가고 싶어."

취할 대로 취한 다바타 미즈에가 마사코의 말을 들었는지 몸을 기대왔다.

마사코는 시끄럽다는 듯이 미즈에의 팔을 밀어내더니 수첩에 다시 적었다.

Python → Typhon

"다만 그리스 신화에서는 퓌톤Python이란 이름도 따로 전해지고 있어서 지금은 티폰Typhon과는 다른 왕뱀, 또는 티폰을 길러준 부모라고 되어 있어."

마사코의 설명에 따르면 스네이크 컬트의 상징이기도 한 티폰은 결국 제우스의 번개에 맞아 죽었고, 그 몸은 무수하게 꿈틀거리는 독사들이 모여서 만들어진 이상한 것이었다고 한다.

이것으로 '티폰'이라는 말의 의미는 알았다. 하지만 사나에의 머릿속에서는 또 다른 의문이 생겨나고 있었다.

카플란은 이 단어로 대체 무엇을 전하고 싶었을까?

병원으로 돌아왔을 때는 이미 9시 반이 지나 있었다. 응급 환자들의 출입구로 들어가서 어두운 로비를 지나 엘리베이터로 6층까지 올라갔다. 건물을 공중에서 이어주는 회랑을 지나 완화 케어 병동에 들어가자 도이 미치코의 방에서 불빛이 새어나오고 있었다.

노크를 하자 "들어오세요" 하는 목소리가 들렸다.

문을 열고 들어가니 미치코는 뭔가를 쓰고 있었다. 그녀는 컴퓨터를 싫어해서 아직도 대부분의 문서를 직접 쓴다.

"아직 퇴근 안 하셨어요?"

"응, 경찰이 불러서……."

"경찰?"

미치코는 안경 위로 사나에를 보았다. 평소와 달리 피곤한 기색이다.

"난 아무래도 경찰 쪽에 지금도 청소년 자살 전문가로 찍혀 있나 봐. 예전에 종종 경시청에 출입하며 연구에 도움을 받은 적이 있어서 말이야. 이제 와서 싫다고 하지도 못하고."

"자살에 대해 자문을 받으신 거예요?"

"응."

미치코는 그 말뿐 입을 다물었다. 어떤 일인지, 사나에는 납득이 가지 않았다. 요즘 같은 세상에 청소년들의 자살은 일상 다반사다. 그런 일로 굳이 정신과 의사를 불러 의견을 묻다니 도저히 이해할 수 없다. 게다가 미치코의 태도도 이상하다. 몹시 혼란스러운 모습으로 생각에 빠져 있다. 그녀를 그렇게 만든 것은 무엇일까?

"그러고 보니 기타지마 선생 주변에서도 요즘 자살 사건이 있었지?"

미치코는 문득 생각났다는 듯 사나에를 돌아보았다.

"……네."

"아냐, 미안해. 관두자. 기타지마 선생하고는 상관없는 이야기니까."

미치코는 자꾸만 입술을 핥았다. 이야기를 해야 할지 말아야 할지 망설이는 모습이다.

"선배님. 괜찮으시다면 제게도 말씀해주세요?"

"선배란 말은 하지 말라니까."

미치코는 그렇게 말하며 사나에를 노려보았지만 표정은 조금 누그러져 있었다.

"하지만…… 그래. 기타지마 선생의 의견도 들어보고 싶군. 거기 좀 앉을래?"

사나에는 일인용 소파를 미치코 쪽으로 방향을 바꾸어 앉았다. 미치코는 안경을 접어 책상 위에 놓더니 천장을 올려다본다.

"자살한 사람은 스물다섯 살의 남자야. 성인이긴 하지만 아직 정신적으로는 미숙해서 아이나 마찬가지래. 일단 가업을 돕고는 있었지만, 제대로 된 일은 맡기지 않았던 걸로 봐서 뒤를 잇게 할 생각은 없었던 것 같아. 그러니까 자기 집에서 아르바이트를 한 셈이었지."

"가업이 뭐였어요?"

"그게 말이야…… 도금 공장이야. 에도가와 구에 있는 아제가미 도금 공업이라는 곳이래. 아, 이름은 말하는 게 아니었나? 어쨌든 죽은 남자는 대여섯 살 때 그곳에서 사고를 당했어. 도금 공장이라는 곳은 잘 모르긴 하지만, 위험한 약품을 많이 사용하잖아? 평소엔 아이가 공장에 못 들어가게 했는데, 아무도 안 보는 틈을 타 몰래 들어갔던 모양이야. 그리고 약품이 든 용기를 뒤집어써서 얼굴에 화상을 입었대."

"그럼 지금도 그 흉터가 남아 있는 건가요?"

미치코는 고개를 저었다.

"아니. 지금은 피부이식과 부신피질 호르몬에 의한 치료 기술이 발달해서 말하지 않으면 모를 정도로 깨끗하게 나았어. 내가 본 건 사진이었지만……. 그런데 본인은 그것을 몹시 신경 썼나 봐. 자신의 얼굴이 남에게 불쾌감을 줄까 봐 늘

고민했던 모양이야."

"추형醜形 공포증이군요."

"요즘 젊은 세대에는 아주 많은 것 같아. 단지 이 남자한텐 나름대로 이유가 있었어. 병원에 실려와 응급 처치를 받은 후 소식을 듣고 어머니가 달려왔대. 아이는 어머니의 얼굴을 보고 안기려고 했겠지. 그런데 이 아이의 얼굴이 너무 심하게 화상을 입어서 어머니가 머뭇거렸나 봐. 어머니는 그것이 마음의 상처가 되어 추형 콤플렉스를 갖게 한 원인이 된 게 아닐까 하고 후회하고 있어."

그래서 자식이 자살해버렸다면 부모가 얼마나 고통스러울까? 사나에는 자살한 청년보다 오히려 남겨진 부모에게 동정이 갔다.

"추형 콤플렉스가 원인인지 뭔지 모르겠지만, 고등학교 재학 때부터 방에 틀어박혀 있기만 하다 결국 중퇴를 했대. 그 후에는 줄곧 집에서 빈둥거리고 있었는데, 최근에는 곧잘 외출도 하고 조금씩 밝아져서 주위 사람들도 안심하던 참이었다는군."

우울증은 다 나아갈 때 자살의 위험성이 가장 높다. 무슨 이야기인지 대충은 감이 잡힐 것 같았다. 하지만 사나에는 '조금씩 밝아져서'라는 말이 묘하게 마음에 걸렸다.

"그런데 어젯밤, 느닷없이 자살한 거야. 뭐, 거기까지라면 가엾긴 하지만 흔히 있을 수 있는 이야기라고 생각해. 그런데 그 자살 방법이 아주 이상했어."

철렁했다.

"어땠는데요?"

자신의 목소리가 떨리는 것이 느껴졌다.

"한밤중에 몰래 공장에 들어가서 극약 용액에 얼굴을 담그고 죽었어."

미치코는 일어서서 창가로 가 바깥을 내다보았다.

"금속 도금에 사용하는 중크롬산나트륨이라는 약이래. 맹렬한 산화작용을 하는 것 같아. 물론 자살한 그는 잘 알고 있었을 거야. 공장에는 수용액을 폴리에틸렌 용기에 넣어서 보관하고 있었는데, 그걸 대형 쇠대야에 부어서 얼굴을 담갔다고 하네. 자살 방법치고는 너무 이상해서 경찰은 한때 타살도 의심했던 것 같은데, 현장은 일종의 밀실이야. 자살이 틀림없다는 말이지."

"하지만 엄청난 고통이 있었을 텐데……."

"그랬겠지. 사인은 얼굴 조직이 광범위하게 손상된, 화상과 유사한 외상성 쇼크야. 그의 얼굴은 피부만이 아니라 결합 조직과 근육의 일부까지 흐물흐물 녹아버린 것 같아."

"믿어지지가 않아요."

사나에는 소름이 끼쳤다.

"묘한 것은 아직 더 있어. 그는 눈만은 보호하고 싶었는지 수영 경기용 물안경을 낀 형적形迹이 있었어. 말 그대로 형적이 말이야……. 녹은 고무의 흔적이 얼굴에 검게 붙어 있더래. 고무와 플라스틱이 녹기 시작하자 바로 벗겨냈는지 녹다가 만 물안경은 발밑에 떨어져 있었고."

"어째서 그런 짓을 했을까요?"

"그것뿐이라면 이유를 몰랐을 텐데, 옆에는 거울도 있었어."

"거울이요?"

"얼굴이 잘 보일 만한 곳에 거울이 세워져 있었어. 물안경과 거울을 연관시켜 보면, 아무래도 자신의 얼굴이 무참히 녹아가는 모습을 보려고 했던 것 같아. 실제로 괴로워서 뒹굴면서도 거울을 보려고 애쓴 흔적이…… 피투성이 손가락의 흔적이 여기저기 남아 있었어."

사나에는 할말을 잃었다.

여기에도 도저히 이해할 수 없는 자살이 있었다. 마치 다카나시 미쓰히로, 아카마쓰 야스시, 시라이 마키 때와 똑같이. 이제는 단순한 우연이라고 생각할 수가 없다.

하지만 그 청년이 아마존에 다녀온 것 같지도 않다. 만약 그랬다면 도이 미치코는 당연히 경찰에게 들었을 것이다.

그렇다면 어떻게 된 일인가.

사나에는 점점 고개를 드는 기분 나쁜 예감을 애써 부정했다. 인간의 마음이라는 것은 가끔 상식적으로는 생각할 수도 없는 방향으로 기울어진다. 아마 이것도 단순히 정신병리적인 현상에 지나지 않을 것이다.

와타나베 교수가 발견한 그 선충이 어떤 경로를 통해 그 청년에게 감염된 게 아니라면…….

거미

"어이, 오기노 군. 지금 퇴근하는 건가?"

코포 마쓰자키에 돌아오자 마쓰자키 노인이 생글생글 웃으면서 말을 걸어왔다.

"예, 오늘은 주간 근무입니다."

신이치도 싹싹하게 대답한다.

"그래? 그쪽이 나을지도 모르지. 요즘은 편의점 강도니 뭐니 시끄러운 일들이 많아서 말이야."

마쓰자키 노인은 빗자루에 체중을 싣듯이 서서 잡담을 나눌 태세를 갖추었다. 이건, 곤란하다.

"그렇죠. 그래도 이 동네는 아직 괜찮지 않을까요?"

"아냐, 아냐. 방심은 금물이야. 어쨌든 요즘 젊은 애들은 무슨 짓을 할지 몰라. 예사로 물건을 훔치질 않나, 강도질을 하질 않나, 사람을 찌르질 않나……."

신이치는 쓴웃음을 지었다.

"그건 사람에 따라 다르죠."

"응. 그래, 오기노 군은 그런 인간들과 다르지."

마쓰자키 노인은 혼자 끄덕거렸다.

"그건 그렇고 요즘 자네 아주 좋아진 것 같아. 엉? 멋있어졌어. 역시 인간적으로 성장한 게야."

"그런가요?"

"응, 틀림없어. 인사도 잘하고, 무엇보다 얼굴 표정이 전과는 완전히 달라. 밝아졌어."

"예에……."

그때 신이치가 짊어지고 있는 배낭에서 사각사각 소리가 났다. 신이치는 순간 마쓰자키 노인이 들었을까 봐 가슴이 철렁했다.

"이 나이가 되어서 절실히 느끼는데 말이야. 인간은 역시 밝은 게 제일이야. 응? 밝은 것이 제일이라구. 내 동창 중에도 참 다양한 녀석들이 있었지. 학교 성적이 좋았던 녀석, 재주가 많은 녀석, 또 무지막지하게 싸움을 잘하는 녀석 등등. 지금 아오모리에서 시의원을 하고 있는 녀석이 있는데, 이 녀석이 어째서 아오모리까지 갔는가 하면, 뭐, 여기에도 여러 가지 사정이 있지만, 이 녀석은 정말 옛날에는 전혀 눈에 띄지 않는 놈이었어. 응? 공부를 그리 잘한 것도 아니고, 반장을 한 적도 없어. 그런데 말이야. 이 녀석이 유일하게 한 가지 잘했던 것은……."

마치 노인의 긴 이야기를 막으려는 듯 배낭 속에서 폭동이 일기 시작했다. 등에 밀착된 부분에서 사각사각 움직일 뿐만 아니라, 비닐 봉지를 힘껏 걷어차는 미묘한 진동도 느껴진다. 소리는 거의 나지 않아서 가는귀먹은 마쓰자키 노인에게 들릴 리 없겠지만, 그래도 신이치는 가능한 한 노인을 정면으로 보고 서서 가방이 움직이는 것을 눈치채지 못하게 했다.

"……음, 이야기가 빗나갔지만 오기노 군이 밝아진 것은 좋은 일이야."

"예, 감사합니다."

"그런데 안색이 안 좋아. 왜 그렇게 창백한 거야? 엉? 좀더 햇볕을 쬐고 다니도록 하게."

"알겠습니다. 그럼, 저는."

신이치는 머리를 숙이고 재빨리 도망치듯 계단으로 갔다.

"참, 그렇지. 2층 쓰레기, 아직 버리지 않았을지도 몰라."

마쓰자키 노인이 중얼거리면서 뒤따라 계단을 올라온다.

낭패다. 어쩔 셈이지?

노인은 신이치의 방 앞까지 따라왔다. 버려야 할 쓰레기 같은 건 아무 데도 보이지 않는다.

"저, 그럼 이만."

신이치가 열쇠로 문을 열면서 돌아보자 노인은 의심 가득한 눈으로 물끄러미 배낭을 쳐다보고 있었다. 엉겁결에 뒷걸음질 칠 뻔했다.

"지금 이 가방 속에서 뭔가 움직인 것 같아."

"예? 설마요."

"글쎄, 내가 그래도 눈은 좋은데. 나이를 먹으면 차례대로 세 가지를 못쓰게 된다지만, 난 아직 두 가지는 현역이야. 틀니 없이 사과도 씹어먹을 수 있다구. ……확실히 지금 이 가방이 움직인 것 같아."

"아뇨, 그렇게 생각하셔서 그럴 겁니다."

신이치는 문을 조금만 열고 몸을 비벼 넣었다.

"그런가?"

노인은 신이치를 따라 문 앞에까지 왔다. 방문은 닫혀 있었지만 부엌에도 보이고 싶지 않은 것들이 많이 있었다. 그렇게 눈이 좋다면 집 안을 보여주었다가는 큰일이다. 신이치는 황급히 등을 펴서 자신의 몸으로 노인의 시선을 가렸다.

"그럼, 실례하겠습니다."

노인이 딴 말을 못하게 고개를 숙이고 재빨리 문을 닫았다.

그대로 숨을 죽인 채 바깥의 기척을 살핀다.

노인은 한동안 문 앞에 서 있다가, 겨우 포기하고 내려가는 발소리가 났다. 큰일날 뻔했다. 차라도 한 잔 하시라는 말을 기대하고 있었던 건가? 저 행동으로 보아서는 처음부터 방에 들어올 심산이었는지도 모른다. 주인인 이상, 만에 하나 방 점검을 해야 한다는 식으로 말하고 나오면 마땅히 거절할 이유가 없어서 낭패였을 것이다.

신이치는 부엌의 불을 켜고 배낭에서 큰 비닐 봉지를 꺼냈다.

환한 데서 보니 검은 곤충들이 서로 짓누르고 있다. 왕귀뚜라미다. 편의점에서 돌아오는 길에 있는 애완동물 가게에서 산 파충류 먹이였다. 무게를 재서 파는 것이라 몇 마리가 있는지는 그도 모른다. 전체적으로 통통한 것이 크림색의 배에는 물기가 그득한 것 같다.

그 애완동물 가게에서는 요즘 정기적으로 대량의 왕귀뚜라미를 사는 신이치가 상당한 파충류 마니아인 줄 알고 있을 것이다. 그런 소문이 노인의 귀에 들어가지 않도록 다른 가게도 알아두는 게 좋을지 모른다. 신이치는 조심했다. 코포마쓰자키에서는 애완동물을 키우는 게 금지되어 있기 때문이다.

신이치는 봉지에 든 왕귀뚜라미의 3분의 2 정도를 부엌에

둔 여섯 개의 대형 수조에 나눠서 뿌렸다. 바닥에는 검은 흙을 깔고 양배추와 오이 등의 채소 찌꺼기를 넣어두었다. 때때로 분무기로 습기를 주면 자연 번식까지는 힘들어도 당분간은 살아 있을 것이다.

노인에게 붙들려 이야기를 하는 동안 난동을 부리던 걸 생각하면, 이미 상당수가 동료에게 물려 죽거나 압사하지 않았을까 은근히 걱정되었지만, 다행히 왕귀뚜라미는 아직 대부분 건강했다. 열심히 촉각을 곤두세우면서 새까만 눈으로 새로운 주거를 살피고 있다.

냉장고 위에는 수조가 또 하나 있었다. 위쪽에는 적외선 램프가 설치되어 있고, 안에는 모래가 깔려 있으며 가운데에는 평평한 바위가 있다. 언뜻 보면 살아 있는 생물체는 아무 데도 없다. 신이치는 이쪽에도 세 마리의 왕귀뚜라미를 넣어주었다. 그렇게 생각해서인지 다른 수조에 들어간 동료들보다 불안한 듯이 보였다. 정신없이 돌아다니기도 하고, 바위 위에서 뛰어다니며 주위를 살핀다.

왕귀뚜라미가 앉아 있는 바위 아래엔 샤론이라고 이름 붙인 남미산의 거대한 무당거미가 자고 있었다. 이것은 불과 얼마 전에 시내의 대형 애완동물 가게에서 구입한 것이다. 눈알이 튀어나올 것 같은 가격이었지만, 국산 거미와는 비교가 되지 않는 위용에 푹 빠져버렸다. 그러나 일본의 기후가 맞지 않는지 이곳으로 데려온 뒤로는 움직임이 둔해졌고, 대부분의 시간을 바위 밑에서 보내는 바람에 적잖이 실망했다. 이 수조에 들어온 왕귀뚜라미도 운이 좋다면 꽤 오랫동안 살아남을지도 모른다.

신이치는 비닐 봉지의 주둥이를 잡고 일어섰다. 비닐 봉지 속에 남은 3분의 1의 왕귀뚜라미는 수조 팀보다 가혹한 운명이 기다리고 있다는 것을 예견한 듯 또 난동을 부리기 시작했다.

안방으로 들어가는 문을 조용히 연다. 정면에 걸려 있는 커튼으로 붉은빛의 석양이 은은히 배어나오고 있었다. 하지만 방 전체는 어두컴컴하다.

천장에는 마치 거대한 종유석鍾乳石처럼 보이는, 매끈한 원추형의 물체가 몇 가닥 매달려 있다. 그 때문에 방은 더욱 좁아져서 어떤 부분은 바닥에서 1미터 반 정도의 높이밖에 되지 않는다.

신이치는 머리를 낮춰 장애물을 피하면서 안으로 들어갔다. 천사의 날개가 아닌가 싶을 정도로 가벼운 물체가 살랑살랑 뺨에 닿는다. 콧구멍이 간질간질하다.

커튼을 내린 채 대형 태양광 램프 스위치를 켰다. 순간 이상한 광경이 눈부신 빛 속에 드러났다.

그곳은 누에고치 속을 생각나게 했다. 종유석 같은 물체의 정체는 상인방과 천장의 가로목에 걸쳐져 있는 몇 십 가닥의 하얀 폴리에틸렌 끈들이다. 각기 완만한 곡선을 그리며 아래로 늘어져 있는 끈과 끈 사이는 거미가 빈틈없이 집을 지어 깔때기 모양을 만들어놓았다. 반대쪽에서 램프의 빛을 비춰보니 마치 거대한 등롱 같았다. 벽면과 천장 그리고 주변의 가구들까지 얇은 명주나 베일 같은 거미집으로 몇 겹이나 덮여 있다.

이 방은 몇 백, 몇 천이나 되는 거미집이 모여서 이루어진 집합 주택이었다. 태양광 램프의 강한 빛을 받아 거미집의 거미줄이 한 가닥 한 가닥 반짝거린다. 하얀 장식 끈이 붙은 비교적 단순한 것은 색동호랑거미의 집이다. 거기에 비해 무당거미의 집은 좀더 복잡하고 입체적인 구조이고, 거미줄은 눈부신 금색으로 빛나고 있다.

처음 거미를 잡아온 뒤로 신이치는 틈만 나면 바지런히 교외로 나가 채집을 했다. 이 방은 그 노력의 결실이다. 남다른 정열을 쏟은 결과, 횟수를 거듭할수록 잡는 방법도 숙달되어 갔다. 지금은 전철 창으로 보기만 해도 대형 거미가 많을 것 같은 장소는 감이 온다. 또 보냉제와 아이스박스를 쓰게 된 후 거미를 죽게 하는 일도 대폭 줄어들었다. 그가 한번 찾아간 곳은 대형 거미를 몽땅 다 잡아와버려서 올여름 해충의 발생으로 곤란을 겪게 될지도 모른다.

만약 현재 수도권에서 대형 거미류의 생식 지도를 만든다면 극히 작은 한 점, 불과 열 평 남짓한 공간에 이상한 집중을 보이게 될 것이다. 통계상 의미를 가질 정도로 많은 수의 개체가 빽빽하게 살고 있는 열 평짜리 집에서는 거미들이 새로운 환경에 훌륭한 적응력을 보이고 있었다. 먹이를 자주 주는 탓인지 서로 물어 죽이는 현상도 거의 없었고, 홍콩의 구룡성처럼 하나로 융합된 보금자리에서는 두 종류의 거미들이 평화롭게 공존하고 있었다.

신이치는 최근 들어 잠도 부엌에 침낭을 깔고 자기 때문에, 방은 거미들의 궁궐이 되어 있었다. 그들의 평온을 방해하는 것은 아무것도 없다.

신이치가 놀란 것은 뇌 같은 것은 전혀 있을 것 같지 않은 거미에게도 제대로 된 학습 능력이 있다는 것이었다. 문을 열고 태양광 램프를 켜면 식사시간이 된 것을 알고 보금자리 안에서 큰 거미들이 줄을 타고 기어 나온다.

지금 신이치의 눈앞에서 금색 줄을 타고 나온 것은 낸시라는 이름으로 불리는, 이 방에서도 최대급의 무당거미였다. 노란색과 물색과 선홍색이 섞인 아름다운 동체는 싱싱했다.

원래 색동호랑거미는 여름, 무당거미는 가을에 성숙해지지만 채집해온 뒤로 밤낮없이 태양광 램프를 쬐게 하고 영양가 높은 왕귀뚜라미를 자주 준 덕에 이미 어느 개체나 더 이상

자랄 수 없을 정도로 자라 있었다. 개중에는 자연상태에서는 볼 수 없을 정도로 커져버린 것도 있다.

지금 이 방에 있는 것은 모두 암컷뿐이다. 이제 2, 3주만 지나면 말라 비틀어져 볼품없는 수컷도 채집해올 생각이었다. 그러면 늦여름부터 가을에 걸쳐 작은 주머니 같은 난낭卵囊을 산더미처럼 낳아 끝없이 새끼 거미가 태어날 것이다. 신이치는 그 생각에 벌써부터 가슴이 설레었다.

어느새 셀 수 없을 정도로 많은 거미가 신이치의 상하좌우를 둘러싸고 있었다. 뒷다리 네 개로 몸을 지탱하고 앞다리 네 개를 들어올려 끊임없이 다리를 흔드는 동작을 되풀이한다. 신이치의 등줄기에 전율이 흘렀다.

"좋아, 좋아. 착하지. 배가 고팠구나. 지금 밥 줄게."

신이치는 부드럽게 속삭이며 비닐 봉지에서 왕귀뚜라미를 꺼내 한 마리씩 거미집마다 넣어주었다.

거미집 위에 떨어진 왕귀뚜라미는 배가 거미줄에 붙어버린 걸 알고 필사적으로 버둥거리며 벗어나려 했다. 그것이 오히려 목숨을 단축하는 일이란 걸 알 리가 없다.

거미집에 전달된 진동을 느낀 거미들은 재빨리 먹이 쪽으로 이동했다. 향연의 시작이다.

먹이 한 마리가 전하는 진동은 거미줄을 타고 사방팔방으로 달려 거대한 거미집 전체를 흔든다. 거미들은 일제히 흥분상태에 빠져 교묘히 줄을 타고 먹이 쪽으로 모여들었다.

세상에서 가장 사랑하는 거미들이 먹이를 둘러싸고 싸우지 않도록 신이치는 왕귀뚜라미를 한 줌 집어 되도록 골고루 나누어주었다. 여러 마리의 왕귀뚜라미가 바닥에 떨어지며 도주를 시도했지만, 대부분은 보기 좋게 거미집에 걸려버린다.

그러는 동안에도 잽싸게 먹이를 확보한 거미는 자기 키보다 큰 왕귀뚜라미를 솜씨 좋게 돌려가면서 줄을 감고 죽음의 누에고치로 쌌다.

신이치는 홀린 듯이 거미가 왕귀뚜라미를 먹는 모습을 지켜보고 있었다. 소름끼치는 전율과 표현할 수 없는 행복감이 동시에 끓어오른다.

하지만 문득 뭔가가 잘못됐다는 것을 깨달았다. 원래 자신은 거미를 지독히 혐오했다. 이런 것에 기쁨을 느낀다는 것은 이상하지 않은가. 자신은 어쩌면 이런 일을 해서는 안 되는 게 아닐까?

신이치는 벽 쪽으로 시선을 돌렸다. 그렇게 빠져 있던 컴퓨터와 아끼던 게임 CD가 든 책장까지 지금은 온통 거미집으로 덮여 있다. 가슴 저 깊은 곳에서 망막한 슬픔과도 같은 감정이 끓어올랐다.

그러나 그것도 쾌락에 대한 기대가 고조되는 동안 어느새 사라져버렸다.

신이치는 점점 뭔가에 취한 듯이 무아지경으로 왕귀뚜라미를 뿌리고 있었다. 정신을 차리고 보니 오른손은 이미 텅 빈 비닐 봉지의 바닥을 박박 긁듯이 뒤지는 동작을 되풀이하고 있었다.

신이치는 넋을 잃은 듯이 한참을 서 있었다.

그러자 어디선가 소리가 들려왔다.

천사가 속삭이는 소리가. 하나의 소리에 호응이라도 하듯이 많은 소리들이 울려 퍼진다.

왔다……. 왔다, 왔다, 왔다.

신이치는 그 자리에 주저앉았다. 무릎을 감싸안고 천장을 올려다보는 자세로 눈을 감았다. 무수한 천사들이 나타나 방 안을 빙글빙글 돌며 춤을 춘다. 가구와 거미집을 그대로 통과하여 재잘거리면서 계속 날아다닌다. 마치 방 안에 백만 마리의 참새가 날아 들어온 것 같았다.

천사의 속삭임은 이윽고 군중들의 웅성거림으로 변하기 시작했다. 노래 같은 묘한 곡조에 맞춰 이따금 신이치에 대한 조소와 분열증적인 의미 불명의 옹알이도 섞여서 들려온다.

너는 **아니니?

신이치를 향해 집요한 질문이 계속된다.

너는 정말 **가 아니니? 너는 사실은 줄곧 **였던 게 아니니?

신이치는 열심히 귀를 기울였지만 끝내 그 중요한 부분만큼은 뭐라고 하는지 알아들을 수 없었다.

내일 전선이 폭발한다. 내일 전선이 멈춘 채 폭발한다. 멈춘 채 폭발을 계속할 것이다. 멈춘 채, 줄곧, 폭발을 계속한다.

시계는 더 이상 부풀리지 않는 게 좋다. 시계는 부풀리지 않고 모아두는 것이다. 시계를 더 이상, 부풀려서는 안 된다. 왜 시계를 부풀게 하는가.

예전에는 흑점黑點이라고 불렸다. 예전에는 흑점이라고 불렸던 적도 있다. 그것은 뭔가. 예전에 흑점이라고 불렸던 것은 뭔가. 왜 예전에는 흑점이라고 불렸는가. 왜인가. 그것은 왜인가.

신이치는 자꾸만 뭔가를 거절하듯이 고개를 계속 흔들고 있었다. 쏟아지는 눈물이 눈초리를 타고 바닥에 뚝뚝 떨어진다.

하지만 그것은 공포와 슬픔이 아니라 기쁨의 눈물이었다.

몸 속의 심지가 탈 듯이 뜨겁고 머리는 텅 비어서 둥둥 떠다니는 것 같다.

하반신에 고통이 온다. 자신이 파열할 것 같은 흥분이 느껴졌다. 요즘 살이 찐 탓인지 바지가 몹시 조였다. 신이치는 옷을 벗어 던졌다. 실오라기 하나 걸치지 않은 알몸이 되자 거미집 속에 오른팔을 쑥 넣었다. 그리고 빙글빙글 돌리면서 솜사탕을 만들듯이 몸 전체에 거미줄을 휘휘 감았다.

거미집과 함께 수십 마리의 거미들이 그의 몸을 타고 기어올라왔다. 모처럼 식사를 하는 데 방해를 받자 분노한 거미들은 신이치의 목이고 팔이고 아랑곳하지 않고 마구 물어뜯었다.

무서움과 아픔조차도 무한한 기쁨으로 느껴지는 것은 왜일까?

황홀함의 불꽃이 머릿속에서 터진다. 신이치는 그대로 바닥에 벌렁 드러누워 뒹굴었다. 등 밑에서 거미들이 잇달아 터지는 감촉. 그 순간 그는 사정하고 있었다.

꺼림칙함, 죄악감, 폭풍 같은 쾌감 앞에서 그런 것들은 쾌감을 더해주는 존재에 지나지 않았다. 신이치는 침을 흘리면서 고개를 가로젓는다. 온몸에 경련이 일며 다시 힘차게 발기한다.

그때 귀를 찢는 듯한 천사들의 속삭임에 섞여 희미하게 다른 소리가 들려왔다. 음악…… 〈School days〉의 멜로디였다.

신이치의 뇌리에 그가 몹시 좋아했던 가사가 되살아났다.

School Days. 한 번 더 너와 보내고 싶어. 가슴 설레던 그 시절을. 싸움도, 질투도, 괴로움도 없는 세계에서.

School Days. 한 번 더 네가 온다면 좋겠어. 꿈이 이루어지는 그 교실로. 중요한 것은 순수한 마음, 단지 그것뿐.

'사오리'가 어딘가 먼 곳에서 물끄러미 그를 보고 있다. 왠지 아주 슬픈 눈동자를 하고.

School Days. 아아, 지상에 찾아온 이 기적의 시간. 너를 기다리고 있는 제복의 천사들. 방과 후의 도서실. 매미가 우는 수영장. 축제를 하던 교정. 그리고 석양의 교문에서.

분명 어딘가에 있을 거야. Another time, another place. 천사들이 내려온 장소가.

그는 어느새 현실로 되돌아와 흐느끼고 있었다. 눈물이 줄줄 흐른다. 이번에는 기쁨이 아니라 진심으로 후회와 참회의 눈물이었다. 자기도 모르는 사이에 아주 먼 곳으로 와 버렸다. 한 번 더 그 시절로 돌려 보내달라고 마음속으로 기도한다.

그러나 그것도 찰나에 지나지 않았다. 다시 압도적인 쾌감의 파도가 밀려온다. 더 이상 저항할 수 없다.

"사오리, 미안해……."

그렇게 중얼거리는 순간 빙글빙글 돌면서 하늘로 올라가는 것 같은 환상이 그를 감쌌다. 현기증이 심하게 느껴질 정도로 강렬한 쾌감에 휩싸인 신이치는 개구리처럼 몸을 떨며 연속해서 방출한다.

그는 신음하며 침침해진 눈을 떴다. 바로 옆에 커다란 무당거미가 기어가는 것이 눈에 들어왔다. 낸시다.

신이치는 얼굴 가득 미소를 띄우며 가만히 손을 뻗어 부드럽게 거미를 잡았다. 눈앞까지 가져와서 넋을 잃고 바라본다. 정신없이 뺨에 비비고 키스를 하는 동안 자신의 입이 자신의 의지와 상관없이 독립된 생물체처럼 멋대로 움직이기 시작했다.

정신을 차리고 보니 입 안이 끈적끈적한 액체로 가득하다. 자신이 낸시를 먹어버린 것을 안 그는 어이가 없었다.

하지만 이번에도 또다시 찾아온 쾌감에 신이치는 흰자위를 드러내며 몸을 흔든다.

잠시 후 그의 양손은 다음 거미를 찾아 천천히 주위를 더듬기 시작했다.

메두사의 머리

높은 창으로 피처럼 빨간 저녁놀이 비쳐들고 있다. 어두컴컴한 콘크리트 교사校舍 안은 텅 빈 폐허처럼 사람 그림자 하나 없다.

구둣소리를 울리며 계단을 올라가는 사나에의 심장 박동은 서서히 빨라지고 있었다.

요다의 연구실에서 과연 무엇을 보게 될까? 그 생각을 하니 손바닥이 땀으로 젖어오는 듯한 느낌이었다. 다카나시를 비롯한 자살자들의 이상한 죽음이 해명되기를 바라면서도, 요다의 연구실이 가까워질수록 도망치고 싶은 마음이 커져 갔다.

어젯밤 도이 미치코에게 들은 도금 공장에서 자살한 청년의 이야기도, 아직 마음 한 구석에 앙금처럼 남아 있다. 관계 없을지도 모른다. 하지만 만약 그렇지 않다면 자신이 가는 길에는 위험이 도사리고 있다는 말이 된다. 자신도 언제 그들과 같은 운명을 더듬게 될지 예측할 수 없다.

요다의 연구실 문이 바로 눈앞에 있다. 마음을 단단히 먹고 조용히 노크를 한다. 잠시 후 문이 열렸다. 요다와 눈이 마주친다.

"들어와요."

"실례하겠습니다."

사나에는 숨을 죽이고 주위를 둘러보았다. 연구실로 한 걸음 들여놓은 순간 한기 같은, 압박감 같은 것이 오싹오싹 밀려왔다. 이 방 안에 다카나시를 죽음으로 몰아간 것이 있다. 그런 생각만으로도 소름이 돋는 것 같았다.

"이겁니다. 보세요."

요다는 단도직입적으로 말했다. 사나에는 그가 가리키는 현미경을 들여다본다.

렌즈 너머로 보이는 것은 별로 색다를 것 없는 선충의 모습이었다. 양끝이 뾰족한 가늘고 긴 반투명의 모습. 아주 느릿하게 움직이고 있다. 요전에 왔을 때 본 C.엘레간스보다는 큰 것 같지만 모양은 거의 비슷했다.

하지만 사나에는 한눈에 이것이 모든 것의 원흉이라고 확신했다. 현미경에서 눈을 떼니 요다가 끄덕였다.

"우선 이것을 세레브리네마 브라질리언시스Cerebrinema brasiliensis, 즉 브라질 뇌선충이라고 이름지었어요. 아직 아무 데도 보고하지는 않았지만, 이것이 '천사'의 정체지요."

재물대 위의 슬라이드 글라스를 보았으나 육안으로 보기에는 네댓 마리의 하찮은 벌레에 지나지 않았다. 정말로 이런 것 때문에 그들이 죽은 건가, 하는 생각을 하자 온몸에서 힘이 빠져나가는 것 같았다.

"동물 기생성 선충은 자활성 선충 등과 비교하면 볼륨이 있는 형태인데, 보시다시피 브라질 뇌선충은 아주 정통적인 모양을 하고 있어요. 그 때문에 겉모양으로 계통을 유추할 수는 없지만, 광동주혈선충과 코스타리카주혈선충 등과 가까운 종인 것 같아요."

사나에는 고개를 끄덕였다. 지금까지 자신의 선충병에 대한 지식은 에이즈의 기회감염증의 하나인 분선충병 정도였다. 하지만 오늘 아침 일찍 일어나 오랜만에 학생이었을 때 배웠던 의학서를 꺼내서, 선충이 원인인 주요 병에 대해 복습하고 왔다. 광동주혈선충은 인간의 체내에 침입한 후 뇌와 척추 등의 중추 신경을 침범하는 것으로 알려져 있는 기생충이다.

"나는 의사가 아니어서 이 부분은 전문이 아니지만, 광동주혈선충 같은 것은 말초 신경 가지를 따라 척추로 들어가, 뇌간을 거쳐 두개頭蓋 내에 침입하는 것 같습니다. 뇌에 이르는 루트는 몇 가지 없으니까, 아마 브라질 뇌선충도 비슷한 경로를 거칠 거예요. 그렇다면 감염된 인간의 수액에서 벌레 자체를 발견할 수 있을지도 모르죠."

사나에는 구체적인 작업을 떠올려보았다. 16게이지 이상의 굵은 천자 주사로 수액을 채취한다면…….

"하지만 타이밍 문제도 있을 테니 실제로는 어려울 겁니다."

"그렇다면 확정 진단은 어떻게 하는 거죠?"

"그건 역시 수액 속에 있는 호산구好酸球의 수를 볼 수밖에요……."

사나에는 아차 싶었다. 왜 지금까지 그 생각을 못했을까? 호산구 수의 증가는 많은 기생충 감염의 공통된 징후가 아닌가. 아카마쓰가 입원했던 병원의 의사도 분명히 호산구 수가 늘었다고 했다.

"어쨌든 광동주혈선충은 중추 신경 내에서 발육 후에 폐로 가지만, 브라질 뇌선충은 종숙주의 뇌간이 최종 목적지인 것 같습니다."

"그렇게 생각하는 이유는요?"

요다는 묵묵히 책상 위에 놓아둔 큰 금속제 쟁반을 들어올려 사나에 앞에 놓았다. 세로로 얇게 잘린 뇌의 시료試料가 몇 장 나란히 있다. 하얀 살색을 한 표면은 촉촉이 젖어 반짝거리고 있었다. 포르말린 냄새가 코를 찌른다. 지금 막 옆에 있는 유리병에서 꺼낸 것 같다. 와타나베 교수에게 받은 아카마쓰의 뇌의 시료라는 것은 굳이 설명이 필요하지 않았다.

"이걸 보면 알 겁니다."

사나에는 쟁반을 받아들고 뇌의 단면을 살펴보았다. 대뇌반구의 내측면과 뇌량腦梁, 뇌간, 소뇌는 각각 색이 달라 확실하게 구분할 수 있다. 요다는 핀셋 끝으로 뇌간 부분을 가리켰다.

자세히 들여다보니 뇌간 중앙부를 따라 파선破線 같은 기묘한 패턴이 뻗어 있음을 확인할 수 있었다. 쟁반을 기울여 빛이 잘 드는 각도로 하자 좀더 또렷이 보였다. 길이 4, 5밀리미터의 반투명 실로 뜬 박음질 모양 같은 것이 규칙적으로 이어져 있다. 박음질은 단면상으로 떠올랐다 가라앉았다 하고 있어서 몇 장의 시료를 연속해서 보니, 뇌간에서 대뇌 신피질에 걸쳐 완만한 삼차원 곡선을 그리고 있었다. 좀더 더 들어가다 보니 패턴은 한 가닥으로 끝나는 것이 아니라 도중에 몇 가닥으로 복잡하게 나뉘었다.

사나에는 무늬 같은 선을 응시하는 동안, 그 박음질 하나하나가 뇌간에 깊이 파고들어 반쯤 주위의 조직에 동화된 선충이라는 사실을 깨달았다.

자신도 모르게 소름이 끼쳤다. 이것은 대체 무엇인가…….

"이렇게까지 정연한 것을 보면, 브라질 뇌선충의 유전자에는 처음부터 뇌에 침입한 후의 공격이 프로그램되어 있다고밖에 생각할 수 없어요."

사나에는 쟁반을 만지고 있는 것조차 무서워져서 책상 위에 내려놓았다.

"그런데…… 무엇 때문에?"

"그 다음은 가설 단계이지만 나보다 오히려 당신이 전문 분야일 것 같은데요."

"무슨 말씀이죠?"

"수백 마리의 선충이 정연하게 행렬을 짓고 있다는 건 어떤 의미 있는 행동임이 틀림없어요. 그 장소가 인간의 뇌라는 것을 생각하면 뇌내에 직접 작용함으로써 인간의 행동에 영향을 미치기 위한 게 아닐까 하는 추측이 성립되죠."

"뇌에? 그러나 인간의 사고思考에 간섭한다는 것은 아무리 생각해도……."

"사고가 아니죠. 브라질 뇌선충의 행렬이 어디로 가고 있는지 잘 봐요. 가장 중심에 있는 라인은 뇌간에 있는 중뇌를 기점으로 해서 시상하부視床下部, 대뇌변연계大腦邊緣系를 거쳐 전두연합前頭連合과 측두엽側頭葉까지 이르고 있어요. 요컨대 마치 A10 신경계 위를 더듬듯이 지나간 겁니다."

A10 신경은 뇌내를 달리는 신경계의 하나로 쾌락신경 또는 황홀신경이라는 별명대로 인간의 쾌감을 담당한다. 사나에는 옛날에 읽은 의학 잡지의 논문을 떠올렸다. A10 신경에 전극을 찔러 미약한 전류를 흘려보내는 실험에 관한 것이다. 피험자는 예외 없이 마음이 해방된 것 같은 편안한 행복감을 느꼈다고 한다. 특히 측두엽을 자극한 실험에서는 비상한 쾌감을 초래한 탓에 피험자가 의사에게 연애 감정을 느끼고 있다고 착각한 예가 잇달았다. 개중에는 청년이 남자 의사에게 구애한 경우조차 있었다고 한다.

"잠깐만요. 그러니까 선충이 쾌감으로 인간을 조종한다는 말인가요?"

"그래요."

사나에는 뭔가 신성한 것을 모독당한 것 같아 요다에게 분노에 가까운 감정을 느꼈다.

"그런 말도 안 되는……. 아무리 그래도 믿을 수 없어요. 이런 하등한…… 이렇게 단순한 생물이 인간을 조종하다니."

"내 가설은 모두 당신에게 들은 사실에서 기인하고 있어요. 감염됐다고 생각되는 사람들은 예외 없이 인격이 바뀌어 상식적으로는 생각할 수 없는 방법으로 자살했어요. 그렇죠? 그리고 지금 당신의 눈앞에 있는 선충이 뇌 속에서 만들고 있는 규칙적인 패턴. 이 두 가지를 같이 생각해보고, 달리 납득이 가는 해석이 있으면 말해봐요."

"하지만 선충에겐 지능 같은 게 거의 없잖아요?"

"맞아요. 선충에선 샬레를 두드릴 때의 '탭 반응'에 역치(생물체가 자극에 대한 반응을 일으키는 데 필요한 최소한의 자극의 세기를 나타내는 수치)가 떨어지는 현상은 보이지만, 지능이라고 부를 만한 것은 아니죠."

"그런데 어떻게 인간을 조종할 수 있다는 거죠?"

"의사의 인식이 겨우 그 정도라니 안타깝군요."

요다는 어이없다는 듯이 말했다.

"당신은 뇌충에 대해 들어보았습니까?"

"아니요. 아까 말씀하신 광동주혈선충인가 하는 것과는 다른가요?"

"뇌충은 인간의 기생충이 아닙니다. 아주 유명한 예로 편형동물문 흡충강에 속하는 디크로코엘륨 덴트리티쿰Dicrocoelium dentriticum을 들 수 있죠. 중간 숙주宿主는 달팽이와 개미, 종숙주는 양으로, 반드시 순서대로 그 삼자의 체내를 지나지 않으면 성숙할 수 없어요. 달팽이에서 개미로 옮아가는 것은 비교적 쉽지만 개미의 몸에서 양으로 옮아가는 것은 우리가 생각해도 상당히 어렵죠. 이 흡충은 개미 뇌의 식도하신경절食道下神經節에 구멍을 내어 그 행동을 제어함으로써 문제를 해결하지요."

"어떻게 하는데요?"

"흡충에게 감염된 개미는 풀 끝까지 기어올라가서 줄기를 베어 물고 그대로 잠든 듯이 꼼짝하지 않아요. 그러면 양이 풀을 먹을 때 같이 먹힐 가능성이 높아지죠. 흡충은 명백히 개미의 행동을 조종한 겁니다. 그것도 상당히 복잡한 방법으로. 하지만 흡충 그 자체에는 지능이 전혀 없어요. 숙주인 개미와는 비교할 것도 없고, 아마 선충보다 낮을 겁니다."

"하지만 개미의 뇌와 인간의 뇌는 구조가 다르잖아요."

"뇌가 아무리 커도 별 장애는 되지 않아요."

요다는 쌀쌀맞게 말했다.

"실제로 포유류의 뇌가 조종받는 건 드문 일이 아닙니다. 광견병에 감염된 개는 쓸데없이 헤매며 돌아다니고 상대가 누구든 상관 않고 물어뜯지요? 이것은 우연치고는 광견병 바이러스에게 너무 좋은 조건의 행동이라고 생각해보지 않았나요?"

"하지만 인간은……."

"그것도 얼마든지 예를 들 수 있습니다. 당신은 정신과 의사니까 매독에 감염된 환자의 성적 행동이 변했다는 것을 들은 적이 있겠죠? 매독 스피로헤타(가늘고 길며 나선상으로 말린 미생물군의 총칭)는 명확히 감염자의 성충동을 높이고 성행위 횟수를 늘리도록 만들어져 있어요. 더 비근한 예로는 감기에 걸린 사람이 재채기를 해서 바이러스를 사방에 날리는 것도 바이러스로부터 일종의 조종을 받은 거죠."

사나에는 생각에 잠겼다.

"바이러스에는 물론 사고 능력도, 의사도, 의식도 없어요. 그뿐만 아니라 스스로 증식하거나 항상성을 지키는 능력조차 없다는 점을 보면, 생물이라기보다는 플로피 디스켓에 든 체스 프로그램에 가까운 존재일지도 모르죠. 그래도 숙주를 조종하는 데 아무런 불편함이 없어요. 기생자는 숙주가 가지고 있는 지적 능력을 차용하면 되는 거니까요."

확실히 기생자에게는 숙주의 몸과 능력이 모두 이용 가능한 자원일 것이다. 하지만 거기에 지적 능력까지 포함한다는 것은 왠지 저항이 느껴진다.

"그렇다면 숙주의 지능은 조작하는 데 장애가 되기는커녕 높으면 높을수록 좋다는 말인가요?"

"그렇게 되겠군요. 아까 말한 뇌충도 개미의 신경계가 좀 더 원시적이었다면 양에게 먹히도록 만드는 데 더 애를 먹었겠죠. ……그렇다면 인간의 뇌라는 것은 최신 컴퓨터와 마찬가지로 가장 좋은 조건을 가지고 있는지도 모르겠습니다."

"그러나 그렇다고 한다면 기생자는 미리 DNA에 모든 사태를 상정한 지시를 써넣어야만 하지 않을까요? 인간의 행동은 개미에 비하면 훨씬 복잡하고, 현실에서 만나는 환경도

천차만별인 걸요. 무지막지하게 방대한 프로그램이 필요한 것 아닌가요?"

요다는 실험 책상 옆에 있는 컴퓨터를 만졌다. 오래 사용해서 누렇게 때가 낀 매킨토시와 비교적 최신 컴퓨터가 나란히 있다.

"당신은 컴퓨터 게임을 합니까?"

"아뇨."

"난 시간이 걸리는 실험 결과를 기다릴 때 곧잘 시간 때우기로 게임을 해요. 컴퓨터 바둑은 아직 초보 단계지만, 장기는 아마추어 2, 3단은 족히 될 겁니다. 그런데 체스는 컴퓨터의 탄생과 동시에 연구가 시작된 만큼, 아주 세련된 프로그램이죠. 사상 최강의 챔피언이라고 불리는 러시아의 카스파로프Gary Kasparov가 IBM의 슈퍼컴퓨터 '딥 블루'에게 진 게 그렇게 오래전 일은 아니지만, 현재 일반 아마추어가 컴퓨터에 이기는 경우는 거의 없을 거예요. 나도 몇 번이나 시판 소프트웨어에 도전해봤지만 최강 레벨로 설정해놓으면 비기는 것조차 무리죠."

사나에는 요다가 무슨 말을 하고자 하는지 몰라 당황스러웠다.

"그런데 내 체스 소프트웨어는 악마처럼 교묘하게 굴며 인간을 갖고 노는데도 불과 1.5메가바이트MB 정도의 사이즈밖에 안 됩니다."

"……플로피 디스크 한 장 정도의 분량이라고요?"

"교묘하게 설계된 프로그램은 그다지 크기를 필요로 하지 않는다는 말이지요. 그런데 브라질 뇌선충의 유전자 크기를 살펴보고 이상할 정도로 크다는 것을 알게 되었습니다. C.엘레간스에 비하면 13배 이상에 해당되는 1300메가베이스Mb나 되더라고요. 즉, 최소한도로 필요한 몸의 설계도 분을 빼더라도 1200Mb 이상의 여유가 있는 거죠. ……참고로 말하자면 1Mb는 백만 염기쌍이고, 염기쌍엔 네 종류가 있으니까 1200Mb라는 것은 4의 1200메가M 승의 정보량이죠. 따라서 이콜 2의 2400M 승, 즉 2400M비트로 1바이트는 8비트니까 2400÷8=300MB가 됩니다. 단순히 크기로 비교하면 그 체스 프로그램의 2백 배죠. 뭐, 실제로 DNA에는 복수의 코돈(DNA를 전사하는 mRNA의 3염기조합, 즉 mRNA의 유전암호의 단위)이 같은 아미노산에 대응하고 있고, 인트론(RNA 내로 전사는 되지만 핵심정보가 제거되어 단백질을 만들지 못하는 DNA 영역)과 정크 DNA, 중복 배열 등도 고려해야 하니 동렬同列로는 비교할 수 없지만 말입니다."

"거기에 인간을 조종하기 위한 프로그램이 들어 있다는 건가요?"

"거대한 영장류의 뇌를 조종하기 위해 아무리 복잡한 전략이 필요하다 해도 그것을 짜 넣을 정도의 여지는 충분하죠."

사나에는 머리가 어지러워졌다.

"……선충 이외의 동물의 게놈은 어느 정도의 정보량을 갖고 있나요?"

"대장균 게놈이 약 4700킬로베이스Kb니까 지금처럼 환산한다면…… 대체로 1.2MB쯤일까? 이것도 거의 플로피 디스켓 한 장 분량이군요. 사람의 게놈은 대충 대장균의 천 배 정도니까 정보량으로는 1기가바이트GB라고나 할까요? 요컨대 인간의 본질이라고도 할 수 있는 정보의 모든 것이 컴퓨터 하드디스크에 간단히 들어가버린다는 겁니다."

사나에는 새삼스럽게 현미경의 재물대 위를 보았다. 1GB와 300MB……. 이렇게 작은 선충이 인간의 3할이나 되는 정보량을 필요로 한다는 것은 확실히 이상하다고밖에 생각할 수 없다.

"브라질 뇌선충에 이렇게 장대한 게놈이 필요한 이유는 아직 잘 모르겠습니다. 지금 말한 것처럼 프로그램을 짜 넣었는지도 모르지만, 그것이 전부라고 생각할 수도 없어요. 게놈이 커지면 그만큼 핵과 세포의 사이즈도 커져야 하고, 방열 문제도 생기고. 좋은 것만 있는 건 아니죠. 작고 하찮은 선충이지만 질 나쁜 컴퓨터의 칩처럼 과열하여 터져버릴 우려는 없으니 그나마 다행이지만 말입니다."

사나에는 아직 반신반의하는 상태였다. SF도 아니고, 선충이 인간을 조종한다는 것이 현실적으로 가능할까?

"그런데 브라질 뇌선충은 어떻게 뇌에 쾌감을 주는 걸까요?"

"그건 아직 몰라요. 모든 것은 가설 단계니까. 뭐, 간단히 생각하자면 뇌내 마약과 비슷한 화학물질을 분비하거나 전기적인 자극을 주거나, 둘 중 하나겠죠. 단지 아마추어의 눈에는 이것이 전기적인 회로로 비칠 겁니다."

요다는 아카마쓰의 뇌의 박편을 손가락으로 가리켰다. 이렇게 거리를 두고 보니 박음질 모양은 단순한 지방이나 아교질로밖에 보이지 않는다. 한편으로는 인위적으로 그었다고밖에 생각할 수 없을 정도로 규칙적이어서 질서정연한 마이너스 부호를 연상시키기도 한다.

신경계 자체가 일종의 전기회로로, 신경 전류는 신경섬유를 따라 계속해서 발생하는 '발화發火'라고 불리는 방전에 의해 전해진다……. 옛날에 교과서에서 읽기만 한 지식이긴 하지만.

"아마 A10 신경은 틈이 없는 '무수신경無髓神經'이었을 거라 생각합니다. 요컨대 절연되어 있는 곳이 전혀 없다는 거죠. 따라서 브라질 뇌선충 쪽에서 보면 유수신경처럼 수초髓鞘의 끊어진 자극을 찾지 않아도 되니, 연결이 쉬울지도 모르죠."

요다는 고개를 끄덕이며 책상에 있던 메모장을 끌어당기더니 거칠게 선충의 신경계 모식도 같은 것을 그렸다.

"선충의 신경계는 사람에 비하면 아주 간단해요. 소화관을 둘러싸고 있는 것이 아주 원시적인 뇌인 신경환神經還이고, 다음은 몸을 따라 한 줄의 복부 신경색이 뻗어 있을 뿐이죠. 뇌에 침입한 브라질 뇌선충은 더 이상 운동할 필요가 없으니까 자신의 신경계는 쓸모가 없어지게 되는 겁니다. 말하자면 폐품 이용으로 스스로 신경선유神經線維를 이상 흥분시켜서 '발화'를 일으켜 몸의 양끝에 있는 구침과 감각모를 통해 A10 신경계에 전기적인 자극을 전하는 것일지도 모르죠. 살아 있는 발전기 겸 도선導線이라고나 할까요. 아마 한 마리당 발전 능력은 극히 미미하겠지만, 이 녀석들은 전부가 직렬로 연결되어 있어요. 수백 마리가 동조하여 펄스(순간적으로 흐르다가 곧 사라지는 전류)를 내면, 전류에 민감한 A10 신경을 조종하는 것쯤은 그다지 어렵지 않을지도 모르죠."

요다는 사나에 쪽으로 돌아섰다.

"만약 그렇다면 당신이 말한 '천사의 날갯소리'니 '속삭임'이니 하는 환청은 설명이 되겠죠?"

"그렇군요. 물론 뇌를 직접 자극하는 것이라면 어떤 것이라도 가능하겠지만요……."

사나에는 잠시 눈을 감고 생각했다.

"브라질 뇌선충이 광동주혈선충처럼 뇌에 침입한다고 생각하니, 어쩌면 '날갯소리'와 '속삭임'은 별개의 것이 아닐까 하는 느낌이 드는군요. 들려오는 시기도 다를 뿐만 아니라 단순한 물리적 소리인 '날갯소리'와 말로 변해 들려오기도 하는 '속삭임'은 성격이 다른 것 같아요."

"글쎄요."

모든 것이 현시점에서는 단순한 발상과 억측의 경지域를 넘지 못한다. 하지만 요다와의 브레인스토밍은 사나에의 영감을 강하게 자극했다.

"요컨대 '천사의 날갯소리'라는, 새의 날갯짓을 떠올리게 하는 소리는 벌레가 뇌간에 도달하기 전에 소뇌를 경유하여 내이內耳의 미로에 들어가 일으키는 게 아닌가 합니다. 그리고 '천사의 속삭임'은 뇌간에서의 포메이션이 어느 정도 완성된 후부터 청각 정보를 전하는 중뇌의 달팽이 신경핵을 자극한 결과라고 생각할 수 있습니다. 정신 분열증의 환청과 묘하게 비슷한 느낌이 드는 것은 선충이 언어를 관리하는 전두엽의 보족 운동에도 영향을 주는 탓일지도 모르고요."

"그렇다면 문제는 무엇 때문에 그런 환청을 일으키느냐 하는 것이겠군요."

요다가 기분 좋은 고양이처럼 눈을 가느다랗게 뜨면서 말했다.

"무엇 때문에?"

"브라질 뇌선충이 의미 없이 환청을 들려준다고는 생각하지 않아요. 특히 굳이 내이에까지 들러서 간다면, 그렇게 하는 것으로 반드시 뭔가 이익을 얻어야 할 게 아니겠어요?"

이익……. 사나에는 그때서야 아직 중요한 것을 묻지 않았다는 것을 깨달았다.

"요다 씨. 브라질 뇌선충은 인간을 조종해서 대체 무엇을 하려는 걸까요?"

패밀리 레스토랑 '베르다드'는 가족 동반과 커플, 양복 차림의 샐러리맨들로 북적거리고 있었다.

메뉴를 보면서 사나에는 한숨을 쉬었다. 일식, 중식, 양식 요리 등 지조 없이 모두 있지만 주문하고 싶은 것은 눈에 띄지 않았다. 커다란 고깃덩이 같은 것은 도저히 목으로 넘어갈 것 같지 않았고, 면류나 파스타처럼 가늘고 긴 것은 아무래도 기분 나쁜 것이 연상되어서 통과다. 초밥에 얹힌 생선도 평소에는 좋아하는 것이었지만, 오늘만큼은 먹고 싶은 마음이 들지 않았다.

정서적으로는 식욕을 완전히 잃었는데, 머리를 혹사한 탓인지 절박한 기아감만 남은 묘한 상태였다. 언제나 여기서 저녁 식사를 한다는 요다를 따라 대학 바로 옆에 있는 패밀리 레스토랑까지 따라왔지만, 하나도 먹고 싶은 것이 없었다. 단말기를 든 웨이트리스가 주문을 받으러 왔다. 할 수 없이 크루아상 샌드위치와 콘 포타주를 주문한다.

"그런 걸로 되겠어요?"

요다는 의외라는 듯이 눈을 치켜 뜨더니, 와인과 3백 그램의 마늘 스테이크를 주문하며 "레어로" 하고 덧붙였다.

이 정도의 강심장이 아니면 연구자란 직업은 택할 수 없을지도 모른다. 사나에는 새삼스럽게 요다를 보았다.

신기하다. 이번처럼 지금까지 경험한 적 없는 무서운 사건이 잇달아 일어날 때, 자신이 처음으로 모든 것을 털어놓고 파트너로 선택한 것은 신뢰하는 선배인 도이 미치코도 아니고, 큰 신문사라는 강력한 배경을 가진 후쿠야 기자도 아니고, 이 무뚝뚝하고 무례하기 그지없어 보이는 한 마리의 늑대 같은 연구자였다. 이유는 자신도 모른다.

요다를 만난 것은 오늘로 두 번째지만 상당히 머리가 좋은 사람이라는 인상은 변함없었다. 다카나시보다 훨씬 남성적인 느낌이 들지만 시니컬한 유머 센스는 둘이 비슷할지도 모르겠다.

요다에게는 그 외에도 다카나시를 떠올리게 하는 면이 있었다. 섬세하면서도 억세 보이는 손가락도 그중 하나다. 그리고…….

어느새 요다를 다카나시와 비교하는 자신을 깨닫고 사나에는 깜짝 놀랐다.

"아까의 질문에 대한 답인데, 뇌에 침입하는 선충은 말하자면 특공대입니다."

요다가 느닷없이 이야기를 시작했다. 특별히 목소리를 낮춘 것도 아니다.

"아까도 봤듯이 그들은 뇌 신경계의 일부에 동화되어 그대로 죽음을 맞이합니다. 뇌의 글리아 세포(세포체나 신경섬유 사이에서 그것들을 지탱·보호하고, 결합조직인 글리아 조직을 형성하는 세포)를 먹고 에너지로 삼을지는 모르지만, 스스로 번식할 수는 없어요. 하지만 그 대신 그들의 클론들이 몸의 각 부분에서 발육하죠. 아식고충芽殖孤蟲이란 기생충을 아세요?"

"아뇨."

사나에는 고개를 저었다. 그때 요다와 다카나시의 또 다른 공통점을 발견했다. 눈이다. 주인의 왕성한 정신적 활동을 뒷받침하듯이 끊임없이 반짝이는 갈색 눈.

"아직까지 감염경로도 불명확하고, 분류학상의 위치조차 알 수 없는 수수께끼의 기생충이죠. 인체 내에서는 얇은 주머니에 싸여 있지만 크기가 1밀리미터에서 10센티미터까지 다양할 뿐만 아니라, 모양도 한 마리 한 마리 제멋대로 만들었다고밖에 생각할 수 없을 정도로 엉망진창입니다. 땅딸막

한 것, 싹이 튼 구근球根 같은 것, 가늘고 긴 줄 모양의 것, 무수한 돌기가 나 있는 것……. 증식할 때는 각자의 몸에서 싹이 나오고, 그 끝에 새로운 주머니가 생겨요. 아식고충은 피부, 근육, 폐, 장, 신장, 뇌 등 모든 장소에서 한없이 증식해 가는 거죠. 약도 듣지 않고, 수가 너무 많아서 외과적으로 적출하는 것도 불가능하고. 때문에 감염자의 전신 조직은 벌레투성이가 되어……."

"요다 씨."

사나에는 당황하며 작은 소리로 요다를 제지했다. 요다의 뒷자리에 앉은 커플이 이쪽을 노려보고 있었다.

"레스토랑에서 할 만한 이야기가 아닌 것 같네요……."

"그런가? 식사중이었지, 참."

요다는 별로 미안해하는 기색도 없었다.

잠시 침묵이 이어졌다. '베르다드' 안은 금연이어서 요다는 손이 심심한지 안절부절못했다.

사나에는 뭔가 무난한 화제를 찾으려고 애썼다.

"항상 여기서 식사하세요?"

"일주일에 이틀 정도, 실험 때문에 늦어질 때만 오죠."

"부인은 아무 말씀 안 하세요?"

"집사람은 죽었어요."

요다의 표정이 어두워져서 사나에는 질문한 것을 후회했다.

"벌써 5년째군요. ……교통사고였죠."

"죄송합니다. 괜한 것을 여쭤서."

"별로."

그 말뿐, 요다는 입을 다물었다. 마침 식사가 나왔다.

"자, 먹읍시다. 배가 고프면 머리도 돌아가지 않으니까."

요다는 굳이 밝은 목소리로 말하고는 나이프로 스테이크를 썰어 묵묵히 먹기 시작했다.

강하고 냉정한 과학자의 얼굴 뒤에, 요다는 암흑 같은 절망과 허무를 끌고 다니고 있었다. 가슴이 아팠다.

사나에는 샌드위치를 먹으면서 그에게 뭔가 도움을 주고 싶다는 생각을 했다.

식사를 하고 대학으로 돌아왔을 때는 저녁 8시가 지나 있었다. 이과계의 학부와 대학원이 있는 건물에는 아직 환하게 불이 켜져 있었다. 문과계 학부의 건물 대부분이 일찌감치 캄캄해지는 것과는 대조적이다.

농학부 건물의 생물화학공학부에는 학생과 원생으로 보이는, 티셔츠에 청바지 차림의 젊은이들이 몇 명 있었다. 초저녁에 왔을 때보다 오히려 수는 늘어난 것 같다.

두 사람은 요다의 연구실이 있는 2층에 올라가지 않고 지하로 내려갔다.

'미생물 배양실'이라는 팻말이 걸려 있는 방으로 들어간 요다는 불을 켜고 사나에를 앉게 했다.

"내 연구실은 기재가 충분하지 않아서 가끔 이쪽 연구실을 빌려 쓰고 있어요."

옅은 녹색으로 통일된 방 한가운데에 벤치가 서로 마주 보게 놓여 있고, 고압 멸균기, 건열 멸균기, 차폐遮蔽 냉장고 등이 빽빽하게 벽면을 메우고 있다. 작업대 위에도 세포 배양을 위한 회전 드럼과 진탕震蕩 장치, 도립식 위상차현미경 등이 나란히 늘어서 있었다. 확실히 요다의 연구실에 비하면 충실한 설비다.

"재미있는 것을 보여줄까요?"

요다는 탄산가스 인큐베이터 속에서 바닥이 뾰족한 원통형의 배양 병을 꺼냈다. 병 안 쪽은 하얀 그물 모양으로 덮여 있다.

"뭐죠?"

배양 병을 받아들면서 사나에는 물었다. 요다는 싱글싱글 웃으면서 대답하지 않는다. 기하학적인 모양이 희한해서 눈을 바싹 붙이고 보던 사나에는 얼굴에 핏기가 가셨다. 하얀 그물 모양은 유리 벽면에 모인 무수한 선충이었다. 한 마리 한 마리는 투명에 가깝지만, 대량으로 모여 있어서 뿌옇게 보인다.

"선충류에는 뭣 때문인지 공통된 묘한 성질이 있어요. 플라스크와 배양 병 속에서 대량으로 사육하다 보면 어느새 유리 벽면의 선충이 기어 올라와, 이런 독특한 그물 모양을 만들어버리는 겁니다. 모양은 선충의 종류에 따라 각기 다르죠. 브라질 뇌선충이 만드는 모양은 정말 복잡하고 우아하게 보이지 않나요?"

"이게 전부 브라질 뇌선충……? 단시간에 이렇게 대량으로 배양하는 데 성공하신 건가요?"

"그래요. 아직 계대繼代 배양까지 성공한 건 아니지만. 와타나베 선생이 보내준 뇌 이외의 조직의 견본에서 대량의 충란蟲卵을 발견했어요."

패밀리 레스토랑에서 들은 아식고충 이야기를 떠올리며 사나에는 등골이 오싹해졌다.

"덕분에 브라질 뇌선충의 행동을 다양하게 관찰할 수 있었죠. 건조한 곳에 놓아두거나 강한 자외선을 비추면 모여들어서 공 모양의 덩어리가 되죠. 이것은 다른 종류의 선충에서도 흔히 볼 수 있는, 집합이라고 불리는 방어 행동입니다. 또 밀집해서 환경이 좀더 쾌적한 곳으로 이동하기도 하고. 이것을 군유群遊라고 하죠. 그리고 이것도 역시 군유의 변형입니다."

요다는 이번에는 직경이 10센티미터 정도 되는 큰 샬레를 꺼내왔다.

"운이 좋군요. 마침 지금 활발하게 움직이고 있어요."

샬레 속에는 백 마리 정도의 브라질 뇌선충이 들어 있었다. 하지만 배양 병 속에 든 것들과 다른 점은 그것들이 모두 일어서서 몸을 흔들고 있다는 것이었다.

"머리를 위로 하고 꼬리로 모여 있죠? 돌기물 등이 있으면 그 위에 모여 같은 행동을 하죠. 이것은 동물 기생성 선충에게서만 볼 수 있는 행동입니다. 이렇게 해서 숙주를 만나 기생할 기회를 엿보는 거죠."

사나에는 일어서서 몸을 흔들고 있는 브라질 뇌선충을 들여다보고 있는 동안 그들도 역시 자신을 인식하고 있는 듯한 느낌이 들었다. 선충과 인간이 구조적으로는 의외로 가깝다는 것을 안 탓인지, 직립하고 있다는 것만으로도 확실한 의사를 가진 존재처럼 느껴졌다.

지금 자신과 그들을 갈라놓고 있는 것은 유리 뚜껑 한 장에 지나지 않는다. 사나에는 마치 선충을 자극하는 것이 두려운 듯 살짝 샬레를 실험대 위에 내려놓았다.

"……이것이 브라질 뇌선충이 숙주에게 감염되는 방법인가요?"

사나에가 물었다. 만약 그렇다면, 예를 들어 들판을 걸어가다 복사뼈 언저리가 따끔해지며 자신도 모르는 사이에 브라질 뇌선충의 숙주가 될 수도 있다는 말인가?

"아니, 그렇지 않아요. 기생성 생물은 기회주의자죠. 체외로 방출되면 일단 이렇게 기생할 기회를 엿봐요. 하지만 그것이 성공할 확률은 만에 하나도 없어요. 작은 생물들이 생존경쟁을 하고 있는 환경은 우리로서는 상상도 못할 정도로 엄격하답니다. 대부분은 지향하는 숙주를 발견하기 전에 다른 생물에게 먹혀버릴 것이고, 믿을 수 없는 행운으로 만났다 해도, 그 체내에 무사히 침입할 수 있는 확률은 거의 제로에 가까워요. 실제로 실험을 해보았어요. 작은 상자에 누드마우스(알비노 계통의 털 없는 생쥐)를 넣고, 열 마리 정도의 브라질 뇌선충도 함께 넣어보았죠. 그들은 침입을 시도하는 것 같았지만, 결국 누드마우스의 피부를 뚫고 들어가는 브라질 뇌선충은 한 마리도 없었어요. 그러니 털로 뒤덮인 원숭이의 피부라면 더욱 어렵겠죠."

"하지만 그렇다면 아무리 기회주의자여도 무의미하지 않을까요?"

"한 가지 더, 다른 실험도 해보았어요. 게잡이원숭이를 움직이지 못하게 고정시켜놓고 피부에 상처를 내서, 거기에 브라질 뇌선충을 놓아보았죠. 그땐 체내로 잘 파고들더군요. 그리고 안구와 내이, 점막 등으로도 침입하는 능력이 있다는 것을 알았어요. 즉, 교미를 할 때 개체 사이를 이동할 가능성은 있는 거죠."

"그렇다면 브라질 뇌선충은 앞으로 성병으로 다루어야 할까요?"

사나에는 긴장된 소리로 물었다. 머릿속이 혼란스러웠다. 다카나시와는 아마존에서 귀국한 직후 한 차례 관계를 가진 적이 있다.

"가능성이 있다는 정도죠. 특히 콘돔을 사용하면 감염될 확률은 에이즈보다 훨씬 낮을 겁니다."

"그렇다면 그들은 어떻게 숙주의 체내에 들어간 거죠?"

요다의 대답에 사나에는 안도했다. 게다가 만약 자신이 감염됐다면 지금쯤 뭔가 다른 증세가 나타나도 나타났을 것이다.

"당신도 이제 짐작이 가지 않나요? 다카나시 씨, 아카마쓰 씨 그리고 시라이 여사는 같은 시기에 아마존에서 감염되었을 겁니다. 게다가 줄곧 행동을 같이했던 니나가와 씨와 모리 씨도 행방불명이고. 전원이 동시에 감염된 거라면 원인은 음식물밖에 없지요."

"그럼 역시 저주받은 골짜기에서 먹었다는 원숭이가……."

"우아카리원숭이. 나도 그럴 가능성이 가장 높다고 생각해요."

요다는 브라질 뇌선충이 그물 무늬를 그리고 있는 배양 병을 들어올려 무표정하게 바라보았다.

"다른 이유로도 브라질 뇌선충의 본래의 종숙주는 우아카리원숭이 같은 꼬리감는원숭이류라고 생각할 수 있어요. 아마 거기에 이르기까지 복수의 중간 숙주가 존재하겠죠. 영장류학을 하는 친구에게 물어보았는데, 우아카리원숭이는 기본적으로는 초식이지만 곤충도 먹는다는군요."

"그 다른 이유란 것은 뭐죠?"

"뇌. 브라질 뇌선충이 사람에게 감염된 것은 우연이겠지만, 뇌간에 거슬러 올라가 그만큼 완벽한 포메이션을 짤 수 있는 것을 보면 본래의 숙주도 상당히 큰 뇌를 가진 생물일 겁니다. 꼬리감는원숭이는 일설로는 침팬지에 필적하는 지능을 가지고 있다고 하더군요. 남미에는 달리 그런 생물이 없어요."

사나에는 식사를 하러 가기 전에 한 질문의 대답을 아직 듣지 못했다는 것을 떠올렸다.

"브라질 뇌선충은 원숭이에게 무엇을 시키는 거죠?"

"뇌충이 개미에게 하는 것과 똑같죠. 포식자에게 먹히도록 하는 겁니다."

요다는 태연하게 대답했다. 사나에는 등줄기가 오싹해졌다.

"브라질 뇌선충은 우아카리와 같은 원숭이의 체내에 침입하면 뇌간을 지배하고 쾌감을 줌으로써 그 행동을 조종하죠.

아까 말하다 말았지만 뇌로 침입한 개체는 자손을 남길 수가 없어요. 하지만 그 대신 그들과 일란성의 클론들이 개체의 각부에 퍼져서 산란하죠. 그 알은 뇌를 조종하는 선충에게도 직접적인 자손이나 마찬가지고……."

"도저히 믿을 수 없어요."

이론적으로는 있을 수 있어도 도저히 현실의 이야기로는 받아들일 수 없었다. 가혹한 세계를 사는 미소微小 생물의 윤리가 인류와 가장 가까운 생물인 원숭이에게까지 미치고 있다니. 마치 길거리에서 바퀴벌레가 개나 고양이를 잡아 와그작와그작 먹고 있는 것을 목격한 기분이었다.

"당신이 팩스로 보내준 카플란이라는 학자의 수기도 좋은 증거입니다."

사랑하는 아내를 살해하고 스스로도 처절하게 분신자살한 카플란……. 그의 비통한 수기를 떠올리자, 사나에의 마음속에 둔중한 통증 같은 것이 지나갔다. 다카나시를 잃은 상처가 아직까지 아물지 않은 것이다.

"은자隱者라고 불리는 개체에 관해 기술한 부분 말입니다. 브라질 뇌선충의 감염 초기에는 숙주의 식욕과 성욕이 비정상적으로 증진되는 것 같아요. 이것도 조종에 의한 것이라고 봐도 될 겁니다. 식욕은 선충을 위해 충분한 양분을 얻기 위해서일 테고, 무리 속에서 난교를 하게 되는 것은 성행위에 의한 감염 기회를 늘리려는 것이겠죠. 이런 개체를 무리에서 내쫓은 것은 우아카리원숭이가 브라질 뇌선충의 감염을 피하도록 대항 진화를 했기 때문일 거예요. 그리고 최종적으로 브라질 뇌선충은 우아카리원숭이가 독수리나 재규어 같은 포식자에게 먹히도록 조종하죠. 그러면 우아카리원숭이의 전신에 낳아놓은 알은 포식자의 체내에서 부화하여 대변을 경유해 다음 숙주에게로 갈 수가 있는 겁니다."

사나에의 뇌리에는 불과 몇 밀리미터의 기생충에게 조종받아 스스로 천적에게 먹혀버린 가엾은 원숭이의 이미지가 떠올랐다.

"……그럼, 인간이 감염된 경우엔 어떻게 되죠?"

"아까 당신이 한 질문이군요. 브라질 뇌선충이 우아카리원숭이에게 감염된 경우도 추론에 지나지 않지만, 그 답은 더욱 추론에 추론을 더한 게 돼요. 하지만 적어도 이것만큼은 말할 수 있습니다. 브라질 뇌선충은 사람에게 감염된 경우에도 우아카리원숭이에게 하던 것과 똑같은 지령을 내린다는 것. 요컨대 '포식자에게 먹혀라'라는."

사파리 파크에서 호랑이에게 다가가는 아카마쓰의 모습이 사나에의 머리에 떠올랐다. 요다의 얼굴을 보자 그도 같은 생각을 하고 있는 것 같았다.

"……그런데 아카마쓰 씨의 일은 그것으로 될지도 모르겠습니다만, 다카나시 씨는 수면제 자살이라 설명이 되지 않아요. 그리고 시라이 씨의 동반자살 사건도 어째서 아이를 데려가야 했는지 모르겠고요."

"그 점에 대해선 나보다도 당신 같은 심리 전문가가 정확한 추리를 할 수 있지 않을까요? 직접적으로 생각하면 감염자는 포식자에게 먹히는 것과 유사한 형태로 자살을 꾀한 것이라고 생각되는데……. 하지만 인간의 마음은 원숭이보다 훨씬 복잡하죠. 브라질 뇌선충의 지령이 인간의 마음에 있는 다양한 억압과 콤플렉스에 의해 변형되어 나타날지도 모르는 겁니다. 실제로 우리 주위에는 인간을 포식할 수 있는 생물을 어지간해서는 볼 수 없습니다. 따라서 브라질 뇌선충의 최종 지령은 그들의 본래 '의도'와는 다른 형태가 되는 일이 많겠지만, 그 전 단계의 식욕과 성욕의 이상 증진에 대해서는 우아카리원숭이의 경우와 거의 다름없을 겁니다."

사나에는 눈을 감았다. 요다가 다카나시를 가리켜 하는 말이란 것은 알고 있었다. 하지만 다카나시가 그런 하찮은 기생충에게 뇌를 지배당해 죽었다고 생각하는 것은 고통이었다.

"……브라질 뇌선충에 감염되는 데 다른 루트는 생각할 수 없을까요?"

"어떤 걸 말하는 거죠?"

사나에는 요다에게 도금 공장에서 자살한 청년의 이야기를 했다. 비정상적인 자살 방법이 다카나시를 비롯한 일련의 자살과 공통된 게 있다는 생각을 지울 수가 없었다. 만에 하나, 그것이 브라질 뇌선충에 의한 것이라면 2차 감염이 일어난 것이 된다.

요다는 팔짱을 끼고 생각에 잠겼다.

"한 가지 더, 당신에게 보여줄 게 있어요."

잠시 후 요다는 그렇게 말하며 일어서서 방을 나갔다. 사나에도 황급히 뒤를 따랐다.

어두운 복도를 지나 요다는 '소동물 사육실'이라는 팻말이 걸린 방의 문을 열었다.

안은 공기 청정기가 돌아가는 소리만이 부드럽게 울리는 열두 평 남짓한 방이었다. 지금까지 본 어떤 방보다도 금속적이고 건조한 느낌이 들었다. 자세히 보니 방의 대부분이 은색 스테인리스 판으로 덮여 있다. 오른쪽 벽은 전면이 붙박이 사육 선반이었다. 선반의 높이는 자유롭게 조절할 수 있게 되어 있는 것 같다.

맨 앞에 나란히 있는 것은 토끼였다. 통닭용 영계처럼 통통하게 살이 쪄서 몸과 거의 크기가 비슷한 우리에 들어가 있다. 몸 여기저기에 털이 빠져 지저분했다. 사나에가 다가가도 전혀 생물다운 반응을 하지 않는다.

사나에는 토끼의 눈을 보았다. 살아 있다는 표시인 대광 반사는 있었다. 하지만 지성과 인식의 빛은 찾을 수가 없었다. 빨갛게 혈액이 비치는 눈은 조명을 반사하여 무기력하게 반짝거리고 있을 뿐이다. 설령 시력이 있다 해도 그 눈은 아무것도 보고 있지 않았다.

발광發狂했구나……. 사나에는 확신했다. 할 수 없는 일이란 건 알고 있지만 동물 실험에 대한 거의 생리적인 반발로 가슴이 답답해졌다.

"당신에게 보이고 싶은 것은 토끼가 아니라, 이겁니다."

요다가 큰 소리로 말했다. 사나에의 충격이 그에게는 전혀 전해지지 않은 것 같다. 요다의 손가락 끝에는 커다란 우리에 갇힌 원숭이가 있었다. 사육장 안을 불안하게 자꾸만 돌아다니고 있다. 사나에의 얼굴을 보더니 이를 드러내며 금방이라도 울음을 터뜨릴 것 같은 표정을 짓는다. 꼬리가 긴 것을 제외하면 체모가 재색인 일본원숭이와 비슷했다.

"게잡이원숭이. 아까 말한 브라질 뇌선충의 감염 실험을 하고 있습니다."

사나에는 원숭이를 실험에 사용할 경우, 최근에는 상당히 복잡한 수속이 필요하다는 이야기를 들었다.

"실험 허가는 어떤 명목으로 받으셨죠?"

"안 받았습니다."

"어머나, 하지만……."

"당신이 말하는 것은 실험 동물로서 영장류를 사용할 때의 윤리규정인가요? 미국 학회가 멋대로 정한 것이지만, 사실상 국제적인 규준이 되어 있긴 하죠. 하지만 지금 단계에서는 브라질 뇌선충을 학계에 보고할 수가 없어요. 그래서 이 원숭이는 내가 애완동물 가게에서 주머닛돈으로 구입했죠. 아무래도 브라질 뇌선충을 계대 배양하려면 필요하니까요."

"하지만 애완동물 원숭이로 신뢰할 만한 통계를 얻을 수 있을까요?"

실험용 동물에는 몇 대에 걸친 엄격한 사육 조건이 필요하다. 요다는 끄덕였다.

"언젠가는 제대로 된 전문 기관에 실험을 위탁하려고 생각하고 있습니다."

게잡이원숭이가 사나에 앞에서 머리를 낮추었다. 무심히 그걸 보던 그녀는 깜짝 놀랐다. 원숭이의 두부에 뱀이 기어가는 것처럼 구불구불한 하얀 줄이 몇 가닥 있는 것이 모피를 통해 희미하게 보였던 것이다.

"파행진爬行疹입니다. 머리 꼭대기에서 방사형으로 뻗어 있죠."

요다가 자신의 머리에 선을 긋는 시늉을 해보였다. 사나에는 다카나시 일행이 죽였던 우아카리원숭이도 두부에 상처

자국과 비슷한 줄이 있었다는 사실을 떠올렸다.

"뇌로 침입하려다가 잘못해서 피하皮下로 나온 걸까요?"

"아뇨. 경막과 두개골을 뚫고 밖으로 나가는 것은 무립니다. 아마 그것과는 다른 경로를 취한 선충일 겁니다. 이걸 보면 마치 뼈 밑에 뇌가 있다는 것을 알고 열심히 입구를 찾은 흔적이라는 느낌이 들지 않나요?"

"네. 그리고 또 다른 것으로 보이기도 해요."

"뭐죠?"

"머리카락이 뱀인 메두사의 머리로."

요다는 멍하니 입을 벌렸다.

"이거 놀라운 걸요. 그런 표현이 나올 줄은 몰랐습니다. 융이 말하는 싱크로니시티(공시성, 동시성)란 게 정말 있는 건가 보군요."

그는 현미경에 시험관을 장치했다. 여기에 있는 것은 같은 도립식 위상차현미경이어도 '미생물 배양실'에 있던 것과는 달리 간이형인 듯하다. 사진 촬영에는 적합하지 않지만 다루기가 간편하고 직접 시험관과 샬레 안을 볼 수 있다.

"이번에는 이쪽을 봐요."

사나에는 시키는 대로 접안 렌즈에 눈을 가져갔다.

시야 중앙에 뿌연 공 모양의 물체가 나타났다. 미동微動 핸들을 돌려 조절하자 선명하게 초점이 잡힌다.

그것은 액체 속에 부유하고 있는 선충들이 모여서 만든 구체球體였다.

"이 게잡이원숭이의 혈액 속에서는 이런 식으로 응집된 선충 덩어리가 다수 발견되고 있어요. 하나같이 브라질 뇌선충의 1기 유충으로 성충에 비하면 훨씬 작아서, 4백에서 8백 마이크로미터㎛밖에 되지 않아요."

"대체 무엇 때문에 이런 식으로 공처럼 모여 있는 거죠?"

"역시 추측이지만 이런 행동을 하는 선충은 다른 것도 있죠. 반크로프트사상충 등의 유충인 마이크로필라리아가 혈관 내를 이동할 때, 50마리에서 150마리 정도가 혈액 속의 섬유소를 중심으로 해서 꼬리 끝으로 서로 연결되어 이런 공 모양의 덩어리를 만든다고 알려져 있어요. 형태가 그것과 흡사한 걸로 보아 아마 브라질 뇌선충도 혈류를 타고 재빠르게 체내를 이동하기 위해서겠죠."

요다는 말을 끊고 의미심장한 미소를 흘렸다.

"아까 싱크로니시티라고 한 것은 이 공 모양의 물체에 붙여진 이름입니다. 마이크로필라리아는 '메두사 헤드 포메이션Medusa head formation'이라고 불리고 있죠."

'메두사 헤드 포메이션'……. '메두사의 머리 대형隊形'이라고 옮기면 될까? 사나에는 현미경에서 눈을 뗄 수가 없었다. 선충이 공 같은 덩어리 속에서 목을 쳐들고 서서 꿈틀거리는 모습은 그야말로 메두사를 방불케 했다.

그때 사나에는 다른 사실도 깨달았다. 카플란의 수기에 나오는 복수의 여신도 메두사와 마찬가지로 앞머리가 뱀이 아닌가. 어쩌면 카플란은 이것과 같은 것을 본 게 아닐까?

"이 '메두사의 머리'를 조사하면서, 한 가지 실험용으로 큰 장점이 있다는 것을 알게 되었습니다. 브라질 뇌선충의 성충을 C.엘레간스의 유충과 같은 순서대로 동결 보존할 수 없을까 하고 시험해보았지만, 유감스럽게 해동했더니 모두 죽어버렸죠. 그런데 '메두사의 머리'를 종농도終濃度 15퍼센트의 글리세린 하에서 천천히 얼려보니 마이너스 70도에서 반영구적으로 보존할 수 있다는 것을 알게 되었어요. 해동 후의 I기 유충은 한결같이 전과 다름없이 활발하게 움직이더군요."

요다의 말투는 마치 브라질 뇌선충을 아주 귀여워하는 것처럼 들렸다. 사나에는 문득 요다가 말한 기생충의 이름이 걸렸다.

"아까 '메두사 헤드 포메이션'을 만드는 선충의 예로 반크로프트사상충의 마이크로필라리아라고 하셨는데……."

"아아. 유명한 상피병象皮病의 병원체죠. 당신이 더 해박할지도 모르겠지만."

상피병은 중남미, 아프리카, 동남아시아, 남태평양 등 전세계에 만연한 열대병이다. 감염되면 하지下肢와 음낭 등의 피부가 극단적으로 부어 마치 코끼리처럼 보인다고 해서 붙은 이름이다. 일본에서도 예전에는 규슈, 시코쿠, 난세이 제도 등에서 흔히 볼 수 있었고, 사이고 다카모리(西鄕隆盛 메이지 유신기의 정치가)가 이 병 때문에 고생했다는 것은 유명한 이야기다.

"반크로프트사상충은 빨간집모기 같은 모기에 의해 매개되지 않나요?"

"음. 마이크로필라리아가 '메두사의 머리'를 만드는 것은 혈류를 타는 것과 동시에 모기 같은 흡혈 곤충에게 쉽게 빨려 들어갈 수 있기 때문이죠. 이건 복권에 당첨될 확률이지만, 반크로프트사상충은 하루에 수만 개를 산란하니 전파될 가능성은 충분할 겁니다."

"요다 씨. 만약 브라질 뇌선충도 모기를 통해 감염된다면 눈 깜박할 사이에 일본 전국으로 퍼져버릴 거예요!"

요다의 태도가 너무나도 태평스러워서 사나에는 자신도 모르게 날카로운 목소리로 말했다.

"……그렇군요. 반크로프트사상충만큼 수가 많지 않다는 것과 브라질 뇌선충의 마이크로필라리아와 '메두사의 머리'는 반크로프트사상충에 비하면 훨씬 커서 모기의 입을 통과할 수 있을까 하는 문제는 있지만, 그런 가능성도 완전히 부정할 수 없겠군요."

"그렇다면 당장이라도 보건소를 통해 경고해야 하지 않을까요?"

"그건 안 돼요."

"왜죠?"

"아직 모기에 의해 감염된다는 확실한 증거가 없으니까요."

"하지만……."

"당신도 잘 알 겁니다. 일본 학회에서는 일단 권위자가 내린 결론은 어지간한 일이 없는 한 뒤엎을 수 없다는 걸."

그것이 사실이라는 것은, 약해 에이즈 사건에서 어느 교수와 일본 법의학의 권위자에 의해 중대한 사건의 감정鑑定이 왜곡당한 예를 봐도 알 수 있다.

사나에도 이름을 알고 있는 의학계의 태두가 공식적으로 '위험은 없다'라고 한 것이다. 웬만큼 확실한 증거가 없는 한, 후생성 같은 관공서가 그의 체면을 망가뜨리면서까지 방침을 바꿀 것이라는 기대는 할 수 없다.

사나에는 머리에 하얀 파행진이 있는 게잡이원숭이를 보았다. 여전히 안절부절못하며 불안하게 돌아다닌다.

뇌간에까지 침입해버리면 현대 의학에서는 더 이상 손 쓸 도리가 없다. 자살을 막기 위해 구속의拘束衣를 입혀 독방에라도 감금 하는 것 외에는.

이와 손톱

8월도 끝나가고 있었다. 일본 열도 전체의 기온은 평년에 비해 그다지 높은 편은 아니었지만, 빌딩과 공장, 차에서 뿜어내는 폐열廢熱의 도가니인 수도권은 위성에서 찍은 적외선 사진에서도 두드러지게 빛나는, 거대한 열섬이 되어가고 있었다.

호스피스의 에어컨은 아침부터 켜놓았지만, 조금도 시원해지지 않는다. 사나에는 진저리를 치며 창 밖을 내다보았다. 시야에 들어오는 빌딩들 모두 에어컨 스위치를 최강으로 해놓았을 것이다. 그렇게 사용하는 전력 소비량이 얼마나 엄청날까? 그 때문에 정부와 전력 회사는 위험을 각오하고 원자력 발전을 증설해온 것이겠지만, 결과적으로 그 전력으로 일제히 냉방을 틀어서 바깥 기온의 상승에 박차를 가하는 악순환이 되풀이되고 있다.

매년 여름마다 생각하는 것이지만, 해를 거듭할수록 온난화가 가속화되는 것 같다. 이제 일본은 완전히 아열대화되었다고 해도 좋을지 모른다. 옛날에는 일본 서남부에 말라리아가 예사로 보였다고 하는데, 재감염이 일어나는 것은 시간문제가 아닐까? 그것도 이번에는 도쿄를 중심으로 한 인구밀집지역에서 광범위하게 말이다.

전화벨이 울렸다.

"여보세요?"

"안녕하세요, 후쿠야입니다."

수화기에서 들려온 목소리에 사나에는 반가움을 느꼈다.

"안녕하세요. 기타지마예요. 뭐 좀 알아내셨어요?"

"아뇨. 아카마쓰 씨의 건은 여전히 진전이 없습니다. 오늘은 다른 건이랄까, 어쩌면 관련이 있을지도 모르겠습니다만."

후쿠야는 귀에 거슬리는 헛기침을 했다.

"최근 이상한 자살사건이 잇달아 일어나는 것과 관련이 있어서요."

사나에는 입술을 핥으면서 신중하게 대답했다.

"이상한 자살사건이요?"

"오늘 아침 신문 못 보셨습니까? 어젯밤 칼로 자기 눈을 찔러 죽은 여성이 있었는데, 각 신문마다 대서특필했습니다."

"잠깐만요."

사나에는 가방에서 신문을 꺼냈다. 오늘 아침에는 출근 전에 시들어가는 베고니아를 돌보느라 바빠서 신문을 읽을 틈이 없었다. 있다. 재빨리 기사를 훑어보았다.

죽은 사람은 도쿄 도 기타 구에 사는 주부, 요시하라 이쓰코 吉原逸子 씨(43). 어젯밤 늦게 과도로 자신의 오른쪽 눈을 찔러 자살. 뇌에까지 이르는 깊은 상처였다. 방 안에는 무수한 장미꽃이 장식되어 있고, 무슨 이유에서인지 나이프와 포크처럼 날카로운 끝을 가진 것만 백 개 이상 의자와 문 등에 꽂혀 있었다. 이쓰코 씨는 최근 극도로 불안한 정신 상태를 보여 남편과 아이들은 이쓰코 씨 혼자 남겨두고 일시적으로 본가에 가 있었다고 한다…….

이 더위에도 사나에는 온몸이 으스스해졌다. 심호흡을 한 후, 한 번 더 수화기를 든다.

"……여보세요. 기사 읽었습니다."

"그 건과, 그리고 요전에 에도가와 구의 도금 공장에서 청년이 극약에 얼굴을 담그고 죽은 사건은 그 병원의 도이 선생님께서 상담자로 경시청에 불려가셨다죠?"

과연 신문 기자라고 사나에는 생각했다.

"네, 그 일은 들었습니다."

"둘 다 이해하기 힘든 방법을 택했다는 점에서는 아카마쓰 씨와 시라이 씨, 다카나시 씨의 자살과 공통되는 게 있을 거라 생각합니다. 엉뚱한 이야기지만, 다카나시 씨의 소설, 있었죠? 「Sine Die」였던가요? 자살 마니아의 수기 같은 느낌이 드는 글. ……뭐, 그건 그렇고 오늘 아침 일찍 또 한 건이 있었습니다."

심장이 뛰었다.

"누구죠?"

"아뇨. 그게 아직 신원 불명인 것 같습니다. 젊은 아가씨입니다. 10대 후반에서 20대 초반 정도의. 혹시나 싶어서 전화했는데, 짐작 가는 데 없습니까?"

"아뇨."

나이로 보면 아마존 탐험대 멤버는 아닐 것이고, 그 외에 특별히 짐작 가는 사람은 없었다. 하지만 혹시 브라질 뇌선충이 모기 등의 흡혈 곤충에 의해 매개된 거라면……. 사나에는 침을 삼켰다.

"특징은 없었나요?"

"글쎄요. ……이가 나쁜 정도랄까."

"나쁘다면?"

"이가 전부 녹은 것처럼 엉망이더군요. 특히 앞니는. 단것을 무척 좋아했나 봅니다."

사나에는 깜짝 놀랐다. 듣고 보니 한 사람 떠오르는 소녀가 있었다. 하지만 병원에 왔던 시기가 전혀 다르고 다카나시와 접점이 있었다고는 생각할 수 없다. 다른 사람일 가능성이 높지만, 아니라고 하더라도 신원을 특정할 단서는 될지도 모른다.

"그래, 어떤 방법으로 자살했죠?"

"물에 빠져 죽었습니다. 그게 말이죠, 도저히 이해가 안 가는 겁니다. 장소는 지바 현의 데가누마手賀沼입니다만……."

듣기에는 자살 방법으로 그렇게 특이하다고 생각되지는 않는다. 하지만 사나에는 이미 결단을 내리고 있었다.

"저, 사체를 보고 싶은데 어디로 가면 될까요?"

"네? 뭔가 짚이는 거라도 있습니까?"

"그건 아직 모르겠지만……."

"그럼 제가 마침 현장에 와 있으니까 직접 안내하죠. 우에노에서 조반常磐 센으로 아비코까지 와서, 다시 나리타 센으로 갈아타고 히가시아비코 역까지 오시겠습니까? 그곳에서 전화주시면 금방 마중 나가겠습니다."

사나에는 후쿠야의 휴대 전화 번호를 적었다.

수화기를 내려놓았을 때는 이미 호스피스를 빠져나갈 구실을 생각하고 있었다.

사나에는 데가누마를 보는 순간 여기서 자살한 것이 이해가 안 간다고 한 후쿠야의 말을 납득할 수 있었다.

수면은 마치 질퍽한 녹색 페인트가 흐르는 것 같았다. 그 주위에는 기름막 같은 줄이 몇 겹이나 둘러싸고 있었고, 불쾌한 악취가 진동했다.

"지독하죠? 올해는 예년에 비해 특히 심하다는군요. 수온이 높았던 탓인가 봅니다."

"이게 뭐예요? 폐기물 덩어리인가요?"

"아오코(플랑크톤의 일종인 미소한 담수조)입니다. 별명이 '물의 꽃'이라고 하더군요."

"아오코?"

"남조藍藻 식물의 일종입니다. 마이크로시스티스, 아나베나 같은 것 말이죠."

후쿠야는 걸으면서 수첩을 펴들고 발음할 수 없을 것 같은 이름을 줄줄 읊었다.

"전에 특집으로 수질 오염에 대한 기사를 다룬 적이 있어서 좀 알죠. 제가 취재한 것은 비와 호였지만, 1983년에 미나미 호에서 처음으로 아오코가 발견된 후, 비교적 깨끗하다고 알려진 기타 호에까지 퍼지더니 매년 되풀이해서 발생하고 있다고 합니다. 같은 시가 현에서는 물이 맑아서 '거울 호수'라 불리기도 했고 선녀 옷 전설로도 유명한 요고 호에서도 아오코가 대량으로 발생했다는군요. 관공서에서는 놀라서 한 대에 수억 엔이나 하는 에어 펌프를 사용해 물에 산소를 불어넣기도 했지만, 수질은 오히려 더욱 악화되었다고 합니다."

"원인은 뭐였대요?"

"아오코는 질소와 인 등을 함유한 물질이 폐쇄성 수역에 흘러들어 수질이 악화되면 번식을 합니다. 가장 큰 원인은 주변의 주택가에서 흘러 들어온 생활 폐수라고 하는군요. 데가누마도 면적이 6.5제곱킬로미터로 디즈니랜드의 열네 배 정도니까 절대 작은 호수가 아닌데, 생활 폐수 때문에 자정 능력을 상실한 거죠. 게다가 데가누마는 주변의 인구밀도가 비와 호의 약 일곱 배나 됩니다. 예전에는 '천고의 명경明鏡'이라고 칭송받으며, 시가 나오야志賀直哉, 무샤코지 사네아쓰武者小路實篤 등, 많은 문인들이 호반에 집을 짓고 살았다고 하는데, 지금은 환경청에서 실시하는 하천과 호수의 수질 조사에서 23년 연속 부동의 워스트 원이랍니다."

후쿠야는 서쪽에 보이는 둥근 탑이 솟아 있는 멋진 건물을 가리켰다.

"그래서 결국 지바 현이 나선 거죠. 거액의 세금을 투자해서 저기 있는 '물의 관館'을 건설한 겁니다."

"뭐예요, 그게?"

"데가누마의 수질문제와 관련해서 이것저것 상설 전시를 하고 있는 곳입니다. 아름다웠던 시절의 데가누마 사진이라든가 개발 비디오 그리고 환경문제에 관한 퀴즈 기계 등. 꼭대기에는 천체 투영관과 전망대도 있어요. 또 '친수親水 광장' 잔디에는 데가누마를 본뜬 연못이 있고……. 뭐, 탁상공론을 좋아하는 공무원들밖에 생각할 수 없는 발상이죠. 저도 한번 취재하러 갔다가 직원들에게 아오코 사진이 있으면 보여달라고 부탁했더니 몹시 귀찮아하더군요. 결국 한 장도 보지 못했습니다. 저런 바보 같은 것을 세워놓고 많은 직원들을 둘 돈이 있으면, 그걸로 하수도나 정비하는 게 어떨까 싶더군요."

'데가누마 피싱 센터'라는 건물을 곁눈으로 보며 걸어가다 보니 작은 콘크리트 다리가 나왔다.

"이게 데가아케보노 다리. 자살 현장은 이 아래입니다."

긴장되었다. 경찰관이 있나 없나 둘러보았지만 현장 검증 같은 것은 이미 끝났는지 사람 그림자는 보이지 않았다. 좁은 다리여서 건너편에서 오는 차를 보내주기 위해 다리 옆에 붙어야 했다. 조금 더 가다 보니 철 사다리가 있었다.

사다리를 타고 내려가니 악취는 점점 심해졌다. 주변 벼랑에는 공무원을 대신해서 수질 정화의 중책을 맡은 갈대들이 무성했지만, 머잖아 그 정도로는 턱도 없을 것이다.

"정확히 이쯤이었을 겁니다."

후쿠야가 가리키는 장소를 보고 사나에는 속이 울렁거렸다. 그 부근에서 데가누마는 강처럼 가늘어져 있었다. 더욱이 콘크리트 둑 사이에 물이 고여 있어 아오코의 발생 조건으로는 아주 적합했을 것이다.

수면은 완전히 썩은 아오코로 뒤덮여 있었다. 필시 대량으로 발생한 아오코가 죽어서, 사체는 고온하에서 세균에 의해 분해되고 있을 것이다. 코가 뒤틀릴 것 같은 심한 악취에 눈물이 날 지경이었다. 사나에는 손수건을 꺼내 코를 막았다.

"이건 산소가 부족해서 죽은 걸까요?"

사나에는 두터운 아오코 덩어리 사이로 점점이 떠 있는, 하얀 배를 드러낸 물고기들의 사체를 가리켰다.

"그럴지도 모르겠군요. 아오코는 밤이 되면 광합성을 못하니까 물 속의 산소를 다 써버렸을 겁니다. 적조赤潮처럼. 그래서 물고기가 질식해서 죽는 것이겠지요. 어쩌면 아오코의 독소 때문에 죽었을 가능성도 있습니다."

"아오코란 게 유독한 건가요?"

후쿠야는 다시 수첩을 펼쳤다.

"상당히요. 간장독肝臟毒인 마이크로시스틴과 노둘라린 등

50종류 이상이 확인되었습니다. 모두 간세포를 파괴할 뿐만 아니라, 강한 발암성도 있다고 합니다."

아무리 전문 분야가 아니라 해도 자신의 얕은 지식이 부끄러웠다.

"제가 취재한 것 중에는 효고 현 니시미야 시 다카자마치에 새로 생긴 연못에서 흰뺨검둥오리 등 많은 물새들이 죽은 예가 있습니다. 1995년 여름이었지만, 한신 대지진의 영향으로 용수로가 막혀 연못에 하천에서 새로운 물이 들어오지 못하게 된 데다, 생활폐수가 대량으로 유입되어 아오코가 이상 발생한 겁니다. 흰뺨검둥오리를 해부해보니 간장이 터져 죽었다고 하더군요. 아마 흰뺨검둥오리는 먹이인 수초와 아오코를 같이 먹어버린 모양입니다. 해외에서는 연못물만 마시고도 소가 죽은 경우가 있다고 합니다. 북미의 아오코는 간장독뿐만 아니라 아나톡신이나 사나톡신이라는 신경독까지 만들어낸다는군요."

그렇다면 이 속에 뛰어들어 아오코를 들이마시면 익사가 아니라 중독사할 가능성도 있는 게 아닐까?

"WHO의 보고에 따르면 해외에서는 아오코의 독소가 가정용 수돗물과 미네랄 워터에 섞여 들어가 사람이 죽은 예도 적잖이 있다고 합니다. 후생성에선 '마이크로시스틴은 정수장에서 분해되므로 수돗물에 농도가 높은 마이크로시스틴이 섞여 들어갈 우려는 낮다'는 코멘트만 하고 조사할 생각도 없는 것 같지만요."

"……그런데, 정말 여기서 물에 뛰어들어 자살한 걸까요?"

수면을 바라보던 사나에는 도저히 믿을 수가 없었다. 보통 자살을 하려면 상당한 정신력이 필요하다. 그래서 많은 사람들은 술과 약의 도움을 빌리게 된다.

젊은 여성에게 흔히 보이는 것은 스스로 비극의 주인공이라는 도취감으로 공포를 극복하는 패턴이었다. 그러기 위해서 무대장치는 환상을 깨뜨리지 않도록 극히 로맨틱한 것이어야 한다.

하지만 그런 의미에서 보면 이곳은 폐수로 질척한 바다나 분뇨 구덩이보다 심하지 않은가.

"나도 처음에는 믿을 수 없었지만 목격자가 있어요. 이 동네 사는 고등학생 커플."

"그 아이들은 처음부터 끝까지 보았대요?"

"예. 처음에는 아연해서 보고 있다가 나중에 말을 걸어도 반응이 없어 말리지 못했다고 합니다. 그래서 피싱 센터에 사람을 부르러 갔는데, 직원과 함께 돌아왔을 때는 이미 죽어 있었대요."

"죽은 사람은 다리 위에서 뛰어내린 건가요?"

"아뇨. 바로 이 자리에서 천천히 물 속으로 들어갔다는군요. 그것도 마치 물놀이라도 하듯 아오코를 손으로 떠서 몸에다 바르기까지 했다고 합니다."

후쿠야도 말하면서 얼굴을 찌푸렸다. 자신이 취재한 사실에 도저히 납득이 가지 않는 모양이다.

정상적인 정신상태에서 한 자살이 아니다. 그것만은 현장을 보고 확신할 수 있었다. 그렇다면 이번 자살자도 브라질 뇌선충에 조종당한 것일까? 하지만 그것도 아직 제대로 설명할 수 없는 부분이 남아 있다. 요다의 가설에 의하면 브라질 뇌선충이 숙주에게 주는 것은 '포식자에게 먹혀라'라는 명령이다. 그것이 어떻게 오수汚水 속에서 죽는 것과 연결되는 것일까?

생각에 잠긴 사나에에게 후쿠야는 일어서지 않겠습니까, 하고 말했다. 악취는 독기처럼 수면에서 떠오른다. 아무리 의사인 그녀지만 더 이상은 견디기 힘들었다.

그곳에서 지바 현 경찰서가 있는 히가시아비코까지는 택시로 불과 몇 분 정도의 거리였다.

사체는 신원불명이어서 사법해부를 위해 지바 대학으로 보내질 때까지 경찰서 영안실에 안치되어 있다고 한다.

불쑥 나타나서 사체를 보여달라고 하는 것은 무모하다고 생각했지만, 이번에도 후쿠야의 기자증 이상으로 사나에의 의사라는 직업이 도움이 되었다. 히가시아비코 경찰서의 담당 경찰은 바로 두 사람을 지하 영안실로 안내해주었다.

"어떠세요?"

사체를 덮은 천을 걷으며 담당 경찰은 사나에의 안색을 살폈다.

아니다. 사나에는 우선 안도의 한숨을 내쉬었다. 몇 년 전 도이 미치코의 환자였던 소녀를 대신 카운슬링한 적이 있었다. 불과 몇 차례의 면담이었지만, 그래도 생김새는 또렷이 기억하고 있었다. 지금 눈앞에 누워 있는 갸름한 얼굴의 소녀와는 전혀 닮지 않았다.

그래도 참 단정한 얼굴의 소녀였다. 생전에는 분명 귀여웠을 것이다. 그런데 왜 이렇게 어린 나이에 죽음을 택해야 했을까?

"아닙니다. 제가 알고 있는 아이와는 다르네요."

담당관은 실망한 표정을 지었다.

"그런데 치아를 좀 볼 수 없을까요? 신원을 밝힐 단서가 될지도 몰라서요."

"예, 상관없습니다."

담당관은 내키지 않는 모습으로 고무 장갑을 가지고 왔다. 사나에는 영문을 모르겠다는 표정의 담당관에게 장갑을 받아들고 직접 사체의 입을 벌리려고 했다. 사후경직은 턱부터 시작되기 때문에 이미 상당히 굳어버린 입은 거의 벌어지질 않았다. 결국 입술을 걷어서 보기로 했다.

역시 그렇다. 틀림없다…….

그때 영안실 문이 열리며 흰 가운을 입은 몸집이 작은 중년 남자가 들어왔다. 후쿠야보다 키가 작은 그는 검은 테 안경에 가르마를 정확하게 7대 3으로 타고 있었다. 담당관이 재빠르게 거수경례를 했다.

"이분들은 누굽니까?"

남자는 사나에를 보며 조금 무뚝뚝한 어조로 말했다.

"도쿄에서 사체를 확인하러 오셨습니다."

"기타지마 사나에라고 합니다."

사나에는 신분을 정확하게 밝히며 자기 소개를 했다.

"여기 후쿠야 씨로부터 사건에 대해 전해 듣고 혹시 제 환자일지도 모른다는 생각이 들어 와보았습니다. 그런데 다행히 아니군요."

사나에의 웃는 얼굴에 그 남자의 태도가 누그러졌다.

"그렇습니까? 일부러 먼 길을 오셨군요. 저는 덴오다이에서 내과의를 하고 있는 스미다墨田입니다."

그제야 상대가 누구인지 감이 잡혔다. 스미다 의사는 개업의이면서 평소 경찰에 이런저런 협력을 하고 있는 게 틀림없다. 아마 도쿄와 요코하마 등 6대 도시권의 감찰의監察醫 역할을 하고 있을 것이다.

"그런데 제 환자는 아닙니다만, 이 사람은 정신과나 심리치료과에 다녔을 가능성이 있어 보입니다."

"네? 무슨 근거로 그렇게 말씀하시는 거죠?"

옆에 있던 담당관의 얼굴이 갑자기 환해졌다.

사나에는 사체의 이를 스미다 의사와 담당관에게 보였다.

"이 사람은 나이도 어린데 치아는 거의 녹아 없어졌습니다. 아마 예전에 거식증이 있었을 거예요."

사나에가 예전에 카운슬링을 했던 소녀도 그랬다. 사춘기 특유의 심리상태 때문에 사소한 계기라도 과식과 구토를 되풀이하게 되는데 그 과정에서 몸도 정신도 너덜너덜해져간다.

"이건 만성적인 구토로 위산이 치아를 녹여버린 결과입니다."

"으음, 거식증이라. 최근 많다는 말은 들었지만……."

스미다 의사는 고개를 끄덕였다.

"수배하고 오겠습니다."

사나에의 이야기를 메모한 담당관이 힘차게 방을 나갔다.

"선생님. 이 사람의 사인은 익사일까요?"

사나에가 물었다.

"글쎄요, 해부해보지 않으면 모르겠지만 익사일 가능성이 높겠지요. 단지, 데가누마는 평균 수심이 90센티미터도 안 되고, 현장도 아마 다리로 설 수 있는 깊이였을 겁니다. 게다가 늪의 물을 마셨다는 목격자의 증언도 있고요. 그것이 사실이라면 아오코의 독소에 의한 급성 중독일 가능성도 있다고 봅니다."

그 물을 마셨다……. 사나에는 가슴이 울렁거렸다.

"잠깐 사체의 손을 좀 봐도 될까요?"

"아, 예. 뭔가 걸리는 게 있으면 말씀해주세요."

스미다 의사는 사나에를 믿음직스럽게 생각했는지 아주 협력적으로 나왔다.

사나에는 역시 이미 사후강직을 일으키고 있는 소녀의 손을 보았다.

병적으로 손을 자주 씻어서 피부가 거칠어졌을 거라 예상했는데, 특별히 이상한 점은 찾을 수 없었다. 역시 제대로 치료를 받아 죽기 직전에는 마음의 병을 완전히 치유했는지도 모른다. 하지만 그렇다면 왜 죽음을 택해야 했을까?

사나에는 소녀의 오른손을 내려놓다 검지에 시선이 갔다. 사후강직으로 팔이 굽혀지지 않아 그 자리에 구부리고 앉아 손톱 모양을 살펴보았다.

"뭔가 있습니까?"

후쿠야가 궁금하다는 듯 물었다.

"네, 좀 색다른 것이."

사나에는 소녀의 손톱을 가리켰다.

"진짜 손톱 위에 투명한 플라스틱으로 된 가짜 손톱을 붙여놓았어요."

스미다 의사도 들여다보았다.

"음. 이것도 발견하지 못한 건데. 이야…… 역시 여자 분이 아니고는 볼 수 없는 것이군요."

"이게 요즘 여고생들에게 유행하는 가짜 손톱입니까?"

후쿠야가 물었다.

"아뇨. 아닌 것 같아요. 보세요, 오른손 검지 한 개뿐이에요. 게다가 멋을 내기 위해 붙인 손톱이라면 좀더 컬러풀한 걸 붙이겠지요? 이것은 무색으로 다른 손톱과 분간하기 힘든 것이에요. 아마 닳은 손톱을 가리기 위해 사용하는 인공 손톱인 것 같아요."

스미다 의사 쪽을 돌아본다.

"선생님. 이 인공 손톱을 벗겨봐도 될까요?"

"……상관없습니다."

"그게 쉽게 벗겨질까요?"

후쿠야가 걱정스럽게 물었다.

"그렇진 않겠죠."

사나에는 핸드백에서 매니큐어용 아세톤을 꺼냈다.

"아마 이거라면 떨어질 거예요."

소녀의 검지를 들고 손톱 사이에 아세톤이 스며들게 했다.

잠시 후 인공 손톱은 흔들거리며 쉽게 떨어졌다.

밑에서 나타난 손톱은 짧게 깎여 있었다.

"아무렇지도 않네요."

후쿠야의 말에 사나에는 고개를 저었다.

"아뇨. 역시, 인공 손톱이 필요했어요. 보세요, 여길 자세히."

"뭡니까, 그건?"

스미다 의사가 놀란 듯이 물었다.

"약해진 손톱을 보수하기 위한 실크제 시트입니다. 전에 노모野茂 투수의 손톱이 갈라졌을 때 신문에도 보도되어 꽤 유명해진 것입니다. 보통은 이 시트를 붙인 후에 손질을 해 주면 거의 눈에 띄지 않게 되는데, 그 위에다 또 인공 손톱을 붙인 걸 보니 꽤 신경을 썼나 봐요."

사나에는 소녀의 원래 손톱을 물끄러미 바라보고 있었다. 완전히 마모되어 거의 보일 듯 말 듯한 상태다. 이 정도라면 어린 아가씨가 고민할 만했을 것 같다. 하지만 무슨 이유로 오른손 검지만 닳았을까?

"후쿠야 씨. 손가락 하나만 손톱이 닳는 직업이 있나요?"

"글쎄요……."

후쿠야는 고개를 저을 뿐이었다.

"유품이 몇 가지 있었는데……."

스미다 의사는 그렇게 말하며 방을 나가더니 종이 상자를 들고 돌아왔다. 사나에는 긴장하면서 안을 들여다보았다. 하지만 그곳에 있는 것은 지갑, 손수건, 안약 그리고 작은 부채와 그것들이 들어 있던 싸구려 가방뿐이었다. 어린 아가씨가 부채를 갖고 다니는 것이 조금 이상하긴 했지만, 특별히 신원을 확인할 수 있을 만한 것은 아니고, 손톱이 닳은 이유를 찾을 만한 단서도 보이지 않았다.

사나에는 한 번 더 소녀의 사체를 보았다.

그리고 순간 너무 놀라서 숨이 멎을 뻔했다.

소녀의 물에 젖은 머리카락 사이로 뱀처럼 구불구불 길게 부르튼 흔적이 몇 군데나 보였다.

까마귀와 백로

사나에는 호스피스 환자들을 회진하는 동안에도 데가누마에서 죽은 소녀를 머리에서 지울 수 없었다.

그 작은 뱀이 기어가는 듯한 파행진은 의심할 여지가 없었다. 그녀도 역시 브라질 뇌선충에 감염된 것이다. 하지만 나이로 봐서도 아마존 조사 프로젝트와 직접적인 관계가 있었다고는 생각할 수 없다. 나중에 후쿠야가 조사한 바로도 관계가 있을 만한 여성은 발견되지 않았다.

그렇다면 이 일본의 어디선가 2차 감염이 일어나고 있다는 말이 된다. 아마 도금 공장에서 극약에 얼굴을 담그고 죽은 청년, 아제가미 도모키도 그랬을 것이다.

하지만 어떻게?

그 수수께끼를 풀기 위해서는 먼저 그 소녀의 신원을 밝혀야 된다. 이미 도쿄 도내의 주요 정신과와 심리치료과가 있는 병원에 전화를 걸어 거식증으로 통원했던 환자 중에 소녀가 있었는지 문의해보았지만, 아직 시원한 대답은 듣지 못했다. 게다가 생각해보니 경찰에서 좀더 조직적으로 같은 수사를 하고 있을 것이다. 그래도 아직 신원은 밝혀지지 않았다.

사나에는 복도를 걸으면서 자신의 오른손 검지의 손톱을 보았다. 죽은 소녀의 또 다른 신체적 특징이었던 것…….

어떻게 하면 단 한 개의 손톱만이 마모될까? 뭔가 손끝만 사용하는 특수한 직업을 가지고 있었을까? 예를 들면 검지 뒤쪽으로 뭔가를 비빈다던가……. 계속 상상을 해보았지만 그럴듯한 게 떠오르지 않는다. 검지 위에 중지를 교차시켜본다. 이렇게 해서 언제나 두 손가락으로 뭔가를 집었다면, 검지 손톱이 닳을 게 아닌가. 아니, 그것도 부자연스럽다. 뭐든 엄지와 검지로 집는 쪽이 훨씬 안정적이다.

그대로 손가락을 교차시켜보니 구미歐美에서 행운을 빌 때 하는 제스처가 된다.

사나에는 고개를 저어 그 생각을 떨치고 아오야나기의 병실에 들어갔다.

"안녕하세요. 기분은 어때요?"

"늘 똑같죠, 뭐."

아오야나기는 안대를 한 얼굴로 사나에를 돌아보았다. 머리를 매끈하게 깎아 올린 이 덩치 큰 남자가 처음 입원했을 때는 모두들 무서워했는데, 요즘은 많이 초췌해졌다. 체중도 가장 많이 나갔을 때에 비하면 반 정도로 줄어버렸고, 지방과 함께 한꺼번에 정기가 빠져나간 사람처럼 보인다.

"선생님, 오늘도 예쁘시네요. 반하겠어요."

"고맙습니다."

사나에는 웃으며 대답했지만 아오야나기의 심중을 생각하면 가슴이 아팠다. 이미 그의 눈에는 사나에의 얼굴이 뿌옇게 윤곽만 보일 것이다.

아오야나기에게서 오른쪽 눈을 빼앗은 거세포 바이러스는 그의 왼쪽 눈 끝에 나타난 이후 야금야금 시력을 먹어치우고 있었다. 조금이라도 진행을 막으려면 항바이러스제의 양을 늘려야 하지만, 그렇게 하면 그의 신장에 너무 많은 부담을 주게 된다. 이미 거의 잃어버린 시력과 신장 중에서는 신장을 우선하지 않을 수 없다.

"불편한 데 없으세요?"

아오야나기는 침대에 누운 채 희미하게 웃었다.

"별로 불편한 건 없지만……. 아아, 단 한 번이라도 장기를 두고 싶어요."

"어머나, 아오야나기 씨, 장기 잘 두세요?"

"잘 두세요, 라니. 이렇게 소문에 어두워서야. 공중전의 아오야나기 하면 오카치마치 주변에서는 모르는 사람이 없었소."

"공중전이요?"

"예. 후수여서 상대에게 선수를 빼앗기긴 했지만……. 아무튼 설명하긴 힘들지만 그런 게 있어요. 잘 나갈 때는 현縣 대표 급이라는 소리도 들었으니까요. 그 대신 한번 꼬이기 시작하면 간단히 지긴 했지만……."

그는 이따금씩 얼굴을 찡그리면서 말을 멈췄다. 칸디다라는 곰팡이가 목의 일부분을 점령하고 있기 때문이다. 침을 삼킬 때마다 몹시 아플 것이다.

그래도 아오야나기는 평소와 달리 말이 많았다. 이야기하는 내용은 반도 못 알아들었지만 사나에는 미소 띤 얼굴로 듣고 있었다. 더 빨리 취미에 대한 이야기를 해보았더라면 좋았을 걸 하고 생각하면서.

"……하여간 전성기에는 어떤 상대라도 펀치 한 방에 날아갔죠. 장려회(奬勵會 장기 기사의 등용문으로 6급부터 3단까지의 실력자들이 있다)의 유명한 강호에게 60수라는 단수수短手數로 이긴 적도 있었다고요. 그때의 화려한 기술에 구경꾼들이 얼마나 열광했던지. ……빌어먹을. 난 아직 쉰세 살이라고요. 원래는 지금부터 한창 강해질 나이란 말이오. 요네나가

(米長 유명한 장기 기사)도 명인이 된 것은 거의 쉰이 다 되어서였어요. 하지만 내가 이시다 겐교(石田檢校 에도 시대 초기의 맹인 기사)도 아니고 눈을 가리고 장기를 둘 순 없잖아요?"

아오야나기는 뭔가를 갈구하듯이 허공을 향해 오른손을 뻗었다.

마치 행운의 주술처럼 그의 중지가 검지 위에 포개진 것을 보자 사나에는 정신이 번쩍 들었다.

두 개의 손가락 사이에 장기를 끼고 탁 하고 놓는 손짓.

사나에의 뇌리에 소녀의 유품들이 떠올랐다. 부채…….

그녀는 숨을 삼킨 채 아오야나기의 손가락 끝을 응시하고 있었다.

일본 기원이 있는 이치가야는 성 아스클레피오스회 병원에서 엎어지면 코 닿을 거리였다.

"우리 신문사 문화부에 장기와 바둑을 둘 다 담당한 적이 있는 베테랑 기자가 있어서 말입니다. 아까 붙들고 이야기를 들어봤는데요."

택시 안에서 후쿠야가 사나에에게 설명했다.

"그렇다면 아마 장기보다 바둑 쪽이 가능성이 높지 않을까 하더라고요."

"어째서요?"

"장기 알과 바둑 알은 모두 검지 손톱과 중지 사이에 끼워서 두는 것이라 검지 손톱이 닳지만, 목제로 된 장기 알과 돌로 된 바둑 알은 닳는 상태가 다르다는 겁니다. 그것도 매끈매끈한 대합으로 만든 흰 돌보다도 표면이 까칠까칠한 점판암 쪽이 손톱을 닳게 한다는군요."

"흐음. ……장기의 프로와 바둑의 프로는 같은 건가요?"

"뭐, 조직과 기원의 구성 같은 것은 미묘하게 다르죠. 일본기원은 재단법인이고, 일본 장기연맹은 사단법인이라든가 하는 식으로. 그러나 기사의 신분은 대체로 비슷할 거라고 생각해도 좋을 겁니다. 한 가지 다른 것은 그 숫자라고나 할까요?"

"어느 쪽이 많죠?"

"좀 의외겠지만 압도적으로 바둑 기사 쪽이 많습니다. 450명 대 150명으로 거의 세 배죠. 아마 장기는 4단부터 프로가 될 수 있지만, 바둑은 초단부터 프로가 될 수 있다는 사실도 관계가 좀 있을 겁니다. 그 가운데 여류 기사가 몇 명 있는지는 잘 모르겠지만, 장기에서는 남자와 같은 자격의 여성 프로가 아직 탄생하지 않은 데 비해 바둑에서는 많이 있다더군요. 이것으로 봐서도 바둑 쪽이 가능성이 높을 거라고 합니다. 단지 자살한 아가씨는 아직 나이가 어리다는 점과 손톱이 닳을 정도로 매일 열심히 연습한 걸 감안하면 아직 정식 기사가 되지 못한 원생이 아닐까 싶어요."

사나에는 가슴이 아팠다. 청춘을 바둑으로 보내고 묵묵히 노력을 거듭했던 소녀. 그런데 어쩌다 브라질 뇌선충에 감염되어 죽음으로 몰리게 되었을까? 어떡하든 그 이유를 확인하지 않으면 안 된다.

전화로 미리 약속을 해놓았기 때문인지 일본 기원에 도착하자 바로 응접실로 안내되었다. 두 사람을 맞아준 것은 짙은 눈썹에 선한 얼굴을 한 30대 후반의 남자였다. 명함에는 일본 기원 기사 9단 기얀 마사히로喜屋武雅弘라고 적혀 있었다. 현재 도쿄 본원의 원생 사범으로도 재직하고 있다고 한다.

미리 두 사람의 용건을 들은 탓인지 기얀 9단의 표정은 어두웠다. 조급하게 담배를 피우더니 신경질적으로 눈을 깜박인다.

"그렇습니까? 손톱이 닳아 있었다……."

그 어조는 분명히 짐작 가는 사람이 있다는 것을 나타내고 있었다.

기얀 9단은 자리를 떴다가 다시 돌아오더니 사나에와 후쿠야에게 단체 사진 한 장을 보여주었다. 소풍가서 찍은 것 같다. 사진 찍는 데 익숙한 요즘 젊은이들답게 앞줄은 눕고, 그 다음 줄은 엉거주춤 서는 등 화면 가득 요령 있게 잘 나왔다. 하나같이 구김살 없이 웃는 얼굴이다. 이때만큼은 햇병아리

승부사가 아니라 그 나이에 어울리는 천진한 모습으로 돌아가 있었다.

"음, 그러니까 말입니다……. 말씀하신 대로라면 해당 가능성이 있는 것은 이 아이가 아닐까 싶습니다."

기얀 9단은 조심스럽게 뒷줄 맨 왼쪽에 있는 한 소녀의 얼굴을 가리켰다. 손가락 끝이 가늘게 떨리고 있다.

사나에는 소녀의 얼굴에 시선을 모았다. 미소는 짓고 있지만 혼자만 입을 다물고 있었다. 확신을 가질 때까지 꼼꼼히 확인하고 나서 얼굴을 들자 기얀 9단과 눈이 마주쳤다.

"어떠십니까?"

제발 아니길 빈다는 표정으로 그가 말했다. 하지만 사나에의 표정을 보고 모든 것을 눈치챈 듯 무슨 말인가 하려다가 입을 다물었다.

"유감스럽습니다만, 틀림없군요."

후쿠야가 사나에에게 받아든 사진을 보고 선고하듯 말했다.

"도저히 믿을 수 없습니다. 어째서 이제 와서……."

"이 아가씨의 이름을 여쭤봐도 될까요?"

후쿠야의 질문에 기얀 9단은 낮은 목소리로 대답했다.

"다키자와 유코瀧澤優子입니다."

"이곳의 원생이었나요?"

"작년까지는 그랬습니다. 여기는 19세까지로 연령제한이 있습니다. 다키자와는 그래서 일단 떠났지만, 2년제 대학을 졸업한 후 '외래' 자격으로 원생 리그전에도 참가하며 다시 프로 기사를 꿈꾸고 있었습니다."

기얀 9단은 굵은 손가락으로 눈가를 문질렀다.

"정말 노력파에다가 성격도 좋고 착한 아이였습니다. 원생으로 있을 때는 줄곧 연수 센터에서 지내며 매일 열 시간 이상 바둑돌을 들고 공부를 했죠. 손톱이 닳을 정도였습니다."

"그런데 프로가 되지 못한 것은 역시 재능이나 실력이 따라주지 않았던 겁니까?"

후쿠야의 질문에 기얀 9단은 부루퉁한 표정을 지었다.

"실력은 있었습니다. 재능도 있었다고 생각하고요. 요즘 유행하는 승부에만 연연하는 '실리형'이 아니라 다케미야武宮 선생을 연상케 하는 중앙지향형 로맨티스트로, 특히 검은 돌을 들면 삼연성(돌 셋을 가로 또는 세로로 화점에 나란히 놓는 포석)이 특기였습니다. 제가 봐도 독자적으로 번뜩이는 감성이 있었습니다. 실전 때의 파워도 절대 뒤떨어지지 않았고, 초반에 모자란 집을 후반 끝내기에서 따라잡는 기술도 탁월했습니다."

"그런데도 더 성장하지 못해 고민했던 겁니까?"

신문 기자답게 후쿠야는 추궁을 늦추지 않았다.

"……글쎄요. 실력은 있는데 왠지 마지막에 가서 좋은 결과를 내지 못하고 지곤 했습니다. 중요한 순간에 번번이 평소에는 생각할 수 없는 실수를 저질렀던 겁니다. 그 벽을 좀처럼 깨지 못해 유코는 고민이 많았죠."

그런 성격의 유형은 사나에도 몇 가지 알고 있었다. 긴장을 잘해서 이내 중심을 잃고 앞뒤 판단하지 못하는 상태에 빠져버린다. 지나친 긴장을 견디지 못하고 그곳에서 벗어나기 위해 무의식적으로 패배를 선택해버린다. 불필요하게 비관적이 되어 나쁜 예상만 머릿속에 떠올리다 마이너스의 자기암시를 걸어버린다. 자신이 완벽해야 한다고 생각하기 때문에 사소한 실수를 범하기만 해도 짜증을 낸다. 이런 성격은 특히 일본인에게 많은데, 한편으로는 우울증과 거식증이 되기 쉬운 특징이 있다.

다키자와 유코의 경우는 일상 생활에 지장을 초래하는 수준은 아니었지만, 시합 때마다 마음이 흔들려 바둑에 집중하지 못한다면 어지간한 실력을 갖고 있지 않고서는 이길 수 없을 것이다.

"다키자와 유코 양은 전에 거식증을 앓지 않았나요?"

사나에가 묻자 기안 9단은 조금 주저하는 모습이었다. 사적인 일이어서 이야기해도 괜찮을지 생각하는 것일까? 하지만 테이블 위에 놓인 사나에의 명함을 보고 그녀가 정신과 의사라는 것을 상기했는지 이내 입을 열었다.

"고등학교 때 그랬던 것 같습니다."

"원인도 아세요?"

"저도 잘은 모릅니다만, 살을 빼려고 다이어트를 시작했다가 그렇게 된 것 같더군요."

근거 없는 다이어트 신화에 선동되어 지금도 많은 소녀들이 다이어트로 건강과 정신을 해치고 있다. 사나에는 정신과 의사로서 평소부터 그런 현상을 우려하고 있었다.

이런 부추김은 매스컴에서 도맡고 있다. 극히 평범한 용모의 여성에게까지 반복 암시를 걸어 추형 공포를 갖게 한 뒤 성형을 하면 밝은 미래가 찾아온다고 믿게 하거나, 숱이 적은 머리며 짙은 체모, 체취 등을 병적으로까지 기피하게 만들기도 한다. 결국은 그것으로 돈 버는 업자들의 교묘한 마인드 컨트롤을 받고 있는 것뿐인데 말이다.

"그래서 치아 상태가 나빴던 거군요?"

"역시 한창 나이의 여자아이라서 치아에는 상당히 신경을 썼습니다. 그래서 언제부턴가 웃을 때도 입을 벌리지 않는 게 습관이 된 듯하고요. 손톱도 마찬가지여서 대국할 때가 아니면 항상 오른손을 꼭 쥐고 있었지요."

"아까 '어째서 이제 와서'라고 하셨죠? 그 말은 무슨 뜻입니까?"

후쿠야가 메모를 하면서 물었다.

"올봄에 다키자와 양은 약간의 노이로제 기미를 보였습니다. 아무리 노력해도 좀처럼 장래에 대한 비전이 보이지 않는 데다, 실연까지 당했던 모양입니다. 그래서 한동안 리그전에도 출전하지 않았습니다. 그런데 3개월 정도 전에 돌아왔을 때는 딴사람처럼 밝아져서 모두 놀랐어요. 어떻게 된 건지 정신적으로도 아주 씩씩해졌고 확률도 비약적으로 올라서, 그 상태라면 입단은 멀지 않았다고 기대하고 있었는데……."

"본인의 성격이 달라진 이유에 대해 다키자와 양이 뭔가 말한 게 있습니까?"

"한 번 물어본 적은 있습니다만, 이상한 말로 얼버무려서."

"이상한 말?"

"자신에게는 '수호천사'가 붙어 있다나 뭐라나."

사나에와 후쿠야는 순간 얼굴을 마주 보았다.

"그런데 실제로 그런 느낌이 들었습니다. 전과는 완전히 달라져서 승부가 아슬아슬해지면 아슬아슬해질수록 오히려 미소를 지으며 여유를 부려 대전 상대가 두려워할 정도였습니다. 그 때문인지 기적적인 역전승도 몇 번 있었죠."

기얀 9단은 탄식했다.

"그대로만 가면 분명 훌륭한 기사가 되었을 텐데……."

사나에는 한 번 더 사진을 보았다. 다키자와 유코는 귀엽게 생긴 소녀였다. 치아만 가지런히 교정하면 상당히 미인이었을 것이다. 실력의 세계인 바둑계에서도 여성의 경우 용모가 모든 것을 대신하는 것은 다른 세계와 별반 다르지 않다. 입단이 다소 늦어져도 프로만 된다면 분명 바둑계의 마돈나로서 각광받았을 것이다.

"원생 대국은 한 주에 한 번인데, 지난주에는 쉬겠다고 하더군요. 그래서 지금까지 그 아이가 실종됐다는 것조차 눈치채지 못했습니다. 고향에 계신 부모님께 뭐라고 말씀드려야 할지……."

기얀 9단은 어깨를 떨구었다.

일본 기원의 바둑 연수 센터는 지바 시 마쿠하리에 있었다. 이날은 마침 원생들의 대국일이었다. 사나에와 후쿠야는 다키자와 유코와 가장 친했던 하마구치 아사미浜口麻美라는 소녀를 만나기 위해 연수 센터로 자리를 옮겼다.

연수 센터는 아담한 느낌이 드는 새 건물이었다. 언뜻 보기에는 은행 기숙사 같다. 주변은 잔디로 둘러싸여 있고, 차고에는 어린이들을 태우고 다니는 것인지 연수 센터의 이름이 새겨진 승합차가 서 있었다.

현관에 들어서자 로비에 탁구대가 있었다. 아직 초등학생 정도로 보이는 소년들이 열전을 벌이고 있다. 그들도 역시 장래 프로 기사를 지향하는 원생들일까?

접수 창구에 대고 찾아온 이유를 말하자 하마구치 아사미를 불러주었다. 대국은 이미 끝난 모양이다.

나타난 소녀는 17, 8세쯤 되었을까? 살결이 희고 볼이 통통하다. 계단을 다 내려오더니 그 자리에 멈춰 서서 탐색하는 듯한 시선으로 사나에와 후쿠야를 보았다. 아직 유코가 죽은 사실을 모르는 것이다.

"안녕? 불쑥 찾아와서 미안해."

사나에는 자기 소개를 했다. 정신과 의사와 신문 기자가 나란히 찾아온 것을 알고 하마구치 아사미는 귀신에 홀린 듯한 표정을 지었다.

탁구를 하던 소년들도 호기심 어린 얼굴로 이쪽을 보고 있다. 사나에는 아사미를 밖으로 데리고 나왔다. 커피숍 같은 곳에 가기보다 햇볕을 쬐며 이야기를 나누는 편이 충격을 완화시킬 것 같았다.

사나에는 하마구치 아사미에게 충격을 주지 말라고 몇 번에 걸쳐 다짐을 한 기얀 9단의 말을 떠올렸다. 사정 청취를 할 때는 정신과 의사로서 충분히 배려하겠다는 약속을 하고 겨우 허락받은 것이다.

"좀전에 이치가야의 일본 기원에서 기얀 선생님을 뵙고 오는 길이야. 그곳에서 학생이 다키자와 유코 양과 가장 친했다는 말을 들어서."

"유코랑요? 그건 그렇지만…… 네? 그런데 '친했다'니요?"

승부사를 지향하는 하마구치 아사미의 직감은 과연 날카로웠다. 더 이상 돌려서 말해봐야 고통만 더해줄 뿐이다. 사나에는 결심을 하고 유코가 죽은 사실을 알려주었다.

사나에의 진지한 태도에서 그것이 사실이라는 것을 깨달았는지, 아사미의 얼굴이 창백해지더니 눈에서는 구슬 같은 눈물이 뚝뚝 떨어졌다.

잠시 아사미가 안정되기를 기다렸다가 사나에는 다정한 목소리로 묻기 시작했다. 후쿠야는 옆에서 듣고만 있었다.

아사미는 손수건으로 눈가를 누르면서 그래도 열심히 질문에 답했다. 아사미는 올해 열여덟 살이었다. 다키자와 유코보다 두 살 아래였지만 전부터 마음이 잘 맞아 자매처럼 사이가 좋았다고 한다. 유코가 남다른 노력파였던 점은 기얀 9단의 이야기와 맞아떨어졌다. 역시 검지 손톱이 닳을 정도로 연습하는 원생은 그다지 없는 것 같다.

아사미는 유코만큼 공부를 열심히 하지는 않지만, 그래도 평소 손톱에는 신경을 쓴다고 한다. 그녀는 사나에에게 검지를 보여주었다. 콜라겐이 든 크림과 프로테인이 배합된 액체로 손톱을 강화시키는 한편, 보강용 베이스 코트와 갈라짐을 방지하는 톱 코트를 바른다고 한다.

화장품 이야기를 하는 동안만은 아사미가 평정을 되찾은 듯했지만, 갑자기 유코의 죽음이 떠올랐는지 눈물을 글썽거렸다.

유코는 진정한 노력파였고, 또 그렇게 착했는데…….

사나에는 아사미의 등을 쓰다듬어주었다. 더 이상 슬프게 하고 싶지 않았지만, 아직 물어야 할 것들이 남아 있었다.

"실은 유코가 죽은 곳이 아비코 시의 데가누마였어."

아사미는 사나에의 손을 뿌리치듯 얼른 얼굴을 들었다. 눈을 동그랗게 떴다. 그 민감한 반응에 오히려 사나에가 놀랐다.

"데가누마에서요? 정말 유코가 데가누마에서 죽었어요?"

"응."

"세상에……. 그럼 분명히 우리 집에 오는 길이었을 거예요."

"너희 집? 아비코 시내에 있니?"

"네, 고호쿠다이예요."

이것으로 수수께끼 하나는 풀렸다. 기얀 9단의 이야기로는 다키자와 유코는 연수 센터가 있는 마쿠하리에서 가까운 지바 시내의 아파트에서 혼자 자취한다고 했다. 같은 지바 현이라도 지바 시에서 데가누마까지는 상당히 거리도 있고 교통편도 좋지 않다. 다키자와 유코가 무엇 때문에 데가누마에 갔는지를 알 수 없었던 것이다.

"유코가 너희 집에 온 적이 있니?"

"네. 지난봄에 한 번 집에 초대한 적이 있어요."

아사미는 먼 곳으로 시선을 보내며 말했다. 즐거웠던 기억인 것 같다. 희미하게 입가에 미소가 떠오른다.

"그때는 호수를 안내하며 줄곧 걸었어요. 평소에는 아무래도 운동부족이거든요. 그래서 땀을 흘려도 괜찮게 트레이닝복을 입고 운동화를 신었죠. 유코는 데가누마가 너무 마음에 든다고 했어요."

사나에는 며칠 전 보았던 늪의 광경이 뇌리에 새겨져 있어 좀 놀랐지만, 생각해보니 봄이라면 아직 아오코도 발생하지 않았을 테니, 그 나름대로 아름다운 경치였을지 모른다.

"그 주변은 시라카바 파(일본 근대문학의 일파. 잡지 『시라카바白樺』에 참여한 소설가와 미술가들의 총칭)의 성지예요. 메이지 시대부터 다이쇼 시대의 유명한 시가 나오야, 무샤코지 사네아쓰, 버나드 리치Bernard Leach, 나카 간스케中勘助 같은 작가들이 살았던 흔적이 지금도 남아 있어요. 저는 초등학교 때부터 시가 나오야를 아주 좋아했고, 유코는 무샤코지 사네아쓰를 좋아했어요. 그래서 우리도 시가 나오야와 무샤코지 사네아쓰처럼 평생 친구로 지내자고 약속했는데……."

아사미는 말끝을 흐렸다.

"'물의 관'은 시시해서 가지 않았지만, 그 근처에 '아비코시 조류 박물관'이라는 곳이 있거든요. 다양한 새들의 박제가 있는 곳이죠. 그곳에서 까마귀와 백로가 싸운다면 어떨까, 하는 농담들을 하면서 둘이 깔깔거리고 웃었어요. 주위 사람들은 농담의 뜻을 모르니 이상한 여자애들이라는 시선으로 저희를 보았지만요."

"까마귀와 백로?"

"바둑 이야기예요. 바둑에는 난가爛柯, 수담手談 등 많은 용어들이 있는데, 오로烏鷺도 그중 하나예요. 하얀 돌과 검은 돌의 싸움이니까, 까마귀와 백로."

"흐음."

"아. 그러고 보니 유코가 요즘 들어서 좀 이상했어요. 머릿속에 있는 새 이야기 같은 걸 하기도 하고."

"응? 무슨 말이지?"

"이상한 말들을 했어요. '대국 중에 머릿속에서 수많은 까마귀와 백로가 서로 싸우며 깍깍깍 시끄럽게 굴어'라는 말도 했고, '천사가 작은 새 같을 거라 생각하니?' 하고 묻기도 하고."

사나에와 후쿠야는 서로 얼굴을 마주 보았다.

"분명히 유코는 저희 집에 올 생각이었을 거예요. 갑자기 찾아와서 놀라게 해주려고……."

아사미는 또 울었다.

"유코가 죽은 게 몇 시쯤이었어요?"

"아침 10시 전으로 추정하고 있어."

"그럼 맞아요. 분명히 너무 이르다고 생각해서 데가누마 근처에서 시간을 보내고 있었을 거예요. 그러다 발을 헛디뎌서……."

아사미는 코를 훌쩍였다. 어차피 알게 될 일이다. 사나에는 아사미에게는 진실을 알 권리가 있다고 생각했다.

"아사미. 충격받지 않길 바라는데, 유코는 자살한 것 같아."

"네?"

"목격자가 있어. 그녀는 스스로 늪 속으로 들어갔대."

"말도 안 돼요. 뭔가 잘못된 거예요. 최근에 유코는 무척 밝은 모습이었고 대국 성적도 아주 좋았어요. ……게다가 이상하잖아요? 데가누마까지 와서 왜 나를 만나지 않고 죽은 거죠?"

"그게 이상해서 아사미에게 이야기를 들으러 온 거야."

아사미는 잠시 생각하더니 크게 고개를 저었다.

"아뇨, 절대로 아니에요. 유코가 만약 정말로 자살할 생각이었다면, 요즘 같은 때 데가누마엔 가지 않았을 거예요."

"내가 봐도 좀 더럽긴 했어."

"보통 사람도 그렇겠지만, 유코는 절대로 그런 곳에 뛰어들 애가 아니에요. 유코는 심한 결벽증이었거든요. 불결한 것을 너무 싫어해서 전철을 타도 절대로 손잡이를 잡지 않았고, 필기구 같은 것도 전부 항균 제품이었어요. 대국 때의 방석까지 자기 것을 가지고 왔고, 대국 전에는 새 수건으로 바둑판을 아주 정성껏 닦았어요. 그런 애가 뭣 때문에 그렇게 냄새나는 아오코가 가득한 곳에 뛰어들었겠어요?"

아사미는 정색을 하며 말했다. 사나에는 굳이 반론하지 않았다. 죽은 친구의 명예를 지키려고 하는 그녀의 심정을 잘 알았으며, 그 이상으로 그녀가 하는 말은 사리에 맞았다.

"한 가지만 더 가르쳐줄래? 유코가 갑자기 뭣 때문에 밝아졌을까? 뭔가 들은 거 없니?"

아사미는 생각에 잠겼다.

"그러고 보니 세미나 같은 곳에 참가했었다는 말을 한 것 같아요."

"세미나? 어떤?"

"그리 자세히는 듣지 못해서 잘은 모르겠지만요, 자기계발 세미나라고 하나요? 뭔가 그런 느낌이었어요. 유코는 제게도 권했지만, 저는 그런 것과 종교 같은 것은 질색이어서요."

"이름은 기억나지 않니? 그리고 어디에 있는 곳이고, 거긴 어떻게 들어간 거지?"

"음, 들어간 계기는 인터넷을 통해서였고, 우연히 그 세미나의 홈페이지에 들어갔다고 했어요. 이름은…… 죄송해요. 잘 기억나지 않아요."

"좋아. 오늘 협력해줘서 정말 고마웠어. 만약 또 생각나는 게 있으면 전화해줄래?"

"예, 알겠습니다."

아사미는 그렇게 말한 후 갑자기 뭔가가 생각난 듯 중얼거렸다.

"그래, 가이아……."

"응?"

"세미나의 이름. 분명히 가이아란 말이 붙어 있었어요."

"고마워."

하지만 아사미에게는 사나에의 말이 더 이상 귀에 들어오지 않는 것 같았다.

이제 와서 갑자기 유코의 죽음을 실감한 걸까? 마치 악몽이라도 꾼 것 같은 기분일 것이다. 사나에와 작별 인사를 하면서도 보일 듯 말 듯 고개를 끄덕일 뿐이었다.

사나에는 한참 가다가 뒤를 돌아보았다.

소녀는 연수 센터로 돌아갈 생각도 않고, 저녁놀을 받으면서 그 자리에 멍하니 서 있었다.

구세주 콤플렉스

새벽 1시가 지나서 집으로 가지고 온 일이 겨우 마무리되었다.

사나에는 문서 파일을 디스켓에 저장한 후 홍차를 끓였다. 영국식으로 머그잔에다 따뜻한 우유를 가득 넣고 뜨거운 오렌지 피코(인도산 고급 홍차)를 부었다.

홍차를 마시면서 인터넷에 접속했다. 일을 마친 샐러리맨들의 접속이 늘어나는 가장 회선이 혼잡할 시간대여서 그런지 평소보다 시간이 더 걸렸다.

키워드로 홈페이지 검색을 시작했다.

처음에는 간단하게 '가이아'라고 쳤다. 꽤 많지 않을까 예상은 했지만, 역시 해당하는 홈페이지는 무려 2천 건 이상이

나 됐다.

모니터에는 그 가운데 열 건만 표시되었다. '다음 열 건'을 몇 번이나 클릭하며 요약 내용을 확인했다. 인터넷 방송국 '스테이지 가이아', 미야자키 시 가이아 관광 가이드, 컴퓨터 통신 '가이아네트'의 서비스 안내, 여자 프로레슬링 'GAEA JAPAN' 정보, 그 외에 지구 환경 보호단체, 건강식품의 통신 판매……. 이런 식으로 모든 페이지를 다 보다가는 언제 끝날지 모른다.

이번에는 키워드를 늘려서 '가이아-자기계발 세미나'라고 쳐보았다. 해당사항이 없었다. 생각해보니 어떤 단체가 스스로 '자기계발 세미나'라고 칭할 가능성은 낮을 것 같다. 검색 엔진은 홈페이지의 문장 중에 키워드가 포함되어 있는지 없는지로 선별하는 것이니, 상대가 사용할 것 같은 말을 고를 필요가 있었다.

이번에는 '가이아-치유'로 조사해본다. 해당하는 홈페이지는 열여섯 건이었지만, 유감스럽게 기대한 내용은 없었다. 그후 여러 개의 검색 엔진을 사용하면서 이런저런 키워드와 '가이아'가 들어간 말들을 조사해보았지만, 찾고 있는 홈페이지는 찾을 수 없었다.

하마구치 아사미는 다키자와 유코가 인터넷을 통해서 자기계발 세미나에 입회했다고 했다. 그렇다면 반드시 접속할 수 있을 텐데…….

다키자와 유코가 어떻게 그 사이트를 찾았는지 추리해보았지만, 아무래도 무리였다. 다른 홈페이지에 링크되어 있었을지도 모르고, 다른 매체에서 우연히 주소를 보았을지도 모른다. 사나에도 경험한 바 있듯이 넷서핑 도중에는 종종 생각지도 못한 홈페이지를 보는 경우가 많다. 주소를 등록해두지 않았기 때문에 두 번 다시 찾지 못하는 사이트들도 몇 개인가 있다.

시행착오를 거듭하는 동안 키워드가 바닥나버렸다. 한 번 더 처음부터 생각을 정리해본다. 키워드를 정말 '가이아'로 해도 되는 것일까?

어쩌면 '지구'나 '대지' 등에 '가이아'라는 토를 단 게 아닐까 하는 생각이 들었다. 그런 경우라면 '가이아'로는 검색에 걸리지 않을 것이다. 사나에는 먼저 '지구'를 입력하고, 잠시 망설이다가 '지구-천사-뱀'으로 검색해보았다. 그것으로 찾을 수 있을 거라 생각한 건 아니다. 우선 이번 사건의 열쇠가 된다고 생각한 단어들을 입력했을 뿐이다.

이렇게 두서없는 키워드에도 해당 사항은 일곱 건이나 있었다. 예상대로 종교와 초자연력에 관계된 항목이 많다. 그 가운데 '지구(가이아)의 자식'이라는 제목이 보였다.

개요에는 이렇게 나와 있었다.

> 당신은 자신이 상처받고 있다는 것을 자각하고 있나요? 현대사회를 살아가는 우리는 매일 마음을 스트레스라는 줄로 꺾이고 있습니다. 상처투성이가 된 당신의 마음이 더 이상 견디지 못하고 비명을 지른다면, 한번 생각해보십시오. 우리는 모두 가이아의 자식이란 것을. 수호천사는…….

이거다…….

긴장으로 손이 떨렸다. 사나에는 심호흡을 한 후 문제의 홈페이지로 들어갔다.

화면이 옅은 벽돌색 홈페이지 배경으로 바뀐다. BGM으로 가슴에 스며들 듯한 아코디언의 선율이 흘렀다. 이어서 손톱으로 튕기는 듯한 두 대의 기타소리. 우연히도 사나에가 좋아하는 곡이었다. 마드레데우스Madredeus의 〈금지된 여행〉이다.

화면에는 '지구(가이아)의 자식'이라는 타이틀과 다음과 같은 문장이 떴다.

> 당신은 자신이 상처받고 있다는 것을 자각하고 있나요? 현대사회를 살아가는 우리는 매일 마음을 스트레스라는 줄로 꺾이고 있습니다. 상처투성이가 된 당신의 마음이 더 이상 견디지 못하고 비명을 지른다면, 한번 생각해보십시오. 우리는 모

두 가이아의 자식이란 것을. 수호천사는 언제나 당신을 지켜 보고 있습니다. 치유와 구원은 바로 당신의 손이 닿는 곳에 있습니다.

우리의 육체는 상처를 입으면 피가 흐르고 아픔을 느낍니다. 그러나 마음의 상처는 눈에 보이지 않아 자칫 자신은 아픔 따위 없다고 얼버무리기 쉽습니다. 그러나 눈에 보이지 않는다고 해서 마음의 상처를 경시하는 것은 위험합니다. 그것은 긴 안목으로 보면 육체의 손상 이상으로 당신에게 유해한 것입니다. 그것은 우리의 무의식 속에 깊이 가라앉았다가 뱀처럼 머리를 들고 우리의 생활에 파괴적인 영향을 미치며, 때때로 목숨을 빼앗는 일조차 있습니다.

언뜻 무난한 것 같으면서도 아주 교묘한 문장이었다. 점쟁이들이 흔히 쓰는 화법으로, 첫 마디에 당신은 상처를 입고 있다고 위압적인 태도로 결론지어버리면 암시에 걸리기 쉬운 사람은 정말 그런가 하고 생각하게 된다. 마음의 상처 운운하면 대부분의 사람들은 한두 가지쯤 마음에 걸리는 것이 있게 마련이고, 특히 이 경우 홈페이지에는 많은 사람들이 접속하니까 개중에는 깊은 고민을 안고 있는 사람도 있을 것이다. 권유하는 쪽에서는 백 명이 비웃어도 한 사람만 걸리면 대성공이다.

여기서 마음의 상처에 관해 이야기한 것은 특별히 잘못된 건 없었지만, 그것을 완전히 협박문구처럼 사용하는 것에는 문제가 있었다.

대충 읽어 내려가다 보니 '수호천사'에 관해 서술한 부분이 나왔다.

그러면 당신에게도 반드시 수호천사가 보이게 됩니다. 한심하다고 생각될지도 모릅니다. 그러나 수호천사는 분명히 존재합니다. 그것이 신화에 등장하는 날개 달린 미소년이든 우리의 마음에 원래 있는 작용, 무의식중에 가진 특수한 작용에 대해 의인화한 이름이든, 구실이야 어떻든 상관없습니다. 단지 현상으로서 수호천사는 존재한다는 것만은 자신 있게 단언할 수 있습니다.

옛날 사람들, 과학적인 지식은 빈곤해도 무엇이 옳은지 직감적으로 판단할 줄 아는 사람들은 그것을 잘 알고 있었습니다. 수호천사가 지켜주는 가정에는 아이들이 높은 나무에 올라가도, 활활 타는 난로 옆에서 놀고 있어도 부모는 걱정하지 않았습니다. 수호천사가 지켜주는 한, 절대로 사고가 일어나지 않는다는 것을 알고 있기 때문입니다. 우리가 가이아의 자식이라는 것을 잊지 않으면 마음에는 조화의 기가 가득 차, 수호천사가 우리를 불의의 재해로부터 지켜줄 것입니다.

이것뿐이었다. '수호천사'니 하는 영문도 모르는 존재에 대해 이야기하면서, 그 정체에 대해서는 결국 무엇 하나 언급하지 않고 있다. 더욱이 단정적인 이야기는 피하면서 마치 그것이 심리학적으로 설명 가능한 현상인 것처럼 인상을 주어, 교묘히 사이비 냄새를 지우고 있다. 그리고 문장이 끝날 때마다 천사 차림을 한 두 여자아이의 만화가 배치되어 있었다. 이것도 역시 애니메이션 세대인 젊은이들의 마음을 잡는 방책일지도 모른다.

그러면 우리의 눈을 흐리게 하는 것은 대체 무엇일까요? 거기에는 많은 요인을 들 수 있습니다. 먼저 우리가 어머니인 지구를 너무나도 아프게 해버렸기 때문에 지자기地磁氣 자체가 교란되었다는 사실입니다. 게다가 너무나도 많은 화학물질이 우리 생활에 들어와버린 결과, 우리가 타고난 재능마저 저해되고 있습니다.

그러나 지금 우리에게 최대의 적은 스트레스입니다. 현대생활에 스트레스는 이미 심리재해라고 해야 할 수위에 이르렀습니다. 끊임없이, 너무나도 많은 스트레서(스트레스를 야기시키는 물리적, 정신적 요인)에 방치되어 있는 데다, 우리를 지켜주는 수호천사를 부정해버려서 우리의 정신은 조금씩 병들어가며 파멸을 향해 돌이킬 수 없는 돌진을 하고 있습니다. 당신은 아직 그런 징후를 느끼지 못했습니까? 만약 당신이 평소 무의식적으로 타인을 싫어하고 있었다면…….

사나에는 긴 문장을 마지막까지 읽어 내려갔지만, 아무리 읽어도 근거를 제시하지 않는 같은 논법, 같은 종류의 경고만 계속될 뿐이었다. '수호천사'와 '가이아의 자식'이란 말이 무엇을 가리키는지는 아무 데도 명시되어 있지 않았다.

사나에는 채팅방으로 들어갔다. 채팅은 매주 정해진 시간에 하는 것인 듯, 유감스럽게 오늘은 쉬는 날이었다. 하지만 과거의 발언 내용은 그대로 남아 있어서, 그것들을 대충 훑어보았다. 채팅이란 보통 참가자들끼리 편하게 나누는 잡담을 말하지만, 여기서는 일종의 인생상담 같아 보인다. 문제를 안고 있는 사람이 순서대로 고민을 밝히고, 그것을 '니와나가 선생님'이라는 인물이 해결해주고 있다. 그 내용은 상당히 과격한 것이 많았지만, 나름대로 설득력은 있었다.

이를테면 한 중년의 회사원이 아내와 어머니의 사이가 나빠 집에만 가면 양쪽에서 서로를 헐뜯는 험담과 비난 때문에 고민이 많다는 상담을 했다. 중년의 회사원은 그때마다 둘 다 상처받지 않도록 열심히 달래지만 상황은 악화되기만 하여 위에 구멍이 날 것 같다고 한다.

이에 대해 '니와나가 선생님'은 불평을 할 때마다 아내와 어머니를 심하게 야단치라는 대답을 했다. 두 사람 다 상담자의 태도가 확실치 못한 것에 가장 화를 내는 것이니, 가족 가운데 누가 가장 높은지를 확실히 해놓으면 문제는 저절로 없어질 것이라고 한다. 현재의 아내와 어머니의 태도는 훈련을 받지 않은 개의 '권위 증후군'과 같은 증세로, 주인의 명령에 따르지 않을 때는 단호히 실력행사를 하라는 것이다.

복잡한 문제를 명쾌히 처리한다고 해야겠지만, 사나에가 보기에는 상담자가 충고에 따랐을 때 효과를 볼 가능성이 전무하지는 않은 정도였다. 그런 과격한 방법으로 한 방에 해결을 보는 경우도 있겠지만, 오히려 엄청난 분규가 일어날 가능성도 있다. 그러나 현재의 상황이 상담자에게 견디기 힘든 경우라면, 그것 이상으로 악화된다 하더라도 잃을 것은 없을지도 모른다.

사나에는 채팅방에 남아 있는 대화 기록을 훑어보았지만, 모두 비슷한 분위기로 특별히 종교와 관련된 발언도, '수호천사'에 관해 이야기하는 부분도 거의 찾아볼 수 없었다. 유일하게 알게 된 것이 홈페이지의 본문을 쓴 사람과 '니와나가 선생님'은 다른 인물이라는 것 정도였다.

사나에는 채팅을 하는 날 다시 접속해보기로 했다. 그런데 그때 '오프 모임 알림'이라는 표시가 사나에의 시선을 끌었다. 클릭해보니 다음과 같은 문장이 나타났다.

관계자 여러분들의 잠재적인 성원에 힘입어 제5회 오프 모임을 열게 되었습니다. 장소와 시간은 아래와 같습니다. 늘 그렇듯 니와나가 선생님의 강연 뒤에는 친목회가 있습니다. 채팅에서 미처 다 하지 못했던 이야기들이 있으면, 속이 시원해질 때까지 육성으로 서로 이야기를 나눕시다. 직접 니와나가 선생님과 상담할 수 있는 기회도 있을 거라고 생각합니다. 혼자 망설이고 있는 당신. 큰마음먹고 참가해보시는 게 어떨까요? 길이 열릴지도 모릅니다.

'오프 모임' 장소는 세이부 이케부쿠로 센의 샤쿠지고엔 역에서 도보로 10분 정도 가면 있는 아담한 건물 안이었다.

열 개쯤 되는 방은 회의와 이벤트 등을 위해 대여해주는 곳으로, 천장의 레일을 따라 움직이는 칸막이에 의해 자유롭게 방의 크기를 바꿀 수 있게 되어 있었다. 이날도 공무원 윤리를 생각하는 도민의 모임에서부터 분재 동호회, 오델로 선수권 시합, 마니아들의 여학교 교복 즉석 판매회까지 크고 작은 다양한 모임이 열리고 있었다.

방은 금방 찾았다. '가이아의 자식'이라고 크게 붓글씨로 쓴 종이가 붙어 있었다. 모르는 사람들이 이것을 보면 수상한 신흥 종교의 설법회나 환경보호 운동의 집회쯤으로 생각할 것이다. 사나에는 주위를 둘러보았다. 다행히 아무도 이

쪽을 보는 사람은 없었다. 심호흡을 한 후 조심스레 문손잡이를 돌렸다.

방은 딱 학교 교실 정도의 넓이였다. 안에 있던 4, 50명의 시선이 일제히 자신에게로 쏠리자 사나에는 약간 긴장했다. 하지만 그것도 잠깐, 이내 자기들끼리 담소를 나누기 시작한다. 모인 사람들은 비교적 여자가 많고, 연령층은 젊은이에서 초로까지 다양했다.

"안녕하세요?"

30대 중반 정도의 몸집이 작은 남자가 방명록 같은 공책을 들고 사나에에게 다가왔다. 피부가 검고 머리카락은 푸석푸석하고, 앞니가 심하게 튀어나와 있다. 하지만 빈상貧相이면서도 친근하게 웃는 얼굴에는 어딘지 모르게 상대를 안심시키는 편안함이 있었다. 덕분에 약간 긴장하고 있던 사나에도 극히 자연스럽게 인사를 나눌 수 있었다.

"잘 오셨습니다. 이름은?"

"저…… 사토佐藤입니다."

"아뇨, 본명 말고 대화명으로 말씀해주시겠습니까?"

"실은 저 아직 정팅에 참가한 적이 없습니다. 다른 분들의 발언을 읽기만 해서요. 그러면 안 되는 건가요?"

"아뇨, 아뇨. 천만에요. 잘 오셨습니다. 대환영입니다. 특히 이번에는 처음 참가하시는 분들뿐이랍니다. 단지 이곳에서는 대화명으로만 서로를 부르게 되어 있답니다. 그쪽이 편할 것 같아서요. 저는 오늘 오프 모임의 간사를 맡고 있습니다만, 본명보다 '메멘토'라는 대화명으로 불리지요."

사나에는 끄덕였다. 그 특이한 대화명의 인물은 사회자 역할로 정팅 때 자주 등장했다.

"앞으로 정팅에도 참가해주셨으면 하니, 적당한 대화명을 만드셨으면 좋겠습니다."

사나에는 잠시 생각했다.

"그럼 '에우메니데스'라고 해도 될까요?"

"좋습니다. '에우메니데스' 님. 알겠습니다. 유래는 굳이 묻지 않겠습니다."

메멘토 씨는 가볍게 인사를 하고, 새로 방에 들어온 참가자 쪽으로 갔다.

"에우메니데스 님이십니까? 잘 부탁합니다. 난 데후데후입니다."

옆에서 엿듣고 있던 머리숱이 적은 중년의 남자가 돌아보며 밝은 목소리로 말했다. 사정을 모르는 사람이 들으면 제정신으로 하는 대화라고 생각하지 않을지도 모른다.

"전에는 신용 판매 회사에 다녔지만, 해고당해서 지금은 실업자입니다. 니와나가 선생님께 정팅에서는 귀중한 충고를 많이 들었습니다."

"그러세요."

그것 참 잘됐군요, 하고 말하기도 뭣해서 사나에는 모호하게 미소지었다.

"아. 아아. 아아아아. ……'가이아의 자식'의 오프 모임에 오신 것을 환영합니다."

마이크를 든 메멘토 씨가 낭랑한 목소리로 이야기를 시작했다.

오프 모임이라는 것은 원래 컴퓨터의 온라인 상에서만 대화를 하는 사람들이 회선을 오프로 한 상태에서 직접 만나는 것을 말한다. 하지만 '가이아의 자식'의 경우 그런 호칭이 타당한지 어떤지는 의문이었다. 채팅이 주主고 모임이 종從이 아니라, 처음부터 채팅은 그저 먹이에 지나지 않고 오늘의 모임 쪽이 진짜 목적일지도 모르기 때문이다.

"니와나가 선생님은 곧 오실 겁니다. 아까 연락이 왔는데, 차가 많이 막힌다고 하시더군요……. 오늘 일정은 니와나가 선생님의 강연을 들으신 후, 질문 시간 그리고 분위기를 바꿔서, 아, 분위기를 바꾼다 해도 그냥 술집으로 가는 것뿐입니다만, 친목회를 가지려고 합니다. 일반적으로 '오프 모임'이라고 하면 이쪽이 메인이니 부디 시간을 내셔서 참석해주시기 바랍니다."

메멘토 씨는 볼품없는 외모였지만, 주눅이 들거나 대인 공포증 같은 것은 볼 수 없었다. 그뿐 아니라 마이크를 들고 단상에 올라선 순간, 밝디밝은 표정이 되어 사람들을 둘러보며 상냥하게 대한다. 메멘토 씨에게서는 행복으로 가득 찬 기분이 기氣처럼 발산되고 있었다. 그것은 보고 있는 쪽에도 전염되어 참가자들 모두 저절로 얼굴이 밝아졌다.

사나에만 매서운 시선으로 그를 주목하고 있었다. 확실히 메멘토 씨에게는 이상한 매력이 있었다. 절대 단순하게 밝기만 한 캐릭터가 아니라, 고민에 고민을 거듭한 결과 모든 것에 연연하지 않게 된 사람 특유의 밝음이 느껴지는 것이다. 그러나 그것은 어딘가 아마존에서 막 돌아온 다카나시를 떠올리게 하는 분위기이기도 했다.

그때 앞쪽 문이 열리고, 노타이 차림의 깡마른 남자가 들어왔다.

"아. 니와나가 선생님께서 오셨습니다. 여러분, 큰 박수로 맞아주십시오."

떠나갈 듯한 박수소리가 터졌다. 사나에도 손뼉을 쳤다.

"늦어서 죄송합니다. 여러분, 처음 뵙겠습니다."

회원들의 대답소리에 니와나가 선생님은 환하게 웃었다. 새까맣게 그을린 얼굴에 하얀 치아가 보인다.

"오늘 '가이아의 자식' 오프 모임에 오신 것을 환영합니다. 여러분들 중 대부분의 분들과는 이미 정팅에서 만났습니다만, 이렇게 직접 뵙게 되니 더없이 기쁩니다."

니와나가 선생의 목소리는 약간 쉰 소리의 저음이었지만 아주 낭랑했다. 뺨이 움푹 파여 웃을 때도 미간에 깊은 주름이 잡힌다. 괴로운 수행 끝에 깨달음을 얻은 고승 같은 분위기를 풍기는 반면, 그 눈에 서린 빛은 자애로 가득 찬 듯이 보였다.

"새삼스레 거론할 것도 없다고 생각합니다만, '가이아의 자식'은 종교 단체가 아닙니다. 또한 영리를 목적으로 하는 것도 아니라는 점에서 이른바 자기계발 세미나 같은 것과도 차이가 있습니다. 우리가 제공해드리는 것은 다양한 스트레스로 상처받은 마음을 치유하기 위한 테크닉일 뿐입니다."

니와나가 선생의 말은 특별히 새로울 것도 없었다. 내용은 오히려 평범한 쪽이었다. 하지만 그에게서 기처럼 발산되고 있는 확신과 기쁨은 도저히 연기라고는 생각할 수 없었다. 청중도 완전히 그에게 빠져 있는 것 같았다.

사나에는 꼼짝하지 않고 니와나가 선생을 관찰했다. 그녀의 관심은 단 하나였다.

그는 정말로 카리스마가 넘치는 걸까, 그렇지 않으면 그저 단순히 선충에 의해 마음의 안정을 얻은 인물인 것인가?

대중적인 스타를 둘러싼 친위대 같은 분위기의 청중 가운데 혼자서만 매서운 눈초리를 하고 있는 사나에는 꽤 두드러지는 존재였을 것이다. 니와나가 선생은 그녀를 보더니 시선을 멈추었다.

잠시 시선과 시선이 교차했지만, 그는 의미를 알 수 없는 미소를 입가에 띄우며 사나에에게서 눈을 돌렸다.

10분 정도의 강연이 끝나자 니와나가 선생은 모여든 참가자들에게 둘러싸였다. 그들은 모두 제각기 자신의 고민을 들어달라고 호소하고 있었다.

하지만 니와나가 선생은 그들을 모두 무시하고 단상에서 내려와 곧장 사나에 쪽으로 다가왔다.

"아, 이쪽은 에우메니데스 님입니다."

그림자처럼 따라다니고 있는 메멘토 씨가 말했다.

"에우메니데스……? 당신은 정녕 복수의 여신이란 말입니까?"

니와나가 선생의 미소는 사나에를 바라보는 동안 처참하게 바뀌었다. 메멘토 씨는 사태를 파악하지 못한 채 멍하니 있었다.

"처음 뵙겠습니다. 니와나가 선생님. 아니, 니나가와 선생님이라고 부르는 게 나을까요?"

"어느 쪽이든 상관없습니다. 그저 글자 순서를 바꾼 것뿐이니까. 난 처음부터 본명 그대로 쓰는 게 좋다고 생각했죠. ……괜찮다면 당신의 이름도 가르쳐주시겠습니까?"

"기타지마 사나에입니다. 정신과 의사입니다. 저는 다카나시 미쓰히로 씨의 약혼자였습니다."

그 말을 듣자 당황한 메멘토 씨는 어쩔 줄 몰라하며 사이에 끼어들어 사나에를 니나가와 교수에게서 떼어놓으려고 했다. 하지만 니나가와 교수는 그를 손으로 제지하며 말했다.

"다카나시 씨와는 아마존에서 행동을 같이했었습니다. 좋은 사람이었지요. 또한 유능한 작가이기도 했고요. 진심으로 명복을 빕니다. 오늘은 그 일로 오셨습니까?"

"그가 왜 죽지 않으면 안 되었는지, 당신이라면 가르쳐줄 거라 생각해서요."

두 사람의 주위를 둘러싸고 있는 사람들 사이에서 당혹스러운 듯한 술렁거림이 있었지만, 이내 조용해졌다. 대다수의 사람들은 사나에가 농담을 하는 거라고 생각했는지 웃는 얼굴로 보고 있었다.

"다카나시 씨는 자살하셨다고 들었는데요."

"외형적으로는 자살이지만, 그의 자유 의지에 따른 것이 아닙니다. 다카나시 씨의 뇌는 당시 다른 존재에 의해 지배당하고 있었습니다."

"그렇군요. 그렇다면 굳이 내게 물으실 것까지는 없겠죠. 그간의 사정에 대해서는 잘 알고 계실 테니."

"대충 추측은 할 수 있습니다. 그러나 니나가와 선생님께

여쭙지 않으면 도저히 이해할 수 없는 것도 있습니다."

"흐음, 어떤 것입니까?"

"아마존에 한 번도 간 적이 없는 아제가미 도모키 씨와 다키자와 유코 양까지 어째서 똑같이 감염되어 자살하게 되었느냐 하는 것입니다."

다시 술렁임이 일었지만 이번에는 쉽게 가라앉지 않았다. 몇 명인가가 사나에 쪽을 보며 무슨 말을 하는 거냐고 주위 사람들에게 물어보고 있다. 사나에는 니나가와 교수의 얼굴을 뚫어져라 주시하고 있었지만 표정에는 전혀 변화가 없었다.

"그 두 사람이라면 기억하고 있습니다. 분명 '가이아의 자식' 회원이었습니다. 세상을 떠났다는 말은 들었습니다만, 그것이 내 책임이라는 말입니까?"

"아닌가요?"

"물론 아닙니다. 지구 위의 생명들은 모두 똑같이 우승열패優勝劣敗의 법칙을 따르고 있습니다. 당신이 거론한 분들은 유감스럽게 살아남을 만큼 강하지 못했을 뿐입니다."

"만약 당신에게 속아 위험한 기생충에 감염되지 않았더라면 죽는 일은 없었을 겁니다!"

"위험한 기생충? 우아카리 선충은 주의해서 다루면 절대 위험하지 않습니다. 나와 여기 있는 모리 군이 그 증거이지요."

니나가와는 브라질 뇌선충을 의도적으로 감염시켰다는 것

을 부인하지 않았다. 사나에는 분노로 몸이 뜨거워지는 것을 느꼈다.

두 사람의 주위는 순식간에 찬물을 끼얹은 듯이 조용해졌다. 이야기의 내용은 잘 알 수 없어도 모두들 예사롭지 않은 분위기를 느낀 듯하다.

"숙주에 죽으라고 명령을 내리는 기생충이 위험하지 않다는 말입니까?"

사나에의 목소리 톤이 높아졌다. 놀라는 소리들이 들린다. 사람들은 제각기 한마디씩 떠들기 시작했다. 회장은 순식간에 수라장이 되었다.

"으음. 그렇게 해석하셨습니까? 당신은 필시 다카나시 씨와 아카마쓰 조교수의 자살을 보고 그런 결론을 내렸겠지만, 근본적으로 오해하고 있습니다. 우아카리 선충은 절대로 그런 명령은 내리지 않습니다."

"브라질 뇌선충……. 당신이 우아카리 선충이라고 부르는 그 생물은 뇌충이 개미를 조종하는 것처럼 감염된 사람들을 잇달아 자살로 몰고 갔습니다. 이렇게 많은 희생자가 나온 이상, 아무리 강변해도 그 사실만큼은 어물쩡 넘어갈 수 없을 겁니다."

니나가와 교수의 의연한 태도는 흐트러지지 않았다. 주위의 술렁임에도 전혀 신경 쓰지 않는 눈치다.

"나는 책임을 회피할 생각은 없습니다. 단지, 사실을 이야기하고 있을 뿐입니다. 대뇌가 발달한 영장류의 행동은 극히 복잡하지요. 절대로 흡충이 개미를 조종하는 것처럼 되지는 않습니다. 생각해보세요. 죽으라는 명령을 내린다면 숙주에게 먼저 '죽음'의 개념을 이해시키지 않으면 안 되며, 포식자에게 먹히라는 명령을 내린다면 원숭이의 의식 속에 존재하는 '포식자'의 이미지를 파악하지 않으면 안 됩니다. 하찮은 선충에게 그런 세련된 재주가 있다고 생각합니까?"

사나에는 혼란스러웠다. 니나가와 교수의 지적은 나름대로 설득력이 있었다.

"그럼 어째서 이렇게 많은 사람들이 자살한 거죠?"

"그것은 불행하게도 극히 일부에게만 일어난 일입니다. 어디까지나 결과적으로 그렇게 되었을 뿐입니다."

"저, 아까부터 말하고 있는 자살이란 게 대체 무슨 소리입니까? 그리고 기생충이란 건……?"

두 사람의 이야기를 듣고 있던 데후데후 씨가 용기를 내어 물어보았지만, 니나가와 교수는 눈길도 주지 않았다.

"우아카리 선충이 숙주를 조종하는 조이스틱으로 사용하고 있는 것은 뇌내의 쾌락 신경입니다. 문자 그대로 기쁨(조이)에 의해 숙주를 조종하는 것입니다. 그것은 흡충이 개미를 조종하는 것 이상으로 단순한 메커니즘일지도 모릅니다. 하지만 단순하기 때문에 효과적으로 기능하는 경우가 있지요."

"A10 신경계는 알고 있습니다."

"그렇다면 이야기가 빨라지는군요. 우아카리 선충이 실제로 하는 일은 마이너스에서 플러스로 코드를 변환시키는 것뿐입니다. 숙주의 뇌가 강한 불안과 스트레스, 공포 등을 느낄 때 그들은 뇌내 물질의 농도 변화에서 그것을 감지하고, 자동적으로 쾌감으로 바꿔주는 것이죠."

"하지만……."

"이건 내가 실제로 감염되어 있기 때문에 잘 알아요. 다행인지 불행인지 내게는 이 세상에 무서운 게 거의 없어요. 그렇지만 교통사고를 당할 뻔했다면 다른 사람들처럼 가슴이 철렁할 것이고, 연구비 신청을 거절당한다면 심한 분노와 스트레스를 느끼겠지요. 그럴 때 우아카리 선충은 내가 느낀 본능적인 감정을 즉시 진정시키고 쾌감으로 전환시켜준답니다."

"그렇다면 어째서 자살을……."

"당신도 정신과 의사라면서 추측이 가지 않나요? 대체 무슨 이유로 단순히 공포가 쾌락으로 바뀐 원숭이가 포식자에게 먹혀버리겠습니까? 정글 속에서 가장 심한 공포를 안겨주는 것은 말할 것도 없이 포식자의 접근이겠지요. 작은 원숭이에게 갑자기 머리 위에서 자기의 몇 배나 되는 큰 새가 내려와 앉을 때의 공포는 엄청날 것입니다. 당연히 당장 안전한 장소로 도망가려고 하겠지요. 그런데 우아카리 선충에게 감염된 원숭이의 뇌 속에서는 거대한 맹금猛禽에 대한 공포가 쾌감으로 바뀌기 때문에, 그 자리에서 움직이지 않는 것입니다. 결국 포식자에게 스스로 몸을 맡기는 셈이지요."

니나가와 교수는 여전히 의연한 모습으로 불안한 표정의 청중들을 둘러보았다. 소동은 수습할 수 없을 정도로 커지고 있었지만, 누구도 그 이상 어떻게 반응해야 좋을지 모르는 모습이었다.

"감염된 사람들의 머릿속에서 일어나는 일도 이와 똑같습니다. 만약에 그 사람이 특정 대상에 심한 공포심을 갖고 있었다면, 이번에는 그 대상에게 몹시 끌리게 됩니다. 문제는 도중에 그것을 정지시키는 것이 어렵다는 거죠. 대상에 가까워지면 가까워질수록 공포가 고조되기 때문에 결과적으로 좀더 강한 쾌감을 느끼게 됩니다. 그 때문에 스스로를 제어하는 훈련이 되어 있지 않은 사람은 돌이킬 수 없는 곳까지 가버리게 되죠. 동물 공포증이 있는 대학 조교수는 스스로 호랑이에게 터벅터벅 다가가고, 자기 아이를 잃을까 노심초사 피해망상에 빠진 어머니는 스스로 그 아이를 죽여버리고, 추형 공포에 휩싸인 청년은 자신의 얼굴을 극약 속에 담그고, 불결 공포증의 소녀는 아오코가 부패한 늪에 몸을 던지고, 그리고 죽음 공포증인 작가는 스스로 가장 멀어지고 싶어하던 죽음을 선택하게 되었습니다."

사나에는 아연했다. 니나가와 교수는 이야기를 하면서 하얀 이를 드러내었다.

"하지만 아까 내가 말했듯이 우아카리 선충은 바르게 대처하기만 하면 절대 위험한 기생충이 아닙니다. 불쌍한 우아카리 같은 원숭이에게는 확실히 치명적일지도 모릅니다만, 인간에게는 사정이 조금 다릅니다. 우리에게는 의지와 미래를 관통하는 힘이 있습니다. 그러니 우리가 우아카리 선충을 조종할 수도 있을 것입니다. 물론 주의는 필요합니다. 우발적으로 너무 강한 공포를 느끼는 상황은 무조건 피해야 합니다. 인간은 압도적인 쾌감을 거스를 수 없는 존재이니까요. 하지만 어떤 선만 넘지 않으면 다양한 뇌내 약품을 사용하여 강한 쾌감을 제어하는 것이 가능합니다. 실제로 우리는 그 방법으로 지금까지 살아왔습니다."

사나에는 심한 분노와 전율로 온몸이 떨리는 것을 느꼈다.

"당신은 그걸로 됐겠지요. 그러나 당신에게 속아서 감염되어 죽은 사람들은 어떻게 되는 겁니까?"

"이것은 위대한 실험입니다. 인류의 장래에 있어서, 어떤 개체가 살아남을 수 있을지 선별하기 위한."

니나가와 교수는 여전히 태연한 말투로 내뱉었다.

"자살한 것은 처음부터 마음에 치명적인 약점을 안고 있던 사람들입니다. 말하자면 인생의 부적격자죠. 시간의 문제는 있겠지만 결국 도태되어버릴 것입니다. 뭐, 그들에게도 좀 안된 부분은 있죠. 우아카리 선충에 대한 대처 방법을 배우지 못했으니까요. 그런 경우엔 자칫하면 나쁜 결과를 초래한다는 것을 안 것만으로도 큰 수확이라 할 수 있지 않을까요?"

"인간을 모르모트처럼 죽여놓고, '실험'이라고요……?"

"필요한 '실험'입니다. 당신도 정신과 의사라면 현재 우리가 처한 상황은 잘 알고 있을 것입니다. 불안과 공포는 정글 속에서는 필요한 기능이었습니다만, 문명 사회에서는 반대로 큰 부담이 됩니다. 현대인은 가혹한 경쟁으로 인한 스트레스와 불안, 패닉 장애 등에 짓눌려 살고 있지요. 여기에 강한 스트레스가 더해지면 인간의 신경세포는 물리적인 손상을 입습니다. 우리들의 시냅스(신경 연쇄. 신경 세포의 연결방식, 또 그 접합부)는 거의 닳아 없어지기 직전이라고 해도 좋을 겁니다. 우아카리 선충은 우리를 과도한 스트레스로부터 지켜주는 수호천사이며, 천사의 속삭임은 우리가 애타게 기다리던 복음입니다."

"기생충의 노예가 되는 것이 복음이라고요?"

"일찍이 잉카 문명에서 노예들은 코카(잎에서 마취약 코카인을 얻는 코카 과의 상록 관목)의 잎을 씹어먹으면서 가혹한 노동을 견뎠습니다. 현대에 와서 그것이 음주나 섹스, 마약과 항신경제 등으로 바뀌었을 뿐입니다. 하지만 그것들은 모두 육체적, 정신적 의존이라는 비싼 대가를 동반할 뿐이죠. 잘 아시지요? 개중에는 유기용매처럼 주성분이 지방인 뇌를 녹여버리는 것까지 섞여 있습니다."

니나가와 교수의 말은 한층 열기를 띠었다.

"그에 비해 우아카리 선충은 뇌에 일체 해를 주지 않고 자동으로 스트레스를 조절합니다. 이상적인 데다 살아 있는 드러그라고 해도 과언이 아니죠. 나는 아마존의 밀림 문명에 대해 조사할 때 그들의 마약문명의 정체가 실은 우아카리 선충이었다는 증거를 몇 가지 찾았습니다. 유감스럽게 그들의 문명은 우아카리 선충의 남용 때문에 멸망한 것 같습니다만, 우리는 절대 같은 전철은 밟지 않아요. 현대의 바이오 기술로 우아카리 선충을 '품질개량'해 나가면 앞으로 위험성은 점점 감소할 것입니다."

니나가와 교수의 눈은 이상한 빛을 띠고 있었다. 좀전까지 보이던 정력적인 인격자로서의 가면은 완전히 사라져버렸다. 사나에 앞에 있는 것은 병적인 구세주 콤플렉스로 움직여지는 광신자였다.

"일찍이 인간은 약한 신체라는 약점을 갑옷과 철제 무기로 무장함으로써 극복했지요. 현재 우리에게 남은 최대의 약점은 마음입니다. 우리는 지구상에서 유일하게 자신이 언제 죽을지 모른다는 것을 강렬하게 의식하고 있는 생물로서, 항상 어떻게 하면 더 잘살 수 있을까, 행복해질 수 있을까 하는 답이 나오지 않는 의문으로 괴로워해왔습니다. 21세기에는 새로운 '공생' 시대의 막이 열리게 되겠지요. 그때는 전쟁과 범죄, 모럴 저하 등의 문제는 모두 과거의 유산이 되어 있을 겁니다. 내가 하고 있는 것은 그것을 위한 준비입니다. 한 치 앞밖에 생각하지 않는 싸구려 휴머니즘도 좋지만, 더 중요한 것은 인류 전체의 행방을 시야에 넣은 그랜드 디자인이지요, 틀렸습니까?"

니나가와 교수는 할 말을 다 했다는 듯이 미소지었다. 사나에에게 가볍게 목례를 하더니 발걸음을 돌려 타박타박 회장을 빠져나갔다.

메멘토인 모리 씨가 황급히 뒤를 따랐다. '오프 모임' 참가자들은 어안이 벙벙한 모습으로 누구 한 사람 니나가와 교수를 잡으려 하지 않고, 묵묵히 두 사람이 떠나가는 모습을 지켜볼 뿐이었다.

사나에도 역시 뒤를 따를 수가 없었다. 무릎이 달달 떨렸다. 그것이 분노 때문인지, 공포 때문인지는 스스로도 알 수 없었다.

"좋은 뉴스와 나쁜 뉴스가 있습니다."

사나에의 이야기를 들은 후 요다는 한동안 팔짱을 끼고 뭔가를 생각하더니 불쑥 말했다.

"좋은 뉴스는 뭐예요?"

"브라질 뇌선충은 모기에 의해선 전염되지 않아요."

그것이 사실이라면 분명 좋은 소식이다.

"그런데 그걸 어떻게 알았죠?"

"몇 가지 증거로 그렇게 추측할 수 있었어요. 얼마 전에 브라질 뇌선충의 동결 유충을 국립 감염 연구소에 있는 친구에게 보내 원숭이의 감염 실험을 의뢰했거든요. 쓰쿠바 영장류 센터에서 실험한 결과, 브라질 뇌선충은 영장목이면 숙주 특이성이 거의 없다는 것을 알았어요. 그런데도 아마존에서는 우아카리 원숭이 외에는 감염된 흔적이 없어요. 이것이 가장 큰 이유죠."

"모기를 통해 퍼지는 거라면 다른 꼬리감는원숭이도 감염되었을 거라는 말인가요?"

"그렇죠. 브라질 뇌선충이 우아카리원숭이를 숙주로 한 데는 몇 가지 이유가 있다고 봅니다. 우아카리원숭이는 꼬리감는원숭이과에서 유일하게 바르제아에 살고 있어요. 옛날 동료 중에 『적색자료목록』의 편찬에 참여한 친구가 있었는데, 그의 이야기로는 아마존에서 식물 연쇄의 정점에 있는 재규어는 헤엄을 아주 잘 쳐서 우기에는 물에 잠긴 정글에서도 사냥을 한대요. 또 우아카리원숭이는 식물뿐만 아니라 곤충을 비롯한 소동물도 포식하죠. 따라서 우아카리원숭이에서 재규어, 재규어의 똥에서 곤충이나 복족류 같은 미지의 중간숙주, 그것에서 다시 우아카리원숭이라는 서클이 존재한다고 볼 수 있는 거죠."

요다의 강의를 듣는 동안 사나에는 왠지 안심이 되었다.

"우아카리원숭이의 진짜 천적은 재규어보다 오히려 부채머리독수리일지도 몰라요. 그렇다면 브라질 뇌선충이 숙주에게 '천사의 날갯소리'를 들려준 이유를 알 수 있죠. 우아카리원숭이에게는 부채머리독수리의 날갯소리가 바로 죽음을 의미하는 겁니다. 따라서 듣기만 해도 얼른 도망가는 조건반사가 작용하는 거죠. 브라질 뇌선충이 굳이 내이內耳에 침입하여 빈번하게 날갯소리를 들려주는 것은 이 도주 조건반사를 약하게 하려는 의도가 있는 것일지도 몰라요."

"……모기에 의해 매개되지 않는다는 다른 이유는 뭐죠?"

"요전에도 말했지만, 브라질 뇌선충이 만드는 '메두사의 머리'는 반크로프트사상충인 마이크로필라리아처럼 모기가 흡입하기에는 너무 커요. 그래서 쓰쿠바 영장류 센터에 부탁해서 특수 현미경을 사용해 원숭이의 혈관 속에서 '메두사의 머리'가 어떤 행동을 하는지를 관찰하게 했지요. 그랬더니

'메두사의 머리'는 늘 혈관 굵기만 한 크기가 되었고, 통과하지 못할 땐 적당한 크기로 재배열한다는 것을 알게 되었어요. 이것으로 '메두사의 머리'는 숙주의 전신에 효율적으로 퍼져가기 위한 것이라는 게 거의 실증된 셈이죠."

상상만으로도 소름이 돋았지만 좋은 소식임에는 틀림없다.

"아마 우아카리원숭이는 상당히 오랫동안 브라질 뇌선충의 감염을 받아왔을 거예요. 그래서 우아카리원숭이 쪽에도 대항 진화한 마디節가 있는 겁니다. 그 우아카리원숭이의 기괴한 용모 자체가 감염 개체를 선별하는 것을 용이하게 하기 위해서인지도 몰라요. 브라질 뇌선충에 감염되면 두피에 하얀 파행진이 나타나죠? 그럼 머리털이 벗겨진 데다 얼굴색이 선홍색이라 한눈에 알 수 있는 거죠."

사나에는 존 카플란이 적은 관찰 일기 속에서 우아카리원숭이의 무리가 감염된 개체를 추방하는 구절을 떠올렸다.

결국 브라질 뇌선충은 계속 번성하는 선충류 중에서 가장 열등생인지도 모른다. 너무 특수화되어서 진화의 막다른 길에 들어서버린 것이다. 우아카리원숭이의 대항 진화와 개체수의 감소, 게다가 아마존 개발에 의해 우아카리원숭이의 천적인 독수리와 재규어의 수까지 줄어듦으로써 브라질 뇌선충은 전멸 직전에 몰렸을 것이다. 인간이라는 새롭고 매력적인 숙주를 만나기 전까지는.

사나에는 니나가와 교수가 멸망한 아마존의 고대 문명이 브라질 뇌선충을 이용했다고 말한 기억을 떠올렸다. 과연 브라질 뇌선충과 인류가 만난 것은 그때가 처음이었을까…….

"아마존 탐험대와 관련 없는 젊은이가 두 사람이나 감염되었다 해서 모기에 의한 감염 가능성을 의심했지만, 그것도 당신의 이야기로 이유가 확실해졌어요. 요컨대 브라질 뇌선충은 인위적으로 감염을 퍼뜨리고 있는 거죠."

요다는 마치 그것이 극히 자연스러운 결말인 것처럼 태평스럽게 말했다.

"그런데 니나가와 교수는 어떻게 그 많은 브라질 뇌선충을 일본으로 가져올 수 있었을까요? 워싱턴 조약에 의해 우아카리 속의 수입은 전면 금지되어 있을 텐데요. 그렇다고 자신의 몸에서 충란을 꺼내 계대 사육하는 것도 불가능하지 않을까요?"

"음, 무리겠죠. 전문가 중에서도 어지간한 기술이 없다면……."

"요다 씨처럼요?"

"그렇죠."

요다는 쑥스러워하지도 않고 대답했다.

"하지만 그들이 채취한 방법은 대충 상상이 가요. 실은 모리 조수의 연구실에 문의해보았습니다. 모리 조수와 데이터를 교환하고 있는데 갑자기 연락이 끊겨서 곤란을 겪고 있다고 했더니, 모리 조수는 귀국한 후 한 번 더 아마존에 갔었다는 이야기를 하더군요. 기간은 1, 2주였고, 그때 모리는 몽크사키라는 원숭이를 몇 마리 개인적으로 수입했다나 봐요. 이것도 마침 송장이 대학으로 날아와서 알게 되었다는 겁니다."

"몽크사키?"

"나도 잘은 모르지만 꼬리감는원숭이의 일종으로 우아카리원숭이에 가장 가까운 종류예요."

사나에는 다카나시에게서 온 메일에 그 이름이 있었던 것을 떠올렸다. 음습한 얼굴을 한 재색 원숭이. 표정과 분위기가 모리와 똑같다고 했다.

"그 다음은 추측이지만, 아마 니나가와 교수의 지시로 모리는 아마존으로 건너갔을 겁니다. 그리고 '저주받은 골짜기'에서 브라질 뇌선충에 감염된 우아카리원숭이를 잡아서, 그 고기를 우아카리원숭이와 근접한 몽크사키원숭이에게 먹인 다음 애완동물 가게를 통해 수입한 것 같아요."

"검역은 어떻게 통과했을까요?"

"그런 건 없어요."

"없어요? 하지만 실험용 원숭이는……."

"당신의 의문은 지극히 당연한 거지만, 실험용 원숭이와 애완용 원숭이는 취급하는 게 달라요."

요다는 담담하게 사나에의 간담이 서늘해지는 설명을 했다.

"구미에서는 전부터 원숭이류에 대해 엄격한 수입 규제를 해왔죠. 미국에서는 그 유명한 질병관리 센터가 사람에게 역병이 감염되는 것을 방지하기 위해 검역을 철저히 하고 있지요. 사람 이외의 영장류에 대해서 수입자는 등록이 필요하고, 또한 수입 목적은 과학, 교육, 전시, 세 종류에 한하며, 애완용을 목적으로 수입하는 것은 금지되어 있습니다. 영국에서는 빨간털원숭이가 광견병을 초래한 사건 이후, 원숭이의 수입 검역을 엄중히 하기 시작했죠. 독일에서도 마르부르크병이 계기가 되어 연구용과 서커스용 이외의 원숭이 수입을 전면적으로 금지하고 있습니다. 하지만 일본에서만은 원숭이의 수입 규제가 일체 없어요."

"그럼 아무나 마음대로 수입할 수 있는 거예요?"

"아마 1973년이었을 거라 생각하는데, 후생성은 인축 공통 전염병 조사 위원회를 설치하여 원숭이류의 수입 실태 조사를 했지요. 이 조사에서 무서운 사실이 판명되었죠. 수입 원숭이류는 약 8할이 애완용으로, 그것도 적리균赤痢菌과 기생충에 감염되어 있었던 겁니다. 이 결과를 토대로 후생성은 수입업자에 대해 '자주적 규제를 지도'했을 뿐이에요. 그리고 오늘에 이르기까지 아무런 추가 조치도 취하지 않고 있어요. 요컨대 원숭이의 검역은 업자에게 자율로 맡겨놓은 거죠. 실험용 원숭이에 대해서는 그나마 전문 회사가 최저 9주 동안 엄중한 검역을 실시하고 있지만, 애완용 원숭이에 대해서는 대체로 애완동물 가게에 검역 능력이 있을 리도 없을 테니 사실상 무사통과죠. 따라서 애완동물 업자를 통하면 기생충에 감염된 원숭이를 수입하는 건 간단해요."

"……후생성에서 너무 무책임한 거 아닌가요? 에볼라출혈열 때도 명백해졌고…… 인간에게 가장 가까운 원숭이류를 애완용으로 키우는 것은 역학적疫學的으로 위험이 너무 커서 미국처럼 즉시 전면 금지를 해야 했어요."

"동물 검역에 관한 후생성의 형식적인 업무, 의욕상실은 새삼스런 일이 아닙니다. 예를 들어 우리 세대라면 대부분 기억하고 있지만, 예전에 어떤 과자 회사가 '아마존의 청거북'을 경품으로 뿌린 적이 있었어요. 그러자 같은 종류의 거북이가 인기를 얻어 일본 전역의 애완동물 가게에서 팔게 되었죠. 하지만 청거북은 전부터 위험한 살모넬라의 숙주로 알려져 있어, 미국에서는 등껍질의 직경이 10센티미터 이하인 것은 팔지 못하게 되어 있어요. 어린이가 입에 넣기라도 하면 큰일이니까요. 그런데 어린이를 대상으로 한 과자의 경품으로 새끼 거북을 주었던 거죠. 그때도 많은 의학자들의 경고를 무시하고 후생성은 수수방관했어요. 실제로 죽는 사람이 나오면 그제야 대책을 생각할 셈이었겠죠. 그런 에피소드라면 끝도 없을 정도입니다."

요다의 날카로운 지적은 더욱 신랄해졌다.

"후생성이 지금까지 급급하게 지켜온 것은 자신들의 권익과 제약업계의 이해利害뿐이에요. 국민의 생명과 건강 따위는 처음부터 안중에도 없었어요. 그런 체질 때문에 약해藥害 에이즈 사건을 필두로 스몬 병(SMON病 척수의 등쪽 신경이 썩어서 말초 신경이나 시신경이 침해되는 병)과 탈리도마이드(Thalidomide 비교적 부작용이 적고 지속 시간이 긴 수면제로 알려졌으나, 임산부가 복용하면 기형아를 낳는 부작용이 있음이 밝혀지면서 사용이 금지되었다), 나아가서는 감염된 간경막 이식에 의한 크로이츠펠트야코프병(Creutzfeldt-Jakob病 4, 50대에 증상이 나타나서 인격 파괴와 치매가 빠르게 진행되는 병) 등, 수많은 약해 사건의 온상이 된 겁니다. 내기를 해도 좋아요. 아무리 행정개혁으로 간판을 바꿔 달아봤자, 그들의 본질이 바뀌지 않는 이상 약해의 비극은 앞으로 끊임없이 되풀이될 겁니다."

하지만 브라질 뇌선충의 문제라 해도 결국엔 그 후생성에 기댈 수밖에 없을 것이다. 이것은 어쩌면 최악의 상황일지도 모른다.

"……그러고 보니, '나쁜 뉴스'란 것을 아직 듣지 않았네요."

사나에가 조심스레 물어보았다.

"아, 내 입으로 설명하기보다는 이것을 보는 게 빠를 겁니다."

요다는 책상 서랍에서 아무런 라벨도 붙지 않은 검은 비디오테이프를 꺼내더니 컴퓨터 모니터와 연결되어 있는 VTR에 넣었다.

모니터에 비친 것은 연구실 내부 같았다. 요다의 대학보다는 훨씬 설비가 잘되어 있었다. 요다가 설명을 시작했다.

"이것은 쓰쿠바 영장류 센터의 내부입니다. 내가 보낸 '메두사의 머리'의 동결 유충을 해동하여 원숭이에게 다양한 감염 실험을 한 곳이죠. 사용한 원숭이는 일본원숭이와 같은 마카크 속에 속하는 게잡이원숭이, HIV의 기원起源으로 추정되고 있는 아프리카늘보원숭이, 이 가운데서는 유일하게 신세계 원숭이인 다람쥐원숭이 등 세 종류입니다."

모니터에는 시간의 경과에 따른 원숭이의 상태 변화가 뜨고 있었다.

"브라질 뇌선충은 영장류의 체내에 있을 때만 폭발적인 증식을 보이는데, 감염된 원숭이는 몇 가지 단계를 거친다는 것을 알게 되었어요. 이것을 제1단계부터 마지막 4단계까지 촬영했지요. 작은 원숭이일수록 단계 간의 이행이 빠르더군요. 여기선 다람쥐원숭이에게 증세가 가장 빨리 나타났어요. 또 좁은 우리에 넣고 운동부족 상태에서 고칼로리의 먹이를 먹게 했을 때 이행 과정이 더욱 빨라지는 것 같아요."

브라질 뇌선충이 기생하고 있는 원숭이의 모습은 존 카플란의 기록에 있었던 것과 거의 똑같았다. 처음에는 감염되지 않은 원숭이들보다 오히려 건강해 보였다. 왕성한 식욕으로 먹이를 먹고 옆 우리의 원숭이에게도 끊임없이 관심을 보인다. 게잡이원숭이와 아프리카늘보원숭이에 비해 다람쥐원숭이가 가장 많은 영향을 받고 있는 것 같았다.

"이것이 제1단계입니다. A10 신경계에 자극을 받은 결과일 겁니다. 기분이 좋아져서 활동성이 좋아졌어요."

화면이 바뀌고 다시 나타난 것은 좀 전에 보았던 다람쥐원숭이였다. 여전히 활발하게 움직이지만 침착하지 못하다. 먹이를 먹는 것도 꾸역꾸역 탐식하는 듯한 느낌이다. 옆 우리에 다른 다람쥐원숭이를 한 마리 넣자 소리를 지르며 창살을 흔들고 물어뜯는다.

"제2단계에서는 상쾌감이 병적일 정도로 심해지고 있어요. 옆 우리에 넣은 것은 암컷이죠. 감염 개체 쪽은 번식기도 아닌데 끊임없이 구애 행동을 하고 있습니다."

다람쥐원숭이의 모습이 다카나시가 취한 행동과 오버랩되어 사나에는 양손을 꼭 쥐었다.

그 다음 화면에는 원숭이의 두부가 클로즈업되었다. 머리 꼭대기를 중심으로 구불구불하게 사행하는 하얀 줄은 이미 몇 번이나 본 적 있는 파행진이었다. 이렇게 다시 보니 불규칙한 줄은 간경변의 거미 모양 혈관을 연상하게 한다.

"파행진은 제1단계에서 제2단계 초에 나타나죠. 시기는 반드시 일정한 게 아니고, 개중에는 전혀 나타나지 않는 개체도 있었어요."

다시 화면이 바뀐다. 이번에는 다람쥐원숭이의 모습이 완전히 바뀌어 있었다. 동작이 둔해지고 멍하니 명상에 잠긴 듯한 모습이다. 여전히 식욕만은 왕성해서 처음과 비교하면 상당히 살이 쪘다.

"이것이 제3단계입니다. 다행증(多幸症 감정이 병적으로 복받쳐 만족감이나 기쁨을 느끼면서 어린아이 같은 행동을 하는 증상. 진행성 마비, 노년성 정신병, 간질 따위의 병에서 볼 수 있다)을 지나, 일종의 무감동 상태에 빠진 거죠. 실험 전에는 이것이 최종 단계인 줄 알았어요."

"아니란 말인가요?"

"보통은 이게 끝이죠. 야생 상태에서 이렇게까지 활동이 저하된 데다, 포식자가 나타나도 달아나려고 하지 않으면 잡아먹히는 건 시간 문제니까요. 하지만 만약 감염된 개체가 잡아먹히지 않고 살아남는다면 어떻게 될까요? 그런 의문에 대한 답을 곧 볼 수 있을 겁니다."

화면에는 기묘한 영상이 나타났다.

"이것이 제4단계. 즉 최종 단계입니다. 기묘한 것은 실험에 사용한 세 종류의 원숭이는 각기 다른 단계에 있었는데도 한 마리가 제4단계에 돌입하자 마치 따라가듯이 차례차례 변화했다는 겁니다."

사나에는 망연한 모습으로 화면을 지켜보았다. 원숭이는 한결같이 미동 하나 없이 침묵을 지키고 있다.

"이 단계에 들어서면 어떤 종류의 원숭이든 거의 울음소리를 내지 않게 되죠. 다음 장면에선 좀 충격을 받을지도 모르겠군요. 제4단계에 들어선 다람쥐원숭이를 해부하는 장면입니다."

사나에는 입을 막았다. 목 안에서 신것이 올라온다.

이어서 해부된 다람쥐원숭이의 체조직이 확대되어 나왔다. 그녀는 카플란의 수기에 있던 'Typhon'이라는 불길한 말이 무엇을 암시하는지 그제야 깨달았다. 귓속에 마사코의 목소리가 되살아났다.

"스네이크 컬트의 상징이기도 한 티폰은 결국 제우스의 번개에 맞아 죽었고, 그 몸은 무수하게 꿈틀거리는 독사들이 모여서 만들어진 이상한 것이었대."

초점이 흐린 사진에 있던 주머니 모양의 물체의 정체를 알게 됨과 동시에 수수께끼는 잇달아 얼음 녹듯 풀려갔다.

"괜찮아요? 안색이 나빠요."

요다가 어느새 사나에 옆으로 와서 어깨에 손을 얹었다. 걱정스러운 표정이다. 눈을 돌리자 모니터에는 아직 이상한 물체가 몇 개 비쳐지고 있었다. 사나에는 눈을 감았다.

"미안해요. 지금 영상은 보여주는 게 아니었는데."

사나에는 겨우 쥐어짜듯이 말했다.

"아니에요. 이제 겨우 알게 됐어요. 로버트 카플란이 마지막으로 무엇을 보았는지. 그리고 왜 사랑하는 아내와 함께 분신 자살을 해야 했는지."

"브라질 뇌선충에 감염되었기 때문이죠?"

"아뇨. 감염되었던 것은 부인뿐이에요. 로버트는 아내가 감염된 것을 알고 있었어요. 그리고 감염된 우아카리원숭이가 천적에게 먹히지 않도록 우리 속에서 사육했어요. 사육하면서 우아카리원숭이가 어떻게 되는지를 보았고, 그는 아내와 함께 분신자살을 한 거예요. 사랑하는 아내에게 같은 운명을 걷게 하고 싶지 않았기 때문이죠."

"어떻게 그걸 알죠?"

"그 수기를 읽으면 처음부터 명백했어요. 로버트의 문장은 노골적으로 '공포'를 드러내고 있었어요. 만약 그도 브라질 뇌선충에 감염되었다면 어떤 상황이 일어나도 공포는 금세 지워졌을 거예요."

"……그런가."

요다는 비디오를 껐다.

사나에의 가슴속에 뜨거운 것이 끓어올랐다. 사나에는 자신이 눈물을 흘리고 있는 것을 깨닫고 깜짝 놀랐다. 단기간에 너무나도 많은 죽음이 자신의 주위를 훑고 지나갔다. 그 중에는 연인이었던 다카나시도 있다. 그런데 지금 한 번도 만난 적이 없는 외국인의 죽음의 진상을 알고 어찌 이리 눈물을 흘리고 있단 말인가.

그렇지만 다카나시를 비롯해 선충에게 조종당해 로봇처럼 죽음을 향해 간 사람들에겐 아무런 구원의 여지가 없었다. 그러고 보면 마지막 순간까지 인간으로서의 긍지를 갖고 아내에 대한 사랑으로 스스로 죽음을 택한 로버트는 참으로 훌륭했다.

요다가 살며시 어깨에 손을 올렸다. 평소의 퉁명스러움과 어울리지 않는 부드러운 몸짓이다.

"미안해요.이런 모습을 보여서."

"아닙니다……."

그가 안아주었을 때도 사나에는 별로 놀라지 않았다. 단지 고개를 들어 옅은 갈색 눈을 들여다보았을 때, 마치 다카나시에게 안긴 듯한 착각이 들어 깜짝 놀랐다.

요다는 가늘고 긴 손가락으로 사나에의 턱을 살짝 들어올렸다.

사나에는 가만히 눈을 감았다.

변모

2개월이 지나 10월 중순이 되어도 오프 모임 회장에서 모습을 감춘 니나가와 교수와 모리 조수의 행방은 여전히 묘연했다.

'가이아의 자식' 홈페이지도 다음 날로 폐쇄되었다. 사나에는 그후에도 매일 여러 가지 키워드를 써가며 검색을 계속해 보았지만, 지금까지 아무것도 발견되지 않았다. 니나가와 교수는 인터넷을 이용한 회원 모집을 포기한 걸까? 적어도 방법을 바꾼 것만은 분명한 것 같다.

요다는 이틀에 한 번 정도 만나고 있는데, 항상 격론으로 끝을 맺었다.

사나에는 개인적으로 두 사람의 행방을 쫓기에는 한계가

있으니 경찰의 도움을 받아야 한다는 의견이었지만, 요다는 그 생각에 부정적이었다. 니나가와 교수와 모리 조수는 가족들이 이미 가출신고를 한 상태였다. 이런 상황에서 그들을 찾는 데 경찰이 더 적극적이 될 수 있는 계기는 사건의 진상을 밝히는 것밖에 없다. 그러나 경찰들은 브라질 뇌선충이란 말만 듣고도 한바탕 웃어버리고 말 것이다. 설령 반신반의할 때까지 설득한다고 하더라도 결국은 보건소에서 위생성을 통해, 즉 잘난 '권위자'에게 문의하게 될 것이다. '권위자'가 경찰에게 어떤 신탁을 내릴지는 생각할 필요도 없다.

그렇다면 적당한 구실을 만들 수밖에 없지만, 만약 그들을 사기든 뭐든 다른 것으로 형사 고발을 했다고 치자. 경찰이 어찌어찌 그들을 찾아낸다 해도 조사해보면 이내 사실무근이란 걸 알게 될 것이다. 그후에도 그들을 계속 구속해두는 것은 무리이며, 거짓말한 것이 들통나면 오히려 이쪽의 입장만 나빠질 것이다. 그 다음은 설령 유력한 증거를 잡았다 해도 전혀 상대해주지 않을 우려가 있다.

마지막 수단으로 후쿠야를 통해 신문사를 이용하는 것도 생각할 수 있었다. 하지만 이것도 후쿠야 개인이라면 몰라도 대신문사가 브라질 뇌선충의 이야기를 믿고 협력해주리라고는 기대할 수 없었다.

지난 2개월간 아무 일도 일어나지 않고 지나간 것이 사나에를 오히려 불안하게 했다. 귀중한 시간을 헛되이 보낸 듯한 기분이 든다.

이날 오후 회진을 하는 동안에도 사나에의 머릿속은 줄곧 그 생각으로 가득 차 있었다. 방에 돌아왔을 때 미리 타이밍을 맞춰놓기라도 한 것처럼 외선에서 호출 벨이 울렸다.

"여보세요, 기타지마 선생님 부탁합니다."

수화기를 들자 젊은 여자의 목소리가 새어나왔다. 어디선가 들은 적이 있는 목소리 같긴 했지만 잘 생각나질 않는다.

"네, 접니다만."

"저 하마구치 아사미예요. 기억하시죠? 전에 다키자와 유코의 일로……."

상대는 그렇게 말하며 말끝을 흐렸다.

"아아, 그랬지?"

사나에의 뇌리에 마쿠하리에서 만났던 소녀의 얼굴이 또렷이 떠올랐다. 뭔가를 예감한 교감 신경이 긴장하며 심장 박동이 빨라졌다.

"뭐 생각난 게 있니?"

"네, 하지만 대수롭잖은 거예요……."

아사미의 목소리는 전화 건 것을 후회하는 것처럼 작아졌다.

"뭐든 상관없어. 전화해줘서 너무 기뻐. 가르쳐줄래?"

"네. 저, 지난봄쯤이었는데요. 유코가 잼을 주었어요."

"잼?"

"네. 블루베리와 체리 잼. 여행가서 사온 선물이라고 했는데, 어디로 갔는지는 말해주지 않았어요. 저도 꼬치꼬치 묻진 않았지만."

"그렇구나."

"그런데 아침 식사를 하며 잼을 꺼냈을 때 뒤쪽 상표에 산지가 적혀 있었어요. 그래서 그때 일을 떠올리다 방금 전에 막 생각이 났어요."

"어디였어?"

"자세히는 기억나지 않지만, 나하 어디였어요."

"나하……."

사나에의 머릿속에서 뭔가가 번뜩였다. 아카마쓰가 자살한 것은 나하 고원 사파리 파크였다. 아카마쓰 조교수와 다키자와 유코가 함께 나하를 찾았다는 것은 단순한 우연이라고 생각할 수 없다.

사나에는 아사미에게 고맙다는 인사를 하고 전화를 끊고 나서 수첩을 뒤져 다키자와의 본가 전화번호를 눌렀다. 유코의 신원을 확인했을 때 적어둔 것인데, 설마 이런 식으로 도움이 될 줄은 생각지도 못했다.

전화를 받은 것은 유코의 어머니였다. 아직 마음의 상처가 가시지 않았을 거라 생각하니 마음이 아팠지만, 유코가 수첩이나 다른 곳에 전화번호를 남겨두지 않았는지 물어보았다. 어머니는 사나에가 딸의 신원을 찾아주었다는 이유로 고마운 마음을 갖고 있는 것 같았다. 얼른 유코의 유품을 찾아와 주었다.

전자수첩이라면 골치 아플 거라고 생각했지만, 다행히 어머니가 찾아온 것은 극히 평범한 수첩 같았다. 주소록에 028로 시작되는 도치기 현의 전화번호가 없는지 물어보았다. 한 개가 있는데 이름은 적혀 있지 않다고 한다. 사나에는 그 번호를 받아 적었다.

이번에는 그 번호로 걸어보았지만 아무도 받지 않았다.

시간을 두고 세 번쯤 걸어보았지만, 결과는 마찬가지였다. 신호는 계속 가는데 아무도 받지 않았다.

사나에는 잠시 생각에 잠겼다가 요다에게 전화를 걸었다. 요다는 묵묵히 그녀의 이야기를 듣다가, 뜻밖에도 이번 주말에 드라이브를 하자며 데이트 신청을 했다.

그녀를 태우러 온 파란 차를 보고 사나에는 빙긋이 웃었다. 최근 유행하는 국산차의 라인과는 달리 사각의 양철 장난감 같은 모양에다, 특히 앞 범퍼 쪽이 평평한 것이 묘하게 정겨움을 느끼게 했다.

"타요."

요다가 손을 뻗어 조수석 문을 열어주었다. 왼쪽 핸들이어서 사나에는 도로 쪽으로 올라탔다. 요다는 사나에가 들고 있던 여행 가방을 받아들었다. 뒷좌석을 앞으로 접고 짐칸을 만들어두었지만, 이미 많은 박스들로 가득 차 있었다. 요다는 가방을 박스 위에 아무렇게나 실었다.

사나에가 자리에 앉아 안전띠를 매자 차는 출발했다. 운전하는 사람의 기량도 있겠지만, 시원스럽게 달렸다. 엔진소리 등의 사소한 소음과, 자동차 서스펜션이 있는 국산 차에 비하면 좌석에 전해져오는 진동도 크다. 하지만 이상하게 승차감은 그리 나쁘지 않았다.

"이 차, 이름이 뭐예요?"

"피아트 판다 4×4(포 바이 포). 당신을 태운 적이 없었나요?"

"포 바이 포?"

"차바퀴가 네 개 있고 그 가운데 구동驅動하는 것도 네 개란 말입니다."

차바퀴가 네 개가 아닌 것도 있나 하고 생각했지만 굳이 묻지는 않았다.

"이야. 작지만 사륜구동이군요."

"구동 장치는 오스트리아의 슈타이어 푸흐 사 제품입니다."

요다는 자랑스럽게 말했지만, 사나에는 무슨 소리인지 모른다.

"귀여운 차네요."

"음, 뭐니뭐니 해도 조르제토 쥬지아로Giorgetto Giugiaro의 디자인이니까요."

"그 사람 유명한 사람이에요?"

"몰라요? 이탈리아를 대표하는 산업 디자이너로, VW 골프나 피아트 같은 차를 설계한 사람이죠."

그후 한참 동안 요다는 쥬지아로의 업적과 피아트 팬더의 훌륭함에 대해 열변을 토했다. 사나에는 이따금 맞장구를 치는 것 말고는 잠자코 요다의 이야기만 듣고 있었다.

요다도 그렇지만 자신도 지금 가려고 하는 장소에서 직면할 사태를 외면하고 있는 것뿐이란 걸 알고 있었지만, 그걸 화제로 올리는 게 너무 두려웠던 것이다.

피아트 팬더는 순조롭게 네리마 인터체인지에서 도쿄 외곽 순환도로를 지나 가와구치 분기점에서 도후쿠 자동차 도로로 들어섰다. 순조롭게 목적지로 가고 있다. 사나에는 손목시계를 보았다. 오전 9시 30분. 우라와 인터체인지에서 나하 인터체인지까지는 약 150킬로미터 거리니까 무인 카메라에 걸리지 않을 속도로 달려 한 시간 반 정도 걸릴 것이다. 나하 인터체인지에서 내린 후의 시간을 생각해도 저녁이 되기 전까지는 목적지에 도착할 것 같았다.

"……어딘지는 알아요?"

사나에는 요다가 피아트 팬더의 서스펜션에 대한 설명을 마쳤을 때 조심스레 물었다.

잠깐 침묵이 흐른 뒤 요다는 이동식 재떨이에 담배를 비벼 끄며 연기를 토해냈다. 반쯤 열린 창으로 들어오는 바람이 연기를 몰아간다.

"주소는 확인했어요. 당신이 말해준 전화번호를 심부름 센터에 의뢰해서 알아보았죠. 임대 별장 같은 곳이란 것까지 알아낸 후 손님인 척하고 부동산 중개소에 가보았더니, 이런 저런 세상 돌아가는 이야기를 하면서 죄다 말해주더군요."

"임대 별장?"

"그래요. 하지만 장소가 어중간해서 인기가 없었대요. 그래서 대학 동호회의 합숙이나 기업의 신입사원 연수 같은 것을 겨냥해서 세미나 하우스로 모양을 바꾸었나 봐요. 그런 것이 한때 수요가 많았다죠, 아마. 하지만 그래도 여전히 이용객들이 늘어나지 않았던 모양이에요. 그런데 올해 5월부터 6개월 계약으로 빌리겠다는 사람이 나타난 거죠. 찾는 조건이 3, 40명이 합숙하면서 집회를 열 수 있는 넓은 방이 있고, 명상을 하는 데 방해가 되지 않는 조용한 곳에 있는 물건이라야 한다는 것이었다는군요. 담당 영업사원은 사이비 종교나 인격 개조 세미나 같은 것이구나 하고 감은 잡았지만, 임대하겠다는 손님을 굳이 마다할 필요는 없었겠죠. 특히 이런 불경기에 손님을 선별한다는 건 생각할 수도 없었을 겁니다. 계약 후에 일 년 치의 임대료가 선불로 입금된 데다 극단적으로 간섭받기를 싫어하는 눈치여서 한 번도 연락을 하지 않았다고 하더군요."

"확실히 연락하기가 어려운 것 같긴 해요. 내가 전화를 했을 때도 아무도 받지 않았어요."

"으음."

"있으면서 안 받는 걸까요? 아니면……."

"여기서 우리가 이런저런 상상을 해본들 무슨 소용이 있겠습니까? 가보면 알게 되겠죠."

요다는 새 담배에 불을 붙였다. 그리고 연기가 신경 쓰였는지 레버를 내려 캔버스 지의 선루프를 활짝 걷었다. 차 안 가득 가을 햇살이 쏟아져내렸고, 바람이 리드미컬하게 기분 좋은 소리를 냈다.

사나에는 비로소 살 것 같았다. 불어오는 바람소리에 심신이 맑아지고 마음이 상쾌해졌다.

그제야 주변 경치를 둘러볼 여유도 생긴다. 날씨도 쾌청하고, 이런 상황이 아니라면 즐거운 드라이브였을지도 모른다. 피아트 팬더라는 차가 마음에 들기 시작했다.

하지만 고개를 돌리다 언뜻 뒷자리에 쌓여 있는 짐이 눈에 들어오자, 어쩔 수 없이 앞으로 자신들을 기다리고 있는 것이 떠오른다.

"당신 가방에는 뭐가 들어 있죠?"

사나에의 시선을 보고 요다가 물었다.

"일단 진료를 할 수 있는 도구들이에요. 그리고 병원에서 선충병 약을 몇 개 가지고 왔어요. 티아벤다졸이라든가 메벤다졸 같은……."

"그렇군요."

요다는 아무 감상도 말하지 않았지만, 사나에는 그가 무슨 생각을 하는지 알고 있었다. 어떤 약을 가져간다 해도 자기 위안밖에 되지 않는다. 뇌간 깊숙이 자리 잡은 브라질 뇌선충을 쫓을 수 있는 약이 있을 리 만무하다.

"요다 씨의 이 큰 짐은 뭐죠?"

"예, 도움이 되면 좋겠다 싶어서 가져와봤어요. 농학부의 부속 농장에 가서 주로 토양 소독을 위한 살선충제며 유기염소계의 살충제 같은 것이죠."

"……그랬군요."

그리고 한동안 대화가 끊겼다.

사나에는 오늘 후쿠야도 데리고 왔으면 좀더 마음이 든든했을 것 같다는 생각이 들었다. 조금 비좁긴 하겠지만 뒷자리 박스 위에라도 앉아서 가면 좋을 텐데……. 그 모습을 상상하니 피식 웃음이 나왔다.

하지만 후쿠야에게 도움을 요청하는 것은 요다가 강경하게 반대했다. 신문기자에게 숨김없이 사정을 털어놓는다는 것은 모든 것을 발표하겠다는 각오를 하는 것이기도 하다. 앞이 보이지 않는 지금 단계에서 비밀리에 일을 하겠다는 선택의 여지를 남겨두지 않으면 안 된다. 결국 거기에는 사나에도 동의하지 않을 수 없었다.

"전에 내 아내가 사고로 죽었다는 이야기를 했나요?"

요다는 그냥 살아가는 이야기를 하듯 가벼운 어조로 말했다.

"네."

"내가 죽인 거나 마찬가지예요."

격한 표현에 섬뜩해졌다. 가벼운 화제로 바꾸는 게 좋을까? 하지만 호스피스의 경험으로 그에게 마지막까지 이야기를 하게 하는 게 나을 것 같았다.

사나에는 묵묵히 그의 이야기를 기다렸다. 요다는 잠시 후, 봇물이 터지듯 이야기를 시작했다.

"5년 전이었어요. 결혼을 늦게 해서 겨우 신혼 일 년째였을 때죠. 아내는 임신 8개월이었는데, 어느 날 밤, 기분전환도 할 겸 드라이브를 하자고 하더군요. 결혼 전에는 곧잘 밤중에 드라이브를 했어요."

요다는 입을 다물었다. 마치 그때의 느낌이 되살아나는 듯 핸들을 잡고 있는 두 손을 본다.

"……불길한 예감이 들었어요. 앞에서 뭔가 맹렬한 스피드로 다가오고 있었어요. 그것이 헤드라이트를 끄고 반대 차선을 역주해오는 차란 걸 알았을 때, 판단할 시간은 1초의 몇 분의 1밖에 없었죠. 나는 왼쪽으로 급히 핸들을 꺾었어요. 간발의 차로 충돌은 피했죠. 역주해온 차는 그대로 아무 일도 없었다는 듯이 사라졌어요. 하지만 우리가 탄 차는 보도로 올라가서 전신주를 들이받았죠. 나는 기적적으로 생채기 하나 입지 않았지만, 조수석에 있던 아내는 그 자리에서 죽었어요. 물론 뱃속의 아기도 함께."

"너무해요……."

"사고의 원인을 제공한 그 운전사는 끝내 어디에 사는 누군지 밝혀내지 못했어요. 당연하겠죠. 상대는 그저 달리기만 했으니까요. 현장에 페인트 자국 하나, 브레이크를 밟은 자국 하나 남아 있지 않았어요. 내 기억도 혼란스러워서 하얀색 계통의 승용차라는 것뿐, 그 이외의 특징은 하나도 떠올릴 수 없었습니다. 결국은 내가 한눈을 팔았거나 졸음 운전을 해서 생긴 단순 사고가 되어버렸어요. 경찰과 보험 회사에 아무리 역주해온 차가 있었다고 호소해도, 책임 회피를 위해 꾸며낸 이야기로만 받아들이더군요."

사나에는 뭐라 위로해야 할지 아무 말도 생각나지 않았다.

"지금도 그때의 일을 종종 꿈에서 볼 때가 있어요. 난 똑같이 왼쪽으로 급히 핸들을 꺾고, 상대는 태연하게 달려가고. 그리고 그때마다 축 늘어져서 움직이지 않는 아내를 안고 이를 갈면서 생각하죠. 다음에는 절대로 피하지 않겠어, 정면 충돌할 거야, 하고."

이야기를 마친 요다는 입을 다물었다. 양손으로 핸들을 꽉 잡고, 무서운 눈으로 전방을 응시한다. 굳어진 옆얼굴은 일체의 위로를 거부하는 것 같았다.

사나에는 그에게 아무 말도 하지 않기로 했다. 다시 침묵이 찾아왔다. 귓가에 들리는 것은 펄럭이는 듯한 바람소리뿐이었다.

요다의 마음속에 드리워졌던 어두운 그림자가 드디어 확실해졌다. 평소의 퉁명스러우면서도 강인한 태도는 그런 고통스런 경험을 한 사람 같지 않았다. 아주 강한 정신력으로 자신을 다스리고 있었나 보다. 하지만 겉으로는 태연한 얼굴을 가장하고 있어도 내면의 상흔은 아직 아물지 않은 채 계속 피를 흘리고 있었던 것이다.

사나에는 어떻게든 그를 도와주고 싶었다. 조금이라도 괴로움을 덜어줄 수는 없을까? 과거를 완전히 잊는 것은 불가능해도 마음을 조금씩 미래로 향하게 할 수는 없을까?

그러기 위해 자신이 무언가를 할 수 있다면…….

사나에는 요다의 옆얼굴을 보았다.

요다의 마음은 얼마 전부터 눈치채고 있었다. 원래 솔직하게 자신의 생각을 표현하는 타입은 아닌 것 같았고, 무엇을 하려고 해도 고통스러운 기억은 족쇄가 될 것이다. 사고 후 5년이 지나도 요다는 자신만 행복해지는 것에 죄책감이 있는 것 같았다.

그런데도 그는 만난 지 얼마 안 되는 자신에게 모든 것을 털어놓아주었다. 그 사실은 기뻤다.

문제는 왜 하필 지금 그런 이야기를 할 마음이 들었느냐는 것이다. 어쩌면 요다는 지금 이야기하지 않으면 두 번 다시 기회가 없을지도 모른다고 생각했는지도 모른다.

나하 인터체인지에서 도후쿠 자동차 도로를 내린 후, 피아트 팬더는 나하 가도를 북상했다. 한참 가다 다시 우회전한다.

"앗, 잠깐만 멈춰요!"

사나에의 비명소리에 요다는 반사적으로 브레이크를 밟았다. 피아트 팬더의 브레이크는 너무 잘 들어서 앞으로 고꾸라지듯이 길가에 정차했다.

사나에는 '천사의 형관 미술관'이라고 쓰인 간판을 가리켰다.

"아카마쓰 조교수?"

"네, 역시 그랬어요. 곧장 나하 고원 사파리 파크로 갔다면, 아카마쓰 조교수가 어떻게 이 미술관을 발견했는지 이상했어요. 아카마쓰 조교수는 이 길을 지나 세미나 하우스로 가던 도중에 우연히 이 간판을 본 거예요. 그리고 '천사'라는 말에 끌려 들어간 거죠."

"그래. ……그렇다면 틀림없군요."

요다가 액셀러레이터를 밟자 피아트 팬더는 튕겨나가듯 달리기 시작했다. 곳곳에 별장이 있는 고원의 나무 사이를 맹렬한 속도로 달린다. 도중에 좁은 길로 들어선 후부터 갑자기 노면 상태가 나빠져서 상당히 거친 드라이브가 되었지만, 이미 승차감 따위엔 신경 쓸 여유가 없었다.

사나에는 가만히 요다의 모습을 살폈다. 그가 힘껏 액셀러레이터를 밟고 있는 것은, 그렇게 하지 않으면 겁을 먹게 될 것 같은 자신의 마음과 싸우는 것이란 걸 알고 있었다. 사나에 역시 마음속에서 자꾸만 커져가는 공포를 느끼고 있었다.

크게 커브를 돌아 나무들이 드문드문해진 곳에서 피아트 팬더는 갑자기 속도를 줄이고 천천히 멈춰 섰다.

"아마, 저걸 거예요."

요다는 자작나무 너머로 보이는 건물을 가리키며 속삭였다.

사나에는 잡아먹을 듯한 시선으로 바라보았다. 별로 특별할 것 없는 모르타르 벽의 2층 건물이다. 정면의 하얀 벽에 박혀 있는 하얀 통나무가 악센트였다. 외관으로는 평범한 보양保養 시설로밖에 보이지 않는다.

주변에는 정막이 감돌고 있었다. 달리 별장도 없고 차들이 자주 지나가는 길과도 떨어져 있다. 아무리 귀를 기울여도 건물에서는 아무런 소리도 들리지 않았다.

두 사람은 한참 동안 그곳에서 건물을 감시하다가 요다가 다시 차를 움직였다.

"어떻게 할 거예요?"

"여기서 이렇게 있어봐야 소용없어요. 우선 차를 앞에다 대죠."

사나에는 도망치고 싶은 마음을 억누르며 양손을 꼭 쥐었다.

요다는 피아트 팬더를 건물 바로 앞에 세웠다. 시동을 걸어 놓은 채 문을 열고 사나에를 본다.

"당신은 차 안에서 기다리고 있어요."

"아뇨. 저도 같이 가겠어요."

요다는 뭔가 말하려 했지만 사나에의 얼굴을 보더니 말없이 시동을 껐다.

건물 앞에는 '나하 고원 세미나 하우스'라는 수수한 나무 팻말이 걸려 있을 뿐이다. 요다는 우편함에 적혀 있는 건물의 주소를 확인한 후 인터폰을 눌렀다. 대답이 없다. 정면 현관은 잠겨 있지 않았다. 요다는 두꺼운 나무문을 열고 안을 향해 "실례합니다" 하고 불러보았다.

역시 대답은 돌아오지 않았다. 하지만 사나에는 그곳에 사람이 있다는 것을 느꼈다. 많은 사람들이 어디선가 숨을 죽인 채 사태를 엿보고 있을 것 같은 느낌이 들었던 것이다.

잠시 기다렸다가 요다는 신발을 신은 채 들어갔다. 꺼림칙하긴 했지만 사나에도 그를 따라 움직였다. 맨발로는 부드러운 발바닥에 부상을 입을 위험이 있고, 만일의 경우에는 신발을 신고 있어야 재빨리 도망칠 수가 있다.

현관 정면은 벽이고, 좌우로 복도가 이어져 있다. 오른쪽은 식당, 왼쪽은 욕탕이라는 표시가 있었다. 두 사람은 식당 쪽으로 가보기로 했다. 식당과 주방 설비 그리고 텔레비전과 소파가 있는 휴게실이 있었지만, 그곳에도 사람 그림자는 없었다.

사나에는 식당 안을 둘러보았다. 심하게 흐트러져 있는 것은 아니지만, 몇 개의 의자가 나와 있고, 테이블 위에는 컵이 널브러져 있다. 묘하게 어수선한 분위기였다. 재떨이에는 이미 불이 꺼져 있었지만, 피다 만 듯한 담배가 놓여 있었다.

"여기 조금 전까지 누군가가 살다가 갑자기 사라진 것 같지 않아요?"

"예, 마치 메어리 셀레스테 호 같군요."

사나에는 주방문을 열어보았다. 쓰레기가 가득 찬 쓰레기통을 한여름에 열었을 때와 같은 악취에 얼굴을 찌푸렸다.

악취의 근원지는 이내 알 수 있었다. 싱크대에 설거지도 하지 않은 식기들이 잔뜩 쌓여 있었고, 먹다 남은 밥 찌꺼기들이 썩어가고 있었다.

"지독하군."

요다도 콧등을 찡그렸다.

"이곳에 사는 사람들이 실종됐다고 해도 어제오늘 일은 아닌 것 같군요. 이걸 보니 적어도 1, 2주는 지난 것 같아요."

요다는 계절에 맞지 않게 커다란 곰팡이 덩어리로 덮인 접시를 가리켰다.

"어떻게 할까요?"

"2층을 둘러보죠."

두 사람은 계단을 올라갔다. 사나에의 가슴은 아까보다 더 쿵쾅거렸지만, 2층에서도 사람 그림자라곤 찾아볼 수 없었다. 대연회장 같은 좌식 방에는 많은 짐들이 남겨져 있었지만, 사람은 어디에도 없었다. 짐 꾸러미 몇 개를 들여다보았는데, 갈아입을 옷과 화장품, MD플레이어, 지갑, 책 등이 있을 뿐이었다.

"이제 더 못하겠어요. 경찰에 신고해요."

사나에는 요다의 얼굴을 보면서 말했다. 건물 전체에 퍼져 있는 숨막히는 공기를 느낀 사나에는 이곳을 떠나고 싶었다. 더 이상 견뎌낼 수 없을 것 같았다.

"묘하군……."

사나에의 말을 듣는지 마는지 요다는 태평스럽게 말한다.

"묘하다고요? 아무리 보아도 이건 이상 사태예요!"

"아냐, 그렇지 않아……. 슬리퍼가 보이지 않아요."

"슬리퍼?"

"이런 곳에서는 흔히 슬리퍼를 신어요. 현관에는 슬리퍼 걸이대가 많은데 슬리퍼는 정작 두세 켤레밖에 없었어요. 만약 여기 있던 사람들이 실종됐다면 슬리퍼를 신은 채 사라진 게 되죠."

듣고 보니 확실히 이상했다. 그렇다면 그걸 부연하면?

"그럼 아직 건물 어딘가에……."

"어쨌든 1층에서 아직 보지 않은 곳들을 둘러보죠."

계단을 내려가 이번에는 욕탕 쪽으로 갔다. 욕탕 입구는 복도 왼쪽에 있고, 곧바로 가면 차고인 것 같다.

요다는 욕탕의 탈의실로 이어지는 문을 열었다.

사나에는 숨을 삼켰다.

그곳에는 슬리퍼들이 여기저기 널려 있었다. 3, 40켤레는 족히 될 것 같다. 아무리 욕탕이 커도 전원이 한꺼번에 들어간다는 것은 이상하다. 게다가 슬리퍼를 벗어놓은 상태가 너무 난잡했다. 유치원생이라도 이렇게까지 아무렇게나 벗어던지지는 않을 것이다.

무엇보다 꺼림칙한 것은 그만큼의 사람들이 욕탕 안에 있을 텐데 쥐 죽은 듯 조용하다는 것이었다.

그때 사나에의 코가 민감하게 악취를 느꼈다. 주방에 가득하던 것은 쓰레기가 썩는 악취와는 다르다. 그것은 병원에서 익숙하게 맡는 인간의 배설물 냄새였다.

요다는 문을 열어놓은 채 탈의실에 올라섰다. 사나에도 뒤를 따른다. 욕탕 쪽을 신경 쓰면서 먼저 탈의 바구니를 체크한다. 벗어놓은 옷은 몇 벌 발견되었지만, 슬리퍼의 수에 비하면 비교도 되지 않을 정도로 적다. 그렇다면 대다수가 옷을 입은 채 욕탕에 들어간 것일까?

요다가 말없이 욕탕의 유리문을 가리켰다.

사나에는 깜짝 놀라서 그 자리에 우뚝 멈춰 섰다.

창으로 빛이 들어오는 욕탕 쪽이 탈의실보다 밝았기 때문에 안에 있는 사람들의 그림자가 불투명 유리를 통해 뿌옇게 보였던 것이다.

한 사람은 유리문에서 가까운 곳에 있었다. 세면장 타일 위에 앉아 있는 것 같다. 그 뒤에는 욕조 주위에 둘러앉아 있는 사람들의 그림자가 보인다. 하지만 어느 것 하나 미동조차 없다.

요다는 천천히 다가가 욕탕의 유리문을 잡았다. 사나에는 그 자리에서 움직일 수가 없었다. 양손을 손바닥에 손톱이 박힐 정도로 꼭 쥐었다.

문은 조금 열리다가 가로대에 걸렸다. 그 순간 틈 사이로 강렬한 악취가 뿜어져 나왔다. 요다는 순간 머뭇거렸지만 이번에는 양손으로 유리문을 잡고 힘껏 열어 젖혔다.

그것은 불과 4, 5미터 앞에서 이쪽을 보고 앉아 있었다.

러닝셔츠와 파란 팬티를 입은 것으로 간신히 인간이었다는 것을 알 수 있었다.

뭐야…… 이건. 거짓말이야…… 이런…… 말도 안 되는 일이.

사나에는 신음했다.

머리는 보통 크기의 두 배 이상이었다. 수십 개의 하얀 융기가 가로세로로 마구 돋아 있다. 흙색의 피부를 찢고 나온 융기는 뚜렷한 뼈의 특징을 갖추고 있었다. 열대식물의 뿌리를 연상시키는 얇은 뼈가 두개골에서 나와 있었던 것이다. 그것이 없으면 피둥피둥 비대해진 조직은 무너져버릴지도 모른다.

두 눈은 머리 전체가 팽창한 탓에 얼굴 중심으로 몰려 있는 느낌이다. 주변에서 밀려드는 부드러운 조직에 묻혀서 어두운 두 개의 구멍으로밖에 보이지 않는다. 코가 있었을 장소에도 공기 구멍 같은 것이 남아 있을 뿐이다. 입의 흔적 같은 주름은 거의 사라지고 없다.

거대한 등불처럼 부푼 흉곽 위엔 러닝셔츠가 찢겨져 있다. 엷게 덮여 있는 피부를 통해 가느다랗게 그물 모양으로 가지처럼 뻗은 이상한 늑골이 투명하게 보인다.

기구氣球 같은 배 때문에 팬티는 내려가서 거의 벗겨져 있다. 사타구니의 피부는 사마귀 같은 무수한 돌기로 덮여 있지만, 성기 같은 것은 어디에도 보이지 않았다.

한쪽으로 불필요한 물건처럼 내던져져 있는 사지는 지방과 근육은커녕 뼈까지 소실된 듯, 줄어든 끈처럼 되어 있다. 끝에는 검어진 손톱이 붙은 다섯 개의 손가락 흔적이 보인다.

사나에는 자신이 엄청난 소리로 비명을 지르고 있다는 사실을 깨달았다. 도저히 멈출 수가 없다. 적나라한 공포에 압도되어 그녀는 계속 비명을 지르고 있었다.

정신을 차리고 보니 요다의 가슴에 매달려 떨고 있었다.

"좀 진정이 돼요?"

요다의 물음에 간신히 고개를 끄덕였다.

"유감스럽게 한발 늦었습니다……. 제4단계에 들어갔어요."

요다가 힘없이 말했다.

사나에는 영장류 센터에서 촬영한 비디오의 영상을 떠올렸다. 예전에는 게잡이원숭이와 아프리카늘보원숭이, 다람쥐원숭이였던 주머니 모양의 물체를.

사나에는 요다의 어깨 너머로 욕탕 안을 보았다.

아까 본 사람의 뒤에 많은 사람들이 보인다. 대부분은 욕조 주위에 몰려 있고, 입구 쪽을 향하고 있는 것도 있다.

언뜻 보기에도 모두가 괴기한 모습으로 변형되었다는 것을 알 수 있었다. 그것은 카플란의 수기에 끼어 있던 사진의 광경과 흡사했다. 골짜기 주위에 널려 있던 주머니 모양으로 변형된 우아카리원숭이의 모습과……

악몽 같은 비현실감이 덮쳐왔다. 시야에 뿌옇게 안개가 낀 것 같다. 여기가 어딘지조차 모르겠다. 자신은 여기에서 대체 무엇을 하고 있는가.

사나에는 다시 대욕탕 쪽을 응시하며 천천히 요다의 품에서 빠져나갔다. 탈의실 구석으로 가서 세면대 앞에 쪼그리고 앉았다.

심하게 구토를 했다. 뭔가가 위를 펌프질하는 듯한 이상한 괴로움이 느껴졌다. 하지만 머리를 텅 비게 해준다면 어떤 괴로움이라도 환영하고 싶었다. 사나에는 몸을 뒤틀면서 계속 토했다.

토할 것이 없어지고 겨우 횡격막의 경련이 가라앉자 사나에는 뒤를 돌아보았다. 이성으로는 있을 수 없는 일이란 걸 알고 있다. 하지만 이상하게 변모한 사람들이 당장이라도 욕탕에서 뛰쳐나와 덮칠 것 같은 본능적인 공포는 지울 수가 없었다.

"괜찮아요?"

요다는 사나에의 어깨에 손을 올렸다. 그 감촉조차 놀라 펄쩍 뛰어오를 것 같다.

"걱정하지 않아도 돼요. 모두 죽었으니까."

요다는 사나에의 공포를 읽은 것 같다.

"저 사람들은 어떻게 된 걸까요?"

"제4단계…… 즉 감염자의 몸에 낳은 충란들이 부화하고, 부화한 선충이 성장해서 다음 대의 알을 낳고, 그것이 다시 부화한 거죠. 숙주의 몸을 마구 먹어치우며 개체수를 최대한으로 증식시켜놓은 겁니다."

사나에는 몸서리를 쳤다.

"보통 기생충은 숙주의 몸 안에서 무제한으로 증식하진 않아요."

"예외는 얼마든지 있죠. 선모충이나 악구충顎口蟲, 아식고충……."

"하지만 저 몸은? 인간의 몸이 저렇게 될 수도 있나요?"

"아마 브라질 뇌선충이 숙주의 DNA에 간섭한 결과일 겁니다."

"유전자를 조작했다는 거예요?"

사나에는 소름이 끼쳤다. 그럼 몸이 저렇게 이상한 모습으로 변모해가는 동안 줄곧 그들은 살아 있었단 말인가.

“브라질 뇌선충은 처음에는 뇌, 이어서 유전자를 조작하는 궁극의 기생 생물이었습니다. 놈들은 지방과 근육을 먹이로 증식하면서, 숙주의 몸을 바꿔놓은 겁니다. 동체의 용적을 넓혀 증식하기 위한 공간을 만들고 팔다리 같은 불필요한 기관은 분해해서 양분을 빨아들이죠.”

요다의 표정은 험악했다.

“사과에 집을 만드는 선충과 마찬가지로 인간의 육체는 놈들의 주거 겸 식량에 지나지 않아요. 저 남자의 몸도 이미 대부분이 다 먹혀서 선충에게 점령당한 거죠. 체중의 반 이상은 선충일 겁니다.”

대체 선충이 몇 마리나 되는 것일까? 몇 억, 몇 백 억, 아니면 몇 조일까?

“저 늑골만 해도 선충으로 팽창한 조직을 지탱하기 위해 저런 바구니 같은 모양이 된 겁니다. 도킨스가 말한 대로 유전자의 팔은 길죠. 유전자는 생물의 육체뿐만 아니라 주변 환경도 설계해요. DNA에는 그 때문에 필요한 모든 명령이 입력되어 있죠…… 잠깐만. 그래, 청사진이야. 그 때문에 저렇게 많은 정보량이 필요했던 거야.”

“무슨 말이에요?”

“브라질 뇌선충의 게놈 이야기입니다. 왜 그렇게 장대한 게놈이 필요했는지 줄곧 의문이었는데, 지금 생각해보니 하나도 이상하지 않아요. 꿀벌의 유전자에는 벌의 몸뿐만 아니라 육각형의 벌집 모양에 관한 정보도 기록되어 있어요. 그것과 마찬가지로 브라질 뇌선충의 유전자에는 자신의 보금자리로서 숙주의 몸을 재구성하기 위한 청사진이 들어 있는 거죠."

인간과는 거리가 먼 생물인 선충의 DNA에 우리의 몸을 멋대로 변형시키는 정보가 적혀 있다……. 그 생각만으로도 심한 혐오감이 끓어올랐다.

사나에는 새삼 욕탕 쪽을 보았다. 그곳은 악마에게 홀린 불쌍한 인간들의 묘지였다.

"어쨌든 나는 생존자가 남아 있는지 체크해보겠습니다. ……그럴 가능성이야 거의 없을 거라 생각하지만."

"저도 보겠어요."

사나에는 아직 구토할 때의 눈물로 젖은 눈을 들며 말했다.

"하지만 당신은……."

"괜찮아요. 나도 사람이 죽은 건 수도 없이 봐왔으니까요."

요다는 아직 걱정스러운 표정이었지만, 사나에는 천천히 일어섰다. 다시 욕탕에 들어갈 때는 전신에 소름이 돋고 다리가 뻣뻣해졌다. 달아나고 싶은 마음을 오로지 사명감만으로 누르고 있었다.

'가이아의 자식' 회원들은 모두 오뚜기 같은 자세로 타일

위에 앉아 있었다. 팽창한 조직이 늘어지는 바람에 중심이 아래로 가서 균형을 유지하고 있는 것 같다.

가까이 가서 보니 그들 대부분은 더욱 기괴하게 변해 있었다. 몸 여기저기에 전위예술의 오브제 같은 이상한 돌기물이나 있는 것이다. 변신이 유전자의 조작에 의한 것이라면 체세포가 모두 죽은 시점에서 정지할 것이다. 처음에 본 남자보다 더 변형된 사람들이 많은 것 같았다.

사나에는 떨리는 숨을 길게 토해냈다. 스스로도 신경이 마비되기 시작하는 것이 느껴졌다. 두 번째는 앞사람과 같이 두부에 흰 융기가 돋아나 있었지만, 그 외에도 복부에서 목에 걸쳐 빽빽하게 가늘고 긴 돌기가 있었다. 끝이 둥글어져서 마치 거대한 달팽이의 눈 같다.

사나에는 세심한 주의로 돌기를 피하면서 경동맥 주위를 촉진했다. 손끝이 걷잡을 수 없이 떨린다. 생각대로 체온도 맥도 느껴지지 않는다.

"이 사람은 죽었어요."

사나에는 차라리 안도했다. 이런 상태라면 죽는 편이 나을 것이다.

"이쪽도."

요다도 고개를 돌렸다.

"하지만 이건…… 너무하군. DNA 조작에 에러가 있었나……?"

사나에는 요다 앞에 앉아 있는 사체를 보았다. 커다란 몸의 곳곳에 가느다란 나뭇가지 같은 것이 돋아나 달랑거리고 있다. 자세히 보니 그것들은 모두 아기 크기만 한 사람의 팔이었다. 거의 미라처럼 되어 있는데 전부 스무 개쯤 될까?

사나에는 눈을 돌렸다. 이가 달달 떨리는 것을 도저히 어떻게 할 수가 없었다. 지금 사나에는 한시라도 빨리 이곳에서 벗어나고 싶은 마음뿐이었다.

하지만 자신의 일은 아직 끝나지 않았다. 사나에는 이를 악물고 한 사람 한 사람 촉진을 해나갔다.

다음 사람은 남아 있는 머리카락의 길이로 여성임을 알았다. 하지만 두피가 심하게 넓어진 뒤 검은 머리카락의 밀도가 드문드문해져 거대한 모충毛蟲의 머리처럼 보인다.

그녀의 몸에 돋은 돌기는 그 앞의 사체보다 더욱 발달해서 말미잘의 촉수를 연상시킨다.

한 개가 20센티미터 정도는 되어 보인다. 피부에 주렁주렁 매달려서 크게 퍼져가려다 멈춘 것 같다. 끝의 동그란 방울도 직경 1센티미터 정도까지 발육해 있었다.

사나에는 촉진하려고 뻗은 손을 얼른 오므렸다. 특별히 근거가 있는 건 아니지만 이 돌기만큼은 절대로 만져선 안 된다는 무의식의 경고를 느낀 것이다.

여성의 신체가 타일과 접해 있는 부분을 보고 시반屍斑을 확인했다. 이런 신체는 정확한 판정은 무리지만, 사후 하루 정도는 되어 보인다.

욕탕 속에 있는 사람은 전부 마흔세 명 정도. 그중에 서른 명이 욕조 주변에 같은 간격으로 나란히 앉아 있다.

몇 명은 생사를 확인할 것도 없이 욕조에 몸의 일부를 담근 채 숨이 끊겨 있었다. 그것은 곤충이나 뱀이 탈피한 후의 껍질과 비슷했다. 인간의 형태는 하고 있지만 갈색이 된 피부 외에는 거의 아무것도 남아 있지 않았다.

사나에는 욕조 위에 쓰러져 있는 사체 더미들을 보았다. 눈물이 쏟아질 것 같았다. 마음의 평안을 얻으려고 세미나에 참가한 사람들……. 그들은 대체 뭣 때문에 이런 모습이 되어야만 했을까?

그중 한 사람을 보다가 사나에는 깜짝 놀랐다.

"이 사람…… 니나가와 교수예요!"

요다가 돌아보았다.

"틀림없어요?"

"네……."

그 이상 설명할 필요는 없었다. 창으로 들어오는 햇살에 껍데기 같은 안면의 피부가 투명하게 보인다. 그것은 니나가와의 멋진 데스 마스크Death mask였다.

속이 텅 비어 있는 니나가와는 희미하게 웃고 있는 것처럼 보였다.

그 옆에는 역시 뼈의 일부와 가죽만 남은 사체가 뒹굴고 있었다. 이쪽은 머리부터 당했는지 얼굴 부분에는 늘어난 피부의 잔해와 백골의 일부밖에 남아 있지 않았다.

하지만 사나에는 이것이 모리 조수란 걸 직감했다. 백골에 치아의 부정교합이 있었기 때문이다. 앵글의 부정교합 분류에서 제2급의 1류로 불리는 특징적인 것이었다. 하악원심교합下顎遠心咬合으로 위의 앞니가 심하게 앞으로 튀어나와 있다. 사나에는 '메멘토' 모리 씨의 부정교합에서 오는 독특한 비음을 떠올렸다.

묵묵히 검사檢死 작업을 계속하고 있자니 이마에 땀이 맺혔다. 지금까지 신경 쓸 겨를이 없었지만, 욕탕 안은 습기가 가득 차서 마치 정글 속 같았다. 게다가 썩은 배설물의 냄새가 코를 찔렀다. 요다가 신음하듯 말했다.

"이 냄새는 정말 못 참겠군요. 창을 열까요?"

창 쪽으로 가는 요다를 사나에가 황급히 막았다.

"안 돼요. 만약 바깥으로 이 냄새가 새어나가면 누군가가 눈치챌지도 몰라요."

"근처에는 아무도 없어요."

"그래도 지금은 위험해요. 그것보다 물로 씻어내리는 건 어떨까요? 욕조의 물마개도 빼고."

"안 돼! 그거야말로 절대 안 됩니다."

요다가 엄한 표정으로 반대했다.

"욕조의 물을 자세히 봐요."

사나에는 요다가 가리키는 수면을 보았다. 쌀 씻은 물처럼 뿌옇다.

"이것이 놈들의 마지막 전략입니다. 우아카리원숭이가 골짜기 주변에 모여 있었던 것도, 이 사람들이 욕조 주변에 모여 있는 것도 그 때문이죠. 브라질 뇌선충은 난파선에서 도망가듯이 숙주의 몸을 다 파먹은 다음에 물 속으로 도망간 겁니다. 이런 색을 하고 있는 것은 사체에서 빠져나간 무수한 선충이 헤엄치고 있기 때문이죠. 아마 아직 살아 있을 겁니다."

"설마……."

"이것을 이대로 배수구를 통해 환경 속으로 내보낼 수는 없어요. 물론 브라질 뇌선충이 그렇게 간단히 일본의 자연환경에 적응하여 자기한테 맞는 숙주를 찾아내리라고는 생각하지 않습니다. 알몸의 선충은 무력한 존재여서 대부분은 살아남지 못할 겁니다. 하지만 이렇게 막대한 수라면 확실하게 사멸할 거라고 단언할 수도 없어요."

"그…… 그럼, 빨리 죽여야 되잖아요."

사나에는 갑자기 혼란에 빠졌다.

"응, 그렇지."

요다는 잠시 생각했다.

"이 사람들의 생사 확인은 우선 중단하기로 하죠. 감염의 확대를 막는 것이 우선입니다. 당신도 도와주세요."

기괴한 온실 같은 욕탕을 나온 순간 사나에는 저절로 총총걸음이 되었다. 끔찍한 건물에서 한 걸음 밖으로 나오자 깊은 바다에서 올라온 다이버처럼 심호흡을 한다.

아련한 가을빛이 눈부셨다. 피아트 팬더의 푸른색 보닛에 나무에서 떨어진 낙엽들이 몇 잎 흩어져 있다. 지금까지 보았던 지옥 그림이 거짓말 같다.

"이걸 나누어서 날라요. 사체 쪽은 아직 생사가 확인되지 않았으니까, 우선 욕조 물부터 소독합시다."

요다는 피아트 팬더의 짐칸에서 대량의 박스를 꺼냈다.

위에 실린 사나에의 가방이 땅에 굴러 떨어졌다. 요다는 거들떠보지도 않았다. 사나에도 굳이 주우려고 하지 않았다. 환자를 치료하기 위한 약은 이제 임시방편이란 기능조차 상실했다.

박스에는 매직으로 '취화메틸' '카밤' '다조메트' 'D-D' 등의 이름이 적혀 있었다.

"이것은 전부 토양에 주입해서 훈증하기 위한 살선충제입니다. 선충류는 곤충 등과는 기본적으로 생리가 달라서 일반 살충제로는 효과가 미덥지 못해요. 하지만 이런 상황이라면 오히려 유기염소계의 농약이라도 가져오는 편이 나았을지 모르죠."

두 사람은 차와 욕탕 사이를 두 번 왕복하며 여섯 개의 박스를 날랐다. 요다는 다양한 종류의 살선충제를 욕조 안에 던져 넣었다. 액체는 욕조 주위에 골고루 쏟아 부었고, 과립형의 약도 가능한 한 골고루 가도록 뿌렸다. 대량의 살선충제는 금방 물에 녹아 퍼져나갔다.

"이것으로 물 속의 선충은 전멸했을까요?"

사나에는 수면을 바라보았다. 아까보다 더 심하게 흐려지긴 했지만, 대량 살충이 완벽하게 성공했는지 어떤지는 겉으로 봐서 판단할 수 없었다.

"네. 하지만 혹시 모르니까 물마개를 여는 것은 잠시 기다렸다 합시다."

사나에의 마음속에선 다카나시와 일행들의 원수를 물리친 듯한 우울한 만족감이 퍼져갔다. 그것과 함께 브라질 뇌선충에 대한 생리적인 혐오감이 불타오르기 시작했다.

악마들을 한 마리도 남기지 않고 말살하고 싶었다.

"전부 죽여야 돼……."

"으음."

"빨리! 빨리, 전부 죽여요. 여기 있는 선충을 전부, 한 마리도 남기지 말고!"

요다는 놀란 표정으로 사나에를 보았다.

"빨리 하지 않으면, 또 희생자가……."

"괜찮아요. 침착해!"

요다가 팔을 세게 잡자 사나에는 겨우 정신을 차렸다.

"……사체 속의 벌레는 어떻게 할 거예요?"

"지금은 어떻게도 할 수 없어요. 우선 생사 여부를 모두 확인한 뒤에 경찰에 연락하죠. 그동안 선충이 바깥으로 새어나가지 않도록 비닐 시트 같은 걸로 싸두면 좋을 텐데."

사나에는 끄덕였다. 히스테릭해진 자신을 부끄럽게 생각했다.

그때 문득 등뒤에서 기척이 느껴졌다.

깜짝 놀라 뒤를 돌아보았지만 아무도 없었다. 착각인가 하고 생각하다 그녀는 발밑 가까이에 앉아 있는 사람을 발견했다. 나이와 성별은 알 수 없다. 가루를 덮어쓴 콘크리트 조각상처럼 보이지만, 육체의 변형은 개중에서는 가장 적었다.

자세히 살펴보니 희미하긴 하지만 흉곽이 상하로 움직이는 것 같았다.

사나에는 잠시 얼어붙었다. 천천히 몸을 숙여 촉진을 하기 위해 오른손을 내밀었다. 자신의 손이 학질에 걸린 듯 심하게 떨고 있는 것이, 마치 다른 사람의 손 같았다.

요다도 사나에의 모습이 예사롭지 않다는 것을 눈치챈 것 같다.

"……살아 있어요."

"예?"

"이 사람 아직 살아 있어요!"

사나에는 소리쳤다.

"말도 안 돼."

요다가 성큼성큼 다가와서 남자의 호흡과 맥박을 조사했다.

"정말이네……. 믿을 수 없어."

황급히 주위에 있는 사람들을 체크해보니 몇 명은 아직 숨이 붙어 있었다.

"어떻게 이런 상태에서도 살아 있을 수 있는 거지?"

사나에는 망연하여 중얼거렸다. 환자가 살아 있다는 것을 알고 이렇게까지 절망적인 기분이 드는 것은 처음이었다.

"영장류 센터의 실험을 통해 브라질 뇌선충은 대부분이 다우어 유충처럼 일종의 휴면 상태에 있다는 것을 알게 되었소. 에너지 소비를 억제하기 위한 방법이죠. 게다가 원숭이가 꽤 오랫동안 살아남아 있었던 것을 생각하면 숙주가 아사하지 않도록 체조직을 분해해서 얻은 에너지의 일부를 주고 있었는지도 몰라요."

요다는 자신의 공포를 얼버무리기라도 하려는 듯 빠르게 말했다.

결국 생존이 확인된 사람은 일곱 명이나 되었다. 게다가 그 중 세 사람은 아직 의식이 있는 것 같았다. 한 사람은 시력도 있는지, 눈앞에서 사나에가 손가락을 좌우로 움직이자 꺼져가는 눈 속에서 눈동자가 천천히 그것을 쫓았다.

"들려요? 제가 누군지 보여요?"

사나에는 열심히 말을 걸었다. 얼굴 전체가 돌기물로 뒤덮여 있다. 확실히 사나에를 의식하고 있는 것 같기는 했지만, 소리를 내는 것도 미동하는 것도 불가능한 상태였다.

"그만둬요. 부질없는 짓입니다."

요다가 사나에의 어깨를 잡고 뒤로 물러서게 했다.

"도저히 말을 할 수 없는 상태입니다. 원숭이도 제4단계에 들어서면 소리를 내는 건 한 마리도 없었어요. 성대가 양분을 빼앗겨 말라죽은 겁니다."

"……하지만 소리가 나오지 않아도 의사표시 정도는 할 수 있지 않을까요?"

"그들의 의사를 들어서, 그래서 어쩔 셈이죠? 당신이 그들을 구할 수 있을 것 같나요?"

"못 구해요, 하지만."

"이런 상태에 이른 그들의 의식을 다시 인간의 의식으로 되돌리려는 것은 오히려 잔혹한 짓입니다."

"인간의 의식? 그들은 아직 인간이에요!"

사나에는 불끈해서 요다의 얼굴을 보았다. 그러나 거기에서 어떤 냉혹한 결의 같은 것을 읽고 섬뜩해졌다.

"요다 씨. 이 사람들을 어떻게 할 생각이죠? ……설마."

그때 옆에서 벌레의 날갯소리 같은 소리가 들렸다.

"미도리……."

사나에는 문자 그대로 펄쩍 뛰어올랐다.

엉거주춤한 자세로 조심조심 소리가 나는 쪽을 보았다. 그곳에 있는 것은 아까 생존이 확인된 사람 가운데 한 명으로 젊은 남자로 추정되는 사람이었다.

두부의 팽창이 심해서 괴기한 포대기 속에 들어가 있는 것처럼 보인다. 핑크색 렌즈의 선글라스를 끼고 있었는데, 자세히 보니 테 부분은 관자놀이 속에 꽂혀 있었다. 입을 움직이지는 못하지만 아직 균열 같은 작은 틈이 남아 있었다.

"돌아왔어?"

셀로판지를 떠는 듯한, 무수한 배음倍音이 섞인 낮고 이상한 목소리다.

"종이처럼 얇아진 성대를 진동시키고 있을 거예요."

요다가 중얼거렸다.

"말을 한다는 건 정말 기적이군요."

"내가 보이세요? 내가 하는 말 들려요?"

사나에는 청년 앞에 구부리고 앉았다.

"……나, 이렇게 되어버렸어."

목소리는 청년의 목 언저리에서 울려나왔다. 그는 사나에를 누군가와 착각하고 있는 것 같다. '미도리'라는 것은 여자친구의 이름일까?

사나에는 청년의 눈을 보았다. 욕탕의 창으로 들어오는 빛을 반사하여 반짝반짝 빛나고 있다. 사나에는 요다의 실험실에 있던 토끼의 눈을 떠올리고 있었다. 외계의 인식 능력을 잃어 그저 조명을 반사하며 반짝반짝 빛나던 눈.

하지만 청년의 눈은 아직 청명한 의식을 유지하고 있는 것 같은 느낌이 든다. 무한한 후회와 절망이 절절이 전해져온다. 이 단계에 이르러서도 브라질 뇌선충에게 받은 쾌감이 공포를 지워서, 청년에게 완전히 발광한다는 최후의 도피조차 빼앗고 있는 것인지도 모른다.

하지만 인간이 이렇게 비참한 상태로 있어도 되는 걸까?

"어떻게 해야 되죠?"

사나에는 어찌 해야 좋을지 몰랐다. 요다가 조용한 목소리로 말했다.

"편히 가게 해주죠."

"말도 안 돼요."

사나에는 숨을 삼켰다.

"그런 짓은 할 수 없어요!"

"그럼 어떻게 할 거죠? 이대로 경찰에 통보할 건가요? 그러면 우리에게 죄를 물을 일은 없겠죠. 하지만 이 사람들은 어떻게 됩니까? 병원에 수용되어도 치료는 불가능해요."

"하지만 우리에게 이 사람들의 목숨을 빼앗을 권리는 없어요."

"이들을 일단 공공 기관에 맡겨버리면 안락사는 불가능해져요. 일본에서는 그런 법률이 정비되어 있지 않으니까요. 이들은 자연사할 때까지 이런 상태로 방치될 뿐입니다. 지금까지는 용케 버텨왔지만, 앞으로 얼마나 더 갈지는 몰라요. 그동안 이들이 계속 괴로워하며 살길 바라나요?"

"하지만 만약 이 사람들이 살고 싶다고 생각한다면……."

"당신이 이렇게 되었다면, 그래도 살고 싶을까요?"

"그렇진 않을 거예요. 하지만……."

살인의 금기와 휴머니즘의 딜레마는 터미널 케어의 현장에서 몇 번이나 사나에를 괴롭히던 문제였다. 하지만 이렇게 잔혹하고 무서운 상황은 아직 한 번도 직면한 적이 없다.

"……줘."

청년의 목소리가 들렸다. 두 사람은 깜짝 놀라 그의 거대한 머리를 보았다.

"죽여줘."

이번에는 또렷이 들렸다. 그의 눈에는 자신의 모습을 인식하는 지성의 빛이 서려 있었다. 설령 그것이 한줄기의 구원도 받을 수 없는 순수한 절망이었다 하더라도.

"이 사람은 확실하게 자신의 의사를 표시했어요."

요다는 결연한 어조로 말했다.

"다른 사람들에게는 의사표시의 수단이 없어요. 그의 말은 모두를 대표하는 거라고 받아들여야 합니다."

"알겠어요."

사나에는 '귀수불심(鬼手佛心 외과의사는 사정없이 메스를 가하지만, 그것은 환자의 병을 빨리 고치려는 자비심에서 기인한다는 뜻)'이라는 말을 떠올렸다. 인간으로서의 존엄을 지키며, 견디기 힘든 비참한 상황에서 해방되기 위해서는 한시라도 빨리 그들을 죽게 해줘야 한다. 설령 그것 때문에 후에 형사 처벌을 받게 된다 하더라도 말이다.

두 사람은 욕탕을 나왔다. 건물 안을 뒤져보자 1층 주방 옆과 2층에 소화전이 있었다. 열어보니 천으로 된 호스가 접혀 있는 것이 보였다. 차고와 욕탕은 서로 나란히 있으니 길이는 충분할 것이다. 또 사나에는 창고 속을 뒤져 도구 상자와 포장용 종이 테이프를 몇 개 찾아냈다.

그동안 요다는 차고로 갔다. 안쪽에서 셔터를 열고 피아트 팬더를 넣는 시동소리가 들려온다. 사나에가 호스를 안고 차고로 가자 요다는 팬더를 차고 문 끝에 대고 있는 참이었다.

차고에는 소유주가 불분명한 파젤로와 마치가 있었는데, 파젤로에는 열쇠가 꽂혀 있었다. 요다는 파젤로의 시동도 걸어서 팬더에 부딪히지 않도록 주의하며 후진시켰다.

두 사람은 각자 나누어서 소화전의 호스를 피아트 팬더와 파젤로의 배기구에 연결하여 이은 곳을 테이프로 둘둘 감았다. 두 줄의 호스 끝은 바닥을 통해 욕탕으로 끌고 갔다.

욕탕의 불투명 유리에 커터 나이프로 흠집을 내고 주위를 테이프로 보강한 뒤 망치로 깼다. 유리가 깨지고 작은 구멍이 뚫렸다. 그곳에 두 개의 호스 끝을 넣고 탈의실에 있던 타월로 틈을 막은 후 테이프로 고정시켰다. 그리고 문틈을 신중하게 봉했다.

작업 도중에 욕탕에서 기묘한 소리가 들려오는 것 같았다.

귀를 기울여보았다. 아까의 그 청년이 혼자 뭔가를 중얼거리고 있는데, 거기엔 묘한 곡조가 있었다.

잠시 듣고 있는 동안 같은 억양, 높낮이의 패턴이 반복되고 있음을 알게 되었다. 멜로디다. 놀라웠다. 그는 노래를 하고 있었다.

사나에는 귀를 기울였다. 그것은 그가 할 수 있는 인간다운 마지막 행위다. 혼자만이라도 마지막까지 들어주고 싶었다.

순간 "꿈이 이루어지는 그 교실로"라는 말이 들려오는 것 같았다.

이제 됐어요. 그만해요. 목이 망가져요.

사나에는 작업을 계속하면서 눈물을 줄줄 흘렸다.

문틈을 봉하는 작업이 완료되자 차고로 가서 요다에게 신호를 보냈다. 요다는 일단 꺼놓았던 피아트 팬더와 파젤로에 시동을 걸었다.

호스가 조금 부풀어오른 것을 보니 배기가스가 흐르고 있는 것이 분명했다. 도중에 호스가 꼬이지 않았는지 점검하면서 욕탕으로 가자, 더 이상 '노래'는 들리지 않았다.

걱정이 되어 사나에가 안의 상태에 귀를 기울이고 있을 때 정적을 깨고 이상한 쉰 목소리가 울렸다.

"사오리……."

그것뿐, 다음은 침묵이 이어졌다. 아마 종이처럼 된 그의 성대에는 부담이 너무 컸을 것이다.

사나에는 눈물을 훔쳤다.

욕탕의 넓이를 생각하면 배기가스로 가득해질 때까지는 상당한 시간이 걸릴 것이다. 그동안 두 사람은 한 번 더 세미나하우스 안을 구석구석 살펴보았다.

주방에 있는 대형 업무용 냉장고를 열자 안에서 냉동된 재색

원숭이의 사체가 세 마리나 나왔다. 몽크사키원숭이다. 이것도 브라질 뇌선충의 알이 온몸을 점령하고 있을 테니 처리할 필요가 있었다.

두 시간 반 후, 요다는 차의 시동을 끄고 피아트 팬더를 정면 현관 앞으로 꺼냈다.

두 사람은 욕탕으로 돌아와 문과 창을 열어놓고 배기가스를 몰아냈다. 악취가 밖으로 새어나가는 것을 더 이상 신경 쓰고 있을 수 없었다. 욕조의 물마개를 빼고 무수한 선충의 사체가 떠 있는 물을 배수구로 흘려보냈다. 호스와 테이프를 처리해서 안락사의 증거가 남지 않도록 했다.

생존이 확인됐던 일곱 명은 모두 숨을 거두었다. 유일하게 말을 하던 그 청년도 이미 차가워지고 있었다. 생지옥 같은 괴로움은 끝났다. 하지만 정말로 이렇게 한 게 잘한 걸까? 사나에는 새삼 자신이 한 일을 생각하며 부들부들 떨었다.

자신은 사람의 생명을 빼앗아버렸다…….

하지만 지금은 후회와 감상에 젖어 있을 때가 아니다. 해야 할 일이 아직 남아 있었다. 로버트 카플란은 어떤 생각으로 아내의 유해와 함께 등유를 덮어쓰고 불을 붙였을까? 그 생각을 하자 주눅들던 마음에 힘이 났다.

요다가 세미나 하우스의 차고에서 플라스틱 통에 든 휘발유를 찾아 가지고 왔다. 만약 피아트 팬더의 휘발유를 퍼내야 했더라면 돌아가는 길에 주유를 걱정해야 할 판이었다. 이미 중대한 위법 행위에 손을 댄 이상, 이 근처에서 주유를 할 수는 없었기 때문이다.

두 사람은 플라스틱 통을 안아들고 사체 위에 조심스레 휘발유를 뿌렸다. 두개頭蓋의 구석구석까지 깨끗이 태우려면 충분한 열을 가할 필요가 있다. 몽크사키원숭이의 사체도 사람의 사체와 함께 나란히 휘발유에 잠겼다.

욕탕 안쪽의 사체들부터 차례대로 작업을 진행해나갔다. 유일하게 말을 하던 청년의 머리에 휘발유를 부을 때 사나에는 가슴이 아팠다. 푹 꺾인 거대한 얼굴을 핑크색이 나는 휘발유가 타고 내려가 턱 끝에서 뚝뚝 떨어졌다.

미안해요. 하지만 이렇게 하지 않으면 안 돼요. 당신이 겪은 괴로움을 다른 사람들까지 겪게 할 순 없으니까요…….

사나에가 무심히 요다의 모습을 지켜보고 있을 때, 그의 바로 옆에 있는 사체가 눈에 들어왔다. 다른 어떤 사체보다도 변형의 정도가 심해, 사망한 지 제법 시간이 흐른 것이 분명해서 아까는 거들떠보지도 않았다.

꽤 오랫동안 생존해 있었던 모양이다. 사체의 전신에는 4, 5센티미터까지 성장한 촉수가 주렁주렁 달려 있었다. 그 끝에는 장미 봉오리 같은 모양을 한 기관이 달려 있다. 그 모습은 전신에 무수한 독사가 꿈틀거리는 메두사를 연상케 했다.

요다가 사체 앞에서 방향을 틀려고 했을 때 사나에는 깜짝 놀랐다. 주의를 주려고 했지만, 그보다 먼저 플라스틱 통이 부푼 봉오리 한 개를 건드렸다.

그 순간 사체에 돋아나 있는 촉수의 모든 봉오리가 일제히 퍽 터졌다.

사나에와 요다를 향해 대량의 뿌연 점액이 뿜어졌다.

"씻어내! 빨리!"

요다의 거친 비명을 들으면서 사나에는 욕탕을 뛰어나왔다. 세면대에 머리를 처박고 필사적으로 씻어냈다.

이미 위 안에는 아무것도 남아 있지 않았지만, 중간중간 올라오는 위액을 몇 번이나 토했다. 나쁜 것을 온몸으로 거부하기라도 하듯이…….

머리카락에서 겨우 점액의 감촉이 사라졌을 때, 요다가 불퉁한 얼굴로 욕탕에서 나와 플라스틱 통을 내려놓았다. 물에 빠진 생쥐 꼴인 걸 보니 욕탕 안의 샤워기를 사용한 것 같다.

"빌어먹을. 설마 그 돌기가 함정이었을 줄이야. 마지막에 와서 이런 곡예를……."

"……괜찮겠어요?"

"물론. 하지만 더 이상 이 안에 있으면 위험해요. 휘발유는 충분할 겁니다."

요다는 욕탕에서 복도를 지나 현관 밖까지 휘발유로 선을 그었다. 자갈밭길 위에 플라스틱 통을 내려놓고 라이터로 불을 켜자 불길은 지면에 그어진 검은 선 위를 역류해갔다.

피아트 팬더가 왔던 길을 되돌아가는 동안 폭발음이 들리고 욕탕의 유리가 날아왔다. 보닛 위에까지 미세한 유리 파편이 날아와 앉는다.

사나에가 조수석에서 돌아보니 세미나 하우스는 새까만 연기를 올리며 활활 타고 있는 중이었다.

악몽

사나에는 끝없이 계속되는 긴 복도의 한복판에 서 있었다. 이상하게 뒤가 자꾸 신경 쓰인다. 누군가에게 쫓기는 것 같은 느낌을 떨칠 수가 없다.

호스피스 복도에 사람의 그림자라고는 없다. 그런데 주위에는 인기척이 짙게 깔려 있었다. 어디선가 숨을 죽이고 있는 것처럼. 사나에는 방문들을 차례로 열어보았지만, 어느 방이나 텅 비어 있었다.

입원환자는 한 사람도 없다. 모두 죽어버린 걸까?

낯익은 목제 문이 눈에 띄었다. 도이 미치코 선배의 방이다.

사나에는 노크를 했다. 들어오세요, 하는 소리가 들린다.

문을 열자 미치코 선배는 등을 돌리고 책상 앞에 앉아 고개를 숙인 채 뭔가를 쓰고 있었다.

"무슨 일이야?"

"큰일났어요. 모두들 이상해졌어요."

"이상해지다니?"

"모두 멍해져서 천사의 날갯소리와 속삭이는 소리를 듣고 있어요. 그게 사실은 머릿속을 파먹고 있는 선충 탓이에요. 선충은 뱀과 같이 가이아의 자식으로 사람에게 꿈을 꾸게 하지만, 내버려두면 아주 무서운 것이 돼요."

사나에는 열심히 호소했다. 사고에 초점이 맞지 않아 스스로도 설명이 어렵다.

"그거 큰일이네. 모두 그래?"

"네, 주위 사람이 전부. 어떻게 하면 좋죠?"

"글쎄."

미치코 선배는 쓰던 손을 멈추었다.

"곤란하군. 내가 가주면 좋을 텐데 난 여기서 움직일 수가 없어서."

"왜요?"

"알고 싶어?"

"네……."

미치코 선배가 앉아 있는 회전의자가 빙그르르 돌았다.

그녀의 두 다리는 가는 끈 같은 물체로 바뀌어 있었다.

"갑자기 이렇게 되어서 걸을 수가 없어. 아니면, 기타지마 선생이 의자를 밀어줄래?"

사나에는 망연한 얼굴로 그녀를 보았다.

"왜 그래? 왜 그렇게 나를 보는 거지? 내가 어디 달라졌어?"

미치코 선배는 미소짓고 있었다. 하지만 그 얼굴은 잔뜩 팽창한 채 하얀 뼈 같은 융기물을 몇 개나 달고 있었다.

사나에는 방을 뛰쳐나왔다.

도이 미치코 선배의 끔찍한 모습을 보고 나니 조금이라도 빨리 이 상황에서 벗어나고 싶었다. 하지만 몸이 좀처럼 앞으로 나아가질 않았다.

어디선지 모르게 사람이라고는 생각할 수 없는 이상한 소리가 들려왔다. 노래 같다. 그러나 무슨 노래인지는 알아들을 수 없다. 왠지 그걸 들으니 눈물이 날 것 같다.

복도 모퉁이까지 왔을 때 후쿠야가 갑자기 나타났다.

"선생님, 왜 그러세요?"

"큰일났어요. 도와주세요."

"예, 말씀하세요."

후쿠야가 사나에에게 손을 내밀었다. 그의 손을 잡으려고 할 때, 그가 아직 팔짱을 끼고 있다는 사실을 알았다. 한쪽 손을 내밀고 있는데 어떻게 팔짱을 낄 수 있을까?

자세히 보니 그뿐만이 아니었다. 그에게는 그 외에도 여분의 손이 많았다. 몸에 손이 주렁주렁 달려 있었다.

"왜 그러세요?"

후쿠야가 팔짱을 풀자 초롱처럼 팽창한 흉곽이 드러났다. 늑골이 기묘한 모양으로 가지치기를 해서 밧줄처럼 되어 있다. 그 사이를 뭔가 길고 가느다란 게 오가고 있는 것이 언뜻 보였다.

사나에는 말없이 뒷걸음질쳤다.

"기타지마 선생님, 왜 도망가죠? 선생님……."

그가 건성으로 부르는 소리를 들으면서 사나에는 죽을힘을 다해 달아났다. 후쿠야는 아직 자신의 이상異狀을 깨닫지 못하고 있는 걸까? 그렇다면 그가 그것을 깨닫기 전에 도망가야 한다. 뒤를 돌아보니 후쿠야는 없었다. 그 대신 줄곧 그녀를 쫓아온 듯한 그림자가 보였다.

메두사처럼 꿈틀거리는 가는 그림자를 달고 있다.

사나에가 공포에 질려 우뚝 멈춰 서자 그것은 모퉁이를 돌아 모습을 감췄다. 괴물의 정체를 확인한 사나에는 가슴이 찢어지는 듯한 슬픔을 맛보았다.

"사나에, 도망가지 마."

그것은 친구 마사코였다. 하지만 그 모습은 마사코의 것이 아니다. 전신에 이상한 모양의 촉수가 나 있다. 촉수 끝에는 봉오리가 수없이 달렸고, 그중 몇 개는 이미 꽃이 피어 있었다. 하얗게 질린 얼굴은 뭔가에 짓눌린 듯이 일그러져 있고, 두 눈은 줄곧 감은 채였다.

"마사코…… 부탁이야, 이쪽으로 오지 마!"

"이제 와서 뭘 그렇게 놀라니? 우리는 원래 모두 뱀의 화신이었잖아."

그 말대로 마사코의 하반신은 거대한 뱀이었다. 눈을 감고 귀밑까지 크게 찢어진 입으로 히죽히죽 웃으면서 기듯이 이쪽으로 다가온다.

사나에는 달아나려고 했다. 하지만 발밑이 뿌연 물에 잠겨 있어서 생각처럼 달릴 수가 없었다. 물 속에서는 무수한 실밥 같은 생물이 꿈틀거리고 있다.

어느새 호스피스는 활활 타오르는 불길에 싸여 있었다.

겨우 출구를 찾아낸 사나에는 밖으로 뛰쳐나왔다.

누군가가 기다리고 있었다. 이쪽을 향해 손짓을 하고 있다. 그쪽으로 달려가려다 사나에는 문득 의심이 들어서 그 자리에 멈춰 섰다. 어쩌면 이번에도 또…….

자신이 달려가려고 했던 인물에게는 얼굴이 없었다. 의심은 가속도가 붙어 무서운 확신으로 바뀌어간다.

그 모습이 완전히 시야에 나타났을 때 사나에는 절규했다.

처음 현실과의 접점을 회복한 것은 뼈와 근육의 고유 감각이었다. 자신이 엎드린 채 누워 있다는 사실을 인식한다. 그리고 손발에, 안겨 있는 물체의 보풀이 인 표면과 폭신폭신한 부드러움이 느껴졌다.

이것은 소파다. 그 순간 기억이 되살아난다.

그렇다. 오랜만에 요다를 만나 식사를 하고, 돌아오는 길에 택시를 타고 그의 맨션에 왔다. 아마 세이부 이케부쿠로 센의 히가시나가사키 역 근처였을 것이다. 높이 제한이 까다롭지 않던 시절에 지었는지, 상당히 노후되었지만 택시를 내려서 올려다본 건물은 11층의 위용을 자랑하고 있었다. 이곳은 그 건물의 맨 위층.

요다와 함께 위스키를 마시다가 그만 소파에서 꾸벅꾸벅 잠이 들었던 모양이다.

"악몽을 꾸었나 보군요."

요다의 목소리가 들렸다. 사나에는 눈을 떴다가 형광등 빛이 망막을 자극해 이내 다시 눈을 감았다.

"꿈을 꾸었어요……."

그렇게 대답하면서 간신히 다시 눈을 떴다. 사나에는 소파 위에 앉아 눈을 비볐다. 전신이 땀으로 흠뻑 젖어 있다.

"안색이 창백해요."

요다가 와서 옆에 앉았다.

"치마가 다 구겨졌네……."

사나에는 자신의 몸을 내려다보았다.

"뭐야, 떨고 있잖아요?"

요다는 사나에의 어깨를 감싸안았다. 사나에는 잠시 멍하니 있다가 갑자기 요다의 팔에 꽉 매달렸다.

"왜 그래요?"

"무서웠어요."

"꿈이잖아요?"

"하지만 무서웠어요."

사나에는 요다의 가슴에 얼굴을 묻고 소리 죽여 울었다.

세미나 하우스에서의 사건 이후 지난 한 달 동안 잠시도 마음 편할 때가 없었다. 하지만 이제야 겨우 마음의 갑옷을 벗을 수 있었다. 그 무서운 체험을 함께한 요다의 품속에서…….

요다는 당혹스러워했지만, 참을성 있게 등을 쓰다듬어주면서 사나에가 안정되기를 기다려주었다.

"나란 여자는 못쓰겠어요."

"왜요?"

"이렇게 겁이 많은 줄은 나도 몰랐어요."

"그런 일이 있었으니, 무리도 아니죠."

사나에는 또 울기 시작했다.

"괜찮아요. 걱정 마요. 전부 끝났으니까, 전부."

"정말? 정말로, 전부?"

"그럼."

요다는 사나에를 살짝 떼어놓으려 했지만, 그녀는 요다의 등을 꽉 잡고 있었다.

"사건에 대해서…… 경찰은 어떻게 생각하고 있을까요?"

"여전히 오리무중이겠죠."

"하지만 만약 우리가 그곳에 있었다는 것을 안다면?"

"알 리 없을 거예요. 우리와 그 사건을 결부시킬 만한 물증은 하나도 남기지 않았으니까."

요다는 상당히 낙관적인 것 같았다.

실제로 한 달이 지난 오늘에 이르기까지 경찰에서는 아무런 공식발표도 없었다. 매스컴에서도, 광신교의 집단자살이라는 설과 역사상 처음 있는 대량 살인이란 견해가 분분할 뿐이었다.

하지만 사나에는 일본의 경찰이 그렇게 무능하다고는 생각하지 않았다. 설령 세미나 하우스의 사체가 모두 까맣게 탔다고 하더라도 뼈의 모양 정도는 판별할 수 있을 게 아닌가. 사나에는 그 밧줄 모양의 늑골을 떠올리며 몸서리를 쳤다. 아까 꿈에서도 나온 것처럼 그 영상은 눈에 선명히 각인되어 있었다.

어쩌면 경찰은 너무 기이한 사건이라 매스컴에 흘리지 않았는지도 모른다. 그렇지 않다면 이렇게 조사에 진척이 없다는 것이 설명되지 않는다.

"하지만 선충은?"

"걱정하지 않아도 돼요. 실험실의 브라질 뇌선충은 모두 처리했어요."

그 말을 듣고 사나에는 복잡한 기분에 사로잡혔다. 브라질 뇌선충에 관한 연구를 완전히 파기해버린 것이 과연 옳은 선택일까?

"난 정말 우리가 잘한 건지 모르겠어요."

"그들을 안락사시킨 것?"

사나에는 고개를 저었다.

"어쩌면 모든 걸 태워버린 게 잘못한 거 아닐까요?"

"어째서?"

"그 사람들의 사체는 브라질 뇌선충의 위험성을 나타내는 확실한 증거예요. 그걸 본다면 아무리 말이 통하지 않는 관료들이라도 납득했을 거예요."

"하지만 그대로 둔다면 우리는 지금쯤 살인범이 되었을 거예요."

사나에는 요다를 비난할 마음은 없었다. 자신도 같은 생각을 했기 때문에 세미나 하우스의 방화를 도왔던 것이다. 하지만 정말로 잘한 걸까?

요다는 사나에의 머리칼을 쓸어 넘기며 눈을 들여다보았다.

"브라질 뇌선충의 감염을 걱정하는 당신의 마음은 잘 알아요. 하지만 그건 기우입니다."

"그럴까요?"

"인간이 브라질 뇌선충을 만난 것은 공교롭게 불행한 우연이 겹쳤기 때문이에요. 그러니 앞으로 감염 기회가 있을 거라고는 생각할 수 없어요."

"하지만 만에 하나라도 가능성이 있다면……."

"브라질 뇌선충의 서식지가 극히 제한되어 있다는 것과, 사실상 음식물을 통해서만 감염된다는 것을 생각하면 확률은 만에 하나도 안 돼요."

사나에는 입을 다물었다. 요다가 하는 말은 현실적 판단으로서는 옳을지도 모른다. 하지만 아무래도 석연치 않다. 세미나 하우스에서 죽은 사람들은 전혀 무의미한 희생이었을까?

"잊어버려요."

요다는 격려하듯이 사나에의 어깨를 토닥였다.

"이제 좀 힘이 나요?"

"네, 고마워요."

사나에는 겨우 그의 품에서 떨어져 수줍은 미소를 지었다.

"목이 좀 말라요."

요다는 빙그레 웃었다.

"과음 탓이에요."

"당신이 무리하게 권해서 그렇잖아요."

"알았습니다. 뭐 마실 것 좀 갖다줄게요."

사나에는 주방으로 들어가는 요다의 뒷모습을 지켜보았다. 자기 혼자서는 도저히 이 중압감을 극복하지 못했을 것이다.

지금까지 자신은 자립한 인간, 자신의 일은 스스로 하는 인간이라고 믿어왔다. 뿐만 아니라 고통받는 사람들의 구제자인 양 은근히 자만도 했다. 그런데 막상 스스로 해결할 수 없을 정도로 문제가 심각해지자, 결국은 자신보다도 강한 사람에게 기대게 되었다. 사나에는 자조自嘲했다.

그런데 요다는 어쩌면 저렇게 강할 수 있는 걸까? 그도 지난 한 달간은 자신과 똑같이 이상한 중압감에 시달렸을 텐데…….

요다가 주방에서 나왔다. 음료수를 가지러 간 것뿐인데 제법 시간이 걸렸다.

"자, 이걸 마셔봐요."

요다가 내민 것은 머그잔에 든 녹색의 액체였다.

"이게 뭐예요?"

"약초 차예요. 허브 말고도 클로렐라 같은 게 들어 있어요. 마음이 가라앉을 겁니다."

사나에는 머그잔을 받아 입가로 가져갔다. 걸쭉한 녹색은 다키자와 유코가 죽은 데가누마를 떠올리게 했다. 한약 특유의 코를 찌르는 냄새가 났다. 평소라면 그냥 마셨을지도 모르지만, 지금은 그 냄새를 맡기만 해도 위가 울렁거려 도저히 마실 수가 없었다.

사나에는 머그잔을 테이블 위에 내려놓았다.

"왜 그래요?"

요다가 따지는 듯한 시선으로 보았다.

"냄새가 지독해서 못 마시겠어요."

"코를 막고 단숨에 마셔봐요."

사나에는 고개를 저었다.

"미안해요, 생각해서 가져다주었는데. 난 그냥 물이면 돼요."

"그럼 다른 음료수를 가져다줄게요."

요다는 다시 일어섰다.

"수돗물이면 되는데."

"괜찮아요, 괜찮아."

요다는 일어서서 주방으로 가더니 냉장고 문을 열었다.

"다이어트 콜라 줄까요?"

"네, 고마워요."

사실은 생수나 이온 음료가 마시고 싶었지만 너무 멋대로만 하는 것 같아 미안했다. 사나에는 요다가 건네준 캔의 뚜껑을 따서 차갑고 달콤한 액체를 마셨다. 목이 말라서 생각보다 맛있게 느껴졌다.

"반, 나누어줄까요?"

사나에가 캔을 내밀자 요다는 미소를 지었다.

"당신은 정말 둔한 건지, 예민한 건지 모르겠군."

"네?"

"당신이 먹여달라는 말입니다."

사나에가 눈을 동그랗게 뜨고 있자 요다는 웃음을 터뜨렸다.

사나에는 어린아이처럼 캔을 입에 문 채 잠시 생각하는 시늉을 했다.

그러고 나서 고개를 갸웃거리다 콜라를 한 모금 입에 물었다. 웃음이 터질 것 같은 걸 참으면서 요다의 얼굴을 보았다.

요다가 얼굴을 가까이 가져오자 캔을 든 채 양손을 그의 목에 두르고 입을 맞추었다.

뜨거운 물에 샤워를 하면서 사나에는 몸이 완전히 식었다는 걸 느꼈다. 깜빡 잠이 들었을 때 땀을 심하게 흘렸기 때문일 것이다. 그녀는 눈을 감고 크게 한숨을 내쉬면서 폭포처럼 쏟아지는 뜨거운 물이 몸을 때리는 감각을 즐기고 있었다. 겨우 제정신이 드는 것 같다.

오늘은 처음부터 요다에게 안길 각오를 하고 왔다. 그에게는 자신의 모든 것을 줄 생각이다. 악몽의 흔적을 깨끗이 씻어내고 다시 태어난 기분으로 그를 맞이하고 싶었다.

하지만 어느새 또 그 꿈을 생각한다. 한 가지, 도저히 이상해서 견딜 수 없는 게 있었다. 왜 도이 선배와 후쿠야, 마사코가 도깨비 같은 모습으로 나타난 걸까? 세 사람 다 실제로는 브라질 뇌선충에 감염되지 않았다. 게다가 정도의 차이는 있지만, 모두 자신이 신뢰하는 사람들뿐이다.

사나에가 지금까지 상담한 사람들이 꾼 꿈 중에는 미래를 예지한 것이라고밖에 생각할 수 없는 꿈도 있었다. 상식적으로 생각하면 그것은 의식이 놓치고 있던 여러 정보들이 자는 동안에 서로 연결되어 논리적으로 앞으로 일어날 일을 예측한 것이 될 것이다.

하지만 꿈은 직설적으로 예측한 결과를 보여주는 것이 아니라, 어떤 왜곡이 더해지는 경우가 많다. 그것은 역몽逆夢이 되기도 하고, 맥베스의 마녀의 예언처럼 수수께끼 같은 형태를 취하기도 한다.

그러면 아까 꾼 꿈은 어떨까? 믿고 있던 사람들이 괴물이 되어버렸다. 이것은 믿음이 배신당할 징조인지도 모른다. 아무도 믿지 말라는 무의식의 경고일까?

아니면 반대로 해석할 수도 있다. 당연하지만 도이 미치코와 마사코는 괴물이 아니다. 그렇다면 꿈에 괴물로 등장하지 않았던 인물이 사실은 괴물이라는 말이 된다…….

말도 안 돼.

사나에는 쓴웃음을 지었다.

극도의 정신적인 피로로 인해 꾼 악몽에서 의미를 찾으려고 하다니, 머리가 어떻게 된 게 분명해.

사나에는 샤워기를 잠근 후, 물기를 꼭 짠 수건으로 몸을 구석구석 닦았다. 욕실을 나와 이번에는 목욕 수건으로 남은 물기를 깨끗이 닦아냈다. 거울에 비친 자신의 얼굴은 샤워를 하기 전에 비해 확실히 생기를 되찾은 것 같다.

빼놓았던 사파이어 반지를 손가락에 끼려다 그만 손이 미끄러졌다. 반지는 그대로 세면실 쓰레기통에 떨어져버렸다.

사나에는 쓰레기통 속을 들여다보았다. 안에는 쓰레기며 빈 샴푸 통 등으로 가득 차 있었다. 아무래도 무거운 반지는 제일 밑에까지 떨어진 것 같다.

할 수 없이 사나에는 위에서부터 차례대로 쓰레기를 치워나갔다. 그러자 반짝거리고 빛나는 것이 눈에 들어왔다. 손을 집어넣어 주웠지만, 반지가 아닌 것은 이내 알았다. 훨씬 가벼운 것이었다.

꺼내보니 그것은 비어 있는 약봉지의 일부였다.

그냥 버리려다 뭔가를 보았다. 한 번 더 봉지를 자세히 본다. 거기 씌어 있는 기호는 사나에가 잘 알고 있는 것이었다.

빰이 굳어지는 것을 느낀다.

사나에는 쓰레기통의 내용물을 전부 바닥에 쏟았다.

반지도 찾았지만, 그녀의 주의를 끄는 것은 다른 것이었다. 아까와 똑같은 빈 봉지가 몇 개나 더 있었던 것이다. 그것도 각기 다른 종류의.

강력한 정신안정제인 클로로프로마진과 할로페리돌……. 이 두 개의 약은 뇌신경의 각기 다른 수용기를 저해하는 것으로, 둘 다 A10 신경계의 이상 흥분을 억제한다. 그 외에 항불안제인 메이락스, 항우울제인 이미프라민, 크로미프라민 그리고 탄산리튬제제인 리마스까지 있었다.

심장이 격렬하게 고동치기 시작했다.

니나가와도 아마 비슷한 약을 사용했을 것이다…….

그런 일은 절대로 없을 거라고 애써 부정한다.

하지만 요다가 이렇게 다량의 정신안정제를 필요로 하는 이유를 그녀는 단 한 가지밖에 생각할 수 없었다.

"사나에."

세면실의 아코디언 커튼 바로 뒤에서 요다의 목소리가 났다. 사나에는 벌떡 일어섰다.

"화장 다 고쳤으면 나도 샤워를 좀 하고 싶은데."

"미안해요, 지금 나갈게요."

사나에는 황급히 바닥에 흩어진 쓰레기를 주워 모았다.

"내게 맨 얼굴 보이는 걸 그렇게 겁내지 않아도 돼요."

사나에는 애써 밝은 목소리를 쥐어짰다.

"……그럴 순 없어요. 나도 이제 스무 살이 아니잖아요."

"스무 살은 너무했는 걸, 하하."

간신히 조용하게 쓰레기를 원래대로 돌려놓았다. 사나에는 재빨리 옷을 입고 아코디언 커튼을 젖혔다.

"많이 기다리셨습니다."

요다는 그녀의 모습을 내려다보았다.

"뭐야, 또 옷을 입은 거예요?"

"알몸으로 있을 수는 없잖아요."

"어차피 벗을 텐데 목욕 수건이나 감고 있지 그랬어요."

"싫어요."

"왜?"

"나도 감추고 싶은 게 있다고요."

"이거 실례했군."

요다가 욕실로 들어가고, 곧 세찬 빗소리 같은 물소리가 울리기 시작했다.

사나에는 한동안 그 자리에 우뚝 서 있었다. 조금 전까지 느껴지던 불안이 갑자기 실체가 없어진 것 같다.

요다는 확실히 정신안정제를 상용하고 있는 모양이다. 하지만 어떤 의미에서는 당연할지도 모른다. 그렇게 무서운 스트레스를 극복하기 위해서라면 말이다. 그가 자기 앞에서 태연한 척할 수 있는 것도 약의 도움을 빌린 탓이라고 생각하면 납득이 간다.

사나에는 애써 자신을 안심시키며 거실로 돌아가려고 했다. 하지만 그때 도저히 설명이 안 되는 약이 한 종류 있었다.

리마스다.

탄산리튬은 항조제抗躁劑 이외의 목적에는 사용되지 않는다. 스트레스를 완화하기 위해서라면 강력한 정신안정제는 효과적일지 모르지만, 항조제는 아무런 도움도 되지 않을 것이다.

그때 등뒤에서 어렴풋이 윙윙거리는 소리 같은 것이 들려왔다.

사나에는 순간 움찔하고 멈춰 섰지만 이내 그것이 모터나 압축기 같은 기계소리라는 것을 알아차렸다. 냉장고일까?

……하지만 소리는 등뒤에서 들리고 있었다.

주방은 자신의 앞쪽이다. 등뒤에 있는 것은 아마 요다의 침실과 서재일 것이다.

사나에는 어두운 복도의 끝에 있는 두 개의 문을 보았다. 불과 4, 5미터 거리지만 그곳까지 가서 문을 여는 것이 몹시도 어려운 일로 느껴졌다.

소리는 30초 정도 계속되더니 멈추었다.

보고 싶지 않았다. 미지의 문을 여는 공포는 세미나 하우스의 욕탕을 떠올리게 한다. 하지만 도저히 확인하지 않을 수 없었다.

사나에는 발소리를 죽여가며 복도 끝으로 걸어갔다. 방이 두 개 나란히 있었다. 오른쪽 방문을 연다. 침실이었다. 둘러보아도 별다른 이상은 발견할 수 없었다. 살짝 문을 닫았다.

왼쪽 방문을 여는 순간 희미한 기계 작동소리가 들려왔다. 조금 전에 들은 압축기가 윙윙거리는 소리와 다르다. 공기가 서늘했다.

바로 정면의 높은 곳에서 녹색 눈 같은 것이 반짝거리고 있었다. 창문 위에 설치된 에어컨이 냉기를 내뿜고 있는 것이었다. 11월도 중순이 지났는데…….

사나에는 불을 켜지 않고 안에 들어갔다. 그곳은 생각한 대로 서재였다. 정면의 창가에는 컴퓨터가 있는 책상과 의자가 있고 책상 반대쪽의 벽면은 전문서적으로 가득한 책장이 세 개나 나란히 있었다. 그리고 왼쪽 구석에 어두운 색을 띤 중형 냉장고가 놓여 있었다.

사나에는 소름이 돋은 양팔을 비볐다. 마치 냉동실처럼 냉방이 되고 있다. 아마 10도 이하로 되어 있을 것이다. 일반적인 에어컨은 이 정도로 극단적인 온도 설정은 못할 텐데 일부러 개조한 것일까?

사나에는 냉장고 앞에 섰다. 이 정도는 별로 이상한 게 아니다. 자신에게 그렇게 타일렀다. 요다는 선충 전문가다. 때로는 실험 재료를 자택에 보관할 필요도 있을지 모른다.

냉장고에는 자물쇠가 채워져 있었다. 철판에 드릴로 구멍을 뚫고 자물쇠를 달아놓았다.

사나에는 책상 서랍을 뒤졌다. 작은 열쇠가 플라스틱 명함통 속에 있었다.

자물쇠를 여는 손이 떨려 손가락 끝에서 열쇠가 미끄러져 떨어졌다. 얼른 주워들고 열쇠구멍에 넣어 돌린다. 생각보다 큰 소리가 나서 가슴이 철렁했다.

냉장고 문을 열자 희미한 어둠 속에서 빛이 나온다. 하지만 그것과 동시에 갇혀 있던 공기가 해방되어 방의 온도는 더욱 급강하한 듯했다.

사나에는 몸서리를 치면서 안을 보았다.

냉장실 안의 칸막이뿐만 아니라 냉동실과의 경계 벽까지 뜯겨진 공간에 높이가 80센티미터 정도 되는 금속제의 용기가 들어 있었다. 전에 요다의 연구실에서 같은 것을 본 기억이 났다.

조심조심 용기의 뚜껑을 만져본다. 몹시 차갑다. 알루미늄 뚜껑은 주둥이의 둘레보다 한 치수 커서 푹 덮어씌워져 있다. 밀폐하면 폭발의 위험이 있기 때문이다. 자세히 보니 냉장고의 패킹에도 바깥으로 기체를 내보내기 위해 구멍이 뚫려 있었다. 안에 들어 있는 것은 아마 액체 질소일 것이다. 뚜껑을 열자 예상대로 드라이아이스 같은 하얀 연기가 흘러나온다.

용기의 주둥이에는 후크 같은 쇠장식이 걸려 있었다. 잘못 건드렸다가는 손가락 끝의 피부가 붙어버릴지도 모른다. 손가락에 손수건을 감고 쇠장식을 당겨 올린다. 쇠장식의 끝은 가늘고 긴 금속제의 봉으로 되어 있고, 거기에는 꽃잎 모양의 고리가 여섯 개 달려 있었다. 그중 다섯 개의 고리에 플라스틱 시험관이 꽂혀 있고, 한 개만 비어 있다. 이미 한 개는 해동이 끝난 것일까? 시험관의 바깥쪽은 하얀 연기로 덮여 내용물은 보이지 않았다.

목으로 뭔가 딱딱한 것이 치밀어 올라오는 것 같은 기분이었다.

아직 단정짓기에는 이르다. 이것은 C.엘레간스 같은 단순한 선충일지도 모르기 때문이다.

하지만 그렇게 생각하는 데는 무리가 있다는 것을 깨달았다. 설비가 제대로 갖추어지지 않은 자택에서 선충을 동결 보존하기 위해서는 빈번하게 액체 질소를 보충하지 않으면 안 된다. 굳이 그런 귀찮은 짓을 할 필요가 있을까?

만약 이것이 브라질 뇌선충이라고 한다면.

연구실에 계속 놔뒀다간 언제 누구의 눈에 띌지 모른다. 굳이 자택으로 가져온 것도 납득이 가지 않는 건 아니다.

하지만 요다는 브라질 뇌선충은 모두 처리했다고 했다. 왜 그는 거짓말을 해야 했을까? 자신을 안심시키기 위해서라는 것은 설득력이 떨어진다.

사나에는 천천히 시험관을 원래대로 돌려놓았다. 호흡이 빨라진다. 걷잡을 수 없을 정도로 손이 떨려와 얼어붙은 시험관끼리 서로 부딪쳐 달그락달그락 소리를 냈다.

……자신은 사실로부터 눈을 돌리려 하고 있었다. 이만큼의 상황 증거가 있다면 요다가 브라질 뇌선충에 감염됐다는 사실은 명백하지 않은가.

동결된 시험관. 버려진 약 봉지. 세미나 하우스에서의 사건 이후 이렇게 중압감이 느껴지는 상황이 계속되고 있는데, 거의 스트레스를 느끼지 않는 것처럼 보이는 것.

그리고 그에게는 감염될 기회가 있었다. 대욕탕에서 이상하게 변형된 사체에서 점액 같은 것이 뿜어졌을 때다. 자신은 지금까지 아무런 증세도 나타나지 않은 것을 보면 금방 씻어낸 덕분인 것 같다. 하지만 요다에게도 같은 행운이 있었을 거라 확신할 수는 없다.

몇 시간 전, 프랑스 식당에서의 일을 떠올린다. 모처럼 주문한 풀 코스 요리를 사나에는 거의 먹지 못했지만, 요다는 한 접시도 남기지 않고 깨끗이 해치웠다.

그리고 오늘 밤의 그는 평소와 달리 성적인 충동을 억누르지 못하는 눈치다. 등에 소름이 쫙 끼쳤다. 요다는 다카나시와 거의 같은 증세를 보이고 있었다…….

빨리 도망가야 해.

사나에는 살며시 서재를 빠져나왔다.

현관으로 가려고 할 때 전신의 피가 얼어붙는 듯한 충격을 받았다. 세면실의 아코디언 커튼이 열리며 목욕 가운을 걸친 요다가 나타난 것이다. 막 샤워를 마치고 나온 것일까? 젖은 머리카락에서 김이 난다. 입가에는 여전히 미소를 띄우고 있지만, 눈빛은 지금까지 본 적이 없을 정도로 험상궂었다.

"거기서 뭐하는 거예요?"

요다가 조용한 말투로 물었다. 사나에는 쇠사슬로 칭칭 묶어놓은 듯이 몸이 굳어졌다. 뭔가 변명을 해야 한다는 생각은 들지만 소리가 나오지 않았다.

조금 전까지는 그렇게 안도감을 주던 미소가 지금은 전혀 다른 것으로 보인다.

"사나에?"

"아니에요. 좀 지루해서요."

간신히 소리가 나왔다.

"샤워를 꽤 오래 하시네요."

"겨우 5, 6분이야. 자기는 더 오래 했으면서."
요다의 눈빛이 누그러졌다.
"하지만 그만큼 당신이 날 기다렸다는 말이겠지……."
"……그럴지도 모르지만."
요다는 성큼성큼 사나에에게로 다가왔다. 사나에는 뒷걸음질칠 여유도 없었다. 그의 얼굴을 똑바로 볼 수가 없어 고개를 숙이고 있자, 시야 가득히 요다의 가슴이 다가온다.
길고 억센 두 팔로 팔꿈치를 잡고 끌어당겼다. 몸이 떠오르며 눈 깜짝할 사이에 그에게 안겼다.
"저, 저, 잠깐만요……."
사나에는 팔을 뻗어 밀치려 했지만 그의 품속에서는 아무리 애를 써도 몸이 전혀 말을 듣지 않았다. 가슴이 눌려 호흡조차 곤란해졌다. 요다의 힘에 처음으로 공포를 느꼈다.
"잠깐만요. 나……."
저항을 하려는 사나에의 입을 요다의 입이 막았다.
그의 혀가 사나에의 혀를 가르며 침입한다. 그리고 이 사이를 억지로 벌리며 그녀의 혀를 찾아 움직였다.
자신을 꽉 껴안고 있는 남자의 몸은 무수한 선충의 보금자리가 되어 있다. 그렇게 생각하는 것만으로도 소름이 끼쳐 미칠 것 같았다. 자신의 구강을 유린하는 혀가 거대한 선충처럼 움직이고 있지 않은가. 사나에는 그저 하는 대로 맡겨

놓을 수밖에 없었다.

에이즈는 키스로 옮지 않는다. 하지만 브라질 뇌선충은 어떨까? 불안이 더해지며 끝없는 절망감과 공포에 몸이 굳어졌다.

그런 사나에의 모습을 요다는 부끄러움과 경험 부족 탓이라고 받아들이는 것 같았다.

"사나에, 사랑해."

요다는 키스를 멈추고 그녀의 귓가에서 속삭였다.

하지만 그 말조차 이미 그의 것이 아니었다. 요다의 뇌를 지배하고 있는 선충이 그의 입을 빌려 말하고 있는 것이라고 사나에는 생각했다.

갑자기 가슴을 누르고 있던 강철 같은 팔의 힘이 느슨해졌다. 겨우 숨을 쉴 수 있나 싶었더니, 사나에의 엉덩이를 안아서 아기처럼 번쩍 들어올린다.

"어쩌려고요?"

사나에는 떨리는 소리로 물었다.

"침실로 가야지."

"하지만, 저……."

"괜찮아. 나를 믿어요."

"잠깐만요, 저어, 부탁이니 기다려주세요."

요다는 전혀 귀를 기울이지 않았다. 침실에 들어가 침대 위에 내려놓아 주었지만 몸이 굳어서 달아날 수가 없었다.

요다는 목욕 가운을 입은 채 덮치려고 했다.

"너무 길었어……. 우리는 이제야 겨우 하나가 되는 거야."

그 말은 사나에에게 전혀 다른 불길한 의미를 내포하고 있었다. 세미나 하우스에서 본 사체와 자신의 모습이 오버랩되었다.

순간 얼어붙었던 몸이 풀리며 사나에는 요다를 밀쳐냈다.

"사나에……."

"오지 말아요. 내게 오지 마!"

"왜, 갑자기?"

요다는 퍼뜩 뭔가 짚이는 게 있는 것 같았다.

"설마…… 아까?"

사나에는 자기도 모르게 고개를 저었다. 그것은 자백과도 같은 행위였다.

"그랬군. 보았어."

요다가 사나에 쪽으로 한 걸음 다가왔다. 그 순간 사나에는 발길을 돌려 탈토脫兎처럼 침실을 뛰쳐나왔다. 순간의 판단으로 서재로 뛰어들어가 황급히 문을 잠근다.

그녀가 안에서 문을 잠근 것과 밖에서 힘껏 손잡이를 당기는 것은 거의 동시였다.

"사나에! 이 문 열어!"

요다가 거칠게 문을 두들겼다. 사나에는 귀를 막고 주저앉았다.

"그만해……!"

분노가 폭발한 요다의 목소리가 갑자기 온화하게 바뀌었다.

"사나에, 알겠어. 아무 짓도 안 할 테니 이 문 열어주지 않겠어요?"

사나에는 무슨 일이 일어났는지 알고 있었다. 요다의 마음에 생긴 강한 스트레스가 순간적으로 사라지고 다른 감정으로 바뀐 것이다.

"당신은 오해하고 있어요. 이야기를 들어봐요."

"오해가 아니에요."

그녀는 간신히 대답했다.

"어째서 그렇게 생각하죠?"

"당신은 거짓말을 하고 있어요."

"거짓말? 아아…… 거기 있는 시험관 말이구나. 그건 브라질 뇌선충이 아니에요. 다른 선충을 냉동 보존해두었을 뿐입니다."

"이제 그만해요. 세면실에서 약 봉지를 발견했어요. 그래서 모든 걸 알게 됐다고요."

요다는 잠시 침묵했지만, 어이없을 정도로 간단히 사나에의 의혹을 시인했다.

"그래요, 당신이 말한 대로예요. 나도 감염되었어요. 아마 세미나 하우스에서 점액을 뒤집어썼을 때일 거예요. 그때 일부가 눈에 들어갔습니다. 이내 씻어냈지만 늦었던 것 같아요."

사나에는 입술을 깨물었다.

"빨리 병원에 가요! 지금 당장 치료를 시작하면……."

요다는 사나에의 말에 웃음을 터뜨렸다.

"치료? 이제 와서 치료가 가능할 것 같아요? 당신도 잘 알 거 아닙니까."

그 말대로였다. 현대 의학으로는 이미 요다를 구할 길이 없다.

"그래서 나는 남은 인생을 브라질 뇌선충과 공존할 수밖에 없어요."

요다는 남의 일처럼 말했다.

"하지만 이것도 그렇게 나쁘지 않아. 당신도 곧 알게 될 거야……."

사나에는 몸부림을 쳤다. 요다의 의도를 확실히 안 것이다. 자신을 길동무 삼을 생각이다.

"이봐요. 만약…… 만약에요. 부인이 살아 있어도 같은 짓을 했겠어요?"

요다는 웃음을 흘렸다.

"아, 물론이지. 이 멋진 느낌을 가르쳐주고 싶으니까."

사나에는 절망했다. 더 이상 자신이 알고 있던 요다는 존재하지 않는다. 여기 있는 것은 다른 사람이다.

달아나야 한다. 어떻게든 자신의 힘으로.

서재의 창을 연다. 바깥 세계의 잡음이 방 안으로 들어왔다. 하지만 그곳은 주위와 격리된 곳이었다. 지상 11층에서 가로등에 비친 지면을 내려다보자 다리가 후들거렸다. 에어컨의 실외기 말고는 딛고 지나갈 만한 것은 일체 눈에 띄지 않았다.

"이봐, 사나에. 뭘 하고 있는 거야?"

창이 열리는 소리가 들렸을 것이다. 요다가 낭패스러운 목소리로 물었다.

"만약 문을 부수고 들어온다면 난 여기서 뛰어내릴 거예요."

"바보 같은 소리 하지 마."

"정말이에요. 난, 세미나 하우스에서 본 사람들처럼 되느니 차라리 죽겠어요."

실제로 사나에는 그렇게 된다면 죽음을 택할 생각이었다. 죽는 것은 무섭지만, 죽음보다 훨씬 무서운 운명이 있다는 것을 똑똑히 보았다.

"사나에, 침착해요."

"지금 말한 것은 협박이 아니에요."

"알겠습니다. 문을 부수는 일은 없을 거예요. 서로 조금만 냉정해져요."

사태는 신경전의 양상을 띠기 시작했다. 언제까지 자살하겠다는 말이 통할까? 스스로도 죽겠다는 의지를 언제까지 갖고 갈지 자신이 없다.

이 교착 상태에 종지부를 찍어주는 건 과연 무엇일까?

그때 문에서 어렴풋이 소리가 났다. 딱딱한 것으로 나무판을 긁는 듯한 소리가. 요다가 드라이버로 손잡이나 경첩의 나사를 풀어내고 있는 것인지도 모른다.

이제 문은 금방 열릴 것이다. 사나에는 절망적인 생각으로 서재 안을 둘러보았다. 무기가 될 만한 것이라고는 하나도 없다.

뭐든 좋다. 단 한순간이라도 요다를 겁먹게 할 수 있는 것이라면…….

그녀의 눈에 냉장고가 들어왔다.

……그 속에는 액체 질소가 든 용기가 있다.

그렇다. 쓸 만한 것은 이것밖에 없다. 하지만 어떻게 하는 게 좋을까? 요다가 문을 여는 순간 안에 든 액체 질소를 얼굴에 퍼붓는 것은 어떨까?

사나에는 양손으로 용기를 움직여보았다. 안 된다. 적어도 2, 30킬로그램은 될 것 같다. 천천히 움직인다면 몰라도 자신의 힘으로 들어올리는 것은 불가능하다. 그렇다고 해서 액체 질소를 나누어서 담을 그릇도 없다.

눈에 눈물이 맺힌다. 입술을 깨물었다. 모르겠다. 어떻게 해야 할지. 방법이 있을 리도 없고…….

그때 하늘에서 울려오듯 머릿속에서 소리가 들려왔다. 그것은 우습게도 예전에 요다가 한 말이었다.

"액체 질소는 상온에서는 계속 기화를 하죠. 주둥이를 밀폐해놓으면 몇 분 만에 폭발할 걸요."

사나에는 심호흡을 했다.

그렇다. 그것밖에 없다. 어쨌든 해보자.

냉장고의 플러그를 뽑은 뒤 문을 열고 용기의 뚜껑을 열었다. 브라질 뇌선충이 든 다섯 개의 시험관을 꺼냈지만 처치가 곤란했다. 근처에 놔두면 잘못하다 시험관이 깨져 비말이 될지도 모른다. 할 수 없이 손수건으로 싸서 핸드백에 넣었다.

사나에는 드라이아이스 같은 연기를 토해내고 있는 금속 용기를 보았다. 어쨌든 우선 용기의 주둥이를 밀폐해야만 한다.

서재 안을 둘러보자 책상 위에 있는 꽃병과 크리넥스 통이 눈에 들어왔다. 액체 질소는 물을 얼게 한다. 물은 접착제가 될 것이다.

사나에는 크리넥스 통을 뜯어서 알맹이를 모조리 꺼냈다. 꾸깃꾸깃 마구 뭉쳐서 꽃병의 물로 흠뻑 적셨다. 그것을 액체 질소가 들어 있는 용기 속에 틈이 없도록 찔러 넣고 그 위에 뚜껑을 덮었다.

이걸로 됐다. 이 온도라면 젖은 휴지는 이내 얼어서 용기를 밀폐할 것이다. 액체 질소가 계속 기화하기만 하면 마지막에는 폭발할 것이다.

하지만 금세 계획의 허점이 보였다. 이 상태라면 내압이 어느 정도 높아진 시점에서 뚜껑이 튕겨져 나가기만 할지도 모른다. 자신의 목숨이 걸려 있다는 것을 생각하면 샴페인의 마개 정도로는 마음을 놓을 수 없다. 뚜껑을 좀더 단단히 고정시킬 방법은 없을까?

사나에는 방문 손잡이를 보았다. 천천히 움직이고 있다. 나무판을 긁는 소리도 계속 들리고 있다. 이제 시간은 얼마 남지 않았을지도 모른다.

한 번 더 방 안을 둘러보자 책장 위에 있는 내진耐震 스토퍼가 눈에 들어왔다. 한신 대지진 직후에 날개 돋친 듯 팔린 아이디어 상품으로 천장과 가구 사이를 고정시키는 기구다.

사나에는 의자에 올라가 스토퍼를 떼어냈다. 중앙부의 나사로 길이를 조절하는 것이지만, 요다가 어지간히 힘껏 돌려놓았는지 처음에는 꿈쩍도 하지 않았다. 하지만 죽을힘을 다해 돌리고 있는 동안 나사는 천천히 돌아가기 시작했다. 겨우 떼어낸 스토퍼를 용기 뚜껑과 냉장고 천판天板 사이에 끼웠다. 다시 혼신의 힘을 다해 나사를 돌려 단단히 고정시켰다.

이제 시간은 다 됐다. 사나에는 냉장고 문을 닫고 꽃병 등을 원래의 위치대로 돌려놓았다.

사나에는 요다에게 말을 걸었다.

"요다 씨. 거기 있어요?"

잠시 사이를 뒀다가 대답이 들려왔다.

"응."

"제 말 들으세요. 저 지금 문을 열겠어요. 하지만 그 전에 한 가지 약속해주세요."

"뭐죠?"

"잠깐 이야기를 할 동안만 기다려주었으면 해요."

"이야기?"

"마음을 정리하려면 그만한 시간이 필요해요. 내 의지와 상관없이 억지로 하는 건 싫어요."

요다는 말이 없었다.

"부탁이니 제가 마음의 준비가 될 때까지만 기다려주세요. 서둘 필요는 없잖아요?"

다시 망설인다.

"그래, 알겠습니다. 약속하죠."

그의 목소리에는 아무런 감정도 없었다. 사나에는 그가 약속을 지킬지 어떨지 일말의 불안을 느꼈다. 하지만 달리 방법이 없다.

"좋아요……. 그럼 정말로 약속한 거예요?"

사나에는 심호흡을 하고 나서 문을 열었다.

요다는 눈앞에 서 있었다. 아무 걱정 없는 얼굴에 환한 미소를 띄우고, 상상한 대로 한 손에 드라이버를 들고 있다. 문을 보니 바깥쪽 손잡이는 거의 뜯겨져 문에서 달랑거리고 있는 상태였다. 아슬아슬한 순간에 말을 걸었던 것이다.

요다는 문 앞에 선 채 들어오려고는 하지 않았다. 사나에가 달아날까 봐 의심해서일 것이다. 그의 손에는 우유 같은 뿌연 액체가 든 잔이 들려 있었다.

"그럼 얼른 끝냅시다. 묻고 싶은 게 뭐예요?"

사나에는 입을 열었다.

뭐든 좋다. 뭐든 질문을 해야 한다.

"저, 그러니까……. 난 어떤 건지 잘 모르니까…… 대체 어떤 기분이 되는지부터."

요다는 끄덕였다.

"이 생물은 인생을 극적으로 바꿔주는 거예요. 모든 괴로움을 덜어주고, 사람이 완전하게 살 수 있도록 해주죠. 정말 모든 것이 바뀌었습니다. 예전의 내게 인생은 감옥 같았어요. 아내를 잃은 기억이 내 감정을 얼어붙게 했으니까요."

요다는 담담하게 이야기했다.

"하지만 지금은 달라요. 보는 것, 듣는 것, 아니 모든 것이 신선하게 느껴져요. 이 멋진 세상을 온전히 느낄 수 있단 말이죠. 당신은 마약에 취한 듯한 감각을 상상하고 있을지도 모르겠지만, 전혀 달라요. 이거야말로 본래 인간이 타고난 감각이죠. 묶여 있던 것은 지금까지의 의식 쪽이었어요. 브라질 뇌선충은…… 천사는 거기에서 나를 해방시켜주었습니다."

사나에는 침을 삼켰다.

"요다 씨. 당신도 세미나 하우스에서 봤죠? 감염자가 대체 어떤 말로를 걷는지."

"그래요, 확실히 그 모습엔 놀랐어요."

요다는 썩 관심 없다는 듯 중얼거렸다.

"하지만 언젠가 인간은 죽어요. 오래 사는 것만이 인생의 목적은 아니잖아요? 중요한 것은 지금 이 순간입니다. 설령 한순간이라도 의식을 최고의 상태로 끌어올릴 수만 있다면 후회는 없을 거예요. 그렇겠죠? 이 경지에 이르기 위해서 종교적인 고행에 일생을 바치는 사람들도 있어요. 나는 겨우 지금까지의 괴로움에서 해방되어, 태어나서 처음으로 편안함을 느끼고 있습니다. 이 기분을 당신에게도 꼭 가르쳐주고 싶어요. 나는 당신을 구원해주고 싶은 거예요."

요다의 논리는 완전히 미쳐 있었다. 그는 자신의 눈으로 제4단계에 들어간 사람들을 보았으면서도 자신의 운명에 대해 인식하기를 거부하고 있었다. 아니, 그렇지 않다. 자신의 운명을 깨달은 후의 공포가 브라질 뇌선충에 의해 쾌감으로 바뀐 것이다.

요다는 처음부터 치명적인 약점을 안고 있었다. 그의 마음은 부조리한 사건으로 아내를 잃은 후 살아갈 힘을 잃은 공동空洞으로, 그것을 지탱하고 있는 것은 논리뿐이었다. 그리고 니나가와 교수 때도 그랬지만, 논리라는 것이 얼마나 간단하게 망가지는 것인지 사나에는 알고 있었다.

요다는 사나에를 설득하려고 긴 설교를 늘어놓기 시작했다. 이미 보통 사람에게는 그게 얼마나 황당한 논리인지 그는 모르게 된 것이다.

요다는 사나에에게 한 걸음 다가왔다.

아직 폭발할 조짐은 없었다. 어떻게든 조금이라도 더 요다를 막아야 한다. 사나에는 빠르게 이야기를 시작했다.

"그건 잘 알았어요. 정말 멋진 일이군요. ……하지만 그래서 어떻게 되는 거죠? 그, 인생의 진실을 알기 위한 시간은 얼마나 걸리죠? 아무리 멋진 경지에 이르게 되어도 이내 끝나버린다면 그것도 곤란하고……. 요컨대 대략 얼마나 시간이 걸리는지 알아두고 싶어요. 감염된 후, 그런 기분이 되려면 얼마나 시간이 걸리는지, 그후 얼마 정도의 시간이 남아 있는지."

요다의 표정에 실망의 그림자가 스쳤다. 스스로도 지리멸렬해져간다는 것을 안다.

아직인가. 아직 폭발은 멀었는가?

"뭐, 그건 사람 나름이지. 당신도 니나가와 교수의 예는 알고 있겠죠? 컨트롤만 잘하면 일 년 이상 버틸 수도 있어요."

요다의 말을 듣는 척하며 기계적으로 맞장구를 치면서 사나에는 계속 기다렸다. 극도의 긴장으로 뺨의 근육이 굳어져 왔다.

벌써 이럭저럭 5분 가까이 흐르지 않았는가. 어째서 아직 폭발이 일어나지 않는 것일까?

순간 등줄기에 차가운 것이 달렸다. 뭔가 큰 오산이 있었던 게 아닐까? 폭발이 일어나려면 몇 시간이 걸린다거나, 혹은 어쩌면 아무리 시간이 흘러도 폭발하지 않는다거나…….

요다는 여전히 사나에가 도망가는 걸 막으려는 듯 문 앞에서 있다. 달아날 기회는 애초에 봉쇄된 셈이다.

"자. 나를 믿어요. 아무것도 두려워하지 않아도 돼요. 그냥, 이걸 마시기만 하면 된다니까."

요다는 달래는 듯 미소를 띄우면서 컵에 든 우유를 내밀었다.

미지근한 우유 속에는 무수한 '메두사의 머리'가 떠다니고 있을 것이다. 생생한 이미지가 뇌리에 되살아났다.

그러나 더 이상 이야기를 하며 시간을 끌 수는 없다. 요다는 이미 충분한 설득을 했다고 믿고 있다. 이제 그녀의 말은 들으려 하지 않을 것이다.

진퇴양난이었다.

마지막 수단. 적어도 요다가 실력 행사로 나오기 전에 먼저 움직여 마지막 저항을 시도해야 할지도 모른다. 얼굴에 우유 컵을 던진 뒤, 하늘에 모든 것을 맡기고 방문을 뛰쳐나간다……. 하지만 자신의 수족은 마치 의족처럼 무겁고 차가웠다. 이미 자신의 의지와는 반대로 몸 쪽이 포기를 해버린 것 같다. 이래서 싸울 수 있을까?

사나에는 우유를 받아들기 위해 요다 쪽으로 오른손을 내밀었다. 어깨부터 경련이 전해져 아무리 참으려고 해도 손가락 끝이 떨리는 것은 막을 수 없었다.

요다는 부드러운 미소를 띄우며 그녀에게 우유를 건네려다 갑자기 표정이 무섭게 일그러졌다. 사나에의 손을 뚫어지게 보고 있다.

사나에는 내밀고 있는 자신의 손을 보았다. 긴장으로 하얗게 되어 있어야 할 손바닥이 빨갛다. 저온의 용기를 만졌기 때문이리라.

요다는 깜짝 놀란 듯 냉장고 쪽을 보더니, 매서운 눈길로 사나에를 노려보았다.

이제 끝났다. 이것으로 모든 것이 끝이다. 사나에는 요다가 성큼성큼 냉장고로 다가가는 것을 보았다. 뭔가 꿈속의 한 장면처럼 현실감이 없다. 앞으로 일어날 일로부터 자신의 의식을 닫아버리고 싶었기 때문일까? 이제는 자살할 기력조차 없다. 자신은 지금부터 시키는 대로 요다가 건네준 우유를 마시고, 그리고…….

금속이 삐걱거리는 소리가 났다.

사나에가 앗 하고 놀라는 순간 귀를 찢는 듯한 폭발음과 함께 냉장고 문이 날아갔다. 직격탄을 맞은 요다는 그 자리에 쓰러졌다.

회반죽의 파편들이 천장에서 우수수 떨어진다. 잠시 후 사나에는 자신이 죽지 않고 바닥에 주저앉아 있다는 것을 깨달았다. 고막이 찢어졌는지, 귀가 잘 들리지 않는다. 하지만 그 외에는 다친 곳이 없는 것 같다.

요다는 그녀로부터 몇 미터 떨어진 곳에 쓰러져 있었다. 죽지 않았는지 걱정이 되었지만, 꼼지락꼼지락 몸을 움직이는 것이 눈에 들어온다.

사나에는 필사적으로 일어났다. 다리 아래 떨어진 핸드백을 거의 무의식적으로 주워들고 침실을 나왔다. 구두를 신고 현관에서 비틀거리며 나온다.

11층 주민들은 모두 부재중인지 그런 굉음이 났는데도 복도에 나와 있는 사람은 하나도 없었다.

버튼을 누르자 이내 엘리베이터가 왔다. 엘리베이터를 탄 후, 거울에 비친 얼굴을 확인했다. 괜찮다. 특별히 의심받을 모습은 아니다.

사나에는 엘리베이터에서 내렸다. 1층 로비를 지나는데, 벌써 밖에는 사람들이 웅성거리고 있었다.

아직 이명이 심했지만, 희미하게 가스폭발이라고 외치는 남자의 목소리가 들려왔다.

사나에는 발길을 돌려 정면 현관과는 반대쪽에 있는 뒷문으로 향했다. 주차장을 돌아서 바깥으로 나온다. 4, 50명 정도의 사람들이 손가락으로 가리키며 맨션을 올려다보고 있었다. 요다의 서재는 유리창이 완전히 박살 나 있었다. 누구 하나 건물로는 들어가려고 하지 않는다.

이미 누군가가 119에 신고했을지도 모른다. 사나에는 가능한 한 눈에 띄지 않도록 그 자리를 떠나려고 했다.

그때 창으로 요다가 얼굴을 내밀었다.

사람들은 술렁거렸다. 머리에서 피가 흐르고 있는 것 같다.

요다는 지상을 내려다보다 사람들 뒤쪽에 서 있는 사나에와 눈이 마주쳤다.

사나에의 마음속에는 공포가 되살아났지만, 동시에 안심이 되기도 했다. 여기서 보아 표정까지는 모르겠지만, 요다는 생명에 지장이 있을 정도의 중상은 아닌 것 같았기 때문이다.

요다는 창으로 몸을 내밀었다. 몸이 휘청거린다. 사나에는 숨을 삼켰다. 웅성거림 속에 비명이 들렸다. 뇌진탕을 일으킨 것 같다. 요다는 아슬아슬하게 창틀을 붙잡고 다시 섰다. 구경꾼들 사이에서 박수가 터졌다.

하지만 그는 왠지 계속 그 자세로 있었다. 구경꾼들의 환성은 점차 술렁임으로 바뀌었다. 왜 저렇게 위험한 자세로 있는 거지? 정신이 나간 걸까?

사나에는 두 손을 꼭 쥐었다. 요다가 부자연스런 자세를 바꾸려고 하지 않는 진짜 이유를 알 것 같았다. 그는 균형을 잃는 순간 무서운 추락의 공포를 느낀 것이다. 그것이 브라질 뇌선충에 의해 참을 수 없는 쾌감으로 변환된 게 틀림없다.

요다는 이미 이상한 도취 속에 있었다. 공중에서 몸을 한껏 내밀고 하늘을 올려다본다.

그의 귀에는 지금 천사의 속삭임이 들리고 있는 걸까?

사나에가 침을 삼키고 지켜보는 가운데 아슬아슬하게 균형을 지키고 있던 요다의 몸은 천천히 기울어져갔다.

그녀는 두 손으로 눈을 가렸다. 급격히 높아지는 구경꾼들의 비명이 파돗소리처럼 귓가에 밀려왔다.

무거운 물체가 지면에 떨어지는 둔탁한 소리. 그것을 그녀는 몸 전체로, 자기 자신의 육체를 산산이 부수는 울림으로 들었다.

폭풍 같은 사람들의 비명소리 속에 사나에는 천천히 그 자리를 떠났다.

걸어가고 있다는 감각이 없었다.

슬픔조차 일지 않는다. 그곳에 있는 것은 끝없는 상실감뿐이었다.

다카나시에 이어 소중한 사람을 잃었다.

또 한 사람을, 영원히.

거룩한 밤

사나에는 크리스마스트리에 은색 몰을 달면서 휴게실에 흐르는 음악에 귀를 기울였다. 곡은 그녀가 좋아하는 아돌프 아담Adolphe Adam의 〈오! 거룩한 밤〉이었다.

일본 호스피스의 반 이상은 기독교를 기반으로 하고 있지만, 이곳 성 아스클레피오스회 병원의 완화 케어 병동에서는 특정 종교에 치우치지 않는 것을 모토로 하고 있었다. 그러나 크리스마스만은 예외다.

"기타지마 선생님."

사나에가 사다리 위에서 돌아보자 후쿠야가 서 있었다. 트렌치 코트를 한 손에 들고 목에는 머플러를 두르고 있다.

"어머, 안녕하세요. 오늘은 어쩐 일이세요?"

"선생님과 이야기 좀 할 수 있을까 해서요."

후쿠야는 평소와 달리 진지한 표정이었다.

"시간이 별로 없는데……."

사나에는 시계를 보았다. 앞으로 30분 정도 뒤에 크리스마스이브 회식이 시작된다.

"잠깐이면 됩니다. 금방 끝나니까 시간 좀 내주시죠."

"그럼 이거 하면서 들을게요. 거기 있는 금색 몰 좀 집어주시겠어요?"

후쿠야는 까치발을 해서 몰을 사나에에게 건네주었다.

"그런 장식은 간호사들이 하는 것인 줄 알았습니다."

"그 사람들은 바빠서요. 제가 여기선 제일 한가하거든요."

"겸손하시군요."

"아니에요. 즐거워요. 이건 이것대로 꽤 미적 센스가 요구되죠."

후쿠야는 끄덕이며 걱정스러운 표정을 지었다.

"기타지마 선생님, 많이 야위셨네요."

"그럴지도 모르겠군요. 요즘엔 바빠서 체중을 잴 틈도 없었지만."

사나에는 밝게 대답했다.

"그러시군요. 그래도 몸 상하지 않도록 주의하세요."

그렇게 말한 후, 얼굴이 빨개지며 헛기침을 했다.

"이제 곧 그 사건에 관한 추적 조사가 기사로 나온답니다. 아직 충분한 자료는 모으지 못했지만, 다른 신문사가 앞지르면 안 되니까요."

"그 사건이란 건, 다카나시 씨 일행의……?"

"그것만이 아니라 저희 신문사에서 주최한 아마존 조사 프로젝트에 관련된 일련의 사건 모두입니다. 참가자의 이해할 수 없는 연속 자살 사건부터 나하의 세미나 하우스 집단사 사건도 포함되어 있습니다."

사나에의 손이 멈췄다.

"그 사건도 관련이 있나요?"

"예. 세미나 하우스를 빌린 사람은 니나가와 교수와 모리 조수니까요. 어쩐지 일련의 자살과 같은 원인에 의한 것 같습니다."

"같은 원인이라고요?"

"사체는 거의 완전히 재가 될 때까지 탔습니다만, 경찰은 나하 세미나 하우스를 철저하게 조사했습니다. 사체는 어쩐 일인지 전부 욕실에 모여 있었는데, 그곳 배수 파이프에서 주로 원예용으로 쓰이는 선충을 죽이기 위한 특수 약제와 선충의 사체가 대량으로 발견되었습니다."

"선충……."

"예. 실은 아카마쓰 조교수의 사체를 해부한 집도의사도 뇌에 상당수의 선충이 모여 있었다는 증언을 했습니다. 아무래도 아마존의 풍토병으로 인간의 중추신경을 갉아먹는 것 같습니다. 그 때문에 감염자는 정신이상이 와서 잇달아 자살한 게 아닐까 짐작하는 것입니다."

사나에는 말이 없었다.

"흥미로운 얘기가 또 하나 있습니다. 그 집도의사는 다른 대학 교수에게 선충이 포함된 사체의 시료試料를 건넸다고 합니다. 요다 겐지라는 사람으로 선충류 연구에서는 상당히 유명한 분이었던 모양입니다. 이번에는 그 요다 교수가 납득할 수 없는 사고로 사망했습니다. 모르세요? 얼마 전에 대학 교수가 자택 맨션의 폭발 사고로 추락사한 사건."

"신문에서 읽었습니다."

"그 요다 교수가 세미나 하우스에서 사건 당일에 차로 나하까지 왕복한 것 같습니다."

"……그건 어떻게 알았죠?"

"도후쿠 자동차 도로에는 곳곳에 N 시스템이 설치되어 있습니다."

"N 시스템?"

"자동차 번호 자동 판독기입니다. 거기에 요다 교수의 차 번호가 기록되어 있었습니다. 시간상으로도 딱 맞아떨어지고요. 게다가 요다 교수는 실험용 농장에서 세미나 하우스의 배수구에서 발견된 것과 같은 약제를 대량으로 가져간 것이 밝혀졌습니다."

"그럼 요다 교수가 대량 살인의 용의자였나요?"

후쿠야는 고개를 저었다.

"동기가 없습니다. 요다 교수와 니나가와 교수의 '가이아의 자식'이라는 자기계발 세미나의 접점도 찾아내지 못했고, 우린 이미 니나가와 교수가 어떤 이유에서 세미나 회원에게 고의로 선충병을 감염시켰는지 확증을 잡고 있습니다. 그 결과 집단자살에 이른 것이 아닐까 하는 것이 경찰의 견해입니다. 요다 교수에 대해서는 상상입니다만, 독자적으로 조사를 하는 중에 세미나 하우스에서 대량의 사체를 발견하고 선충병이 더 이상 만연하는 것을 막기 위해 독단적으로 소각한 게 아닐까 합니다. 그런데 소각하는 과정에서 어떤 실수나 차질로 인해 자기도 감염되어버린 거라면 이야기가 되지요."

"왜 요다 교수는 당장 경찰이나 보건소에 통보하지 않았을까요?"

"글쎄요. 아주 급한 이유가 있었거나, 전문가 외에는 다가가는 것조차 위험하다고 생각해서……. 아직 진상은 잘 모릅니다. 요다 교수의 연구실에서 냉동된 선충의 샘플이 발견되었는데, 이 가설이 옳은지 어떤지는 앞으로의 연구에서 밝혀지게 되겠죠."

사나에는 묵묵히 사다리에서 내려왔다. 음악은 비치 보이스가 부르는 크리스마스 송으로 바뀌었다. 제목은 모르겠지만, 어렸을 때 라디오에서 몇 번 들은 기억이 난다.

"이제 병실에 가봐야 하는데요."

"아, 네. 저도 이만 실례하겠습니다. 우선 현재 상황을 알려드리고 싶었을 뿐입니다."

정말 그것 때문에 일부러 찾아온 것일까? 뭔지 모르게 석연찮은 기분이었지만, 사나에는 후쿠야를 엘리베이터 앞까지 바래다주었다. 후쿠야는 엘리베이터에 올라탄 후 닫히려는 문을 막았다.

"참, 깜빡 잊은 게 있군요."

"뭔데요?"

"나하 세미나 하우스 사건 말입니다만, 사체는 아까도 말했듯이 거의 새까맣게 탄 상태였습니다. 그러나 뼈는 남아 있었죠. 보통은 생각할 수 없는 이상한 형상을 한 것이 다수 있었다고 합니다. 이것도 그 선충병에 의한 것인지는 불분명하지만 말입니다."

사나에는 소름이 끼쳤다. 순간 뇌리에 그 세미나 하우스에서 본 악몽 같은 광경이 되살아났던 것이다.

"그리고 아카마쓰 조교수의 사체 해부를 한 와타나베 교수님 말입니다만, 그후 그 일에 대해 물으러 온 젊은 미인 여의사가 있었다고 제게 말해주더군요. 그 여의사는 어쩌면 후일 경찰서에서 조사를 받게 될지도 모르겠습니다."

"……그랬습니까."

그제야 사나에는 왜 후쿠야가 갑자기 찾아왔는지 알게 되었다.

"고맙습니다."

엘리베이터의 문이 닫힌 후 사나에는 작은 소리로 중얼거렸다.

사나에는 병실 문을 열었다. 우에하라 야스유키는 침대에 누워 눈을 감고 있었다. 잠들어 있는 것 같다. 눈 밑은 까맣고 뺨은 홀쭉하다. 그만은 크리스마스이브 회식에도 참가할 수 없었다. 악성 종양이 전신에 퍼져 언제 죽을지 모르는 상태다.

소년에게는 애써 밝은 태도로 대하려고 한다. 하지만 이렇게 그의 잠든 얼굴을 보고 있는 가슴은 한없이 쓰라리다.

왜 이 세상에는 에우메니데스가 실재하지 않는 걸까? 알렉토. 티쉬포네. 메가이라……. 그녀들이라면 양손에 횃불과 채찍을 들고 약해 에이즈 사건의 주범들을 발광할 때까지 몰아붙일 수 있었을 텐데…….

카플란은 브라질 뇌선충을 에우메니데스라고 불렀다. 물론

친절한 자가 아니라 악마(퓨리즈)라는 뜻으로 썼던 게 틀림없다. 분명 브라질 뇌선충은 감염자에게는 천사의 가면을 쓴 악마처럼 행동했다. 하지만 선충 그 자체에 악의가 있는 것이 아니다. 그들은 단지 가혹한 생존경쟁 속에서 자손을 남기기 위한 프로그램을 충실히 실행한 데 지나지 않는다.

그러면 악마라고 불러야 하는 것은 니나가와 교수와 모리 조수처럼 브라질 뇌선충의 감염을 고의로 퍼뜨린 인간들일까? 아니, 그렇지 않다. 그들의 행동은 악의가 아니라 왜곡된, 무서운 선의에서 온 것이었다. 그들은 브라질 뇌선충에 마음을 조종당하고 있었기 때문에 스스로는 그 왜곡됨을 인식할 수 없었다.

모든 것은 뭔가에 의존하지 않고는 살아갈 수 없는, 인간의 근원적인 나약함에서 기인한 것이다.

악마…….

새삼, 지금도 우에하라 야스유키를 죽음으로 몰아가고 있는 약해 에이즈 사건에 대해 생각했다.

이것도 명확한 해의害意에 의한 범죄는 아니다.

하지만 무서운 결과를 충분히 예견할 수 있는 지식과 두뇌를 가지고, 그것을 막아야 할 입장에 있으면서 수수방관하여 동포에게 죽음의 고통을 주고, 정작 책임에 대해서는 외면해 온 후생성 관료들. 과연 그들은 용서받아도 되는 것일까?

또한 사람의 생명을 구하는 의사가 자신과 제약 회사의 이익을 위해, 안전한 혈액제제로 전환하는 것을 방해하여 죄도 없는 많은 사람들을 죽음의 늪으로 몰아넣고 있으니…….

이것이야말로 악마의 소행이라고 불러 마땅할 것이다.

사나에는 야스유키의 머리카락을 살며시 쓰다듬었다.

그러면 네가 한 짓은 어떤가.

마음속으로 반문하는 소리가 들린다. 너는 항상 바른 선택을 해왔다고 할 수 있는가.

그녀는 요다가 죽은 직후의 일을 떠올렸다.

요다의 맨션 앞에 모인 사람들 틈을 빠져나와 거리로 나왔을 때, 머릿속은 새하얗게 되어 있었다. 소중한 것을 잃어버렸다는 생각에, 아픔을 느껴야 할 마음의 일부가 마비되어버린 것 같았다. 이제 아무렇게나 되어도 좋다고 자포자기했다. 하지만 그런 상황에서도 의식의 다른 부분에서는 확실하게 현실에 대처하고 있었던 것 같다.

몇 번인가 택시를 갈아탄 기억이 난다. 왜 그런 짓을 했는지는 자신도 잘 모르겠다. 운전사에게 행선지를 말할 때도 겉으로는 태연을 가장하고 있었다. 절박한 상황에 이르면 자신을 보호하기 위한 본능이 작용하는 것일까?

정신을 차리고 보니 자기 집 앞이었다. 현관문을 닫고 열쇠를 잠그자마자 사나에는 털썩 주저앉아버렸다. 일어설 기력조차 생기지 않았다. 자신의 오른손이 꽉 잡고 있는 핸드백이 눈에 들어왔다. 한참 동안 멍하니 그것을 바라보다 그 안에 무엇이 들어 있는지를 떠올렸다.

손가락 끝에 전혀 힘이 들어가지 않아 핸드백의 잠금쇠조차 제대로 열지 못했다. 겨우 뚜껑이 열리자 사나에는 내용물을 조심스레 바닥에 쏟아냈다.

립스틱과 콤팩트, 향수, 수첩, 지갑 등에 섞여 손수건으로 싼 다섯 개의 시험관이 굴러 나왔다. 알맹이는 아직 얼어 있지만 바깥쪽에 묻은 서리가 손수건을 흠뻑 적셔버렸다.

그것은 요다의 맨션에서 일어난 사건이 절대 백일몽이 아니라 현실이었다는 증거였다.

사나에는 한참 동안 시험관을 바라보고 있었다.

그리고 천천히 일어서서 세면실로 가 빨간색 수도꼭지를 힘껏 돌렸다. 물은 점점 뜨거워져갔다.

물의 온도가 80도를 넘었을 거라 생각되는 시점에서 세면대의 마개를 닫았다. 손등에 뜨거운 물이 몇 방울 떨어져 화상을 입었지만 아픔은 거의 느낄 수 없었다. 주변은 욕실 안처럼 수증기로 가득했다.

현관으로 돌아와 시험관을 주워들었다. 한쪽 손으로 들면 떨어뜨릴 것 같아서 양손으로 조심스레 들었다. 차가운 시험관이 손바닥의 열을 빼앗아갔다. 손의 감각이 둔해졌다.

브라질 뇌선충은 지금 시험관 너머로 생명의 열을 흡수하고 있다. 외기로부터, 그리고 자신의 손바닥으로부터. 악마는 아직 잠들어 있지만, 부활까지의 카운트다운은 이미 시작되었다.

하지만 절대로 부활시킬 수는 없다. 너희들은 눈도 뜨지 못한 채 어둠으로 돌아가야 해.

그녀의 뺨을 적시는 것은 수증기가 아니라 뜨거운 액체였다. 갈 곳 없는 분노가 몸 속에 가득하다. 사랑하는 사람들을 빼앗아간 생물에게 보복을 하고 싶었다.

사나에는 시험관을 들어 열탕 속에 한 개, 또 한 개 떨어뜨렸다. 비말이 올라오고 플라스틱 시험관은 천천히 세면대 바닥에 굴렀다. 네 개째를 떨어뜨릴 때는 더운물의 온도가 상당히 떨어진 것 같았다. 하지만 여전히 손을 댈 수 없을 정도로 뜨겁다. 단번에 이런 온도차를 겪게 하면 어떤 생물이라도 죽을 것이다.

마지막 한 개를 뜨거운 물 속에 넣으려던 사나에의 손이 딱 멈췄다.

지금이다. 빨리 떨어뜨려. 이 무서운 생물이 가득 든 유리관을 깨끗한 열탕에 부어서 소독해. 그래야 모든 것이 끝나.

오열이 끓어올랐다. 사나에는 울면서 시험관을 꽉 쥐고 있었다. 수도꼭지에서는 계속해서 뜨거운 물이 쏟아졌다. 손은 어느새 뜨거운 수증기에 촉촉이 젖어 있었다.

하지만 왠지 결단을 내릴 수가 없었다.

머릿속에 떠오르는 말도 안 되는 생각 때문이었다.

사나에는 어느 틈에 시험관을 든 손가락을 오므리고 있었다. 하지만 자신의 판단에 도저히 자신이 서지 않았다. 이번 사건으로 이성이든 감각이든 무조건적으로 신뢰할 수 있는 것이 없다는 것을 알게 되었다. 진정 옳은 것은 무엇인지, 대체 어떻게 결정해야 옳은 것인지.

사나에는 무수한 '메두사의 머리'가 부유浮遊하는 모양 그대로 동결된 시험관을 보았다.

그리스 신화의 메두사는 미워하는 자를 돌로 바꿔버리는 무서운 괴물이었다. 하지만 페르세우스에 의해 잘린 그 머리는 다른 괴물을 죽이고, 제물이 될 뻔한 왕비 안드로메다를 구하는 데 도움이 되었다.

또 죽은 메두사의 좌반신에서 흘러나온 피는 아주 독했지만, 우반신의 피는 반대로 죽은 자를 소생시키는 힘이 있었다. 의술의 신 아스클레피오스는 그 피를 이용해 많은 영웅을 살렸으니까. 그것이 신의 노여움을 사는 행위라는 것을 잘 알고 있으면서도.

그리고 아스클레피오스의 상징인 뱀은 고대 그리스에서는

꿈으로 사람을 치유한다고 되어 있다…….

야스유키가 약간 몸을 뒤척였다. 사나에는 퍼뜩 정신을 차리고 그의 얼굴을 보았다. 입가에는 희미하게 미소가 서려 있다. 뭔가 즐거운 일이라도 떠올린 것일까?

"기타지마 선생님."

불쑥 야스유키가 헛소리처럼 중얼거린다.

"아, 미안. 내가 깨웠니?"

"여기…… 어디예요?"

야스유키는 눈을 반쯤 뜨고 있었다. 아직 꿈을 꾸고 있는 걸까? 사나에는 그의 이마에 손을 짚으며 속삭였다.

"글쎄, 어딜까?"

"참 예뻐요……."

"뭐가 예쁜데?"

"석양."

그의 의식은 꿈과 현실 사이를 오가고 있는 것 같다.

"그렇구나. 정말 예쁘구나."

"바람이……."

"차니?"

야스유키는 살며시 고개를 저었다.

"기분 좋아요."

"그래, 기분 좋지? 공기가 차갑고 맑고 상쾌해서. 산들바람이 뺨에 느껴지는구나."

야스유키는 미소지었다.

"나, 좀 좋아진 거예요? 기분이 너무 좋아요."

사나에는 놀랐다. 야스유키가 아직 이렇게 또렷하게 말을 할 줄은 생각도 못했다. 그의 말대로 마치 회복되어가고 있는 듯한 착각마저 들었다.

"분명 그럴 거야."

"여기, 뒷산이에요. 전에 곧잘 지로를 데리고 왔었어요. 그렇죠?"

"그럼."

야스유키는 크게 숨을 들이마셨다.

"풀냄새가 나요. 아, 들린다……."

"뭘까?"

"새들 같아요. 잔뜩 몰려와서 울고 있어요."

사나에는 순간 말이 막혔다. 하지만 이내 다정한 목소리로 설명해주었다.

"그건 말이야, 천사들이 속삭이는 소리야."

"천사……?"

"그래, 전에 날갯소리가 들린다고 했지? 병실의 천장을 돌아다닌다고."

"네."

"많은 천사들이 야스유키를 지켜주는 거야. 싫었던 일, 힘들었던 일, 모두 달래주며 즐겁게 해주는 거야."

"그렇구나. 그래서 하나도 고통스럽지 않은 거군요?"

"그래."

"난, 죽는 것도 두렵지 않아요."

"그래?"

"죽으면 천국으로 가서 아버지랑, 엄마랑, 누나랑 지로를 만날 수 있잖아요."

"응, 그렇지."

"기대돼요. 왠지 가슴이 설레요."

사나에는 말없이 야스유키의 어깨를 꼭 안아주었다.

"아, 또 들려요. ……정말이다. 천사다. 대단해요. 엄청 많아요."

"천사가 보이니?"

"네, 역시 기타지마 선생님의 말씀대로예요. 등에 날개가 나 있고 얇은 가운 같은 신기한 옷을 입고 있어요. 소의 뿔 같은 피리를 들고……."

사나에는 그 광경이 보이는 것 같았다. 천사들은 로브 같은 기이한 이국 의상을 입고, 새처럼 톤이 높고 이상한 소리로 지저귀거나 피리를 불면서 춤을 추고 있다.

"어?"

"왜 그래?"

"소리가 들려요. 천사의 속삭임이 아니라……."

"사람의 목소리니?"

"네, 나를 부르고 있어요."

야스유키는 입을 다물었다. 열심히 마음의 귀를 기울이고 있는 것이다.

"언덕 너머에 억새풀 가득한 들판이 있죠? 거기서 나를 부르고 있어요. 봐요, 들리죠?"

"응, 들려."

"그래요. 역시 그래요."

소년의 눈에서 눈물이 흘러내렸다.

"아빠, 엄마, 누나, 지로도 있어요……."

"그렇구나. 모두 함께 있구나."

"웃고 있어요……. 내게 손을 흔들고 있어요……. 봐요, 지로가 짖잖아요. 저기 뛰어다니고 있어요. 또 만난 게 기뻐서 어쩔 줄 모르겠나 봐요. 꼬리를 흔들어요. 보이죠?"

"보여. 잘 보여."

"기다려……. 지금 갈 테니까…… 지금."

소년은 헛소리처럼 중얼거렸지만, 이윽고 그 소리는 들을 수 없게 되었다.

사나에는 한참 동안 야스유키 옆에 앉아 있다가 손수건으로 눈가를 누르며 일어섰다.

병실을 나가다 마주친 간호사가 깜짝 놀라며 그 자리에 멈춰섰다. 사나에는 고개를 끄덕였다. 간호사는 복도를 뛰어갔다.

이젠 그녀들에게 맡겨두자.

사나에는 걷기 시작했다. 겨우 뭔가가 개운해진 느낌이다. 세면대에서 세수를 하고 나서 방으로 돌아와 가운을 벗었다.

지금 바로 경찰에 출두해서 모든 것을 이야기할 생각이었다. 자신이 하는 이야기를 믿어주기까지는 상당한 시간과 인내를 요하겠지만, 어쨌든 꼭 해야 할 일이다. 앞으로 브라질 뇌선충에 희생되는 사람을 단 한 명도 내지 않기 위해서는…….

그것이 다카나시와 요다 그리고 많은 사람들의 희생을 헛되이 하지 않는 유일한 길이다.

병원 현관을 나올 때도 사나에의 뇌리에는 손을 흔들며 언덕을 뛰어내려가는 소년의 이미지가 춤을 추고 있었다.

: 해설 :

주의! 본 글은 작품의 트릭에 대해 언급하고 있습니다.

아직 읽지 않으신 분들은 부디 주의해주시기 바랍니다.

본서 『천사의 속삭임』을 처음 읽었을 때의 충격을 나는 지금까지 또렷이 기억하고 있다. 실질적인 데뷔작인 제3회 일본 호러소설 대상 수상작 『열세 번째의 인격-ISOLA-』와 제4회 일본 호러소설 대상 수상작 『검은 집』도 재미있었지만, 그 두 작품을 읽고 막연히 갖고 있던 이미지를 기시 유스케는 본서에서 가볍게 걷어차고 희대의 엔터테이너로서 그 본성을 여실히 드러냈다.

솔직히 말하겠다. 다 읽고 나서 난 '도저히 못 당하겠다'고

생각했다. 그리고 한순간 기시 유스케에게 심한 질투를 느꼈다. 이런 감정은 처음이어서 몹시 당혹스럽고, 놀랍고, 낭패스러웠다. 하지만 다음 순간, 그런 복잡한 생각은 떨쳐버리고 나는 작가 기시 유스케의 진정한 팬이 되어 있었다. 같은 신인상 출신인 내가 칭찬하면 가재는 게 편이라고 생각할지도 모르겠다. 하지만 이것은 가재는 게 편의 차원이 아니다. 실은 제6회 일본 호러소설 대상을 수상한 이와이 시마코岩井志麻子 『보케, 교테ぼっけえ,きょうてえ』를 읽은 후에도 같은 기분이었지만, 같은 상 출신이라는 사실을 넘어 순수하게 한 엔터테인먼트 소설의 팬으로서, 또 일개 작가로서 나는 두 사람의 작품을 좋아한다. 물론 기시 · 이와이 두 사람이 나보다 연상이며, 작가로서의 작품 수도 많아서 내가 이런 말을 하는 것은 사실 건방진 일일 것이다. 부디 용서해주시기를. 하지만 재미있는 작품에는 역시 '재미있다!' 고 말하고 싶다. 그리고 내 나름대로 분석하고 싶다.

본서 『천사의 속삭임』은 1998년 6월에 간행된 기시 유스케의 세 번째 장편이다. 아마 대부분의 독자들은 먼저 본서의 '참고문헌 · 감사의 말'을 읽고, 작가에게 자신의 행동이 들켰음을 눈치채고 황급히 첫 페이지로 돌아갔으리라(나도 그랬다). 하지만 여기서 이미 우리는 기시 유스케의 교묘한 책략에 빠져버렸다.

문고판으로 처음 이 책을 읽게 된 독자는 무슨 말인지 얼른 감이 잡히지 않겠지만, 당시는 1994년 말부터 계속되어 온 이른바 '바이오 호러' 붐이 아직 세력을 잃지 않은 시기였다. 1994년 말에 간행된 리처드 프리스톤Richard Preston의 『핫존The Hot Zone』을 효시로 해서, 1995년 전반에는 시노다 세쓰코篠田節子의 『여름의 재앙夏の災厄』과 스즈키 코지鈴木光司의 『라센らせん』이 이어졌다. 에볼라 바이러스가 자이르에서 부활하여 영화 〈아웃브레이크Outbreak〉가 관객을 모았고, 다음 해에는 병원성 대장균 O-157이 문제가 되었다. 1998년 초에는 영화 〈링〉 〈라센〉이 공전의 대히트를 기록했다. 이 외에 더글러스 프리스톤Douglas Preston&링컨 차일드Lincoln Child 『마운트 드래곤Mount dragon』, 앤 벤슨Ann Benson 『암흑의 부활The Plague Tales』, 댄 시몬스Dan Simmons 『밤의 아이들Children of the Night』 등의 해외 바이러스 스릴러 걸작도 1995년부터 1998년까지의 시기에 집중해서 간행되었다. 졸저 『패러사이트 이브』의 간행은 1995년, 『BRAIN VALLEY』는 1997년이다.

이런 상황 속에서 본서 『천사의 속삭임』이 간행된 것이다. 책 뒤의 인사에는 두 사람의 연구자 이름이 거명되고 있다. 분자 생물학과 세포 생물학에 관심 있는 사람이라면, 이 이름만 보아도 이 책의 소재를 감 잡을지도 모른다(아니, 두 사람의 연구 분야가 달라서 오히려 혼란스러울까?). 하지만 대부분의 독자는 이 인사 글을 보며 먼저 '바이러스'라는 네 글자가 눈에 들어오면 무의식중에 이렇게 생각할 것이다. 이건 바이러스 소설인가?—하고.

그렇다. 이 책이 특히 전율적인 것은 처음 이 이야기가 어떤 장르로 갈지, 좀처럼 가늠할 수 없었던 것에 이유가 있다. 이야기는 다카나시라는 남자의 이메일 문서로 막을 연다. 그는 잡지 일 때문에 대학 조사단과 함께 아마존의 오지에 간다. 그를 포함한 다섯 명의 대원은 어느 날 예측하지 못한 사고로 야영을 하게 되고, 그곳에서 우아카리원숭이의 고기를 먹는다. 그런데 그후 그들의 정신에 이상이 오고, 귀국 후에는 차례차례 영문 모를 자살을 하게 된다. '천사의 속삭임'을 들으면서…….

독자는 아직 이 단계에서는 작자의 의도를 읽을 수가 없다. 그들이 먹은 원숭이에 이변의 원인이 있다는 것은 안다. 하지만 그 원숭이의 몸에 숨어 있던 것이, 바이러스나 세균 같은 병원 미생물인지 환각 물질 같은 것인지, 아니면 초자연적인 악령인지 모른다. 이것은 확실히 무서운 이야기이다. 하지만 독자는 그 이전에 작가가 이 이야기를 초자연적인 호러로 하려고 하는지, 아니면 『검은 집』 같은 현실 문제로 결론을 내리는 서스펜스로 하려고 하는지 도저히 예측할 수 없다. 바이오가 추가될지 어떨지 짐작이 어렵다. 요컨대 이 책은 바이오 호러인지 아닌지를 추리하는 것 자체가 엄청난 서스펜스를 자아내는 것이다.

아니, 이 소설의 장르는 명확하다. 왜냐하면 세나가 해설하고 있지 않은가—하고, 생각하는 독자가 있을지도 모르겠다. 하지만 안심하기 바란다. 이 책 『천사의 속삭임』은 그 정도의 힌트로 재미가 반감되는 작품이 아니다. '트릭을 언급하겠다'고 글머리에서 주의를 줬는데도 안절부절못하며 여기까지 읽고만 독자는, 얼른 처음으로 돌아가 이야기를 즐기기 바란다.

그리고 이 책을 다 읽으신 분은 기시의 재주에 새삼 눈을 동그랗게 뜨고 있을 거라 생각한다. 이 책에는 엔터테인먼트다운 장치와 처참한 묘사가 많이 담겨 있다. 물론 기시는 그런 소설작법상의 테크닉에 뛰어난 작가이지만, 그의 작가로서의 본질은 조금 다른 데 있는 게 아닐까 하고 나는 생각한다. 소설 기술이 너무나 뛰어나 알기 힘들지만, 기시의 작품이 엄청난 독자층을 구축하고 있는 것은 다른 작가가 지금까지 절대 쓰지 못했던 현대성을 훌륭하게 모사模寫하기 때문이 아닐까?

예를 들어 이 책에서 말하자면, 자칭 프리랜서인 청년 오기노 신이치의 대목에서 그것이 두드러진다. 인터넷으로 성인 사이트를 돌아다니며, 컴퓨터 앞에 앉아 연애 시뮬레이션 게임이나 하고 있는 신이치의 모습은 놀라울 따름이다. 그야말로 현대의 축소판 같은 상황이다. 하지만 이 현대성의 근원은 웹이나 컴퓨터 게임이라는 소도구에 있는 게 아니다. '정보'와 인물들 사이의 거리감이 지극히 현대적이라는 것이다. 이 절묘한 거리감이야말로 기시 유스케의 작가로서의 새로움이며 기교이며 훌륭함이다.

소위 '전문지식'으로 불리는 상세한 정보를 이야기 속에 도입할 때 대부분의 작가들은 두 가지 방법을 채용한다. 먼저 하나는 대화이다. 독자의 시점에 선 등장인물(보통은 주인공)이 전문가로부터 강의를 받는 장면을 설정함으로써 알기 쉽게 전문지식을 독자에게 피로하는 것이다. 독자는 주인공과 함께 그 지식을 습득한다. 이야기의 진행에 따라 강의를 조금씩 꺼내놓으면 더욱 효과적이다.

다른 한 가지 방법은 독자의 시점에 선 등장인물을 굳이 전문가로 설정하여 그 인물에게 독백을 하게 하는 것이다. 어떤 사건이 일어날 때마다 그는 마음속으로 자신의 전문 지식을 반추한다. 그 경과를 독자는 한 걸음 물러선 위치에서 지켜보는 것이다. 이런 방법을 택하면 전문 지식은 그 인물이 읊는 대사나 혹은 지문으로 기록되어 첫 번째 방법에 비해 번잡하지 않고 문장이 간결해진다.

대부분의 작가는 이런 두 가지 방법을 조합하여 전문 지식을 소설 속으로 끌고 들어간다(나도 그렇다). 기시도 이 책에서 이런 방법을 마음껏 사용했다. 생명과학에 관한 이론은 실로 흐름이 부드럽다. 기시는 놀랍도록 취재를 좋아한다고 들었다. 세부적인 내용에 이르러서도 묘사가 흔들림이 없는 것은 상세한 조사 덕분일 것이다.

하지만 기시는 이런 방법에 더해, 제3의 묘사를 극히 잦은 빈도로 쓰고 있다. 즉 인물을 개입시키는 것이 아니라 정보 그 자체에 전문 지식을 갖게 하는 것이다. 여기에 지식을 전하는 자의 모습은 존재하지 않는다. 단지, 그곳에 정보가 고립되어 있을 뿐이다. 등장 인물은 그 정보를 혼자 받아들여 자신의 것으로 만든다. 이 거리감, 이 고독감이야말로 기시 유스케 작품의 본질이며 특징이다.

또 예를 들어보자. 『열세 번째의 인격-ISOLA-』에서는 다중 인격 소녀가 가지고 있는 각 인격의 이름이 공포로 직결되고 있다. '노리코範子' '소오創' 라는 극히 평범한 이름뿐이지만 옥편에서 문자의 조립 과정을 조사해보면, 거기에 꺼림칙한 이미지가 담겨 있다는 것을 알게 된다. 또 『검은 집』에서는 어떤 등장 인물이 초등학생 때 쓴 꿈에 관한 작문이 중요한 역할을 한다. 정체가 결여된 조잡한 작문이지만, 심리학적인 견지에서 해석을 덧붙임으로써 그것을 쓴 인물의 소름끼치는 진짜 모습이 부각된다. 여기서는 한자와 작문이라는 문자 정보가 공포를 안고 있지만, 어느 쪽이나 정보의 뒷면을 독해하지 못하는 한 단순한 기호에 지나지 않는다는 것이 특징이다. 그렇기 때문에 일단 해독해버리면 끝이다. 영구히 그 공포는 지울 수 없게 된다. 주인공들은 그 정보에 대해 어떻게 할 수도 없다. 왜냐하면 그것은 단순한 문자 정보이기 때문이다. 주인공과 정보의 사이에 절망적인 균열이 가로놓여 있다는 것을 안다.

이 책 다음에 발표된 『크림슨의 미궁』의 주인공은 자신이 정체 모를 황야에 끌려온 것을 알게 된다. 옆에 놓여 있는 휴대용 게임기에는 '화성의 미궁에 온 것을 환영한다. 게임은 시작되었다'라는 표시가 뜬다. 짙은 주홍색의 신기한 바위에 둘러싸인 황야에 남겨진 것은 주인공을 포함한 여덟 명. 그들은 게임기에 뜨는 메시지에 의존하여 서바이벌을 시작하지만, 이윽고 그림자인 게임 주최자의 생각대로 서로 죽이기 시작한다. 여기서 주인공은 제로섬 게임에서 살아남기 위해 게임기의 정보를 필사적으로 얻으려고 한다. 하지만 그 정보 자체에 책략이 있다는 것을 주인공은 확실히 깨닫는다. 신뢰할 수 없는 모니터의 정보만이 주인공의 생사를 쥐고 있는 것이다.

『푸른 불꽃』에서도 마찬가지로 심각한 상황이 그려지고 있다. 주인공인 고교생은 어머니와 여동생을 지키기 위해 난폭한 의붓아버지를 죽이려고 마음먹고 완전 범죄의 방법을 찾는다. 그는 인터넷에서 검색하여 불법으로 약물을 판매하는 사이트를 찾은 다음, 화학 교과서와 법의학서를 뒤지며 살인 방법을 치밀하게 연구한다. 그리고 결국 주인공은 의붓아버지를 죽인다. 오로지 정보에만 의지하여 묵묵히 행동하고, 사람의 목숨을 '강제종료'시킨다. 이 고독감, 이 안타까움은 그야말로 기시 유스케의 독무대다.

그런 것이다. 현대의 우리들은 오로지 전문 지식을 고독하게 삼키며, 그것을 머릿속으로 고독하게 재구축할 수밖에 없는 것이다. 토론할 상대도, 눈앞에 나타난 정보의 참과 거짓을 판단해줄 제삼자도 없다. 정보를 제공한 사람과 얼굴을 마주칠 일조차 없다. 제공하는 쪽도 제공받는 쪽도 그저 거기에 떠 있는 정보와 대치할 뿐이다. 이 책에서도 신이치가 '가이아의 자식' 사이트에 빠져들거나 세미나에 참가해서 서로를 대화명으로 부르는 것, 혹은 주인공인 사나에가 다카나시의 메일을 읽고 해독해나가는 과정에서 정보와의 거리감이 교묘하게 표현되었다.

이런 것들을 게임과 인터넷에 열중하는 젊은이들의 나쁜 특징이라고 의기양양하게 해설하기는 쉽다. 하지만 그렇게 설교하는 어른들도, 실은 뉴스에서 앵커가 말하는 개인적인 의견을 마치 자신의 주장인 것처럼 생각하고, 소문이나 세상의 분위기에 휩쓸려 떠내려가며 자신의 판단을 정지시키고 있지 않은가. 오히려 정보가 거짓이라는 것을 자각하고, 자신의 판단으로 선별하는 기시의 주인공 쪽이 훨씬 건전하지 않은가.

다른 작가에 비해 기시 유스케가 현대적인 것은 이런 감각을 참으로 능숙하게 써나가기 때문이다. 나도 문자 정보를 작품 속에 이용하지만, 이런 감각은 좀처럼 표현하지 못한다. 기시 유스케만의 특기이다.

이 책 『천사의 속삭임』에서는 이런 몇 가지의 묘사법이 문장 속에서 잘 어우러져 아주 뛰어난 효과를 발휘한다. 무섭고, 안타깝고, 현대적이다. 그런 의미에서 더욱 기시 유스케의 자질이 발휘된 작품이 아닐까 싶다. 또 유스케 자신의 흥미도 비교적 직설적으로 표현되어 있는 것 같다. 『열세 번째의 인격-ISOLA-』에서는 기시 자신도 경험한 한신 대지진이, 또 『검은 집』에서는 기시의 경력이, 각기 이야기의 중심에 심어져 있다. 그러나 이 책에서는 그런 신변과 가까운 소재에서 벗어나기 위해 오히려 기시가 평소 흥미를 갖고 있는 대상이 균형 있게 작품 속에서 다뤄지고 있다. 장기나 바둑, 뮤지컬 등의 작은 소재가 그렇고, 또 아마존의 묘사며 동물에 관한 기술記述도 기시가 아니면 할 수 없는 것이다. 『푸른 불꽃』의 주인공은 텔레비전의 기행물이나 동물을 아주 좋아하는데, 이것은 기시의 취미이기도 하다.

또 생명과학과 정신의학 관계의 묘사는 필요 최저한으로 해서 과넉에 쓰고 있다. 눈치 챈 독자도 있을지 모르겠지만, 이 책에 등장하는 소재의 몇 가지는 내가 흥미를 갖는 분야와 아주 가깝다. 하지만 기시는 나와 전혀 다른 방향에서 그런 소재를 훌륭하게 소설로 승화시키고 있다. 과학적 사실에서 소설적인 비약으로 내딛는 위치와 그 도약력이 실로 훌륭하다. 과학을 소설로 할 때, 학문적인 엄밀성과 스토리적인 분방함을 어떻게 접합시키는가 하는 것이 가장 어려운 부분으로 많은 작가들은 여기에서 실패하는데, 나는 절대로 못할 방법으로 기시는 이 문제를 극복했다.

한 가지 더, 기시와 나의 큰 차이점이라고 하면 장르에 대한 도전 자세일 것이다. 나는 소설을 쓸 때, 장르의 틀을 상정하고 그 틀에서 아주 조금 벗어난 곳에 낚싯줄을 던진다. 그런데 내 자신의 힘의 가감과 독자 쪽이 만들어낸 장르적인 소용돌이의 힘에 의해 장르 안으로 당겨져 들어가는 경우가 많다. 그러나 기시는 장르를 먼저 확실히 규정하고, 그 틀 안에서 이야기를 이끌어간다. 그런데 필력이 있기 때문에 세부적인 게 점점 틀에서 일탈해가는 것이다. 앞으로 작품수가 늘어남에 따라 기시의 자질은 더욱 명확해져갈 것이다.

현재 진행중인 장편 「죽음이 두 사람을 맺어놓을 때까지」는 잡지 연재 종료 후에 가필하여 출판이 될 모양이다. 연재를 시작할 때 기시는 인터뷰에서, "장르로서는 호러지만 심리적인 공포를 추구하기 위한 SF적인 설정을 도입하고 싶다. 그러나 이것은 SF가 아니다"라고 이야기했다. 확실히 이야기의 진행과 함께 놀라운 무대와 대도구가 등장하고 있다. 또 이것과는 별도로, SF 분야의 장편도 준비하고 있다고 한다. 어떤 작품이 될지 기대에 부풀어 있다.

기시 유스케는 일본의 엔터테인먼트 소설을 펼쳐나갈 중요한 작가로서 앞으로 점점 주목받게 될 것이다. 현대 소설을 이야기할 때, 더 이상 기시를 무시할 수 없게 되어가고 있다.

이 책은 일본이 자랑하는 엔터테인먼트 소설의 금자탑이다. 하지만 아마 기시 유스케는 여기서 머무르지 않을 것이다. 더욱 훌륭한 걸작을 써나갈 것이다. 그것도 빠른 시일 안에.

세나 히데아키瀨名秀明

: 옮긴이의 말 :

죽음에 대해 병적인 공포심을 안고 있던 소설가 다카나시는 아마존 탐험대에 참가하고 온 뒤로 죽음을 찬미하고 동경하게 된다. "생일은 마음대로 정하지 못했지만 제삿날쯤은 자기 마음대로 정해야 되지 않아?"라고 하며 그는 한때 그렇게 두려워하던 죽음을 '음미'하며 자살한다. 고양이과의 짐승들을 그 무엇보다 무서워하던 어떤 교수는 사파리 파크를 찾아가 백호 앞에 벌렁 드러누워 그들에게 몸을 맡긴다. 아들을 잃고 난 후 남은 딸마저 잃게 될까 병적으로 불안에 떨던 여자 카메라맨은 기차가 지나가는 선로에 딸을 던지고 자신도 뛰어든다.

희한한 방법으로 스스로 목숨을 끊은 이들의 공통점은 모두 아마존 탐험대에 같이 참가했던 멤버들이라는 것. 과연 그들은 아마존에서 무슨 일이 있었기에 자신들이 가장 두려워하던 것을 기꺼이 택하여 행복하게 죽어갔을까?

아마존 탐험대에 다녀온 애인 다카나시가 납득할 수 없는 방법으로 자살하자 정신과 의사인 사나에는 그 죽음의 비밀을 캐기 위해 동분서주한다. 그러나 그녀 앞에는 역시 정상적이지 않은 방법으로 자살하는 사람들만 잇달아 나타나고…….

작가 기시 유스케는 평소의 박학다식한 그답게 의학, 기생충학, 에이즈, 증권, 컴퓨터 게임, 그리스 신화, 환경오염, 바둑, 장기 등등 각 방면에 걸친 전문적인 지식을 이번 작품에서도 곳곳에 안배하고 있다. 그래서 어렵다. 이렇게 손에서 잠시도 놓을 수 없을 만큼 재미있는 책이 아니었더라면, 솔직히 그 무지막지한 지식의 양에 기가 질려 다음 장을 넘기기가 힘들었을지도 모른다.

원고지 2천 매 가까운 분량에, 번역하는 시간만큼 공부하는 시간이 필요했던 작품이라 작업이 끝나면 기진맥진 나가떨어질 것 같았는데, 막상 끝내고 나니 비어 있던 광에 곡식을 가득 채워 넣은 듯 마음속이 꽉 찬 느낌이다. 선충들의 소행으로 툭툭 불거져 나온 돌기물처럼, 내 몸에도 삶에 대한 의욕이 여기저기서 불쑥불쑥 튀어나오기라도 한 걸까? 다 읽을 때까지 감탄사가 끊이지 않을 정도로 훌륭한 작품이었다. 후기를 읽고 있는 당신이 처음부터 차례대로 여기까지 읽어 내려왔다면 아마도 나의 감탄에 공감하리라.

권남희

: 참고문헌 · 감사의 말 :

다수의 문헌 · 홈페이지 등을 참고했습니다만, 책을 뒤에서부터 읽는 나쁜 버릇을 가진 독자들을 고려하여(무엇을 숨기랴, 나도 그중 한 사람인데), 서명은 생략하겠습니다. 물론 사실의 오해, 왜곡, 날조 등이 있다면 책임은 전적으로 저자에게 있다는 것은 말할 필요도 없습니다.

오카야마 대학 이학부 교수인 가가와 히로아키香川弘昭 선생님, 교토 대학 바이러스 연구소 아키야마 요시노리秋山芳展 선생님께 바쁘신 가운데 귀중한 강의 들려주신 것에 진심으로 감사의 말씀 드립니다.

새우와 고래가 함께 숨 쉬는 바다

천사의 속삭임

지은이 | 기시 유스케
옮긴이 | 권남희

펴낸이 | 황인원
펴낸곳 | 도서출판 창해

신고번호 | 제2019-000317호

3판 2쇄 인쇄 | 2022년 08월 25일
3판 2쇄 발행 | 2022년 08월 31일

우편번호 | 04037
주소 | 서울특별시 마포구 양화로 59, 601호(서교동)
전화 | (02)322-3333(代)
팩시밀리 | (02)333-5678
E-mail | dachawon@daum.net

ISBN 978-89-7919-756-3 (03830)

Publishing Club Dachawon(多次元)
창해·다차원북스·나마스테